KB030138

진창과 별

인아영 평론집

진창과 별

문학동네

책머리에

나는 무엇이든 붙잡고 매달리는 데 익숙한 반면에 흘려보내고 놓아주는 데 무능하다. 사소한 것을 잊지 못하며 보잘것없는 것에 마음이 처박힌다. 내게 생각한다는 것은 너덜너덜해지는 것이다. 다른 분야에서는 늦되고 골칫거리인 성격이겠지만 문학에서만큼은 조금 어울리는 구석이 있다. 지저분하고 복잡한 것을 깔끔하고 정연하게 일반화하는 것이 과학이 하는 일이라면, 반대로 깔끔하고 단순한 것을 지저분하고 복잡하게 세밀화하는 것이 문학이 하는 일이기 때문이다. 문학은 아무리 추상적인 것도 구체화하고 아무리 단단한 것에서도 구멍을 찾으며 아무리 분명한 것도 물고 늘어진다. 어리석게도 똑같은 질문을 반복한다. 인간이 수백 년 수천 년 동안 해왔던 질문을 새로운 언어와 서사를 통해 번번이 다시 묻는다. 아무리 그럴듯한 답에도 만족하지 못하고 매번 새로운 답을 요구한다. 문학에는 정답도 정량도 규칙도 논리도 없어서 우리에게 무한한 자유를 주는 것처럼 보이지만 실은 반대다. 문학이 알려주는 것은 차라리 이런 것이다. 모든 개인은 각자 처한 수많은 조건들에 촘촘히 얽혀 있다. 우리는 누구에게나 적용되는 명쾌하고 예상 가능한 공식이 아니라 제각기 다른 이상하고 불확실한 함수에 매여 있다. 우리는 깨끗하고 투명한 진공이 아니라 구질구질하고 누추한 진창에 속해 있다. 우리는 모두 진창에 있다.

"우리는 모두 진창에 있어요. 하지만 그중 누군가는 별을 보고 있죠."[1] 오스카 와일드의 희곡에 나오는 유명한 문장이다. 별이 총총한 하늘이 인간에게 가야만 하는 길을 밝혀주는 시대(루카치)가 지난 지도 오래되었다. 세계는 완전하지 않고 인간의 지향은 쪼개져 있다는 사실은 새삼스러울 것도 없이 근대 이후 우리 모두가 처한 조건이다. 그렇다면 우리에게 중요한 것은 세계의 총체성이 부서졌다는 인식이 아니라 이 부서진 조각들을 안고 무엇을 해야 하는가라는 물음이다. 우리를 지탱해주던 믿음이 깨졌다는 무기력이 아니라 깨져버린 믿음 이후에 무엇을 할 수 있는가라는 고민이다. 그렇다면 이 아포리즘을 '조건'과 '행위' 사이의 변증법으로 읽을 수도 있겠다. 현실이 시궁창이라는 인식이야 얻기 어려울 것 없다. 하지만 별을 바라보는 마음은 어떻게 가질 수 있을 것인가? "나를 형성한 조건들을 갖고 나는 무엇을 할 수 있을까? 그 조건들을 바꾸기 위해 나는 무엇을 할 수 있을까?"[2] 이것은 문학의 오랜 질문이기도 하다. 문학은 우리가 모두 진창에 있다는 것을 알게 하는 인식(철학)에 그치지 않는다. 저멀리 떠

1) "We are all in the gutter, but some of us are looking at the stars." Oscar Wilde, *Lady Windermere's Fan*, Bloomsbury, 2014.

2) 주디스 버틀러, 『불확실한 삶—애도와 폭력의 권력들』, 양효실 옮김, 경성대학교출판부, 2008, 41쪽.

있는 별을 향해 나아가야 한다는 당위(정치)로 반드시 이어지지도 않는다. 다만 문학은 진창과 별의 관계를 사유하게 한다. 나를 만든 세계의 조건과 내가 할 수 있는 행위가 어떻게 얽혀 있는지 고민하게 한다. 구질구질하고 누추한 진창에서 아름답게 빛나는 별을 바라보는 것이 어떤 의미인지 묻게 한다. 문학은 언제나 그런 것이겠지만 이 책이 쓰인 시기 나에게는 특별하게 그랬다.

*

2018년부터 2023년까지 약 오 년 동안의 글을 묶었다. 각 부는 각각 형식, 역사, 조건, 경계라는 네 개념과 연동된다.

1부는 '사랑의 형식'에 관한 글을 묶었다. 탄핵 정국 이후 지금까지 가빴던 한국사회는 폭력, 차별, 혐오, 적대와 같은 단어로 진단되곤 하지만 문학에서만큼은 어느 때보다 사랑에 관한 언어와 서사가 폭발하듯 흘러나온 시기였다. 기존의 권력과 규율을 심문하고 재배치하는 담론은 누군가에게는 그저 무언가를 공격하고 비판하는 것으로 여겨지겠지만, 그 중심에는 언제나 새롭게 창발하는 사랑의 언어와 미학에 대한 발굴과 탐색이 있었다. 문학 교과서에서 배운 사랑이 아니라 이 시대에 내가 직접 느끼고 겪어온 바로 그 사랑이 표현된 새로운 언어와 서사의 형식을 이해하고 싶었다.

2부는 '비평의 역사'에 관한 글을 모았다. 1970년대 이후 한국문학비평의 한 측면을 성글게나마 비판적으로 살펴본 메타비평이다. 기존의 이성애자 남성 중심의 비평사를 젠더링, 퀴어링하여 다시 읽어본 까닭은 무엇보다 나 자신이 지금까지 문학을 읽고 쓰는 방식에 결정적인 영향을 받아왔기 때문이다. 날 선 비판이 부끄럽게 느껴지기도 했다. 하지만 자기 검열에 갇혀 각도를 틀어보지 않는다면 어떤 비평도 기존 담론이 구축해놓은 해석의 틀을 반복하는 데 지나지 않을 것이다. 역사를 배우는 이유는 지금 우리가 왜 여기에 있는지 알기 위함이다. 지금 우리가 문학을 읽고 쓰는 비평의 조건을 질문하고 새로운 역사 쓰기로서의 비평을 시도하려 했다.

3부는 '수행의 조건'에 관한 글을 배치했다. 2부에서 얻은 비평사적인 시각을 바탕으로 퀴어 페미니즘 독법으로 해석해본 작품론이다. 여기에서 다룬 작품들의 공통점은 여느 성급한 불만대로 여성 혹은 퀴어인 인물이 단지 등장하여 자신의 삶을 드러내보인다는 데 그치는 것이 물론 아니다. 이 인물들은 자신의 삶을 제한하거나 추동하는 국적, 계급, 젠더, 섹슈얼리티 등의 조건을 부정하거나 망각하지 않고 오히려 정확하게 인식하고 이해하여 자신의 삶을 스스로 움직이고 수행하기 위한 도구로 그 조건을 기꺼이 전환한다. 나는 자신의 조건에 대한 정확한 인식과 이를 바탕으로 움직이는 수행성이 이 시기 문학의 중요한 징후라고 생각하고 있다.

4부는 '인간의 경계'에 관한 글을 묶었다. 인간이라는 종 개념을 반성적으로 성찰하는 비인간 담론 및 SF, 스릴러, 게임 등의 장르가 문학과 조우하는 장면을 들여다보았다. 그러나 좁은 의미의 한국문학의 경계를 넓히거나 넘나들었다는 식의 말을 하려는 바는 아니다. 경계란 어떤 덩어리를 날카롭게 구획하는 가는 선이 아니라 가까이 들여다볼수록 넓게 펼쳐지는 거대한 세계다. 그 실감을 여기에서 다룬 텍스트들을 통해 잠시나마 가져보았다고 말해야 할 것 같다. 코다는 이 책에서 다룬 글들이 결국 삶이라는 형식과 이어져 있기를, 그리고

1부의 첫 글로 순환하듯 이어지기를 바라면서 덧붙였다.

어떤 텍스트는 내가 읽는 것이 아니라 나를 읽는 것 같은 느낌을 준다. 이 책에서 다룬 모든 텍스트가 그랬고, 그 느낌이 비평을 쓰게 했으며, 쓰면서 내 안의 무언가가 바뀌었다. 처음으로 비평을 쓰고 싶다는 생각을 했던 무렵 일기장에 자주 적은 문장이 있다. 좋은 것을 좋아하고, 좋아하는 것을 사랑하고 싶다. 이보다 내가 문학비평을 하는 이유를 알맞게 설명하는 문장은 없다. 텍스트에 숨어 있는 미덕(좋은 것)을 발견하는 눈, 그 미덕이 주는 체험을 솔직하게 인정하는 마음(좋아하는 것), 그 마음을 나의 언어로 전환하는 행위(사랑하는 것). 미덕의 발견, 체험의 인정, 언어의 전환이라는 세 가지 연속적인 과정이 나에게는 사랑이라는 말과 다르지 않다. 비평은 텍스트에 대한 나의 사랑을 수행하는 툴이다. 이 책에서 다룬 시와 소설의 목록이 내가 사랑하는 텍스트에 대한 솔직한 소개에 그치지 않고, 이 시기 한국문학을 이해할 수 있는 작은 길잡이가 될 수 있다면 좋겠다는 과분한 바람도 갖게 된다. 이 뜨거운 시기에 이 뜨거운 텍스트들 가까이에서 비평을 쓸 수 있어 즐겁고 감사했다.

*

수많은 감사한 인연이 모여 겨우 나올 수 있었던 책이다. 우선 사랑하는 가족들에게 감사한다. 즐겁게 사는 것보다 더 높은 삶의 방식은 없다고 말해주시는 너그러운 부모님의 품에서 자랐기에 글이라는 것을 계속 써볼 수 있었다. 부모님을 닮은 부분은 그게 무엇이든 언제나 나의 가장 자랑스러운 부분이다. 국어국문학과 대학원에서 같이 공부해온 친구와 선후배들, 문학을 가르쳐주신 선생님들께 감사드린다. 스스로가 싫어질 때마다 사랑하는 친구들과 울고 웃으며 나눈 대화 덕분에 스스로를 조금 덜 싫어할 수 있었다. 그들이 건네준 농담과 격려에 기대어 불면의 새벽을 버티고 다음 글을 써볼 수 있었다는 뜻이다. 특히 글을 고치는 데 도움을 준 기화, 진하, 혜경, 보경의 이름을 꼭 기록해두고 싶다. 계간 『문학동네』를 함께 꾸리고 있는 동료 희철, 지희, 건형, 은교와 많은 시간을 보내면서 문학이든 살아가는 방법이든 늘 벅차게 배우지 않을 수 없었다. 이들 덕분에 좋은 벗과 함께 한다는 것이 도의 전부라는 아리송한 말을 이제는 조금 이해할 수 있다. 이상술 선생님을 비롯해 살면서 만나본 최고의 글쓰기 스승인 문학동네 편집부 선생님들, 그리고 놀라운 센스와 다정한 배려로 이 책을 만들어주신 김봉곤 선생님께 감사의 말을 전하고 싶다. 여기 실린 글들을 쓸 수 있도록 지면을 내어주신 도처의 출판계 선생님들에 대한 은혜도 잊지 않고 있다. 추천사를 써주신 조연정 선생님께 감사드린다. 비평을 시작하기 한참 전부터 선생님의 글을 많이 좋아해왔다. 그런 선생님께 첫 책의 추천사를 받았으니 이제 나는 공식적인 '성덕'이다. 마지막으로 은사 손유경 선생님께 감사드린다. 이 책에서 선생님의 사유하는 방식을 어설프게 흉내내려 시도한 흔적이 내 눈에만 보이리라는 것을 알지만, 선생님께서 밝혀주신 생각의 길을 따라 열심히 읽고 쓰겠다고 다짐해본다.

2023년 겨울

인아영

차례

1부 사랑의 형식

2부 다가오는 것들

3부 없지 않고 있다

4부 개와 나무와 양말과 시

코다

1부

사랑의 형식

괴로움의 기술
—백은선론[1)]

"자네의 망가진 목소리가 나를 감동시켰네. 자네 고통 때문에 받아들였지, 자네 기교 때문이 아닐세."[2)] 파스칼 키냐르의 소설 『세상의 모든 아침』에서 17세기 프랑스의 비올라다감바 연주자이자 작곡가인 생트 콜롱브는 제자 마랭 마레에게 말한다. 첫번째 수업에서 마랭 마레를 제자로 받아들이기를 거부했던 생트 콜롱브는 두번째 수업에 이르러 그를 받아들이지만 여전히 유보적인 평가를 내린다. 활 놀림도 좋고 꾸밈음도 매력적이지만 거기에 음악은 없다고, 연주자에게는 기교의 연마보다 내면의 고통이 더 중요하다고 말이다. 마랭 마레는 자존심이 상한 듯 속이 뒤틀리는 기분에 휩싸인다. 기교는 얼마간 인정받은 셈이지만, 자신을 훼손하는 삶의 고통이 음악성의 척도

---

1) 이 글에서 다루는 백은선의 시집은 다음과 같다. 『가능세계』, 문학과지성사, 2016; 『아무도 기억하지 못하는 장면들로 만들어진 필름』, 현대문학, 2019; 『도움받는 기분』, 문학과지성사, 2021. 이하 인용시 본문에 작품명만 밝힌다.

2) 파스칼 키냐르, 『세상의 모든 아침』, 류재화 옮김, 문학과지성사, 2013, 53쪽.

로 받아들여졌기 때문이다. 자신이 경험한 고통이 피나게 연마한 기교를 압도하는 예술적 역량으로 승인될 때, 예술가에게 이는 칭찬보다 모욕으로 받아들여질 수도 있다는 사실을 우리는 어렵지 않게 이해할 수 있다.

고통에 대한 기대는 여성 예술가에게 한결 내밀하고 노골적인 환상으로 작동한다. 한 소설가가 썼듯, 여성의 경우 "불행을 겪어야만 작가라고 말할 수 있는 것 같은 세간의 이미지"가 널리 퍼져 있는 이유는 "여성 작가의 불행이(뿐인가, 알려진 여성 인물의 불행이란 것은) 거의 전부 성폭력을 매개"하고 있으며 세상이 "그런 일을 겪고도 살아남아 용감하고 청순하게 버텨주는 사람을 원한다"는 사실과 무관하지 않다.[3] 이 글에서 언급되는 박서원과 실비아 플라스의 사례처럼 신비화된 여성 시인에게 비추어지는 조명이란 그의 작품 자체보다 매력적 외모나 비극적 생애를 향해 있는 경우가 적지 않고, 이때의 비극적 생애란 본디 순수하고 아름다웠으나 남성의 잔인한 폭력이나 무심한 부정으로 인해 겪는 불행과 동의어가 되곤 한다. 예술성을 가늠하는 무형의 척도로 여겨지는 고통은 젠더화되어 있다. 남성 예술가의 경우와 달리 여성 예술가의 고통이 더 정교하고 완벽한 기교를 연마하는 과정에서 겪는 고난이나 더 높은 예술적 이상에 다다르는 과정에서 겪는 좌절로 서사화되는 경우는 좀처럼 드물다. 꼭 성폭력을 매개하지 않더라도 여성 예술가가 겪는 고통은 사랑, 섹스, 임신, 낙태, 노화, 질병, 죽음 등 육체를 경유하는 이미지로 표상되곤 하

3) 박민정, 「여성시라는 장르 규칙2」, 『잊지 않음—타인의 역사, 나의 산문』, 작가정신, 2021, 22쪽.

고,[4] 그의 작품은 이러한 고통을 인내하거나 억압하려는 자기검열과 부단하게 싸워 얻어낸 진솔하고 용기 있는 고백으로 읽히곤 한다. 문제는 이때 문학이 허구의 장르라는 원칙이 무색하게 창작자와 작품 사이의 거리는 증발하고, 예술가의 '고통'과 대립항에 놓이곤 하는 '기교'의 영역은 비가시화된다는 점이다.

이 글에서 다룰 백은선의 시도 유독 (시적 화자가 아닌) 시인의 고백으로 읽혀온 편이다. 이를테면 시에 나타나는 강렬한 파토스의 정서적 근거를 시인의 개인사에서 발견하고 시를 '트라우마'와 '외상 후 스트레스 장애PTSD'라는 개념으로 분석하거나,[5] 시의 여성 화자가 겪는 폭력의 정황을 저자의 내밀한 고백인 '메무아memoir' 장르와 '자기 반영성'으로 해석하거나,[6] 고백의 내용을 손쉽게 단순화하지 않는 세심함을 보이면서도 시인의 특유성을 '고백하는 사람'으로 파악하는 경우[7]가 그렇다.

이는 근본적으로 창작자와 작품이 완벽하게 분리되지 않는다는 사실, 그리고 창작자의 체험이나 의도를 경유하는 표현론적 관점이 작품 이해에 유효한 도움이 된다는 사실에서 기인한다. 시집과 비슷한

---

4) 『세상의 모든 아침』에서도 마랭 마레가 예술가로서 낙담하는 대목 앞뒤로 배치된 장면은 강가에서 나체로 목욕하는 생트 콜롱브의 딸 마들렌의 육감적인 몸에 대한 상세한 묘사이며, 이 소설 전반에 흐르는 비감과 예술가의 고통은 마들렌의 '섹스하고 임신하고 낙태하고 늙고 병들고 죽어가는 여성의 육체'라는 이미지로 대리 표현되고 상징된다.

5) 박상수, 「얼마나 끔찍하고 얼마나 좋은지—백은선론」, 『문학과사회 하이픈』 2018년 가을호.

6) 박동억, 「고백의 두 방식」, 『현대시』 2021년 7월호.

7) 안희연, 「높이가 되는 시」, 『문학동네』 2021년 여름호.

시기에 시인의 산문집[8]이 출간되면서 시와 산문이 부딪쳐 발생한 현실적인 영향도 무시하기 어렵다. 다만, 앞서 언급한 글들이 백은선의 시세계에 대해 각각 유의미한 해석에 도달한다는 사실과 별개로, 이 같은 독해에 유독 여성 예술가에게 기대되곤 했던 은밀한 불행의 고백에 대한 환상이 섞이지는 않았는지, 혹은 여성 시인이 개인적인 삶에서 겪는 고통의 크기로부터 예술성의 깊이를 담보해온 관습에 얼마간 기대고 있는 것은 아닌지, 그러는 동안 여성 시인의 작품의 '형식'을 그의 고백의 '내용'으로 치환하여 읽는 독법이 은연중에 강화되고 있는 것은 아닌지 질문해볼 수는 있을 것이다.

그런데 문학의 형식에 주목한다는 것은 무슨 뜻일까? 캐롤라인 레빈의 『형식들』[9]에 따르면, 지난 수십 년 동안 문학비평사에서 형식에 관한 주목은 유독 드물었다. 1970년대부터 해체주의적, 역사주의적 독법이 승기를 잡은 이후에는 형식 자체가 지닌 정치성은 무시되어 왔다는 것이다. 그는 문학의 형식을 물질적 사회에서 완전히 분리된 것으로 파악하는 1950년대의 전통적인 '신비평', 문학의 형식이 사회적 구조의 반영이라고 읽는 '신형식주의'는 탈정치적이라는 이유로 배제되어왔다고 주장한다. '마르크스주의 비평' 역시 견고한 형식파임에도 불구하고 모든 미학적 형식을 이데올로기의 2차적 파생으로 본다는 점에서 온당하지 못한 구석이 있다고 지적한다.

그런데 그간 소외되어왔던 형식을 통해 문학의 정치성을 새롭게 사유해보자는 레빈의 제안이 언뜻 보이는 바와 달리 어딘가 경직되

8) 백은선, 『나는 내가 싫고 좋고 이상하고』, 문학동네, 2021.

9) 캐롤라인 레빈, 『형식들』, 백준걸·황수경 옮김, 앨피, 2021. 이하 인용시 쪽수만 밝힌다.

거나 보수적으로 느껴진다면 다음과 같은 이유 때문이 아닐까? 첫째, 문학의 형식을 은연중에 질서와 동일시한다. 그는 마치 형식이 역동적인 것이라고 주장하는 것 같지만 특정한 질서로 환원되지 않는 형식은 모두 형식이 아닌 것으로 배제한다. 그리고 형식을 고정적인 것으로 파악하는 바람에 형식에 내재한 유동성을 억압한다.[10] 둘째, 여러 형식들이 맺고 있는 관계를 '인과'가 아닌 '충돌'의 결과로 이해해야 한다고 주장한다. 그런데 인과를 삭제해버린 형식은 그 자체로서 역사성과 역동성을 잃고 만다. 여러 형식들은 단지 동시에 우연히 서로 부딪치고 있을 따름이 아니라 구체적인 역사적 맥락에서 생성되어 교섭하며 그것이야말로 형식이 역동적이라는 증거이기 때문이다. 셋째, 해체주의적, 역사주의적 비평이 축적해온 형식주의적 논의를 비형식적, 반형식적, 내용적인 비평이라고 분류한다. 따라서 결과적으로 통념적인 내용/형식의 이분법을 강화, 재생산한다. 레빈은 "최근 수십 년간 무형식, 반형식, 형식의 해체가 오히려 지나친 비평적 관심의 대상이었"(43쪽)다고 주장한다. 그러나 모든 사회정치적 경험의 패턴마저도 형식으로 봐야 한다는 그의 개념적 정의에 따르면, 이 '무형식, 반형식, 형식의 해체'도 형식에 포함되지 않을 이유가 없으며 어쩌면 이야말로 형식에 관한 가장 치열한 논의일 수 있다.[11] 그

---

10) 권희철, 「살아남는 법을 배우기」, 『정화된 밤』, 문학동네, 2022, 456~458쪽 참조. 이 글에 따르면 레빈은 질서화되고 규칙화되는 것 안에서만 예술을 발견하고, 기존의 질서와 규칙으로부터 이탈하거나 새롭게 분출하는 형식에 대해서는 그저 형식을 파괴하거나 회피하는 것, 말하자면 비형식으로 구별해버린다.

11) 레빈은 다른 대목에서 이를 부분적으로 인정하기 때문에 개념상의 혼란이 있다. 그는 문학비평의 이론사적 흐름 안에서 자신의 입론을 위치시킬 때는 '무형식, 반형식, 형식의 해체'를 '형식'이라는 개념과 철저히 구별하는 반면, 특정한 비평을 분석할

러니 다시 형식에 주목해보자는 레빈의 새삼스러운 제안은 형식을 질서라는 의미로 제한해서 문학 텍스트를 분석해보자는 선언과 크게 다를 바 없게 된다. 문학의 형식을 넓게 확장하고 있는 듯 보이지만 실은 좁은 의미로 가두고 있는 셈이다.

아이러니하게도 레빈이 주요하게 의도한 바가 아니면서 가장 훌륭하게 증명하고 있는 이론사적 성취가 이 대목에 있다. 비형식적이고 내용적인 독법을 파생했다고 여겨지는 해체주의적, 역사주의적인 독법이 오히려 복잡하고 정교한 형식주의적인 사유를 개진해왔다는 것. 이를테면 레빈에게 문학의 형식을 소외시킨 주범으로 언급되는 이리가레, 버틀러와 같은 페미니스트 이론가들은 미학적 통일성이 경험의 이질성을 규제하려는 욕망이라고 해석했으며, 이러한 형식에 관한 비판적 논의를 토대로 이성애주의적 공동체에서 배척된 범주로서의 퀴어성에 관한 다각적인 논의를 펼칠 수 있었다. 이러한 점을 온당하게 평가하지 못하고 간과했을 때, 즉 그동안 역사주의적, 해체주의적 비평에서 축적된 형식에 관한 논의를 회피하거나 무시하면서 텍스트를 분석했을 때, 레빈 자신의 의도와는 다르게 어느 텍스트에나 적용될 법한 일반론적이고 탈정치적인 분석을 하게 되는 것은 당연한 결과인지도 모른다. 그렇다면 우리에게 필요한 것은 문학의 형식이 지닌 정치성을 지금껏 놓치고 있었다며 새삼스럽게 새로운 기점을 형성해보려는 시도가 아니라, 기존의 해석에 스며들어 있는 형식의 정치성을 발굴, 재배치하고, 새로운 텍스트의 형식에서 발견되는 언어를 재료로 삼아 문학의 형식을 재사유하는 일이 아닐까? 이를

때는 '형식'을 사회 전반의 모든 패턴, 그러니까 사실상 모든 것으로 확장, 용해한다.

테면 백은선의 시를 통해서 말이다.

반反고백과 장시의 양식

백은선의 시가 고백으로 독해되었던 다른 이유 중 하나는 '나'를 주어로 삼는 일인칭 화자가 분노, 슬픔, 절망, 고통과 같은 파토스를 강렬하게 드러내는 경우가 많다는 점과 무관하지 않다. 시적 화자와 섬세하게 구분되는 경우에도 시인이 무언가를 발산하고 표출하는 주체로 읽힐 수 있었던 것은 그만큼 시에 밀도 높은 감정적 에너지가 압축적으로 제시되기 때문일 것이다.

그런데 어떤 시를 강렬한 파토스로 고백하는 여성 시로 읽을 때 우리는 딜레마에 처하게 된다. 한편으로 시에 드러난 '여성으로서' 겪은 고통을 도려내듯 삭제하여 '보편적인' 언어 형식의 문제로 치환하는 것이 정확하지도 온당하지도 못한 독해임은 분명하다. 이를테면 여성이라는 이유로 폭력과 수치심을 경험하는 정황이 시의 방법론을 설명하기 위해 묵과되거나 오히려 해체적인 시쓰기를 저해하는 요소로 판단되는 경우가 그렇다.[12] 하지만 다른 한편으로 '여성으로서' 겪은 고통이 남성 중심의 폭력적인 구조에서 기인했으며 이로 인해 강렬한 파토스가 발생했다는 방점은 시적 화자를 '특정한' 폭력을 경험한 피해자 여성으로 소급하거나 비이성적이고 광기에 사로잡힌 이미지의 타자화된 여성성으로 환원할 위험을 가지기도 한다. 무엇보다 고백의 메커니즘이 화자가 속으로 감추어둔 어떤 진실을 바깥으로

---

12) 조연정, 「'여성 시인'이 시를 쓴다는 것—1980년대 '여성해방문학'의 관점에서 다시 읽는 김혜순의 초기 시」, 『여성 시학, 1980~1990—'여성'을 다시 읽고 쓰는 일』, 문학과지성사, 2021 참조.

숨김없이 꺼낸다는 환상 아래 청자를 그 내용에 연루시킨다는 점은 곤란을 가중한다. 이는 청자로 하여금 화자가 겪었을 끔찍한 경험이나 폭력적인 사건의 전말을 이해하거나 공감하기 위해 그 구체적인 진실의 자취를 상상하고 추적하고 더듬어가게 만드는 방식으로 작동하기 때문이다.[13] 그렇다면 시적 화자가 특정한 경험을 다루는 내용을 간과하지 않으면서도 그것을 전시하는 형식에 착안하여 시를 다른 각도로 독해해볼 수는 없을까.

나는 거꾸로 거꾸로 아코디언처럼 납작해졌다가
무한대처럼 파도처럼 죽은 코끼리처럼 새벽 고가도로처럼 펼쳐지는 그런 시
(……)
나는 아무런 원인도 없다
나는 잘못 조립된 기계의 부품이다

—「비유추의 계」 부분

봉인된 검은 상자들이 내 안에 쌓여. 그 안에 기억들이 켜켜이 썩고 부서지고 지독한 냄새를 풍겨. 어떨 때 나는 단지 상자들로 이루어진 부패덩어리지.

---

13) 푸코가 말했듯 고백이 흔히 억압된 내면의 진실을 자유롭게 드러내는 형식이라고 여겨지는 것과 달리 고백은 고백에 대한 요구, 평가, 판단, 처벌, 위로를 실행하는 심급인 상대방과의 권력관계를 전제한다(푸코, 『성의 역사 1—지식의 의지』(4판), 이규현 옮김, 나남, 2020 참조). 그런 점에서 여성 시를 고백의 형식으로 치환하는 독법이 여성의 고백을 듣고 이를 진실로 승인하는 심급의 위치로 어떤 조건 속에 있는 청자를 전제하는지 질문할 필요도 있을 것이다.

—「도움받는 기분」 부분

내 온몸이 유리였어 나는 어둠을 오려 만든 구겨진 창이었어 네가 고개를 돌려 나를 들여다볼 때 거기 멈춰 서는 무수한 주름이었어

—「1g의 영혼」 부분

이렇게 이렇게 되고 말았구나. 맞물린 채 돌고 있는 깊은 수심을 보며. 나는 허물어지고 채워지고 그런 방식으로 영영 헐려버리는 하나의 몸이었습니다.

—「해피엔드」 부분

위 시구들은 일인칭 화자 '나'가 주어인 문장이라는 것 외에도 공통점이 있다. '나'는 용언이 아니라 체언으로 서술된다. 설명되는 것이 아니라 비유된다. 행위의 주체가 아니라 사물의 메타포다. 무언가를 '하는' 것이 아니라 무언가'이다'. 수행하는 것이 아니라 존재한다. 어떤 언행을 하거나 특정한 상태에 있다고 서술되는 것이 아니라 확고하고 강렬한 이미지를 지닌 하나의 사물로 등치된다. 요컨대 '나'는 사물이다. 어떤 사물인가? '나'는 "납작해졌다가/(……) 펼쳐지는 그런 시"이자 "잘못 조립된 기계의 부품"이다. "단지 상자들로 이루어진 부패덩어리"이다. "온몸이 유리"이고 "구겨진 창"이고 "무수한 주름"이다. "허물어지고 채워지고 그런 방식으로 영영 헐려버리는 하나의 몸"이다.

이 시적 화자들은 자신을 설명하거나 증명하려고 하지 않는다. 곧장 제시될 뿐이다. 태초부터 그랬던 것처럼, 다른 방식일 수 있는 여

지가 없다는 듯, 어떤 의심이나 동요 없이, 명사의 형태로, 완고하고 단정적으로 존재한다. 여기에는 인과법칙이나 기승전결이 없다. "나는 아무런 원인도 없다". '나'는 자신이 왜 이런 존재인지, 이런 존재가 된 역사와 맥락은 무엇인지 알려고 하지 않는다. '나'는 그냥 시, 기계의 부품, 부패덩어리, 유리, 창, 주름, 몸으로 주어져 있으며 이 정체성에 어떤 의문도 혼란도 없다. 논리나 연결에 대한 강박도 없다. 오히려 인과를 튕겨내고 개연성을 삭제한다. 그저 이런 존재로 세계에 던져진 것이다. 그러니 백은선의 시에서 절박하고 갈급한 물음은 '나는 누구인가'가 아니라 '나는 어떻게 존재하는가'이다. 즉 정체성이 아니라 존재 방식에 대한 고민이다.

그렇다면 '나'는 어떻게 존재하는가? 그 상태를 지시하는 어구들은 이렇다. "잘못 조립된" "썩고 부서지고 지독한 냄새를 풍겨" "구겨진" "허물어지고 채워지고 (……) 헐려버리는". 그것이 '나'가 생긴 모양이자 처한 상황이다. 온전하지 않은 형태. 세계의 규격과 질서에 정확히 들어맞지 않는 형태. 어딘가 비껴나 있거나 부적합한 형태. 매끈하고 깔끔하게 빚어진 것이 아니라 깨지고 부서지고 어그러진 형태. 반듯하고 완결적인 정답이 아니라 비뚤어지고 어긋난 오답의 형태. 지금 '나'는 이런 형태로 있다.

'나'가 자기혐오와 괴로움에 몹시 시달리고 있다는 것은 분명해 보인다. 그것이 '나'로 하여금 스스로가 잘못 조립되었다고 인식하게 만들었을 것이다. 물론 화자가 고통을 느끼는 시적 정황은 시마다 조금씩 다르다. 「비유추의 계」의 '나'가 어둠 속에 누운 채로 쓰이지 않은 문장들을 곱씹거나 시쓰기를 시도하고 있다면, 「도움받는 기분」의 '나'는 학교 다니던 시절에 괴롭힘당했던 과거를 떠올린다. 「1g의 영혼」의 '나'가 "처참한 광경" 혹은 "영혼의 각도를 틀어놓는" 사건에 관해 무언가를 말하고 싶어한다면, 「해피엔드」의 '나'는 죽음을 가까이 느끼면서 '선생님'이라고 불리는 사람에게 편지 쓰듯 말을 건넨다. 하지만 백은선 시의 화자들은 "고통의 구체적 사정을 드러내거나 고통의 근원지를 찾아가는 데 열심이지는 않다".[14] 왜 이렇게 괴로운지, 뭐가 그렇게 우울한지, 왜 그토록 자신을 싫어하는지 물어보는 일은 그다지 도움이 되지 않는다. 원인을 추적하고 파고드는 일은 백은선의 시에서 별 소용이 없다.

왜냐하면 끝나지 않을 것처럼 긴 호흡으로 이어지는 이 시들은 무질서해 보이는 이미지의 교차, 미묘하게 변주되면서 반복되는 시어의 배치, 흘러가다가도 느닷없이 끊기고 또 갑자기 연결되는 리듬으로 가득하기 때문이다. 이 형식이 화자가 경험했거나 처해 있는 자세한 정황을 헝클고 뭉개고 밀어내고 흩뜨리고 뒤섞기 때문이다. 그런 점에서 백은선의 시는 고백을 함으로써 고백을 불가능하게 만드는 반反고백이라는 모순적인 형식을 취한다. 고통이 서술될수록 구체적인 정황은 헝클어지고 뭉개지고 밀려나고 흩어지고 뒤섞이기 때문에 '나'는 무언가를 털어놓는 것처럼 보이지만 오히려 그 반대의 효과를 얻는다. 시가 진행될수록 선명해지는 것은 고백의 내용이 아니라 시의 형식이다. 시는 이야기를 늘어놓고 보태고 채우기 위해서가 아니라 이야기를 지우고 덜어내고 허물기 위해서 길어진다.

이는 '나'가 느끼는 고통의 구체적인 기원을 용해하는 동시에 '나'가 존재하는 방식을 결정한다. 그러므로 백은선 시의 '나'는 어떤 기

14) 조연정, 「소진된 우리」, 『가능세계』 해설, 224쪽.

원을 가진 내용을 고백하기 위해서 화자로 등장하는 것이 아니라, 어떤 시를 위한 형식에 쓰이기 위해서 화자로 등장한다고 말해야 한다. 자신이 겪은 특정한 내용의 경험을 쏟아내기 위해서 말하는 것이 아니라 특정한 형식의 시가 쓰이는 동안 자신의 어떤 부분이 불가피하게 끼어드는 것이다. '나'는 고통을 고백하는 주체라기보다 고통에 연루된 대상이다. 고통에 연루되어 서술될수록 '나'가 존재하는 형태도 더욱 부서지고 어그러지고 구겨진다. 백은선의 시에서 '나'가 존재하는 방식과 시가 쓰이는 형식은 명료하게 구분되지 않으며 적극적으로 뒤섞이고 혼합되고 교차하고 상호 침투하기 때문이다.

이는 여성으로서 겪은 고통이나 피해의 경험을 외부 세계에 이해시키거나 설득해야 하는 대상으로 만들지 않는 방식이기도 하다. 인과관계를 소거한 채 접혀 있거나 감추어진 방식으로 전시된 '나'의 고통은 설명되기 위해서가 아니라 그 자체로 존재한다. 이는 '여성적 고백'의 내용을 이루는 경험의 면면으로부터 주의를 돌릴 뿐만 아니라 고통의 구체적인 기원을 추적하거나 그것으로 시를 환원하는 경로를 흩뜨린다.

하지만 이렇게 부서지고 어그러지고 구겨진 형태로 인해 '나'는 평평하고 매끄럽고 부드러운 표면으로 이루어진 형태가 가질 수 없는 무언가를 가지게 된다. 바로 틈이다. '나'는 "아코디언처럼 납작해졌다가/(……) 펼쳐지는 그런 시"이기 때문에 무한대로 파도칠 수 있고, "구겨진 창"이자 "무수한 주름"이기 때문에 접히고 겹쳐진 면적만큼 끝없이 펼쳐질 수 있다. "허물어지고 (……) 헐려버리는 하나의 몸"이기 때문에 다시 채워지거나 쌓일 수 있으며, "잘못 조립된 기계의 부품"이기 때문에 빈틈없이 조립된 기계에는 없는 벌어진 자리를 확보할 수 있다. 틈에는 에너지가 고인다. 이렇게 접히고 구겨진 어두운 공간에 잠복해 있는 이 에너지가 백은선 시의 형식과 '나'의 존재 방식을 동시에 부조浮彫한다.

영원을 향한 형식

그런 형태가 백은선 시의 형식이자 '나'의 존재 방식이라면, 그럼에도 불구하고 화자가 무언가를 끊임없이 말하거나 쓰려고 안간힘을 쓰는 것은 왜일까? 말하면 말할수록 쓰면 쓸수록 이야기는 지워지고 덜어지고 허물어지는데, 그래서 '나'는 더 접히고 감춰지고 발설되지 않는데, 지치지도 않고 무언가를 말하거나 쓰고자 하는 이 강렬한 욕망은 어떻게 이해할 수 있을까? 이를테면 「비유추의 계」에서 '나'는 "문장을 지우려고 미래에서 온 사람"으로, 어떤 문장을 쓰려는 현재의 '나'에게 "그걸 쓰지 마"라고 거듭 말한다. 하지만 그러면서도 "어둠 속에 누워 몇 문장을 끝없이 곱씹어 생각하면서/잊지 않으려고 안간힘 쓰"며 우리 혹은 문장이 "끝없이 펼쳐질 것 같은 예감"을 느낀다. 부단히 말하려 하면서도 기어코 말하지 않고, 문장을 지우려 하면서도 끊임없이 쓰는 것. 상충하는 두 힘 사이의 모순적인 긴장에 무언가가 있음이 틀림없다.

백은선의 첫 시집에서 첫 시의 첫 구절이 "나는 모른다네"(「어려운 일들」)라는 사실은 해설이 예리하게 짚었듯 심상해 보이지 않는다.[15] 이 시집에 실린 시들이 "쉽게 의미화되지 않는 이유는 (……) 난해하거나 불친절하거나 무질서해서가 아니라 무지 그 자체를 시적 대상

15) 조연정, 같은 글, 214쪽.

으로 삼고 있고 있"기 때문이라는 타당한 논평[16]도 이와 맞닿아 있다. 『가능세계』에서 백은선 시의 화자는 자신이 모른다는 사실을 강하게 인식하고 있다. 그러면서도 모르는 대상에 대해서 알고자 하는 방향, 혹은 무언가를 점점 더 깨달아가는 방향으로 움직이는 것이 아니라, 정확히 자신이 모른다는 지점에서 머문다. 대신 모르기 때문에 말할 수 없다고 반복적으로 말하면서 무지를 시적 대상으로 두어 시의 깊이를 만든다. "무엇을 말할 수 있을까, 물을 때. 나는 점점 더 의기소침해진다. 갑자기 아무것도 연주할 수 없게 된 사람처럼. (……) 말할 수 없다."(「고백놀이」) "원인을 알 수 없는 것이 세상의 일"(같은 시)이고, "오늘 밤 내가 할 이야기는 나도 알지 못"(「아홉 가지 색과 온도에 대한 마음」)하므로, "아무것도 이해하지 말자"(「기면발작」)는 제안 혹은 다짐에서 멈추어 서는 것이다. 요컨대 이 시집의 화자는 "이해할 수 없는 도무지"(「저고」)라는 깊고 먹먹한 물속에 잠긴 채로 무언가를 외치고 있는 것 같다. 그다음 시집인 『아무도 기억하지 못하는 장면들로 만들어진 필름』에서도 "무엇이든 아니라고 먼저 말해볼 것이다 부정하고 부정한 다음 지켜볼 것이다"(「비좁은 원」)라고 말하는 화자는 모르겠다고, 아무것도 하고 싶지 않다고, 부정에 부정을 거듭하면서 세계로부터 멀리 떨어진 거리를 유지한다.

그런데 『도움받는 기분』에 이르러 백은선의 시는 그 깊고 먹먹한 물속에서부터 약간은 발걸음을 옮긴 것 같다. 무언가를 안다고 확신하고 있는 것은 여전히 아니다. 무언가를 확실히 말할 수 있다고 자신하는 것도 아니다. 하지만 모르겠다고 단언하는 대신 어떤 이야기를

16) 장은정, 「끝과 실패」, 『문학과사회』 2016년 여름호, 386쪽.

말하겠다고, 말할 수 없다면 '어떻게' 말할 수 없는지를 말하겠다고, 거침없이 그 과정을 보여주기로 한 것 같다. 그러니까 이제 백은선 시의 화자는 "길고 긴 이야기를 베틀 아래 숨겨두고 하나씩 부숴 새로운 이야기를 짜고 싶어"(「우리가 거의 죽은 날」)라고 말하는 사람이다.

말해볼까 다섯 개의 결말을 가진 하나의 얘기
(……)
들어볼래 끝도 없이 끝나기만 하는 끝없는 얘기

우리는 탄산을 나눠 마시고 키스를 했지
모래 위에 누워
따갑고 달고 어쩐지 울음이 터질 것 같은

부드러운 낮의 공기, 여름 냄새
(……)
물결에 부서지는 빛
이상하게도 가슴이 미어지는 것처럼 아파

이렇게 말해도 될까

영혼이라는 게 있다면 그건 너만 가진 것 같다

*

말해볼까 시작도 끝도 없이 흩어지는 물거품 같은 얘기
(……)
침묵하듯
잠깐 세계 정지할 때
네 가느다란 손목은 모래 위에
우리의 괴물로 변해
무수해지고 나는 그것을
그것을 여름이라고
(……)
너야 그래

이 개 같은 년

*

(……)
말해볼까 네가 웃던 소리가 온몸에 가득 차 나를 부풀리는데
상공에서 내려다본 동그라미 파랗게 번지는 어둠
(……)
나는 호숫가에 쭈그리고 앉아

아무도 없어

아무도 없어

목청이 터지게 노래 불렀지
돌이나 던지고
노래 불렀어

어쨌든 너는

갑자기 모든 게 끝났다는 듯 차가워질 수 있는 사람
나는 남아서 이야기를 지어내는 사람

—「퀸의 여름」 부분

이 시집에 실린 「퀸의 여름」은 세 부분으로 이루어져 있다. "말해볼까"라는 첫머리로 운을 떼는 세 부분은 하나의 사랑 이야기로 이어진다. (1) 여름의 호숫가에서 '나'는 '너'를 만난다. 전부 벗고 호수에 뛰어들어 같이 수영하는 시간을 보낸 뒤 '너'를 향한 마음은 점점 커진다. 탄산을 나눠 마시고 키스를 하고 모래 위에 같이 눕고 매일 밤 전화해 어린 시절에 대해 대화하고 부드러운 공기 속에 여름을 함께 보냈으니, 그러지 않기도 어려웠을 것이다. 그런데 사랑에 빠진 사람에게 물결에 부서지는 빛이 가슴이 미어지듯 아프게 다가오는 것은 왜일까. 이상한 징조 앞에서 '나'는 꿈에서 깨기 싫은 듯 조심스럽게 말한다. "영혼이라는 게 있다면 그건 너만 가진 것 같다". (2) 여전히 여름일까. 어딘가 고요하다. 함께 수영했던 물은 몸에 닿는 서늘함으로 느껴지고 호숫가에 던진 작은 돌은 동심원을 남긴 채 사라지는 걸

보니 두 사람의 관계에도 어떤 변화가 있는 모양이다. '너'의 눈은 텅 비어 있고 '너'의 가느다란 손목은 모래 위에서 수천수만 개의 손으로 괴물로 변해 있다. 그리고 낭만적인 여름 분위기를 한순간에 조각내며 많은 것을 종결짓는 두 마디. "너야 그래//이 개 같은 년". (3) 아무도 없는 호숫가에 '나'는 혼자 쭈그리고 앉아 있다. 이전에는 노래를 부르고 싶어도 부르지 않았지만 이제 돌을 던지며 목청 터지게 노래를 부르는 까닭은 더이상 곁에 아무도 없기 때문에. 아무려나 상관없기 때문에. 아마도 더는 만날 수 없을 '너'와 '나'의 차이가 이렇게 간명하게 정리될 수 있다는 사실보다 잔인한 일은 없을 것 같다. "어쨌든 너는//갑자기 모든 게 끝났다는 듯 차가워질 수 있는 사람/나는 남아서 이야기를 지어내는 사람".

남아서 이야기를 지어내는 사람. '너'와 달리 '나'는 그런 사람이다. 두 연인이 만났다가 헤어지는 이 슬프고 아름다운 이야기를 감싸는 동시에 중간중간 끼어드는 '나'의 목소리가 있는 것은 '나'가 관계가 끝나고도 혼자 남아 이야기를 만드는 사람이기 때문이다. 서사를 구성하는 데 크게 보태지 않되 어떤 리듬을 만들어내며 삽입되는 이 목소리는 이야기를 고정되고 완결된 하나의 서사가 아니라 시가 진행되는 동안 생성되고 역동하는 서사로 만든다.

"말해볼까"라는 첫 시구는 시 안에서 무언가를 전달하는 '나'와 무언가를 경험하는 '나'의 층위를 구분한다. 말해보려는 사람으로서의 '나'는 자신이 전달하려는 이야기가 "다섯 개의 결말을 가진 하나의 얘기"라고 덧붙인다. "말해볼까"라고 운을 떼자마자 이 이야기가 하나의 서사로 수렴되지 않을 것이라고 예고하듯, 다섯 개의 결말이라는 여러 겹의 서사적 가능성을 지녔음을 오해 없이 확실히 해두겠다는 듯. '나'는 이것이 "끝도 없이 끝나기만 하는 끝없는 얘기"이자 "시작도 끝도 없이 흩어지는 물거품 같은 얘기"라고 변주한다. 이 글에서 마치 하나의 완결된 서사처럼 요약했지만, 그리고 '나'와 '너'는 아마도 시간의 흐름에 따라 관계를 시작하고 마감했겠지만, '나'가 다시 말하고 쓰는 과정에서 이는 시작과 끝이 분명하고 순차적으로 배열된 이야기가 아닌 다른 형식의 이야기로 다시 태어난다.

어떻게 그럴 수 있는가? 이 이야기는 두 힘, 즉 "기억이라는 구멍 나고 부서진 조각들을 애써/그러모으며/다시 복원하려고 안간힘 쓰"는 힘(간직하려는 힘)과 "상자 속에 넣고 흔들어 꺼낸 제비뽑기 따위의/어떤 형식"이라는 힘(벗어나려는 힘) 사이의 긴장으로 계속 진동하고 있기 때문이다. '너'를 가능한 한 가장 온전하게 기억하려는 '의지'와 그럴 수 없게 만드는 불안정한 '우연' 사이의 긴장이라고도 할 수 있을까. '너'와 함께 보낸 가장 아름다웠던 여름의 시간을 고정된 형태로 붙잡아두고 싶은 마음과 아무리 애를 써도 그럴 수 없다는 불가능 사이의 긴장이기도 할 것이다. '너'에 대한 불완전한 기억들을 어떻게든 그러모으려는 노력은 이를 가볍게 무효화하는 "지랄"이라는 단어에 힘없이 부딪힌다. 아무리 애써도 "내가 기록할 수 있는 모든 이야기는 단지/상자 속에 넣고 흔들어 꺼낸 제비뽑기 따위의/어떤 형식" 속에 있을 수밖에 없기 때문이다. '너'와의 기억에 가장 부합하는 정확한 단어로 쓰려는 시도는 번번이 무산된다. 붙잡으려 해도 달아나고 고정시키려 해도 흩어진다. 제비뽑기처럼 우연에 지배되는 형식. 연결되지 않고 흔들리고 교란되고 굴절되는 형식. 그래서 "시작도 끝도 없이" 물거품처럼 흩어지는 형식. 가장 온전하고 정확한 하나의 기억을 쓰려는 '나'의 의지를 번번이 배반하기 때문에 이 형식은 "비천"이라는 단어 옆에 나란히 적힌다. 언제나 실패할 수밖에 없는 비천한 형식.

그러나 유일한 이야기로 완성되지 않는다는 바로 그 이유로 이 시는 의도하거나 예기치 않았던 어떤 효과에 도달한다. 쓰려는 의지와 쓸 수 없다는 불가능 사이의 긴장이 시를 고정되지 않고 살아 움직이게 하며 종국에는 끊임없이 미끄러지며 영원처럼 이어지게 하는 것이다. 백은선의 많은 시들이 그렇듯 「퀸의 여름」은 장시다. 하나의 서사로 요약될 만한 이야기를 거느리고 있으면서도 이를 말하는 '나'의 목소리가 중간중간 개입됨에 따라 여러 이미지로 부서지고 흩어지면서 길어진다. 그것은 "거리에서 우는 여자"나 "정신 나간 여자"처럼 '나'의 상태를 짐작게 하는 이미지이기도 하고 "말로 할 수 없는 부끄러움과/놀라울 정도의 환희가/뒤섞인 이상한 아주 이상한/새의 형식 같은 것"처럼 이 시의 모양일 때도 있다. 이렇게 부서지고 흩어지며 굴러가고 불어나는 이미지들이 '너'와 '나'가 보낸 아름다운 여름의 시간을 종결되지 않고 뒤섞인 형태로 영원에 가까워지게 만든다. 우리가 이 시에서 읽는 것은 '너'에 대해 쓰려는 시도가 실패하기를 반복하면서 영원을 향해 끊임없이 미끄러지고 길어지는 형식이다.

고통을 다루는 테크니션

영원을 향해 끊임없이 미끄러지고 길어지는 형식은 백은선의 시를 '시에 관한 시'인 메타시로 부르고 싶게 만든다. 그러나 그것은 오규원의 「안락의자와 시」(『길, 골목, 호텔 그리고 강물소리』, 문학과지성사, 1995)나 장정일의 「길안에서의 택시잡기」(『길안에서의 택시잡기』, 민음사, 1988)와 같은 대표적인 사례처럼 여러 곤경에 부딪치고 이를 극복하며 한 편의 시가 쓰이는 과정이 역동적으로 그려졌기 때문만이 아니라, 그리고 시의 불가능성과 언어의 한계에 대한 성찰과 사유가 드러나기 때문만이 아니라, 쓰려는 시의 형식에 도달하기 위한 구체적인 방법을 탐구하고 제시하기 때문이다. 백은선의 시는 시인이나 시적 화자의 바닥을 훤히 비추는 투명한 고백과는 거리가 멀다는 것을, 오히려 거의 노골적일 만큼 시를 쓰는 방식에 관한 방법론에 해당한다는 것을 숨기지 않는다.

백은선의 시에 유독 '방법' '방식'이라는 단어가 자주 보이는 것은 우연이 아니다. 「콜 미 바이 유어 네임」에서 "우리가 서로를 확인하는 방식" "우리가 서로의 마음을 숨기는 방식" "우리가 사랑을 이야기하는 방식"은 각각 서로를 바라보는 눈빛이 무수하게 포개지는 모양, 이파리를 따려 나무에 기어오르고 추락하는 동작, 꺾인 가지들이 나무가 되어 숲으로 무한하게 자라나는 이미지로 비유되는데, 이 움직임들은 "문장을 숨기기 가장 좋은 방법"이 '많은 말 속에 숨기는 것'이 아닌 '제자리에 그냥 두는 것'이라는 시쓰기에 관한 방법론과 자연스럽게 연동된다. 새로운 음악을 만들고 싶다는 절박한 심정으로 기존의 소리를 겹치고 훼손시키고 합치고 거꾸로 진행시키는 다양한 방법을 실험하는 음악가가 등장하는 「바벨」, "숲은 빛으로 부푼다"라는 똑같은 구절을 다른 문장들 사이에 번갈아 등장시키거나, 그 구절을 빼거나 다른 문장을 넣어보라고 지시하거나, 어미를 바꾸어 반복적으로 제시하거나, 자신이 왜 그 구절을 반복해 적었는지 의도를 말하겠다는 식으로 언어의 배치를 변주, 반복, 탐구하는 「반복과 나열」, 7행 4열의 표 안에 하나씩 적힌 문장들을 "읽고 싶은 순서대로 읽으세요"라고 지시함으로써 서사를 픽션화하는 순서를 독자의 몫으로 배당하여 시의 구성 방법을 실험하는 「픽션다이어리」 역시 시 쓰기에 관한 방법론으로 무리 없이 읽힌다.

그렇지 않니

끈적거리는 손을 쥐었다 폈다 주머니 속에 넣어 숨기고
말할 수 없어서 그냥, 그냥……

고통을 그럴싸하게 전시할 방법에 몰두하며

새벽 고속도로를 달릴 때 최대 볼륨으로 음악을 들으며 세상에 이렇게 아름다운 것이 있나 점멸하는 빛과 끝없이 뻗은 텅 빈 도로 떠오르는 도로 허공 찢기는 허공 이것을 시로 쓸 수 있나 생각했고 속력은 참 아름답다 눈물이 날 것 같다 그렇지 않니

씨발 다 죽어버려,라고
쌀 씻으며
죽은 몸들이 거리에 칸칸 방에
사무실에
자동차에
지하철에
흩어져 조개처럼 얌전히 썩어가는 장면을
쌀을 씻으며 손을 저어 알갱이들을 만지며
(……)

그렇지 않니, 라는 말은 이제부터 끝날 때까지
다시 쓰지 않을 거라고 다짐했고

다짐 같은 게 얼마나 쉽게 손상되는지 너도 알지
사랑을 해봐서 알지

—「비천의 형식」 부분

「비천의 형식」은 그중 시의 방법론에 대한 사유가 가장 넓게 펼쳐진 시다. 이 시는 무언가를 쓰려고 하는 사람의 골똘한 생각이 여기저기를 열심히 돌아다닌 흔적처럼 보인다. '나'는 무언가를 쓰고 있다기보다는 쓰지 못하는 상태에서 시에 관해서 생각하고 있다. 죽은 사람들의 책을 읽고 언니들의 시집을 읽고 어린 시절에 쓴 시들을 읽고 유서를 쓴 베토벤의 삶을 떠올리면서 시에 관한 생각이 진행된다. 그러나 막상 자신은 무언가를 쓰려고 해도 "잘 못 써서 이해할 수 없겠지"라는 생각에 미안하다는 말을 도배하게 되고, "아름다운 것만 주고 싶었는데 내 손은 온통 검정이라 움켜쥐는 순간 새도, 물도, 접시도, 식물도, 단숨에 검어지고" 만다는 근심에 아무것도 쓰지 못하고 우물쭈물한다. 더이상 쓸 수 없을 것 같다는 한계에 이른 채로 "(이틀이 지나고)/(사흘이 지나고)/(나흘이 지나고)"라는 식으로 시간의 흐름이 시 속에 그대로 기입되기도 한다.

무엇에 관해 쓸 수 있을까. '나'를 이루고 있는 성분이 슬픔, 분노, 고통과 같이 진하고 어두운 감정이라는 것은 분명해 보인다. 그러나 '나'가 그러한 감정의 단순한 표출과 발산만으로는 시가 될 수 없음을 알고 있다는 것은 더욱 분명해 보인다. '나'는 자신을 괴롭히는 고통이 무엇인지 파고드는 것이 아니라 그러한 "고통을 그럴싸하게 전시할 방법에 몰두"하는 사람이다. 아름다운 것들에 관해서도 마찬가지여서 음악을 들으며 새벽 고속도로를 달리는 도중 점멸하는 빛, 끝없이 뻗은 텅 빈 도로, 찢기는 허공이 눈물나게 아름답다고 생각하면서도 그 아름다움에 젖어 있는 것이 아니라 "이것을 시로 쓸 수 있나 생각"하는 사람이다. '나'에게 비천을 느끼게 하는 것은 바닥을 치게 하는 슬픔, 분노, 고통의 감정 자체라기보다는 그것을 시로 쓰지 못할지도 모른다는 의심과 불안이다.

이러한 내용은 시의 형식과 거의 완벽하게 공명하면서 시작詩作 과정을 시적 방법론의 형상화로 도약시킨다. 끊임없이 미끄러지며 넓어지는 시의 면적 속에서 내내 일관성을 침해하는 잦은 전환은 '나'가 느끼는 고통이 시쓰기에 매끄럽고 투명하게 쓰일 수 있으리라는 환상을 깨면서 삶과 시 사이의 균열을 가시화한다. "그렇지 않니"라는 구절의 반복은 기나긴 시에 리듬을 부여하는 동시에 누군가에게 동의를 구하며 '나'의 의심과 불안을 표면화한다. '나'의 고통과 아름다움이 시가 될 수 있을지 따져보다가도 느닷없이 모든 가능성을 뭉개듯 "씨발 다 죽어버려"라며 흐름을 차단하는 것은 불화하는 힘을 충돌시키며 오히려 시에 에너지를 부여한다. 언어에 대한 회의 속에서 시를 쓰려는 시도가 거듭 가로막히고 정지당하면서도 시에 관한 생각은 멈추지 않고 끊임없이 굴러가면서 시에 활력을 불어넣고 시를 역동적으로 살아 있게 만든다. 끝내 시쓰기를 미완성으로 남겨둠으로써 오히려 새로운 가능성을 품는 여지를 남겨둔다. 이로써 이 시에 적힌 언어들은 단순히 시쓰기에 실패하는 사람의 목소리의 반영이 아니라 고통을 시의 형식으로 만드는 기술의 결과가 된다. 고통을 전시한다는 메타적인 시선이 고통을 견디게 하고 또 쓸 수 있게 하는 시적 형식의 힘이기도 하기 때문이다. 괴로움이 기술이 되는 순간이야말로 가장 창조적이고 시적인 순간이다.

(2021)

Healers, carers, and lovers

"사실을 인정하자. 우리는 서로로 인해 와해된다. 만약 그렇지 않다면 뭔가를 놓치고 있는 것이다."[1] 주디스 버틀러가 「폭력, 애도, 정치」에서 말한 인간의 취약성과 상호의존성은 우리가 언제나 전쟁의 폭력에 불가분하게 공모하고 있음을 폭로하는 말이지만, 기후 위기와 코로나 팬데믹을 겪고 있는 지금 이 시대에 새삼 발견한 인간의 조건을 가장 근본적으로 드러내는 말이기도 하다. 독립적인 개인이라는 근대적 관념이 얼마나 허구적인 것인지, 연약하고 부서지기 쉬운 몸이야말로 주체를 구성하는 데 얼마나 핵심적인 장소인지, 바로 그 취약성과 상호의존성을 이해하고 수용하는 데 돌봄이 얼마나 필수적인 의제인지 말이다.

몸의 늙음과 아픔, 질병과 장애를 가장 깊이 인정하는 의제로서 돌

1) 주디스 버틀러, 「폭력, 애도, 정치」, 『위태로운 삶—애도의 힘과 폭력』, 윤조원 옮김, 필로소픽, 2018, 52쪽.

봄이 문학에서 재현되는 양상은 어떨까. 문학이 이 취약한 몸들을 있는 그대로 반영하거나 재현하는 데 그치지 않고 굴절시키거나 재구성한다면, 현실의 질서와는 다른 미학적인 공간을 만들어낸다고 이해할 수 있다. "결말 미확정성의 문학적 작동이 닫히거나 더듬거리게 하는 텍스트적 장애물"[2]로서 장치들을 동반하면서 말이다. 그로써 비정상성을 끝내 극복하거나 치유를 기어이 달성하는 서사가 아니라 인간의 취약한 몸들이 서로를 돌보는 환경에서 발생하는 다양한 조건을 탐색하게 한다. 이 글은 최근 돌봄의 양태를 다룬 한국 소설에서 인간의 취약성과 상호의존성을 시험하거나 드러내어 정치적인 공간을 마련하는 장면에 주목한다.

느슨한 돌봄과 펼쳐진 시간들—이주란의 소설

이른바 '정치적으로 올바른 서사'나 '착한 서사'에 대한 세분화된 분석과 담론적 민감함, 그리고 여전한 갈증이 팽팽하게 부풀어 있는 한국문학장에서도 이주란의 소설에는 어딘가 좀 특별한 구석이 있다. 이주란의 소설을 '마음을 따뜻하게 하는 착한 서사'로 읽지 않기란 어렵다. 갈등을 일으키는 안타고니스트나 주인공을 괴롭히는 적대적 인물이 거의 등장하지 않기 때문이다. 대신 여기에는 소심하거나 위축되어 있는 주인공을 위로하고 감싸주는 사람들의 선의로 가득하다. 자칫 어색하거나 억지스러운 설정이 되기 쉽지만 어째서인지 이주란의 소설에서는 한 번도 그런 적이 없다. 이러한 선의는 유별

2) 아토 퀘이슨, 『미학적 불안감—장애와 재현의 위기』, 손홍일 옮김, 디오네, 2016, 73쪽, 강조는 원문.

나게 강조되거나 서사의 방향을 트는 결정적인 사건은 아니지만 소설 전반에 안개처럼 희미한 배음을 이루는 작고 우연한 요소들로서 느슨하고도 아름다운 돌봄의 시간을 구축한다.

「위해」(문장 웹진 2021년 6월호)는 어느 주택의 반지하에서 할머니 할아버지와 서로를 돌보며 살아가는 '수현'의 이야기다. 부모님은 살아 있지만 어디에 있는지 모르고, 지난 계절에는 오래 사귄 첫 남자친구와 헤어진데다가, 가난을 함께 이고지는 할머니는 어릴 적부터 "조용히 살라"고 말해왔으나, '나'는 스스로 얼마간 행복하다고 여기는 사람이다. 자신을 거두어준 할머니가 있어 참으로 고맙고, 비닐하우스에 살던 때에 비하면 생활도 안정적이며, 집주인은 화분에 심고 싶은 것이 있으면 심어도 된다고 말하기 때문이다. "뭐 다른 게 축복이겠는가. 수현은 그것을 축복이라 여겼다." 이를 두고 '무기력하고 가난한 청년 세대의 고투'로 읽는 독해도 가능할 테지만, 이 소설의 정서적인 무게가 실리는 쪽은 그보다 수현이 주변 사람들과 나누는 담백한 대화, 그리고 그것이 수현의 작은 상념들과 부딪치면서 무언가로부터 천천히 회복시킨다는 점이다. 특히 옆방 세입자인 어린이 '유리'와 나누는 우정이 그렇다.[3)]

---

3) 전기화는 이주란의 소설이 지금까지 주로 가난한 청년 세대의 '자기혐오'나 '희망없음'이라는 정동으로 읽혀왔음을 짚어내면서, 이주란 소설의 화자들이 특히 어린이 화자인 "주변과의 느슨한 연결을 통해 스스로를 돌보며 생활을 회복해나가는 양상"에 관심을 기울인다. 성인이 된 화자가 과거 불행했던 어린 시절을 호출하는 대신 지금 자신 주변의 어린이들과 상호적인 돌봄을 나누는 장면을 분석함으로써, 정상 가족 단위에서 안온한 돌봄을 받는 수동적인 대상 혹은 미래의 희망을 담보하는 재생산주의의 상징으로 표상되어온 어린이라는 주체를 돌봄이라는 의제의 복잡성에 기입해보려는 시도다(전기화, 「돌보는 사람들」, 〈요즘비평포럼〉 발표문, 2022. 7. 21, 4쪽).

힐링이 뭐예요?

힐링?

저기.

유리가 힐링 숲 안내도를 가리키며 물었다. 이 숲의 이름이 힐링이 아니라는 건 유리도 알고 있었다. 힐링 힐링 여행 힐링하고 싶다 힐링하러 가자 힐링이 된다…… 수현은 힐링이라는 단어를 수백 번 혹은 수천 번 듣고 보았으나 힐링이 무어냐는 질문에는 곧바로 대답하지 못했다. 정확한 뜻을 알려줘야겠다 싶어서 검색을 해본 뒤에 대답했다.

치유래.

치유가 뭐예요?

치유?

수현은 또 곧바로 대답하지 못하고 다시 스마트폰으로 검색했다.

치료해서 병을 낫게 하는 거래.

병이요?

응.

지도가 꼭 뱀 같아요.

진짜 그러네.

저 뱀 좋아해요.

뱀을?

네, 뱀을 좋아해요.(「위해」, 강조는 인용자)

어느 주말 저녁 수현이 유리와 함께 버스를 타고 등산을 하러 가면서 나누는 이 대화는 유리가 묻고 수현이 대답하는 방식으로 길게 이어진다. 내용적으로는 어린이가 낱말의 뜻을 물으면 어른이 그것을 가르쳐주고 있지만, 형식적으로는 유리가 무슨 낱말을 꺼낼 때마다 수현이 그 말을 따라 한다. '힐링'이 뭐냐고 물으면 "힐링?", '치유'가 뭐냐고 물으면 "치유?", '뱀'을 좋아한다고 하면 "뱀을?"이라고 그대로 되묻는 식이다. 상대방의 물음을 그저 되비추기만 하며 반복되는 비경제적인 대화는 여기에 왜 들어가 있는 것일까? 유리와 수현의 대화는 특별한 정보를 전달하거나 서사의 개연성을 만들어내지는 않는데도 말이다.

그러나 이 비경제성과 반복성이야말로 유리와 수현에게 어쩌면 가장 필요했던 대화의 양식이자, 더 나아가 소설이라는 장르에서 대화라는 양식의 고유한 기능일지 모른다. 이 대화 속에서 두 사람은 상대방의 말을 그대로 자신의 입으로 발음하면서 서로의 존재를 아주 느린 속도로 곱씹기 때문이다. 그리고 그 단순한 리듬의 반복 속에서 남들에게는 말하지 않는 속마음을 나누고 서로의 취향을 진중하게 받아들인다. 이 장면 이후에도 두 사람의 대화는 대부분 무언가를 하고 싶거나 하고 싶지 않다는 의향("원래 산에 오면 오이를 먹는 거야/아 오이는 안 먹으면 안 돼요?/돼") 또는 솔직한 사양과 그 번복("사진 찍어줄까?/아 아니요. (……) 사진 한 장만 찍어주세요. 응?/사진이요./응./(……)/언니도 찍어줄까요?/아니")이라는 사소한 문답으로 이루어진다. 있으나 마나 한 대화야말로 집밖으로 잘 나오지 않는 유리와 조용히 살아가기로 마음먹은 수현이 다른 어디에서도 꺼내지 않았던 사소한 마음을 마음껏 꺼내고 나눌 수 있는 소설적 공간을 마련한다. 이 느리고 단순한 문답은 무엇보다 건강한 정상성의 상태를 향해 상처를 치유하는 '접힌 시간성'이 아니라 극복 서사 안에 접혀 있는 사소한 취향과 의향을 천천히 발굴하는 '펼쳐진 시간성'을 만들어 낸다.[4] "가장 좋은 직접적인 대인 돌봄은 서두르지 않고 관계의 지속성을 유지"하는 일이며 "이는 시간이 요구되는 일"이라면,[5] 이 비경제적이고 반복적인 대화는 바로 그 돌봄이 요구하는 긴 시간을 넉넉히 펼쳐낸다.

이주란의 「파주에 있는」[6]의 '현경'은 조금 더 구체적이고 직접적인 상실의 아픔을 겪고 있다. 현경이 누군가에게 "좋은 하루 보내"(200쪽)라는 습관적인 인사말을 건네고는 혹시 무책임한 말일까봐 괴로워하는 까닭은, 자신이 결코 '좋은 하루'일 수 없는 고통스러운 시간을 보내고 있기 때문이다. 팔 개월 전 사랑하는 사람의 장례식을 치른 현경은 오늘의 날짜와 요일을 알지도 못하고 문득 열이 났다가 별다른 이유 없이 눈물을 흘리는 등 우울증을 겪고 있는 것처럼 보인다. 그러나 주변 사람들의 느슨한 호의와 우연한 만남이 빈자리를 어루만지듯 그 상실을 서서히 메워가는 시간이 이 소설에서 일어나는 작은 기

4) 엘리슨 케이퍼는 '치유'라는 개념이 장애를 진보라는 서사 안에서 병리화하면서 "현재의 삶을 유예하고 장애와 질병이 없는 미래를 기다리라고 요구하며 현재를 살아가지 못하게" 하는 경향을 '치유적 시간(curative time)'이라고 비판한 바 있다. 이에 착안하여 김은정은 장애를 갖기 이전의 과거와 치료된 미래만을 연속적으로 인식하는 진보 개념을 '접힌 시간성(folded temporalities)'으로 명명한다(김은정, 『치유라는 이름의 폭력—근현대 한국에서 장애·젠더·성의 재활과 정치』, 강진경·강진영 옮김, 후마니타스, 2022, 18~28쪽).

5) 더 케어 컬렉티브, 『돌봄 선언—상호의존의 정치학』, 정소영 옮김, 니케북스, 2021, 124~125쪽.

6) 이주란, 「파주에 있는」, 『창작과비평』 2021년 겨울호. 이하 인용시 본문에 쪽수만 밝힌다.

적이다. 십수 년 전 헤어진 남자친구 '재한'은 현경의 소식을 들은 듯 갑작스럽고 조심스럽게 안부 메일을 보내고, 대학 후배 '정원'은 자신이 잠시 떠나 있는 동안 파주의 아파트 공간을 빌려주며, 시장의 작은 국숫집에서 만난 아주머니는 비 오는 날 빈자리로 안내하며 현경을 환대한다. 이들과 나누는 짧은 대화들 속에서 현경은 일상을 회복하는 방향으로 아주 느리게 이동한다.

그 회복의 정도를 가늠하게 하는 소설적 요소는 다름 아닌 현경의 입맛과 그녀가 먹고 마시는 음식이다. 현경이 겪는 상실의 고통은 혼잣말이나 상념으로만 드러날 뿐 주변 사람들은 그에 관해 무척 조심스러워하며 이야기를 꺼내지 않고 그 자리는 식사에 대한 안부나 음식에 관한 이야기로 채워진다. 제주에 있는 후배 정원은 매일 전화나 문자로 현경에게 무엇을 먹었는지 꼬박꼬박 챙긴다. "〔언니, 저녁은요?〕/〔응, 먹었어〕/〔뭐 먹었어요?〕/〔너구리 한 마리 몰고 갔어〕/〔오, 잘 몰고 갔나요?〕/〔그럼! 넌?〕/〔전 무진장 긴 갈치〕/〔잘했네. 좋은 거 많이 먹어〕/〔언니도 라면만 먹지 말고 끼니 잘 챙겨 먹어요〕/〔나 잘 먹어〕/〔거짓말. 참, 낮에 당근즙 보냈어요. 하나씩 꼭 챙겨 먹기!〕/〔아휴, 뭐하러〕/〔구좌 당근이 너무 맛있더라구요. 싸게 샀어〕/〔고마워, 정원〕".(197쪽) 국숫집 아주머니의 돌연한 호의로 뜨끈한 멸치국수를 먹게 된 현경은 팔 개월 만에 처음으로 그릇을 비워보고, 국숫집을 나오자마자 상점들을 둘러보며 귤, 단팥빵, 누룽지, 젓갈, 우유, 인스턴트커피를 사기도 한다. 현경이 이렇게나 많은 음식을 구경하고 구입하는 장면은 서사에서 인과적인 장치로 기능하지 않고 그저 흘러가듯 다음 장면으로 이어진다. 하지만 그러면서도 꽤나 긴 분량이 할애되는 까닭은 음식을 먹는다는 것, 즉 스스로를 먹인다는 것은 자신의 삶을 돌보기 위한 가장 기본적인 행위이기 때문이다. 자신을 살짝 앞으로 밀어주는 타인의 에너지를 받아 현경은 시장에서 먹을 것을 보고 만지고 사면서 일상을 꾸리기 위한 회복의 힘을 조금씩 채워간다.

현경이 한참 걸어다니는 파주의 시장 골목이나 재한과 만나 산책하는 수목원과 둘레길이 소설의 주된 공간적 배경인 것은 우연이 아닌데, 왜냐하면 산책이야말로 혼자 웅크리거나 고립되어 있는 사람으로 하여금 타인에게 노출되고 타인을 목격하도록 강제하는 행위이기 때문이다. 주차장, 매표소, 산길, 온실, 암석원, 전망대를 걸으며 우연히 귀에 들리는 타인들의 말소리는 현경과 재한의 대화 중간에 맥락 없이 끼어든다. 이를테면 둘레길에서 "할아버지, 새해 복 많이 받아!"(205쪽)라고 외치는 한 어린이의 말소리는 별다른 문장부호나 단락 구분 없이 서술에 삽입되고 "말 잘한다, 그치" "응, 게다가 겨울에 새해가 온다는 것도 아는 거잖아"(같은 쪽)라는 현경과 재한의 대화로 자연스럽게 섞여들어왔다가 유유히 사라진다. 멀리서 들려오는 아이들의 웃음소리, 장모님과 장인어른에게 식사 메뉴를 묻는 남자의 질문, 엄마에게 심부름을 확인하는 어린이의 외침, 비가 그쳤으면 좋겠다는 버스 뒷좌석 아이의 바람은 단지 외부의 풍경으로 묘사되는 데 그치지 않고 현경의 내면과 마치 물리적으로 연결되듯 뒤섞인다. 이주란 소설에서 사소한 일상의 대화들은, 어쩌면 사람을 살리는 것은 너무 작아서 잘 보이거나 들리지 않는 타인의 말소리와 무관하지 않을지도 모른다는 생각을 하게 한다. 정상 가족 단위가 아닌 전 연인, 친구, 심지어는 지나가는 사람들의 조심스러운 안부와 우연한 호의로 이루어진 매우 느슨한 단위의 돌봄 공동체가 있다면, 바로 이 소설에서 우리는 그 아름다운 한 양상을 본다.

돌봄의 권력과 섹슈얼리티가 교차하는 자리—이희주, 위수정, 최은미의 소설

그러나 돌봄이 언제나 착하고 아름다운 것은 아니다. 돌봄은 사람과 사람 사이를 연결하고 서로의 결핍을 채워주며 기쁨과 보람을 나누는 행위이지만, 동시에 그 자체로 어렵고 지치는 사회적인 노동이며 돌봄을 주는 사람과 받는 사람 사이의 비대칭적인 관계를 수반하기 때문이다. "돌봄의 현장에는 언제나 권력에 따른 갈등이 있고, 이 갈등에 대한 해석은 심하게 젠더화되어 있으며 거의 '신분화'되어"[7] 있음을 우리는 어렵지 않게 이해할 수 있다. 더구나 "감사에 대한 모종의 기대나 너에 대한 전능감의 확보, 내가 준 것이 너에게 절대적이고 유일한 호혜임을 확신하는 주권의 행사"로 인해 돌봄의 현장이 "비틀린 상호 착취의 장면과 다름없을"[8] 가능성 또한 배제할 수 없다. 돌봄이라는 행위가 단지 권력관계를 포함할 뿐만 아니라 그 자체로 복잡한 권력이기도 하다면, 돌봄의 가치를 담론화하는 과정에서 이러한 양면성을 어떻게 다루어야 할 것인가?

역사적으로 돌봄이 열등하고 무가치한 노동으로 치부되거나 가족 내 성인 여성의 당연한 책무로 비가시화되어온 맥락은 돌봄의 권력을 의제화하는 일을 까다롭게 만든다. 가부장제 내 여성들의 무보수

---

7) 김영옥, 「'인간은 누구인가, 무엇으로 사는가'라는 질문과 돌봄 실천」, 『뉴래디컬리뷰』 2022년 봄호, 225쪽.

8) 이연숙, 「「퀴어-페미니스트의 '돌봄' 실천 가이드」를 위한 예비적 연구」, 『문학동네』 2022년 여름호, 145쪽.

돌봄노동을 자본적인 가치로 환산하려는 시도에서든, 기후 위기와 코로나의 시대에 인간의 취약성과 상호의존성을 다루는 실천적 행동으로 옹호하려는 시도에서든,[9] 돌봄에 복잡하게 연루되어 있는 권력에 주목하는 일은 자칫 이제야 수면 위로 담론화되기 시작한 돌봄의 가치를 훼손하거나 왜곡하는 일이 될 수도 있기 때문이다. 그러나 돌보는 여성의 권력은 오히려 돌봄이 '내 남편과 아이들을 보살핀다는 가족주의적인 보람'이나 '사회의 위기에 대응하는 민주주의적 가치'로 깔끔하게 수렴되지 못하게 하며, 돌봄에 어지럽게 뒤섞여 있는 우월감, 통제 욕구, 죄책감, 쾌락과 같은 정동을 온당하게 가치화할 수도 있다. 더 나아가서는 가정주부, 간호사, 스튜어디스와 같이 돌봄노동을 수행하는 직업 여성들에게 부착된 성애화된 이미지, 혹은 돌봄력이 이성애자 남성을 성적으로 만족시켜주는 자질의 바탕이 된다는 일방적인 판타지를 해체하는 데 기여할 수도 있다. 돌봄은 이미 성애화되어 있다. 그렇다면 돌봄의 섹슈얼리티와 연루되어 있는 권력의 다종한 측면에 주목해보는 일은 돌봄의 가장 전복적이고 급진적인 가능성을 탐색해보는 일이 될지도 모른다.

이희주의 『성소년』[10]은 나이대도 성격도 살아온 환경도 다른 네 명의 여성 '안나' '미희' '나미' '희애'가 세기말 최고의 미남 스타 '요셉'을 납치하고 감금하여 약을 먹이며 강간하고 죽이는 이야기다. 거칠게 요약된 줄거리만으로는 공포 범죄 스릴러 혹은 엽기적인 호러물을 연상하게 하지만, 팬 픽션이라는 양식을 빌려 여성들의 파괴적인

9) 황정아, 「가치로서의 돌봄」, 『개념과소통』 28호, 2021.
10) 이희주, 『성소년』, 문학동네, 2022. 이하 인용시 본문에 쪽수만 밝힌다.

섹슈얼리티를 실험하는 이 소설은 아이러니하게도 명백한 돌봄 서사이기도 하다.

외딴 산장에서 기억을 잃은 아이돌 스타 요셉. 그는 무기력하게 침대에 누워 네 명의 여자가 돌아가며 자신을 씻기고 먹이고 재워주고 보살펴주기만을 기다린다. 이들이 대소변을 받는 일도 마다하지 않으며 한 명의 남자를 위해 기꺼이 돌봄을 베푸는 이유는 내 가족을 청결하고 안온한 상태로 유지하는 데 보탬이 되기 위해서도, 자신들의 노동을 자본주의 사회에서 경제적인 가치로 교환하기 위해서도 아니다. 자신이 사랑하는 남성을 향한 마음을 표현하는 여성성의 본능적인 발현이나 그의 감금 상태를 유지하기 위한 불가피한 보살핌에 그치는 것도 아니다. 엄격한 식단 관리와 약물 복용을 동반하는 이 돌봄은 무엇보다 자신이 욕망하는 남성의 아름다움이 잘 보존될 수 있도록 관리하여 시각적인 쾌락을 향유하려는 정교한 테크닉이자, 그 미모를 통제하고 있다는 소유욕을 듬뿍 채우면서 아름다운 피조물에 마땅히 바치는 예술적인 헌신에 가깝다.[11] 그 경배와 전능감은 대상을 의존적이고 취약한 몸으로서 인식하고 그 상태를 민감하게 알아차려 섬세하게 가꾸는 돌봄노동을 경유하지 않고서는 획득될 수 없는 것이다. 자신의 욕망을 가장 정확한 형태로 실현하기 위한 가장 적절한 수단으로서의 돌봄. 그리하여 도와주셔서 감사하다는 요셉의

---

11) 오은교는 『성소년』뿐만 아니라 이희주의 데뷔작인 장편소설 『환상통』(문학동네, 2016)과 연작소설집 『사랑의 세계』(스위밍꿀, 2021)에서도 여성들의 과잉 성애와 탐닉에 아름다운 남성의 외모가 페티시즘적으로 물화되는 이희주 소설의 고유한 미학을 분석한다(오은교, 「죽을 만큼 사랑해, 죽일 만큼 사랑해—이희주론」, 『문학동네』 2022년 여름호).

말에 나미는 당연하다는 듯 말한다. "당신을 돌보는 게 우리의 기쁨이에요."(23쪽)

안나, 미희, 나미, 희애에게 섹슈얼한 쾌감과 돌보는 보람을 구분하는 일은 불가능한 것처럼 보인다. 이 소설에서 절창인 대목 중 하나는 침대 위에서 꼼짝 못하고 있는 요셉과 그를 보살피면서 미세하게 신체를 접촉하는 나미 사이에 흐르는 성적인 긴장감을 그린 대목이다.[12] 이 장면이 가리키는 정황은 명백히 아픈 사람을 간병하는 행위이나 재현되는 묘사는 병리적인 것과는 어떤 연관도 없어 보인다. 그 자리에 있는 것은 "척추뼈 밑에 닿는 침대 시트의 바스락거림과 낡은 매트리스의 흐물흐물한 탄성, 젖어 감겨든 옷자락의 끈적함"(19쪽)과 같이 감각적인 언어들이다. 정황과 묘사 사이의 이 기묘한 낙차는 여성을 성적으로 대상화하는 방식으로 납작하게 재생산되어온 돌봄력과 섹슈얼리티의 복잡한 관계를 다면화한다. 여기에서 돌봄은 이성애자 남성의 성적인 요구에 봉사하거나 모성을 자연화하는 신화적인 이데올로기에 조금도 기여하지 않으며, 그저 돌보는 여성의 성적 쾌락과 판타지 실현을 위해 아낌없이 복무한다. 이 돌보는 여성들의 비윤리적이고 급진적인 섹슈얼리티의 재현은 돌봄의 위계를 그대로 전복한다기보다 돌봄이라는 행위에 애초에 깃들어 있는 권력을 새롭

---

12) 결국 이들은 약물을 먹이고 요셉을 강간하는데 그 논리는 인류를 위해 아름다움을 증식해야 한다는 것이다. 「천사와 황새」(『릿터』 2022년 6/7월호)에 이르러 이희주 소설에서 아름다운 남자를 향한 소유욕은 아름다운 남성을 임신하게 만들어서 그 유전자를 번식시키는 상상력으로 나아간다. 잉태의 주체를 단숨에 전복하는 이 상상력 안에서 모성 이데올로기는 여성의 돌봄노동과 함께 단지 탈신비화되는 것이 아니라, 임신 출산에 관한 중요한 두 가지 담론, 즉 모성애 신화와 국가 주도의 재생산주의를 격파한다.

게 발견하는 것에 가깝다.

유자녀 기혼 여성에게 책무로 주어진 자녀 양육과 돌봄이 가부장제 바깥의 섹슈얼리티를 실험하고 욕망을 담금질하는 계기이자 방법으로 작동하는 소설이라면 어떤가. 위수정의 「풍경과 사랑」[13]에서 고등학생 아들 '민준'을 키우며 남편과 살고 있는 지적이고 세련된 중년 여성 주부인 '나'는 외국에서 살다 온 건장한 체격의 아들 친구인 '연호'에게 강렬한 성적인 긴장감을 느낀다.[14] 1990년대 소위 '불륜소설'이라는 서운한 명명으로 불린, 가부장제 내 기혼 여성의 성적 욕망과 억압 그리고 자유를 탐색했던 찬란한 한 계보를 떠올리게 하지만, 위수정의 소설에서 곤두선 긴장은 한결 팽팽하고 자기검열은 더욱 철저하다. 인물의 심리를 촘촘하고 치밀하게 따라가면서도 상당히 절제되어 있는 작가의 서술 방식 때문에 '나'의 욕망은 결코 노골적으로 드러나거나 직접적으로 표현되지 않으며, 꽤나 명백하게 성적인 긴장감이 감도는 가운데에도 '나'는 스스로에게조차 이 불온하고 은밀한 욕망에 대한 경계를 내려놓지 않는다.

한껏 억제된 가운데서도 이 젊고 아름다운 남자를 향한 '나'의 욕망이 가늘게나마 흘러나오는 유일한 장면은 집에 놀러온 연호에게 식사와 간식을 마련하는 돌봄의 순간이다. 대학원 시절에 개인전을 열었을 만큼 재능과 감각이 있는 미술 전공자였고, 주기적으로 미용실에 가고 손톱 관리를 받으면서 외모 가꾸기를 소홀히 하지 않는 세

---

13) 위수정, 『은의 세계』, 문학동네, 2022. 이하 인용시 본문에 쪽수만 밝힌다.

14) 「풍경과 사랑」을 분석하는 대목은 『2022 올해의 문제소설』(한국현대소설학회 엮음, 푸른사상, 2022)에 실린 작품 해설 「영원한 혼잣말」의 일부를 수정하고 보완한 것이다.

련된 여성이지만, 캠퍼스 커플이었던 남자와 이른 나이에 결혼해 주부로 살고 있다는 조건으로 인해 그녀에게 누군가를 먹이고 기르는 돌봄을 수행하는 일은 몸에 배어 있다. 혹시 못 먹는 거 있냐는 물음에 "놉. 다 좋아해요. 배고파요"(78쪽)라며 당돌하게 말하는 연호와 처음 만나는 장면부터 '나'에게 그의 식성을 미세하게 감식하는 일은 그를 섹슈얼한 대상으로 관찰하고 음미하는 일과 다르지 않다. 연호가 어깨가 넓고 체격이 좋은 건장한 발육 상태와는 대조적으로 "핫, 스파이시, 그런 거 원래 좋아해요"(88쪽)라며 불닭볶음면과 우유를 좋아한다는 말을 곱씹는 장면은 그저 아들 친구에게 한끼 식사를 대접하는 의미가 아니라 성숙한 외모와 유아적인 취향의 간극을 부각시키며 자극이 증폭되는 판타지를 만들어낸다. 여기에 기묘한 권력이 깃들어 있음은 물론이다. 상대방의 입맛을 세심하게 감별하여 음식을 내놓는 데에는 상대방의 욕망을 장악하여 충족시켜준다는 만족감, 그리고 이것을 섹슈얼한 환상을 위한 디테일한 소스로 활용하는 주체성이 있다.

연호가 느닷없이 부산으로 전학 간다는 소식이 들려오면서 이 관계는 물거품이 되고 말지만, 아니 남편에게 솔직하게 털어놓으려는 순간 발설을 거부당하면서 (말해서는 안 되는) 위태롭고 짜릿한 욕망은 (말할 필요도 없는) 시시하고 진부한 것이 되어버렸지만, 그렇다고 이 불온하고 은밀한 욕망의 고유한 양식까지 함께 증발해버린 것은 아니다. 애초에 이 소설은 가부장제의 억압을 고발하거나 결혼이라는 제도의 허상을 폭로하기보다는 욕망이 움직이는 생리에 초점을 맞추고 있기 때문이다. 그렇기 때문에 1990년대 문학의 소위 '불륜' 소설에서 귀결되곤 하는 방향, 즉 낯선 남자를 향한 욕망을 실현하고 일상에서 탈주하여 자유로워지거나, 아니면 반대로 그로 인해 모종의 처벌을 받거나, 아니면 그 욕망을 끝내 억압한 채 권태로운 일상으로 회귀하는 등의 결론을 향해 전개되지 않는다. 다만 이 소설은 욕망하는 대상의 미세한 입맛에 맞추어 먹이는 돌봄 행위가 모성 이데올로기를 정확하게 배반하면서 기혼 여성의 섹슈얼리티를 증폭하고 종국에는 그 덧없음을 보여주는 데까지 어떻게 밀고 나가는지 보여준다. 그러므로 이 불온한 욕망은 그 내용이 실현되는 데는 실패했으나, 그 고유한 형식을 창안하는 데는 성공했다고 말해야 한다.

최은미의 「보내는 이」[15]에서 유자녀 기혼 여성의 돌봄은 같은 아파트에 살면서 동갑인 딸을 키우는 다른 기혼 여성과의 진득하고 애틋한 관계로 향한다.[16] 문을 통해 서로의 집을 내다볼 수 있는 같은 아파트에 사는 '진아씨'와 '영지'('나')는 각자의 딸인 '서윤이'와 '하윤이'가 세 살이던 무렵부터 알던 사이였지만 '윤이들'이 초등학교 4학년 때 같은 반이 되자 새삼스럽게 가까워지기 시작한다. 아이들이 초등학교에 입학한 후부터는 직장생활을 그만두고 양육에 전념하고 있는 '나'와 진아씨는 여름방학 한 달 동안 많은 시간을 함께 보내고 서로에 대한 사소한 정보들까지 흡수하듯 나누면서 빠른 속도로 가까워진다. '나'는 정신을 차리고 싶지도 않을 만큼 진아씨에게 빠져들어가, 진아씨가 자신에게 말하지 않은 이야기를 올린 맘카페의 글을 미친듯이 찾아 읽으면서 서운해하거나 주방 창문에 서서 진아씨네 어느 방에 불이 켜져 있는지 지켜보기도 한다. '나'가 진아씨가 던

15) 최은미, 『눈으로 만든 사람』, 문학동네, 2021. 이하 인용시 본문에 쪽수만 밝힌다.
16) 「보내는 이」를 분석하는 대목은 「움직이는 기혼 여성들」(『현대문학』 2019년 6월호)의 일부를 수정하고 보완한 것이다.

진 사소한 언행에 수많은 의미를 부여하고 집착하는 동안, 두 사람의 관계는 가까워졌다가도 멀어지는 듯 왕복운동을 하고, 그러던 여름의 끝에 전국을 휩쓰는 압도적인 태풍에 진아씨네 유리창이 터지는 사건을 계기로 진아씨가 이사를 가게 되면서 '나'는 이후로 진아씨를 보지 못하게 된다.

딸을 키우는 기혼 여성인 '나'는 그간 한국문학사에서 익숙하게 재현되어왔던 어머니의 형상과는 조금 다른 것처럼 보인다. '나'의 세계는 남편과의 관계, 아이에 대한 사랑, 돈이나 사회적인 조건을 중심으로 돌아가지 않는다. 앞서 살펴보았던 두 소설들처럼 같은 공동체 내 사람들과의 관계에도 별다른 영향을 받지 않으며, 오직 다른 기혼 여성인 진아씨에 대한 관심과 애정과 집착만으로, 그 일대일의 배타적인 관계 안에서만 유효하게 작동되고 있는 것처럼 보인다. 소설에서 '나'의 남편에 대한 정보는 거의 아무것도 제시되지 않으며, 그의 어떠한 목소리나 흔적도 등장하지 않는다. 물론 두 여성의 관계가 아이를 통해 맺는 관계이기 때문에 "그걸 넘어선 친밀감을 갈망하면서도 아이를 포함시키지 않으면 불안"(18쪽)하다는 한계 안에서 움직이고 있지만, '나'는 오히려 그 조건을 이용하는 것처럼 보인다. 진아씨를 향한 제어할 수 없는 충동과 멈출 수 없는 집착은 딸이라는 완충물을 통해서 가까스로 사회에서 용인될 수 있는 수준으로 다스려지고 있으며, 아이들끼리의 인간관계나 방학 일정을 통해서 약속을 이어나간다. 요컨대 「보내는 이」가 보여주고 있는 것은 남편, 아이, 모성에 대한 집착에 매달려 있는 어머니가 아니라, 오히려 아이 양육이라는 돌봄을 자원으로 활용하면서 움직이는 기혼 여성이다.

> 나는 식탁 위를 보았다. 진아씨가 펼쳐놓은 건 언젠가 가래떡을 꺼내다 진아씨가 지나가듯 말해주었던, 냉동을 시켜놓은 모유였다. 손바닥만한 유축 팩이 여섯 개였다. 그것들에 유성펜으로 글씨가 적혀 있었다. 2008년 8월 21일 100ml, 2008년 8월 26일 130ml, 2008년 9월 3일 80ml, 2008년 9월 10일 150ml. 모유는 누르스름한 빛깔로 단단하게 얼어 있었고, 기온 차로 생긴 물방울들이 팩 위로 빠르게 돋아 오르고 있었다.
>
> (……) 나는 진아씨가 저걸 십 년 동안 갖고 있었다는 것에 기함을 하면서도 저것이 녹고 있다는 게 안타까웠다.
>
> "진아씨, 이러다 정말 다 녹겠어."
>
> 진아씨는 꿈쩍을 하지 않았다.
>
> "난 오늘 이걸 녹일 거야. 녹여서 흘려버릴 거야. 싱크대 개수대에 남은 물을 버리듯이 그렇게 버릴 거야."(「보내는 이」, 31~32쪽)

이 섬뜩하고 기묘한 장면에서 진아씨는 '나'가 보는 앞에서 임신 시기부터 가지고 있었던 모유와 그 착실한 기록들을 보란듯이 녹인다. 후텁지근한 여름, 모든 문이 닫혀 있는 부엌 안에서 모든 불도 끄고 에어컨도 켜지 않은 부엌에서, 에어컨 좀 틀어달라는 '나'의 말에 아랑곳 않고 냉동실에서 모유 비닐 팩 뭉치를 꺼내어 "그 당시에 내 몸에 돌던 것들"(33쪽)을 천천히 녹인다. 언제나 진아씨를 향해 모든 관심의 촉수를 곤두세우던 '나'와 달리, 자신의 이름을 '지나'라고 한참 잘못 불러도 교정하지 않은 채로 자신의 모습을 드러내지 않으면서 베일에 감추어져 있는 것처럼 보였던 진아씨는 이 장면에서 처음으로 또렷하게 스스로에 대해서 말한다. "이게 나야." "이게 다야."(같은 쪽) 진아씨가 단순히 모성 이데올로기를 지탱해오던 속박을 완전히 폐기해버렸다고 말할 수는 없겠지만, 십 년 넘게 간직하고 있던 모유를 굳이 '나'의 면전에서 녹였다는 것은 다른 층위의 전복적인 해석을 요구한다. 이날 이후 오래 지나지 않아 진아씨는 태풍 재해로 이사를 가고 이 어둡고 더웠던 시간은 해명되지 않은 채로 언제고 잊지 못할 애틋한 순간으로 남는다. 이 순간이 끊이지 않는 애틋함으로 남는 까닭은, 진아씨에게 모성 이데올로기의 억압으로부터 벗어나 자기 자신이 된다는 것을 이해해줄 수 있는 증인이 '나'라는 사실을, 아이에 대한 사랑과 돌봄에 묶여 있는 것이 억압일 뿐만 아니라 같은 기혼 여성들이 나누는 어떤 형태의 사랑이기도 하다는 사실을, 그리고 다름 아닌 바로 그 이유로 둘은 별다른 말이나 설명 없이도 서로 깊이 연결되어 있다는 사실을 그 순간이 품고 있기 때문일 것이다.

이는 퀴어적인 상상력과 연동된다. 이 소설에서 진아씨와 '나' 사이에 흐르는 퀴어적인 긴장감은 소설 내내 유유히 흐른다. 이를테면 '나'는 진아씨네서 함께 술을 마시고 집으로 돌아가는 길에 딸 하윤이에게 "나는 니가 좋아서 정말, 가슴이 터질 것 같아"(20쪽)라고 말하며 아이의 볼, 코, 이마, 입술에 뽀뽀하고 "두 손으로 볼을 당기고, 쓰다듬고, 문대고, 다시 껴안고, 터뜨릴 듯이 끌어당"(같은 쪽)기는데, 물론 이는 딸을 향한 모성애에서 비롯된 스킨십이 아니라 진아씨를 향한 마음을 투사한 행동이라는 것을 알아채기란 어렵지 않다. 퀴어적인 상상력이 위계적인 이성애 규범 바깥의 것을 상상하게 하는 힘을 가지고 있다면, 한 여성이 딸을 자원 삼아 다른 여성과 맺는 퀴어적인 관계를 보여주는 이 서사는 여성들, 특히 남편이나 아이를 중심으로 재현되어온 기혼 여성들의 관계에서 으레 기대되는 관습적인 연대의 형상을 깨뜨린다는 점에서 해방적이다. '나'와 진아씨의 관계는 명백히 일방적인 방향으로만 진행되고 있고, '나'는 진아씨에 대한 정보를 갈구하면서도 그녀에 대해서 제대로 아는 것이 없다는 느낌에 시달리며, 그렇기에 진아씨는 끝까지 '나'에게 알 수 없고 그리운 대상으로 남는다. '나'와 진아씨는 연대하는 것도 아니고 반목하는 것도 아니며 그렇다고 연애하는 것도 아니지만, '나'에게 진아씨가 불가해한 만큼, 그리고 둘의 관계가 기존의 독법으로 명료하게 정리될 수 없는 만큼, 역설적으로 앞으로 무진하게 이해되고 독해되어야 할 서사의 가능성을 품고 있다.

벽장 속 퀴어 커플의 돌봄 조건—박상영, 김지연의 소설

코로나 팬데믹이 휩쓸고 지나간 고립의 시대에 아이러니하게도 초연결 세계를 맞이하고 있는 지금[17] 한국사회에는 새로운 물리적, 정서적 친밀성의 양식이 계발되고 분해되기를 반복하는 중이다. 비친족 가구원이 처음으로 백만 명을 넘고 비친족 가구수가 역대 최대치인 50만 가구에 육박하는 시대에 가족 개념의 유연화에 대한 필요성은 어느 때보다 높지만,[18] 성인 남녀의 이성애 혼인과 혈연 중심의 핵가족이라는 정형화된 가족이 아닌 경우에는 여전히 법적, 제도적인 사각지대에 있다. 그중 통계에는 결코 제대로 잡히지 않을 퀴어 가구

---

17) 노리나 허츠, 『고립의 시대—초연결 세계에 격리된 우리들』, 홍정인 옮김, 웅진지식하우스, 2021.

18) 반기웅, 「낡은 '정상가족' 신화 사라진다…비친족 가구원 100만 시대」, 경향신문, 2022. 8. 1.

라면 어떨까. 한편으로는 부동산과 집값 문제가 대선을 좌우하는 핵심적인 벡터로서 현재 한국사회의 이념과 적대의 전선을 새롭게 분할하고 있고, 다른 한편으로는 차별금지법과 생활동반자보호법의 통과를 두고 뜨거운 열망과 좌절이 교차하고 있는 이 시점에, 퀴어 가구는 혐오와 차별에 시달리는 소수자들이 서로의 취약한 몸을 어떻게 돌볼 것인가라는 문제를 관통한다. 정상 가족이나 이성애 중심주의, 재생산주의에 맞물리지 않는 관계들이 늘어남에 따라 사적인 돌봄 형태도 새롭게 구성되고 있다면, 코로나 팬데믹 이후에 더욱 무르고 취약해졌으나 여전히 비가시화된 돌봄 환경을 더 들여다볼 필요가 있다.

박상영의 「보름 이후의 사랑」[19]은 코로나19의 대유행 이후 성소수자에 대한 낙인찍기의 광포한 물결 속에서 생존하는 게이 커플의 뜨거운 기록이자 주택난의 시대에 사실적인 부동산 소설의 게이 버전이다. 소설은 데이팅 앱으로 짧고 굵은 연애를 즐겨왔던 삼십대 게이 '찬호'가 친구 '한영'의 조언을 받아 "오래 만나도 괜찮은 신뢰 가는 사람"(74쪽)을 만나기로 결심하면서 시작된다. 게이 문화나 공동체와는 얼마간 거리를 두고 패싱하길 원하는 안전 지향의 기자이자 뉴스 앵커 '남준'을 만나면서 둘의 관계는 조금씩 깊어진다. 남준을 친구들에게 소개하고 싶어하고 가까운 지인들에게 둘의 관계를 인정받길 원하는 찬호, 그리고 함께 사진 찍는 것도 불안해하며 아우팅에 민감한 남준은 서로를 이해하지 못하며 갈등을 겪는 듯하지만, 아파트를 함께 구매해 시공간을 공유하는 상호 돌봄의 세계로 진입하게 된다.

---

19) 박상영, 『믿음에 대하여』, 문학동네, 2022. 이하 인용시 본문에 쪽수만 밝힌다.

치약을 어디서부터 짜야 하는가 하는 보편적인 문제부터, 침대 이불을 둘둘 말아놓는 습관, 식기를 물에 담가놓지 않는 것 같은 문제들로 크고 작게 싸웠다. 진심을 다해 전의를 불태우면서도 그조차 삶의 재미인 것 같다는 생각까지 하게 됐다. (……) 남준과 함께 그저 나란히 침대에 누워 있을 때면 비로소 흩어져 있던 조각들이 모두 맞춰진 것 같은 기분이 들었다. 성적 욕망이나 사랑이라고 단순화되곤 하는 그런 감정을 초월한, 어떤 안정감 같은 것이 마음속에 차올랐다. 나와 내 주변을 구성하고 있는 모든 기둥들이 단단히 뿌리를 내리고 있다는 그런 신뢰감. 내 삶에서 가장 결핍되어 있던 그것.(「보름 이후의 사랑」, 97~98쪽)

"성적 욕망이나 사랑이라고 단순화되는 그런 감정"과 그것을 넘어선 단단한 신뢰감과 안정감의 세계를 구분해주는 것은 무엇일까. 그것은 "치약을 어디서부터 짜야 하는가 하는 보편적인 문제부터, 침대 이불을 둘둘 말아놓는 습관, 식기를 물에 담가놓지 않는 것 같은 문제"와 같이 서로의 가장 사소하고 치사하고 무의식적인 영역까지 나누는 일, 그런 일로 다투었다가 다시 하나되기를 반복하는 불가피한 공유의 조건, 즉 같이 먹고 씻고 자면서 서로의 가장 취약한 몸을 마주하고 온종일 견뎌야 하는 돌봄의 조건으로 밀어넣어지는 환경이었던 것이다.

그러나 찬호 친구의 애인네 가게에서 확진자가 다녀가고 찬호가 자가 격리에 들어가게 되면서, 일상을 공유하는 상호 돌봄의 조건으로 애써 가리려고 했던 어떤 진실이 드러난다. 아파트 계약서에는 공동구매인으로서 나란히 이름을 쓸 수 있었지만, 감염자를 색출하고 성소수자를 낙인 찍는 시스템 앞에서는 그 나란한 이름도 일상의 돌봄도 아무런 의미를 지니지 못한다는 것. 아우팅당하지 않고 '집주인과 세입자'의 관계로 비치기 위해서 급급하게 서로의 동선과 말을 맞추어야 하는 관계라는 것. 사회의 공적 시스템에 안전하게 등록될 수 없다면 둘만의 배타적인 관계를 견고하게 지키고 영속화하기 위해 그토록 필사적으로 마련한 상호 돌봄의 공간이나 법률적인 계약조차 허무할 만큼 무색해진다는 것. 사회에서 둘의 관계는 정말이지 아무것도 아니라는 것.

그렇기에 남준의 직업이 뉴스 앵커라는 사실은 아이러니하다. 생존과 자기 돌봄을 위해 최소한의 필요만으로 살아가며 그 외에 부차적이거나 불필요한 관계는 굳이 맺지 않는 보수적이고 규범적인 인물인 남준에게 불안정한 정치성을 기입하기 때문이다. 뉴스 앵커라는 직업은 확진자의 수와 동선 등 사회의 재난 상황에 대해 객관적이고 정확한 정보를 전달해야 하는 직업이지만, 정작 공적이고 프로페셔널하게 전달되는 정보 속에서 남준 자신의 존재는 철저하게 감추어져야 한다. 사랑하는 연인과의 배타적이며 폐쇄적인 일상을 비집고 들어오는 사회의 코로나 보건 시스템은 그렇게 퀴어 가구로서 겨우 구축해왔던 돌봄의 조건을 조용하게 파괴한다.

김지연의 「우리가 해변에서 주운 쓸모없는 것들」[20]의 여성 퀴어들에게 안전과 혐오에 노출되는 위협은 더 직접적이다. 바닷가에서 알몸으로 수영하고 싶다는 바람을 가져왔던 '나'는 낯선 자연으로 여행

20) 김지연, 『마음에 없는 소리』, 문학동네, 2022. 이하 인용시 본문에 쪽수만 밝힌다.

을 다니는 중에도 안전과 보호를 위해 스스로를 폐쇄하고 감추려 한다. 애초에 자유롭게 수영하고 싶다는 소망이 "우리가 키스를 한다는 이유로 우리를 벌주려 하는 사람들"(17쪽), 불가해한 악의를 가지고 어떤 죄책감도 없이 차별과 폭력를 휘두르는 사람들로부터 차단되어야 하는 조건과 무관하지 않다. 차로 돌아가야만 맘 편히 사랑하는 사람과 껴안을 수 있었던, 들키지 않으려고 비밀 첩보원처럼 살아가는 '나'에게 알몸으로 바닷가에서 수영하는 일은 일상에서 금지된 자유로움을 선사하는 일이었을 것이다.

그러나 '나'는 연하의 동성 연인 '진영'과 함께 떠난 여행에서 알몸 수영에 성공하지 못하고 이와 연관된 오해로 헤어지기까지 한다. 알몸 수영을 하고 싶었던 이유를 설명하다가 진영에게 알리지 않고 자궁근종 치료를 받은 사실을 말하게 되었기 때문이다. 안 그래도 선생과 제자라는 관계로 처음 만났던 사이였기에 진영은 자신이 상대에게 충분히 신뢰받거나 의지되는 연인이 아닐지 모른다는 불안을 느끼고 있었을지도 모른다. 그러나 '나'는 진영의 단단한 오해를 풀려고 하지 않았기 때문에, 오히려 그 오해의 논리에 설득되고 말았기 때문에, 혹은 자신에게 그 오해를 부식할 힘이나 자격이 없다고 생각했기 때문에, 진영을 끝내 붙잡지 않는다. "그래도 말했어야지" "마음 졸이게 했어야지."(30쪽) "나를 뭐라고 생각하는 거야"(34쪽)라는 진영의 실망에 섞여 있었을 미련을 지나치고 그 실망을 되돌리려 노력하지 않는다. '나'에게는 진영과의 관계가 그만큼 절박하지 않았기 때문일까? 아니, 그러나 두 사람이 헤어진 연유에는 조금 더 복잡한 사정이 개입되어 있다. 퀴어 커플로서, 늙어가고 병들어가는 몸을 함께 겪고 돌보는 생애 각본에 관한 문제다.

점점 닳고 낡아가는 부위가 많아졌다. (……) 지난해에는 건강검진을 받던 중 자궁근종을 발견하고 치료했다. 처음에는 별문제 없으니 지켜보자던 의사가 근종의 크기가 커져서 아무래도 치료를 해야겠다고 말했을 때도 나는 아무렇지 않았다. 그건 내 나이 또래의 여성에게 흔한 일이었다. 암도 아니었고 개복을 해야 하는 일도 아니었다. 하지만 진영에게는 말하고 싶지 않았다. 그때는 진영과 헤어졌다가 다시 만나기 시작했을 때였는데, 내가 자기보다 한참 늙었고 그래서 훨씬 먼저 죽을 사람이라는 사실을 새삼 실감하고 달아날까봐 그랬다.(「우리가 해변에서 주운 쓸모없는 것들」, 29쪽)

진영에게 "병보다도 더 두려웠던, 그때 느낀 불안들"(33쪽)을 들키고 싶지 않은 마음은 무기력한 돌봄의 대상이 되어 상대에게 버림받게 될지도 모른다는 두려움과 다르지 않다. 그래서 늙고 병든 상태를 들키는 것, 그에 대한 불안마저 들켜 초라해지는 것, 그래서 상대를 실망시킬 가능성을 높이는 것 대신 말을 하지 않는 편을 선택했을 것이다. '나'가 이토록 노쇠와 질병을 이해받지 못할 것이라고 여긴 이유는 단지 상대방을 신뢰하지 않기 때문이 아니라 두 사람에게 노년을 보호받는 안정적인 모델로서의 생애 각본을 상상할 수 없기 때문이기도 하다. 불안정한 제도 속에서 상대방에게 돌봄노동의 책임과 부담을 전가하는 대상은 자신이기에 "도저히 익숙해지지 않는 이 세상에서 내게 안정감을 주는 유일한 존재"(23쪽)였던 진영을 붙잡을 자신이 없었을 것이다. 그랬기에 자궁근종은 병원에서 의료적인 시스템으로 치료를 받아 완치된다고 해서 깨끗하게 없어지는 증상이 아니라, 두 사람이 장기적으로 이룰 수 없는 삶의 양식에 대한 두려움의 상흔을 짙게 남기고 결국 헤어짐에 이르게 한다.

퀴어 커플에게 늙음과 아픔은 단지 물리적인 노화에 따른 고통을 감당하거나 생산성이 적은 노년에 의료적인 비용을 부담해야 한다는 문제에 그치지 않는다. 그것은 법적, 제도적으로 보호받을 수도 공인될 수도 없는 관계의 지속력을 가혹하게 시험하는 리트머스종이가 되기 때문이다. 이들에게 둘만의 배타적이고 안온한 세계를 구축하지 못하게 만드는 것은 단지 차별과 폭력을 휘두르는 일부 사람들뿐 아니라 늙음과 아픔으로 인한 관계의 변화 및 돌봄의 양식 그 자체다. 외부에는 서로 사랑하는 사이임을 숨겨야 하듯 서로에게는 늙음과 질병을 들키지 말아야 하며, 의료보험 제도를 통해 서로를 확인하거나 추궁하는 단계를 의무적으로 거치지 않아도 되는 관계이기 때문이다. 서로의 존재만으로 충분하다는 낭만적인 사랑의 모델은 동성애와 여성에 대한 혐오와 적대로 지속적으로 침투당하고 위협받는 환경에 유독 취약한지도 모른다. 박상영과 김지연의 연애소설에서 돌봄의 조건이 불가능해지는 이 순간들을 통과하여 둘만의 안온하고 배타적인 사랑이라는 관념을 지탱해왔던 것이 정상 가족에 대한 각본과 재생산주의는 아니었는지 묻지 않을 수 없다.

(2022)

메토니미, 사랑
—김멜라론[1)]

1. 별명의 수사학

김멜라의 소설에는 이름이 거의 나오지 않는다. 아니, 등장인물을 다른 인물과 구별하기 위해 부르는, 사회적으로 약속되어 통용되는, 태어날 때부터 주어진 성과 이름으로 이루어진 본명은 작품에 아예 나오지 않거나 등장하더라도 별다른 인상 없이 금세 사라진다. 대신 그 자리를 차지하는 것은 별명이다. 일인칭 주인공 시점이든 일인칭 관찰자 시점이든 전지적 작가 시점이든, 김멜라의 소설 속 인물들은 스스로 혹은 서로에게 특별한 별명을 지어준 다음 그것을 한결같이 꾸준하게 부른다. 애초에 있어야 할 이름이 바로 그 별명이라는 듯 천연하고 자연스럽게. 바꾸어 말하면 김멜라 소설에 등장하는 거의 모든 인물은 주어진 이름이 아니라 그를 각별하게 여기는 누군가가 붙

---

1) 이 글에서 다루는 김멜라의 소설은 다음과 같다. 『적어도 두 번』(자음과모음, 2020), 『제 꿈 꾸세요』(문학동네, 2022). 인용시 본문에 작품명과 쪽수만 밝힌다.

여준 고유한 별명을 하나씩 가지고 있다는 뜻이다. 그러니까 한 사람이 다른 한 사람에게 지어준 웃기고 사랑스럽고 고유한 이름들로 가득 채워진 다채롭고 풍부한 세계. 그곳이 바로 김멜라의 소설세계이다. 그러고 보니 소설가의 이름부터……

2014년에 소설을 발표하기 시작해 어느덧 알차고 넉넉한 두 권의 소설집 『적어도 두 번』 『제 꿈 꾸세요』를 출간한 김멜라의 소설은 특히 2010년대 후반부터 퀴어 페미니즘 비평 및 장애학 담론과 풍성하게 접속하면서 많은 주목을 받고 있으며 작가론을 비롯한 비평도 적지 않게 축적된 편이지만, 김멜라의 거의 모든 소설이 수많은 별명들로 이루어졌다는 사실은 의외로 지적된 적이 많지 않은 것 같다. 이 인물들이 스스로를, 그리고 서로를, 심지어는 소유하고 있는 온갖 사물들까지 별명으로 부르는 이유는 별명의 개수만큼이나 각양각색이다. 이를테면, 세상에 마련된 타이트한 규격에 들어맞지 않는 자신을 도대체 뭐라고 불러야 할지 모르겠어서, 혹은 유구하고 견고한 남성중심적 지성사를 비트는 블랙코미디에서 그 공허한 명분을 폭로하기 위해서, 혹은 남들 앞에서는 똑 부러지는 연인이 오직 자신에게만 보여주는 토라진 표정의 사랑스러움을 언어로 붙잡아두고 싶어서. 이 다양한 이유들을 가로지르는 '별명 짓기'는 인물들이 맺고 있는 특별한 관계학인 동시에 김멜라의 소설세계를 받치는 기본적인 미학이다. 그러니 간단한 질문부터 시작하자. 김멜라 소설에서 인물들은 왜 서로를 본명이 아닌 별명으로 부르는 것일까? 그리고 이 형식적인 수사학은 동시대 문학장 안에서 어떤 담론적인 효과를 유발하는 것일까? 그리고 김멜라 소설의 고유한 미학을 구축하는 데 어떤 역할을 하는 것일까?

2. 정체성을 짓는 이론가

나는 때에 맞지 않은 열매였다./나무에서 열린 게 아니라 하늘에서 뚝 떨어진 것 같은.(「링고링」, 9쪽)

김멜라의 두번째 소설집 『제 꿈 꾸세요』가 위 구절로 시작한다는 사실은 심상하지 않다. 중학교 2학년 때 동성애 혐오 발언을 했다가 집단 폭력을 당한 뒤 말수를 잃고 외톨이로 지내는 「링고링」의 '나'는 자신이 이 세상에 어울리지 않는 존재라고 여긴다. 이혼한 엄마가 동성 연인과 만나고 있다는 사실을 알게 되고 근래 부쩍 가까워진 동성 친구 '영주'에게 묘한 끌림을 느끼면서 이런 고민은 깊어진다. 이 고민은 김멜라 소설의 많은 인물들이 처해 있는 조건을 정확하게 예후하는 것처럼 보인다. 어느 날 하늘에서 뚝 떨어진 이상한 열매 같은 사람. 어디에도 완전하게 소속되어 있다고 느끼지 못한 채 언제나 겉도는 사람. 사회를 굴러가게 하는 톱니바퀴에 들어맞지 않고 어딘가 덜그럭거리는 사람. 세상이 제시하는 법칙으로는 도저히 자신이 이해되지 않아서 질문을 멈출 수가 없는 사람. 그래서 김멜라 소설의 많은 인물들은 스스로 이론가가 된다. 별나고 이상한 자신을 제외하지 않는 세상의 이치를 정연하게 해명하는 논리를 만들기 위해서. 세상에 나를 설명하는 이론이 없다면, 그것을 손수 만들어야 하는 것은 나 자신이다.

첫 책 『적어도 두 번』에 실린 「호르몬을 춰줘요」의 주인공 '나'도 그런 사람이다. 지정 성별은 여성이지만 남성 성기를 가지고 있는 열세 살의 인터섹스 '나'는 한 달에 한 번 병원에 가서 '비정상'적인 신체를 검사받는다. 남성 성기를 절단하고 자궁을 만들어서 여자로 남을 것인지, 아니면 남성 성기를 그대로 두고 성장 수술을 받아 남자가 될 것인지 강제로 선택해야 하는 갈림길에 놓여 있기 때문이다. 인터섹스는 인구의 약 0.2퍼센트를 차지하는데도 불구하고 기존의 생물학 혹은 의료 담론에 완전하게 들어맞지 않는다. 우선 '나'의 신체는 인간이 남성과 여성의 신체로 구분되어 있다는 성별 이분법에 어긋난다. 따라서 '나'에게는 태어나면서 등록되는 지정 성별에 따라 성을 확정하고 신체를 개조하는 수술이 강요된다. 게다가 '나'는 "뇌의 성별은 태아 때 결정되는데 판화처럼 한번 새겨지면 죽을 때까지 바뀌지 않는다"(19쪽)는 본성 결정론에 부딪친다. 특정 성별로 자신의 정체성을 제한할 생각이 없는 이 잠재적인 젠더퀴어에게 "물론 뇌에도 성기……가 있지"(20쪽)라고 조언하는 병원 의사 '닥터 파이팅'의 상담은 어이없는 코미디다. 타고난 신체가 '손상'과 '장애'로 병리화되어 치료 대상으로 분류된 '나'에게는 그저 있는 그대로의 몸과 마음을 설명해주는 다른 이론이 절실히 필요하다.[2)]

성별 이분법과 본성 결정론에 존재를 구겨 넣어야 하는 상황에서 '나'가 찾아낸 대응 전략이 바로 '독창적인 별명 짓기'다. '나'는 자신의 신체에 달린 남성 성기를 '버섯'이라는 귀엽고 은유적인 명명으로 환치한다. "내 버섯은, 그냥 내 버섯이다."(10쪽) 이 은유에는 어떤 매개도 설명도 없다. 그저 직접적인 지칭만이 있다. '버섯'이라는 동어반복적인 명명의 은유를 만나면서 '나'의 신체는 비로소 제자리에

2) 김은정, 『치유라는 이름의 폭력—근현대 한국에서 장애·젠더·성의 재활과 정치』, 강진경·강진영 옮김, 후마니타스, 2022 참조.

놓인다. 이로써 남성 성기를 '부적절'하다고 규정하는 강제적 성별 이분법의 이미지는 그대로 복제되는 것이 아니라 풍성한 언어 속에 재치 있게 재배열된다. 이것은 자신의 신체를 교정되어야 하는 병리화된 대상으로 간주하는 의료 담론을 승인하는 대신 자신이 직접 창조하는 언어로 설명하겠다는 의지이기도 하다. "자기가 뭔지 모르겠을 땐 숫자나 과일이나 색으로 비유해보면 알게 된다"(16쪽)는 '미스터X'의 말을 기억하는 '나'는 성기뿐만 아니라 자신의 정체성 자체를 온전히 자신에게 유의미한 특별한 어휘들로 다시 짓는다. "안녕, 나야. 나는 숫자와 9와 11. 털 없는 원숭이. 찢어서 버려야 하는 로또 그리고 너야."(42쪽)

첫 책의 「물질계」에는 실제로 물리학 논문을 쓰는 이론가가 등장한다. 한때 불확정성원리를 바탕으로 논문을 쓴 적이 있는 '나'는 어지럽고 복잡하고 모순적인 자신의 삶을 설명해줄 수 있는 이론을 찾아 헤맨다. 첫째, 물리학. 이십대까지만 해도 "우주의 어떤 법칙을 내 힘으로 만들 수 있다고 자신"(90쪽)했던 '나'는 그러나 서른 살에 이년 차 연구 조교가 되면서 만성 면역력 결핍증과 불안증에 시달린다. 그리고 차례로 두 명의 지도교수에게 논문을 퇴짜 맞고 졸업에 걸림돌이 되는 불행들이 겹치면서 과학자로서의 길을 거의 포기하게 된다. 둘째, 사주팔자. 학계에서의 앞날이 어두워진 '나'는 생년월일시로 움직이는 사주팔자의 세계로 진입한다. 그러나 서른네 살에 아주 대박을 치고 원하는 걸 다 이룬다는 호언에 귀가 솔깃하다가도 희망은 금세 삐걱인다. 레즈비언인 '나'에게 "남자도 원하는 사람 골라 사귀다 싫증나 헤어지면 더 좋은 남자 올 거고"(91쪽)라는 역술인의 예언은 길운의 신빙성을 떨어뜨리는 데 그치지 않고 사주의 세계에마

저도 자신의 존재가 들어갈 칸이 없다는 증거가 되기 때문이다. '나'는 권위주의와 대학원생 착취로 돌아가는 학문의 세계뿐만 아니라 이성애주의와 가족주의로 꽉 맞물려 있는 사주팔자의 세계에서도 거부당한 셈이다. 갈 곳 없는 '나'는 이제 어떤 이론에 기대야 할까.

인생이 아주 대박을 친다는 서른네 살에 '나'는 어느 학술 세미나에 참석하려던 길에 '사주, 작명, 예언 적중, 나의 대박운은 언제 오는가'라고 적힌 간판을 지나 '레즈비언 사주팔자'라고 쓰인 전단지를 우연히 발견한다. 무언가에 홀린 듯 전율하며 전단지 아랫부분에 적힌 전화번호로 연락해 역술인 '레사'와의 대면 상담에 돌입한 '나'는 드디어 세번째 이론을 만나게 된다.

"하는 일이 뭐예요?"

레사가 의자 등받이에 등을 기대며 물었다.

"그냥…… 뭐 좀 써요."

"작가?"

레사가 물었고 나는 웃었다. 아니라는 뜻이었는데 레사는 그렇다는 말로 받아들였다.

"글쓰는 운은 좀 있어요. 워낙 움직이질 않는 성향이고, 반복적으로 고치고 또 고치고, 그런 거 하면 맞아요. 잘 갔네요."

나는 웃었다. 뭘 좀 복사한다고 해야 했나. 김밥집에서 김밥을 만다고 해야 했나.

"어디 쪽? 방송은 안 맞을 텐데, 혹시 영화?"

"네…… 뭐……"

"그렇지. TV는 화 쓰는 데라 안 맞고 수 쓰는 영화가 맞지."

레사는 그럴 줄 알았다는 듯 고개를 끄덕였다. 나도 고개를 끄덕였다. 나는 왠지 레사를 실망시키고 싶지 않았다. 레사의 오른손 약지 손톱에 붙어 있는 둘리 스티커가 마음에 들었다. 심한 곱슬머리와 짧은 머리 길이도 좋아 보였다. E플랫과 B플랫을 오가는 저음의 목소리와 목 부분이 약간 늘어난 티셔츠도.(「물질계」, 110쪽)

화火, 수水라는 사주팔자의 기본 단위를 토대로 '나'와 레사가 나누는 대화는 온통 오해로 점철되어 있다. 작가가 아니라는 웃음은 작가가 맞는다는 대답으로, 김밥집에서 알바를 하고 있는 처지는 반복적으로 고치길 잘하는 성향으로. 영화 시나리오 작가일 것이라는 레사의 풀이에 '나'는 포기한 듯 상대에게 맞춰주는 듯 고개를 끄덕이지만, 이 엉뚱한 오해의 타래 뒤에 이어지는 것은 "심한 곱슬머리와 짧은 머리 길이" "저음의 목소리와 목 부분이 약간 늘어난 티셔츠"와 같은 레사의 외양을 유심히 관찰하면서 그녀에게 조금씩 이끌리고 있는 '나'의 마음이다. 이 어긋난 의사소통은 말하는 족족 틀리는 어설픈 사주 해석의 장이 아니라 서로의 취향을 조금씩 알아맞히는 로맨틱한 레즈비언 플러팅의 현장이 되는 것이다.

여기에서 또하나 흥미로운 것은 '나'가 레사와 사랑에 빠지게 되면서, 전단지의 광고 문구였던 '레즈비언 사주팔자'는 과학의 세계에도 사주의 세계에도 들어맞지 않는 괴이한 조합어가 아니라 사랑하는 연인을 지칭하는 하나뿐인 별명이자 앞으로 십 년 동안 변함없이 사랑하게 될 그들의 궁합을 예언하는 운명이 된다는 사실이다.[3] 물

3) 레즈비언이 되는 사주팔자도 타고나는 것이냐는 '나'의 물음에 레사는 "설명하면

리학 이론에서도 사주팔자 이론에서도 거듭 거부당하며 자신의 자리를 찾을 수 없었던 '나'는 자신을 온전하게 설명해줄 수 있을 뿐만 아니라 다정한 연인의 자리까지 넉넉하게 품어주는 사랑이라는 세번째 이론을 기어이 찾아낸다. 이렇게 별명과 운명과 정체성이 삼위일체를 이루어가는 이 소설은 주어진 이름을 별명으로 바꾸어내면서, 타고난 팔자를 수행적인 운명으로 전환하면서, 아름답고 탁월한 별명의 정치학을 만들어낸다.

3. 전유로서의 별칭

「적어도 두 번」에는 조금 독특한 별명, 혹은 별칭이 등장한다. 비장애인/여성/퀴어/성년인 화자가 맹인학교 복지 프로그램에서 만난 시각장애인/여성/청소년에게 자위하는 방법을 가르쳐주다가 미성년자 성폭력 혐의로 고소당하는 줄거리의 이 소설은 윤리적으로 도발적이고 미학적으로 복잡한 질문들을 품고 있다. 믿을 수 없는 화자인 '나'가 건축과 교수인 중년 남성에게 자신의 행위를 변명하듯 고백하는 편지 형식으로 이루어졌다는 점은 이 소설이 "남성의 죄의식/욕망에 대한 (과도한) 고백을 통해 윤리적 인간을 생산하며 형성되어온 소설 미학"을 비트는 메타적인 기획[4]으로 읽히기에 충분한 근거를 제공한다.

할 수야 있겠지만 굳이 설명하지 않겠다"(127쪽)고 대답한다. 하지만 사랑에 관한 정합적인 논리를 거부하는 듯한 이 단호하고 다정한 대답은 반쯤은 거짓인데, 왜냐하면 잠들 때까지 등을 쓰다듬어주는 부드러운 손으로, 그러니까 사랑이라는 세번째 이론으로 이미 레사는 '나'의 운명을 근사하게 설명한 것이나 다름없기 때문이다.

4) 김건형, 「얼어붙은 결정론적 세계를 깨뜨리는 방정식」, 『적어도 두 번』 해설, 270쪽; 이 책에 수록된 「답을 주는 소설과 질문하는 소설」 참조.

이 편지에서 화자는 몇 가지 단어에 별칭을 붙인다. 선생님은 '유파고', 아버지는 '줄파추', 클리토리스는 '콩알', 자위는 '악수'라고 바꾸어 부르는 식이다. 별명이 대개 그 대상과의 비슷한 점을 바탕으로 지어진다는 사실을 떠올린다면 자음과 모음이 무작위로 조합된 듯한 유파고나 줄파추라는 별칭은 좀 낯선 데가 있다. 별명 만들기에 작용하는 두 가지 언어학적 원리는 유사성similarity과 인접성contiguity인데,[5] 그러한 성질이 전제되어야만 별명이 설득력을 지닐 수 있기 때문이다. 그런데 유파고와 줄파추라는 별칭에서 선생님과 아버지라는 원어와의 유사성이나 인접성을 찾을 수 없다는 점은 오히려 이 별칭이 가지는 정치적인 효과를 증폭한다. 유사하지도 인접하지도 않으며 의미값도 지니지 않은 별칭을 부여함으로써, 중년 남성 교수라는 세대/젠더/지위에 깃든 권력을 물화하는 동시에 그 명명에 부착된 사회적인 위계를 탈각하거나 그것에 질문하는 방식으로 소설의 주제를 보충하고 있기 때문이다.

그런데 유파고는 화자인 '나'가 청자인 건축과 교수를 지칭하기 위해 쓰인 별칭임에도 불구하고 미성년 시각장애인인 '이테'가 '나'를 부르는 명칭으로도 쓰인다는 점은 특별한 해석을 요한다. 맹인학교에 다니는 이테에게 수학을 가르쳐주는 선생님인 '나'는 이테가 말하는 대화문에서 모두 유파고로 대체되어 있다. 특히 '나'가 감기에 걸린 이테의 집에 찾아가 침대 위에서 자위하는 방법을 가르쳐주는 장면에서 그 호명은 되풀이되어 두드러진다. "유파고, 소리 내도 되

---

5) 정종수, 「환유로 생성된 별명에 관한 연구」, 『한국어학』 44집, 2009, 330~331쪽 참조.

나요?"(79쪽) "유파고, 나 보고 있어요?"(같은 쪽) "재밌어요. 유파고랑 하니까."(80쪽) "유파고. (……) 있잖아요. (……) 또 해도 돼요?"(80~81쪽)

이를 해석하는 방법은 여러 가지다. 건축과 교수에게 보내는 편지에서 '나'가 임의로 그 명칭을 바꾸었다고 독해할 수도 있고, 아니면 '나'가 이테에게 자신을 선생님 대신 유파고로 부르라고 시켰다고 독해할 수도 있으며, 아니면 이 모든 사건이 '나'가 꾸며낸 허구의 이야기라고 독해할 수도 있다. 어느 쪽도 가능하지만, 이 문제적인 장면에서 유파고라는 단어의 반복적인 사용이 이테의 발화/침묵에 대해 사유하게 만든다는 점은 중요해 보인다. '나'가 재구성한 서사에서는 성적인 접촉을 수용하는 이테의 의사가 강조되어 드러나 있지만, 이 반복된 호명으로 '나'와 권위적인 중년 남성 유파고가 효과적으로 포개지면서 '나'가 '믿을 수 없는 화자'라는 표지가 더욱 선명해지기 때문이다. 이것은 이테의 의사가 '나'의 서사적인 재구성을 통해 번역되었다는 사실을 강조할 뿐만 아니라 장애인 미성년을 대상으로 삼은 비장애인 성년인 '나'의 고백이 지닌 서사적인 욕망을 제한하며 중지시키고 서사 내에 잠재되어 있을지도 모르는 이테의 침묵을 환기하는 장치가 되는 것이다.[6]

한편 「저녁놀」에서 별명의 범위는 사람뿐만 아니라 식물, 사물, 행위에 이르기까지 확장되면서 그야말로 온갖 별명 짓기의 향연이 펼

6) 아토 퀘이슨은 모든 대화가 예상된 반응의 잔여물과 메아리를 암시한다는 바흐친의 논의를 빌려, 소설에 등장하는 자폐증 혹은 자폐 스펙트럼 인물의 대화 속 침묵을 담론 구조에 생성된 효과로 읽어낸다. 아토 퀘이슨, 『미학적 불안감—장애와 재현의 위기』, 손홍일 옮김, 디오네, 2016, 289~291쪽 참조.

쳐진다. 소설은 한 예술대학교에서 만나 연인이 된 'K-레즈비언' 커플 '먹점'과 '눈점'이 동거를 하게 되면서 본격적으로 시작된다. 한국사회에서 여자 이름으로는 범상한 편에 속하는 '지현'과 '민영'이라는 이름을 가진 두 사람이 서로를 먹점과 눈점이라는 별명으로 부르게 된 까닭은 단지 서로에 대한 애정을 확인하고 티내기 위해서만은 아니다. 일러스트레이터 지망생인 지현은 자신이 그리는 눈이 점만한 캐릭터가 자신처럼 예민하고 감성이 풍부하다는 이유로 자신에게 눈점이라는 애칭을 붙이고, 민영은 그에 맞추어 자신의 입술 옆에 점이 있다는 이유로 먹점이라는 애칭을 자신에게 부여한다. 서로가 생각하는 연인의 특별함을 별명에 담는 것이 아니라 스스로가 생각하는 성격적, 외양적 특징으로 자신의 애칭을 지은 것이다. 이들이 애칭을 쓰는 진짜 이유는 동성애자라는 사실이 노출되는 것만으로도 노골적인 혐오와 차별의 표적이 되는 한국사회에서 이성애자로 패싱하고 안전하게 애정 표현을 하기 위한 것에 가깝다. 흑표범 인형은 '표표', 심지어 키우는 대파까지 '파파야'라는 이름으로 부르는 이 커플은 마치 중독된 것처럼 온갖 사물에 별명을 붙이는데, 그중에서 모텔을 도서관으로, 콘돔을 책으로, 섹스를 독서로, 그리고 딜도를 책갈피로 바꾸는 전환은 세상에 그들의 사랑을 들키지 않도록 보호하는 위장의 전략인 동시에 "말의 뉘앙스와 심미적 특성"(99쪽)을 살려 그들에게 금기시된 성적인 쾌락을 배가하기 위한 미학적인 전유가 된다.

흥미로운 점은 소설의 화자로서 이 레즈비언 커플에게 선택되었다가 쓸쓸하게 외면당한 딜도 '모모'의 경우 이들의 다른 소유물과 달리 별명을 부여받은 것이 아니라 스스로 이름을 지었다는 것이다. 책갈피라는 별칭은 먹점과 눈점이 딜도라는 일반 사물을 지칭하기 위해 지은 보통명사이지, 자신들이 구매한 특정 딜도를 가리키기 위해 지은 고유명사는 아니기 때문이다. 모모는 어느 날 책에서 '무쓸모의 쓸모'라는 메모를 발견하고는 그것을 두 여자에게 버림받은 자신의 처지를 그럴듯하게 정당화해줄 논리로 끌어온다. "무쓸모의 쓸모, 무모? 무쓸모의 쓸모, 모모! 모모가 된 나는 '쓸쓸'이란 단어를 오래 머금었다. 무쓸모의 쓸모. 쓸쓸한 존재, 그것이 나로구나."(126~127쪽) 쓸모없는 것이야말로 진정으로 아름답다는 유구한 예술사의 한 대목과 함께, 모모의 별명 짓기는 남근 중심주의의 허울을 저 스스로 폭로하는 자조적인 코미디가 된다.

4. 비밀 혹은 사랑의 이름

별명을 가졌다는 것은 그 별명을 지어 부르는 누군가가 있다는 뜻이다. 그리고 별명이 말뜻 그대로 특별한 이름인 이유는 모든 사람들이 그 별명을 사용하는 것이 아니기 때문이다. 다시 말해 어떤 대상을 남들과는 다른 방식으로 특별하게 생각하는 누군가가 있다는 사실이 별명을 짓고 부르는 행위를 가능하게 한다. 별명은 어떤 대상을 특별하고 고유하게 만드는 언어적인 대우이기도 한 것이다. 그런 점에서 별명은 필연적으로 그것으로 불리는 대상과 그것을 부르는 대상의 관계를 드러낸다. 그런데 별명은 관계를 드러낼 뿐만 아니라 그것을 바꾸기도 한다. 처음 별명으로 부를 때는 낯설어도 그 일이 반복되면 어느새 다른 이름으로 부르는 것이 더 어색해지는 것처럼, 그 이전의 관계로 완전하게 돌아가지 못하게 한다는 점에서 별명은 불가역적이기도 하다. 그러니 이렇게 말해볼 수도 있겠다. 모든 별명은 저마다의 이야기를 품고 있다고.

「나뭇잎이 마르고」에서 그 이야기는 어느 여름날 '앙헬'이 '체'에게서 전화를 받으며 드러나기 시작한다. "오, 여버서여?"(58쪽) 부정확한 발음으로 말하는 체는 뇌병변 장애인으로 짐작되는 인물로 앙헬이 대학 시절 씨 뿌리는 동아리 '마음씨'에서 만나 가깝게 지냈던 선배다. 체로부터 죽음을 앞둔 할머니를 방문해달라는 부탁을 받은 앙헬은 공주로 가서 아주 오랜만에 체와 다시 만난다. 소설은 앙헬이 공주에서 체와 재회해 식당에서 술을 마시다가 할머니가 계신 집 앞까지 가는 과정과, 앙헬이 체와 함께 보냈던 대학 시절을 떠올리는 회상이 교차되면서 진행된다. 앙헬의 기억 속에서 체는 누구보다 각별하고 애틋한 사람이다. 뭉개지는 발음으로 말하면서 고인 침을 삼키다가 사레가 들리면 침을 튀기던 습관, 왼다리가 안으로 휘어져 있고 오른다리보다 길이가 짧아서 걷거나 뛸 때 작은 웨이브를 그리던 몸의 움직임, 그을린 갈색 피부에 마른 몸을 하고 있어 앙상해 보이지만 늘 자신에게 어울리는 선명한 원색의 옷을 조화롭게 배치하던 패션 감각, 그리고 되돌려받지 못해도 누군가에게 다가가 마음을 주는 일을 멈추지 않던, "다 헤아릴 수 없는 크고 높은 면"(75쪽)까지. 앙헬은 체와 관련된 것이라면 생김새와 사소한 행동 하나까지 무척 섬세하게 기억하고 있다.

이 소설이 지닌 힘 중 하나는 체라는 인물의 매력에 대한 아름답고 생생한 묘사다. 체는 여자와 나누는 사랑을 원하고 그 욕망을 표현하는 데 부끄러움이 없다. "난 여자 가슴이 좋아"(83쪽). 이는 그간 사회에서 여성 장애인이 '순박하고 깨끗한' 이미지의 무성애자로 재현되거나, 유성애자더라도 정상성 규범에 순응하는 이성애자로 기대되거나, 그 섹슈얼리티가 시스젠더 이성애자 남성의 삽입 섹스를 중심으로 이해되는 방식으로 탈성화되었던 재현 관습[7]을 깨뜨리면서, 여성 퀴어 장애인의 섹슈얼리티를 조심스럽게 은폐되어야 하는 음지의 문제가 아니라 솔직하고 치열한 욕망으로 움직이는 미학의 영역으로 바꾸어놓는다. 혁명가 체 게바라의 얼굴이 그려진 담배를 즐겨 피우는 모습을 보고 앙헬이 붙인 '체'라는 별명 역시 그러한 효과에 걸맞은 명명이다. "룩셈부르크에서 만들어진 황색 필터의 천연 담배를 물고, 담배를 피우는 일이 혁명의 일부인 양 깊게 연기를 빨아들였"(59쪽)던 체의 모습은 그녀를 지칭하는 고유한 별명으로 이어질 만큼 앙헬에게 잊을 수 없는 장면으로 남는다.[8]

한동안 친하게 지내던 두 사람이 멀어지게 된 사정은 자세히 드러나 있지 않지만 체가 어느 늦은 오후 함께 맥주를 마시다가 느닷없이 앙헬에게 "아랑 겨호하애?"(79쪽)라고 물었던 것과 무관하지 않아 보인다. 그러나 결혼하자는 체의 고백을 앙헬이 단박에 거절했고 이를 계기로 두 사람이 소원해졌다는 식으로 두 사람의 관계를 요약

7) 전혜은·루인·도균, 『퀴어 페미니스트, 교차성을 사유하다』, 여이연, 2018 참조.

8) 그러나 소설은 체의 수치심 없이 당당한 태도가 앙헬이라는 관찰자에 의해 주관적으로 해석된 것임을 분명히 한다. 앙헬이 체의 생김새와 사소한 행동 하나까지 섬세하게 기억해내는 과정은, 뭉개지는 발음, 찡그린 표정, 뒤틀린 손, 저는 걸음걸이와 같이 장애로 인한 체의 여러 신체적인 표지들을 비장애인의 입장에서 번역하는 과정이기도 하다. 앙헬이 체에게 점차 익숙해지고 가까워질수록 체의 신체적 표지들은 비장애화된다. 이를 두고 "비규범적이고 이질적인 표기로써 드러나던 체의 고유한 언어는 실종된다"(오혜진, 「빈 괄호를 그냥 둔 채 누군가를 웃게 만드는 일」, 『제 꿈 꾸세요』 해설, 314쪽)고 해석할 수도 있지만, 소설은 의사소통 과정에서 장애인과 비장애인이 느끼는 간극을 모른 척하거나 도려내지 않고 오히려 관계에 따라 다르게 인지되는 그 간극의 스펙트럼 자체를 소설적 재현의 무대 위에 올려 그 주관적인 번역의 타당성을 질문하고 있기도 하다.

할 수는 없다. 유성애적인 관계를 맺지 않았다고 해서, 연인이라는 배타적인 양식에 들어가지 않았다고 해서, 두 사람이 서로에게 느꼈던 이끌림이 아무것도 아닌 것이 되거나 우정으로 정의될 수는 없기 때문이다. 앙헬에게는 체의 고백을 거절했다는 미안함도, 체가 장애인이라는 이유로 느끼는 과도한 연민도 없는 것처럼 보인다. 오히려 소설에서 두드러지는 것은 자신을 향한 체의 마음을 부담스러워하면서도 한편으로는 언제나 체에게서 시선을 떼지 못하고 그녀의 사소한 몸짓과 말에 감탄하며 그것을 깊이 간직하려 했던 앙헬의 마음이다. "한때 앙헬은 세상의 모든 사람들이 그녀처럼 말하고 그녀처럼 웃기를 바랐다."(64쪽)

별명은 복잡하고 모순적인 앙헬의 그 마음을 이해하는 데 중요한 단서를 제공한다. 어느 날 체는 '스페인 문화 산책'이라는 교양 수업을 듣고 나서 스페인어로 천사라는 뜻의 '앙헬'이라는 별명을 생각해낸다. 천사라는 뜻도 그것이 남성명사라는 점도 자신과 어울리지 않는다고 생각하면서도 앙헬이 이 별명을 받아들인 이유는 체의 고집을 꺾을 수 없었기 때문만이 아니다. 대학 시절 처음 '마음씨' 동아리에 들어왔을 때 서로를 당시의 별명으로 부르던, 그러나 그 뜻을 물어보면 둘만의 비밀이라며 알려주지 않았던, 다른 누구보다 서로 내밀한 '주름'을 나누는 것처럼 보였던 '대니'와 체의 관계를 남몰래 부러워했었기 때문이다. "앙헬은 그 말이 서운하면서도 비밀을 간직하는 둘의 관계를 닮고 싶었다."(72쪽) 그리고 앙헬은 그렇게 은밀히 바랐던 대로 체와 그 비밀스럽고 배타적인 별명의 세계로 진입한 것이다.

체와 앙헬이 '열정적인 혁명가'와 '지옥을 지닌 천사'라는 이미지를 빌려와 서로에게 별명을 지어준 것은 어떤 대상을 그 대상이 지닌 속성과 밀접한 관계가 있는 다른 낱말을 빌려서 표현하는 메토니미 metonymy, 즉 환유의 수사법에 해당한다. '이름의 변화'라는 뜻의 고대 그리스어 'metō-nymía'를 어원으로 하는 환유는 흔히 은유와 비교되곤 한다. 은유가 다른 층위의 단어를 통해 대상을 이해하거나 설명하는 수단이라면, 환유는 대상의 속성과 긴밀한 단어를 통해 대상 그 자체를 지칭하는 수단이라는 점에서 둘은 구분된다.[9] 상대를 이해하거나 설명하기 위해서가 아니라 단지 그 존재를 지칭하기 위해서 부르는 것. 그 행위를 통해서 자신이 생각하는 상대의 특징을 매번 묘사하거나 설명하지 않고도 그 사람에게 귀속시키는 것. 동시에 다른 사람들에게는 공유하지 않는 비밀을 간직하는 것. 그래서 서로의 별명을 부르는 행위가 곧 그 비밀을 지키는 일이 되는 것. 이것이 오랜 세월이 지나 다시 만난 앙헬과 체가 별명으로 서로를 기억하면서 여전히 이어져 있게 한 비밀의 끈인 셈이다.

「제 꿈 꾸세요」에서 '나'가 누군가를 찾아 떠나는 여정은 다른 도시로 이동하는 것과는 차원이 다른, 생사를 넘나드는 일이다. 일인 가구인 삼십대 무직 여성 '나'는 자살 기도에 실패한 뒤 사흘 만에 깨어나지만, 금세 어이없이 '진짜로' 죽고 만다. 이렇게 살아난 이상 이 악물고 살아보겠다는 다짐을 하고 급히 먹은 초코바에 목이 막혔기 때문이다. 그러나 소설은 허무하게 목숨을 잃은 '나'의 짧은 생을 안타까운 비극으로 만드는 대신 미처 마지막 인사를 나누지 못한 지인들의 꿈속으로 찾아가는 애틋한 여정의 계기로 바꾸어낸다. 자신의 죽음

9) 김욱동, 『은유와 환유』, 민음사, 1999 참조.

을 직접 알리기 위해 지인들의 꿈속으로 들어가야 하는 상황에 '나'는 당황하지만, 길손 가이드인 '챔바'의 도움을 받아 사는 동안 가깝게 지냈던 사람들을 한 명씩 떠올리기 시작한다.

이러한 설정은 독특한 서사 형식을 낳는데, 그것은 바로 소설의 적지 않은 비중이 그 지인들에 대한 묘사와 회상의 병렬로 이루어진다는 것이다. 자신의 시신을 처음 발견하고도 무사하게 처리해줄 사람, 자신의 죽음을 알려도 너무 한스러워하지 않을 사람을 꼽기 위해서는 그 사람이 자신에게 어떤 의미였는지 세심하게 돌아보고 그와 함께 보냈던 시간을 꼼꼼하게 되살리는 과정을 거쳐야 하기 때문이다. 첫번째 자살 시도를 했을 때 응급실에서 너무 괴로워했던 엄마를 지나, 학창시절에 자주 떡볶이를 함께 먹었던 '규희'를 거쳐, '나'가 가장 오래 회상하는 대상은 동성의 연인이었던 '세모'다. "좀 아프게 해도 괜찮은 사람, 서로에게 준 상처보다 사랑했던 기억이 큰 사람, 그런 사람이라면 세모밖에 떠오르지 않았다."(281쪽)

> 세모는 회의 때나 티타임 때나 좀처럼 목소리의 톤을 바꾸지 않던 사람이었지만 나와 있을 때면 표정이 많아지며 감정을 드러냈다. 내게 토라지면 눈꺼풀이 한껏 올라가 눈꼬리에 모서리가 생기던 모습. 난 그걸 보는 게 좋았다. 나보다 열네 살이나 많고 특허권 수익 같은 복잡한 서류를 검토하지만 내가 굽 높은 구두 때문에 발이 붓거나 내 팔을 잡고 말하는 임원에게 웃는 얼굴로 응대하면 눈을 세모나게 뜨고 싫은 걸 드러내던 사람. 세모는 아랫배가 볼록했고 같은 디자인의 안경 여러 개를 번갈아 꼈으며 키스할 때 가끔 사랑니 썩은 냄새가 났다. 나는 그 냄새도 좋았다. 나밖에 맡지 못하는 냄새니까. 세모

의 왼쪽 뺨에 난 손톱자국과 아래쪽 어금니 옆에 눕듯이 난 이도 좋았다. 웃는 입처럼 생긴 그 흉터를 나는 '웃는 아이'라고 불렀다. 비뚤게 난 아랫니는 '누운 아이'라고 이름 붙였다. 세모가 나를 서운하게 할 때면 나는 세모에게 아이들을 보여달라고 졸랐다. 웃는 아이 보여줘. 누운 아이 보여줘. 이건 나밖에 모르지? 나한테밖에 안 보여주지?(「제 꿈 꾸세요」, 283~284쪽)

'세모' 역시 '나'가 지어준 특별한 애칭이다. 남들 앞에서는 유능하고 차가운 커리어우먼이지만 '나'의 앞에서만큼은 감정이 풍부하고 곧잘 삐치기도 했던 사람. '나'가 일하면서 몸을 혹사시키거나 누군가가 '나'에게 스킨십을 하면 걱정되고 질투하는 마음을 숨기지 않았던 사람. 그럴 때마다 눈꼬리에 모서리가 생길 만큼 눈을 세모나게 떠서 그 마음이 투명하게 티났던 사람. 그 세모눈이 좋아서 '나'는 연인에게 세모라는 별명을 붙여주었다. 세모를 회상하는 대목에서 그녀의 생김새, 습관, 말, 행동은 끝나지 않을 듯 길게 나열되는데, 그 항목들의 공통점은 바로 '나'만 아는 숨겨진 모습들이라는 것이다. 볼록한 아랫배, 키스할 때 나는 사랑니 썩은 냄새, 왼쪽 뺨의 손톱자국, 어금니 옆에 비뚤게 자란 아랫니같이 '나'에게만 드러냈던 세모의 고유한 것들. 그러니까 이 별명은 두 사람만의 배타적이고 비밀스러운 세계를 구축하는 테두리이자 그 세계를 담보하는 바탕이기도 하다.

결국 소설은 '나'가 그중 한 명을 선택해 자신의 부고를 알리는 데 성공하는 결말 대신 '나'가 지인들의 꿈속으로 들어가 그저 그들을 즐겁게 해주기로 마음먹는 모습으로 끝맺는다. "생을 '오해 없이' 완결 지어야 한다는 여정의 목적"[10]이 지인들이 그저 "기쁘게 내 꿈을 꿔주길"(296쪽) 바라는 소박한 마음으로 전환되는 것이다. 이 마지막 대목에 이르러 '나'는 "나와 상관없이 아름다"(287쪽)운 세계를 새삼스럽게 발견한다. 눈이 쌓인 옛 시청 건물, 길을 따라 서 있는 측백나무 화분들, 그 사이로 내렸다가 금방 녹아 사라지면서 빛을 발하는 눈송이처럼 자신이 없어도 아무런 문제가 생기지 않는 세계, 자신 없이도 아름답게 잘만 굴러가는 세계. 이 세계에 대한 새삼스러운 발견은, 죽음을 알릴 만한 한 명을 선택하여 그와의 관계를 규정하기보다 그저 그 사람을 기쁘게 해주기로 마음먹는 일과도, 죽음을 애써 이해하고 설명하기보다 아주 긴 분량을 할애하여 그 사람의 사소한 모습을 기억하고 자신만 아는 별명을 말하는 일과도 무관하지 않다. 그렇게 김멜라 소설의 인물들은 사랑하는 사람들을 부른다. 미스터X, 레사, 유파고, 줄파추, 먹점, 눈점, 표표, 파파야, 모모, 앙헬, 체, 대니, 세모…… 이 수많은 별명을 일일이 짓고 번번이 부르는 일, 그것은 김멜라의 소설을 만드는 동시에 김멜라의 소설이 만들어내는 사랑의 원리이다.

(2022)

10) 전기화, 「(비)인간의 자리로부터」, 『창작과비평』 2022년 여름호, 72쪽.

퀴어-되기를 위한 주제와 변주
—김봉곤론

1. 진짜가 되고 싶어

김봉곤이 「Auto」라는 중편으로 세상에 처음 나왔을 때부터 그의 소설에는 하나의 욕망이 짙게 깔려 있었다. 진실해지고 싶다는 욕망. 대부분 덥지만 상쾌한 여름날을 배경으로 삼고 있는 김봉곤의 소설에서 여름의 뜨거운 열기 못지않게 팽만하게 차 있는 것은 진실해지고 싶다는 욕망이다. 제목에서부터 밝히고 있듯 「Auto」는 자신에 대한 글을 써낸다는 자의식을 분명히 가지고 있다. 그리고 우리 모두가 알고 있는 것처럼 그 자의식의 중심에는 '퀴어임'이 자리한다.[1] 그러

1) 김봉곤의 소설은 다른 무엇도 아닌 퀴어에 대해 말하겠다는 뜻을 분명히 한다. 김봉곤의 소설은 게이 문화에 익숙지 않을지도 모르는 독자를 위해 친절하게 설명하지 않는다. 대신 고유한 하위문화로서의 게이 문화를 삶의 당연한 조건이자 유일한 세팅으로 등장시킨다. 여기에는 자신이 퀴어라는 사실 자체를 감추는 패싱도, "주류에 부합하도록 남들이 선호하지 않는 정체성의 표현을 자제하는" 커버링도 없으며, 다만 구체적인 용어와 취향으로 드러나는 퀴어 정체성의 노골적인 표현이 있다(켄지 요시노, 『커버링—민권을 파괴하는 우리 사회의 보이지 않는 폭력』, 김현경 · 한빛나 옮김,

나 투박한 만큼 생생한 이 데뷔작에서 퀴어라는 자의식 못지않게 그 저류에 유유히 흐르는 뜨거운 욕망이 보인다. 무엇보다 작가의 바닥을 건드리고 괴롭히는 하나의 욕망. 어쩌면 퀴어라는 정체성보다 더 근원에 있을 그 욕망. 그동안 차근히 쌓여온 김봉곤의 소설들과 한 호흡으로 만나기 위해, 우리는 그 근원의 자리에서 출발해야 한다.

「Auto」[2]의 '나'는 동거하는 남자친구에게 헤어지자는 말을 듣고는 실연을 감당해내기 위해 과거에 썼던 글을 돌이켜 읽어보고 그와의 기억을 되살려보려 애쓴다. 그 끝에 '나'가 다다르는 지점은 유년의 기억 속 비 오는 어느 여름날 아침의 풍경이다. 기억 속에 존재하는 첫 여름인 그 풍경을 '나'는 끊임없이 더듬고 돌이키고 되살려본다. '나'는 그 여름의 기원이 환영도, 억측도, 회고도 아닌, "그 어떤 이물의 침입"(220쪽)도 받지 않은 순수한 '진짜'이기를 간절히 바란다. 남자친구와 헤어진 '나'가 이토록 어떤 기원을 찾아 과거의 시간을 헤매는 까닭은 "시간을 거슬러올라가면 어떠한 답이 있을지도 모른다는 기대감"(232쪽) 때문이다. 어딘가에는 '진짜'가 존재한다는 믿음, 시간의 원뿔 밑면을 끈질기게 유영하다보면 그것을 찾을 수 있다는 믿음, 그리고 시간의 팔랭세스트를 통해서 현재를 다시 써볼 수 있다는 믿음에 기대어, 오늘의 사랑과 아픔을 버티고 이해하고 살아내려 한다.

'진짜'에 대한 믿음을 가진 '나'에게 무엇보다 두려운 것은 자신이 진짜가 아닌 채로, 진실하지 않은 채로 살아갈지도 모른다는 두려움

민음사, 2017 참조).

2) 김봉곤, 『여름, 스피드』, 문학동네, 2018. 이하 인용시 본문에 작품명과 쪽수만 밝힌다.

이다. 자신을 노골적인 질료로 삼는 오토픽션을 쓰면서 '나'에게 일차적 문제가 되는 것은 자신의 비밀스러운 구석을 드러낼지도 모른다는 부담감에 있지 않다. 문제는 그것을 얼마나 진실하게 재현할 수 있느냐다. 비 오는 날의 흐린 하늘, 엄마의 화장대 위에 놓여 있던 아빠의 스킨 향, 환한 정오의 햇빛과 어두운 집안의 공기. 유년의 여름을 채우던 그 사물과 풍경을 더듬어 써나가면서도 그것이 혹여 진짜가 아닐까봐, 환영이 만들어낸 상상일까봐 우려한다. 진실하지 않은 기억으로 진실하지 않은 언어를 만들어내는 것. 그것은 차라리 부끄러움이다.

> 오토픽션을 쓸 때의 부끄러움은 사생활이라 여겨지는 나의 내밀한 삶과 생각을 밝히는 데서 오는 것이 아니다. 오히려 이것이 진실된 문장과 이야기인지, 어떠한 감정을 추출하고 획득해내기 위한 작위가 없었는지—나와 독자에게 모두—에 대한 경계심에서 비롯되는 감정으로, 꾸밈을 유혹받는 데서 오는, 혹은 필연적인 착오를 무릅써야 한다는 한계에서 생기는 부끄러움이다.(「Auto」, 225~226쪽)

김봉곤 소설에서 퀴어의 문제는 진실해지고 싶다는 이 욕망 다음에 온다. 진실한 삶을 살기 위해서 김봉곤 소설의 인물들에게 무엇보다 중요한 것은 사랑이다. 이들이 삶에서 충분히 진실해지는 방법은 한 가지, 사랑뿐이다. 남자인 자신이 남자를 사랑하는 것, 그러니까 게이라는 것, 그래서 그 부인할 수 없는 사실을 받아들이지 않고서는 스스로를 속이는 기분에서 벗어날 수 없다는 것이 이들에게는 무엇보다 무거운 진실이기 때문이다. 사랑은 곧 자신의 존재를 증명하고 진실을 실천할 수 있는 유일한 수단이기 때문이다.

스스로 게이라는 것을 인정한 이후로는 "과장이 아니라 내가 바라보는 모든 사물과 사람과 사실과 사정과 사건이 내가 게이라는 걸 지시하거나 게이가 아님이 아님을 지시"했다는, 그래서 "그 생각에서 벗어나 사고한다는 것 자체가 불가능했다"(「라스트 러브 송」, 132쪽)는 이에게 남자를 사랑한다는 것은 세상을 진실하게 살아간다는 것과 정확히 같은 의미이다. 사랑을 해본 지가 오래되었다는 이유로 피로와 울적함을 느끼고는 "나는 더이상 사랑하는 사람이 아니다. 그 사실은 나를 자격 없는 사람으로 만든다"(「컬리지 포크」, 13쪽)라고 말하는 이에게도 사랑은 곧 존재고, 존재는 곧 사랑이다. 그러니까 이들에게 퀴어-되기란, 진실한 존재로 살아가야 한다는 삶의 숙제를 사랑이라는 실천을 통해 수행해가는 도정이다.

2. 퀴어-되기를 위한 세 가지 여정

김봉곤 소설들의 서사는 이 퀴어-되기라는 기나긴 도정과 다르지 않다. 이 도정은 세 단계로 이루어져 있다.

(1) 게이라는 사실을 스스로 인정하기. 퀴어를 다룬 텍스트에서 우리가 익숙히 보아왔던 이 정체화 과정이 김봉곤의 소설들에서는 경쾌할 만큼 간소하게 처리된다. 자신이 게이일지도 모른다는 의심, 하지만 그것을 인정하지 않으려는 거듭된 부인, 그러면서도 남자에게 끌리는 감정을 어쩌지 못하고 엎치락뒤치락하는 힘겨운 번복, 혹은 가족이나 친구들이 게이인 자신을 어떻게 생각할지 모른다는 두려움이 거의 보이지 않는다.[3] 대신 이 소설들에서 보이는 것은, 그래, 나, 게이, 라는 산뜻한 긍정이다. 그 산뜻함이 가장 선명하게 드러나 있

는 「데이 포 나이트」[4]에서 '나'는 상경하여 대학교 영화과에 입학하면서, 영화에 대한 애정과 남자에 대한 사랑을 동시에 인정한다. 그전까지 스스로 남자를 좋아하는 사람일 수 있다는 생각을 하지 않았던 것은 아니지만, 두 기수 위의 'S 형'을 만나고 난 후에는 스스로 게이라는 것을 인정하지 않을 수 없었던 것이다. 그것은 "괴로워 할 새도 없는 깔끔한 한판승"(109쪽)! 성 지향성에 대한 심각한 고민 대신에 이 자리를 차지하고 있는 것은 인정하니까 편한 마음과, 이제는 거리낄 것 없이 남자를 사랑하기로 작정한 자의 부푼 기대감이다.

(2) 남자와 연애하고 섹스하기. '게이임'을 실천하는 행위라고도 할 수 있겠다. 게이 업소나 커뮤니티에서 데뷔[5]한 이후인 이 두번째 단계에서부터 온갖 화려하고 다채로운 모험이 시작된다. 처음으로 게이 커뮤니티에서 자신이 게이라는 사실을 드러내고 처음으로 남자와 섹스하게 되는 과정을 그리는 소설이 「나의 여름 사람에게」[6]다.

---

3) 물론 동성애자로 자신을 정체화하는 이 지난한 과정을 문학적으로 형상화해내는 것 역시 중요할 것이다. 퀴어를 소재로 다룬 최근의 한국 소설들에서 이러한 장면이 두드러지게 재현되고 있지는 않지만, 최은영의 「그 여름」(『21세기문학』 2016년 겨울호)이나 김혜정의 「52hz」(『18세를 반납합니다』, 문학과지성사, 2019)와 같은 소설에서 그 단면을 조금 엿볼 수 있다. 동성애자로서의 정체화 과정이 이와 같이 유독 십대 여성들의 퀴어 서사에서 다루어지고 있는 현상에도 주목할 필요가 있다.

4) 김봉곤, 「데이 포 나이트」, 『자음과모음』 2018년 여름호. 이하 인용시 본문에 쪽수만 밝힌다.

5) 커밍아웃과 데뷔의 차이에 대해서는 김봉곤 작가 자신의 일화에서 보다 섬세하게 다뤄진다. "2008년 3월, 상경과 동시에 나는 나 자신에게 커밍아웃했다. 하지만 데뷔까지 1년의 시간이 걸렸다는 게 지금 생각해보면 어딘가 좀 이상했다."(김봉곤, 「come out」, 『Axt』 2018년 7/8월호, 63쪽)

6) 김봉곤, 「나의 여름 사람에게」, 『현대문학』 2018년 7월호. 이하 인용시 본문에 쪽수만 밝힌다.

이 소설에서 '나'는 첫발을 내딛은 게이 커뮤니티의 행사에서 만나게 된 A 형과 새벽까지 술자리를 가진 뒤 그의 집에서 첫 섹스를 하게 된다. 처음으로 "내 것이 아닌 남자의 발기한 성기를, 정말로, 실제로 보게 될 생각에 나는 너무 좋아 환호성이라도 지르고 싶었다"(48쪽)고 '나'는 회상한다. "정말 너무너무 좋았다"(같은 쪽)는 말은 자신의 몸으로 즐거워하는 남자를 처음 보면서 '나'가 내뱉을 수 있는 언어의 가장 솔직한 표현이었을 것이다. 이 첫 섹스를 통과한 다음 김봉곤 소설의 인물들이 마주하게 되는 것은 수없이 반복되는 데이팅 앱의 설치와 삭제, 서로의 취향과 조건을 가늠하며 긴장을 타는 썸, 그러다가 연애로 이어지곤 하는 사랑이다. 그러나 이 영원히 반복될 것만 같은 순환에서 살짝 방향을 틀어 다른 차원의 퀴어-되기로 도약하게 만드는 것이 있다. 그것은 바로,

(3) (남자와 연애하고 섹스하는 게이로서의) 자신에 대해서 글쓰기. 오히려 고민이 깊어지는 것은 이 단계에서다. 김봉곤 소설의 인물들에게 (1)과 (2)가 비교적 가볍고 경쾌하게 지나가는 단계라면, (3)은 조금은 무겁고 꽤나 어렵고 무척 진득하게 지나가야 하는 단계이기 때문이다. 남자를 사랑하는 자신에 대한 글쓰기는 대개 한 남자와의 사랑이 끝나야 비로소 시작되는 것 같다. 남자친구의 변심에 대한 단서를 찾듯 이전에 썼던 글을 읽거나 한 편의 완성된 글을 쓰려 노력해 보려는 「Auto」의 '나'가 깨닫는 것은 "그와의 사랑이 시작되었을 때 나는 아무것도 쓸 수 없었다"(217쪽)면, 반대로 "그와의 사랑이 끝났다고 예감했을 때에야 비로소 나는 이 글을 쓸 수 있었다"(같은 쪽)는 사실이다. 뜨거운 사랑의 한가운데 빠져 있을 때는 굳이 글쓰기를 해야 할 필요를 느끼지 못했지만, 사랑으로 거뜬히 가려졌던 결핍을 더

이상 사랑을 통해 해소할 수 없을 때에야 비로소 글을 쓰게 된다는 의미일 것이다. 사랑의 끝엔 글쓰기가, 글쓰기의 끝엔 사랑이 있는 것일까. 사랑과 글쓰기는 맞물리면서 서로의 꼬리를 잇는 방식으로만 존재하는 것일까.[7]

그러나 사랑이 끝난 후의 이 글쓰기야말로 어쩌면, 진정한 사랑이 영글기 위해 마지막으로 거쳐야 하는 여정일지도 모른다. 예컨대 「컬리지 포크」를 보자. 이 소설에서 '나'는 일본의 교토조형예술대학에 교환학생으로 가 있는 동안 소설 창작을 가르치는 '에하라 교수'와 사랑에 빠진다. 그러나 어느덧 학기 말이 되어 교토를 떠나야 하는 시간이 다가오면서 둘은 더이상 인연을 이어나가지 못할 것이라는 사실을 직감한다. 찌는 듯이 무더운 교토에서의 마지막 밤, 에하라 교수와의 마지막 데이트를 끝내면서 '나'는 그가 집으로 돌아가는 뒷모습이 사라질 때까지 바라본 후 느닷없이 이렇게 말한다. "이제는 정말 말할 수 있다고, 이제는 고백해야 한다고."(46쪽) '나'가 에하라 교수와 작별한 이후에야 비로소 말할 수 있게 된 것은 무엇일까? 그것은 서울로 돌아와 에하라 교수에게 최종 과제로 제출할 단편소설을 쓸 준비를 하는 과정에서 발견할 수 있다. 그 과정에서 '나'는 그 어느 때보다 진실해지려 한다.

7) 이와 더불어 신샛별이 언급한 바 있는 사랑과 글쓰기의 동형성도 지적해야 한다. 그는 김봉곤의 소설 속 인물들에게 자주 부여되는 직업인 소설가나 영화감독의 창작 작업이 "타자에게 어떤 의미를 부여함으로써만 가능해지는 사랑과 구조적으로 같다"는 사실에 주목한다(신샛별, 「사랑할 권리, 사랑할 의무」, 『Axt』 2018년 7/8호, 72~73쪽).

나는 지난 몇 달간의 기억을 되살리며 글을 쓸 것이다. 이제 와서 그들처럼 쓸 수 없었지만, 그들만큼 아름답고 싶었다. 하지만 왜 드러내지 않고서는 왜 배길 수 없는 것인지, 무언의 안온함을 왜 견딜 수 없는 것인지 나는 알 수 없다. 그러니 이제 말할 것이다. 도리 없이 지체 없이. 내가 가진 모든 패를 다 보여주지 않고서는 시작할 수 없다. 그건 페어한 게임도 나의 방식도 아니었다. 부디 나보다 나의 글이 더 진실할 수 있기를. 그의 뒷모습을 생각하면, 조금 더 그럴 수 있는 기분이 되었다.(「컬리지 포크」, 49쪽)

'나'는 에하라 교수에게 보낼 소설을 쓰면서야 비로소 자신이 그를 진심으로 사랑한다는 사실을 깨닫게 될 것임을 안다. 또한 동시에 에하라 교수의 성 지향성과 취향을 노골적이고 폭력적으로 아우팅하는 사진을 보고도 실은 분노가 아닌 흥분을 느꼈다는 사실을 반성하게 될 것임을 안다. 현실적인 관계가 끝난 후 그동안의 기억을 돌이키며 글을 쓰면서야 비로소 그 사랑은 허상과 거짓을 걷어내고 진실의 꼴을 조금씩 갖추어가게 된다는 것도 말이다.

3. '나'라는 주제가 변주되는 사랑들

그런데 이 글쓰기에서 발견할 수 있는 것은 상당히 예민한 자의식이다. 김봉곤 소설의 인물들은 타인을 글쓰기의 대상으로 다루는 것에 대해 수치심에 가까운 윤리적인 결벽을 보인다. 감히 다른 이의 입장을 상상하여 그를 이해했다고 말하는 일은 자신이 할 수 있는 범위를 벗어나 있다고 생각한다. "타인이 개입되는 순간, 참을 수 없는 부끄러움과 당착을 느끼며 나는 더이상 생각하는 것이 곤란해졌다"(「Auto」, 248쪽)는 것이다. 그래서 이들이 퀴어-되기로서의 글쓰기에서 택한 전략은 바로 오롯이 자기 자신의 감정과 상태에만 집중하는 것이다. 철저히 아는 만큼의 자신에 대해서만 쓰기. 그러나 어쩌면 이 예민한 자의식은 오히려 롤랑 바르트가 말한 "나르시시즘적인 글쓰기"로 더 명확하게 해석될 수 있을지도 모른다.

> 작가에게 있어 글쓰기는 우선(그리고 계속해서) 다음과 같은 가치와 함께 절대적 위치를 차지합니다. 하나의 본질적인 언어활동의 형태 아래서 타자를 투사하는 것입니다. 이와 같은 감정의 변화가 어떻든지 간에(그리고 그것은 단순하지 않습니다.) 작가는 최초의 나르시시즘적 신념을 소유하고 또 이 신념에 의해 형성됩니다. 나는 글을 씁니다. 그러므로 무슨 일이 발생하든 나는 절대적으로 가치가 있습니다.[8]

바르트에게 있어, 사람이 글을 쓰는 이유는 작가의 욕망으로 설명된다. 글쓰기는 자아에 대한 요구들이 모이는 장소이기 때문이다. 따라서 글쓰기의 대상이 무엇이든, 그때 재현되는 감정이 어떤 것이든, 이 "나르시시즘적 신념"을 통해서 글쓰기라는 행위가 이루어지게 된다. 그래서 이것은 "총체적인 글쓰기, 완전하게 나에게 받아들여지는 글쓰기, 나의 모든 상상계를 언어활동의 무대에 내던지는 글쓰기"[9]가 된다. 글쓰기에서 세상 모든 대상은 자신을 위한, 자신에 의한 것

---

8) 롤랑 바르트, 『롤랑 바르트, 마지막 강의』, 변광배 옮김, 민음사, 2015, 276쪽.

9) 같은 책, 278쪽, 강조는 원문.

으로 변형되어 모아지는 것이다. 마찬가지로 김봉곤 소설의 인물들에게도 지나간 남자들과의 사랑을 회고하며 쓰는 글은 언제나 '나'에 대한 것으로 수렴된다. "난 어째서 나인가, 나일 수밖에 없는가, 왜 난 고작 나이며, 나의 기억만을 할 수 있을까"(「Auto」, 247쪽)라고 물어도 결국에 돌아오게 되는 것은 '나', 그것도 남자를 사랑하는 '나'라는 존재다.[10]

여기에서 잠깐, 김봉곤의 소설에서 연애가 일종의 패턴을 명확하게 보이고 있다는 점을 짚고 넘어가자. 데이팅 앱 혹은 게이 커뮤니티를 통해 취향과 조건을 맞추어 남자를 만나고, 서로를 조심스럽게 파악하고 감정의 무게를 재는 썸의 기간을 지나, 비로소 배타적인 관계로 돌입하는 뜨거운 연애까지 이어지는 일련의 과정을 말하고 있는 것만은 아니다. 이 소설들에서 반복되는 것은 누군가에게 끌리기 시작했을 때, 누군가를 좋아하기 시작했을 때 느껴지는 익숙한 사랑의 감정이다. 상대가 바뀌더라도 사랑에 빠지기 시작할 때의 예감과 느낌만은 똑같이 반복되는 것이기에, '나'를 설레게 하는 남자가 나타나도 이전에 만났던 남자와의 관계가 계속 되새김질된다. 새로운 남자를 만날 때마다 어김없이 반복되는 사랑의 변주. 그래서 「컬리지 포크」의 '나'는 에하라 교수를 진심으로 사랑한다는 것을 깨달음과 동시에 전 남자친구인 '형섭'을 사랑했었다는 사실을 상기하고,

---

10) 이와 관련하여 권희철은 김봉곤의 소설이 "곤란함을 무릅쓰고 어떻게든 사랑의 대상을 끝까지 추적하는 대신" "사랑의 글쓰기가 자기중심적 글쓰기와 가까워지는" 경향을 보인다는 점을 정확히 지적한 바 있다(권희철, 「사랑의 글쓰기」, 『여름, 스피드』 해설, 269쪽 참조). 이러한 지적에서 한 발짝 더 나아가면, 이 소설들에서 '나'가 사랑하는 타인은 존재라기보다는 취향으로서 재현되고 있다고 말할 수 있을지도 모른다.

「디스코 멜랑콜리아」의 '나'는 처음 만난 남자를 이미 마흔 번쯤은 사랑해본 적이 있는 것 같은 기시감을 느끼며, 「나의 여름 사람에게」의 '나'는 새롭게 알게 된 '창일'과 사귀기 직전 애매한 관계를 이어나가면서 첫사랑인 'A 형'을 떠올린다.

> 하지만 마음 한구석 이것이 새로운 사람을 만나기 위한 마지막 관문이자 일종의 정화 의식이 아닐까 하는 생각도 없지 않았다. 떠올려봐, 잊고 있었겠지만 이 패턴 역시 반복과 변주 속에 있지 않냐고, 강렬한 사랑이 시작될 때 느꼈던 그 기시감이 아니냐고, 내 안의 누군가가 속삭이고 있었다.(「나의 여름 사람에게」, 36쪽)

이 사랑이 비슷하게 변주되는 까닭은 물론 취향과 밀접한 연관을 맺고 있다. 김봉곤의 소설에서 가장 일관적으로 나타나는 것은 어쩌면 남자 취향일지도 모른다. "팔십 킬로가 넘으면 웬만하면 잤"으며 "구십 킬로가 넘으면 얼굴도 안 봤다"(「여름, 스피드」, 65쪽)는 명쾌한 남자 취향. 그러니까 "살찌고 털이 많은 아시아 남자들"(「Auto」, 194쪽), "오랫동안 만나길 꿈꿔왔던 담백한 털돼지들"(「컬리지 포크」, 14쪽), "하얗고 통통한 얼굴에 안경을 낀 남자, 걸을 때 뒤뚱뒤뚱이 되는 남자"(「나의 여름 사람에게」, 36쪽)에게 유독 끌리는 이 인물들의 취향은 여러 소설 곳곳에서 변주되어 이어진다. 남자 취향에 대한 이 노골적이고 거침없는 탐닉은, 그간 한국 소설에서 좀처럼 가시화되지 않았던, 연애 및 섹스 상대에 대한 다양한 미적 취향이 경합하는 흥미로운 장면을 포착한다. 그러나 그에 못지않게 주목할 만한 사실은, 여러 소설들에서 마치 하나의 인물처럼 겹쳐지는 '나'가, 이 남자

취향과 자신의 외적인 조건이 상당히 닮았다는 것을 알고 있다는 사실이다. 심지어 '나'는 그 사실마저 좋아한다. 친구들이 자신과 "징그러울 만큼 닮았다"고 말하는 남자와 자신이 닮았다는 사실을 좋아하고(「여름, 스피드」, 65쪽), 내 옷을 입은 남자를 보면서 행복하게 야릇한 감정을 느낀다(「디스코 멜랑콜리아」). 이것은 어쩌면 "강렬하게 사로잡히는 이형 동질"(「컬리지 포크」, 13쪽)에 대한 끌림이 아닐까?

그래서인지 이 변주들 끝에 가닿는 시선은 언제나 자기 자신이다. 어쩌면 김봉곤의 소설에서 수없이 반복되는 패턴의 원형, 그러니까 변주되고 있는 주제는 첫사랑도, 설레는 감정도, 어떤 남자도 아니라, '나'일지 모른다. 여러 변주들을 거치는 동안 '나'에게는 어떤 일이 일어나는가? 그동안 '나'는 잠수 이별을 선사한 전 남친에게 육 년 만에 페이스북 메시지로 연락을 받고는 친구로 지내자는 말을 듣기도 하고(「여름, 스피드」), 데이팅 앱으로 만난 남자와의 첫 데이트에서 자신의 고향으로 함께 내려갔다가 커밍아웃하기 이전의 과거를 돌이켜보기도 하며(「디스코 멜랑콜리아」), 갑작스럽게 죽은 남자친구의 장례식장에 갔다가 그의 가족에게 자신을 애인이라고 소개하기는커녕 그의 이름이 본명이라는 것을 확인하고 안도해야 하는 경험을 하기도 한다(「라스트 러브 송」). 그리고 그 끝에는 언제나 사랑의 굴레를 벗어나지 못하는, 어김없이 새로운 남자를 찾아내어 사랑하고야 마는 '나'를 향한 시선으로 돌아온다.

다만 이 시선에는 영원히 끝나지 않을 퀴어-되기의 한가운데에 있는 자신에 대한 긍정이 있다. 그리고 이는 김봉곤의 소설들을 단순한 나르시시즘이라고 치부할 수 없게 만드는 반짝임이다. 예컨대 「디스코 멜랑콜리아」에서 처음 만나 고향까지 데려간 남자와 입맞춤을 한 뒤 버스를 타고 떠나는 그를 보던 '나'는, 그렇게 배웅을 하는, 다시 사랑에 빠져 있는, 그러니까 "다시를 다시 하는"(120쪽) 자신의 모습을 바라본다.

> 당신과 나 사이 가로놓인 마이크 쥔 사람들의 간절한 기도 속에 나도 간절히, 너에 대한 글은 쓰고 싶지 않다고, 제발 너에 대한 글을 쓰게 하지 말아달라고, 끊임없이 밀려드는 버스 뒤에서 너는 보였다가 사라졌다 다시 보이고, 너는 이제 402번 버스를 타고 사라지는데, 당신의 눈으로 보는 나도 점점 더 작아지고 그런 나를 내가 보는데, 그건 다시를 다시 하는 사람의 모습이었고, 당분간 병이 들 사람의 모습이었지만, 그래도 그건 어제 오늘 본 것 중에 가장 아름다웠지, 그리고 그런 내가 정말이지 오랜만에 싫지 않았다.(「디스코 멜랑콜리아」, 120~121쪽)

이 긍정은 퀴어-되기의 첫번째 단계에서 자신이 게이라는 것을 깨닫는 정체화 과정에 동반되는 산뜻하고 가볍기만 한 자기긍정이 아니다. "정말이지 오랜만에 싫지 않"은 '나'는 퀴어-되기의 벅찬 여정을 건넌 뒤에 다시 만난 '나'이기 때문이다. 그 많은 변주들variations을 지난 끝에 다시 한번 더 돌아온 주제theme인 '나'는 변주곡이 시작되었을 때의 첫 주제와 같을 수 없다. 각각의 다양한 변주들을 거치면서 만난 분위기와 정서를 가득 품고 있기 때문이다. 김봉곤의 소설들은 종종, 열심히 남자를 사랑하고 있는, 그리고 그런 자신에 대해서 글을 쓰는 현재를 긍정하면서 끝맺는다. 오랜만에 방문한 모교에 더이상 자신이 없다는 사실이 "정말 마음에 들었다"(124쪽)는 「데이 포 나이트」의 '나'도, "버린 것들과 떠나버린 것들이 있던 때보다 지금이 좋았다"[11]는 「신일」의 '나'도, 그 숱한 우여곡절을 넘은 뒤의 '나'를 마냥 무구하지만은 않은 태도로 긍정한다.

여기에서 퀴어-되기의 도정이 글쓰기라는 세번째 단계를 거쳐야 하는 이유를 다시 생각해보자. 그 이유란, 스스로를 퀴어라고 정체화하는 일이 단지 동성에게 끌린다고 인정하는 일, 그리고 동성을 만나 연애하고 섹스하는 일에 그치지 않는다는 사실이다. 퀴어-되기가 진실한 존재로 살아가야 한다는 삶의 숙제에 대한 응답이라면, 그보다 한 단계 더 나아갈 수 있다. 퀴어-되기의 마지막 종착역은 무엇보다 끊임없는 변주와 과정으로서의 글쓰기를 동반한다. 중요한 것은 '글쓰기'라는 언어화 행위 자체라기보다는 글쓰기를 통해 퀴어로서의 '나'를 의미화하는 과정이다. 왜냐하면 퀴어로 살아간다는 것은 일시적인 발견이나 행위가 아니라 자신의 '퀴어임'에 대해서 생각하고 반추하고 의미화하는 끊임없는 과정으로서 존재하기 때문이다.[12] 이러한 과정 끝에야 '나'는 비로소 자신을 온전히 긍정하게 된다. 진실해지고 싶다는 욕망이 알맞은 밀도로 채워지는 것도 이 지점에서다. 이 세번째 단계에서 '퀴어-되기'는 '진정한 나-되기'와 다르지 않다.

---

11) 김봉곤, 「신일」, 『릿터』 2018년 2/3월호, 13쪽.

12) 김봉곤의 소설들에 늘 사랑에 빠져 있는 인물이 주인공으로 등장하면서도, 쌍방향에서 충만하게 이루어지는 사랑은 좀처럼 찾기 어려운 까닭도 비슷한 맥락에서 생각해볼 수 있다. 그것은 어쩌면 김봉곤 소설의 관심사가 사랑 그 자체라기보다는, 사랑을 찾는 과정에서 느낄 수밖에 없는 결핍, 그리고 '나'의 퀴어-되기라는 과정 자체에 있기 때문이라고도 할 수 있을 것이다.

4. 다시, 퀴어

마지막으로 김봉곤의 소설에서 퀴어-되기의 도정은, 이 도정이 아니었다면 건드리지 않고 지나쳤을지도 모르는 과거의 무수한 감정과 기분까지 모두 끌어안는다는 점을 언급해야만 한다. 애초에 진실해지고 싶다는 욕망으로 추동된 여정답게 발길이 닿는 대로 과거를 구석구석 들러보는 것이다. 거기에는 첫 여름으로 기억되는 비 오는 아침의 흐린 풍경도, 새로 만난 남자와 함께일 때는 어쩐지 조금은 부끄러운 고향도, 심지어는 게이로 정체화하기 이전인 대학 시절에 사귄 전 여자친구에 대한 복잡한 마음도 있다.

그 복잡한 마음을 다룬 「시절과 기분」[13]은 제목대로 모든 '시절과 기분'을 인정해보려는 듯하다. 첫 소설책을 발간한 이후 '나'는 대학교 초년생 때 사귀었던 전 여자친구 '혜인'의 연락을 받고 아주 오랜만에 그녀와 조우하게 된다. 혜인은 결혼했지만, 그사이 동성애자로서의 정체화와 커밍아웃, 데뷔를 모두 마친 '나'는 왠지 모를 죄책감을 느낀다. 혜인을 만나 다시금 회상해보는 그 짧은 연애에서 분명한 것은, '나'는 "이미 심각한 게이였을 수도 있었을 텐데"(69쪽)도 고백을 듣고는 "혜인이 좋은 이유를 한 열 가지는 숨 한 번 쉬지 않고 말할 수 있었"(같은 쪽)을 정도로 그녀를 좋아하기는 했었다는 사실이다. 이 부인할 수 없는 사실 앞에서 '나'는, 분명히 존재했었던 순간과 감정을 해석해내기보다는 그저 가까이서 들여다보고 담담히 받아들이려 한다. 소설을 마무리하는 것도 여느 김봉곤 소설에서 보이던 강

---

13) 김봉곤, 「시절과 기분」, 『21세기문학』 2018년 봄호. 이하 인용시 본문에 쪽수만 밝힌다.

렬한 파토스가 아닌 흔들림의 여운이다.[14)]

> 고요한 밤 풍경 속, 나는 오다 카즈마사의 베스트 앨범을 재생하고 눈을 감았다. 또 한 번 내가 될 시간이었고, 나의 농도를 회복하기에 음악은 제법 효과적일 것이었다. 뛰는 심장의 무늬를 구별하고 싶지 않았다. 어떤 답을 찾고 싶지도 않았다. 그저 열차가 멈추기 전까지 이 진동이, 흔들림이 계속되기만을 간절히 바랄 뿐이었다.(「시절과 기분」, 80쪽)

혜인과 헤어지고 집으로 가는 길에, '나'는 열차의 흔들림이 계속 이어지기를 바란다. 이 바람은 혜인을 다시 만나 느낀 저릿한 마음과 서글픈 기분을 깊이 겪어보려는 마음에서 비롯했을 테다. '나'는 "뛰는 심장의 무늬"를 구별하는 대신, 그리고 이 알 수 없는 서글픔에 대한 명료한 답을 찾아내는 대신, 흔들림이 스스로 흔들리도록 내버려두겠다고 말한다. 물론 이 진동이 게이라는 '나'의 정체성까지 흔들지는 못할 것이다. '나'는 애인 '해준'에게 사랑이 가득 담긴 문자를 보내고 기차는 '나'를 그가 잠들어 있을 집으로 데려다줄 것이다. 그러니까 여전히 '나'는 게이고, 남자를 사랑하며, 해준과 행복하게 지낼 것이다. 뜻밖에 이루어진 혜인과의 만남이 건드리는 것이 게이라는 정체성은 아닌 셈이다.

다만 '나'는, 시험 기간의 새벽 전산실에서 '훌리건 천국'에 글을

---

14) 조연정은 이러한 흔들림이 "사랑이라는 이름 안에 묶일 수 있는 감정의 경계를 무한히 확장"한다고 지적한 바 있다.(조연정, 2018년 봄 〈이 계절의 소설〉 선정의 말, 2018. 4. 12. http://moonji.com/monthlynovel/15269)

올리던 혜인의 모습, 생과일빙수 가게에서 토스트를 먹다가 느닷없이 고백을 받았던 장면, 반수에 실패한 혜인을 달래주다 키스했던 기억을 건너고 건너면서, 그 시절의 그 기분을 다시 한번 성실히 되살리고 느껴본다. 분명히 존재했던 감정을 섣불리 재단하거나 구획하는 대신 그저 천천히 받아들인다. 이것은 자신에게 일어난 모든 감정과 기분을 그대로 인정하려는, 그러니까 김봉곤 소설의 가장 근원적인 욕망인 진실해지려는 태도와 다르지 않다. 적어도 이것은 나-되기의 치열한 과정이며, 김봉곤의 소설에서 어쩌면 퀴어-되기의 도정보다 더 깊숙한 내면의 바닥을 건드리며 움직이는 추동이다. 이 역시 나-되기를 위한 하나의 변주다. 김봉곤은 "사랑에 보편을 요구하고 정의하려는 것"(「Auto」, 187쪽)의 의미를 꾸준히 물음에 부쳐왔다. 그러나 이성애로만 의미화되었던 사랑에 동성애를 보태거나 추가하는 방식이 아니라, 진실해지려는 욕망으로 '나'의 모든 시절과 기분을 껴안는 방식으로.

(2018)

너무 아름다운 꿈

—최은미의 『어제는 봄』

1

최은미의 소설은 아름다운 꿈과 고통스러운 지옥을 동시에 말해왔다. 헛되이 꿈만 꾸는 것도 아니고, 괴로워하며 지옥에만 머물러 있는 것도 아닌 소설들로, 그 둘이 얼마나 경계 없이 한몸으로 엉겨 있는지 말해왔다. 지옥 안에서 살짝 비치는 꿈과 꿈속에 깃들어 있는 지옥으로 우리에게 보여주어왔다.

첫번째 소설집 『너무 아름다운 꿈』에 실린 표제작에서 어떤 곳이 지옥이냐고 묻는 화자의 질문에 한 남자는 이렇게 대답한다. "사방이 막혀서 빠져나갈 기약이 없는 곳."[1] 꼼짝없이 갇혀 있어서 어느 쪽으로 몸을 움직여보아도 도저히 벗어날 수 없는 곳. 고통과 무의미의 무게에 짓눌린 상태로 영원히 갇혀 있을 수밖에 없는 곳. 그런 곳이 지옥이라고 말이다. 사스 바이러스가 전 세계를 휩쓸고 지하철 화재 사

1) 최은미, 「너무 아름다운 꿈」, 『너무 아름다운 꿈』, 문학동네, 2013, 111쪽.

고로 수백 명이 사망하고 이라크 전쟁으로 수천 명의 전사자가 발생하는 이 세계는 곧 지옥이다. 하지만 최은미의 소설은 이 지옥 안에 공중에 피는 꽃을 심어둔다. 끝없는 황토고원의 허공 위에 피어 있는 꽃. 실재하는 것은 아니지만, 비록 무명無明 때문에 보이는 것이지만, 어쩌면 고통도 그런 것이기에, 그 아름다운 꿈 같은 꽃을 지옥의 한가운데에 놓아둔다. 아름다움에는 언제나 지독함이 스며들어 있기 때문일까. 혹은 이 지옥 자체가 한갓 꿈일 뿐이기 때문일까.

2

『어제는 봄』[2]은 꿈이자 지옥인 어느 봄에 관한 이야기다. 노란 꽃가루가 떠다니기도 함박눈이 내리기도 하는 3월 중순부터, 개나리가 피고 연등이 걸리는 4월을 지나, 이팝나무 꽃이 구름처럼 피어나는 5월을 거쳐, 어린이가 아이스크림을 물고 내달리는 더운 6월까지. 수많은 식물이 열렸다가 저물고 공기의 온도는 점점 높아지는 약 사 개월 동안, 서른아홉 살의 한 여자가 꿈같고 지옥 같은 봄을 통과한다.

경기도 북부의 한 마을에서 초등학교 3학년 여자아이를 키우고 있는 기혼 여성이자 소설가인 '나'에게 봄은 특별한 계절이다. 신학기에 열리는 학부모 총회에도 참석해야 하고, 같은 반 엄마들끼리 단톡방을 만들어 학부모 봉사 단체 조를 짜야 하고, 딸을 위한 어학원 설명회 안내장과 초등학교 공개수업일에 가야 하기 때문이다. 꽃가루, 개나리, 목련, 산수유, 이팝나무가 색깔을 입고 벗으며 피고 지는 동안 봄마다 '나'에게 일어나는 일들은 그런 것들이다. 초등학생 자녀

---

2) 최은미, 『어제는 봄』, 현대문학, 2019. 이하 인용시 쪽수만 밝힌다.

를 둔 기혼 여성으로서 꾸려야 하는 삶과 청탁을 못 받는 등단 십 년 차 소설가로서 살아가는 삶은 조화롭게 맞물리지 않으며 대체로 충돌한다. 봄에는 소설 쓰는 '나머지 시간'을 확보하는 게 더욱 힘들기 때문이다. 중학생 아이들 논술을 봐주는 시간을 제외한 나머지 시간을 어떻게든 만들어내고 아이 공부방 수업이 없는 요일을 틈타 글을 쓰면서도, 돈을 일원도 못 버는 일을 하느라 아이 공부를 못 챙긴다는 죄책감과 자괴감에 시달리는 것. 그것이 봄마다 '나'에게 일어나는 또다른 일이다.

그래서 딸아이의 학기 초 생활을 위해 분주하게 움직이는 '나'에게는 크고 작은 생명이 약동하는 봄은 견딜 수 없는 무엇이다. 자연이 활기차게 생산성을 뿜어내는 동안 '나'의 눈에 보이는 것은 오직 불모不毛로 가득차 있다. 지팡이를 짚고 마음대로 움직이지 않는 거구의 몸을 이끄는 늙은 남자, 산책로에 포대기로 아이를 업은 채 혼이 나가 보이는 할머니, 성욕이 없는 남편, 그리고 나. 등단한 지 십 년이 되었지만 누구도 작가로 여겨주지 않는 나. 내 이름으로 된 책 한 권 없고 단편소설을 문예지에 투고해도 한 번도 회신을 받아본 적 없는 나. 청탁을 못 받는 등단 작가라는 저주에 걸린 나. 아무도 궁금해하지도 읽지도 않는 소설을 쓰는 나. 그리고 어떤 때는 젊어 보이고 어떤 때는 늙어 보이는 서른아홉 살의 여자인 나. 거울에 비치는 몸의 선과 핏줄을 꼼꼼하게 들여다보며 '그래도'와 '아직은'을 겨우 중얼거려보는 나. 아무런 결실도 만들어내지 못하고 그저 메말라 있는 나. 딸이 좋은 이유를 애써 열거해보지 않으면 견딜 수 없는 하루를 사는 나. 딸에게 "내가 죽을까? 내가 죽으면 정신 차릴래?"(132쪽)라는 말 한마디로 부러 딸을 베고 마는 나. 이런 나를 누구에게도 이해받을 자신이 없는 나. 아무것도 아닌 나. 대신 '나'에게 있는 것은 자신을 갉아먹는 자책과 분노다. 아무것도 아닌 존재라는 사실을 참고 견디고 버티면서 생기는 자책하기와 분노하기라는 습관이, '나'가 가장 잘하는 일이다.

봄마다 반복되는 것은 엄마 노릇과 소설 쓰는 작업 사이의 충돌, 혹은 자연의 생명력과 인간의 불모 사이의 대비뿐만이 아니다. 소설의 시간적 배경은 '나'가 삼십대의 끝자락에 맞이하는 한 해의 봄이지만, 이 봄에는 '나'에게 지울 수 없는 지옥이 시작된 스물세 살의 봄부터 십육 년 치의 봄이 차곡차곡 쌓여 있기 때문이다. 아니, 짓눌려 있다. 뭉개져 있다. 이 계절마다 피고 지는 식물과 그 고유한 온도와 습도, 냄새는 십육 년 치의 봄을 뒤엉긴 채로 한꺼번에 몰고 와 해마다 '나'를 덮친다. 그래서 '나'는 그 지옥을 열여섯번째 온몸으로 겪고 있는 중이다. 대학교 4학년이던 스물세 살의 봄에 시작되어 매년 반복되는 그 지옥이란, 어머니의 외도, 아버지의 자살, 어머니가 어떤 아저씨랑 '그걸' '섞었다'는 사실을 몰래 알려준 이웃집 아주머니의 실종, 그리고 그 실종 사건과 연루되어 있는 '나'의 죄. 이 죄는 단지 특정한 시공간에서 '내'가 저질렀을 행위에 그치는 것이 아니라 세대를 넘어 흘러 몸에 각인되어 있을 유전자, 부모로부터 유전자를 물려받았을 나와 딸아이의 '구조', 그리고 이 세계의 죄와 고통과 지옥을 대물림하게 만드는 인간의 성욕, 더 나아가서는 생명이라는 질곡 그 자체일지도 모른다. 그래서 '나'는 미치기 일보 직전의 상태에서 어머니에게 묻는다. "살아 있으니까 좋으냐고."(131쪽) '나'는 이 질곡으로부터 도무지 빠져나갈 수가 없다. 사방이 막혀서 빠져나갈 기약이 없는 지옥. 그래서 매년 똑같이 되돌아오는 벗어날 수 없는 고통.

'나'에게 그것은 곧 봄이라는 계절이다.

3

이 지옥에서 벗어나는 방법은 정녕 없을까. 그것이 불가능한 것이라면 잠깐 잊을 수라도 있는 방법은 없을까. 지옥 같은 봄이지만, 생명력과 불모, 죄와 고통이 뒤얽혀 옥죄어오는 봄이지만, 어쩌면 그렇기 때문에 고통의 밀도만큼 현실을 잊게 하는 아름다운 꿈이 떠오를 수 있을지도 모른다. 덧없을지라도, 잠시일지라도, 어쩌면 그래서 더 아름다운 꿈.

서른아홉 살의 봄에 '나'에게 찾아온 그 꿈은 마을 경찰서의 행정부서에서 일하는 경찰관 '이선우'다. 대학교 입학 전까지 살아온 도시인 양주를 배경으로 십 년째 장편소설을 쓰고 있는 '나'는 취재를 위해 이선우와 만남을 갖기 시작한다. 스물세 살의 봄에 있었던 그 사건을 '겁도 없이' 소설로 옮기고 있는 '나'에게 필요한 정보들은 성명불상과 기소중지, 긴급체포와 임의동행, 사기죄의 구성요건, 실종과 LTE, 병사와 변사, 여죄와 같은 것들이기 때문이다. 아무것도 아닌 '나'에게 늘 '작가님'이라고 불러주는 이선우 경사와 하루에 한 번은 메시지를 주고받고 일주일에 한두 번은 같이 밥을 먹으면서, 두 사람은 점점 서로의 일상에 스며들기 시작한다. 나는 저녁마다 아파트 18층 베란다에서 경찰서를 바라다보고, 이선우는 합숙 교육에 가 있는 동안 그곳의 풍경과 음식을 사진으로 찍어 보내면서, 두 사람은 점점 더 가까워진다.

하지만 '나'와 이선우는 너무 다른 사람이다. 너무 다른 사람이라서, 각자의 인생에서 겪은 엄마의 외도라는 사건에 대해 이야기를 나누다가 그 다름을 더이상 숨길 수도 감출 수도 없음을 알게 된다. 그러니까 이선우가 외도한 엄마를 이해했다고 말하는 사람이라면, 나는 역겨움을 겨우 참고 빈정대며 "내 엄마가 ××워"(106쪽)라고 말하는 사람임을. 그래서 그날 이후 미묘하게 달라진 대화창의 공기를, 달려오던 이선우가 속도를 줄이려는 기척을 어떻게 해볼 수도 돌이킬 수도 없음을.

> 나는 받아들이지 못한다. 이선우가 망설이는 것을. '그럼에도 불구하고' 기꺼이 달려와 나를 껴안지 않는 것을. 나는 지구에서 가장 뜨거운 변온동물이 되어가고 있는데 이선우가 다시 콩국수를 먹자고 하는 것을. 작가와 경찰관 사이로 돌아가고 싶어하는 것을. 어정쩡한 것을. 뜨뜻미지근한 것을. 그런 채로도 계속 보길 원하는 것을.
>
> 어느 날 밤 나는 생각한다. 이선우가 한 걸음만 더 물러서면 내가 견디지 못할 거라는 걸, 다른 것을 다 견뎌도 거부당하는 것만은 견디지 못하리라는 걸, 내가 그런 사람이라는 걸 생각한다.(108~109쪽)

그러니까 '나'는 어정쩡하고 뜨뜻미지근한 것을 참지 못하는 사람. 다른 것을 다 견뎌도 거부당하는 것만은 견디지 못하는 사람. 누군가를 사랑하게 되는 순간 분열되어버리는 사람. 혐오와 증오로 몸이 갈라지고 찢기는 사람. 원망과 갈망으로 돌아버리는 사람. 그러면서도 아무런 면역력이나 안전망이 없는 사람. 받은 고통을 그대로 돌려주고 싶어하는 사람. 용서하지 못하는 사람. 그러면서도 자신에게 잠깐 흔들려준 것으로 되었다고 생각하는 사람. 나무가 너무 좋아서 거기에 매달려서 죽고 싶은 사람. 하지만 십육 년 전 아버지의 자살 선택을 뒤따르지 않기 위해 매 순간 애쓰는 사람. 자기만 사라지면 된다고 생각하는 사람. 무슨 일이 생기면 칼끝을 안으로 겨누는 사람. 자기에게 벌주는 사람. 어떤 감정에 영원히 포박되어 사는 사람. 지옥에 속박되어 있는 사람.

하지만 이선우는 인간관계에서 안전을 최우선의 가치로 두는 사람이다. 허세와 잡설이 없는 사람. 담백한 사람. 미혼이어서, 눈빛에 뭔가가 서려 있지 않은 사람. 느린 말투가 각진 선들을 다 쳐낸 것 같은 얼굴을 가진 사람. 주말마다 윗동네에 사는 부모님 집으로 가서 지내고 오는 사람. 악의를 가진 민원인일지라도 누군가 찾아와 말을 시작하면 끝까지 다 듣는 사람. 자신을 차단한 '나'에게 '블라인드 내리지 마요'라고 메시지를 보내는 사람. '나'가 용서 못한 '나'의 엄마를 두둔하는 사람. 엄마에게 그런 표현을 쓴다며 '나'에게 화를 내는 사람. 외도한 자신의 엄마를 처음부터 이해했고 지금도 이해한다고 말하는 사람. 그러면서도 어떤 감정에 영원히 포박되어 사는 '나'는 이해하지 못하는 사람. 미움의 감정은 영원하지 않다고 말하는 사람. 이렇게 근본적으로 '구조'가 다른 두 사람이 함께한 봄의 시간은 그야말로 덧없는 잠시 동안의 꿈이 되어버린다.

4

하지만 '나'는 이선우와 다른 사람이기 때문에, 어떤 감정에 영원히 포박되어 있는 사람이기 때문에, 칼끝을 안으로 겨누면서 그 무엇도 지우지도 버리지도 않는 사람이기 때문에, 소설을 쓴다. 그렇기 때문에 사랑이 파괴적으로 끝난 후에 자기에게 벌을 주면서도 소설쓰기를 멈추지 않을 수 있다. 등단한 스물세 살 이후로 한 번도 글쓰는 사람 말고 다른 사람이고 싶었던 적 없었던 '나'에게 소설쓰기란 나에게 내가 되는 것이다. 초등학생 딸을 뒷바라지하는 와중에도 소설 쓰는 시간을 확보하려 더욱 고립되지만, 돈도 벌지 못하고 아무도 읽지 않는 소설을 쓴다는 자괴감에 시달리지만, 결국 소설쓰기란 고통으로 가득찬 '나'의 지옥을 버티게 해주고, 벗어날 수 없는 죄를 어떤 방식으로건 감당할 수 있게 해준다. 아주 더운 여름이 오기 전 장마가 막 시작될 무렵, '나'는 결국 장편소설을 완성해내고 우체국에 응모작을 발송한다. 그 수신지는 자신을 알아주지 않는 세상이기도 하지만, 그리고 더이상 '나'의 세계로 들어올 수 없는 이선우이기도 할 테지만, 이 소설은 무엇보다 열여섯 번의 봄을 온몸으로 통과하며 살아낸 '나'에게로 날아갈 것이다. 그리고 그 소설은 스물세 살 봄의 끔찍한 기억에 관한 것이면서도, 단지 작가의 투명한 자기 고백도 과거를 반복하는 족쇄도 아닐 것이다. 거기에는 고통스러운 지옥을 견디면서 잠깐이나마 스쳐갔던 아름다운 꿈도 더불어 깃들어 있을 것이니까. 그리고 '나'가 소설을 완성해냄으로써 봄은 간신히, 그러나 정말로 어제가 되었으니까.

『어제는 봄』에는 '나'가 꿈을 꾸는 장면이 여럿 등장한다. 3월의 '나'는 집으로 물이 막 넘쳐 들어오거나 꽃나무가 나오는 꿈을 꾸고, 일이 뜻대로 이루어지거나 재물이 들어와 쌓인다는 해몽을 찾는다. 그러고는 자신이 다른 사람들이 한 번도 꾸지 않은 꿈을 꾼 적은 없다고 말한다. 이선우와 헤어지고 고통스럽게 소설을 쓰는 과정에서는 시신이 된 자신의 몸을 5단 서랍장 속으로 숨기는 꿈을 꾸기도 한다. 그러나 소설을 완성하고 그것을 세상 바깥으로 보낸 다음, '나'는 이해하지도 못하고 꿈풀이와도 맞지 않는 꿈을 꾼다. 그러면서 비로소 지옥 같은 봄을 어제로, 다시는 되돌아올 수 없는 곳으로 멀리 떠나보낸다. 그 꿈은 산 넘고 강 건너 어떤 동네에 도착하는 꿈. 경찰서 정문 옆에 작고 오래된 게시판이 서 있는 꿈. 양주 톨게이트 너머로 해가 지는 꿈. 5월마다 목이 아프도록 올려다보던 느티나무가 나오는 꿈. 그리고 엘리베이터를 타고 아파트 1층에 다다르는 꿈. 무성한 잎들 사이로 흩어진 햇빛 아래 차 한 대가 있는 꿈. 6월의 어느 날 이후로 매일 나를 기다리는 그 차로 달려가는 꿈. 나를 극복하고 너에게, 네가 나를 기다리던 곳으로, 힘을 다해 달려나가는 꿈. 네가 나를 덮치는 검은 멧돼지를 총으로 쓰러뜨리고 내가 있는 쪽으로 전속력으로 달려왔듯이, 이번에는 내가 너에게로 달려나가는 꿈. 다른 사람들은 한 번도 꾸지 않은 꿈. 나만의 꿈. 너무 아름다운 꿈.

(2020)

가장 작은 맛

—현호정의 「연필 샌드위치」

꿈속에서 연필 샌드위치를 만들어 먹어야 하는 한 여자의 이야기를 그린 현호정의 「연필 샌드위치」[1]는 일종의 현대판 몽유록夢遊錄이다. 한국 고전소설에서 몽유록은 주인공이 꿈의 세계로 들어가서 온갖 환상적이고 기상천외한 사건을 겪고 다시 생시로 돌아오는 환몽 구조로 이루어진다.[2] 인생이 허망하다는 깨달음이나 당대 사회에 대한 날카로운 비판을 담곤 했던 몽유록의 양식이 섭식/거식으로 이어지는 할머니-어머니-딸 삼대의 모계 서사로 다시 태어날 때, 바로 현호정의 「연필 샌드위치」가 탄생한다. 데뷔 이래 연명 설화, 창조 신화 등 고전문학 양식을 동시대의 매력적인 이야기로 유연하게 차용

---

1) 현호정, 『2023 제14회 젊은작가상 수상작품집』, 이미상 외, 문학동네, 2023. 이하 인용시 본문에 쪽수만 밝힌다.

2) 한국 고전문학에서 몽유록은 일반적으로 입몽-좌정-토론-시연-각몽이라는 화소로 구성된다(이상택 외, 『한국 고전소설의 세계』, 돌베개, 2005 참조). 이 글은 이 소설이 입몽(꿈으로 들어가기)으로 시작해 각몽(꿈에서 깨어나기)으로 끝나는 몽유록 양식의 기본 골격을 현대적으로 해석했다고 본다.

해온 현호정은 이 소설에서도 어김없이 오랜 장르를 새로운 상상력으로 재구한다.[3)]

이 소설에 등장하는 여자들은 살면서 한 번씩 음식과 불화한 적이 있다. 죽기 직전 몸이 받아들이지 못해서든, 가까운 이에게 배신당해 괴로워서든, 사랑하는 이를 잃고 우울에 빠져서든 말이다. 이 여자들에게 달고 짜고 맛있는 음식을 입안에 넣고 씹고 삼키는 일은 그저 편안하거나 자연스러운 행위가 아니다. 역사적으로 누군가를 먹이거나 돌보는 일이 주로 여성에게 할당된 인위적인 노동으로 굴러왔기 때문만은 아니다. 한 생명이 다른 생명을 먹이거나 먹이지 못하는 행위에 사랑, 슬픔, 미움, 연민 같은 감정이 얼마나 끈적하게 달라붙어 있는지, 음식물을 섭취하고 영양분을 공급하는 일상적인 행위가 타자의 존재를 비틀어 짜내고 빨아먹는 일과 얼마나 징그럽게 연루되어 있는지 그들이 누구보다 잘 알고 있기 때문이다. 그렇기에 이들에게 섭식이란 여간해서는 익숙해지지 않는, 영원히 이물스러운 행위다.

하지만 아이러니하게도 바로 그 이유로 이 여자들은 대를 넘어 비밀스럽고도 은은하게 이어진다. 성씨도 권력도 유산도 계승되지 않지만, 서로를 먹이는 원초적인 행위로 서로에게 보이지 않는 고리를 걸어 가장 낮은 곳에서부터 촘촘하게 연결된다. 이 미세하고 단단한

---

3) 현호정의 데뷔작인 『단명소녀 투쟁기』(사계절, 2021)는 주인공이 이승에서 목숨을 늘리는 연명 설화에서, 「라즈베리 부루」(웹진 비유, 2022년 1월호)는 알을 낳아 기른 부루의 창조 신화에서 모티프를 가져왔다. 「연필 샌드위치」의 각주에 등장하는 정약용, 율곡 이이 등 조선시대 인물들이 쓴 문헌 역시 현호정의 소설을 한국 고전문학과의 연관성 속에서 독해하게 한다.

연결망은 가장 맛있는 것, 가장 힘센 것, 가장 탁월한 것을 공유하지는 못할지라도, 가장 싱거운 것, 가장 연약한 것, 가장 슬픈 것을 조용히 나누어 가진다. 그리하여 가장 오랫동안, 가장 끈질기게 서로의 아픈 몸과 마음과 영혼을 돌보는 동시에 살린다. 이 비루하고 아름다운 관계망은 현호정의 소설에서 아득한 꿈결을 흘러 먹고 먹이는 여자들의 몽유록을 끈끈하게 구축한다. 떫고 묵직한 연필 샌드위치를 만들어 먹으라는 꿈의 단호한 명령으로부터.

입몽入夢: 식이 장애를 앓는 이의 꿈

꿈속이다. 복돼지 저금통이 주렁주렁 매달려 있는 천장을 보니 아무래도 낡은 문구점인 것 같다. 왜 여기에 있는지는 모르겠지만 꿈의 규칙만은 직관적으로 알 수 있다. "두 장의 식빵 사이에 연필들을 빽빽하게 끼워 먹을 것."(293쪽) 텁텁한 흑연과 딱딱한 나무만을 씹고 싶지 않다면 지우개, 색연필, 양상추, 마요네즈, 토마토 등 다른 재료를 사용해도 된다. 겁이 나는 와중에 규칙은 자꾸 늘어난다. 저금통에서 쏟아져내린 은빛 동전들도 넣어야 하고, 토스터에 빵을 두 번 이상 구워서는 안 되고…… 축축함이 남아 있는 식빵 위에 연필과 지우개와 동전을 배열해보지만 재료들은 자꾸만 와르르 굴러떨어지고 식빵은 흐물거리다가 찢어져버린다. 연필맛을 줄이기 위해 플라스틱 색연필이라도 넣어보려 애쓰지만 실패, 실패, 또 실패. 이 암묵적이고 완고한 꿈의 명령 앞에서 '나'는 자신을 감시하는 카운터 아주머니의 눈치를 보기도 하고, "전혀 놀랄 일도 슬플 일도 아니"(295쪽)라고 스스로를 다독여도 보고, 온통 처참한 기분에 휩싸이기도 한다. '나'가 이 악몽에서 벗어나기란 좀처럼 쉽지 않다.

'나'는 왜 이런 꿈을 꾸고 있는 것일까? 아마도 현실에서 '나'가 식이 장애를 겪고 있기 때문일 것이다. 꿈은 간절한 바람이나 잠복해 있는 욕망을 그대로 반영하기도 하지만, 무의식적인 고민이나 억압된 괴로움을 증폭해서 보여주기도 한다. '나'가 먹는 일에 느끼는 고통과 죄책감은 딱딱하고 맛없는 연필 샌드위치를 먹으라는 엄중한 명령으로 변환되었을 것이다. 음식을 입안에 넣고 씹고 삼키는 일이 얼마나 고역이면 이런 꿈을 꿀까.

식이 장애는 세계의 질서를 그대로 받아들일 수 없을 때, 하지만 통제할 수 있는 대상이 자신의 몸뿐일 때 발생하곤 한다. 아무것도 내 마음대로 안 될 때, 하지만 내 몸만은 어찌할 수 있을 때, 폭식/거식 행위를 통해 그 어긋남이 드러나는 것이다. 그러니 섭식 행위는 세계와 내가 맺고 있는 관계를 드러내는 가장 투명한 통로이자 가장 근원적인 징후다. 베인 혓바닥에서 나온 피를 삼키고 구역질을 참으면서까지 간신히 연필 샌드위치를 씹어먹은 '나'에게 맛이 어떻냐고 묻는 목소리가 들린다. 그에게 겨우 건넨 대답은 어쩌면 '나'가 일상에서 매일 세계를 향해 외쳐온 말일지도 모른다. "그만 먹고 싶어요. 맛이 없어요."(302쪽)

먹고 먹이는 여성 삼대의 섭식 트라이앵글

'나'의 섭식/거식은 독립적인 개체로서 한 사람의 몸에서 일어나는 개별적인 증상이 아니다. 여성 삼대라는 삼각 관계망 안에서 한쪽이 밀리면 다른 한쪽이 당겨지고, 여기서 돌연 사라졌다가도 저기서 이내 생겨나며, 끝과 끝이 맞물린 채로 영영 순환하는 사건이다.

처음 거식 증상을 보인 것은 엄마였다. 이모가 엄마와 함께 하던 식당에서 손을 떼면서 엄마의 살은 "매분 매초 빠지고 있는 것처럼"(303쪽) 보일 지경이었다. 한번 고개를 돌릴 때마다 더 가늘어진 것 같은 엄마의 팔뚝과 목덜미를 보면서 '나'는 "늘 부러질 준비가 되어 있는"(같은 쪽) 닭의 뼈를 떠올리곤 했으니까. 엄마가 가게를 정리한 후 거식 증상은 입원한 할머니에게 옮겨간다. 음식을 거부하는 와중에도 엄마가 올리고당을 뿌려주는 밥은 잘 넘겼던 할머니는 머지않아 환자용 유동식만 먹을 수 있게 된다. 그리고 마지막으로 거식 증상이 도달한 지점이 바로 할머니의 상喪을 치른 뒤 우울과 슬픔으로 방에서 나오지 않고 거식을 택한 '나'일 것이다.[4] 물리적으로 엄밀한 인과관계라고 말하기는 어렵지만 도미노처럼 이어지는 이 신비한 연쇄 앞에서 '나'는 문득 엄마가 들려준 '영적인 탯줄' 이야기를 떠올린다. "엄마는 어릴 적 나에게 가상의 탯줄에 관한 이야기를 들려주곤 했었다. 내가 엄마의 뱃속에서 나온 뒤 눈에 보이는 탯줄은 절단했지만 어떤 영적인 탯줄 같은 건 잘리지 않고 남아 있어서 그것으로 서로 연결되어 있고 영향을 주고받는다는 거였다."(304쪽)

'영적인 탯줄'을 통해 이어지는 것은 영양분만이 아니라 죄책감이기도 하다. 서로에게 영양분을 내어준다는 것은 서로에게서 영양분을 빼앗는다는 뜻도 되기 때문이다. 누군가를 배부르게 하는 일이 누군가를 굶게 만들고 누군가의 폭식이 누군가의 거식이 된다는 것을

4) '나'의 거식 증상이 할머니의 죽음으로 인한 것이라는 표지가 선명한 것은 아니지만, 부모의 상을 치른 뒤의 음식 예절을 다룬 율곡 이이의 『격몽요결』이 인용된 각주, 그리고 꿈에서 '나'가 복돼지 문구점을 나설 때 검은 옷을 차려입고 있었다는 장면에 근거하여, 이 글은 이렇게 이해한다.

이 여자들은 알고 있다. '나'가 할머니의 발병 이후 "어쩌면 할머니와 진정으로 연결되어 있는 건 엄마가 아니라 나일지도 모른다"(305쪽)고 스스로를 탓하며 신물을 느끼는 것도, 죽은 닭을 찢어 기름지게 먹는 육식 행위로 엄마를 살찌운 이후에 닭 비린내에 질려버리는 것도, 자신의 몸이 다른 이의 몸을 착취함으로써 태어났고 자랐으며 지금까지 살아 있다는 죄책감과 무관하지 않다. 그러므로 '영적인 탯줄'은 엄마가 딸에게 영양분을 밀어 보내는 부드러운 통로가 아니다. 서로의 몸을 집어삼킴으로써 유지되는 질긴 순환이다. 죽임과 살림이, 착취와 돌봄이, 사나움과 애틋함이, 역겨움과 사랑이 분리되지 않는 양가적인 회로다.

구수한 맛, 최소 혹은 최후의 맛

그러니 이 먹지 못하는 여자들이 가장 잘 아는 맛은 구미를 돋우는 감칠맛이 아니다. '나'가 꿈속에서 나뭇조각을 잘근잘근 씹다가 떠올린 익숙한 그 맛, 바로 구수한 맛이다. 음식이 좀체 들어가지 않던 시절 '나'가 끼니로 삼았던 숭늉도, 식욕을 잃은 엄마가 손님들의 밥을 푼 다음 겨우 마시던 누룽지 물도, 입원한 할머니가 먹게 된 환자용 유동식도, 모두 구수한 맛으로 이루어진 음식이다.

왜 하필 구수한 맛일까? 그것은 기분을 좋게 만드는 단맛, 생존 욕구를 채우는 짠맛, 구역감으로 이어지는 신맛, 본능적으로 피하게 되는 쓴맛, 혀를 괴롭히는 매운맛과 달리, 자극적이지 않되 슴슴하고 은연한 동시에 무리하지 않는 맛이다. 맛 중에서 가장 아무것도 아닌 맛, 말하자면 가장 무無에 가까운 맛. 아픈 '나'에게 그것은 무엇보다 자기 존재를 최소화하는 맛이다. "흉년이 들어 먹을 게 없을 때,

몸이 아플 때, 마음이 아플 때. 내 연명이 누군가에게 폐를 끼치는 일이라고 여겨질 때, 그러니까 내가 음식을 먹고서 하루를 더 살아가는 게 이 세계와 주변에 누가 되는 게 거의 확실해졌을 때 그럼에도 불구하고 마주할 수 있는 밥상. 가장 낮은 밥상의 맛이라는 것이었다. 어쩌면 구수한 맛이란 먹는 사람을 죄인으로 만들지 않는 유일한 맛."(299쪽)

아픈 이는 자신의 살아 있음이 타자에게 누와 폐가 될 수 있다는 것을 안다. 자신의 먹음이 수많은 노동과 돌봄으로 이루어져 있다는 것을, 그리고 타자의 죽음 및 굶음과 연동되어 있다는 것을 안다. 그러므로 '나'에게 구수한 맛은 단지 미각적 취향이 아니다. 자신이 쓸모없는 존재라고 느껴질 때, 생존 자체가 민폐나 죄로 여겨질 때, 살아 있다는 이유로 주변 이들의 신경과 에너지를 갉아먹는 것처럼 생각될 때, 하지만 손쉽게 자기 존재를 폐기하거나 사라져버릴 수는 없을 때, 그래서 살아 있다는 송구함이라도 최대한 줄이고 싶을 때, 차라리 누구에게도 해가 되지 않는 "나무껍질을 씹어 그 즙을 먹는 곤충"(300쪽)이 되고 싶을 때 선택하는, 아니 허락되는 가장 작은 맛이다. 간장을 넣고 조린 꽈리고추와 멸치를 먹는 할머니가 그토록 싫었던 까닭, 그 짠 냄새가 "참 서럽고 처절한 냄새"(301쪽)라고 여겨졌던 까닭, 밥을 열심히 먹는 행위가 뻔뻔하고 치욕스럽게까지 느껴졌던 까닭은 생존에 대한 송구함이 늙고 약한 몸을 가진 할머니에게서 가장 또렷하게 부각되어 그대로 투사되었기 때문일 것이다.

그러나 동시에 구수한 맛은 생명을 살리는 최후의 맛이기도 하다. 죽어가고 작아지고 꺼져가는 이들의 곁을 마지막까지 지키는 유일한 맛이다. 단것조차 먹지 못하게 된 할머니를 마지막 순간까지 지켜주고, 말라가는 엄마에게 식당에서 일할 수 있는 힘을 마련해주며, 음식을 거부하는 이들에게 먹을 수 있다고, 먹어도 된다고, 먹어보자고 끝까지 격려해주는 맛이다. 그러므로 구수한 맛은 최소의 맛이자 최후의 맛이다. 가장 낮은 밥상이자 가장 커다란 밥상이다.

각몽覺夢: 먹이고 치우고 돌보는 일상으로

결국 '나'는 마지막 한입까지 연필 샌드위치를 삼키고는 복돼지 문구점 바깥으로 천천히 빠져나온다. 비굴하다는 생각이 들어 눈물이 날 것 같지만 울지는 않는다. 출입문 사이로 바람과 공기와 사람들이 정신없이 밀려들어오고 밀려나가는 가운데, '나'는 잠시 강한 허기를 느끼다가 가슴 아래쪽이 아파와 구토를 한다. 그리고 가만히 엎드려 있다가 꿈에서 깨어난다.

이 꿈은 현실에서 음식을 먹지 못하는 '나'가 무언가를 먹는 데 성공하는 꿈이라고도 할 수 있다. 구수한 맛으로 연결된 할머니와 어머니의 거식 증상을 통과해서, 구수한 맛과 비슷한 연필의 맛을 받아들이면서 말이다. 이 과정에서 '나'가 연필 샌드위치를 끝까지 먹었는지 확인하고 퇴장을 허락해주는 것은 처음부터 '나'를 지켜보던 카운터의 여자다. 어쩌면 그녀는 엄마, 혹은 할머니, 혹은 영적인 탯줄로 연결되어 있는 무수한 여자들의 총집합일지도 모른다. 꿈과 현실이 얽힌 이 세계에서 누군가가 음식을 거부하면 그것으로 끝나지 않는다. 굶게 내버려두지 않는다. 죽어가게 놔두지 않는다. 엄마가, 딸이, 손녀가, 할머니가, 서로가, 그것을 가능하게 만들지를 않는다. 그러니 이 꿈은 '나'가 서서히 음식을 씹고 삼키도록 만드는 연습이자 매일의 일상으로 돌아가도록 도와주는 모질고 고약한 통과의례이다. 이것이야말로 이 소설이 몽유록이라는 형식을, 힘겹고 지루한 꿈을 거쳐 현실로 돌아오는 환몽 구조를 필요로 한 이유가 아니었을까.

꿈에서 깨어났다고 해서 문제가 해결되는 것은 아니다. 하지만 길고 생생한 꿈은 현실을 이전과는 다른 각도로 비스듬히 보게 한다(이것이 꿈의 쓸모이자 몽유록의 기능이다). 그 비스듬한 각도로 새롭게 보이는 풍경은, 현실에서는 주로 타자를 치거나 글을 쓰는 '나'의 손가락이 꿈속에서는 요리하고 청소하고 정리하거나 다른 이를 씻기고 안마하고 즐겁게 해주는 일을 한다는 것. 돌봄이야말로 현실에서 "내가 해야만 한다고 생각하는 일"(308쪽), 그러나 "미처 하지 못했거나 하지 않은 일"(309쪽)이기 때문이다. 현실에서는 누군가를 충분히 돌보지도 못하고(이것은 돌아가신 할머니에 대한 죄책감의 원인이었을 것이다), 그렇다고 누군가의 돌봄을 제대로 받아들이지도 못하지만(이것은 엄마의 발등을 멍들게 한 이유였을 것이다), 꿈속에서만큼은 누군가를 위해 부지런히 손가락을 움직이곤 했던 '나'는 어쩌면 뒤늦고 무의미할지 모르는 그 꿈으로부터 걸어나와 자신의 기만과 비겁을, 그리고 보람과 기쁨을 가만히 마주한다.

그제야 '나'는 비로소 아주 오래된 꿈에서 깨어났을지 모른다. 침대 위 익숙한 우울과 낯선 슬픔이 뒤섞인 꿈의 감각이 몸에 잔존해 있는 순간, 살아갈 이유가 없을 때조차 먹지 않을 수 없고 고립되고 싶을 때조차 다른 이의 돌봄에 의존해 있는 비루한 몸의 조건이 환기되는 순간, "뭐라도 먹어야지, 은정아"(같은 쪽)라고 '나'를 거듭 부르며 고집스럽게 밥상을 차려온, 사랑하고 미워하는 엄마의 목소리가 들려오는 그 순간에.

(2023)

2부

다가오는 것들

문학은 억압한다

새로운 세계를 위해서는 꾸미지 않는 목소리가 필요하다.
오래된 목소리를 상기시키기 위해서는 새로운 배열이 필요하다.
—이제니, 「지금 우리가 언어로 말하는 여러 가지 이야기들」[1)]

1

문학은 억압하지 않는다.

문학은 배고픈 사람을 구하지도 못하고 권력을 약속해주지도 못하며 큰돈을 벌어다 주지도 못한다. 문학은 써먹지 못한다. 다시 말해 유용한 것이 아니다. 그러나 유용한 것은 유용하다는 이유로 인간을 억압한다. 반대로 문학은 유용한 것이 아니기 때문에 인간을 억압하지 않는다. 대신, 문학은 무지를 추문으로 만들어 인간에게 억압의 정체를 파악하게 해주고 반성에 이르게 한다. 이상은 김현이 1975년에

---

1) 이제니, 『그리하여 흘려 쓴 것들』, 문학과지성사, 2019.

'한국문학의 전개와 좌표'라는 이름으로 연재를 시작하고 1977년에 '한국문학의 위상'으로 제목을 바꾸어 단행본으로 출간한 글의 일부를 간추린 것이다.[2] 나의 문학론을 써보라는 청탁을 받았을 때, 나는 지난 몇 해 동안 앓았던 두 단어를 떠올리지 않을 수 없었다. 문학과 억압. 그리고 이 두 단어를 연결한 김현의 유명한 문장, 그러니까 문학은 억압하지 않는다는 문장에 대해서도 생각하지 않을 수 없었다. 그런데 정말

문학은 억압하지 않는가.

문학은 써먹지 못하는 것이기 때문에 인간을 억압하지 않는가. 그래서 우리에게 억압의 정체를 파악하게 해주고 그 억압을 반성하게 하는가. 오랫동안 마음에 담아온 질문을 붙잡고 이 글을 쓴다.

---

2) 이 문장들은 김현이 프랑스 문학평론가 장 리카르두(Jean Ricardou)의 「문학은 무엇을 할 수 있는가?」(1965)에서 가져온 것이라는 사실은 잘 알려져 있지 않은 것 같다. 리카르두는 이 글에서 "죽어가는 어린 아이 앞에서 『구토』는 아무 무게도 갖지 못한다"라는 사르트르의 한 인터뷰를 비판하면서, '인간을 위한 예술'과 '예술을 위한 예술'을 이분법적으로 대립시키는 사르트르의 저울이 온당하지 않다고 주장한다. 그리고 "문학은 그것이 있다는 것만으로 인간의 굶주림을 추문으로 만드는 것"이라는 언명으로 사르트르의 실존주의 문학관에 대응하는 새로운 문학의 가능성을 찾는다. 김현은 1975년에 리카르두의 글을 번역하여 계간 『문학과지성』(1975년 가을호)에 게재했고, 같은 해 발표한 「한국문학의 전개와 좌표1」(『문학과지성』 1975년 겨울호)의 두번째 장 "문학은 무엇을 할 수 있는가"에서 위 구절을 빌려와 문학론의 토대로 삼았다.(*Que peut la littérature?-Interventions de Simone de Beauvoir*, Yves Berger, Jean-Pierre Faye, Jean Ricardou, Jean-Paul Sartre, Jorge Semprun-Présentation de Yves Buin, L'Inédit 10/18, Meaux: Union Générale d'Éditions, 1965)

2

2018년 가을, 한 계간지에 발표된 한정현의 단편소설 「괴수 아키코」를 읽었다. 이 소설에는 학부 졸업 발표일에 신발장이 아버지로부터 "이 세상에서 그런 글을 쓰는 사람은 너와 김현 둘뿐이다"[3]라는 말을 듣고는 희망 진로를 시나리오 작가에서 비평가로 바꾼 사람이 등장한다. 그는 다음날에 도서관에 가서 김현이 1962년에 쓴 등단작 「나르시스 시론」이 실린 『자유문학』 표지를 한참 바라보고, 그다음날에는 시나리오 분과를 그만둔 다음 혼자 글을 읽기 시작한다. 그는 결국 비평가가 된다. 나는 누구에게 이 세상에 그런 글을 쓰는 사람은 너와 김현 둘뿐이라는 말을 들어본 적이 없지만, 그와 비슷한 점은 있다. 아마도 적지 않은 사람이 그랬을 것처럼 나도 문학비평을 쓰게 되기까지 김현의 영향을 많이 받았고, 학부 졸업 직전에 전공을 옮길 마음도 먹었다.

처음으로 김현을 읽은 것이 언제인지는 기억나지 않지만 그의 아름다운 문장을 읽고 감동받은 마음을 진정시키기 위해 늦은 저녁의 학교를 혼자 오래 걸었던 날은 기억한다. 학부 졸업을 앞두고 대학원 진학을 고민하던 초겨울 무렵이었을 것이다. 날씨가 제법 추워진 날이었는데 두 뺨이 살짝 얼어 감각이 무뎌질 때까지 같은 코스를 왕복하며 혼자 오래 걸었다. "도스토옙스키의 재능 중의 하나는 인간이란 두껍고 끈적끈적하고 더러운 혼합물이라는 것을 유감없이 보여주는 데 있다"[4]거나 "문학은 인간의 실현될 수 없는 꿈과 현실과의 거리를

3) 한정현, 「괴수 아키코」, 『문학과사회』 2018년 가을호, 153쪽.

4) 김현, 「행복한 책읽기」, 『행복한 책읽기/문학 단평 모음』, 문학과지성사, 1993, 75쪽.

자신의 의사에 반하여 드러낸다"[5] 같은 김현의 문장들을 곰곰이 곱씹으면서, 안 되겠다고 생각했다. 문학으로 전공을 바꾸지 않으면 안 되겠다고. 실은 오래전부터 마음속에 유일한 정답으로 구비해놓고 있었으면서도 어쩐지 마주하기는 두려워서 때마다 알맞은 핑계를 만들어 미뤄두었는데, 그날은 왠지 더이상 어쩔 수 없다고 느꼈다. 어쩔 수 없었다.

문학은 무엇이 다른가.

문학은 다른 분야와 무엇이 달라서 이토록 나를 어쩔 수 없게 만드나.

당시 학부 과정에서 사회과학의 한 분과와 철학의 한 분과를 전공했던 나는 이렇게 생각했다. 사회과학과 철학 모두 인간을 연구 대상으로 삼고 이해하려는 학문이다. 사회과학은 인간들이 모여 사는 사회라는 조직을 기본적인 분석 단위로 삼는 한편, 철학은 보편으로 상정된 인간의 근본적인 특성을 기본적인 분석 단위로 삼는다. 그런데 개인은 어디에 있는 것일까. 나는 개인으로서의 사람이 궁금했다. 자신만의 얼굴 생김새와 이름을 가진 사람. 자신만이 아는 비밀과 부끄러움을 간직한 사람. 무언가를 열렬히 사랑하고 그만큼의 에너지로 다른 것을 미워하기도 하는 사람. 아름다움에 감동받으면 추위에 두 뺨이 어는 것도 잊을 만큼 혼자 오래 걷게 되는 나 같은 사람.

물론 사회과학과 철학이 개인을 다루지 않는 것은 아니다. 하지만 사회과학에서 개인은 사회를 구성하는 한 부분으로서만 의미화되

---

5) 김현, 「한국문학의 위상」, 『한국문학의 위상/문학사회학』, 문학과지성사, 1991, 43쪽.

며, 철학에서 개인은 남다른 사고력을 가진 뛰어난 인간으로서 등장한다. 하지만 그렇지 않은 개인들, 그러니까 사회의 일부로 환원되지도 않고 다른 사람들보다 특출하지도 않은 평범한 사람들은 어떻게 이해할 수 있을까. 그 사람들이 살아가는 세계와 그것을 구성하는 미묘하고 이상한 마음의 무늬는 어떻게 말할 수 있을까. 사회과학과 철학이 그것을 할 수 있을까. 아니, 할 수 없을 것이라고 생각했다. 사회과학과 철학의 언어는 인간이라는 복잡한 동물을 이해하는 효과적인 그물이지만 그 미묘하고 이상한 마음의 무늬까지 건져올리기에는 성기다고 생각했다. 하지만 문학의 언어는 다르다고, 문학의 언어는 아무리 정교한 이론과 날카로운 개념으로도 포착할 수 없는 인간의 습하고 어둡고 깊은 구석까지 꼼꼼히 비춘다고 생각했다.

말하자면 사회과학도 철학도 하지 못하는 무언가를 문학은 하고 있다는 믿음이었다. 문학은 사회과학처럼 사회의 유용에 직결되지도 않으며 철학처럼 인간 보편에 대한 사유를 하는 것도 아니다. 그러나 인간을 사회의 부분이나 보편적인 존재로 환원하는 언어는 그 환원의 힘으로 인간을 억압하지 않는가. 이를테면 이론적이고 논리적이고 실증적인 언어에 포섭되지 않는 존재들을 잉여나 결핍이라는 이름으로 억압하지 않는가. 반면 문학은 비록 사회의 유용이나 보편적 사유에 쓰이지는 못할지라도 잉여와 결핍으로서 가시화되지 않던 미미한 존재들을 자유로운 언어로 건져올린다. 그런 무용하고 해방적인 언어로서

문학은 인간을 억압하지 않는다.

그렇게 생각했다. 그것이 나를 어쩔 수 없게 만들었다.

3

대학원에 진학한 이후로도 종종 '문학은 억압하지 않는다'는 문장을 떠올리곤 했다. 문학을 전공하게 되었으니 다른 분야와 구분되는 문학만의 성질에 대해서 더 첨예하게 고민하게 되었고 그럴 때면 김현의 문장을 생각하기도 했던 것이다. 물론 개별 문학작품이 인간을 억압할 수 없다거나 억압할 리 없다고 믿은 것은 아니었으나, 그 문장이 머릿속에서 문학 일반에 대한 어떤 관념 혹은 이미지를 이루는 데 적지 않은 영향을 미치고 있었던 것은 사실이다. 그러는 사이 문단에서는 2015년에 이른바 표절 사태가 일어났고 2016년 이후로는 문단 내 성폭력 고발과 해시태그 운동이 이어졌다. 많은 사람들이 그랬듯 나 역시 문학계에 쌓여온 폐단에 경악하고 분노하며 마음 힘든 나날을 보냈다. 하지만 그 사건들로 인해 문학 일반에 대한 관념을 적극적으로 해체하거나 재구성해보지는 못했다.

2017년 여름, 한 웹진에 실린 조연정의 평론 「문학의 미래보다 현실의 우리를—문학의 정치적 올바름에 대하여」을 읽고서 다시 생각했다. 이 글은 최근 몇 년간 문단에서 일어난 사건들로 삶과 문학이 맺는 관계가 달라졌으며 우리가 문학을 읽는 방식도 이전과는 달라질 수밖에 없다고 말한다. 표절 사태와 문단 내 성폭력이 수면 위로 떠오른 이후, 문학적 재현이 선하고 올바른 의도 아래에서 이루어진다는 오래된 믿음을 더이상 유지할 수 없어졌기 때문이다. 그러면서 이 글은 '문학은 억압하지 않는다'는 명제가 그러한 믿음을 뒷받침해왔다는 사실에 주목한다. 물론 이 글이 1975년에 제출된 김현의 명제가 최근 문단에서 드러난 불미스러운 사태의 시발점이라고 주장하는 것은 아니다. 다만 2000년대 후반 '문학과 정치' 논쟁을 비롯하여 문학의 기능과 역할에 대한 논의가 이어질 때마다, '문학은 억압하지 않는다'는 명제가 비판적인 검토와 맥락에 대한 이해 없이 문학의 정치성을 담보하기 위해 "문학에 대한 절대적 알리바이처럼 소환"[6]되어온 것은 아닌지 묻고 있는 것이다.

나 역시 김현의 논의가 1970년대 문학 담론이라는 특수하고 복잡한 맥락 안에서 제출되었으며 그렇기 때문에 문학 일반에 대한 단순한 규정적 명제로 읽어서는 곤란하다는 사실을 무시하려는 바가 아니다. 다만 '문학은 억압하지 않는다'는 명제가 오늘날 우리에게 여전히 영향을 미치고 있다면, 그것이 무비판적으로 반복되고 있는 것은 아닌지 생각해볼 필요는 있다. 그리고 그 영향이 문학 일반에 대한 관념 혹은 이미지로 이어졌다면, 그것이 어떤 방식으로 형성되어왔는지 고민해야 한다. '문학은 억압하지 않는다'는 명제는 문학이 언제나 약자의 편에 서 있으며 무해하다는 환상으로 굴절되어온 것은 아닌가? 그러나 현실 정치에 미치는 힘이 약하거나 사회에 직접적으로 유용하지 않다고 해서 문학이 유해할 수 없는 것은 아니다. 강자와 약자, 혹은 중심과 주변의 관계는 언제나 상대적으로 재편되는 것이기 때문이다. 문학이 약자 혹은 주변이라는 생각은 문학 내부에서 형성되는 복잡한 권력 역학을 잊게 만든다. 문학은 유난하게 무용하지도 특별하게 무력하지도 않으며, 맥락에 따라 강자이자 중심의 위치를 점해왔다. 더구나 지난 몇 년 동안 문단 내 성폭력 고발 및 페미니즘 리부트 등 여러 논의를 거친 시점에서 우리는 더이상 문학이 인간을 억압하지 않는다고 말하기 어려워졌다. 아니, 그 반대의 현실을 목도했다. 문학

6) 조연정, 「문학의 미래보다 현실의 우리를」, 문장 웹진 2017년 8월호.

이라는 이름이 무력이 되어 약자를 향해 휘둘러지는 모습을 확인했다. 그렇다면 사십여 년 전에 제출된 김현의 명제는 오늘날의 현실에 맞추어 다시 쓰여야 하는 것 아닐까. 그러니 다시 말하자면

문학은 억압한다.

문학이 언제나 억압하는 것은 아니지만, 애써 긴장하여 성찰하지 않으면, 계속 비판하며 살펴보지 않으면, 문학은 언제라도 인간을 억압할 수 있다.

4

그러나 여기에서 이야기를 끝낼 수는 없다. 지금 여기의 문학이 '문학은 억압한다'는 명제에서 끝나고 있지 않기 때문이다. 아니, 오히려 그 명제로부터 새롭게 시작하고 있다. '문학은 억압하지 않는다'고 말한 김현의 논리를 다시 떠올려보자. 그에 따르면 문학이 억압하지 않는 이유는 유용하지 않기 때문이다. 유용한 것은 유용하다는 이유로 그것이 결핍되었을 때 부정적으로 작용하고 인간에게 억압이 된다. 반면 문학은 아무짝에도 써먹지 못하기 때문에, 즉 쓸모가 없기 때문에 인간을 억압하지 않는다. 그러니 문학의 억압성 논의에서 핵심적인 것은 문학의 쓸모다. 그런데 정말

문학은 아무짝에도 써먹지 못하는 것인가?

아니, 우리는 이미 문학을 몹시 써먹고 있다. 문학이라는 이름 아래 전국의 제도권 대학에는 수백 개의 학과가 개설되어 있고, 교수, 시인, 평론가, 출판업계 종사자, 강사, 소설가, 기자를 비롯한 수만 명의 종사자들이 많든 적든 돈을 벌고 있으며, 셀 수 없이 많은 양의 논문, 비평, 소설, 시, 수필, 번역이 쏟아져나오고 읽히고 있다. 예전

만 못하다지만 여전히 문학은 한국사회의 한 부속품으로서 유용하게 '쓰이고' 있다. 어쩌면 우리는 문학이 왜소해지고 있다며 슬퍼하면서도 정작 문학의 쓸모는 애써 무시해온 것이 아닌가? 문학은 무해하다는 믿음 혹은 문학은 특별하다는 자기만족을 지키기 위해 문학의 유용성을 외면해온 것이 아닌가? 정치적인 힘도 없고 돈도 많이 벌지 못한다는 열등감을 처리하기 위해 '쓸모없을수록 오히려 쓸모 있다'는 모순어법으로 자위하고 있었던 것은 아닌가? 그러는 동안 문학은 쓸모없는 것이라고 소리 높여 외쳤던 사람일수록 문학의 쓸모를 어떤 형태로든 누려왔던 것은 아닌가?

단지 제도적이거나 경제적인 쓸모만을 이야기하려는 것은 아니다. 우리는 조금 더 큰 이야기를 해볼 수 있다. 조남주의 『82년생 김지영』에 대해서 생각해보자. 이 소설을 텍스트가 아닌 현상으로서만 다루더라도, 최근에 이처럼 문학의 쓸모를 증명하고 있는 사례도 드물다. 『82년생 김지영』은 2016년 10월에 출간된 이후 2018년 11월에 누적 판매 부수 백만 부를 돌파하여 신경숙의 『엄마를 부탁해』(2008) 이후 구 년 만에 밀리언셀러로 등극했고, '페미니즘 소설'이라는 이름을 전면으로 내세운 『현남 오빠에게』(2017)와 같이 다른 작가들과 함께하는 테마소설집이 기획되는 데 영향을 주었으며, 여성 서사와 관련된 담론을 폭발적으로 생산했을 뿐만 아니라 문학의 정치성과 미학성을 비판적으로 사유하는 논의를 촉발하는 등 비평 담론에 활력을 불어넣었다. 고故 노회찬 의원이 문재인 대통령에게 선물하고 아이돌 레드벨벳의 멤버 아이린을 비롯한 여성 아이돌이 읽은 책으로 사회적인 이슈가 되어 한국문학을 읽는 독자의 저변을 넓히는 동시에 가시화했고, 서지현 검사가 검찰 내 성추행 사실을 폭로하면서 언급하는 등 동시대의 가장 첨예한 사회문제와 밀접한 관계를 맺고 있으며, 정유미 배우 주연으로 영화화되었으며 한국문학의 입지가 좁았던 일본 출판 시장에 번역 출간된 지 두 달 만에 6만 부가 넘게 팔리면서 일본 독자들의 대대적인 공감을 얻고 있다. 요컨대 『82년생 김지영』은 조남주 작가 자신에게는 소설을 쓰고 소설이 읽히는 보람을, 동료 작가들에게는 여성 서사에 대한 한 가능성과 용기를, 평론가들에게는 비평 담론의 활기를, 독자들에게는 소설을 읽는 즐거움과 공감을, 한국사회에는 문학작품을 통해 사회에 대한 비판적인 의식을 제고할 기회를 주면서, 뿐만 아니라 한국문학의 노벨문학상 수상을 꿈꾸었던 사람들에게는 그토록 바랐을 '외국인들의 인정'을 느끼게 해주면서, 문학의 쓸모를 입증해 보이고 있다.

『82년생 김지영』이 얼마나 쓸모 있는지 말하는 일 못지않게 중요한 것은, 우리에게 문학의 쓸모가 무슨 의미를 가지고 있는지 따져보는 일이다. 이 시점에서 필요한 것은 문학이 왜소해지고 있다는 탄식이나 문학은 무용하다는 틀린 믿음을 반복하는 일이 아니다. 그간 많은 사람들이 그토록 염원했던 문학의 쓸모가 증명되고 있는데도 불구하고 그 쓸모에 대해 충분히 논의되지 않고 있는 실정에 주목하는 일이다. 당연한 이야기지만, '문학은 써먹지 못한다'는 명제가 제출된 1975년에는 문학이 쓸모없었다가 『82년생 김지영』이 출간된 최근에야 문학의 쓸모가 갑자기 생긴 것이 아니다. 그렇다고 현재에는 문학의 권위와 위상이 추락함과 동시에 문학의 쓸모가 사라졌다는 정반대의 견해도 『82년생 김지영』 사례를 고려했을 때 유효해 보이지 않는다. 다만 문학의 유용성에 대한 기준이 달라졌다고 이해해야 한다. 과거에는 문학의 쓸모가 제도권/대학 연구를 중심으로 재생산되고 정치 및 사회운동과 직결되는 방식으로 형성되었다면, 최근에는 다양한 중심들을 통해, 이를테면 출판계, 영화나 드라마를 비롯한 다른 플랫폼, SNS를 중심으로 모이는 독자층과 접속하면서 문학이 의미화되고 있다. 문학의 이름을 내건 대학 분과가 통폐합되거나 다른 이름으로 바뀌고 있다고 해서, 혹은 전통적인 문예지의 지면이 줄어들고 있다고 해서, 그러니까 과거의 우리에게 익숙한 문학이 그 자리에 그대로 있지 않다고 해서, 혹은 똑같은 모양과 방식으로 재생산되고 있지 않다고 해서, 문학의 쓸모가 같은 속도나 비율로 사라지고 있는 것은 아니다.

또다른 차이라면 과거에는 문학은 유용한 것이 아니라는 역설적인 믿음으로 문학의 쓸모가 지탱되었던 반면, 최근의 문학은 적극적으로 쓸모를 요청하고 또 증명하고 있다는 것이다. 요컨대 문학의 여러 쓸모는 계속 생성되거나 폐기되고 있으며 점점 더 다변화되고 있다. 이를테면 독자 중심의 문예지 『릿터』나 비평 전문 무크지 『크릿터』가 약진하고 있고, 블로그나 트위터와 같은 SNS 사용자들이 가시적인 독자층을 이루며 문학 담론에 활발하게 참여하고 있고, 온라인 서점 MD가 세분화되고 북 큐레이터, 콘텐츠 크리에이터와 같은 새로운 전문 직업들이 생겨나고 있다. 이러한 문학의 다양한 쓸모를 인정했을 때라야 문학만이 줄 수 있는 미학적인 쾌락에 대해서도 논의할 수 있는 진폭이 생기고, 난해하다는 이유로 가치 절하되는 문학이나 순문학과 유리되어 있는 장르 문학을 비롯한 다양한 문학이 제 가치로 인정될 수 있을 것이다. 그러니 우리는 문학의 쓸모를 더 이야기해야 한다. 우리는 지금 문학을 사유하는 분기점에 서 있는지도 모른다. 이제는 더이상 아닌 척할 것 없이 솔직하게 말하자.

우리는 언제나 문학을 써먹어왔고, 지금도 써먹고 있으며, 앞으로도 써먹을 것이다.

5

몇 년 전의 나로 하여금 어쩔 수 없다고 생각하게 했던, 늦은 저녁에 혼자 오래 걷게 만들었던 김현의 문장을 다시 고쳐쓰면서 글을 마무리해야겠다. 문학이 억압을 반성하게 해준다는 김현의 말은 여전히 유효하다. 그러나 문학이 그러한 반성에 이를 수 있는 까닭은 문학이 유용하지 않기 때문도 아니고 인간을 억압하지 않기 때문도 아니다. 문학은 인간을 억압할 수 있지만 그럼에도 불구하고 문학 자신의 억압까지 반성할 수 있기 때문이다.

나는 여전히 사회과학이나 철학과는 다른 문학 언어만이 다다를 수 있는 세계가 있다고 생각한다. 아무리 정교한 이론과 날카로운 개념으로도 포착할 수 없는 세계를 건져올리는 그물로서, 문학은 반성하게 한다. 사회의 부분이나 보편적인 존재로 환원되지 않는 잉여와 결핍의 존재들을 성찰하게 한다. 하지만 문학이 그 자신의 억압조차 이해하지 못한다면, 무엇을 성찰한다고 말할 수 있을까? 오늘날 문학이 그 자신의 억압까지 성찰할 수 있다면, 지금 여기 문학의 다양한 쓸모들을 직시하고 고민하는 데서부터 출발할 것이다. 오늘날 문학의 써먹음은 무엇보다 그렇게 증명되고 있는 것 아닐까? 그러니 이 글을 시작하며 썼던 첫 문장을 뒤집고 다른 문장을 보태어 다시 적는다.

문학은 억압한다.

그리고 써먹을 수 있다.

(2019)

눈물, 진정성, 윤리
—한국문학의 착한 남자들

우는 남자와 진정성이라는 증상症狀

1994년 여름, 어느 종합병원의 복도 의자에 여자 중학생 '은희'와 아빠가 앉아 있다. 의사는 은희에게 침샘에 혹이 생겨 귀를 찢고 혹을 들어내는 수술을 해야 한다는 소식을 전했다. 그런데 수술이 잘못될 경우 얼굴이 마비되거나 돌아가는 부작용이 있을지도 모른다는 의사의 말을 듣고 우는 사람은, 수술을 해야 하는 은희가 아니라 아빠다. 엄마가 아닌 다른 여자와 바람피우고 평소에 공부 잘하는 고등학생 오빠의 서울대 진학에만 관심 있으며 딸들에게는 대체로 윽박지르거나 무관심하기만 하던 아빠. 허공을 보며 가만히 앉아 있는 은희와 달리, 아빠는 얼굴이 점점 일그러지더니 흐느끼기 시작하고 급기야는 엉엉 소리 내어 운다. 아빠가 어린아이처럼 울자, 은희는 어리둥절하다. 아무런 말 없이 아빠를 어색하게 쳐다보는 은희의 시선은 마치 이렇게 묻는 것 같다. 아빠가 왜 울어……?

성수대교가 붕괴했던 1994년에 부모님, 언니 '수희', 오빠 '대훈'

과 함께 살고 있는 여자 중학생 은희의 이야기를 담은 김보라 감독의 영화 〈벌새〉(2019)에서 남자들은 느닷없이 운다. 체면치레에 급급하고 가족들에게 권위적이며 종종 폭력을 행사하지만 큰 수술을 앞둔 막내딸 앞에서는 아이처럼 우는 이 아버지만 그런 것이 아니다. 수희는 등교 버스를 놓치는 바람에 성수대교가 무너지는 날 가까스로 죽음을 면하는데, 그날 저녁 온 가족이 둘러 모여 식사를 하는 도중에 대훈은 살아 돌아온 누나 앞에서 주체하지 못하고 울음을 터뜨린다. 서울대 진학에 대한 아버지의 기대를 업고 걸핏하면 여동생 은희에게 무차별적으로 폭행을 가하던 대훈은 가족들이 모인 식탁에서 유일하게 감정적으로 무너진다. 이 남자들은 왜 우는 걸까? 수술이 잘못되어 얼굴이 마비될지도 모르는 막내딸이 너무 불쌍해서, 그리고 평소에 공부 잘하는 아들이라는 가족 내 서열에 기대어 막 대했던 누나에게 미안해서일 것이다. 딸에 대한 안쓰러움과 누나에 대한 죄책감으로, 이 남자들은 운다.

흥미로운 점은 영화가 우는 남자들을 바라보는 은희의 시선에 주목한다는 것이다. 카메라는 평소에 자기에게 권위적이고 폭력적으로 굴었던 아빠와 오빠가 큰 소리로 엉엉 우는 모습을 낯설어하며 바라보는 은희의 얼굴을 클로즈업한다. 은희의 시선에 의해, 남자들이 다소 요란하게 눈물을 흘리는 모습은 사건의 당사자인 여자 가족 구성원들이 비교적 담담하거나 조용하게 현실을 받아들이는 태도와 겹쳐지며 한층 더 대조되어 보인다.[1]

1) 〈벌새〉와 비슷한 시기에 개봉한 영화인 〈82년생 김지영〉(2019)과 〈윤희에게〉(2019)에서도 고통받는 여성의 옆자리에서 그녀를 안쓰러워하거나 미안해하는 남자의 눈물이 재현되고 있다는 것은 주목할 만한 현상이다. 흥미로운 것은 감독이나 작가

우는 남자를 대상으로서 재현하는 시선은 최근의 한국 소설에서도 심심찮게 등장한다. 장류진의 「나의 후쿠오카 가이드」[2]에서 외모, 스펙, 자신감 어느 하나 빠질 것 없는 삼십대 남성 직장인 '지훈'의 경우가 정확히 그렇다. 지훈은 배우자 상을 당한 뒤 후쿠오카에서 혼자 지내고 있는 전 직장동료 '지유씨'와 '잘'해보기 위해 일본으로 떠난다. 그러나 지유씨와 동행한 일본 여행의 마지막날 밤 그녀에게 거절을 당하자, 지훈은 자기 안의 "모든 진정성을 끌어모아"(95쪽) 한번 자보려는 게 아니라 정말로 그녀를 좋아한다는 진심을 어필하려고 애쓴다. 그러나 지훈이 스스로가 잘났으며 여자를 잘 안다는 자신감에 도취되어 있을 뿐이라는 것을 손바닥을 들여다보듯 빤히 알고 있는 지유씨는 그를 받아주지 않고, 결국 지훈은 그녀와의 마지막 통화를 끊지 않으려 울면서 매달린다. 여자들에 대한 죄책감과 연민으로 우는 〈벌새〉의 아빠나 오빠와는 달리 「나의 후쿠오카 가이드」의 지훈은 자존심과 분노 때문에 눈물을 흘린다. 하지만 전화 너머에서 "내일 아침 일찍 비행기 타야 하잖아요. 이제 얼른 씻고 자야죠. 응?"(96쪽)이라며 우는 지훈을 달래는 지유씨의 목소리는, 우는 아빠와 오빠를 바라보는 은희의 시선과 유사한 효과를 자아낸다. 바로 우는 남자를 대상화한다는 것이다.

이처럼 최근의 서사에서 우는 남자는 세계를 인식하는 주체가 아

의 본래 의도와 무관하게, 남자들이 우는 장면을 의아하고 어색한 장면으로 꼽는 관객의 반응이 이어지고 있다는 사실이다. 이는 영화와 소설에서 재현되는 '여자를 위해 우는 남자'라는 표상을 받아들이는 동시대 수용자들의 윤리 감각이 달라지고 있음을 시사한다.

2) 장류진, 『일의 기쁨과 슬픔』, 창비, 2019. 이하 인용시 본문에 쪽수만 밝힌다.

니라 타인의 시선으로 재구성되는 대상으로 등장하고 있다. 따라서 이를 받아들이는 관객이나 독자 역시 우는 남자를 이해하고 공감하기보다는 심정적인 거리를 둔 채로 바라보게 된다. 그리고 이 거리감을 통과한 우는 남자의 모습은 숭고하거나 따뜻하거나 아름답다기보다는 민망하거나 당황스럽거나 우스꽝스럽다. 자신의 진정성에 몰입된 채로 우는 이 남자들의 눈물은 서사의 분위기와 조화롭게 맞물리지 않으며 오히려 전체적인 결을 반대로 거스른다는 점에서 하나의 증상처럼 보인다. 딸, 누나, 좋아하는 여자에 대한 복잡한 감정을 주체하지 못하고 진심어린 눈물을 흘리는 이 남자들의 진정성은 어쩌다가 증상이 되었을까? 그리고 우는 남자를 쳐다보는 시선의 등장은 지금 우리에게 무엇을 말해주고 있을까?

젠더화된 진정성—2000년대 포스트-진정성 담론으로부터

진정성authenticity은 "본래 좋은 삶과 올바른 삶을 규정하는 가치의 체계이자 도덕적 이상으로서, 자신의 참된 자아를 실현하는 것을 가장 큰 삶의 미덕으로 삼는 태도"[3]를 의미한다. 진정성은 서구 역사에서 근대적 주체가 자신을 통치하는 하나의 기획으로 발원한 개념이지만, 한국문학에서는 조금 다른 맥락을 가진다. 2000년대 후반, 김홍중은 진정성이 1980년대 민주화운동에 앞장섰던 386세대에게 규범적으로 기능했지만 1997년 IMF 이후에는 사회적으로 급격히 퇴조한 에토스라고 분석한 바 있다. 생존이 절박해진 신자유주의 시대의 개인에게는 더이상 '진정한 나'를 추구하는 일이 중요하지 않고, 생

3) 김홍중, 「진정성의 기원과 구조」, 『마음의 사회학』, 문학동네, 2009, 19쪽.

존하고 성공하고 치부하는 일만이 중요해졌기 때문에 진정성이라는 모델이 해체되기 시작했다는 것이다. 김홍중은 속물과 동물의 세계에 진입한 현재 한국사회를 포스트-진정성 체제post-authenticity regime라는 이름으로 설명했다.

'포스트-진정성' 논의가 2000년대 후반의 한국문학에 영향을 미쳤던 까닭은, 이것이 가라타니 고진의 근대문학 종언론에 대한 비판적 대응이기도 했기 때문이다. 근대문학이 더이상 거대 서사로서 윤리적·정치적 기능을 수행하지 않게 되었다는 가라타니의 논의에 대해 김홍중은 "죽은 것은 문학이 아니라 문학을 가능하게 하는 윤리적 장치(진정성이라는 마음의 레짐)"이며 그렇기 때문에 근대문학 종언론은 "'진정성'이라는 시대정신의 종언을 소설의 종언으로 축소하고 있다는 점에서 일종의 '과소진술understatement'"[4]이라고 분석한다. 이는 근대문학이 더이상 윤리적·정치적 과제를 짊어지지 않는다는 가라타니의 핵심 주장을 승인하는 동시에 오히려 그와는 '다른' 근대문학의 가능성을 타진해보려는 전략이 될 수 있었다. 왜냐하면 윤리적·정치적인 근대적 주체를 정립하지 않는 방식으로 새로운 미학적 실험을 탐구하고 실천하는 한국문학을 포스트-진정성 체제에 걸맞은 문학이라고 의미화할 수 있었기 때문이다.

비슷한 맥락에서 '다른' 근대문학을 옹호하는 구체적인 비평 작업은 신형철에 의해 성실하게 수행되고 있었다. 신형철은 문학이 거대서사로서 윤리적 과제를 짊어지는 시대는 끝났을지 몰라도 미시 층위에서는 여전히 "정치를 보족하는 윤리가 아니라 정치를 창안하

4) 김홍중, 「근대문학 종언론의 비판」, 같은 책, 131쪽.

는 윤리"가 가능하다고 보면서, 가라타니가 상정한 문학적 총체성은 "우리가 근대문학의 '전부'라 믿었던 어떤 '부분'"[5]일 뿐이라고 말했다. 그렇다면 그 '부분'을 뺀 나머지는 새로운 근대문학의 양상이 될 수 있을 텐데, 신형철은 미래파라고 명명되었던 당시 젊은 시인들의 시에서 그 가능성을 찾았다. 2000년대 미래파 시는 기존의 서정시와 달리 나르시시즘적인 '나'(자아)가 아닌 미지의 '나'(주체)를 탐험하여, (신형철 자신에 의해 지나친 단순화라고 부언된 도식이지만) "집단적 정치학에 복무"한 "80년대의 올바른 시들"이나 "자아의 상상적 도덕률에 근거"한 "90년대의 착한 시들"[6]이 닿지 못한 새로운 미학을 탄생시켰다는 것이다. 이 새로운 미학은 '대문자 정치'를 지탱하지는 않지만 그로부터 배제되거나 억압된 '진실'을 감당하고 있다는 점에서 근대문학의 새로운 윤리적 가능성을 열어젖힐 수 있었다. 이것이 2000년대 한국문학에 나타난 포스트-진정성 담론의 풍경이다.[7]

그런데 2000년대 한국문학은 정말로 진정성이 와해·폐기·종언된 자리에 들어선 문학이었을까? 근대문학 종언론에 대한 비평적 반응이 시 비평과 소설 비평에서 다른 양상으로 전개되어왔다는 한 지적에 따르면, 당시 시 비평은 가라타니가 상정한 근대문학의 범주를 문

5) 신형철, 「몰락의 에티카—21세기 문학 사용법」, 『몰락의 에티카』, 문학동네, 2008, 18쪽.

6) 신형철, 「문제는 서정이 아니다」, 같은 책, 202쪽.

7) 한편 이우창은 한국 문단에서 "(근대)문학의 사회적 의미를 정당화해줄 수 있는 외적 준거, 혹은 문학이 사회적 의미를 가져야만 한다는 당위는 여전히 요구"되었다는 점에서 김홍중과 신형철의 반론 이후에도 근대문학 종언론에 대한 가라타니의 핵심 테제는 제대로 반박되지 않았다고 지적한다(이우창, 「문학을 지극히 정치적으로 이야기하는 법」, 『학산문학』 2019년 가을호).

제삼아 그에 포섭되지 않는 근대문학의 가능성을 적극적으로 제기했던(신형철) 반면, 소설 비평은 포스트-IMF라는 사회적인 변화에 입각하여 당시 소설 주체의 탈내면화를 해명하는 방식으로 가라타니의 테제를 인정하는 경향(김영찬)이 있었다.[8] 근대문학 종언론으로부터 촉발된 2000년대 비평 담론이 장르화되어 있었다면, 그것과 긴밀히 연결된 포스트-진정성 담론 역시 시 장르에 국한되어 진행되어온 것은 아닌지 질문해볼 수 있다. 김홍중은 미래파 시가 실재에 무관심하다는 점에서 포스트-진정성 시대를 대표하는 시라고 강조하면서, 오히려 비평에서 이러한 시가 아름다움과 정치성을 희생하는 역설적인 방식으로 실재를 표현한다고 해석하고 있다고 지적한다. 따라서 "미래파의 선언문은 시인들이 아닌 평론가들에 의해서 작성된 셈"이며, 이러한 비평은 더이상 실재에 대한 열정이 유효하지 않은 시대에 "사라졌다고 생각되는 진정한 가치를 새로운 방식으로 갱신하고자 하는 의지"를 보인다는 점에서 "실재의 열정에 대한 열정"[9]이라고 명명될 수 있다는 것이다.

진정성은 2000년대 문학에 이르러 사라져간 것이 아니라 시 장르에서 비평 장르로 이동해간 것이 아닐까? 문학이 위기에 처한 시대에 문학의 존재 가치를 안전하게 보증해줄 실재에 대한 열정을 필사적으로 증명해야 하는 만큼, 한층 더 강화된 채로 말이다.[10] 특히 포스

---

8) 강동호, 「파괴된 꿈, 전망으로서의 비평」, 『문학과사회』 2013년 봄호.

9) 김홍중, 「실재의 열정에 대한 열정」, 같은 책, 419~420쪽.

10) 한편 강동호는 미래파 시에 "진정한 자아가 없다는 사실에 희희낙락하는 주체가 있다기보다는" 오히려 "진정한 자아를 끝내 찾지 못한 이의 비극적인 우울의 전경"이 있으며, 따라서 2000년대의 전위적인 시는 "예전과는 조금은 다른 형태의 시적 반응

트-진정성 담론과 맥락을 공유하며 미래파 시를 옹호한 신형철에게, 문학은 대문자 정치나 시스템에서 배제되고 억압된 것으로서의 진실이다. 문학의 근원적인 물음은 "나의 진실에 부합하게 말하고 행동하는 것"이기 때문에, 그리고 진실에 대면하는 일은 윤리적인 행위이기 때문에, 문학은 곧 "진실의 윤리학"이 될 수 있는 것이다.[11] 이렇게 법·도덕·정치와는 다른 영역에 존재하는 '나'의 진실에 대한 추구가 곧 문학이라는 논리는, 진정한 자아의 실현을 최고의 미덕으로 삼는 진정성의 에토스를 그대로 체현하고 있는 것처럼 보인다. 다시 말해, 2000년대 문학에서 진정성은 시인이 아닌 평론가가 내면화하고 추구한 것으로서, 어쩌면 지금까지도 한국문학에서 여러 형태로 변형되며 잔존해왔을 수 있다. 문학을 진실의 자리에 놓는 신형철의 문학론이 2010년대 이후에 '사건-진실-응답'이라는 소설의 3단 구조로 이어진다는 사실[12]을 고려해보았을 때도, 진정성은 특정한 시기에만 유효했다가 퇴조한 산물이라기보다는 386세대와 그 영향을 받은 이후 세대들이 지속적으로 유지해오고 있는 에토스인 것처럼 보인다.

그렇다면 '진정성이 규범적인 에토스로 작동한 시대가 언제인가'가 아니라 '진정성을 전유한(혹은 전유할 수 있었던) 집단이 누구인

으로서의 진정성의 표현"일 수도 있다는 가능성을 제시한다. 이에 따르면 미래파 시 역시 진정성의 에토스로 설명될 수 있다(강동호, 같은 글, 357쪽).

11) 신형철, 「몰락의 에티카—21세기 문학 사용법」, 14, 19쪽.

12) 신형철, 「'윤리학적 상상력'으로 쓰고 '서사윤리학'으로 읽기—장편소설의 본질과 역할에 대한 단상」, 『문학동네』 2010년 봄호 참조. 이 글에서 신형철은 장편소설이 보편적인 전형성을 가지고 있다는 논지 아래, 소설의 기본적인 문법을 다음과 같은 3단 구성으로 설명한다: ① 어떤 사건이 발생한다. ② 사건의 진실이 밝혀진다. ③ 주체가 진실에 응답한다.

가'를 묻는 일이 더욱 효과적인 입각점일 것이다. 말하자면 진정성은 시대라기보다는 주체의 문제일 수 있다. 김홍중은 진정성의 주체를 386세대로 보면서, 그들이 1980년 광주 항쟁 이후에 민주화운동의 주체로 성장하면서 사회비판적인 성향, 민중에 대한 부채 의식, 소외 집단에 대한 감수성을 공유했고, 자아와 사회에 대해 윤리적으로 성찰하는 세대적인 특징을 보인다고 분석한다.[13] 그러나 "젠더와 세대는 애초에 분리해 사유하기 어려운 범주들"이며 "세대는 몰젠더적이지 않고 젠더는 초세대적이지 않"[14]다는 손유경의 통찰에 기대어 본다면, 젠더를 고려하지 않은 채 진정성을 단순히 세대적인 문제로만 파악하는 것은 대상의 단면만을 보는 일임을 알 수 있다. 민주화운동을 통해 진정성을 형성한 주체인 386세대와 그 영향을 짙게 받은 아래 세대는 이미 젠더적, 계급적, 지역적으로 구성된 집단이며, 주로 대학 교육을 받은 비장애인 이성애자 지식인 남성으로 기본값이 설정되어 있을 가능성이 높다. 요컨대 진정성 담론에서 장애인, 퀴어, 비지식인, 여성은 주체로 포섭되지 않았거나 그럴 수 없었다. 이들은 참되고 진정한 자아를 추구하는 것만으로는 사회를 비판적으로 성찰하고 자신에게 부끄러움을 느끼는 윤리적인 주체가 될 수 없었기 때

---

13) 김홍중, 「진정성의 기원과 구조」, 30쪽.

14) 손유경, 「젠더화된 세대교체 서사를 패러디하기」, 『한국현대문학연구』 제58집, 한국현대문학회, 2019, 365쪽. 이 글에서 손유경은 그간 한국문학에서 아버지에서 아들로 이어지는 세대적인 독법이 반복적으로 이루어졌음을 지적하면서, 아들들이 전유했던 젊은 세대의 대변자 역할을 딸들에게 부여하는 독법을 제안한다. 이러한 전환이 "여성 주체를 딸과 어머니라는 고정적 관계성으로 환원"하고 "성차별에서 오는 억압을 여성과 여성 사이의 권력관계로 치환할 위험"(367쪽)을 비켜 갈 수 있다는 지적은 최근 들어 더욱 증가하고 있는 여성들의 관계를 다루는 동시대 문학을 사유하는 데도 참조가 된다.

문이다.[15] 이들은 소외 집단에 대한 감수성을 대학에서 학습하며 사회에 대한 윤리 감각을 벼릴 수 있는 기회를 얻지 못했을 것이다. 그 자신이 소외 집단의 일원이기 때문이다. 그들에게 장애인, 퀴어, 비지식인, 여성으로서의 진정한 자아를 추구하는 행위란 스스로를 윤리적 주체로 정립하는 일이기는커녕 사회적인 차별과 혐오로부터 자신을 보호하기 위한 투쟁, 혹은 사회 안에 제대로 기입되고 가시화되기 위한 몸부림에 가까웠을 것이다. 그렇다면 진정성은 '1980~90년대라는 시대'가 아니라, '비장애인 이성애자 지식인 남성이라는 사회적인 위치'에 의해 공유되는 에토스일지도 모른다. 진정성의 에토스를 가능케 하는 맥락은 시대적인 조건이라기보다는 사회적인 위치일 수 있는 것이다. 따라서 386세대의 진정성의 에토스는 IMF 이후 속물들의 세계에서 부서졌다기보다는, 윤리적 주체라 불리든 속물이라 불리든 여전히 진정한 자아의 실현 여부에 매달려 있을 수 있는 조건을 가졌던 이들에 의해 장기적으로 유지되어왔다고도 볼 수 있다.[16]

---

15) 조연정은 김수영의 시에 나타나는 부끄러움이라는 정동이 "남성적 보편의 정동이며, 이러한 남성성이 언제나 여성성을 타자화하고 있다"고 분석하면서 윤리 감각에도 성차(性差)가 있음을 지적한 바 있다. 또한 괴팍한 탕아로 보이지만 부끄러움이라는 윤리를 지닌 김수영이 한국 문단의 지배적인 예술가상이자 "진정성의 표상"으로 기능해온 것은 아닌지 비판했다(조연정, 「무능한 남성과 불온한 예술가, 그리고 여성혐오—여성주의 시각으로 김수영 문학을 '다시' 읽는 일」, 『한국시학연구』 57호, 2019, 245쪽 및 251쪽의 각주 29번 참조).

16) 이는 진정성 담론이 그에 포섭되지 못했던 여성과 퀴어 인물들의 내면과 실천을 배제해왔을지 모른다는 문제의식으로 이어질 수 있다. 이를테면 2000년대 초반 정이현의 소설 속 인물들은 "고백적인 화자가 아니라, 일종의 위장적인 화자의 얼굴"을 가진 여성이라는 점에서 '속물'이나 '악녀'라는 명명으로 분류되었던 동시에 진정성과 내면성을 중시하는 1990년대 문학과 차별화되는 '탈내면' 문학의 대표주자로 여겨지곤 했다(이광호, 「굿바이! 휴먼—탈내향적 일인칭 화자의 정치성」, 『문학과사회』

진정성 담론에 포섭되는 2000년대 문학작품 속에서 '나'가 추구하는 진실 역시 젠더화되어 있는 것은 아닐까? 예컨대 신형철이 자신의 "서사윤리학의 기본 문법에 (……) 충실한 방식으로 진행"되는 소설로 제시한 김연수의 『밤은 노래한다』(문학과지성사, 2008)에서 진실은, 어느 날 편지 한 장만 남긴 채 나를 떠난 "연인 '이정희'가 실은 공산주의자 박타이의 애인이자 일본군 내 첩보활동을 담당한 '안나 리'였다는 것"[17], 즉 사랑하는 여인이 품고 있었던 비밀로 나타난다. 죽거나 사라진 여성에 관한 '진실'을 경유하여 세계를 이해하고 이에 '응답'하는 남성의 서사는 김연수 소설에서 자주 반복되는 모티프였다. 「구국의 꽃, 성승경」(『스무 살』, 문학동네, 2000)에서 '승진'은 연세대 예술대에서 분신한 누나의 죽음을 이해하기 위해 여장을 하고,[18] 「다시 한 달을 가서 설산을 넘으면」(『나는 유령작가입니다』, 창비, 2005)에서 '그'는 알 수 없는 유서만을 남긴 여자친구의 자살을 납득하기 위해 그녀가 마지막으로 읽었던 『왕오천축국전』을 따라 읽

2002년 가을호, 1147~1148쪽). 그러나 2000년대 문학을 1990년대적인 내면성과 서둘러 단절해보려 한 움직임 속에서 정이현 소설의 여성 인물들이 가지고 있었던 사회 상승에 대한 욕구, 자본주의사회에서 여성이 처한 위치에 대한 서늘한 자각, 경제·사회·상징적 자본 없이 가부장제에 포섭될지 모른다는 두려움에 따르는 다채로운 내면의 스펙트럼은 충분히 해석되지 못했던 것이 아닌지 돌아볼 필요가 있다.

17) 신형철, 같은 글, 384~385쪽.

18) 김건형은 김연수의 「구국의 꽃, 성승경」에서 "크로스드레싱과 트랜스 정체성에 대한 혐오 폭력이 성(별)정체성의 문제라기보다는 남성의 입장에서 세계의 폭력과 불가해한 죽음을 이해하기 위한 수사"(360쪽)로 기능하였으며, 이로 인해 "남성 화자의 성정체성을 의심받지 않게 해주며 그들의 진정성에 서사가 복무하도록 해준다"(361쪽)고 예리하게 비판한 바 있다(김건형, 「2018, 퀴어전사-前史·戰史·戰士」, 『문학동네』 2018년 가을호).

고 그 책에 나오는 낭가파르바트로 원정을 떠난다. 문제는 이 인물들이 진실을 추구하면서 윤리적 주체가 되어갈 때, 그 진실의 자리에 놓이는 여성의 고통은 이해와 연민의 대상, 혹은 화자의 부끄러움을 성찰하게 만드는 대상으로 타자화된다는 것이다. 어쩌면 그간 한국문학에서 문학적 진실은 날 위해 고생하신 어머니, 나 몰래 사라진 여자친구, 내 곁에서 아픈 아내와 같이 주로 타자화된 여성의 고통으로 등치되며 젠더화되어왔던 것은 아닐까? 이와는 반대로 아버지, 남자친구, 남편의 비밀과 고통이라는 진실에 응답함으로써 진정한 자아를 추구하는 여성의 서사는 상당히 드문데다가 상상하기도 어색하게 느껴진다는 것은 타자, 진정성, 그리고 문학적 진실이 이미 젠더화된 개념이라는 사실을 알려준다. '타자의 윤리학'이라고 일컬어지곤 했던 2000년대 문학적 주체의 윤리도 그것을 가질 수 있는 주체에 따라 제한적으로만 가능했던 것이다.[19)]

---

19) 한국문학에서 진정성이 젠더화된 개념이라는 증거는 1990년대 문학 담론에서부터 발견된다. 1990년대는 문학비평에서 진정성이라는 개념이 처음 화두로 떠오른 시기다. 당시 진정성 담론을 이끌었다고 할 수 있는 황종연은 1997년에 발표한 「진정성, 개인주의, 소설」에서 최인석과 윤대녕 소설의 남성 인물들의 경우 광기와 욕망을 통해 진정성을 갖춘다고 의미화했던 반면, 여성 작가들의 소설에서는 가족이라는 사적 영역에 관심을 편중하여 "내성적 담론을 답습"할 가능성이 있으며, 이 경우 "아무리 열심히 진정성을 얘기해도 진정하지 않다"고 보았다. 이는 소설 속 인물에게서 발견하고 기대하는 진정성에 이미 성차(性差)가 기입되어 있음을 드러낸다(황종연, 「진정성, 개인주의, 소설」, 『비루한 것의 카니발』, 문학동네, 2001, 271쪽). 한편 한영인은 "황종연의 진정성의 윤리와 신형철의 진실의 윤리 사이에는 개인에 대한 완전히 상이한 관점이 놓여 있지만 그 개인(황종연에게는 '자아'이고 신형철에게는 '주체'인)의 욕망과 충동을 승인하는 지점에서 윤리가 발생한다는 점에서 같은 결론에 도달"한다면서 1990년대와 2000년대 윤리 담론의 연속성을 제기하였다(한영인, 「윤리의 행방—'몰락의 에티카'에서 '정치적 올바름'까지」, 『문학들』 2019년 봄호, 43쪽).

전도된 진정성의 회귀—페미니즘과 퀴어 서사의 모르는 남자들

최근의 서사에서 눈에 띄는 것은 진정성이 전도된 구도로 다시 회귀하고 있다는 점이다. 앞서 〈벌새〉와 「나의 후쿠오카 가이드」에서 살펴보았듯, 타자를 경유하여 스스로를 윤리적, 성찰적 주체로 정립하고자 하는 진정성의 주체는 (진정성의 실현 여부와 무관하게) 더이상 고뇌하는 내면을 드러내는 일인칭 '나'로 등장하지 않고 대상으로 재현되고 있다는 점에서 증상적이다. 이들은 사회에서 정상적이거나 규범적으로 여겨지지 않는 존재를 타인 혹은 자신 안에서 맞닥뜨리게 되는데, 그 과정에서 윤리적 주체가 되는 일에 철저하게 실패하고 만다. 이는 그들이 진정성의 윤리로 세계를 인식하고 대응하려는 행위 자체를 비판적으로 바라보게 할 뿐만 아니라 그러한 윤리가 어떠한 사회적 조건 안에서만 가능한 것이었는지를 역설적으로 폭로한다.

장희원의 「우리畜舍의 환대」[20]에서 중년 남성 '재현'은 호주에 살고 있는 아들 '영재'를 삼 년 만에 만나기 위해 아내와 함께 여행길에 오른다. 영재는 대학에 편입하기 위해 스물일곱 살에 홀로 호주로 떠났다. 재현은 영재가 고등학생 시절에 게이 포르노를 보는 모습을 보고는 아들의 성정체성을 인정할 수 없어 "더러운 놈"(209쪽)이라며 아들을 사정없이 폭행했던 적이 있다. 이성애자 중년 남성으로서 나름 번듯한 직장과 정상 가정을 꾸려오면서 진정한 자신으로 존재하는 일과 한국사회의 규범들 사이의 치명적인 마찰을 경험해보지 않은 재현은 아들이 성소수자라는 사실을 받아들이지 못했던 것이다.

---

20) 장희원, 「우리의 환대」, 『Axt』 2019년 3/4월호. 이하 인용시 본문에 쪽수만 밝힌다.

그가 아들의 성정체성을 어떻게든 부정해보려 애쓰는 까닭은 그것이 사회의 정상 규범 안에 안전하게 포섭될 수 있는 자신의 규범적인 위치를 위협하고 약자, 소수자의 자리로 밀어넣기 때문일 것이다. 아들이 성소수자라는 사실을 부인하는 한에서, 즉 자신이 지켜온 윤리의 정상성을 심문받지 않는 한에서, 재현은 하나뿐인 아들을 사랑하며 별 탈 없이 키운 제법 괜찮은 아버지의 역할을 자임한다. 그러나 호주에서 영어로 자신에게 따져 묻는 공항 직원이나 덩치 큰 흑인을 마주할 때마다 움츠러들면서, 재현은 처음으로 이방인이자 소수자의 위치를 온몸으로 경험하게 된다. 아들이 남성 흑인 노인, 젊은 한국인 여성과 셋이서 폴리아모리적인 관계를 맺고 있는 듯한 분위기에 어쩔 줄 몰라하다가 대접받은 음식을 토해낸 뒤 그들의 집에서 도망쳐 나온 재현은 자신의 친숙한 세계와는 너무 다른 아들의 세계에서 느껴지는 이질감을 감당하지 못하고 퀴어인 아들의 '진실'로부터 영원히 튕겨져나온다.[21)]

---

21) 오은교는 장류진의 「나의 후쿠오카 가이드」와 장희원의 「우리의 환대」에서 일본과 호주라는 외국의 공간이 "인권 감수성이나 소수자 정치의 수준과 같은 문화적 지표를 통해 중층 결정되는 곳"으로 묘사되며 이러한 여행 서사가 "화자를 골리는 방식으로 자국민의 후진적 감수성을 심문하고 위협한다"(34쪽)고 해석했다. 이에 『문학3』은 '남은 질문들'에서 이러한 해석이 소위 '한남' '기성세대 어른들'이라고 불리는 후진적 감수성을 가진 인물에 대한 혐오감을 부추기는 데 일조하지 않겠느냐는 의문을 제시했다. 이에 대해 오은교는 "골리지 말고 상냥히 설득해달라는 주문은, 그러면 보다 건설적인 변화를 이끌어낼 수 있을 것이라는 기대는 여성운동과 성소수자 운동 진영에 지속적으로 요청되는 사항"이라고 지적한 뒤, 주체가 숭고하게 윤리적인 깨달음을 얻는 과정을 서사화한다면 그 속에서 "여성과 성소수자들의 삶과 욕망은 또다시 (……) 주체의 재구성을 획책하는 진기한 체험으로 타자화된다"(49쪽)고 대답하면서 현재 시점에서 필요한 담론의 방향과 그 맥락을 정확하게 짚어주었다(오은교, 「손절과 벤딩—최근 여행 서사에서 나타난 동행의 장면들」, 『문학3』 2019년 3호).

박상영의 「우럭 한점 우주의 맛」(『대도시의 사랑법』, 창비, 2019)에서 게이인 '나'는 한 인권 단체에서 주최하는 아카데미의 인문학 교양강좌에서 철학서를 만드는 편집자인 남자를 만나 사랑에 빠진다. '나'와는 띠동갑으로 K대학교 95학번인 이 형은 대학 시절에 문과대 학생회장으로 활동한 경력이 있고 '한총련 사태'를 겪은 마지막 운동권 세대라는 자의식을 가지고 있다. 여전히 한국사회를 지배하고 있는 미국의 패권주의와 신자유주의 흐름을 격렬하게 비판하며 미국의 모든 것을 불편해하는 형은 부당한 현실 사회에 대항하여 자신의 윤리를 지키고자 하는 진정성의 화신처럼 보인다. 그러나 형은 매일 밤 '나'와 격렬한 사랑을 나누면서도 정작 퀴어라는 정체성을 자신의 진정성에 어긋나는 것으로 간주한다. 이는 형이 수호해온 진정성의 윤리가 정상적인 이성애 규범성과 공모하고 있음을 보여주는 동시에, 퀴어의 욕망을 제한하는 경직된 진정성을 파열시키는 용기를 가지는 것이 얼마나 어려운 일인지를 드러낸다. 동성애가 미제의 악습이 아니냐며 깔깔대고 웃는 선배 부부 앞에서 아무렇지 않은 척 따라 웃고, 동성애를 질병으로 진단하는 기사를 스크랩해 모아두며, '나'가 사람들 앞에서 커플인 것을 티내면 못 견디게 싫어하는 형은 자신이 현실적으로 처해 있는 소수자, 약자로서의 위치에 눈을 감아버리는 디나이얼 게이인 것이다. 형이 부당한 사회 현실에 저항하면서 지키고자 했던 윤리에는 운동권 출신의 1990년대 학번이라는 세대적·사회적 정체성만이 작동하고 있었을 뿐, 남자를 사랑하고 남자와 섹스하는 게이로서의 성정체성은 마치 존재하지 않는 것처럼 괄호로 묶여 있었던 셈이다. 가장 첨예한 성 정치를 소거해버린 이 반쪽짜리 윤리로 인해 형과 함께라면 자신을 잊어버린다고 느낄 정도로 형을 사랑했던 '나'의 진실은 "끝내 교정되어야 할 대상으로"[22] 남게 된다.

「우리의 환대」의 재현과 「우럭 한점 우주의 맛」의 형은 자신의 윤리를 지탱하는 구조적인 위치를 충분히 자각하지 않는다는 공통점을 보인다. 이들이 내재화한 진정성의 윤리를 초과하거나 벗어나는 감각은 언어로 성찰되기보다는 "눈부시다는 듯 자꾸만 두 눈을 움찔움찔 떨"(「우리의 환대」, 220쪽)게 되는 현상이나 동성과 섹스하는 육체 등 몸의 반응으로만 남을 뿐이다.[23] 반면 최근의 서사에서 윤리적인 주체는 타인의 고통을 경유하거나 사회에 저항하여 참된 자아를 정립하는 방식이 아니라, 자신이 처한 겹겹의 조건에 대한 메타적인 통찰을 통해 현현하는 것 같다. 이를테면, 당연한 것으로 여겼던 시각적인 정보와 아름다움이 시각장애인들을 배제하는 상대적인 위계일 수 있음을 깨닫는 인물을 그린 김초엽의 「광장」(『광장』, 워크룸프레스, 2019), FTMfemale-to-male 트랜스젠더인 남동생이나 아래 세대 여성들과 관계 맺는 과정에서 위 세대 시스젠더 여성으로서 자신이 처해 있는 조건을 반성적으로 자각하는 장면을 포착한 윤이형의 「마흔셋」(『작은마음동호회』, 문학동네, 2019)[24], 게이라는 소수자이자 약자의

---

22) 강지희, 「멜랑콜리 퀴어 지리학」, 박상영, 『대도시의 사랑법』 해설, 324쪽.

23) 차미령은 "소위 내면성이 육체적 표면에 각인되어 있으며 나아가 그것이 주체의 육체성의 한 변형"(352~353쪽)이라는 엘리자베스 그로츠의 논의를 빌려, 인물이 통과해온 몸의 역사가 그의 내면과 결코 무관하지 않다고 말했다. 이를 간과했을 때 지워진 타자의 자리를 성찰하기 어렵다는 차미령의 지적은 그간 타자화되었던 여성과 퀴어의 내면과 윤리를 파악할 때 서사에서 그들의 육체가 재현되는 방식을 더불어 고민해야 한다는 사실을 상기시킨다(차미령, 「몸뚱이는 말하지 않는다—젠더화된 하위주체와 김이설의 소설」, 『문학동네』 2010년 가을호).

24) 강지희는 윤이형의 소설에서 "진정한 자아라든가, 유일하게 존재하는 단 하나의 현실이라는 것은 모두 착각이나 허상에 불과"한 것으로 나타난다고 분석하면서, 윤이

위치에 있으면서도 남성으로서 가진 젠더 권력과 교사로서의 위계가 교차하는 자신의 위치를 고민하는 인물이 등장하는 김현의 「유미의 기분」(『새벽의 방문자들』, 다산책방, 2019)과 같은 작품들은, 생각지도 못했던 차별적이고 폭력적인 위계에 자신이 부지불식간에 연루되어 있었다는 구조적인 인식에 다다른 인물들을 통해 지금 이 시대에 유효할 수 있는 윤리적인 주체가 변화하는 양상을 보여주고 있다.

한편 황정은의 「파묘」[25]에 등장하는 한씨 가족의 이야기는 진정성을 추구하는 윤리적 주체가 가부장제의 젠더 권력과 만나는 지점을 포착한다. 노년 부부인 어머니 '이순일'과 아버지 '한중언', 유자녀 기혼 여성인 첫째 딸 '한영진', 비혼 여성인 둘째 딸 '한세진', 그리고 뉴질랜드에 살고 있는 막내아들 '한만수'. 이 소설에서 한국전쟁중 부모와 사별한 이순일은 노년이 된 지금까지 자신을 키워준 할아버지의 성묘에 해마다 간다. 엄마에게는 그 묘가 친정일 것이라고 이순일을 이해하고, 더이상 산을 오르내릴 수 없어 파묘하는 날에 이순일과 동행하고, 집안일과 사위에 대한 이순일의 한탄을 들어주는 사람은 둘째 딸 한세진뿐이다. 한중언은 그런 것에 관심 없고 결혼한 첫째 딸에게는 차마 말할 수 없고 막내아들은, 너무 멀리 있으니까. 막내아들 한만수는 수도권 대학의 영문과를 졸업한 후 '탈조선'하여 뉴질랜드에서 취업 준비를 하고 있다. 아들이라는 이유로 물려받을 산

형 소설의 자아가 '포스트-진정성' 시대에 다시 진정성의 윤리를 회복하는 서사라기보다는 기존의 진정성 개념 자체를 다른 질문으로 전환하는 윤리를 보여주고 있다고 분석한 바 있다(강지희, 「달의 뒷면, 이형(異形)의 윤리」, 『문학동네』 2016년 여름호, 97쪽). 이 같은 분석은 윤이형의 최근 소설에도 유효하게 적용될 수 있다.

25) 황정은, 「파묘」, 『창작과비평』 2019년 봄호. 이하 인용시 본문에 쪽수만 밝힌다.

이 있는데도 그는 한국으로 돌아오지 않을 것이라고, 한세진은 생각한다. 한만수는 뉴질랜드에서 친해진 백인 노인에게 들은 "어머니는 위대하다, 당신은 위대하다"라는 말을 "홀을 쥔 왕이 그것을 하사하듯"(187쪽) 이순일에게 말할 수 있고, 매일 팟캐스트를 듣는 한세진에게 "아무튼 누나는 정치적으로 좀 편향되었어"(189쪽)라고 충고할 수 있으며, "너무 효도하려고 무리할 필요는 없어"(192쪽)라고 조언을 건넬 수 있다. 한국의 복잡한 정치 지형과 모녀 사이의 감정적인 의존을 한만수는 모르고, 모를 것이며, 몰라도 된다. 진정한 자아를 실현하기 위해 외국으로 떠나 있는 것만으로 중립과 균형을 지키는 윤리적인 시민이자 착한 아들의 자리에 쉽게 설 수 있기 때문이다.

강화길의 「음복飮福」[26]에도 모르고, 모를 것이며, 몰라도 되는 남자가 있다. 결혼 후 첫 제사를 지내기 위해 시댁에 방문한 '나'는 처음으로 남편의 고모를 만나게 된다. 속 편하고 눈치 없는 남편 '정우'가 한 번도 얘기해준 적 없는 고모는 미운 소리를 잔뜩 늘어놓고 사람들을 불편하게 만드는, 어느 집안에나 한 명씩 있는 악역이다. 그러나 치매에 걸린 시할머니가 손자인 정우를 향해 숟가락을 던지며 꺼지라고 외친 사건을 계기로 '나'는 시고모가 왜 악역이 되었는지, 왜 신경질적이고 예민하게 굴었는지, 그리고 왜 조카인 정우를 미워했는지 알게 된다. 치매에 걸린 시할머니는 베트남전쟁에서 삼 년 만에 살아 돌아온 자기 남편이 밥상에 손도 대지 않으면서 자신에게 화를 내며 숟가락을 던졌었다는 것을, 생일마다 자신이 만들 수 없는 음식을 요구해왔으며 결국 그 음식 때문에 혈관이 지방으로 막혀 죽었다는 사실

26) 강화길, 「음복」, 『문학동네』 2019년 가을호. 이하 인용시 본문에 쪽수만 밝힌다.

을 기억하고 있다. 그리고 시할머니가 그와 꼭 닮은 정우를 죽은 남편으로 착각하고 있고 그래서 정우에게 꺼지라고 소리를 지르는 것이며 이 모든 정황을 파악하고 있는 것은 시할머니의 온갖 짜증과 하소연을 받아주는 시고모라는 사실을 '나'는 이제 안다. 그러나 남편 정우는 모른다. 시어머니가 "정우는 다 모르게 해줘"(382쪽)라고 부탁했기 때문이다. 그러니까 며느리인 '나'가 시할머니, 시할아버지, 시고모, 시어머니 사이의 복잡한 감정 구조를 하루 만에 알게 되는 반면, 집안의 손자이자 아들인 남편 정우는 할머니가 자신을 할아버지로 착각하고 있다는 것을 평생 모른다. 자신이 그토록 좋아하는 토마토 고기찜이 할아버지를 죽게 한 음식이라는 것도 모른다. 이렇게 눈치 없고 속 편한 자신을 고모가 미워하고 있다는 것도 까맣게 모른다. 단지 여자들이 만든 차례상으로 제사를 지낸 뒤 남은 음식을 정말로 맛있게 먹으면서 복을 누릴 뿐이다. 집안의 여자들이 "네가 나를 이해해줘야지. 네가 아니면 누가 나를 이해해줘"(376쪽)라는 말로 질기고 무거운 감정노동을 주고받으며 서로 의존적으로 얽혀 있는 동안, 그는 엄마가 왜 그렇게 제사를 챙기는지, "왜 그러는지 나는 정말 모르겠어"(372쪽)라며 궁금해할 뿐이다.

이렇게 이 소설은 가부장제에서 가사나 육아 노동의 분배보다 더 근본적인 차별인 젠더 권력의 위계를 드러낸다. 몰라도 되는 것, 눈치 없어도 되는 것. 가족 내의 복잡한 노동 구조와 인간관계에 개입하지 않아도 되는 것. 그래서 아무도 미워하지 않는 것. 누가 자기를 미워해도 모를 수 있는 것. 그저 탈없이 제사 음식을 맛있게 먹는 것으로 착한 아들이자 좋은 남편이 될 수 있는 것. 악역을 맡지 않아도 되는 것. 그것이 권력이다. 이는 「파묘」에서 별다른 부채 의식 없이 '탈조선'에 성공해 뉴질랜드로 떠난 한만수가 어머니에게 위대하다는 말을 치하하듯 전하고, 누나에게 정치적으로 편향되었다고 충고하며, 너무 효도하지 말라고 조언하면서도 정작 가족 내의 복잡한 드라마에 대해서는 까맣게 모르는 것과 다르지 않다. 「파묘」의 막내아들 한만수의 무지가 청년 세대의 탈조선 담론이 얼마나 복잡한 가족 내 젠더 정치와 맞물려 있는지 드러낸다면, 「음복」의 남편 정우의 무지는 어떻게 가부장제가 비가시화된 여성들의 감정노동으로 지탱되고 있는지 폭로한다.[27)]

그런데 문제는 조금 더 복잡하다. 「음복」의 '나'는 이 무지한 남편을 사랑하기 때문이다. 청나라 후궁들의 암투를 그린 중국 드라마에서 악독한 주인공이 황제의 아이라고 속인 다른 남자의 아이가 딸일지 아들일지 궁금해하는 남편에게 '나'는 이렇게 말한다.

"딸이었으면 좋겠어. 그리고."

왜냐하면 너는 아마 영원히 모를 테니까. 뭔가를 모르는 너. 누군가를 미워해본 적도 없고, 미움받는다는 것을 알아챈 적도 없는 사람. 잘못을 바로 시인하고 미안하다고 말하는 사람. 너는 코스모스를 꺾은 이유가 사실 당신 때문이라는 걸 말하지 못하는 사람도 아니고, 누가 나를 이해해주냐는 외침을 언젠가 돌려주고 말겠다는 비릿

---

27) 한만수의 무지는 「파묘」의 연작인 「年年歲歲 1: 하고 싶은 말」(『자음과모음』 2019년 가을호)에서 언제나 부엌에 불을 켜두고 자신의 퇴근을 기다려 밥상을 차려주는 엄마 이순일을 향한 한영진의 독백으로 이어진다. "그런데 엄마, 한만수에게는 왜 그렇게 하지 않아.//그 애는 거기 살라고 하면서 내게는 왜 그렇게 하지 않았어./돌아오지 말라고./너 살기 좋은 데 있으라고.//나는 늘 그것을 묻고 싶었는데."(174쪽)

한 증오를 품은 사람도 아니니까. 그럼에도 불구하고 당신 손을 잡을 수 있는 사람은 나밖에 없다고 생각하는 사람도 아니지. 그런 얼굴을 가진 사람이 아니야. 그래. 그래서 나는 너를 사랑했다. 지금도 사랑한다. 때문에 나는 말하지 않기로 했다. 사실 네가 진짜 악역이라는 것을.(「음복」, 386쪽)

'나'는 이 착하고 무지한 남자를 사랑한다고 말한다. 아무것도 모르지만, 영원히 모르지만, 그래서 누군가를 미워해본 적도 없고, 자신이 미움받는 것을 알아챈 적도 없는 이 남자를. 그 자신은 진정하고 윤리적이지만, 그래서 어머니에게 착한 아들이고 아내에게 좋은 남편이지만, 복잡하고 격렬한 젠더 정치로부터 거리를 둘 수 있는 이유가 중립적이거나 균형적이기 때문이 아니라 자신이 "진짜 악역"이라는 사실을 모르기 때문이라는 것을, 몰라도 되기 때문이라는 것을 모르는 이 남자를. '나'는 이렇게 아무것도 모르는 남편을 답답해하면서도 그에 대한 마음을 버리지 않는다. 남편에 대한 복잡한 심정을 쉽사리 폐기하거나 없는 것으로 치부하지 않는다. 어쩌면 이것은 한 남자를 향한 한 여자의 낭만적이고 애절한 마음이라기보다는 기울어진 사회 속에서 한 명의 여성으로서 살아가기 위해 구조적인 조건을 직시하는 시선일 수 있다. 이 시선은 아무것도 모르는 남편뿐만이 아니라 그런 남편을 키워낸 시어머니가 시할머니를 모시며 함께 살았던 이야기, 시어머니가 제사를 챙기는 조건에 포함되어 있는 '나'의 삶, 그리고 고모처럼 집안의 악역을 맡았던 '내' 어머니의 시간들 또한 통과하기 때문이다. 그러니까 이 시선은 '나'의 사랑과 고통을 배태한 수많은 여성들의 길고 긴 역사를 바라보고 있는 것이다.

이는 지금 한국문학의 거대한 흐름인 페미니즘 서사와 퀴어 서사가 '그들'만의 게토화된 이야기가 아님을, 오히려 지금 이 시대의 우리 모두가 가장 깊이 연루되어 있는 이야기임을, 그리고 여성의 이야기와 남성의 이야기는 언제나 한덩어리로 엉겨 있음을 말해준다. 누군가의 무지는 누군가의 앎으로, 누군가의 편안함은 누군가의 고통으로, 누군가의 균형은 누군가의 깊이로 지탱되고 있음을 알려준다. 복잡하게 얽혀 있는 젠더 지형을 말끔하게 정리하지 않고 끝까지 바라보는 이 집요한 시선의 힘으로부터, 역사는 다시 쓰이고 있다.

(2019)

시차時差와 시차parallax
—2010년대의 문학성을 돌아보며[1)]

1. 문학적 진실?

2010

2010년대가 막 시작될 무렵, 문학평론가 신형철은 이렇게 말했다.

소설은 한 사회를 지배하는 여러 종류의 판단체계—정치적 판단, 과학적 판단, 실용적 판단, 법률적 판단, 도덕적 판단 등등—를 무력화하는 '문학적 판단' 기능을 작동시킨다. 그 기능은 어떤 지배적인 판단체계로도 파악할 수 없는 진실이 있음을 고지하면서 사건을 특정 판단체계의 권력으로부터 회수하여 모든 것을 근본에서부터 다시 사유하도록 만든다. 이것이 옳고 그름에 대한 통념적 규정을 뒤흔든

1) 이 글의 1절에는 〈요즘비평포럼〉 7회(2019. 3. 28)에서 발표한 「TMI를 위한 변론」의 내용 일부가, 2절에는 「다시 쓰는 여성×퀴어×서사와 여고 섹슈얼리티」(과자당 2019년 7월호)의 내용 일부가 포함되어 있다.

다는 점에 주목해 그 문학적 판단체계를 '윤리학적 상상력'이라 명명할 수 있다.[2)]

요약하면 이렇다. 문학은 일종의 판단체계를 작동시킨다. 이 "문학적 판단체계"는 다른 판단체계, 이를테면 정치, 과학, 실용, 법률, 도덕 등의 판단체계와는 다른 영역에 있을 뿐만 아니라 그러한 판단체계들을 무화한다. 왜냐하면 문학은 다른 판단체계가 가지고 있는 권력을 해체하여 그러한 권력을 통해 배치되어온 것들의 본질을 파악하게 만들기 때문이다. 즉, 다른 판단체계는 파악할 수 없지만 문학만은 다다를 수 있는 "진실"이 있는 것이다. 이 진실은 사회에 일반적으로 통용되는 옳고 그름을 재사유하도록 요청한다. 따라서 문학적 판단체계는 곧 윤리학적 상상력이 된다. 다른 영역은 닿을 수 없는 문학적 진실이 있다는 이 명제는 문학의 정당성을 확보해주고 그 기능을 설명해주는 강력한 존재론이다.

그러나 2010년에 제출된 이 명제를 약 십 년이 지난 지금 다시 읽으니 당시 느꼈던 감동이 되살아남과 동시에 몇 가지 질문이 떠오른다. 정치, 과학, 실용, 법률, 도덕 등의 판단체계가 지배적인 권력으로 작동하고 있다면, 문학적 판단체계 역시 하나의 권력일 수 있는 가능성은 없을까? 문학적 판단체계가 다른 판단체계와는 달리 "모든 것을 근본에서부터 다시 사유하도록" 만들 수 있는 특권을 가지고 있다면, 그 특권의 근거는 무엇일까? 다른 영역의 판단체계라는 외부의

2) 신형철, 「'윤리학적 상상력'으로 쓰고 '서사윤리학'으로 읽기—장편소설의 본질과 역할에 대한 단상」, 『문학동네』 2010년 봄호, 379~380쪽, 이하 강조는 인용자.

보증이 필요 없거나 그러한 보증을 무력화하는 진실이라면, 그것은 단지 자족적인 세계 안에서만 작동하는 진실이 아닐까? 문학이 정치, 과학, 실용, 법률, 도덕과 같은 다른 판단체계와 격리된 진실이 가능한 공간이라면, 문학비평은 이 독립적인 진실을 가지고 무엇을 하는 작업일까?

"장편소설의 본질과 역할"을 논의하는 이 글에서 다른 중요한 대목도 눈에 띈다. 장편소설이 보편적인 전형성을 가지고 있다는 논지 아래, 소설의 기본적인 문법을 3단 구성으로 설명해보려는 대목이다 : ① 어떤 사건이 발생한다. ② 사건의 진실이 밝혀진다. ③ 주체가 진실에 응답한다. 이 '사건-진실-응답'이라는 3단 구성에 따르면, ① 소설 속의 인물에게는 인생을 결정짓는 사건이 일어나고 , ② 다른 사람의 비밀을 통해 그 사건의 진실을 이해하게 되는데, ③ 그 진실을 알기 이전으로 돌아갈 수 없기 때문에 어떤 응답을 하게 된다. 이러한 3단 구성은 김연수의 『밤은 노래한다』(문학동네, 2016)에서 사랑하는 여자를 상실한 뒤에 그녀가 품고 있는 진실을 좇는 한 남자의 서사를 통해 뒷받침된다. 이때의 "진실"이란 앞선 인용에서 언급했던 "문학적 판단체계"에 따른 "진실", 즉 문학적 진실에 다름 아닐 것이다.

2013

2013년에 소설가 김연수는 한 팟캐스트에서 소설이라는 장르와 일인칭 시점에 관해 이렇게 말했다.

저는 전지적 시점이 다른 장르에서는 가능하겠지만, 진지하게 쓰

> 는 소설에는 이제 불가능해진 게 아닌가 하고 생각을 합니다. (……) 이 사람은 사건의 내용을 다 믿지 않는 사람으로 (……) 결국 자기 관점에서밖에 쓸 수 없는데, 그렇게 되면 결국 이 사람은 **1인칭 화자**만 되겠죠. 그런데 이 사람은 보충을 해요. **다른 사람의 관점을 통해 사건의 모순된 점을 찾아내는 것**이죠. 그런 식의 3인칭이 되기 때문에, 모순이 전혀 없는 전지적 시점과는 다르죠. 이 사람 말과 저 사람 말이 달라서 **모순이 생길 때 비로소 진실을 볼 수 있다는 관점**이죠.[3]

요약하면 이렇다. 소설 텍스트가 모든 것을 객관적으로 알고 있다고 가정하는 전지적 시점은 오늘날 더이상 유효하지 않다. 따라서 사건의 내용을 다 파악하고 있지도 믿고 있지도 않은 일인칭 화자가 등장할 수밖에 없다. 그런데 이 화자의 관점은 객관적이거나 완전할 수 없기 때문에 진실을 온전히 파악하는 데는 한계가 있다. 다만 일인칭 화자는 관찰자의 자리에서 어떤 사건을 "보충"하고 특정한 관점의 "모순"을 드러냄으로써, 다시 말해 여러 관점이 충돌하는 지점을 보여줌으로써, 어떤 "진실"을 얻게 된다. 전지적 시점 혹은 일인칭 화자의 한계를 겸손하게 인정하고 있지만, 결국은 관찰자의 시점으로 그 한계를 극복함으로써 소설이라는 장르가 진실을 담보할 수 있다는 굳은 믿음과 자신감을 보여주는 발언임을 모르기 어렵다.

그렇다면 일인칭 관찰자 시점은 본디 문학적 진실을 담보하기에 적합한 관점일까? 최근의 소설에서 일인칭 화자가 두드러지게 등장하고 있다는 사실은 여러 비평에서 제시된 바 있다. 이를테면 박혜진

---

3) 문학동네 팟캐스트 〈문학이야기〉 제4회 part 2 중 김연수의 발언, 강조는 인용자.

은 김숨의 증언 소설, 조남주의 기록 소설, 김봉곤의 오토픽션을 들어 한국 소설의 리얼리티가 '나'라는 화자를 통해서 새롭게 재편되고 있다고 보았고,[4] 노태훈은 조남주, 김봉곤, 이주란, 황정은의 소설을 두루 경유하여 여성과 퀴어로서의 '나'를 그리는 최근의 서사가 오늘날의 문학사를 갱신하고 있다고 지적했다.[5] 그런데 박혜진과 노태훈이 타당하게 분석한 최근 소설의 일인칭 '나'들은 2013년의 김연수가 이야기한 것처럼 소설적 "진실"을 붙잡기 위해서 특정한 관점의 "모순"을 인정하고 다른 관점으로 어떤 사건을 "보충"하는 데 별 관심이 없어 보인다. 이들은 그저 '나'에 대해서 말한다. 이들에게 중요한 것은 '나'의 정체란 대체 무엇인가, '나'는 어떤 생각을 하고 어떤 감정을 느끼는가, '나'는 무엇을 할 수 있거나 없는가와 같은 질문이다. 문제가 되는 것은 '나'라는 사건이다. '나'는 그 자체로서 끝없이 탐사하고 발굴하고 이해해야 할 대상이며, 모든 '나'는 나름의 방식으로 문제적인 사건이다. TMIToo Much Information가 스스로에 대해 과다한 정보를 드러내는 것을 의미한다면, 최근 한국 소설은 분명 수많은 '나'의 온갖 TMI가 풍성하게 각축하는 장이다.

마찬가지로 2010년의 신형철이 제시한 '사건-진실-응답'이라는 3단 구성도 최근 소설의 경향을 설명하기에는 다소 어색하다. 요즘 소설의 주체들에게는 다른 사람의 비밀을 통해 사건을 이해하고 진실에 응답하는 일이 그다지 중요하지 않기 때문이다. 혹은 문학만이 보증할 수 있는 절대적인 진실이 있다는 믿음과 크게 맞물리지 않

4) 박혜진, 「증언소설, 기록소설, 오토(auto)소설」, 『크릿터』 1호.

5) 노태훈, 「'나'로부터 다시 시작하는 문학사—최근 한국 소설의 징후」, 『문학들』 2018년 가을호.

거나, 문학만이 다다를 수 있는 진실만으로는 대단한 윤리를 담보할 수 없다는 생각이 더 만연하기 때문일 것이다. 요컨대 문학이 진실을 확보할 수 있다는 전제를 공유할 수 있었던 당시의 믿음은 지금의 우리에게는 그렇게 중요하거나 긴박하게 여겨지지 않는다. 그것은 아마도 소영현이 말했듯 "삶과 문학 사이의 관계가 이전과는 다른 방식으로 존재해야 하며, 우리가 그러한 존재 방식에 대한 시대 요청 앞에 세워져 있"[6]기 때문일 것이다. 오늘의 우리에게 중요한 것은 문학적 판단체계에 의한 진실이 무엇인지, 혹은 그러한 진실에 응답함으로써 어떤 윤리에 도달할 수 있는지의 문제가 아니다. 오히려 다른 판단체계를 무력화하는 문학적 진실이 외따로 존재할 수 있는지, 만약 문학만이 다다를 수 있는 진실이 있다면 그것을 가능하게 하는 조건과 기반은 무엇인지, 그리고 문학적 진실과 외부의 판단체계는 어떠한 관계를 맺어야 하는지의 문제다. 아니, 더 근본적으로는 이렇게 말할 수 있을지도 모른다. 우리는 '문학적 진실'이라는 조어에 더이상 설득될 수 없는 시대에 살고 있다.

2014, 2015, 2016, 2017, 2018, 2019

그사이에 우리에게는 어떤 일이 있었던 걸까. 편의상 연도별로 따져본다면 이렇게 정리해볼 수 있겠다. 2014년에는 4월 16일 세월호 참사 이후 문학의 재현 및 윤리 문제를 재고하는 계기가 있었고, 2015년 6월 신경숙 표절 사태 이후 문단 권력에 대한 비판이 이어지

---

6) 소영현, 「목격하는 증인, 기록하는 증언—이후의 삶 혹은 문학」, 『문예중앙』 2017년 봄호, 27쪽.

며 문예지 편집위원들이 교체되었으며, 2016년 문단 내 성폭력 고발 및 페미니즘 리부트가 있었고, 2017년에는 『82년생 김지영』(민음사, 2016)과 관련된 논쟁이 이어지면서 정치적 올바름, 문학의 재현 문제, 독자에 대한 논의 등 비평 담론이 활성화되었으며, 2018년에는 페미니즘과 퀴어 소설이 한국 소설을 "견인하는 두 축"[7]이라고 일컬어질 만큼 약진하면서 여성과 소수자에 대한 문학 담론을 한층 정교하게 만들었다. 2019년의 우리는 지금 이러한 오 년 동안의 연속적인 흐름 위에서, 변화의 연장선상에서 문학을 쓰고 읽고 사유하고 있다.

그동안 '문학적 진실'에 대한 우리의 믿음도 달라졌다. 이를테면 세월호 참사 이후, 타인과 사회의 고통에 대하여 쓸 수도 없고 쓰지 않을 수도 없다는 곤경은 작가들의 글을 쓰는 감각에 영향을 미쳐왔다. 그 영향은 4월 16일 이후로 "말을 하든 문장을 쓰든 마침에 당도하기가 어렵"[8]다고 고백하며 전년도에 세월호에 탑승했던 경험을 적은 2014년의 황정은부터, 세월호 참사 이후 "내가 아닌 사람에 대해 본격적으로 쓸 수밖에 없을 때"[9]에 대한 고민을 안산의 한 대학에서 강의한 경험을 통해서 꺼낸 2018년의 한유주에게까지 발견된다. 이들에게서 발견되는 것은 타인의 고통을 비롯한 외부의 사건에 대하여 꺼낸 말이 그것과 어떤 방식으로건 연루되어 있는 개인적인 체험을 통해서 겨우 발화될 수 있을 뿐이라는 감각이다. 또다른 분기로서 문단 내 성폭력 고발 및 페미니즘 리부트 이후 첨예하게 논의되어온

7) 김향미, 「한국소설 변화 견인하는 두 축, 페미니즘 & 퀴어」, 경향신문, 2018. 7. 11.

8) 황정은, 「가까스로 , 인간」, 『문학동네』 2014년 가을호, 442쪽.

9) 한유주, 「처음부터 다시 짖어야 한다」, 『문학과사회 하이픈』 2018년 겨울호, 144쪽.

폭력 재현의 문제도 더불어 생각해볼 수 있다. 예컨대 「천국과 지옥은 사실이야」(『자음과모음』 2018년 봄호), 「나의 사촌 리사」(『창작과비평』 2018년 겨울호), 「나는 지금 빛나고 있어요」(『현대문학』 2019년 5월호)를 비롯한 근작들에서 박민정 소설의 화자들은 구조적인 폭력의 피해자 자리에 놓여 있는 여성의 고통을 쉽사리 재현할 수 없다는 엄연한 사실 앞에서 고민을 멈추지 못한다. 이러한 감각은 일인칭 관찰자 화자를 통해 다른 판단체계는 파악할 수 없는 문학적인 진실을 확보할 수 있을 것이라는 믿음이 가능했던 2013년 이전과는 다른 차원에 놓여 있다. 요컨대 이 소설들은 김연수 소설의 '나'들과 달리 일인칭 시점을 통해 아무리 "모순"을 "보충"한들 어떤 진실에 도달할 수 있다는 믿음을 가지고 있지 않으며, 오히려 도달할 수 없다는, 혹은 그러한 진실은 성립하지 않는다는 철저한 자각에서부터 새롭게 출발하고 있는 것처럼 보인다. 이러한 자각은 지난 몇 년 사이 문단에서 발생한 일련의 사건들을 '겪어낸' 이후에야, 문학이라는 영역의 역할과 기능에 대해 재고하려는 반성 이후에야 가능해진 시차parallax일 것이다.

2014년 세월호 참사, 2015년 신경숙 표절 사태, 2016년 문단 내 성폭력 고발, 2017년 페미니즘 비평 담론 활성화, 2018년 페미니즘과 퀴어 문학의 약진, 그리고 2019년 오늘날에 이르기까지 약 오 년 동안 문단에 있었던 변화는 '문학은 무엇인가' '무엇이 문학을 문학이게 하는가'와 같은 문학성에 근본적인 성찰을 요구하였고 , 이는 분절적인 개별 사건이 아니라 연속적인 흐름으로 설명되어야 한다. 세월호 참사 이후 문학의 말들이 허무와 공허에 시달리게 되었으며 "삶과 문학 사이의 시차 붕괴를 더이상 외면할 수 없게 되었다"[10]는 소영현의 진단은, 신경숙 표절 사태와 문단 내 성폭력 고발을 거치면서 "문학적 재현의 '선한/올바른' 의도라는 오래된 믿음이 깨어"졌으며 "자연스럽게 문학을 이전과는 다른 방식으로 읽게 되었다"[11]는 조연정의 분석과 공명한다. 또 강남역 살인 사건 이후 현실이라는 범주에 여성의 일상이 포섭되기 시작하면서 "문학을 읽고 쓰는 이들의 '현실'이라는 단어의 공통 감각은 분화되기 시작"[12]했다는 장은정의 지적은, 피해자와 가해자가 전도되는 현실의 문제를 짚어보면서 최근의 소설들에서 "세월호 사건과 미투 운동이 어떻게 연결되며 '이후'의 자리를 새롭게 만들어나가는지"[13] 살펴보는 강지희의 비평으로 이어진다.

특히 권여선의 『레몬』(창비, 2019)이 2016년 문예지에서 처음 발표되었을 때는 애도가 불가능한 상황을 다룬 '세월호 서사'로 여겨졌지만 단행본으로 출간된 2019년에는 여성 피해자와 복수의 문제와 관련하여 '미투 운동 이후의 서사'라는 관점에서 새롭게 읽혔다는 강지희의 고백은, 결국 같은 텍스트에 대해서라도 시차에 따라 해석이 어떻게 달라지는지, 즉 현실의 변화가 독법의 변화와 어떻게 맞물려 있는지를 드러낸다. 그리고 근래의 사회 변화를 연속적인 흐름에서 살펴보아야 할 필요성을 제기한다.

---

10) 소영현, 같은 글, 27쪽.

11) 조연정, 「문학의 미래보다 현실의 우리를—문학의 정치적 올바름에 대하여」, 문장웹진 2017년 8월호.

12) 장은정, 「죽지 않고도」, 소영현 외, 『문학은 위험하다—지금 여기의 페미니즘과 독자 시대의 한국문학』, 민음사, 2019, 97쪽.

13) 강지희, 「분노의 정동, 복수의 정치학—세월호와 미투 운동 이후의 문학은 어떻게 만나는가」, 『현대비평』 2019년 창간호, 117쪽.

2019년 4월에 단행본으로 발간된 『레몬』을 읽는 것은 조금 다른 체험이었음을 고백해야 할 것 같다. (……) 2016년 당시에는 죽은 해언을 어떻게 애도할 수 있을 것인가를 둘러싼 문제, 애도 불가능한 상황 속에서 남겨진 자들의 고통이 너무나 압도적으로 다가왔다. 그러나 이번에 다시 읽으며 두드러지게 눈에 들어왔던 것은 성폭행을 당한 흔적은 없으나 속옷이 탈의된 시체로 발견되었고, 끝내 그 인과관계가 해명되지 않은 '해언'이라는 여성 인물이었다. (……) 이를 해명하는 것은 '세월호 이후'와 '미투 운동 이후'를 어떻게 문학 안에서 결부시키며 함께 갈 수 있는지 탐구하는 문제와도 연결되어 있을 것이다.[14)]

요컨대 지난 오 년간의 변화에 민감하게 반응해온 소영현, 조연정, 장은정, 강지희의 글은, 현실의 다른 영역과 분리된 문학적 진실이 더 이상 유효하지 않다는 것을, 그리고 현실의 변화에 따라 문학성은 끊임없이 해체되고 재구성되는 것임을 알려준다. 흘러가는 시차時差는 좁힐 수 없는 시차parallax를 만들어냈다. 그리고 우리는 이전의 문학으로 돌아갈 수 없다.

2. 페미니즘을 퀴어링, 퀴어를 젠더링

이러한 변화들을 거친 2019년의 우리에게 가장 중요하게 육박해오는 문학의 주제가 페미니즘과 퀴어의 문제라는 것을 누구도 부정

14) 강지희, 같은 글.

하기 어렵다. 페미니즘과 퀴어 문학은 문단을 '견인'한다고 표현되기 시작한 2018년에 돋보이는 작가 한두 명의 단독적인 성과로 인해 갑작스럽게 호출되거나 일시적으로 주목된 현상이라고 볼 수는 없으며 지난 몇 년 동안 축적되어온 문학성의 변화라는 흐름 속에서 파악되어야 한다. 이러한 사실은 페미니즘과 퀴어 문학이 동시대 한국사회의 담론과 더불어, 관련된 비평적인 관심 및 독자들의 열띤 반응으로 뒷받침되고 있다. 불과 삼 년 전만 해도 "비평장에서 새로운 담론이 형성될 조짐이 보이지 않으면서 점점 비평적 활기가 사라지고 있다"[15]는 진단이 있었던 것을 떠올려본다면, 최근 페미니즘과 퀴어 비평이 보여주고 있는 뜨거운 활기는 지난 삼 년간의 변화가 문학성의 형질 자체와 더불어 문학비평이라는 장르의 생리에도 영향을 미치고 있다는 사실을 짐작게 한다.

그런데 생각해보고 싶다. 페미니즘과 퀴어의 관계는 충분히 숙고되고 있을까? 2016년 이래로 많은 문예지에서 페미니즘이라는 주제가 특집으로 마련되어왔으며 2018년 이후로는 페미니즘과 퀴어가 동시에 호명되면서 제호로 기획되는 모습이 여럿 보인다. 그러나 만약 페미니즘에 퀴어가, 반대로 퀴어에 페미니즘이 일방적으로 귀속되거나 할당되는 성질의 것이 아니라면, 페미니즘과 퀴어가 충분히 검토되지 않은 방식으로 패턴화된 연대를 반복하고 있는 것은 아닌지 따져볼 필요가 있다. 이러한 주제들은 결국 문학성을 근본적으로 사유하게 만들기보다는 일시적인 기획으로 소모되거나 비평적 기

15) 강동호·박인성·오혜진·이우창·황현경, 좌담 「우리 세대의 비평」, 『문학과사회 하이픈』 2016년 가을호, 53쪽, 강동호의 발언.

획에서 프로젝트성으로 할당될 위험이 있기 때문이다. 요컨대 기계적으로 접합하거나 일방적으로 귀속되는 방식과는 다른 페미니즘과 퀴어의 관계가 성찰되어야 할 필요가 있으며, 이를 위해서는 페미니즘과 퀴어가 상호 교섭하는 양상, 즉 교차성에 대한 이론적인 논의가 더 정교하게 이루어져야 한다. 우선 최근 이루어지고 있는 한국문학의 퀴어 비평에 대해서 생각해보면, 퀴어의 문제를 다루는 비평적인 도구들이 점점 개발되고 있다는 것을 알 수 있다. 대표적으로 김건형은 1990년대 초반부터 2018년까지 한국문학에서 퀴어의 재현이 어떤 방식으로 이루어져왔는지를 성장 의례, 후일담, 애도, 생존, 가족, 농담과 같은 주제로 포착하여 계열화하는 작업[16]을 시작으로, 테레사 드 로레티스의 젠더 테크놀로지 개념을 차용하여 김봉곤 소설을 꿰어낸 '퀴어 테크놀로지',[17] 김봉곤, 박상영, 김혜진 등 한 작가의 퀴어 소설들에서 등장하는 일인칭 화자들 간의 연속성을 의미화하는 '퀴어 연속체'[18]와 같이, 동시대 퀴어 서사를 날카롭게 분석할 수 있는 비평적인 도구들을 개발하는 작업을 성실하게 축적해오고 있다. 뿐만 아니라 박상영 소설에 나타난 퀴어가 살아가는 공간적인 지형도를 의미화한 '퀴어 지리학'(강지희),[19] 한국문학장에서 '퀴어한 것'이 무엇인지 성찰하기 위한 비평적 도구로서의 '퀴어 시민권/

---

16) 김건형, 「2018, 퀴어전사-前史·戰史·戰士」, 『문학동네』 2018년 가을호.

17) 김건형, 「퀴어 테크놀로지(들)로서의 소설—김봉곤식 쓰기/되기」, 문장웹진 2018년 12월호.

18) 김건형, 「한국 퀴어 소설에 나타난 자기 반영적 서술 전략」, 『요즘비평들』 1호, 자음과모음, 2021.

19) 강지희, 「멜랑콜리 퀴어 지리학」, 박상영, 『대도시의 사랑법』 해설, 창비, 2019.

성원권'(오혜진),[20] 김봉곤의 소설에서 성소수자로서 자기를 정체화하는 수행적인 과정을 포착한 '게이 됨'(윤경희)[21]과 '퀴어-되기'(인아영)[22] 같은 비평적인 개념화가 역시 꾸준히 구체화되거나 분화되고 있는 과정으로 보인다. 사 년 전인 2015년에만 하더라도 윤이형의 「루카」를 "'보편적인' 사랑의 문법을 서사화했고, 바로 그것이 '상투적인' 동성애서사를 넘어서는" 소설이라는 시혜적인 평가로부터 구제하고 이에 대한 항변을 제출하는 일[23]이 우선적이고 긴박한 과제로 여겨졌던 문단의 분위기를 떠올려본다면, 이렇게 구체화된 논의들이 동시다발적으로 방출되고 있는 현상은 최근 몇 년 사이 우리에게 퀴어 서사를 깊고 다각적으로 분석할 수 있는 해석적인 틀과 독법이 몹시 요청되고 요구되어왔다는 사실을 방증한다.

그렇다면 이제는 이러한 비평적인 도구들이 상정하고 있는 기본값이 혹시 남성 동성애로 설정되어 있는 것은 아닌지 조심스럽게 고민해야 하는 시점이 아닐까? 이를테면 이러한 비평적 도구들을 여성, 트랜스젠더, 무성애자 등의 다양한 퀴어 스펙트럼의 재현 양상에 대입했을 때 얼마나 유효한지 검토해보고, 만약 그것이 유효하지 않거나 혹은 제한적으로만 가능해 보인다면, 그 이유에 대해서 질문하고 논의해야 할 차례가 아닐까? 김봉곤론을 쓰면서 제출한 개념인 "퀴

---

20) 오혜진, 「지금 한국문학장에서 '퀴어한 것'은 무엇인가—한국 퀴어서사의 퀴어 시민권/성원권에 대한 상상과 임계」, 『지극히 문학적인 취향—한국문학의 정상성을 묻다』, 오월의봄, 2019.

21) 윤경희, 「긴 여름이 끝날 즈음」, 『문학동네』 2018년 가을호.

22) 이 책에 수록된 「퀴어-되기를 위한 주제와 변주—김봉곤론」 참조.

23) 오혜진, 「'순정한' 퀴어서사를 읽는 방법」, 같은 책, 421~424쪽.

어 테크놀로지는 실은 (작가론이므로) 남성 동성애자 중심으로 서술되었"고 "'관계'만으로 모든 퀴어를 포괄할 수 없음"[24]을 반성적으로 돌아본 김건형의 고민을 함께 나눠본다면, 이제는 이 "모든 퀴어를 포괄할 수 없음"이라는 문제의식으로부터 새로운 비평적인 관점과 해석 틀이 마련되고 논의되어야 할지도 모른다. 이 시점에서 이러한 질문을 하는 까닭은 남성 동성애 서사나 비평 자체를 비판적으로 검토하는 데 목적이 있다기보다는, 한국사회와 한국문학장에서 '특정한' 퀴어 서사 및 비평을 가능케 하는 맥락과 조건을 살펴보기 위함임은 물론이다. 이를 성찰하는 일은 단지 젠더 권력에 대한 논의뿐만 아니라 그동안의 서사에서 남성성과 여성성 재현이 어떻게 상상되어왔는지, 퀴어나 섹슈얼리티에 관해 제출된 비평들이 그동안 회피하거나 대결해온 것은 무엇인지, 더 나아가서는 한국문학사에서 문학성이 어떤 방식으로 젠더화되어 구성되어왔는지 확인하는 작업이기 때문이다.

이를테면 여성 퀴어 서사의 섹슈얼리티 문제에 대해서 생각해보자. 최근 여성 퀴어 서사의 흐름이라면 최은영의 「그 여름」에서 "노동계급 레즈비언" 커플의 계급적 차이가 여성이라는 젠더와 교차되고 있다며 여성 퀴어의 문제를 정확히 제기하고 가시화한 차미령의 논의[25] 이후, 최진영, 강화길, 최은영, 김혜진, 박민정의 소설이 "생존-퀴어"(김건형)[26]라는 명명으로 정리된 바 있을 만큼, 주로 레즈

24) 김건형, 「퀴어 테크놀로지(들)로서의 소설」.

25) 차미령, 「너머의 퀴어—2010년대 한국소설의 규범적 성의 문제」, 『창작과비평』 2017년 여름호.

26) 김건형, 「2018, 퀴어전사-前史·戰史·戰士」, 370~377쪽 참조.

비언 커플이 사회적으로 불안정하고 낮은 계급적 위치에서 분투하는 이야기 위주로 재현되고 논의되어온 경향이 있다. 남성 퀴어 서사라고 해서 사회·경제적으로 안정적이고 여유로운 상황만이 그려진 것은 아니었겠으나, 이는 김봉곤, 박상영 등의 소설에서 동성을 상대로 한 다양한 성적, 미적 취향과 섹스 문화가 비교적 풍부하게 재현되고 논의되어온 경향과는 눈에 띄게 다른 점으로, 근래의 문학비평이 퀴어를 논할 때 어쩌면 '남성'이라는 단어를 괄호에 치고 진행해온 것은 아닌지 묻게 한다. 여성 퀴어 서사에서 드물게 섹슈얼리티가 재현된 경우에도, 이를테면 기준영의 『우리가 통과한 밤』(문학동네, 2018)을 두고서도, "여성 동성애 실천을 수많은 관계의 실패와 결핍, 상처로 인한 불가피한 것"[27]으로 재현했다는 합당한 비판은 있었으나, 정작 채선과 지연이라는 두 여성이 서로에게 끌리고 서로의 육체를 탐하는 등 여성 동성애에서 섹슈얼리티와 욕망이 실천되는 구체적인 장면이나 그 방식에 관한 독해는 충분히 이루어지지 않았다.[28]

물론 이 같은 문제는 기본적으로 여성 퀴어 서사에서 섹슈얼리티가 덜 재현되는 경향에서 기인할 것이며, 이에 대해서는 더 많은 분석과 논의가 필요할 것이다. 여성 퀴어를 단편적으로 대상화하거나 관음증적으로 소비해온 사회적인 악습과도 연동되어 있는 문제일 것이다. 다만 이미 십육 년 전에 여성 퀴어의 섹슈얼리티를 인상적으로 다룬 바 있는 배수아의 소설 『에세이스트의 책상』(문학동네, 2003)을 둘

---

27) 오혜진, 「음험하게 숭고한 사랑」, 같은 책, 438쪽 참조.

28) 한편 전기화는 『우리가 통과한 밤』에서 채선과 지연이 성적인 관계를 맺으면서 "서로를 향해 모든 감각을 열어젖"히고 서로에 대한 "방어벽이 급격히 허물어지"는 과정을 짚어낸 바 있다(전기화, 「더 예민하게」, 『문학과사회』 2019년 봄호, 299쪽 참조).

러싼 2000년대의 비평들이 대체로 이 소설을 "탈성화脫性化된 방식"으로 읽으면서 동성 연인인 '나'와 'M'이 성을 향유하는 성애적 차원을 무화했다는 강지희의 정확한 지적[29]을 참조한다면, 이것은 단지 '재현'의 문제일 뿐만 아니라 '비평'의 문제, 즉 주어진 텍스트에서 무엇을 얼마나 읽어내느냐의 문제이기도 하다는 것을 알 수 있다. 결국은 한국 사회가 여성 퀴어의 섹슈얼리티를 어떻게 상상해왔느냐와 연동되어 있는 문제인 것이다. 2000년대 비평에서 "성차의 흔적을 지우는 독법"이 "결과적으로 성을 육체와 무관한 초월적인 것"[30]으로 만들어 오히려 여성성을 제한적으로 상상하는 독법으로 귀결되었다면, 지금 우리는 여성 퀴어 서사의 섹슈얼리티 재현을 다루는 새로운 비평적인 관점과 분화된 언어의 개발이 요청되는 시점에 있다.

3. 우리 시대의 비평

약 오 년 동안의 연속적인 흐름 아래, 우리에게 문학이 가지는 의미와 문학성의 내포가 조금씩, 그러나 돌이킬 수 없이 달라져왔다는 것을 지금까지 살펴보았다. 그런데 문학성의 변화는 필연적으로 비평장의 형질 변화를 수반한다. 다시 말해, 지난 몇 년간의 문학성을 돌아보는 일은 소설, 시, 비평을 비롯한 텍스트뿐만 아니라 그 텍스트들을 생산, 소비, 유통, 담론화하는 전반적인 비평장의 변화를 살펴보

29) 강지희, 「2000년대 여성소설 비평의 신성화와 세속화」, 『문학은 위험하다』, 153~156쪽 참조. 이 글이 배수아의 『에세이스트의 책상』에 대한 2000년대 비평에서 유일한 예외로 꼽고 있는 차미령의 「성정치에 관한 파편 단상—배수아 장편소설 『에세이스트의 책상』을 다시 읽으며」(『문학동네』 2008년 봄호)는 이 소설에 나타난 여성 동성애자의 욕망과 그 좌절에 대해 구체적이고 섬세하게 다루고 있다.

30) 강지희, 같은 글, 156쪽.

는 일과 연동되어 있다. 2019년 현재 페미니즘과 퀴어 문학 및 비평이 한국문학 전반에 지배적인 분위기를 형성해나가고 있다면, 그것은 단지 몇몇 필자가 쓴 텍스트 내부의 문제로 한정될 수 없으며 그러한 읽기와 쓰기를 가능케 하는 시기적인 맥락과 더 넓은 조건들 속에서 이루어지는 사건인 것이다.

그 변화를 더 구체적으로 감각하기 위해, 정확히 삼 년 전인 2016년 가을 『문학과사회 하이픈』 혁신호에 실린 좌담 「우리 세대의 비평」을 다시 읽어보고 싶다. 강동호가 진행 및 정리를 맡고 박인성, 오혜진, 이우창, 황현경의 참여로 이루어진 이 좌담은, 당시로서는 2015년에 발생한 신경숙 표절 사태 이후 여러 문예지의 편집진 세대 교체가 이루어지고 새로운 형태의 문예지들이 실험적으로 창간되며 강남역 살인 사건을 계기로 페미니즘 이슈가 새롭게 부상하고 있는 일련의 변화를 짚어보기 위해, "소위 '젊은' 비평가 또는 연구자라고 불리는 분들을 모시고 이러한 시대적 분위기의 중요성을 진단하는 한편, '우리 세대의 문학과 비평'이라는 주제로 진솔한 이야기를 나눠보"[31]는 자리였으며, 이에 걸맞게 세대론, 한국문학 내 혐오, '젊은' 비평가라는 조건, 한국문학 비평이라는 장르, 새로운 세대의 비평 등 다양한 주제들에 대한 솔직한 논의가 풍성하게 이루어졌다. 그런데 당시 이 좌담의 전반적인 내용에 무척 공감하며 흥미롭게 읽은 이후 2019년인 지금 다시 살펴보니 삼 년간의 변화라고 하기에는 놀라울 만큼 낯선 부분이 많았다는 것을 고백해야겠다.

31) 강동호·박인성·오혜진·이우창·황현경, 같은 글, 47쪽. 이하 인용시 본문에 쪽수만 밝힌다.

먼저 이 좌담에서 전반적으로 느껴지는 것은 2016년의 문학비평 담론에 활기가 없으며 사람들이 비평은 물론 소설과 시를 읽지 않는다는 사실에 다소 처진 정조이다.

황현경: 문학이야 뭐…… 일단 투박하게나마 이렇게 말해볼까요. 『난장이가 쏘아올린 작은 공』을 읽고 데모하던 시절이 간 거죠. 비로소 완전히. 게다가 문화 전반의 활황기도 다 지나갔고요. 그 이후 지금까지 문학과 그 주변의 큰 변화, 이를테면 반등 같은 게 있었다고는 생각하지 않습니다. 저는 바로 그런 시절에 하필 문학으로 글 쓰는 사람이고요.(48쪽)

박인성: 제가 소위 '문학 제도' 내부에 들어오게 된 게 2011년입니다. (……) 오히려 제가 등단한 당시에는 장편소설에 대한 기대 등이 고무적으로 평가받던 시기였기에 문단 현장에 들어올 때는 이렇게 생각했죠 . 아이, 문학이 죽긴 왜 죽어. (웃음) 근대문학의 형식적 유효기간이나 그와 연계된 기존의 비평적 역할에 대해서 부정적인 실감을 가지게 된 건 비평 활동을 2~3년쯤 수행한 뒤의 이야기입니다.(같은 쪽)

강동호: 제가 본격적으로 평론 활동을 시작하면서 문단에 발을 들인 시기는 2009년인데요, 새삼 돌이켜보면 문단/평단의 분위기가 지금과는 많이 달랐어요. 앞서 박인성씨가 언급한 것처럼, 가라타니 고진의 '근대문학 종언론'의 여파로 인해 역설적으로 평단은 오히려 활기를 띠었던 것 같습니다. 일종의 비평장에서 대항담론을 만들어

야 한다는 의식이 분명했거든요. (……) 비평무용론이 제기되고 일부 문예지들이 본격평론을 싣지 않는 현재의 상황을 고려해보면 도저히 이해가 되지 않죠. (……) 물론 지면도 부족하지 않았고요. 당시에는 자연스럽게 받아들였었는데, 지금 돌이켜보면 그 시기야말로 문학적으로나 비평적으로 분명 호황기였던 것 같습니다.(52~53쪽)

2010년을 전후한 시기에 문학비평을 시작한 비평가인 이들의 대화에서 두드러지게 보이는 것은, 근대문학 종언론의 여파가 사그라들 즈음에 새로운 비평적인 활력이나 담론적인 대안을 찾지 못하고 비평이 많이 읽히지도 않는 와중에 유의미한 생산을 하고 있는지에 대한 진솔한 고민이다. 특히 강동호가 반성적인 자의식으로 명료하게 분석하고 있듯이, 신경숙 사건이 발생하면서 터져나온 비평장에 대한 비판들 중 핵심이 "젊은 평론가들을 소비하고 착취하는 기존 제도에 대한 문제 제기"였던 탓에 "정작 그들의 목소리를 들어볼 수 있는 공적인 장이 급속히 줄어들고 있는 것"(53쪽)도 이러한 문제의식과 같은 맥락에서 읽힌다.

그러나 우리 모두가 알고 있듯, 이 좌담이 이루어진 2016년 이후 지난 삼 년 동안 문단에서는 페미니즘 및 퀴어에 관한 비평과 담론이 매우 활발하게 전개되었고 그러한 영향을 강하게 받으면서 글을 쓰기 시작한 새로운 세대의 비평가들이 출현하고 있다. 한국문학이 많이 읽히지 않는다는 전반적인 침체에 대한 당시의 고민도 밀리언셀러가 된 조남주의 『82년생 김지영』을 비롯한 페미니즘 문학과 최근 들어 더욱 독자층의 넓은 지지를 받고 있는 퀴어 문학의 약진을 떠올려보았을 때 다소 거리감이 느껴지는 것도 분명하다. 이 좌담에서 문제로 삼았던 비평 지면의 축소는 물론 더 비판적으로 논의되어야 하겠지만, 전통적인 문예지가 줄어들고 있는 대신 여러 경로의 SNS나 웹진이 활성화되고 있으며 독자들과 문학 텍스트가 만나는 다양한 자리가 오히려 늘어나고 있는 최근의 상황과는 사뭇 달라 보인다. 이러한 변화들은 2016년 당시 한국문학이 독자를 잃고 담론으로 수용되지도 못했었던 이유가 "새로운 지적·문화적 정동과 문제의식을 통해 갱신되는 이 사회의 변화에 기존 한국문학/비평 담론이 거의 무관심하기 때문"(56쪽)이라는 오혜진의 지적과 무관하지 않을 것이다. "한국문학은 아주 오랫동안 '이성애자-비장애-남성-지식인' 들의 전유물"이었기에 "여성·성소수자·장애인·이주자·노동자 등의 정치적 주체화에 대한 요구"(63쪽)에 걸맞은 재현과 해석의 문법은 여전히 퇴행적이라는 비판은 오늘날의 문학에서도 뼈아프게 반성해야 하는 부분이지만, 이러한 오혜진의 지적이 당시 좌담에서는 다소 지난하게 설득하고 증명해내야 하는 성질의 발언이었던 것은 분명히 최근의 상황과는 시차가 느껴지는 지점이다.

이 외에도 한 가지 눈에 띄는 지점은 평론이 작품, 작가, 독자와의 관계를 어떻게 설정해야 할지에 대한 고민이다. 이를테면 황현경은 "평론가는 위, 대중은 아래, 이런 건 아닙니다"라고 강조하면서 "독자-작가-평론가 사이에 꼭 상하 위계가 있는 건 아니지만, 작가는 내려가고 싶은데 평론가는 자꾸 끌어올"(90쪽)리고 있는 분열적인 상황이 있는 것은 아닌지 우려하였고, 박인성은 "비평가는 분석가로서가 아니라 차라리 피분석가나 환자로서의 위치를 인정할 필요"가 있다면서, 최근에 "비평이 '안다고 가정된' 위치에서 벗어나 마땅히 누려야 할 불안을 드러내면서 문학 텍스트와 교차하는 방식으로 '함께' 말할 자율성을 확보"(98쪽)하게 된 것 같다고 분석했다. 비평, 작품, 작가, 독자의 관계는 절대적으로 고정된 것이 아니라 사회의 변화와 맞물려 끊임없이 움직이는 것임을 고려한다면 어느 시기건 깊이 고민되어야 할 문제겠지만, 오늘날에 어떤 변화의 분위기가 마련되고 있는 것은 분명해 보인다. 적어도 독자-작가-평론가 사이의 직선적이고 일방향적인 관계를 상정하는 방식은 더이상 유효하지 않아 보이며, 비평이 작품-작가-독자와 맺는 다채롭고 상호적인 관계에 의해 문학이 풍부하게 쓰이고 읽히고 있는 것처럼 보인다.

이를테면 열세 명의 여성 문학평론가가 2017년 여름부터 2019년 봄까지 발표한 열아홉 편의 비평·연구 텍스트를 모아놓은 『문학은 위험하다—지금 여기의 페미니즘과 독자 시대의 한국문학』에 대해, 소설가 조우리, 차현지, 천희란의 기획 아래 매주 다른 필자들에 의해 웹페이지에 작성되는 릴레이 리뷰가 하나의 사례가 될 수 있을 것 같다. 이러한 기획은 비평이 작품을 일방적으로 평가하고 재단하는 방식의 관계 맺음이 아니라, 그동안 철저하게 수동적이고 비공식적으로 이루어져온 창작자들의 비평 언어가 다시 비평가와 비평을 향해 열리고 움직이는 새로운 형태의 관계 맺음을 보여준다. 그 첫 회로 『문학은 위험하다』 전체를 소개하는 글을 쓴 천희란의 리뷰는 협소한 의미와 권위로 굳어진 비평 행위를 넘어서 비평, 작품, 작가, 독자의 경직된 관계를 새롭게 사유하게 한다.

> 독자가 없는 비평, 그러나 독자가 없어서 강화된 비평의 권력을 자주 생각했다. (……) 『#문학은_위험하다』를 만나며 첫걸음을 뗄 용기를 얻었다. 불신과 의심이 아닌 애정과 믿음으로 우리가 알고 있는 치

> 열한 비평의 현장을 소개하고, 그 비평을 제도권 문학의 영역 밖으로 불러내 더 많은 독자와 만날 수 있는 기회를 만들고 싶었다. 더불어 보다 적극적인 독자로서 비평을 향해 우리의 목소리를 내보기로 했다. (……) 더는 비평과 작품이 일방적으로 평가를 하거나 평가를 받는 관계로 여겨지지 않기를 바란다. (……) 더 많은 창작자가 자신이 터득해온 비평적 언어를 신뢰하기를, 그리고 그들의 비평이 더 많은 독자들을 만날 수 있기를 바란다.[32]

천희란은 『문학은 위험하다』에 실린 여성 문학평론가들의 텍스트가 "비평적 성취의 경주가 아니라 대화"이며 그 "대화는 결론을 도출하기 위한 과정으로서가 아니라 그 자체로 목적인 대화"임을 지적한다. 이것이 문학평론가들끼리의 대화에 그치는 것이 아니라 작가, 독자들이 그 대화를 이어받아 더 새로운 비평적인 언어를 생산해낼 수 있다면, 그러한 현상이야말로 삼 년 전의 우리가 고민했었던, 아니 비평이라는 행위를 하는 누구라도 고민하지 않을 수 없는 비평-작품-작가-독자 간의 관계를 좀더 다채롭고 풍부하게 상상하도록 만들 것이다. 이러한 상호적인 비평적 대화를 가능하게 만든 조건은 무엇보다 2014년부터 지난 오 년간 문학과 문학성에 대해 끊임없이 비판하고 성찰하고 고민해온 일련의 흐름 덕분이라는 사실을 모를 수 없다.

2019년의 우리는 문학성을 새롭게 만들어가고 있는가? 만약 이

32) 천희란, 「#위험한_리뷰 0 『#문학은_위험하다』 릴레이 리뷰를 시작하며」.(https://cheon-heerahn.com/forum/view/584033)

시대에 여전히 문학이 필요하다면, 그리고 지금 여기의 현실에 맞게 문학성을 갱신해낼 수 있다면, 그것은 우리가 그동안 당연하고 타당하다고 여겼던 문학성이 그동안 어떠한 과정을 거쳐 구성되고 변천해왔는지 비판적으로 검토하는 작업을 통해서만 가능할 것이다. 2010년대를 통과한 우리에게 필요한 것은 단지 지금까지 형성되어온 문학성을 반대 방향으로 구부리는 벤딩, 혹은 본래 문학적 진실이라고 믿어왔던 가치를 절반으로 자르는 분할이 아니라, 오늘날 현실의 필요에 민감하게 반응하면서 문학과 문학성을 끊임없이 해체하고 재정립하는 일이다. 우리에게는 지금의 우리에게 맞는 문학과 비평이 필요하다. 그리고 앞으로 해야 할 이야기가 너무 많이 남아 있다.

(2019)

답을 주는 소설과 질문하는 소설

1. 이 소설은 어떻게 읽힐 수 있는가

『21세기문학』 2018년 여름호 특집 '미투(#MeToo) 릴레이 매니페스토, 촛불1'[1])에 실린 글에서 서영인 평론가는 김이설의 「부고」(『창작과비평』 2011년 여름호)와 임현의 「고두叩頭」(『문학동네』 2016년 봄호)를 붙여 읽는다. 몇 년의 시차를 두고 발표된 두 작품을 나란히 놓고 읽어보면 상당히 유사한 사건을 다루고 있다는 것을 알 수 있기 때문이다. 「고두」에서 제자와 성관계를 맺어 그녀를 임신시킨 윤리 교사 '나'는 「부고」에서 아내가 집을 나간 뒤 강간한 여자를 집으로 데려온 '은희'의 아버지와 겹쳐 읽히고, 또 「고두」에서 윤리 교사 '나'의 아이를 임신하여 고등학교를 그만두고 혼자 아이를 기른 '연주'는

1) 제목에서도 알 수 있듯 이 특집은 미투 운동의 열기를 문학장에서 이어가려는 취지로 마련되었다. 미투 운동에 관한 구체적인 질문에 여성 평론가들이 응답하는 형식의 글들이 실려 있으며, 2018년 여름호에는 강지희, 서영인, 오혜진, 이경진, 장은정, 정은경 평론가가 필자로 참여했다.

「부고」에서 은희의 아버지에게 강간당하여 임신한 아이를 키우게 된 여자와 포개진다는 것이다. 윤리 교사 '나'의 자기변명으로 이루어진 「고두」가 닫히는 시점에서, 아버지가 데려온 여자의 아들에 의해 윤간을 당한 은희의 이야기 「부고」가 열리는 것은 아닐까 독해해보는 것이다. 이러한 독법을 시도해보는 까닭은 두 소설을 엮어 읽었을 때에야 「고두」의 "교사의 독백으로 윤색되고 은폐된 연주의 존재가, 혹은 같은 피해를 당한 구체적 인간들의 실물성"[2]이 비로소 드러나기 때문이다.

이러한 독해의 목적은 「고두」를 폄훼하거나 단죄하려는 데 있지 않을 것이다. 오히려 비슷한 성폭력의 사건을 다룬 동시대의 두 작품을 하나의 서사로 연결해 읽음으로써, 이 소설이 가질 수 있는 현재적인 의미를 확장해보는 것에 가깝다. 이를 통해 오늘날 한국문학에 필요한 독법을 가다듬어보는 동시에, 단독 작품에 대한 독해로는 가능하지 않은 문제의식을 선명하게 만들 수 있기 때문이다.[3] 그리고 그 문제의식의 핵심에는 '소설은 성폭력 사건을 어떻게 재현할 수 있는가'라는 물음이 있을 것이다. 이 간단치 않은 물음을 우리 모두 '겪고' 있는 시점에서 서영인 평론가가 굳이 「고두」라는 소설을 불러온 것은 우연이 아니다. 이 소설이 발표된 것은 이 년 전이지만, 2017년 제

---

2) 서영인, 「미투 이후의 문학비평」, 『21세기문학』 2018년 여름호, 224쪽.

3) 이러한 시도는 고전으로 불리는 문학작품을 여성의 입장에서 새로 써본 『릿터』 2018년 8/9월호의 플래시픽션(김이설의 「운발 없는 생」, 김보현의 「미망기」, 천희란의 「암굴의 살인」, 손보미의 「반딧불이」)이나 페미니스트의 시각으로 한국문학사를 새롭게 검토한 『문학을 부수는 문학들—페미니스트 시각으로 읽는 한국 현대문학사』(민음사, 2018)과 같이 오늘날의 문제의식을 바탕으로 문학사를 새로 써보려는 시도에 있어서도 마찬가지일 것이다.

8회 문학동네 젊은작가상 대상을 수상하여 독자들에게 널리 읽힌 후로, '소설이 성폭력 사건을 재현하는 방식'과 관련하여 독자들 사이에서 뜨거운 논란을 불러일으켰기 때문이다. 초점은 '이 소설이 무엇을 말하고 있는가'라기보다는 '(독자들이 처한 다양한 맥락 속에서) 이 소설이 어떻게 읽힐 수 있는가'에 맞추어져 있다.

이 글 역시 「고두」라는 작품 자체가 아니라 그것을 둘러싼 현상과 독법에 대해서 다루려 한다. 여러 작품들을 "젠더 폭력이라는 사건들 위에 얹힌 동시대의 연결된 서사"로 읽는 것이 "미투 이후 문학비평가"[4]로서 해야 할 일이라면, 비교적 최근에 발표된 김멜라의 「적어도 두 번」[5]을 이 소설과 함께 읽는 것 역시 하나의 독법이 될 수 있을 것이다. 따라서 이 글은 임현의 「고두」와 김멜라의 「적어도 두 번」을 붙여 읽음으로써 이러한 소설들을 읽는 독법에 대한 질문을 제기하고자 한다. 이러한 질문 제기는 문학에서 문제작이란 무엇일 수 있는지에 대한 논의까지 나아갈 수 있을 것이다.

2. '어떻게' 그리고 '누구에게' — 임현의 「고두」

「고두」를 둘러싼 독자들의 반응에 대한 가장 기민한 응답 중 하나는 황현경 평론가의 「윤리냐 도덕이냐」[6]가 아니었을까. 「고두」가 수록된 소설집 『그 개와 같은 말』의 해설을 쓰면서 임현의 작품들을 이

4) 서영인, 같은 글, 227쪽.

5) 김멜라, 「적어도 두 번」, 『자음과모음』 2018년 봄호. 이하 인용시 본문에 쪽수만 밝힌다.

6) 황현경, 「윤리냐 도덕이냐」, 『문학과사회』 2017년 겨울호. 이하 인용시 본문에 쪽수만 밝힌다.

미 꼼꼼하게 독해했을 그는, 이 소설을 불편해한 독자들이 "결코 간단하다고는 할 수 없는 소설적 재현의 작동 방식을 제대로 이해하지 못"(409쪽)했다며 그 해석에 문제를 제기한다. 그의 주안점은 「고두」에서 제자와 성관계를 맺은 윤리 교사가 나름의 신념에 충실한 "꽤 도덕적"(407쪽)인 인물인 동시에 자기변명에 급급한 "덜 윤리적"인 인물이라는 사실, 그러니까 이 인물은 "옳지 않으나 틀리진 않"(같은 쪽)은 인물이라는 사실에 놓인다. 긴 고백 끝에 결국 자기 폭로에 이르고 마는 이 모순적인 인물은 결국 "우리로 하여금 비윤리적 인물에 질질 끌려다니며 기어이 윤리냐 도덕이냐를 사유하게끔 했다"(같은 쪽)는 것이 이 소설에 대한 황현경 평론가의 요지이다. 그러므로 아이러니한 재현의 형식을 이해하지 못한 채 이 소설에 여혐 딱지를 붙이는 독해는 온당하지 못하다는 것이다.

그의 말이 맞는다. 그의 말대로 「고두」는 "윤리냐 도덕이냐"를 사유하게 하는 독법을 가능케 하는 소설이다.

그러나 문제는 오히려 그 지점에서 발생하는 것 같다. 이러한 명제는 다음과 같은 질문들을 촉발하기 때문이다. 「고두」는 이러한 독법을 '어떻게' 그리고 '누구에게' 가능케 하는가? 즉, 여고생과 성관계를 맺고 그녀를 임신하게 만든 윤리 교사의 변명과 궤변은 '어떻게' 그리고 '누구에게' "윤리냐 도덕이냐"라는 보편적인 사유로 읽히는가? 먼저 '어떻게'를 생각해보면, 이 소설은 중년 남성 교사인 '나'가 자신이 임신시킨 여고생이 낳아 기른 아이에게 훈계하듯 고백하는 방식을 취한다.[7] 그리고 '누구에게'를 생각해보면, 일단은 이렇게 말

7) 이러한 방식은 황현경 평론가가 독자들의 반응 중에서 "그나마 경청할 만한 비판"

할 수 있을 것 같다. 어떤 독자들에게는 이 고백의 서사가 적어도 '윤리냐 도덕이냐'라는 보편적인 사유의 틀로는 받아들여지긴 어려웠던 모양이라고. 소설 안팎에서 밀어붙이는 이 목소리를 지겹도록 들어왔다고 느끼며 그때마다 이 목소리로부터 소외되거나 대상화되었을 어떤 독자들에게는 도저히 그럴 수 없었던 모양이라고 말이다.

뭇 독자들의 비판적 반응은 「고두」라는 소설 자체를 향한다기보다는 이 소설의 서사를 쉽사리 보편적인 윤리와 도덕의 문제라고 끌어올리는 독법을 향해 있었을 것이다. 다시 말해 독자들의 반응이 뜨거워진 까닭은 「고두」가 "여혐 소재를 단순히 탐닉하거나 재생산하지 않고, 오히려 사회 내에서 작동하는 가치 규범들이 얼마나 위선적이고 기만적인지를 폭로하기 위한 장치의 일부로 사용"[8]했다는 사실을 까맣게 몰랐기 때문이 아니라, 왜 그런 것도 모르냐는 준엄한 목소리에 자신들의 자연스러운 반응과 독해가 억눌리거나 틀린 것으로 구획된다고 느꼈기 때문이 아닐까.

이라고 인정한 물음, 즉 "윤리와 도덕이라는 민감한 문제를 다루는 데 있어 하필 여제자와 잔 선생을 등장시켜야 했냐는 물음"(409쪽)을 촉발한다. 그러나 그는 이 핵심적인 물음에 대한 나름의 답을 제시하는 대신, 「고두」가 '문단 내 성폭력' 고발이 시작되기 전에 쓰였다는, 다소 맥락이 다른 이야기를 꺼낸다. 이러한 사실 관계의 확인은 작가 임현을 불필요한 오해로부터 구제하는 데 필요한 말이었을 것이다. 그러나 문단 내 성폭력이 '폭로'된 시기는 이 소설을 둘러싼 독법과는 거의 무관하다. '문단' 내에서 성폭력 문제가 '폭로'되기 이전에도 한국사회 전반에서 이러한 문제로 고통받아온 사람들이 존재해왔으며, 「고두」에 대한 뭇 독자들의 비판적인 반응은 그것이 '폭로'된 시기 자체보다는 그러한 문제를 몸소 겪어온 오랜 경험과 더 연관되어 있기 때문이다. 그가 "그나마 경청할 만한 비판"(409쪽)이라고 인정한 이 물음의 타래는 결코 적지 않았다. 이 글은 어쩌면 그가 제기했으나 답하지는 않은 이 물음에서부터 시작된 글이다(황현경, 같은 글 참조).

8) 이은지, 「자기기만 시대의 도덕과 사랑」, 한겨레, 2018. 1. 21.

문제가 소설이 아닌 독법에 있다면, 이제 「고두」라는 소설에서 논의를 연장해나가기보다는 이러한 독법을 다각도로 조명해볼 수 있는 다른 소설을 함께 읽어보는 일이 한결 생산적일 것이다. 그러니 방향을 바꾸어 이렇게 상상해보는 것은 어떨까? 만약 미성년과 성관계를 맺은 뒤 자신의 행동을 회고하며 변명하고 있는 화자가 「고두」의 '나'처럼 '중년' '남성' '교사'가 아니라면? 그처럼 존재의 조건만으로도 권위를 부여받은 화자가 아니라면? 예컨대 '이십대' '여성' '학생'이라면? 게다가 한국문학에서 좀처럼 드물게 재현되는 레즈비언이라면? 그래서 그녀가 가해자로 지목된 성추행 사건의 피해자가 미성년 여성이라면? 그것도 앞을 보지 못하는 시각장애인이라면? 그렇다면 우리의 독법은 어떻게 달라지는가?

3. '유파고'를 죽인 자리에—김멜라의 「적어도 두 번」

이 몇 겹의 복잡한 질문을 하나의 이야기로 엮어내고 있는 소설이 김멜라의 「적어도 두 번」일지 모른다. 이 만만치 않은 소설에 대해서 이야기하기 위해 먼저 줄거리를 소개해야겠다.

이 소설의 화자인 '나'는 레즈비언인 이십대 여대생이다. '나'는 자신이 '유파고'라고 부르는 건축과 교수 남성에게 메일을 보내며 무언가를 고백하겠다고 한다. (그녀는 메일에서 '선생님'이라는 단어를 '유파고'로, '아버지'라는 단어를 '줄파추'로 바꾸어 쓴다.) 첫째로 그녀가 고백하려는 것은 자신이 세 살 때부터 자위를 시작했다는 사실이다. '나'는 중년 남성인 '유파고'에게 당신의 다섯 살짜리 딸의 클리토리스를 상상해본 적이 있느냐고 질문하며, 이런 이야기가 불편하다면 '자위'라는 단어를 '지위'로, '클리토리스'라는 단어를 '클리토리우스'로 바꾸어 쓰겠다고 말한다. 둘째로 그녀가 고백하려는 것은 자신이 맹인학교 학생을 위한 복지관에서 아르바이트를 하면서 만난 열여섯 살 여학생인 '이테'와 있었던 일이다. '나'는 "남다른 신체 발육과 당당한 자세"(82쪽)를 가진 건강하고 밝은 모습의 이테에게 수학을 가르치면서 점점 가까워진다. 어느 날 아파서 수업에 빠진 이테의 집으로 직접 찾아간 '나'는 뜨거운 죽을 옷에 쏟은 이테가 옷을 벗고 몸을 샤워기의 물로 씻는 것을 돕는다. 씻고 나온 뒤 따뜻한 침대 위에 누워 이야기를 나누다가 '나'는 이테에게 자위하는 법을 알려주게 되고, 이테는 "재밌어요. 유파고랑 하니까"(98쪽)라고 말하며 적어도 두 번은 해보고 싶다고 말한다. 그러나 이테가 잠시 잠든 사이 갑작스러운 동정심에 휩싸여 그녀의 클리토리스를 핥는 순간 그 장면을 목격한 이테의 아버지에게 '나'는 고소를 당하고 만다. 이 이야기를 '유파고'에게 고백하면서, '나'는 둘 사이에는 아무런 강요도 없었기 때문에 자신은 죄책감을 느끼지 않는다고 말한다. 부끄러운 점이 있다면 이테를 동정했었다는 사실뿐이라고 말이다.

「적어도 두 번」을 「고두」와 겹쳐 읽는 것은 어렵지 않아 보인다. 두 소설에서 모두 화자가 실제로 미성년자를 강제로 추행했다고 볼 수 있는지 여부는 중요하지 않다. 「고두」에서 연주는 '나'에게 사랑한다는 말을 남긴 채 학교를 떠나고 「적어도 두 번」에서 이테는 '나'에게 자위하는 법을 배운 뒤 호기심을 머금은 듯 "또 해도 돼요?"(같은 쪽)라고 묻기 때문이다. 중요한 것은 성년인 선생이 미성년인 제자와 성적인 관계를 맺은 뒤 스스로 그 사건을 회상하며 고백하고 있다는 사실에 있다. 두 소설의 '나'는 모두 자신을 변호하기 위해 말을 길게 늘어놓지만, 고백이 거듭될수록 그것은 자기 폭로에 가까워진다. 그러니까 「고두」와 「적어도 두 번」은 '이성애자 중년 남자 교사'와 '동성애자 이십대 여자 대학생'이라는, 정반대의 조건을 지닌 듯한 화자들을 내세우고 있지만 자기변호를 할수록 자기 폭로에 가까워진다는 아이러니를 재현하고 있다는 점에서는 매우 비슷하게 읽히는 것이다.

그러나 「적어도 두 번」이 「고두」와 결정적으로 다른 점이 있다. 그것은 이러한 긴 고백이 대상으로 삼는 청자다. 「고두」의 이성애자 중년 남자 교사 '나'가 자신이 임신하게 만든 여고생이 낳은 아이, 즉 자신의 가난한 자식에게 훈계하듯 고백한다면, 「적어도 두 번」의 동성애자 이십대 여자 대학생 '나'는 자신과 한때 "은밀한 신뢰를 나눈 사이"(76쪽)였던 중년 남성인 건축과 교수에게 고해하듯 고백한다. 이 고백이 흘러가는 방향은 정반대인 것처럼 보인다. 「고두」에서는 권위를 가진 자가 권위를 가지지 못한 자를 향해 내려보내는 고백이었다면, 「적어도 두 번」에서는 권위를 가지지 못한 자가 권위를 가진 자를 향해 올려보내는 고백인 것이다. 그래서인지 「적어도 두 번」의 '나'는 청자인 '유파고'가 자신의 고백에 귀기울이지 않을 것임을 상정하고 말을 하기 시작한다.

누군가에게 고백을 한다면 그 사람은 다른 이의 말을 잘 들어주거나 이해심이 많은 사람일 겁니다. 그렇다면 유파고는 노. 유파고는 학생들의 앓는 소리나 넋두리에 질색을 하니까요. (……)

여러모로 유파고는 제 고백을 들어줄 만한 분이 아닙니다. 더구나 섹슈얼에 관한 이야기는 오해의 소지가 많으니까요. 이십대 여학생이 남자 유파고에게 이런 편지를 쓴다면 사람들이 손가락질하겠죠. 저도 이런 편지를 쓰게 될 줄 몰랐습니다.

저는 유파고의 죽음을 생각합니다.

이 말이 대답이 될까요.

저는 매일 유파고의 죽음을 생각합니다. 왜 이런 메일을 쓰는지 이유를 묻는다면 이 말밖에 떠오르지 않는군요. 생각은 보통 '든다고' 하죠. 하지만 저는 유파고의 죽음이란 생각을 '만났습니다.' 지금부터 그 얘길 해드리겠습니다.(「적어도 두 번」, 75쪽)

이 소설의 서두에서 흥미로운 것은 '나'가 '유파고'에게 고백을 하기 위해 그의 죽음을 만나야 했다는 사실이다. '나'가 '유파고'의 죽음을 상상한 이후라야 비로소 고백을 시작할 수 있었던 이유는 이렇게 설명된다. 그것은 '유파고'가 "다른 이의 말을 잘 들어주거나 이해심이 많은 사람"이 아니며 "학생들의 앓는 소리나 넋두리에 질색을 하"는 사람이기 때문이다. 그렇다면 '나'가 자신의 고백에, 아니, 어쩌면 자신의 존재에도 관심이 없을 '유파고'에게 굳이 자신의 이야기를 털어놓으려는 이유는 무엇일까.

그 이유를 어쩌면 「고두」와 함께 읽음으로써 찾아볼 수 있지 않을까? 그러나 두 소설의 두 '나'를 같은 자리에 포개는 방식이 아니라 두 소설을 연쇄적인 흐름으로 읽어내는 방식을 통해서 말이다. 그러니까 어쩌면 「고두」의 윤리 교사는 「적어도 두 번」의 건축과 교수인 '유파고'가 아닐까? 그리고 「고두」에서 윤리 교사와 성관계를 맺어 임신하고 학교를 떠나야 했던 연주는 「적어도 두 번」에서 시각장애를 가진 미성년 여성을 추행했다고 고소된 여대생의 자리에 오게 되는 것은 아닐까? 물론 두 소설의 구체적인 정황이 다르기 때문에 사실적으로 연결되는 이야기라고 보기는 어렵지만, "한때 유파고와 은밀한 신뢰를 나눈 사이였다"(76쪽)는 「적어도 두 번」의 '나'의 말에 기대어 두 소설을 붙여 읽는다면, 이 소설들에 대한 새로운 독법이 가능해진다.

「고두」의 연주가 「적어도 두 번」의 여대생이 되어 윤리 교사가 했던 것과 똑같은 고백을 하기 위해서는, 발화하는 것만으로 부여받을 수 있었던 중년 남성 윤리 교사의 권위, 그래서 보편적인 윤리와 도덕의 문제로 곧장 독해될 수 있었던 그 고백이 가진 권위를 삭제해야만 했던 것 아닐까? 이야기를 들어주는 누군가가 존재해야만 '독백'이 아닌 '고백'이 성립한다고 했을 때, 이십대 레즈비언 여성인 자신의 고백이 윤리 교사의 것과 마찬가지로 (궤변이든 자기변명이든 자기 폭로든) 어떤 목소리로 들릴 수 있기 위해서는, 먼저 그 목소리가 가진 권위의 죽음을 상상해야 했던 것 아닐까? 이십대 레즈비언 여대생이라는 '새로운' 주체의 성욕과 자위와 추행 자체가 너무도 낯설고 불편하고 곤혹스러울 누군가에게 발화하기 위해서는 그럴 수밖에 없었던 것 아닐까?

물론 이 소설이 이십대 레즈비언 여대생의 목소리를 기입함으로써 이 목소리에도 어떤 권위를 부여하거나 힘을 실어보려는 것은 아닐 것이다. 김멜라 작가가 「고두」를 의식하여 그에 대한 소설적 응답으로 「적어도 두 번」을 썼다고 말하려는 것도 아니다. 다만 이 소설은 어떤 질문을 가능하게 한다. 그러니까 「적어도 두 번」의 '나'는 「고두」의 윤리 교사의 고백이 발화되었던 바로 그 자리에 똑같이 서봄으로써 마치 우리에게 이렇게 묻는 것 같다. 「고두」의 윤리 교사의 궤변이 곧장 보편적인 윤리와 도덕의 문제를 다루는 고백으로 끌어올려질 수 있었던 것처럼, 「적어도 두 번」의 여대생의 변명도 그렇게 읽히는가? 여고생과 성관계를 맺고 그녀를 임신하게 만든 윤리 교사의 난관을 이해했을 때처럼, 시각장애를 가진 미성년 여성을 추행했다고 고발된 이십대 레즈비언 여대생의 곤경을 해석하기 위해서, 윤리, 도덕, 정치적 올바름, 보편의 문제, 인간의 이기심, 위선 폭로와 같은 단어들로 곧장 나아갈 수 있는가? 우리에게 지겹도록 익숙한 이 단어들을 해석의 틀로 삼아 「적어도 두 번」의 '나'의 입장을 충분히 파악할 수 있는가? 만약 그럴 수 없다면 왜인가? 무엇이 우리로 하여금 이 긴 고백을 곧장 보편적인 윤리와 도덕의 문제로 승화되지 못하게 만드는가?

그러니까 「적어도 두 번」에서 이십대 레즈비언 여대생의 목소리를 들은 후에야 우리는 비로소 우리에게 너무도 익숙한 어떤 독법에 대해 제대로 질문하게 된다. 즉, 「적어도 두 번」은 「고두」가 '어떻게', 그리고 '누구에게' 보편적인 윤리와 도덕의 문제로 독해될 수 있었는지 그 과정 자체를 묻게 한다. 우리는 누구의 어떤 목소리에 익숙한가? 그리고 누구의 어떤 곤경을 보편적인 문제로 받아들여왔는가? 그동안 소외되었던 주체들을 적극적으로 문학사 속에 기입하려는 시도가 이루어지고 있는 이 시점에서, 「적어도 두 번」은 지금까지 어떤 독법이 이루어져왔으며 앞으로는 어떤 독법이 가능할 수 있을지에 대해 쉽고 선명하게 마무리지을 수 없게 만든다. 우리로 하여금 이러한 독법의 난항 속에서 오래, 그리고 신중하게 머무르게 하는 것. 그것이 「적어도 두 번」이 우리에게 마련해준 독해의 공간이다.

4. 오늘의 우리에게 문제작이란

「적어도 두 번」이 이러한 성취에 이를 수 있는 이유는 기본적으로 이 소설이 이십대의 레즈비언 대학생, 그리고 그녀의 성욕과 자위와 추행이라는, 한국문학에서는 좀처럼 보기 어려운 낯선 대상을 주체로 등장시켰기 때문일 것이다. 이는 최근의 한국문학에서 퀴어라는 존재가 점점 더 가시화되고 있는 주목할 만한 현상과도 맞물린다. "정체성을 고정하고 배치하는 규범적 권력을 넘어서서, 퀴어를 변화를 생산하는 범주로 사유"[9]할 수 있다면, 퀴어라는 새로운 주체를 등장시켜 움직이게 하는 것만으로도 문학에서 새로운 질문을 만들어낼 수 있기 때문이다. 여기에서 "한국문학 시장에서 '타자/소수자(성) 재현에 대한 실험'이라는 명분 없이 성소수자를 서사화하는 일은 거의 시도되지 않으며, 특히 '게이 서사'에 비해 '레즈비언 서사'는 그러한 명분의 중압감을 더욱 강하게 받는다"[10]는 지적을 떠올려볼 수 있다. 더 많은 사람들이 곱씹어야 할 타당한 지적이다. 다만 최근에는 소수자성 재현의 실험에 머무르지 않는 레즈비언 서사도 한국문학에 적지만은 않다는 것을, 김멜라의 소설과 더불어 기억해야 한다.[11]

마지막으로 「적어도 두 번」이 남기고 있는 질문의 성격에 대해서 생각해보자. 이 소설이 이십대 레즈비언 여대생을 주체로 등장시킴으로써 우리가 소설을 읽어온 익숙한 독법을 질문해야 할 대상으로

---

9) 차미령, 「너머의 퀴어」, 『창작과비평』 2017년 여름호, 56쪽.

10) 오혜진, 「비평의 백래시와 새로운 '페미니스트 서사'의 노래」, 『21세기문학』 2018년 여름호, 254쪽.

11) 최근 일이 년 동안 '여성 퀴어의 목소리'를 담아내는 서사가 눈에 띄게 증가하는 추세다. 김멜라뿐만 아니라 권여선, 김혜진, 이나리, 이종산, 최은영, 최진영, 천희란, 황정은 등 많은 작가들이 이러한 흐름 안에 있다. 지난 8월에는 이종산, 김금희, 박상영, 임솔아, 강화길, 김봉곤 작가가 참여하여 고전의 문학작품들을 현대의 퀴어 이야기로 다시 쓴, 큐큐퀴어단편선 『사랑을 멈추지 말아요』(큐큐, 2018)가 출간되기도 하였다.

밀어넣고 있다고 앞서 언급했다. 그렇다면 소설이 우리에게 줄 수 있는 좋은 질문이란 무엇일까? 만약 몇몇 비평의 해석대로 「고두」라는 소설을 보편적인 윤리와 도덕의 문제로 독해해낸다면, 「고두」는 중년 남성인 윤리 교사의 자기 고백을 통해 어떠한 도덕도 끊임없이 의심하고 반성해야 한다는 명제를 훌륭하게 재현하고 있는 소설일 것이다. 만약 이 소설이 진리라고 확신한 것들이 아닐지도 모른다는 의심을 집요하게 밀어붙이는 서사라면, 그래서 독자로 하여금 화자의 말을 거듭 의심하게 하면서 도덕과 윤리의 낙차를 사유하도록 만들어진 서사라면, 그것은 의심 자체가 아니라 '의심해야 한다'는 믿음이자 답을 보여주고 있는 것 아닐까. 이 경우에 「고두」는 좋은 답을 주는 소설일 수는 있지만 좋은 질문을 던지는 소설은 아니게 된다.

소설이 우리에게 줄 수 있는 좋은 질문이란 그 작품이 속해 있는 당대 사회의 가망과 한계를 동시에 건드리는, 그래서 그 사회에서 이미 굳어진 익숙한 가치판단과 해석의 방식을 물음에 부치는, 결국에는 우리가 안다고 생각해왔던 문학이 오늘의 우리에게 무엇일 수 있는지 점검하게 하는 질문이 아닐까. 그런 질문으로서의 소설을, 우리는 문제작이라고 부를 수 있을 것이다.

(2018)

다가오는 것들
—비평사의 반복과 '역사 쓰기'로서의 비평

역사는 정체성의 뿌리를 발견하게 하지 않는다.
그것이 흩어지는 데 기여할 뿐이다.
—미셸 푸코, 「니체, 계보학, 역사」[1)]

구조를 말할 때 우리가 이야기하는 것

2020년 한국문학 비평장은 어떻게 기억될까. 누군가는 제도 비평의 해라고 말할지도 모르겠다. 1월 초 이상문학상의 불합리한 관행을 비판한 소설가들이 수상을 거부했고, 전년도 대상 수상 작가가 절필을 선언했으며, 창작자의 저작권, 선인세 및 원고료 지급을 비롯한 공정 계약 조건에 대한 논의가 이루어졌다. 지난여름에는 지인과의 사적 대화를 소설에 무단 인용했다는 논란에 휩싸인 김봉곤 소설가가

1) Michel Foucault, "Nietzsche, Genealogy, Hisotory." *Language, counter-Memory, Practice: Selected Essays and Interviews*. Ed. D. F. Bouchard. Ithaca: Cornell UP, 1980, p. 162.

이를 인정하고 피해자에게 사과했으며,[2] 출판사들은 해당 소설이 포함된 도서를 환불하는 등 후속 조치를 이어나갔다. 올해 연달아 발생한 사태와 이어진 논의들은 현재 한국문학 비평이 유지되는 시스템을 비판적으로 성찰해야 한다는 반성을 불러일으키고 있다.

제도 비평 문제는 한국문학 비평사에서 오랫동안 다기하게 누적되어온 복합적인 현안이다. 2000년 초반과 2015년의 문학 권력 논쟁으로 "불신과 감정적 앙금은 후배 세대들에게 고스란히 '거대한 유산'으로 상속되었다"[3]는 진단이나 "열심히 일을 했을 뿐인데 계속 부조리에 얽히게"[4] 된다는 체념이나 "연좌제 같은 걸 당하는 기분"과 "죄의 대속을 자연스럽게 받아들이고 있다는 느낌"[5]에 빠져들었다는 고백은, 오늘날의 문학장에서 불거지는 구조적인 문제들을 더 넓은 견지에서 살펴보아야 할 필요성을 제기한다.

한국문학사에서 제도 비평은 "'좁은 의미'의 정치성이 문학과 비평에 과잉 규정력으로 작용하던, 그래서 비평의 존재 이유 역시 거기서 크게 자유롭지 못하던 상황에서 한 발 비켜선"[6] 1990년대부터 본격적으로 담론의 영역에서 다루어졌다. 이후 비평의 작동 양상과 재생산

---

2) 2021년 10월, 법원은 김봉곤의 소설에 사적 대화가 동의 없이 인용되어 명예가 훼손되었다는 손해배상 청구 소송에 대해 무단 인용이 인정되지 않는다며 원고 패소 판결을 내렸다.

3) 한영인, 「문학성(文學性)에서 문학성(文學+城)으로, 그리고 그 밖으로」, 『문학과사회 하이픈』 2017년 봄호, 89쪽.

4) 윤이형, 이상문학상 사태 입장문, 2020. 1. 31.

5) 박선우, 「뚫린 입」(노땡큐 1회), 웹진 비유 2020년 3월호.

6) 이성욱, 「비평의 길—90년대 비평의 흔적에 관하여」, 『비평의 길』, 문학동네, 2004, 15쪽.

메커니즘에 대한 성찰이 이어져왔지만, 올해는 유독 세대론에 입각해 비평장의 구조를 검토하려는 시도가 눈에 띄는 것 같다. 노동자로서의 평론가가 처한 경제적인 상황을 '젊은 평론가'로 호명되었던 시기의 원고료를 통해 밝히거나[7] 신인비평상을 둘러싼 비평장의 구조적 욕망을 논하거나[8] 신인 평론가의 입장에서 올해 불거진 논란들을 시인 세대론과 연결하여 분석하거나[9] 비평장이 위기에 빠진 원인을 '새로운 비평가'들의 인정투쟁 욕망과 세대 단절 의식에서 찾는[10] 글이 연이어 발표되었다. 한국문학 비평의 구조적인 문제를 이야기할 때, 이들은 왜 '비평가의 세대'를 집중적으로 호명하고 있는 것일까. 그리고 이러한 진단이 지금 우리에게 말해주고 있는 것은 무엇일까.

'비평가 세대론'의 함정과 '문학사 단절'이라는 착시

한국문학장에서 '비평가의 세대'가 가지는 의미를 생각해보기 위해 먼저 2016년과 2020년에 각각 제출된 강동호의 글을 비교하여 살펴볼 필요가 있다.

> (가) 우리 세대의 무기력을 표현하는 무수한 수식어들, 이를테면 '헬조선' 'N포 세대' '달관 세대' '흙수저' 등의 암울하기 짝이 없는 표현들은 우리 세대가 그 무엇도 생산하지 못한 채 그저 기성세대가 구축한 사회적 조건을 굴종적으로 승인하고 있음을 강조하는 익숙

---

7) 장은정, 「지나간 미래」, 『자음과모음』 2020년 봄호.

8) 이은지, 「신인비평상의 구조적 욕망과 환상」, 『문학과사회 하이픈』 2020년 여름호.

9) 임지훈, 「우리는 이쁘고 강합니다. 우리는 춤을 춥니다.」, 『문학동네』 2020년 가을호.

10) 강동호, 「비평의 시간—김봉곤 사건 '이후'의 비평」, 『문학과사회』 2020년 가을호.

한 진단들이다. (……) 그런데, 이러한 구조적 한계에 집착한 나머지 어떤 착시효과가 나타나는 것은 아닐까. 절망과 포기를 지나치게 강조함으로써 젊은 세대의 능동성과 의지를 평가절하하는 한편, 현실에 대한 책임을 새로운 세대에 전가시키는 이중의 착시효과 말이다. (……) 기성세대의 상상력으로는 포착될 수도, 평가될 수도 없는 이와 같은 국지적이고 탈영토적인 싸움들은 새로운 세대가 앞으로 펼쳐나갈 세계가 전혀 다른 전망과 기획 속에서 태동한다는 점을 예고하고 있기 때문이다. (……) 우리 세대는 이 망해버린 현실에 대해 실질적인 책임이 없다. 과거로부터 물려받은 것이 없기 때문이다. 그럼에도 불구하고 우리는 그러한 현실에 저항해야 할 어떤 지적/정치적 의무를 느낀다. 책임은 없지만 의무를 느끼는, 말하자면 끼어 있는 세대. 혹 이것이 우리의 윤리적/정치적 근거지가 될 수는 없을까.[11)]

(나) 여기서 내가 제안하고 싶은 가설은, 비평의 속도가 단지 일시적이고 외재적인 특징에 한정되는 것이 아니라, 이전 문학에 대한 단절적 역사 인식과 그에 힘입은 목적론의 결과와 깊은 관계가 있다는 것이다. 과거 비판을 통해 새로운 현재와 미래를 열겠다는 선의지[나—인용자] (……) 비판 대상 주체의 기원적 실정화는 그 의도와 달리, 비판 대상의 권력을 사후적으로 강화하면서 동시에, (의도하지 않았던) 거울 효과를 낳을 가능성이 크다는 점에서도 문제적이다. 이렇게 물어보자. 90년대 문학주의에 대한 비판을 비평적 입각점으로 설정한 최근 비평들의 선명한 세대적 선 긋기 작업은, (……) 과연 기존

11) 강동호, 「새로운 싸움을 모색하며」, 『문학과사회』 2016년 가을호, 34~37쪽.

의 문학주의가 발휘했던 방식의 배제와 포섭의 메커니즘으로부터 자유롭다고 자신할 수 있을까. (……) 비동시적인 것들이 동시적으로 공존하는 장소로 현재를 재인식하는 비평은, 과거에 대한 단절적 선언과 미래를 향한 목적론적 기투를 통해 형상화되지 않는다. (……) 당대의 작품들을 적극적으로 호명하는 가운데 이전 세대의 문학과 비평을 대타화하는 비평 담론 형식. 당대의 문학에 대한 세대론적 호명에 참여하게 만든 오래된 인정투쟁 체제는 1990년대 이래로 지금까지 건재하다.[12]

2016년 강동호는 자신이 "과거로부터 물려받은 것이 없"으며 "구조적 한계"나 "기성세대의 상상력으로는 포착될 수도, 평가될 수도 없는" "전혀 다른" 전망과 기획 속에서 "새로운 세대"의 "새로운 싸움을 모색"하겠다고 선언한다. 그리고 사 년 후인 2020년에는 "새로운 비평가"들이 "선명한 세대적 선 긋기 작업"과 "세대론적 인정투쟁의 분리주의"로 "과거에 대한 단절적 선언과 미래를 향한 목적론적 기투"를 보이고 있으며 결과적으로 "기존의 문학주의가 발휘했던 방식의 배제와 포섭의 메커니즘"에 귀속되고 있다고 비판한다.

과거의 그와 현재의 그가 서로를 치열하게 비판하는 것처럼 보이는 두 글의 입장 차는 그의 자의식이 '새로운' 세대에서 기성세대로 바뀌었기 때문일 수도 있을 것이다. 그러나 그러한 차이보다 더 중요한 것은 두 글 모두 비평가의 '세대'를 한국문학 비평의 기본 단위로 상정하고 있다는 사실이다. 그는 2016년의 글에서 세대적인 자의식을

12) 강동호, 「비평의 시간—김봉곤 사건 '이후'의 비평」, 420~428쪽.

"윤리적/정치적 근거지"로 삼으며 그것을 "새로운 세대 동인을 표방하는 『문학과사회』의 문학적/정치적 입장"이라고 말하고, 2020년의 글에서 최근의 비평들이 세대적 단절의 자의식을 보이고 있다며 비평적 지형도를 그리는 기준으로 '세대'를 앞세운다. 그러니 먼저 물어볼 것은, 비평가의 세대가 왜 이렇게 중요한 기준으로 여겨지고 있는가다.

우선 강동호가 근래 퀴어, 페미니즘 비평을 수행하는 "최근 비평"의 '유일한' 분석 대상으로 삼고 있는 김건형, 인아영의 글에서 과거 비평에 대한 세대론적 단절이 나타난다는 논리를 교정한 후에야 제대로 된 논의가 가능해진다. 그가 '세대론적 단절론'의 근거로 부분 발췌한 두 사람의 글을 간단히 살펴보면, 기존 비평사의 권위와 남성중심주의 기율을 비판적으로 점검해온 앞선 페미니스트 비평가들의 작업에 영향을 받고 그 연속선상에서 담론을 이어나가고자 하는 비평 의식을 어렵지 않게 발견할 수 있다.

김건형은 기존 문학사의 '순정한' 문학이 이미 젠더화된 개념이자 수행이었음을 드러낸 오혜진, 조연정, 김미정, 백지은, 허윤, 김나영, 신샛별의 논의가 축적해온 비평사적 가치와 의미를 언급하면서, 서영인과 인아영이 서로 영향을 주고받으며 '여성 청년'이라는 젠더적 독해 도구를 성찰, 갱신하는 과정에서 "비평적 호명이 내포한 상호 대화적 공동성"[13)]이 나타나고 있음을 짚어낸다. 인아영은 2014년 세월호 참사 이후 비평계의 변화를 경유하며 문학성에 관한 근본적

13) 김건형, 「소설의 젠더와 그 비평 도구들이 지금」, 『문학과사회 하이픈』 2019년 가을호, 34쪽.

인 성찰이 이루어져왔음을 소영현, 조연정, 장은정, 강지희의 비평이 그려온 연속적인 흐름 위에서 설명하고,[14] "젠더를 고려하지 않은 채 진정성을 단순히 세대적인 문제로만 파악하는 것은 대상의 단면만을 보는 일"[15]이라며 세대론에 대한 문제의식을 설정한다. 강동호가 세대론적 단절의 근거로 직접 인용하고 있는 대목들의 방점은 '세대'가 아닌 '시대'에 놓여 있거나[16] (문학장에서 비평 작업을 수행하는 비평가가 아니라) 독서 행위를 정치적 수행성으로 이해하는 독자의 세대[17]에 찍혀 있음을 모르기란 쉽지 않다. 애초 최근에 페미니즘 퀴어 문학비평에서 세대론이 중요한 키워드인 적이 없었거니와, 오히려 '세대'를 넘나드는 대화나 한국사회의 '시대'적인 분기점 및 사회운동, 혹은 다른 예술계와의 영향 관계가 관심의 대상이었다는 것은 주지의 사실이다.

그러나 그는 김건형, 인아영이 문학사를 젠더링, 퀴어링하면서 실질적으로 겨냥하고 있는 대상이 "1990년대 이후에 수립된 문학주의적 테제"이며 "1990년대 이후의 특정 비평 담론"에 대한 비판적 문제의식을 보이고 있다고 분석한다.[18] 김건형, 인아영이 정말 비판의 기점을 1990년대로 설정했는지, 스스로 달아둔 여러 각주에서 읽히듯이 1990년대 비평사를 공부하는 연구자로서의 관심이 동시

14) 이 책에 수록된 「시차(時差)와 시차(parallax)—2010년대의 문학성을 돌아보며」, 165~166쪽 참조.

15) 이 책에 수록된 「눈물, 진정성, 윤리—한국문학의 착한 남자들」, 144쪽 참조.

16) 이 책에 수록된 「시차(時差)와 시차(parallax)」, 163~166쪽 참조.

17) 강동호·김건형·박혜진·정소연·인아영 좌담, 「독자를 다시 생각한다」, 『문학동네』 2019년 겨울호, 142~143쪽, 김건형의 발언 참조.

18) 강동호, 같은 글, 413쪽.

대 문단에 과잉 투사된 면은 없는지, 두 사람의 궁극적인 비판 대상이 1990년대 문학비평이라고 적극적으로 읽어내는 독해는 "비판 대상의 권력과 영향력을 과잉 평가하고 수행적으로 승인할 (……) 위험"[19]이 있다는 자신의 우려를 스스로 체현하고 있는 셈이 아닌지, 정작 "90년대 이후의 문학주의를 하나의 단일한 기원으로 실체화·실정화"하고 있는 것은 "90년대 이후 문학장이 비평(가)을 재생산하고, 특정한 스타일의 글쓰기(비판 없는 섬세한 독해)를 하나의 유력한 모델로 인식하게 만드는 진실의 체계"[20]를 분석해야 한다고 연이어 강조해온 자신의 주장이 아닌지, 제도 비평과 담론 분석을 뒤섞는 접근이 사태를 흐리고 있지는 않은지[21] 비판적으로 따져볼 여지가 있다.

'시대'와 '세대'라는 기본적인 개념이 혼동되고 있는 까닭이 그가 둘을 구별하지 못하기 때문은 아닐 것이다. 중요한 것은 '세대'라는 개념을 어떻게 인식하고 있느냐다. 즉, 문제는 앞선 페미니스트 비평에 대한 적극적인 계승 의식과 과거 남성 중심적 문학사/비평사에 대한 단절 의식이 동시에 드러났을 때 후자만을 인식하고 의미화하는 시각 자체다. 이는 문학사/비평사의 세대적인 연속/단절에 관

19) 같은 글, 421쪽.

20) 같은 글, 433쪽.

21) 한국문학과 비평을 위기로 진단하는 과정에서 문학의 물적 토대나 존재 기반을 '담론'으로 환원하여 설명하려는 시도는 1990년대 이래로 종종 있어왔다. 이성욱은 이를 두고 다음과 같이 말하기도 했다. "그 위기를 논함에 있어 문학을 포함하는 현실 변동 전반에 관한 관심 및 설명에서 출발하는 것이 아니라 거꾸로 그 외부 규정요소를 종래의 문학으로 해석하고자 하는 도립된 형국을 보여주고 있다는 것이다. (……) 거기에는 문학이 이데올로기적 형태라는 혹은 역사적 구성물이라는 문제설정이 들어갈 자리는 없게 된다."(이성욱, 「문학 쟁점의 재정립과 지반 확대의 필요성」, 같은 책, 71~72쪽)

한 중요한 질문을 던진다. 세대론의 역사를 서사화하는 주체의 입장에 따라 어떤 것은 단절로, 어떤 것은 계승으로 재단되고 있지는 않은가? '진정성' 테제를 젠더링, 퀴어링하려는 비평에서 문학사의 세대적 단절만을 읽어내는 그의 관점은 남성 비평가 중심의 내적 계보만을 전제해야 성립 가능한 것이다. 이러한 시각은 그간 상호 교섭하며 다양하게 축적되어온 페미니스트 비평의 세대 간 대화를 누락하고 그 정치성이 축적되어온 맥락을 삭제한다. 또한 단일하고 근본적이라고 상정되는 남성 중심적 비평사 내부의 연속성과 권위 체계를 복권하고 그것을 떠받드는 종류의 문학주의를 재생산한다. 물론 세대론 자체가 긍정적이거나 부정적이기만 한 것은 아니다. 다만 그 정치적인 소용을 고려할 때, 세대론은 극소수의 주체들의 담론과 수행으로 역사가 구성, 축적, 진행되는 듯한 착시를 일으킨다. 그리고 다양한 주체가 역동적으로 개진하고 경합하면서 축적하는 역사를 특정 세대와 그 대표자의 전유물로 만들 위험이 있다.

비평 담론에서 "세대 요소를 떨쳐내기 쉽지 않은 이유는 세대가 주체의 단위로서뿐만 아니라 역사 쓰기의 테크놀로지로서도 용이하기 때문"이다. 역사 쓰기에 있어 "새로운 세대의 출현이라는 사건"은 유용하고도 편리한 단위임에 틀림없다.[22] 다만 만하임이 말했듯 세대가 단지 동시대성을 공유하는 연령집단이 아니라 사회 변동의 주체 모델이라면, 중요한 것은 새롭게 발견된 세대가 과거의 어떤 빈자리를 채우고 있는지 소급하는 일이 아니라 그 세대가 새로운 사회 변동을

22) 조선정, 「포스트 페미니즘과 그 불만—영미권 페미니즘 담론에 나타난 세대론과 역사쓰기」, 『한국여성학』 30권 4호, 2014, 68쪽.

가능케 하는 어떤 역사적, 사회적 조건과 맞물려 있는지 이해하는 일이다. 그렇지 않고서 세대로 환원하는 역사 쓰기는 현실의 정치적 차이를 배태하는 복잡한 맥락을 단순화하고 역사의 다양성과 역동성을 비가시화하여 역사를 예측 가능한 것으로 고정하거나 왜소하게 만드는 착오로부터 자유로울 수 없다.[23] 그리고 무엇보다 비평의 역사에 대한 앎에 도움이 되기 어렵다. 비평사가 과거에 구축된 특정 집단의 누적된 이해관계에 따라 고정되어 있는 것이 아니라 그것과 관계 맺고 있으면서도 다양한 조건을 가진 개별 행위자들의 수행과 새롭게 창발하는 문학 텍스트로 인해 끊임없이 역동하는 것이라면, 우리에게 필요한 것은 그 배치의 통치성을 반복적으로 재확인하는 일이 아니라 예측불가능하고 미세한 변화를 포착하면서 역사 쓰기의 열려 있는 공론장을 만들어나가는 일일 것이다.

'젊은 평론가'라는 볼모와 비평 위기론의 보수성

비평가 세대론의 또다른 양상은 '젊은 비평가' 혹은 '새로운 비평가'라는 수사와 연관되어 나타난다.

> (가) 2010년대 후반에 등장한 1990년대생의 일군의 평론가들이 그 빈자리를 채우고 '젊은 평론가'라는 호명을 통해 여러 젊은 작가들을 조명하는 자리에 동원되며 2010년대 후반부터 새로운 담론을 재생산해내고 있기 때문이지요. (……) 그들은 충분한 금액을 보상받고 제대로 된 계약서를 쓰면서 일을 하고 있을까요? 2020년에 활발

---

23) 같은 쪽.

히 활동하고 있는 젊은 평론가들이 10년 전에 했던 자신들의 활동들을 저처럼 되짚어보았을 때, 부디 자신이 어떤 업무를 맡았는지 정확히 알아볼 수 있는 공식적인 계약서와 그에 적힌 계약 내용이 충실히 이행된 입금 내역이 발견되기를 소망합니다.[24]

(나) 이번 사건은 기성 문학과 차별화된 문학적 세계를 모색하고자 했던 비평장의 의욕적인 움직임에 충격을 안길 만한 일이었으며, 특히 새로운 세대의 비평가들로 하여금 메타적 자기반성을 요청하게끔 만든 사건이 아닐 수 없다. (……) 담론의 층위에서는 새로운 비평가들이 제시했던 어젠다가 폭넓게 공유되었던 것은 부인할 수 없는 사실이다. 관련하여 '페미니즘과 퀴어'의 문제의식으로 인간과 사회, 그리고 문학에 관한 새로운 질문을 던지는 작품들을 향한 비평적 지지가 이어졌으며, 시장에서의 독자들이 보여준 적극적인 호응과 주요 출판사들의 활발한 마케팅까지 동반된 것은 주지의 사실이다.[25]

장은정은 이상문학상 사태 이후 노동자로서의 평론가가 처해 있는 조건에 대해 문제 제기하면서 이른바 '주니어 평론가 시스템'이라는 구조 안에서 '젊은 평론가'로 호명되어 적은 임금을 받으면서 작가를 조명하고 담론을 생산하는 데 동원되었다고 고발한다. 한편 강동호는 '김봉곤 사적 대화 무단 인용 사태' 이후 한국문학장의 '비평의 무능'을 구조적, 역사적으로 분석해야 한다고 말하며 '새로운 세대의

24) 장은정, 「지나간 미래」, 52쪽.

25) 강동호, 같은 글, 404~409쪽.

비평가들'이 세대론적 인정투쟁 욕망 때문에 목적론적으로 독자를 추수하고 무기력하게 출판 시장에 견인되었다는 점에서 이번 사태의 원인을 찾는다. 장은정은 "후배들은 저보다 더 나은 대우를 받으면서 노동자로서 일할 수 있는지"[26] 묻는 것도 글의 중요한 목적 중 하나라고 밝히며 다음 세대의 노동조건 개선에 대한 유기적인 부채감을 드러내고 있는 한편 강동호는 이번 사태가 "새로운 세대의 비평가들로 하여금 메타적 자기반성을 요청"하게 만든다면서 페미니즘 퀴어 비평의 공과를 특정한 세대의 전유물로 분리한다는 점, 그리고 장은정은 2009년에 등단하여 십여 년 동안 비평장에서 어떤 작업을 해왔는지 설명하며 비평장의 구조에서 자신의 위치를 명확하게 설정하여 논의하는 반면 강동호는 사태를 분석하기 위해 한국문학 제도에 속한 특정 세대 비평가들을 역사철학적인 층위에서 검토해야 한다고 말하면서 그 구조 안에서 발화하는 자신의 세대적 위치를 드러내지 않는다는 점, 그리고 무엇보다 장은정은 '젊은 평론가'를 부당한 대우를 받고 착취당하는 구조의 '희생자'로 여기는 반면 강동호는 인정투쟁 욕망으로 인해 출판 시장 및 독자와 담합하는 구조의 '표면적 원인 제공자'로서 파악한다는 점에서 두 글은 반대편에 놓인 것처럼 보인다.

그러나 일견 다른 사태에 대해 다른 입장에서 다른 해석을 내리는 것처럼 보이는 장은정과 강동호의 글은 한국문학 비평의 제도적인 문제를 세대 구획을 통해 인식하고 '젊은 평론가'를 그 구조의 핵심적인 증상으로 진단하고 있다는 점에서 같은 인식 틀을 공유하고 있다.

---

26) 장은정, 같은 글, 53쪽.

한국문학 비평 시스템을 점검하면서 '젊은 평론가'를 분석 대상으로 삼은 사례는 예전에도 있었다. 김대성은 2015년 신경숙 표절 사태 당시에 비평가들이 침묵한 원인 중 하나로 '주니어 시스템'을 들며 이것이 이삼십대 젊은 비평가들에게 "침묵을 암묵적으로 강요하는 구조적 장치"[27]가 된다고 비판한 바 있고, 2016년 『문학과사회 하이픈』에서 주최한 '우리 세대의 비평' 좌담에서는 '젊은 비평가'라는 수식과 그들의 수행성 문제를 다룬 적이 있다. "시스템이 재생산을 위해 원석을 고르든 성장시키든 새로운 자원을 확보하고 실력을 테스트해보는 절차 자체는 어느 분야에나 있는 일이라, 그 자체가 유별난 문제라고까지는 생각하지 않"[28]는다는 발언도 있었지만, 대체로 '젊은 평론가'라는 호명과 그들이 비평 담론장 안에 배치되는 위치에 대한 문제의식은 느슨하게나마 공유되었던 것으로 보인다.

이러한 논의들이 다루고 있는 비평 시스템의 권력 기제는 더욱 비판적으로 성찰되어야 하며 특히 문학장에 새롭게 진입한 행위자들의 비평적 자율성을 보장할 수 있는 시스템이 더욱 적극적으로 마련되어야 한다. 특히 평론가의 노동환경과 경제적인 조건에 대한 장은정의 문제 제기는 흔히 권력 집단으로 뭉뚱그려져 이야기되곤 하는 평론가들의 처우를 가시화한다. 편집위원직이나 교수직을 얻지 못한 신인 평론가들의 불안정한 조건과 취약한 위치가 논의의 사각지대에 있어왔다는 점을 고려한다면, 이러한 평론가들의 노동환경을 제고하

---

27) 김대성, 「한국문학의 '주니어 시스템'을 넘어」, 『창작과비평』 2015년 가을호, 341쪽.

28) 박인성·오혜진·이우창·황현경·강동호 좌담, 「우리 세대의 비평」, 『문학과사회 하이픈』 2016년 가을호, 69쪽, 이우창의 발언.

고 비평 담론을 건강하게 활성화하는 데 포문을 열어준 중요한 문제 제기다. 다만, 그 타당성에 동의하는 입장에서 더욱 진지하게 문제에 접근하려면, 그리고 이러한 비판들이 일회성 폭로에 그치거나 실천과 분리되어 공회전하는 것을 방지하려면, 2015년부터 지속적으로 제기되고 있는 비평 위기론의 구조와 패턴을 분석하는 일이 병행되어야 한다. 비평장의 쇄신과 자성을 위해 성찰할 때마다 같은 논의가 반복된다는 지적을 고려한다면,[29] 그리고 특정한 양식으로 되풀이되는 비판 자체가 하나의 통치성으로 기능할 수 있음을 상기한다면, 더욱 제대로 비판하기 위해서라도 반복되는 담론의 전제를 함께 살필 필요가 있다.

장은정과 강동호가 공통적으로 전제하고 있는 것은 '젊은 평론가'와 '새로운 비평가'가 비판 기능을 수행하지 못한다는 것이다. 장은정은 그 주요한 양상으로 '리뷰' 코너를 든다. 특정 출판사에서 발간된 신간 서적을 읽고 쓰는 10~15매의 짧은 비평이나 잡지의 편집 동인이 문학적 가치가 있다고 여기는 작가를 조명하는 작가론을 청탁받는 경우에는 해당 작품이나 작가에 대한 비판적인 의견을 개진하기 어렵다는 것이다.[30] 청탁한 출판사나 잡지의 의향을 배제하고 비판적인 글을 제출하면 된다고 반박할 수도 있지만, 그렇게 하기 어려운 현실적인 경향이 존재한다면 이를 비평가 개인의 역량으로 돌릴 수는 없다는 점에서 장은정의 지적은 타당하다. 다만 같은 현상을

29) "한국문학의 종말이나 해체에 관한 자성의 목소리는 십수 년 전의 '문학 권력' 논쟁과 너무나 유사해서 그 반복이 오히려 더 놀라울 정도였다."(김대성, 같은 글, 339쪽)

30) 장은정, 같은 글, 54쪽.

"비판하지 않는 주례사비평"이라는 용어와 함께 현재 한국문학 전반의 구조적 현상으로 환원하여 설명하는 순간 문제는 달라진다.

> 최근 비평에서도 동일하게 관찰되는 (과거가 아닌 현재 문학 텍스트에 대한) **비판 부재의 역사적 계기**를 묻는 일이기도 하다. '비판 없는 한국문학장'에 대한 지적은 '주례사비평'이라는 멸칭이 있을 만큼 그 연원이 오래된 것이다. (……) **비판하지 않는 주례사비평**이라는 형상이 단지 억압과 굴복의 결과가 아니라는 결론에 도달할 수 있다. 생존 투쟁의 장이자, 통치성의 무대 위에서 비평가에게 '비판'은 단순히 부재하는 것이 아니라, 비가시적인 형태의 구성적 외부로 재배치되기 때문이다. 비판은 단순히 부재하는 것도, 억압되는 것도 아니다. 그것은 '**공감을 바탕으로 한 섬세하고 꼼꼼한 읽기**'의 생산 속에서 나타나는 이면적 현상으로서의 '**비판의 부재**', 더 정확히 말하자면 '**침묵**'으로 대신하는 비판의 구성적 외부화로 설명될 수 있다.[31]

강동호는 '김봉곤 사적 대화 무단 인용 사태'의 중요한 원인 중 하나로 (맥락상 퀴어 페미니즘 비평을 수행하는 '새로운' 비평가들의) "최근 비평"에 동시대 텍스트에 대한 비판이 부재한 점을 지적하면서 이것이 "공감을 바탕으로 한 섬세하고 꼼꼼한 읽기"와 분리되지 않는 이면의 현상이라고 비판한다. 먼저 정말로 최근 비평에 동시대 텍스트에 대한 비판이 부재한지, 혹시 최근 비평이 수행하고 있는 다양한 비판의 양상을 충분히 살펴보지 못한 탓은 아닌지, 구체적으로 어

---

31) 강동호, 같은 글, 428~432쪽, 강조는 인용자.

떤 비평들을 근거로 삼고 있는 것인지 따져보아야 할 문제이다. 또한 '주례사비평'이라는 용어가 "그저 '나는 이 작품 좋게 안 봤는데 어떤 비평가들은 이 작품을 왜 이렇게 좋게 이야기해주나? 같은 뜻으로 남용되면서 공격의 수사학"[32]으로 쓰여온 맥락에 대해서도 고려할 필요가 있다. 그렇다면 동시대에 다양하게 생산되고 있는 많은 비평에 대한 면밀한 검토 없이 비평사의 오래된 '공격의 수사학'을 그대로 대입하면서 특정 사태를 구조적인 문제로 환원하는 시각 자체야말로 비판적으로 재고할 필요가 있다. 바로 이런 관점이 리뷰 지면이라는 주어진 조건 내에서 비평 주체들이 나름의 독해를 거쳐 생성해낸 예리한 담론들을 도로 뭉툭하게 만들고, (리뷰 지면을 청탁받는 신인 평론가와 비교했을 때) 비판적인 메타비평을 행할 수 있는 지면과 기회를 지닌 잡지 편집위원으로서 가지는 위계와 권력을 비가시화하는 것이다. 이러한 구조주의적 환원은 동시대에 산출되고 있는 크고 작은 비평들이 보여주는 문제의식의 면면을 정확히 이해하거나 확인하지 않고도 언제나 정해진 결론으로 귀납하는 담론의 반복을 낳는다. 또한 이러한 주장은 은연중에 '공감을 바탕으로 한 텍스트 분석'을 '비판의 부재(침묵)'와 등치함으로써 비평이 '칭찬' 아니면 '욕'이라는 경직된 이분법적 비평관을 양산하고, 작가론, 작품론, 주제론, 메타비평, 해설, 서평 등이 서로 교섭하면서 비평 담론이 치열하게 구성되는 과정을 삭제한다.

더 큰 문제는 과거의 비평 담론을 도구 삼아 동시대 현상을 분석하

---

32) 박인성·오혜진·이우창·황현경·강동호, 「우리 세대의 비평」, 75쪽, 오혜진의 발언.

는 행위가 세대론과 결합할 때, 동시대 비평의 수행성을 소거하고 생존주의에 매몰된 희생양이라는 패배주의적 프레임을 씌우는 결과를 낳을 가능성이 높다는 것이다.

(가) 10년 간격으로 평론가들이 나타났다가 사라지는 현상을 2020년 현재 목격하고 있습니다. 동료 평론가들(물론 주로 남성입니다)이 하나둘씩 임용되기 시작하면서 더이상 현장 평론을 활발히 발표하지 않자 2010년대 후반에 등장한 1990년대생의 일군의 평론가들이 그 빈자리를 채우고 '젊은 평론가'라는 호명을 통해 여러 젊은 작가들을 조명하는 자리에 동원되며 2010년대 후반부터 새로운 담론을 재생산해내고 있기 때문이지요. 이 주니어 비평가 시스템이 이제는 유튜브 채널까지 확장되어 2020년의 젊은 평론가들은 단지 비평뿐 아니라 영상이라는 매체 속에서 특정한 캐릭터를 가진, 엔터적 요소까지 요구받고 있는 상황으로 보입니다. 그리고 저는 이 익숙한 반복 속에서 문학 출판산업 내에서 '젊은 평론가'가 놓여 있는 제한된 자리를 봅니다.[33]

(나) 현재 젊은 작가들에 편중된 비평과 독자들의 반응은 일각에서 제기하는 자본주의적 소비 주체 형성과 구별되는가? 문학운동, 비평운동은 수많은 불평등을 야기하는 문학장 안에서의 재생산 경제 시스템을 어떻게 근본적으로 해체하는가? 지금도 엄연히 작동하고 있는 소수 작가들을 중심으로 한 스타 시스템의 속도주의는 결과적

33) 장은정, 같은 글, 52쪽.

으로 작가에 대한 신화화와 더불어, 작가와 독자 사이의 위계 관계를 강화하는 것은 아닐까? 그러한 지형도에서 이루어지는 독서 행위, 소비 행위를 과연 정치적이라고 평가할 수 있을까?[34]

장은정은 남성 평론가들이 교수로 임용되면서 생겨난 빈자리에 아래 세대 평론가들이 "동원"되는 현상이 반복되고 있으며 그들은 이제 엔터적 요소까지 "요구"받고 있다고 분석한다. 이는 현재 비평장의 구조적인 패턴을 짚어낸 반드시 필요한 지적이지만, 동시에 평론가의 활동이 선배 평론가들이나 출판 산업의 요구에 의해 (과거의 자신이 그랬듯) 이용당하고 착취당하는 일이라는 자극적이고 단면적인 내러티브를 생산할 위험을 내포하고 있기도 하다. 이러한 내러티브의 문제는 비평장에 진입한 새로운 주체들이 나름의 지향과 의지를 가지고 주어진 조건 아래에서 활동하는 수행성을 손쉽게 삭제할 수 있다는 것이다. 특히 과거 자신의 경험을 토대로 이후 세대의 수행성을 미리 제거하는 행위는 청년 담론의 보수성과도 공명한다. 평론가들이 어떤 쓸모를 요구받고 착취당하는지뿐만 아니라, 어떤 욕망과 자원을 가지고 무엇을 할 수 있는지까지 동시에 이야기되지 않는다면 생산적인 논의로 이어지기 어려울 수 있다.[35]

---

34) 강동호, 같은 글, 419쪽.

35) 예술가의 빈곤이 대부분 예술장 안에서의 교환 관계만으로 해결될 수 없다는 점을 떠올려보면, 비평가가 전업 노동자로 살아가기 어려운데도 불구하고 시스템이 유지될 수 있는 근본적 이유를 더 고민해야 한다. 눈앞에 보이는 원고료 액수의 문제 아래에는 한국문학장에서 비평가의 생계가 대체로 대학 연구자로서의 조건과 긴밀히 연동되어 있으며 이로부터 상대적으로 소외된 평론가들은 비평장에서 축적하는 유무형의 성과를 원고료 이외의 자본으로 전환하기가 비교적 어렵다는 거대한 문제가 잠겨 있다.

한편 강동호는 젊은 작가들에게 편중된 (맥락상 퀴어 페미니즘 비평을 수행하는) 최근 평론가들의 비평이 자본주의적 소비 주체 형성과 구별되지 않고, 이들의 문학/비평 운동이 문학장의 재생산 경제 시스템을 근본적으로 해체하지 못하는데다가, 소수 작가를 중심으로 한 스타 시스템을 극복하지 못하며, 이러한 지형도에서 이루어지는 독서/소비 행위는 정치적이라고 평가하기 어렵다고 비판한다. 근대 사회에서 비평은 애초에 문화 산업의 일부로 출발했으며, 자본의 개입은 개별 비평가나 독자가 극복하거나 물리쳐야 할 문제가 아니라 우리에게 주어진 선험적인 조건에 가깝다.[36] 이 거대한 비판은 시스템을 근본적으로 해체하는 것 외에 비평가, 독자가 정치성을 담보할 방법은 없다는 단순한 이분법이자, '젊은 비평가'를 볼모로 삼아 비평장을 단순한 통치성의 무대로 굴절 없이 환원한다는 점에서 자신이 그토록 비판하고자 하는 통치성을 거울처럼 재생산하는 것이다.

한국문학 비평 시스템을 비판적으로 성찰하는 국면에서 세대론이라는 담론 구조는 같은 문제를 실효성 없이 반복하게 만드는 효과를 산출한다. 시간이 흘러도 입장만 반대로 바뀐 채 동일한 전선을 반복하거나, 기존의 구조를 토대로 미래의 수행성을 미리 제거하는 방식

노동자 비평가의 지속 가능성을 논의할 때 비평장과 학계의 기묘한 공존을 고려하지 않는다면 근본적인 구조의 문제를 원고료 인상 문제로 축소, 은폐할 가능성이 있다.

36) 문학장에서 '독립' 출판이 상업성으로부터의 독립을 의미하는 것이 아니며, 오히려 "최대한의 상업성을 추구하는 방향"(235쪽)으로 이어지고 있다는 노태훈의 지적은 더이상 문학과 자본주의의 관계를 경직된 적대 프레임 안에 가둬둘 수 없게 한다. 문학과 상업성의 현실적인 관계를 고찰하기 위해서라면, 최근 독립잡지의 흐름을 성실하게 따라가면서 지금 우리에게 '문학에서의 독립'은 무엇인지 묻는 노태훈의 논의가 한결 생산적이다. 노태훈, 「독립 문학은 가능한가」, 『쓺』 2020년 하권 참조.

의 비판은 비평사를 똑같은 질문으로 공회전하게 만든다. 서로 교섭하면서 갱신되는 비평의 수행성을 바탕으로 질문을 정교하게 만들지 않으면, 한국문학 비평의 오래된 문제는 "거대한 유산"으로 계속될 것이다.

이렇게 반복되는 구조주의적 진단들은 소설가, 시인, 평론가, 편집자 등 출판 노동자와 문학장 전반에 종사하는 모든 사람들을 '구조에 착취당하는 희생양' 아니면 '구조와 공모하는 부역자'라는 이분법적 폐쇄회로 안에서 영원히 맴돌게 한다. 우리는 아마 그 둘 사이 어딘가에 있거나 둘 모두일 수 있지만, 그것이 전부는 아니다. '김봉곤 사적 대화 무단 인용 사태' 이후 나 역시 한 명의 독자이자 비평가로서 텍스트에 재현된 대상과 소설이라는 장르가 맺고 있는 관계에 대해 성찰적으로 분석해야 할 의무를 다하지 못했다는 무거운 책임감을 느낀다. 텍스트의 문제를 현실의 다양한 층위에서 고려하고 비평의 연쇄적인 효과를 고민함으로써 함께 시스템을 구축해나가고 있는 행위자로서의 반성도 크다. 이 문제에 대해서 이 글에서는 충분히 다루지 못했지만, 문학장 안팎에서 동료들이 제출해줄 논의를 배우고 의지할 수 있으리라 기대한다. 문학장 안에서 벌어지는 개별자들의 미시적인 경합과 수행들은 물론 긍정적으로만 귀결되지 않는다. 다만 모든 것을 구조로 환원하는 진단이 오히려 이러한 반성과 성찰의 책임마저 방기하며 그 자신의 수행성까지 삭제하는 일이 될 수 있다는 사실을 기억하고 싶다. 구조에 대한 패배를 읽어내며 똑같은 문제의 틀을 반복하는 것 말고, 우리에게 주어진 크고 작은 책임과 실천과 수행을 더 붙잡고 싶다.

마크 베버Mark Bevir는 구조주의에 근간을 둔 푸코의 계보학이 역사를 분석할 때 행위자actors의 주체성agency을 누락한다는 맹점을 지적하며 행위자들의 믿음과 실천이 우발성contingency을 갖고 역사에 개입되는 방식에 주목한다. 그에 따르면 행위자는 그가 속해 있는 전통의 영향 아래 있으면서도 그 안에 전적으로 귀속되거나 환원되지 않는다. 왜냐하면 행위자마다 자신이 맞닥뜨린 특수한 조건과 상황을 때마다 다르게 해석하고 새롭게 실천하기 때문이다.[37] 역사 바깥에, 혹은 역사를 초월해서 존재하는 행위자란 없다. 그러나 우리가 역사의 반복되는 구조에서 완전히 자유로울 수 없다는 것 못지않게 중요한 것은, 우리 각자가 그러한 상황에 저마다의 믿음과 실천으로 대응한다는 것이다. 이 대응에는 예정된 절대적 원칙이 전제되어 있지 않다. 그렇기 때문에 여러 행위자들은 각자의 주체성과 우발성을 가지고 경합하거나 화합한다. 그 과정은 통일적이거나 조화롭지만은 않고 때로 불완전하거나 미약하다. 그러나 우리는 견고한 구조 속에서도 불완전하고 미약한 수행을 반복한다. 의미는 거기에서 만들어진다. 매일의 반복으로부터, 지금의 수행으로부터.

우리에게 다가오는 것들은 그런 것이다.

(2020)

37) Mark Bevir, "What is Genealogy?", *Journal of the Philosophy of History*, vol. 2, no. 3, 2008, pp. 263~275.

진창과 별

"우리는 모두 진창에 있어요. 하지만 그중 누군가는 별을 보고 있죠."[1] 오스카 와일드의 초기 희곡인 「윈더미어 부인의 부채」에 나오는 달링턴 경의 대사다. 이미 결혼한 윈더미어 부인에게 마음을 품고 있으나 거절당한 달링턴 경은 파티가 끝난 후 지인들과 이야기하다가 자신의 연정을 넌지시 드러낸다. 이는 언뜻 아무리 절망적인 상황에서도 희망을 잃지 말자는 감동적인 문장으로 읽히지만, 이 작품이 부패한 귀족사회를 무대로 삼은 희극이라는 사실을 고려한다면 기혼 여성에게 끈질기게 구애하는 달링턴 경의 열정은 다소 풍자적인 맥락을 가지게 된다.

그럼에도 오스카 와일드 특유의 통찰과 위트가 깃든 이 문장은 그 자체의 힘을 가진 아포리즘이다. 모두가 더럽고 엉망인 이 세계에서

1) "We are all in the gutter, but some of us are looking at the stars." Oscar Wilde, *Lady Windermere's fan*, Bloomsbury, 2014.

도 누군가는 좌절하지 않고 더 나은 미래를 꿈꾼다는 내러티브는 시사하는 바가 없지 않다. 현실이 시궁창과 다르지 않다는 인식이야 얻기 어려울 것 없다. 그러나 별을 바라보는 마음은 어떻게 구할 수 있을 것인가? 그런 점에서 이 아포리즘은 진창이라는 조건에서 우리가 무엇을 할 수 있을지에 관한, 즉 조건과 행위의 관계에 관한 물음이기도 하다. 주디스 버틀러의 언어를 빌리자면, "나를 형성한 조건들을 갖고 나는 무엇을 할 수 있을까? 그 조건들을 바꾸기 위해 나는 무엇을 할 수 있을까?"[2] 상처받은 사람, 고통스러워하는 사람, 눈물 흘리는 사람, 우울한 사람, 불행한 사람은 저멀리 떠 있는 별을 바라보면서 자신 앞에 가로놓인 조건을 고민하기 마련이다.

'불행한 자들을 위한 문화비평'이라는 부제가 달린 『행복의 약속』에서 사라 아메드는 행복과 불행이란 단지 좋거나 나쁜 느낌에 둘러싸인 현상적 상태를 의미하는 것만은 아니라고 말한다. 그것은 사회가 지향하는 규범과 판단을 수반하고 재생산하는 기제로서, 특정한 삶의 모델에 가치를 부여하는 도구적 수단이기도 하다. 이를테면, 행복한 가정주부나 '덕을 사랑하는 좋은 딸'[3]이라는 형상은 "분위기 깨는 페미니스트, 불행한 퀴어, 우울증적 이주자"[4]의 이미지와 대조

---

2) 주디스 버틀러, 『불확실한 삶—애도와 폭력의 권력들』, 양효실 옮김, 경성대학교출판부, 2008, 41쪽.

3) 사라 아메드가 말하는 '덕을 사랑하는 좋은 딸'이라는 형상은 장자크 루소의 『에밀』에 등장하는 소피에 근간을 두고 있다. 아메드는 부모를 행복하게 하는 소피의 조건부 행복과 그 불안한 역학을 페미니스트 비평의 중요한 레퍼런스로서 분석한다. 사라 아메드, 『행복의 약속—불행한 자들을 위한 문화비평』, 성정혜·이경란 옮김, 후마니타스, 2021, 102~110쪽 참조.

4) 같은 책, 39쪽.

되며 여성의 일생을 진술하는 특정한 대본을 반복적으로 구축한다. 따라서 행복해지고 싶다는 말은 단지 기분좋은 느낌에 다다르고 싶다는 뜻에 그치는 것이 아니라, 사회에서 분배되거나 약속되는 특정한 가치 안에 귀속되고 싶다는 의미를 내포할 수 있다.

여기에서 아메드가 주목하는 것은 행복의 조건성이다. 나의 행복은 타인의 행복이라는 조건과 맞물려 있으며 이때 타인의 행복은 나의 행복에 앞서 주어지는 선제적인 조건이라는 것이다. "내가 바라는 건 단지 네 행복이야" "네가 행복해야 나도 행복해"라는 익숙한 문장에 깔려 있는 복잡한 얽힘들을 생각해보라. 이 선제적인 조건에는 부모나 연인의 욕망, 사회의 지배적인 가치관과 같이 기울어진 권력, 정상성이라는 기준, 가치 평가가 작동한다. 나의 행복은 조건부로 덕지덕지 붙어 있는 타인의 행복과 결코 무관할 수 없는 것이다. 행복은 언제나 조건부로 설정되어 있는 관계로 인해 그다음 조건을 향해 영원히 떠밀려간다. 이러한 조건들은 질서 있게 분배되는 것이 아니라 서로 충돌하고 부딪치며 끊임없이 유동한다. 이 복잡한 얽힘은 토니 모리슨의 소설 『재즈』에서 묘사되는 1926년 미국 볼티모어시 레녹스 거리의 풍경을 떠올리게 한다.

> 도시에 봄이 찾아오자, 거리를 오가는 사람들은 서로를 알아보기 시작한다. 함께 사용하는 복도나 식탁, 속옷을 빠는 공동 세탁장에서 낯선 사람들을 알아본다. 그들은 같은 문으로 수도 없이 들락날락하며 같은 손잡이를 사용한다. 공원이나 전차에서 수백 명이 스쳐간 의자에 그들 역시 엉덩이를 붙이고 앉는다. (……) 일 년 중 도시가 모순된 욕망을 가장 부추기는 시기가 바로 이때다. 식욕이 전혀

없는 사람도 길거리 음식을 사 먹고, 거리에서 스쳐지나간 누군가와 함께하고 싶은 열망과 동시에 혼자 방에서 조용히 지내고 싶은 마음도 생긴다. 사실 그것은 모순이 아니라 오히려 도시의 조건이다.[5)]

이 장면에는 혼란스럽고도 매력적인 삶의 핵심이 담겨 있다. 아무런 상관도 없는 사람들에게 둘러싸여 있는 동시에 그들과 일상의 수많은 사물을 공유하는 곳. 방에서 혼자 있고 싶은 갈망과 누군가와 함께 있고 싶은 욕망이 동시에 샘솟는 곳. 나의 행복과 타인의 불행, 사랑과 폭력, 진창과 별이 복잡하게 뒤엉겨 있는 곳. 그러나 그것이 상충하는 모순이 아니라 오히려 생성 원리인 곳. 단지 1926년의 미국 볼티모어시에만 해당되는 이야기가 아니다. 우리에게 모순으로 보이는 것이 실은 우리를 구성하는 조건이다.

진창과 별은 한없이 가깝다. 너무 가까워서 자세히 들여다보면 식별하기 어려울 만큼. 그렇다면 우리는 진창에 빠진 채로 저멀리 떠 있는 별을 올려다보는 것이 아니라, 진창이자 별이고 별이자 진창인 이곳에서 서로를 바라보고 있는 것이 아닐까? 자크 데리다의 사유에 기댄다면, 대립하는 이항이 서로 "손상을 끼치면서 바깥쪽이 안쪽으로 난입하는"[6)] 관계 자체가 우리가 늘 처해 있는 조건이다. "바깥쪽의 의미는 늘 바깥쪽을 벗어나서 갇혀 있는 안쪽에 있었고, 그 반대의 경우도 마찬가지"[7)]인 비가향의 매듭 자체가 우리가 발 딛고 서 있는 지형이다.

---

5) 토니 모리슨, 『재즈』, 최인자 옮김, 문학동네, 2015, 181~182쪽.

6) 자크 데리다, 『그라마톨로지』, 김성도 옮김, 민음사, 2010, 119쪽.

7) 같은 책, 120쪽.

이 관계적 조건은 우리의 목표나 결과가 아니라 우리에게 주어진 전제이자 존재 방식이다. 이는 이야기의 감동적인 결말도, 문제에 대한 근사한 해결책도, 영탄을 불러일으키는 희망도 아니다. 모든 행위성은 이렇게 서로의 행복과 불행에 손상을 끼치면서 난입하는 관계적 조건 위에서, 그러나 오직 자신의 정체성을 경유하고 개인적인 관계들을 통과했을 때라야 작동한다. 조건 안에 있는 자신의 위치, 입장, 역사를 거쳐야 추상적인 사유는 비로소 구체적인 행위가 되기 때문이다. 손상된 행복, 부서진 관계, 기울어진 권력, 깨진 믿음도 그럴 때 우리가 처한 관계적 조건으로서 명료하게 보인다. 진창과 별을 동시에 인식하고 그 관계적 조건을 사유하는 일. 그것은 우리를 아프게 하는 동시에 아름답게 한다.

(2021)

3부

없지 않고 있다

반지성주의 시대의 문학

웃었다. 정치인은 웃고 있었다. 지난 4월 13일 한 TV 프로그램에서 전국장애인차별철폐연대 박경석 상임공동대표와 토론하던 중이었다. 박경석 대표는 경직된 표정으로 말한다. 시민들에게 혐오를 조장하지 말아달라고, 정치인이 SNS에 '볼모' '인질'과 같은 단어를 사용하면 다음날부터 똑같은 언어를 쓰는 혐오성 댓글과 장애인을 괴롭히는 조직적인 행동이 급증한다고. 그러나 국민의힘 이준석 대표는 여유로운 표정으로 웃으며 말한다. '혐오 발언'의 정의가 무엇인지, 문명과 비문명은 어떻게 나뉘는지. 이 장면을 잊을 수 없었던 까닭은 그가 정치인으로서 자신의 영향력을 고의적으로 무시하고 상대방의 질문 방식으로 초점을 옮겨 말꼬리를 잡는 잘못을 범했기 때문만이 아니라, 토론 상대인 전장연 대표를 자신이 기본적인 개념을 가르쳐야 할 무지한 대상으로서 위치시키고 동등한 발언권을 박탈했기 때문이다.[1] 이날 토론회에서 생중계로 전파된 것은 장애인 이동권이나 탈시설과 관련된 논의만이 아니었다. 혐오를 멈추어달라고 호소하는 고통스러운 얼굴 앞에서 웃어도 된다는 메시지, 의제를 비판적으로 논의하기보다 상대방의 발언을 교정하는 것이 더 중요하며 그 과정에서 약자를 열등한 존재로 낙인찍고 모욕해도 괜찮다는 메시지였다.

나는 웃을 수가 없었다. 조금도 재미있지 않았다. 웃음은 특정한 가치관과 감수성을 공유하는 사람들 사이에서 유통되는 문화적 코드로, 그 분위기에 동참한 사람들을 즉각적으로 뭉치게 하는 반면 그러지 못하는 사람들을 곧장 소외시킨다. 4월 13일 사회자와 정치인이 불특정 다수의 한국 시민을 관객 삼아 나눈 웃음이 송출되는 시간은 약자를 모욕해도 된다는 문화적 코드가 사회적인 실체로서 한국사회 곳곳에 각인되는 시간이었다. 저 웃음이야말로 문재인 정권에서부터 언젠가는 도래하길 기다려야 한다고 말해져온 '사회적 합의'의 현주소가 아닐까. 우리는 이전에도 그런 웃음을 본 적이 있다. 디디에 에리봉이 말했듯 "모욕은 과거로부터 나온 인용이다"[2]. 모욕은 특정한 시공간에 일시적으로 나타났다가 금세 휘발되고 마는 것이 아니라 촘촘한 역사적 맥락 속에 구획되어 의미를 얻고, 과거에 반복되어온 모욕들과 줄기처럼 연결된다. 우리는 장애인을 향해 쏟아지고 있는 오늘날의 혐오와 공격이 이명박 정권에서 양산된 '일베'의 소수자 혐

1) 부르디외에 따르면 신분상의 유능성으로부터 생겨난 강력한 말에는 신분상의 무능성으로 인한 침묵이 상응한다. 열등하다고 구별된 자의 침묵은 기술적으로 무능력한 탓이라고 여겨지기 때문에 '말할 줄 모르는' 자에게는 '말 잘하는' 자에게 정치적 발언권을 위탁하는 것 외에 다른 선택지가 남지 않는다. 부르디외는 이를 '오인되고(méconnue) 승인된(reconnue) 박탈'이라고 부른다(삐에르 부르디외, 『구별짓기—문화와 취향의 사회학 (하)』, 최종철 옮김, 새물결, 2006, 750쪽).

2) 디디에 에리봉, 『랭스로 되돌아가다』, 이상길 옮김, 문학과지성사, 2021, 226쪽.

오에 한 뿌리를 두고 있음을 안다. 그리고 박근혜 정권에서 표출된 세월호 희생자에 대한 집요한 조롱과 괴롭힘으로부터 이어져왔음을 안다. 동시에 모욕은 "미래를 표상하는"[3] 낙인이기도 하다. 그 안에 담긴 폭력은 모욕당한 사람을 열등한 존재로 낙인찍어 그들이 살아가는 내내 따라붙을 것이기 때문이다. 이준석의 웃음은 그 자체로 이명박과 박근혜 정부에 대한 충실한 인용이자 윤석열 정부 내내 집요하게 따라붙을 낙인이다.

지난 5월 10일, 제20대 대한민국 대통령 취임사에서 가장 도드라진 낱말은 단연 '반지성주의'였다. 윤석열 대통령은 말했다. "정치는 이른바 민주주의의 위기로 인해 제 기능을 하지 못하고 있습니다. 가장 큰 원인으로 지목되는 것이 바로 반지성주의입니다. (……) 각자가 보고 듣고 싶은 사실만을 선택하거나 다수의 힘으로 상대의 의견을 억압하는 반지성주의가 민주주의를 위기에 빠뜨리고 민주주의에 대한 믿음을 해치고 있습니다." 이것은 정치인의 흔한 언행불일치이자 유신 시대부터 지겹게 반복되어온 비상사태론일 뿐만 아니라, 스스로를 지성의 자리에 위치시키고 상대를 반지성의 자리에 배치하는 적대화 전략이다. 선거기간부터 혐오를 선동하며 시민을 분할하고 선명한 '구조적 차별'조차 부정해온 반민주주의적인 언행을 떠올려 볼 때, 이는 마치 스스로의 모순을 폭로하는 자기 고발처럼 읽힌다. 지성. 그것은 오늘날의 억압이 두른 새로운 외피이자 번식되고 있는 모욕의 형식이다. 투쟁하는 장애인의 지식 수준이든, 여성 연예인의 사생활이든, 코로나 시대 성소수자들의 동선이든, 오늘날 지성을 자

---

3) 같은 쪽.

임하는 목소리는 타깃을 정해 집요하게 추적하고 모욕한다. '중립'과 '객관'이라는 이름으로 '무식'하고 '불온'하고 '편향'된 이들을 바로잡겠다는 의식이 타인을 향한 공격과 조롱을 정당화한다. 상대는 애초에 규정되지 않은 모호한 적으로 상정되기 때문에 지성이라는 이름 아래 비정상이라고 지목되는 누구나가 될 수 있다. 중요한 것은 반대편에 누가 있느냐가 아니라 적을 지목함으로써 자신이 잘못된 존재를 심판하는 지성의 주체가 되는 것이기 때문이다. 이 전도된 권위의식이 이 시대에 자기모순으로 태어난 반지성주의의 얼굴이다.

이런 시대에 문학은 무엇을 할 수 있을까. 퀴어 이론가이기 이전에 탁월한 문학평론가였던 이브 세즈윅은 『벽장의 인식론』에서 안티호모포빅 문학 분석을 위한 일곱 개의 공리axiom를 제시한다. 흥미롭게도 그중 첫번째 공리는 '사람들은 서로 다르다People are different from each other'이다.[4] 우리가 모두 다르다는 이 자명한 진실을 모르는 사람은 없을 것이다. 그러나 세즈윅이 새삼스럽게 이 공리를 제시한 까닭은 계급, 인종, 국적, 젠더 등으로 우리를 나누는 정체성의 범주는 너무 거칠어서 같은 범주에 속하는 개별적인 사람이 각자 어떻게 다른 행복과 고통을 경험하는지 망각하곤 하기 때문이다. 그래서 아무리 같은 범주에 속해 있다고 하더라도 우리는 각자 어떻게 다른 행복과 고통을 경험하는지 망각하곤 하기 때문이다. 그러나 다행히도 문학은 우리가 얼마나 다른지 알려준다. 멀리서 보았을 때는 다른 줄도 몰랐던 작은 구석까지 얼마나 다양한지 보여준다. 문학은 간단히 규

4) Eve Kosofsky Sedgwick, *Epistemology of the Closet*, University of California Press, 1990, pp. 22~27.

정할 수 없는 개개인의 이상한 차이를 탐구하고, 미세한 언어로써만 드러나는 무수한 욕망에 이름을 붙이며, 그리하여 문학이 아니라면 끝내 발굴되지 않을 인간의 억압에 대해 배우게 한다.

그런 점에서 문학을 읽는 일이란 흔한 통념대로 타인에게 공감하는 윤리적 감수성을 함양하는 일만은 아니다. 그보다는 '사람들은 서로 다르다'는 근본적 조건을 성찰하는 비판적 지성을 훈련하는 일이다. 이 자명한 명제를 학습하지 못하고 떼 지어 타인은 모욕하길 즐기는 이가 있다면, 그는 젠더 감수성, 인권 감수성, 장애 감수성을 비롯한 감수성을 결여한 것이 아니라 우리가 모두 저마다 다른 욕망과 고통으로 살아간다는 것을 이해하는 지성이 모자란 것이다. 타인의 고통을 헤아리는 일은 번번이 마음 찢어지도록 아파서 도달하는 경지일 수 없다. 장애인 이동권을 마땅히 보장해야 한다는 사실은, 누구도 태어난 조건으로 때문에 차별받지 않아야 한다는 사실은, 매번 눈물을 흘리며 공감해야 하는 일이 아니라 머리로 익히고 공부해야 하는 일이다. 라운드테이블 앞에서 모욕당한 이의 울퉁불퉁한 표정을 헤아리는 일, 여유롭게 껄껄대는 정치인의 웃음 뒤에 도사리고 있는 오만한 마음을 파악하는 일은 비판적인 지성의 힘으로 가능하다. 그것이 반지성주의 시대의 문학이 하는 일이다.

(2022)

여기 있다
—황정은의 『디디의 우산』과 한정현의 『줄리아나 도쿄』

보잘것없고 혐오스러웠다. 그러나 그것은 동시에 얼마나 아름다울까.

—황정은, 「d」, 138쪽[1)]

나의 사랑하는 사람은 왜 함께 오지 않았나.

황정은의 『디디의 우산』에 실린 중편 「d」에서, 너의 애인은 왜 집에 함께 오지 않았느냐고 아버지가 묻자 'd'는 생각한다. 그러게요, 나의 사랑하는 사람은 왜 함께 오지 않았나. d가 사랑하는 애인 'dd'는 죽었다. 함께 "잠을 자고 먹고 씻고 출근 준비를 하고 퇴근해 돌아오고 영화를 보고 음악을 듣"(20~21쪽)던 방으로 오려고 탔던 버스에서 죽었다. 사람 많던 버스에서 혼자 내동댕이쳐졌다. 애인이 죽었다고 말하는 대신, 그냥 모르겠다고 말하는 대신, d는 스스로에게 대답한다. 너무 하찮기 때문이라고. 나의 사랑하는 사람이 함께 오지 않

1) 황정은, 『디디의 우산』, 2019, 창비. 이하 인용시 본문에 쪽수만 밝힌다.

은 이유는 "우리가 너무 하찮아서, 충돌 한 번에 내동댕이쳐질 수 있기 때문이라고."(139쪽) d는 알고 있다.

dd는 더이상 없다. 이 세상에 없다. 여기 없다.

하찮아서 죽은 애인이 없는 세상의 하찮음을 견뎌내는 것이 d에게 남겨진 삶이다. 하찮음이란 얼마나 혐오스러울 수 있는지 d는 안다. 사랑했던 애인이 없는 세상에는, "주고받을 수 있는 미소, 공감할 수 있는 유머와 슬픔, 서로의 뼈마디를 감각할 수 있는 손깍지, 쓰다듬을 수 있는 따뜻한 뒤통수"(18~19쪽)가 없다. 신성함도 행복도 행복해지려는 의지도 없다. 모든 것이 혐오스럽다. dd가 죽었는데도 온기를 띠고 있는 사물들이 역겹고, 느닷없이 다가와 자기 알지 않느냐고 물어보는 음향기기 수리공이 불쾌하고, 새로 마련한 전축에 애정을 느끼는 자신에게 구역질이 난다. "더는 아름답지도 솔직하지도 않은, 삶"(134쪽)을 어떻게 살아갈 것인가. 보잘것없음을 적나라하게 드러낸 채로 단지 이어지기만 할 뿐인 세상을 어떻게 견딜 것인가. 「d」는 인간의 하찮음을 깨닫는 것으로부터 시작해서 이 하찮음에 조금씩 저항해나가는 사람의 이야기다.

*

하찮음에 저항하는 싸움은 같은 책에 실린 중편 「아무것도 말할 필요가 없다」로 흘러온다. 그리고 묻는다. 인간의 하찮음은 모두를 똑같이 내동댕이치는가. 같은 하늘 아래 누군가는 더 쉽게 내동댕이쳐지지 않는가. 그래서 누군가는 더 쉽게 없어지지 않는가.

그 누군가는 누구인가. 1996년 전투경찰들의 바리케이드에 의해 고립된 연세대 종합관에서 "최루액 냄새, 굶주림과 목마름, 야간 기습과 체포에 대한 공포"(172쪽) 속에서 "보지는 어떻게 씻었냐 드러운 년들"(173쪽)이라는 말을 들어야 했던 여자 대학생들, 2002년 지지하는 대통령 후보를 위한 미니 연설회에서 여자라는 이유로 '보빨'을 의미하는 제스처로 모욕을 당하고도 사과받기는커녕 '그런 말'을 입에 담았다고 손가락질당했던 회사원, 사돈의 미소를 두고 "아들 가진 놈"(223쪽)의 "승자의 미소"(같은 쪽)라고 말하는 아버지를 보면서 그의 '불쌍'에 자신들의 존재가 있음을 알게 된 딸들, 분홍색을 좋아하고 분홍색 양말을 신었다는 이유로 어린이집 친구에게 괴롭힘을 당하는 남자 아동, 이십 년을 함께 살아왔으면서도 가족으로서의 권리를 갖지 못하고 서로의 죽음이라는 유사시에도 연락받지 못하는 레즈비언 커플, 시력장애로 점점 시신경을 잃어가면서 맹인이 되어가는 여성 작가, 2016년 겨울 대통령 탄핵을 요구하는 촛불집회에서 '惡女OUT'의 '녀'를 빨갛게 칠한 손팻말을 보고 여성으로서 모욕감을 느낀 집회 참가자. 이 누군가들은 대개 소수자다. 젊은 비혼 여성, 미취학 아동, 성소수자, 장애 여성. 서로 긴밀하게 연결되어 있는 이 소수자들을 향해 한국사회는 어떤 표정을 짓고 있는가. 혐오감에 찡그린 표정으로 이렇게 말하고 있지는 않은가. "네가 얼마나 하찮고 무력하고 같잖은 존재인지를 알라."(197쪽) 하찮은 세상의 하찮은 인간들 가운데 너는 더 하찮은 존재임을 알라.

아니, 보고는 있나. 이들은 보이고 있는가.

동성 연인 '서수경'과 함께 베를린 홀로코스트 메모리얼에 방문한 '나'는 나치에 의해 희생된 동성애자들을 기록한 영상물을 본다. 영상물을 통해 나치가 동성애자에게 '트라이앵글'이라는 낙인을 찍었다는 사실을, 또 게이에게는 핑크 트라이앵글 배지를 강요했던 반면 레즈비언에게는 그들만을 지칭하는 낙인이 따로 없었다는 사실을 알게 된다. 그리고 생각한다. "그들이 남성 동성애자보다 적었다는 뜻일까? 아니면 덜 보였다는 뜻일까?"(249쪽) 독일인보다는 유대인이, 유대인 중에서도 동성애자가, 동성애자 중에서도 게이보다 레즈비언이 더 하찮으니까. 그냥 하찮은 게 아니라 더 더 더 하찮으니까. 혐오할 필요도 없을 만큼 보잘것없으니까. 보지 않는다. 부르지 않는다. 존재한다고 말하지 않는다. '나'는 서수경과의 관계를 묻는 사람에게 '친구'나 '친척'이라고 대답해야만 자신들을 보호할 수 있음을 안다. 무슨 관계냐고 묻는 사람들의 궁금함 안에 누군가 "우리의 존재를 혐오한 나머지 행할 수도 있는 언言과 행行의 가능성"(262쪽)에 대한 고려가 없음을 안다. 그것을 알 필요가 없으니까. 몰라도 문제없으니까. 보지 않아도 상관없으니까. 그래서 '나'는 점자點字를 알 필요 없는 묵자墨字의 세계 안에 잠길 수밖에 없다. 2017년 3월 10일 박근혜가 대통령직에서 파면된 순간, 마침내 혁명이 도래한 것으로 여겨지는 순간에도 그 안에서 '나'가 동성 연인, 여동생, 조카와 살아가는 삶의 질감은 충분히 보이지 않는다.

보지 않아도 되므로 보이지 않는다. 보이지 않으므로 없다. 여기 없다.

*

「아무것도 말할 필요가 없다」에 보이지 않는 소수자들이 묵자의 세계에 잠겨 있었다면, 한정현의 『줄리아나 도쿄』[2]에는 말하지 못하는 소수자들이 목소리를 내지 못하는 곤경에 놓여 있다. '한주'는 데이트 폭행으로 부산의 한 호텔 욕조 안에서 샤워기 호스가 목에 감긴 채로 발견된다. 의식을 되찾은 후에도 한주는 모국어인 한국어를 끝내 기억해내지 못하고 일본어만을 할 수 있을 따름이다. 모국어를 잃은 한주는 도쿄로 날아가 한 서점에서 일한다. 그리고 '유키노'라는 게이 친구를 만나 그와 동거를 시작하며 우정을 나눈다. 한주와 마찬가지로 한국인 연인의 데이트 폭행과 협박에 시달리는 유키노는 그로부터 벗어나기 위해 어머니와 함께 살던 오타루에서 도쿄로, 한주와 동거하던 도쿄에서 부산으로 거주지를 자꾸만 옮긴다. 한주가 모국어를 잃었다면 유키노는 제자리를 잃는다. 결국 부산에서 연인을 칼로 찌른 피의자가 되었다는 유키노의 소식을 전해듣고 한주는 입술을 깨물며 자신 없는 목소리로 스스로에게 묻는다. "내가 어떤 말을 할 수 있는 사람일까."(23쪽) 다시 말해, 모국어를 잃은 한주의 목소리는 들릴 수 있을까.

제 목소리를 가지지 못하는 사람은 한주만이 아니다. 한국문학을 전공하는 대학원생인 한주가 관심을 가져온 1970~80년대 여성 노동자들과 성매매 여성들 역시 '진짜' 자신을 표현하고 드러내는 언어를 가져보지 못한다. 어린 시절 도시로 상경해 공장에 취직하거나 성매매로 생계를 유지한 여성들은 가부장제 가족 시스템 안에서 "싫어, 나 이거 하고 싶어"(47쪽)라고 말하지 못한다. 캬바쿠라에서 자라 미군들에게 구타와 강간을 당해온 여성들은 클럽에서 일하고 매춘으로 생계를 유지하며 애써 "난 이곳이 좋아"(92쪽)라고 말하지만, 그 안

2) 한정현, 『줄리아나 도쿄』, 2019, 스위밍꿀. 이하 인용시 본문에 쪽수만 밝힌다.

의 복잡하고 모순된 심정은 바깥으로 꺼내지 못한다. 폭행과 강간에 시달리는 여성들은 숨을 죽여 참는다. 소리 없이 죽어 나간다. "가장 공포스러운 순간엔 소리가 나오지 않는다"(93쪽)는 사실을 그 누구보다 잘 안다. 진짜 목소리를 감추고 자신을 숨기는 딱딱한 말투로 자신을 방어해야 한다는 사실도 안다. 자신이 분명하게 존재함에도 불구하고 이들은 어디에도 소속되지 못한다. 끊임없이 제자리를 찾아 떠나고 떠나고 또 떠나지만 소속이 없는 이들의 목소리는 들리지 않는다. 사람들은 학회에 온 질문자에게 출신 학교와 소속만을 궁금해하거나 미혼모에게 누구의 아이인지만을 호기심으로 물어볼 뿐, 이들의 '진짜' 목소리를 듣지 않는다. 그것을 알 필요가 없으니까. 몰라도 문제없으니까. 듣지 않아도 상관없으니까.

듣지 않아도 되므로 들리지 않는다. 들리지 않으므로 없다. 여기 없다.

*

하지만 한주는 부산으로 떠난 유키노의 흔적을 찾기 위해 유키노의 어머니가 있는 오타루로 향한다. 그녀가 클럽 줄리아나 도쿄에서 동료들이 무대 위에 올라가 "지금 이 순간이면 충분하다는 표정으로 춤을 추는"(99쪽) 모습을 보았다는 이야기를 들은 한주는 온갖 폭력에 시달리면서 목소리를 내지 못했던 여성들이 무대 위에서 주인공이 되었다는 모습을 상상한다. 줄리아나 도쿄에서 마음껏 춤을 추는 주인공들의 이야기는 '전공투 엘리트 남성의 단상'과 '나이트클럽의 여성 노동자의 무대'를 나란한 연구 대상으로 삼은 '김추'의 이야기로 연결된다. 김추의 발표를 들으러 학회에 찾아간 한주는 "남자에게 맞으면 그것 역시 자기 잘못이라고 자책하며 마치 죗값을 치르듯이 자신을 파괴하는 여성들의 이야기"(107쪽), 그러면서도 "약속한 요일이 되면 퇴근 후 동료들과 함께 자유로운 기분이 되어 클럽으로 향"(231쪽)했을 여성들의 이야기를 자신이 어떻게 이해할 수 있는지 말해보려 한다. 소속 없는 사람으로서, 작고 떨리지만 분명한 목소리로 말해본다. 그럼으로써 이 주인공들의 이야기는, 보이기 시작한다. 들리기 시작한다.

어떻게 가능한가. 어떻게 이들은 보이고 들릴 수 있는가.

하찮은 사람들은 서로가 필요하니까. 보잘것없는 사람들은 서로의 빈곳을 알아보고 서로의 작은 목소리에 귀기울이니까. 부동산 계약서에는 비록 동거인이라는 허술한 말로 적히는 관계일라도 서로를 자신의 "의지"(253쪽)이자 "끄트머리"(243쪽)로서 소중히 여기는 사이니까. 한주가 서점에서 칼을 쥔 연인에게 협박당하던 유키노에게서 발견했듯, 여소녀가 상가에서 택배를 상차하고 있던 d를 보고 말을 걸었듯, 우연히라도 서로의 존재를 알아차릴 수 있으니까. d와 dd가 그랬듯, 하찮은 사람과 하찮은 사람은 만나 서로를 사랑할 수 있으니까. 하찮은 사람이라도 다른 하찮은 사람에게는 "계속되어야 하는 말"이자 "온전해야 하는 몸"(18쪽)이 될 수 있으니까. 부족하고 남루하고 고단한 세계에서 단 하나라도 신성한 것을 가져볼 수 있으니까. 그 안에서 우리는 사랑하는 하찮은 사람과 더불어 행복해지기를 바라게 되고 무언가를 아름다움으로 여길 수 있으니까. 아름다움을, 볼 수 있으니까.

볼 수 있으므로 보인다. 보이므로 있다.

있다. 하찮고 아름다운 우리가 있다. 없지 않고 있다. 여기 있다.

(2019)

무해하지 않은 여자들

—린이한의 『팡쓰치의 첫사랑 낙원』과 최은영의 『내게 무해한 사람』

한국문학에 여성 서사가 많아졌다는 것은 어제오늘 일은 아니다. 그 가운데에도 두 여성의 관계를 중점적으로 그리는 소설이 증가했다는 것은 눈에 띄는 변화인데, 어쩌면 그 가시적인 기점을 2016년 여름에 출간된 최은영의 『쇼코의 미소』로 잡아볼 수 있을지도 모르겠다. 물론 이전에 여성들의 관계를 그린 서사가 없었던 것은 아니지만, 이 책이 많은 독자들의 애정과 관심을 받으면서 그간 충분히 의미화되어본 바 없었던 여성들의 관계가 새로운 비평적인 관심사로 주목을 받기 시작했기 때문이다. 마침 이즈음부터 여성들의 관계를 재현하는 서사가 동시다발적으로 쏟아져나왔다는 사실도 『쇼코의 미소』라는 상징적인 사건의 앞뒤에서 파악해볼 수 있는 분명한 흐름이다. 마치 오랜 시간 이러한 서사에 굶주려왔던 것처럼 창작자들의 욕구, 독자들의 요청, 비평적인 담론이 열띠게 상호 반응한 결과이기도 하다. 이 흐름은 2019년 여름인 지금까지 여전히 이어지고 있을 뿐만 아니라 더욱 다변화하고 있는데, 작년 겨울로만 한정한다고 하더라도 회사의 여성 동료 관계를 그린 박선우의 「휘는 빛」, 장류진의 「잘 살겠습니다」, 최은영의 「일 년」, 레즈비언의 이야기를 담은 김멜라의 「물질계」, 김혜진의 「자정 무렵」, 이승주의 「층과 층 사이」, 한 시절을 함께한 여성들의 우정을 다룬 백수린의 「시간의 궤적」, 다른 여성을 재현하는 여성 소설가의 고민을 담은 박민정의 「나의 사촌 리사」 등이 비슷한 시점에 문예지에 한꺼번에 발표되어, 이렇게 일일이 열거하는 것도 쉽지 않은 지경이다. 몇 년 후에 이 시기의 한국 소설을 되짚어보았을 때, 여성 간 관계의 다양화라는 거대한 경향만으로도 많은 것이 이해될 수 있을지도 모른다.

그런데 묻고 싶다. 이렇게 양적으로 증가하고 있는 소설을 읽는 우리의 독해는 충분히 정교한가? 나는 앞서 『쇼코의 미소』가 상징적인 사건이라고 말했는데, 어쩌면 이 책은 두 여성의 관계를 다룬 서사들이 물밀듯이 쏟아져나오기 시작한 분기일 뿐만 아니라, 이러한 서사들과 그것을 충분히 이해할 준비가 되지 못한 관습적인 해석의 틀이 충돌하는 지점을 보여주고 있기 때문이다. 이를테면 책의 해설에서 최은영의 소설을 "착한" 여성들의 "순하고 맑은 서사"[1]라고 간명하게 정리한 서영채의 견해는 때로는 무참하고 잔인한 10~20대 여성들의 관계를 무해한 것으로 상상하게 만든다는 점에서, 오히려 이러한 서사들의 섬세한 감정적 질감을 소거하는 독법으로 귀결될 수 있다. 그러나 이는 한 개인이 유별나게 단순한 독해를 했다기보다는 그간 우리에게 여성들의 관계를 상상하는 해석 틀이 빈곤했음을 방증한다. 오히려 흥미로운 것은 『쇼코의 미소』를 "순하고 맑은 서사"라

1) 서영채, 「순하고 맑은 서사의 힘」, 최은영, 『쇼코의 미소』 해설, 문학동네, 2016.

고 본 서영채의 해설과, 그것과는 비평적인 거리를 두며 여성들의 친밀한 관계에 내포되어 있는 반역적이고 저항적인 기획을 읽어낸 오혜진의 평론[2]에서 유사한 입각점이 발견된다는 점이다. 두 글은 매우 다른 해석을 향해 나아가고 있음에도 불구하고 똑같이 "두 여성 간에 만들어지는 공감과 유대의 드라마"[3]와 "여자들 간의 유대"[4]를 강조하는 방향으로 최은영의 소설을 의미화한다. 이를 "남성적인 것을 거부"하는 힘(서영채)과 세월호 참사 이후 신자유주의적 자기계발 서사에 맞서는 여성 서사(오혜진)로 읽는 독법은 여성들의 연대를 유의미하게 정치화하는 필요한 해석인 동시에 최은영론에 적실한 비평이면서도, 여성들의 관계에 내재한 차이의 결에 주목하는 대신 그것을 동질화하고 있다는 점에서, 이후의 비평에 다음과 같은 질문의 자리를 마련해놓았다.

어쩌면 우리는 여성들의 관계를 유독 연대 가능성을 묻는 패러다임과 더불어 상상하고 해석해온 비평적인 관습을 가지고 있는 것은 아닌가? 한국문학사에서 남성 간의 관계가 얼마나 다채롭게 해석되어왔는지를 떠올려보았을 때, '연대냐 아니냐'라는 질문을 통해 여성들의 관계를 이해하곤 하는 우리의 해석 틀이 충분히 가다듬어지지 않은 것만은 분명하다. 남성들끼리 맺고 있는 관계를 이해하는 데 연대, 유대, 공감, 화해라는 패러다임으로 읽는 독법이 어색하게 여겨진다면, 여성들의 관계를 파악하는 데 있어서는 왜 그러한 독법이 너

---

2) 오혜진, 「'성장'이라는 외상을 견디는 '여자들의 세계'」, 『지극히 문학적인 취향—한국문학의 정상성을 묻다』, 오월의봄, 2019.

3) 서영채, 같은 글, 285쪽.

4) 오혜진, 같은 글, 269쪽.

무나 익숙하고도 자연스럽게 느껴지는지 질문해야 하는 것은 아닐까? 어쩌면 우리는 남성에게는 연대를 묻지 않으면서도 여성들이 연대하지 않는다는 사실은 유독 불편해하거나 못 참는 거대한 압력 아래에 있는 것은 아닐까? 다시 말해, 여성들의 관계에서는 왜 유독 연대가 중요하게 기대되는가? 연대라는 개념이 필연적으로 같은 편과 다른 편을 가르는 경계를 상상하게 만든다는 점에서, 오히려 여성들의 관계를 단순화하거나 그 안의 적대성을 미리 전제하고 있는 것은 아닌가? 물론 이러한 기대에는 소수자로서의 상호적인 도움과 연결이 절박하게 요구되었던 여성주의 운동의 역사적인 맥락이 결부되어 있다. 하지만 '현실의' 여성 관계가 아닌 '재현된' 여성 관계를 독해함에 있어 연대 가능성 여부를 집요하게 묻는 패러다임은 연대를 여성 간 관계의 최종적인 지향점처럼 여겨지게 하여 연대가 아닌 관계 맺음 방식을 불완전하거나 미달한 것으로 치부하도록 하는 것이 아닌가? 그렇다면 이제는 연대라는 이름으로 충분히 설명될 수 없으며 그러한 망으로 충분히 걸러지지 않는 미묘한 관계 역학을 설명할 수 있는 다른 입각점이 요청되는 시점인지도 모른다.

앞서 언급했다시피 지난 삼 년 동안 여성들의 관계를 다룬 서사가 빠르게 증가하고 다변화되고 있다면, 이를 독해하는 비평적인 관점도 더욱 섬세해질 필요가 있다. 이러한 시각에서 비슷한 시기에 출간된 린이한의 『팡쓰치의 첫사랑 낙원』[5]과 최은영의 『내게 무해한 사람』에 나타나는 여성들의 관계의 결을 섬세하게 살펴보는 작업은 연

5) 린이한, 『팡쓰치의 첫사랑 낙원』, 허유영 옮김, 비채, 2018. 이하 인용시 본문에 쪽수만 밝힌다.

대라는 프레임으로 회수되지 않는 여성 서사의 가능성을 넓히는 일이 될 것이다.

*

불과 일 년 전에 스물여섯의 나이로 스스로 목숨을 끊은 작가의 소설은 대체 어떤 마음으로 읽어야 하는 걸까. 게다가 그 소설이 초등학교를 갓 졸업한 무렵부터 서른일곱 살이 많은 강사에게 지속적으로 성폭행당해온 여학생의 이야기라면. 작년에 대만 작가 린이한이 이 책을 출간한 이래로 작가의 자전적 경험 여부에 대한 논란은 끊이지 않았고, 그녀가 자살한 후 실제로 그녀를 성폭행한 학원 강사가 검찰에 고발되기도 했다. 그러나 작가 스스로 밝혔듯 소설 앞에 적힌 '실화를 바탕으로 쓰다'라는 문구는, 이러한 고통이 누군가에게는 현실이라는 자명한 사실을 가리킬 뿐이다. "이건 선생님이 널 사랑하는 방식이야"(90쪽) "이건 서로 좋아하는 두 사람이 할 수 있는 최상의 일이야"(같은 쪽)라는 말로 몇 년 내내 강간당하는 일이 누군가에게는 그 무엇보다 압도적인 실화니까. 또래 남학생들의 고백을 거절하면서도 자신은 더럽혀졌으므로 "깨끗해지려고 하면 고통스러워진다"(98쪽)고 애써 마음을 다잡는 일도. 자신의 몸이 마치 롤러코스터가 된 것 같다는 기분에 시달리면서 롤러코스터를 타며 즐거워하는 사람들을 이해하지 못하는 일도 말이다.

이 소설의 가장 끔찍하고 혼란스러운 지점은 주인공 '팡쓰치'가 자신을 성폭행해온 '리 선생'을 사랑한다고 스스로 되뇌는 장면이다. 고통을 감당하지 못한 쓰치는 미쳐버릴 것 같다는 생각에 일기에 이렇게 적는다. "나를 사랑하는 사람이라면 내게 무엇을 하든 상관없지 않을까? 생각을 바꾸면 된다. 선생님을 사랑해야 한다. 안 그러면 내가 너무 고통스러우니까."(43쪽) 팡쓰치는 고통을 견디기 위해서, 단지 살기 위해서 리 선생을 사랑하기로 '선택'한다. 폭력적인 관계가 몇 년째 이어지는 동안, 쓰치는 그것이 정말로 사랑과 닮은 것 같다는 생각에 겁내기도 하고, 나약하고 늙은 리 선생에게 연민을 느끼고는 가슴이 철렁 내려앉기도 한다. 쓰치는 "이건 선생님이 널 사랑하는 방식"이라는 리 선생의 말을 고통스럽게 체화하면서, 강간을 사랑으로 합리화한다. 이는 자신에 대한 부정인 동시에 가해자에 대한 의존이기도 하다. 입시 성적에만 매달리는 쓰치의 엄마는 "성교육은 성이 필요한 사람한테나 하는 거"(97쪽)라며 딸을 홀대하고, 가족, 학교 선생님, 이웃 어른, 그 누구도 쓰치를 보호해주지 못한다. 성을 금기시하는 사회 분위기가 오히려 가해자의 든든한 방패가 되는 동안 수치심에 시달리는 쓰치가 기댈 곳은 자신을 강간하며 옭아매는 리 선생밖에 없다.

이런 쓰치의 옆자리에 친구 '이팅'이 있다는 사실은 무엇을 의미할까. 어렸을 때부터 쓰치와 '영혼의 쌍둥이'였던 이팅이 쓰치가 남긴 일기를 읽으며 괴로워하는 시선은 소설 전체를 감싼다. 하지만 이팅이 쓰치를 떠올리며 이토록 마음 아파하는 상황을 단지 순수한 우정으로 정리해버릴 수는 없다. 엉망이 되어가던 쓰치가 리 선생과 '사귄다'고 털어놓자 이팅이 뱉은 말은 이런 것이었기 때문이다. "정말 역겨워. 너랑 말도 하기 싫어."(36쪽) 이팅은 자신이 선망하던 유부남 선생님과 사귄다는 쓰치에게 질투와 서운함을 느끼면서, 사랑하는 오랜 친구를 이해할 수 없다는 생각에 괴로워한다. 한편 쓰치는 고통이 무엇인지 모르는 흠집 없는 이팅을 미워하기도 하며, 예쁜 자신에 비해 못생긴 이팅에게 미약한 우월감을 느끼기도 한다. 이 어긋나고 빗나가는 관계야말로 쓰치의 비극을, 더 나아가서는 이 소설의 깊이를 정확하게 배가한다. 결국 이팅은 쓰치를 더럽다고 비난했던 자신을 반성하고 후회하지만, 쓰치의 고통에 무감각해진 이웃 어른들의 대화 속에서 『팡쓰치의 첫사랑 낙원』은 닫힌다.

*

한편 최은영의 소설집 『내게 무해한 사람』[6]에 실린 작품들은 팡쓰치처럼 폭력에 시달리는 10~20대 여성의 고통을 1990년대~2000년대 초중반의 한국을 배경으로 그려낸다. 천리안 통신, 1988년식 신축 주공아파트, 이사간 친구에게 편지하는 국민학생, 라디오에서 흘러나오는 노래를 녹음한 믹스 테이프, MSN과 네이트온 메신저, 미니홈피의 다이어리와 사진첩과 BGM, 스티커 사진을 담은 플라스틱 케이스. 그 작고 세심한 소품들로 둘러싸인 풍경들 속에서 우리는 어느덧 그것이 향수가 되어버렸다는 사실을 새삼스러워하면서도 향수에 젖게 될 것이다. 그러나 오늘을 사는 우리는 이 추억의 풍경에 스며 있는 서늘한 기운으로부터 결코 멀지 않은 곳에 있다.

그 기운이 짙게 감싸고 있는 「601, 602」에서 광명의 복도식 주공아파트에 사는 '나'는 옆집에 사는 친구 '효진'과 제법 친하게 지낸다. 그런데 '나'가 경북 칠곡 출신의 효진이네 집에 놀러가서 본 모습들

6) 최은영, 『내게 무해한 사람』, 문학동네, 2018. 이하 인용시 본문에 쪽수만 밝힌다.

은 이후에도 오랫동안 잊히지 않는 잔인한 장면들이다. 더운 날씨의 제삿날에 여자들이 땀흘리며 부엌에서 일하는 동안 남자들은 검은 정장을 입고 선풍기 바람을 쐬는 장면, "폭죽이 터지는 소리처럼 펑, 펑"(65쪽) 들리도록 무릎으로 효진의 배를 세게 때리는 효진의 오빠 '기준', 이 장면을 보고도 코미디 프로에서 눈을 떼지 않으며 "아 잡겠다. 적당히 해라"(같은 쪽)라고 심드렁하게 말하는 효진이 아빠. 그뿐이 아니다. 「그 여름」에서 레즈비언이라는 이유로 사람을 "사람이 아닌 것처럼 밀"(16쪽)치고 지나가는 여고생들 사이의 위협, 「모래로 만든 집」에서 자신이 원래는 부드럽고 다정한 사람이지만 여자친구 때문에 폭언을 할 수밖에 없다고 말하는 '모래'의 남자친구, 「고백」에서 귀걸이를 했다는 오해로 등굣길에 학생부장에게 머리를 맞아 쓰러지는 '미주'. 그동안 한국 소설에서 좀처럼 조명되지 않았던 남매 폭력 문제, 레즈비언 커플을 향한 폭력적인 시선뿐만 아니라, 어린 여자친구에게 행하는 교묘한 데이트 폭력, 중고등학생들을 폭행하는 교사들 모두 지금 우리에게도 멀지 않은 익숙한 풍경이다.

이 살풍경 안에서 정체성을 확립해야 하는 어린 여성들은, 폭력이 사랑이라고 스스로를 속일 수밖에 없었던 팡쓰치처럼, 자신의 오롯한 존재를 부정함으로써 나름의 생존을 모색한다. 언제 달려들지 모르는 위협들 속에서 이들에게 주어진 보호색은 '당당한 자기 자신으로서 존재하지 않기'다. 이들은 "너가 착하게 굴어야지 엄마가 아들 낳지"(73쪽)라는 할머니의 말을 듣고 '딸'이라는 존재 자체에 죄책감을 느끼고(「601, 602」), 레즈비언이라는 사실을 들키지 않도록 조심하기 위해서 걸을 때도 애인과 떨어져 걸으며(「그 여름」), "네가 착하잖아"(275쪽), "오빠 자존심도 네가 좀 생각해줘"(같은 쪽)라는 엄마의 설득에 모아둔 돈을 오빠의 결혼 자금으로 주면서도 "마음속에서 무언가 삐걱대는 소리"(276쪽)를 애써 무시한다(「아치디에서」). 어쩌면 「고백」의 '진희'가 이 소설집에서 유일하게 죽음에 이르는 까닭은 이러한 보호색을 갖추지 못했기 때문이 아닐까. 그러니까 자신을 영리하게 감추지도, 안전하게 부정하지도 못했기 때문이 아닐까. 가장 친한 친구들인 '주나'와 미주에게 자신이 레즈비언이라고 고백하지 않았더라면, 그래서 "정말 역겹다"(198쪽)는 주나의 말을 듣지 않았더라면, 그리고 자신을 "사람도 아닌 것처럼, 그렇게 경멸하듯"(206쪽) 쳐다보는 미주의 눈빛을 보지 않았더라면……

쓰치가 정신을 잃은 후에야 그녀의 고통을 발견했던 친구 이팅처럼, 이들에게도 뒤늦게나마 그 상처 곁으로 다가가보려는 친구들이 있다. 다른 점이 있다면 최은영의 소설은 이 관찰자의 자리에 더 오래, 더 가까이, 더 끈질기게 머물러 본다는 것이다. 직접 화자가 된 이들에게는 폭력의 직접적인 가해자를 비판하는 목소리만 있지 않다. 그보다 더 큰 목소리는 아픔을 겪은 친구를 오해하고 질투하고 미워했었던 자신의 생생한 마음에서, 그에게 상처를 주었던 기억을 애써 더듬어보려는 움직임에서 나온다. 이들은 친오빠에게 폭력을 당하는 친구를 보며 "그런 집에서 태어나지 않았다는 사실에 안도"감을 느꼈거나(「601, 602」, 78쪽), "세상에 얼마나 많은 진짜 고통이 있는데" 고작 작은 일로 외롭다고 징징댄다고 친구를 미워했던 것(「모래로 지은 집」, 166쪽)을 정확하게 기억한다. 또 자신에게 커밍아웃을 한 후 자살한 "진희가 자길 버린 게 아니라 자기가 진희를 버렸다는 사실"을 참담한 심정으로 바라본다(「고백」, 202쪽). 이들은 과거엔 미숙했었다는 말로 쉽게 괜찮아지지 않는다는 것을 안다. 시간이 지나 쓰다

듣는다고 해서 '착한 것'이 아니라는 것도 안다.

그러니까 최은영의 소설들은 10~20대 여자들의 세계가 순하지도 맑지도 않으며 얼마나 무참하고 잔인할 수 있는지 정확하게 안다. 우리가 서로에게 무해할 수 없었다는 것, 그리고 여전히 그럴 수 없다는 것을 안다. 하지만 그걸 알면서도 어쩔 수 없이 다시 과거로 되돌아가 상처를 쓸어보려는 이 손길은 무엇을 향해 있을까⋯⋯ 그곳에는 『팡쓰치의 첫사랑 낙원』 출간 후 스스로 목숨을 끊은 작가 린이한도, 「고백」에서 끝내 죽음을 택한 진희도, 어쩌면 당신만 알고 있는 그 어떤 얼굴도 있을지 모른다.

(2018/2019)

유토피아에서 있었던 일에 대해 알아보려고 합니다
—박민정론

자, 이제 내 몸은 이 모든 유토피아들 덕분에 사라졌다.

—미셸 푸코, 『헤테로토피아』[1)]

1. 내가 없는 곳에 있는 나를 본다

어디에도 존재하지 않는 이상적인 나라. 그것을 우리는 유토피아라고 부른다. 푸코는 토머스 모어가 그리스어 'ou-(없다)'와 'topos(장소)'를 합쳐 만든 이 단어를 다시 정의한다. 푸코에게 유토피아란, 다른 공간에 대해 저항할 수 있는 실제의 장소인 헤테로토피아와 대립되는 개념으로, 지도 위에 위치 지을 수 없는, 그래서 어떠한 이의 제기도 할 수 없는, 장소 없는 장소이다. 따라서 유토피아는 무력하며 나를 품지 못한다. 유토피아가 존재하면 내가 사라지고, 내가 있으면 유토피아가 없어진다. 다만 유토피아는 거울로 기능하여 나를 비출

1) 미셸 푸코, 『헤테로토피아』, 이상길 옮김, 문학과지성사, 2014, 31쪽.

수 있다. "거울 안에서 나는 내가 없는 곳에 있는 나를 본다"[2)]라고 말할 수 있게 해주는 하나의 가상적인 공간, 그것이 바로 유토피아다.

오늘날 한국사회라는 공간은 어떨까. 유토피아와 한참은 떨어져 있는 것 같은 이 공간에서 우리는 온갖 혐오와 폭력이 한데 뒤엉켜 있는 장면을 본다. 한 여성이 여성이라는 이유만으로 화장실에서 칼에 찔려 죽는 모습을, 상사에게 몰래카메라 범죄와 성폭행을 당한 여자 직원이 오히려 감봉 징계받는 모습을, 평범한 직원이 일방적으로 쓰레기장이나 다름없는 사무실로 발령받아 근무하는 모습을 본다. 이러한 끔찍한 현실을 맞닥뜨렸을 때, 소설은 과연 무엇을 할 수 있을까. 소설이 할 수 있는 일이란, 유토피아가 거울의 기능을 할 수 있도록 가상의 유토피아를 전유하여 나름의 방식으로 뒤집고 비트는 일이 아닐까. 그래서 디스토피아에 가까운 현실의 민낯을 다각도로 비추는 일이 아닐까. 결국 독자에게 "내가 없는 곳에 있는 나"를, 그리고 '내가 있는 곳에 있는 나'까지 보여주는 일 아닐까. 다행히도 우리에게는 최근 한국사회에 벌어지는 온갖 혐오와 폭력을 성실하고 치열하게 좇아, 우리가 없는 곳에 있는 우리를, 그리고 우리가 있는 곳에 있는 우리를 보여주는 작가가 있다. 바로 박민정이다.

2. 여성들의 희미한, 혹은 지연되는 연대

첫 소설집 『유령이 신체를 얻을 때』[3)] 이후 삼 년 만에 세상에 나온 박민정의 소설집 『아내들의 학교』[4)]에는 전작과 눈에 띄게 달라진

2) 같은 책, 47쪽.

3) 박민정, 『유령이 신체를 얻을 때』, 민음사, 2014. 이하 인용시 본문에 쪽수만 밝힌다.

4) 이 글에서 주요하게 다루는 박민정의 작품은 소설집 『아내들의 학교』(문학동네,

점이 있다. 이제 온갖 폭력에 휘말리는 여성들은 더이상 혼자가 아니다. "예쁘지는 않지만 순수하고 열정적인 젊은 여학생과의 연애"만 공략하는 유부남 교수에게 농락당한 여대생(「생시몽 백작의 사생활」, 100쪽), 남자친구가 "임신한 줄 모르고 아랫배를 걷어찼는데 그만 유산한 여자"(「유령이 신체를 얻을 때」, 71쪽), 자신을 성추행한 사촌오빠로부터 "너희 엄마, 아빠가 이렇게 해도 된다고 했어"라는 말을 들은 여자아이(「옛날 옛적 미국에서」, 137쪽)는 더이상 혼자 방에 웅크려 있지 않는다. 그들은 비로소 자신에게 새겨진 폭력의 흔적을 누군가에게 말하기 시작한다. 박민정은 고립된 이들을 바깥으로 끌고 나와 자신과 비슷한 흔적을 가지고 있는 다른 여성을 문득 발견하도록, 그래서 그들과 닿을 수 있도록 이끈다.

「당신의 나라에서」를 보자. 유학생인 부모를 따라 소비에트 레닌그라드에서 유년 시절을 보낸 '홍유나'는 대학교에서 미학을 전공하고 사진작가 데뷔를 앞두고 있다. 어느 날 그녀에게 블라디보스토크의 극동연방대학교 한국학과 교수 '윤지나'가 메일을 보내어 오랫동안 잊고 지냈던 폭력의 기억을 되살린다. 홍유나 부모의 러시아어 과외 선생이었던 윤지나는 그들 부부의 친구에게 강간을 당했지만 사과를 받기는커녕 불이익을 감수하면서까지 친구의 처벌을 위해 애쓸 수는 없다는 차가운 말을 듣는다. 한편 홍유나 역시 유모로서 자신을 돌보아주던 윤지나의 어머니에게 학대당한 경험을 가지고 있다. 스스로 "그곳에 대해 기억나는 바가 거의 없다"(123쪽)고 말하면서도

2017)에 수록된 「행복의 과학」 「A코에게 보낸 유서」 「당신의 나라에서」 「청순한 마음」 「아내들의 학교」, 그리고 작품집에는 수록되지 않았으나 비슷한 시기에 발표된 「세실, 주희」(『문학동네』 2017년 가을호)다. 이하 인용시 본문에 쪽수만 밝힌다.

당시에 아끼던 토끼 인형을 안고 찍은 사진을 소재로 삼은 작업을 기획할 만큼 레닌그라드에서의 유년 시절에 받은 어두운 상처를 벗어나지 못한다. 그러나 윤지나의 메일을 받은 이후 학대당한 경험을 직면하기로 한 홍유나는 윤지나에게 한 발짝 더 다가가며 이렇게 말한다. "나는 라이너스의 악몽에서 깨어났고, 당신의 나라에서 있었던 일에 대해 알아보려고 합니다."(152쪽)

한편 「행복의 과학」과 그 프리퀄인 「A코에게 보낸 유서」의 여공 '박영희'는 홍유나에 비해 좀더 많은 여성들과 긴밀하게 연결된다. 자신을 창고에 가둔 남자에 의해 강간당할 위기에 처한 박영희는 간신히 남자를 때려눕히고 끔찍한 상황에서 벗어나지만 사람들은 "다들 그래도 폭력을 쓴 건 잘못"(77쪽)이라고 말하거나, 그녀의 말을 믿어주지 않는다. 그러나 오직 '언니' 최영은만은 그녀의 말에 귀를 기울여준다.

> 이렇게 매미가 울면 매미가 운다고 쓰면 되는 거라고 언니는 내게 가르쳐주었다. 네가 보고 듣고 느끼는 걸 날마다 적어봐. 백지와 이야기 나누듯이 말이야. 조금은 마음이 편해질걸. 언니가 노트를 건네주며 말했다. 그리고 항상 그랬듯 마지막에는 귓속말로 나직이 속삭여주었다. 뭐든 자세히 기록해두면 불리할 때에도 도움이 돼. (……) 그래도 어쩔 수 없었어. 그 순간 아저씨를 때려눕히지 않으면 내가 먼저 목 졸려 죽을 것 같았다. 언니는 웃으며 말해줬다. 잘했어. 잘했어. 아예 거시기를 발로 차버리지 그랬니. 내게 그렇게 말해준 사람은 언니가 처음이었다.(「A코에게 보낸 유서」, 77쪽)

박영희에게 "잘했어. 잘했어"라고 격려해주는 언니만 있는 것은 아니다. 그녀의 꿈에는 '언니'가 준 책에서 본 "하얀 저고리에 검은 치마"(79쪽)를 입은 조선학교 여학생이 나타나서 머릿속을 떠나지 않는다. 같은 소설에서 박영희와 최영은의 관계를 연상케 하는 '하나'와 '수영'의 사이도 크게 다르지 않다. 박영희가 남겨놓은 일기를 세심하게 읽어낸 편집자 하나는 회사 비밀을 폭로했다는 이유로 창고 같은 사무실에 격리된 상사 수영이 자료를 찾고 그 시간을 견딜 수 있도록 돕는다.

그러나 이들의 만남을 쉽사리 "희미하지만 굳건한 여성 연대의 장"[5)]이라고 단언하기는 어려워 보인다. 이들 각자에게 새겨진 폭력의 상흔은 서로에게 털어놓는 것만으로 겹쳐지거나 합일되지 않기 때문이다. 「당신의 나라에서」의 홍유나는 "간헐적으로 도착했고, 주기도 일정하지 않"(150쪽)은 윤지나의 메일에 답장하는 것을 계속 미루며 "읽었음에도 답장하지 않는 행위의 의미에 대해서 숙고"(같은 쪽)하는 것조차 회피한다. 「행복의 과학」과 「A코에게 보낸 유서」의 박영희 역시 최영은이 경찰에게 연행된 이후 더는 만나지 못하며 최영은으로 짐작되는 여대생이 수사 도중 성고문 사건을 당했다는 뉴스를 접하고서도 "누구에게 물어봐야 하는지 어디에 연락해야 하는지"(108쪽) 알지 못한 채로 어떤 행동도 하지 못한다. 하나와 수영의 관계 역시 수영이 사무실로 복귀하기까지 적극적으로 한 일이 없다는 하나의 깨달음에서 멈추고 만다. "서로 상처 주는 순간이 있어도 친구가 되어

---

5) 강지희, 「키클롭스의 외눈과 불협화음의 형식」, 『아내들의 학교』 해설, 297쪽. 이 글 외에도 박민정의 소설에 나타나는 여성들의 연대에 주목하는 시각들이 눈에 띈다. 이광호, 「심사평」, 『제7회 문지문학상 수상작품집』, 문학과지성사, 2017 ; 차미령, 「너머의 퀴어—2010년대 한국소설과 규범적 성의 문제」, 『창작과비평』 2017년 여름호.

야 하는 까닭을 나는 이제 알 것 같아요."(107쪽) 하나는 이 말이 수영에게 언젠가 가닿기를 바라지만, 소설 속에서 하나가 이 말을 수영에게 직접 전하는 장면은 찾아볼 수 없다.

물론 박민정 소설에서 여성들의 연대가 전혀 존재하지 않는다고 말할 수는 없겠다. 다만, 성폭력과 여성 혐오라는 비슷한 폭력을 겪은 이들의 연대는 편지나 메일을 통해 희미하게 나타나거나 끝없이 지연되는 방식으로만 존재한다. 그렇다면 연대를 최종적인 지향점으로 삼고 애써 그 흔적을 찾아내기보다는 박민정 소설이 왜 확실한 공감과 연대로 나아가지 않는지 물어야 할 것이다. 이에 답하기 위해, 방향을 바꾸어 먼저 이렇게 질문해보자. 여성들의 연대가 미뤄지는 동안 이들에게 과연 무슨 일이 발생하는가?

3. 여성 혐오를 서사화하는 한 방식

비슷한 폭력을 겪은 피해 여성들과의 연대가 미뤄지는 동안, 인물들에게서 나타나는 것은 폭력의 구조를 인지하게 되는 과정이다. 이들이 겪는 폭력은 현재의 시점에서 벌어지지 않는다. 대신 현재 시점의 인물이 과거에 발생했던 폭력 사건을 깨닫고 곱씹는 방식으로 서사가 진행된다. 다시 말해 박민정의 소설 속에서 폭력의 사태는 있는 그대로 묘사되는 것이 아니라 인물에 의해 한차례 성찰을 거친 채 사유의 형태로 드러나게 된다. 인물이 주관적으로 경험하게 되는 폭력 사건은 시간의 흐름이라는 거리를 두고 객관적인 파악의 대상이 되는 것이다.[6]

---

6) 루카치는 소설에서 인물의 경험적인 주관성이 시간의 흐름에 의해 어느 정도 극복

「행복의 과학」과 「A코에게 보낸 유서」에서 편집자 하나는 '행복의 과학'이라는 종교에 빠졌던 일본 소년 '기노시타 류'가 자신의 경험을 담아 쓴 『류의 이야기』의 편집을 맡게 되면서, 자신의 배다른 오빠인 기노시타 미노루가 1991년에 한국인 여성인 박영희를 살해했다는 사실을 깨닫는다. 「당신의 나라에서」의 홍유나 역시 윤지나의 메일을 받으면서 자신이 유년 시절에 보모에게 학대를 받았다는 사실과 함께, 윤지나가 1990년대 초중반에 자신의 부모님의 친구에게 강간을 당한 적이 있으며 부모님은 그것을 알면서도 모른 척했다는 사실을 깨닫게 된다. 소설에서 하나와 홍유나가 폭력을 마주하는 방식은 지금 눈앞에서 벌어지는 폭력 사태를 지켜보거나 온몸으로 감내해야 하는 것이 아니다. 류, 박영희, 윤지나라는 전달자의 언어에 의해 이미 정제된 폭력 사건은 책, 일기, 메일이라는 객관적인 문자 형식을 통해 인물에게 경험된다.

이들의 깨달음이 폭력 사건이 벌어진 지 한참 후에 우연한 계기로 찾아오며 그 이후의 과정이 소설의 서사를 이룬다는 사실은, 박민정 소설의 초점이 '누가 누구에게 폭력을 행사하느냐'라기보다 '폭력을 어떻게 의미화하느냐'라는 것을 시사한다. 이십여 년 전에 발생한 폭력 사건을 알게 된 하나와 홍유나가 그것을 어떤 의미로 해석하느냐의 문제가 소설을 추동해나간다. 이때 폭력의 의미화라는 과제를 짊

될 수 있다고 보았다. "이러한 극복을 가능하게 만드는 것이 바로 시간이다. 그 어떤 것에도 방해받지 않고 중단되지 않는 시간의 흐름은 모든 이질적인 조각들을 갈아서 닮게 만들어—물론 비합리적이고 말로 표현할 수 없는—관계를 맺게 하는 동질성의 통합 원리이다. 시간은 인간들의 무분별한 혼란을 정돈하고, 그 혼란에 자체적으로 만개하는 유기체의 외관을 부여한다."(게오르그 루카치, 『소설의 이론』, 김경식 옮김, 문예출판사, 2007, 149쪽)

어진 인물이 깨닫는 것은 폭력 사건 그 자체이기도 하지만, 그보다 자신이 거대하고 촘촘한 폭력의 구조 속에 꼼짝없이 연루되어 있다는 사실이다. 따라서 박민정의 소설에서 부각되는 것은 가해자에 대한 분노나 피해자에 대한 안타까움이라는 감정적인 반응이라기보다는, 부지불식간에 혹은 아무것도 모르던 어린 시절에 자신의 의도와는 상관없이 이미 폭력이라는 연쇄적인 구조의 일부가 되어 있다는 앎이다.

하나는 착잡한 기분에 사로잡혀 힘없이 웃어 보였다. 그저 지독한 농담일 뿐이라고 여겨보려 해도, 세상에 공개되리라고는 상상도 하지 못하고 죽기 하루 전날까지 일기를 썼을 박영희를 생각하니 마음이 무거웠다. 그녀의 이야기를 다시 공개하려고 하는 것이었다. 다름아닌 가해자의 배다른 동생인 자신이.(「A코에게 보낸 유서」, 86쪽)

따라서 박민정의 소설이 겨냥하는 바는, 근래에 여성 혐오를 다루는 다른 작가들의 소설이 성실하게 겨냥하고 있는 효과,[7] 즉 피해자를 위로하거나 가해자를 고발하는 효과에 있지 않다. 물론 이는 그녀

7) 조연정은 여성의 부당한 삶의 조건을 고발하고 공유하는 『82년생 김지영』을 비롯한 최근 문학들의 효과에 대해서 명료하게 정리한 바 있다. "『82년생 김지영』에 그려지는 디테일들은 너무나 평범하지만 그러한 디테일에 대다수의 여성들이 공감할 수밖에 없다는 그 당연한 사실이 정말 심각한 문제인 것은 아닌가. 이러한 점을 재차 각성시킨다는 점에서 이 소설은 그 자체로 의미있는 정치적 텍스트가 되는 것이 아닌가. (……) 문학의 위축을 염려하는 일보다 나의 신념과 맞지 않는 현실에 분노하는 일이, 즉 여성의 부당한 삶의 조건을 고발하고 공유하는 일이 더 시급한 것으로 여겨진다."(조연정, 「문학의 미래보다 현실의 우리를—문학의 정치적 올바름에 대하여」, 문장 웹진 2017년 8월호)

의 소설이 위로나 고발의 효과를 전혀 발생시키지 않는다는 것을 의미하지 않는다. 다만 여기에서 지적하려는 것은 박민정 소설이 피해자의 참혹한 심정에 공감하거나 가해자의 죄목을 가려내어 폭로하는 것과는 다른 차원의 문학적 기능에 도달한다는 것이다.[8] 그 문학적 기능이란 바로, 폭력의 연쇄적인 구조 속에서 한 개인이 어떠한 겹겹의 '구체적 조건' 속에서 존재할 수 있는지 소설적 형상화를 통해 몸소 보여주는 것이다. 이때의 '구체적 조건'이란 한 개인을 가로지르는 국가, 세대, 계급, 성별이라는 다층적인 사회적 지표들이다.

이는 특히 여성 혐오 및 그에서 비롯된 폭력을 문학적으로 형상화하는 문제에 있어 중요한 지점이다. 오늘날 페미니즘 문학의 최전선을 달리고 있는 강화길은 호숫가라는 스산한 공간을 배경으로 남자친구에게 폭력을 당한 여자와 그를 의심했다는 이유로 똑같은 위협에 처하게 된 다른 여자를 겹쳐놓으며(「호수—다른 사람」, 『괜찮은 사람』, 문학동네, 2016), 조남주는 1980년대 초반에 한국에서 태어난 여성이라면 성장과정과 사회생활을 거치면서 겪을 수밖에 없는 보편적인 차별과 부조리를 그려내는 방식(『82년생 김지영』, 민음사, 2016)으로 여성 혐오를 다룬다. 이들은 여성이라는 하나의 범주 속에 여러 인물들의 공통적인 서사를 포개놓는 문법을 통해 사회에서 여성이라는 이유 하나만으로 폭력을 당하고 차별받는 이들이 처한 상황을 효과

---

8) 이와 관련하여 박민정은 한 인터뷰에서 다음과 같이 밝혔다. "사회인인 저에게는 어떤 악행도 차마 이해할 여유는 없습니다. 그러나 소설가인 저에게 어떤 악인을 통한 악의 고발은 두려운 것입니다. 소설이 고발에 복무해야 한다고 생각하지 않습니다. 그렇다고 그 어떤 인간이든 그를 이해하자는 생각 역시 차마 할 수 없습니다. 고발과 이해는 제게 모두 프로파간다로 여겨집니다."(박민정, 2017년 여름 〈이 계절의 소설〉 인터뷰, http://moonji.com/monthlynovel/13700)

적으로 폭로한다. 특히 남성에게 폭력을 당한 여성들이 입원해 있는 병원에서 벌어지는 미스터리한 사건을 그린 강화길의 「다락」의 서사적인 효과를 단적인 예시로 들 수 있다. 이 소설에 등장하는 여러 여성들은 "어떤 여자" "그 여자" "그녀"라고 호명되며, 이를 통해 소설은 이들 중 누구의 이야기인지 헷갈리게 만드는 동시에 이들의 이야기를 하나로 포개는 효과를 유발한다.[9] 이로써 여성들이 각자 사회에서 겪어왔던 폭력과 부조리의 경험들은 하나의 서사로 맺어지고, 공유되고, 환기된다.

그러나 최근에 한 비평가가 지적했듯 여성 혐오를 비판하는 담론은 "피해자를 여성으로 고착시키는 논의로 되돌아올 위험"을 내재할 수 있으며, "'남성연대를 위한 여성의 대상화' 과정 자체를 끊임없이 입증해내는 단일한 회로"[10]로 비칠 가능성을 안는다. 이를 고려한다면, 박민정의 서사 전략은 여러 여성 인물들을 젠더라는 하나의 범주로 묶는 대신 국가, 세대, 계급이라는 다층적인 조건들의 차이 속으로 밀어넣음으로써, 여성의 대상화 혹은 피해자화라는 함정에 빠지지 않도록 소설을 지탱한다. 또한 폭력의 피해자인 여성을 젠더라는 하나의 조건으로 환원하지 않고 이들이 가진 여러 조건의 차이를 부각하는 방식은 여러 겹의 조건들 속에 살아가는 '사회적 개인'[11]으로 자

9) "어느 날, 명아는 그런 이야기를 했다. 어떤 여자의 마음에 대해서였다. 그녀는 소원이 하나 있었다. 이런 말을 해보는 거였다. 인생을 포기했다거나, 대충 살기로 마음먹었다는 말. (……) 그러나 그녀는 그렇게 할 수 없었다. 왜냐하면 그녀는 아팠기 때문이다. (……) /이야기를 끝낸 후, 명아는 나를 바라보며 물었다. /"누구 이야기 같아?""(강화길, 「다락」, 『문학동네』 2017년 가을호, 119쪽)

10) 백지연, 「페미니즘 비평과 '혐오'를 읽는 방식」, 『창작과비평』 2017년 여름호, 22쪽.

11) 샬럿 윗은 젠더 및 사회적 개체성 개념을 명료화하기 위해, 자기의식을 지닌 자로

리매김할 수 있는 가능성을 열어젖히는 동시에, 페미니즘 운동이 젠더 문제에만 함몰될 경우 사회경제적인 차원과 유리될 수 있다는 낸시 프레이저의 지적[12)]에 대한 하나의 답변이 될 수 있다.

이 지점에서 "여성들의 연대가 미뤄지는 동안 이들에게 과연 무슨 일이 발생하는가?"라는 질문을 다시 떠올려보자. 「행복의 과학」과 「A코에게 보낸 유서」의 박영희와 최영은, 하나와 수영, 그리고 「다른 나라에서」의 홍유나와 윤지나의 연대가 지연되는 동안 그들은 자신이 폭력의 연쇄적인 구조 속에 연루되어 있다는 사실을 깨달아갔음을 앞서 밝힌 바 있다. 그런데 박영희가 깨달은 것은 자신이 언제든지 힘센 남성에게 성폭행을 당할 위기에 처할 수 있는 나이 어린 여공이라는 점뿐만이 아니라, 엘리트 대학생인 '언니'와 같을 수 없다는 점이었다. 한편 홍유나가 깨달은 것은 유년 시절 보모에게 학대를 당했다는 사실뿐만이 아니라, 풍요로운 경제적, 문화적 자본을 가진 부모를 두지 못한 레닌그라드의 고려인 윤지나와는 다른 인생을 살아왔다는 점이었다. 박민정 소설에서 여성들이 여성 혐오라는 폭력에 시달린다는 공통점을 가졌음에도 불구하고 완전하게 연대하는 결말로 나아가지 못하게 만드는 것은 이들의 실존을 가로지르는, 그 안에 꼼

서의 '개인(persons)'과 생물학적으로 인간인 자로서의 '인간(human beings)'과 공시적·통시적으로 사회적 위치를 점유한 자로서의 '사회적 개인(social individuals)'을 구분한 바 있다. 이러한 존재론적 범주들은 각기 다른 규범성을 가지기 때문에, 사회적 개인으로 존재하는 것과 인간으로 존재하는 것은 동등한 차원이라고 볼 수 없다. 마리 미콜라, 『섹스와 젠더에 대한 페미니즘의 관점들』, 강은교 외 옮김, 전기가오리, 2017, 67~68쪽.

12) 낸시 프레이저, 「인정을 다시 생각하기」, 케빈 올슨 엮음, 『불평등과 모욕을 넘어—낸시 프레이저의 비판적 정의론과 논쟁들』, 문현아 외 옮김, 그린비, 2016.

짝없이 갇혀 있을 수밖에 없는 사회적인 조건들이다. 박민정은 이러한 차이들을 봉합하지 않고 이들이 쉽사리 발맞추어 걸어가지 못하는 장면을 있는 그대로 우리의 눈앞에 제시하며, 젠더 불평등 프레임만으로는 포섭되지 않는 국가, 계급, 세대라는 복잡한 사회적 문제까지 정확하게 짚어낸다.

이러한 겹겹의 갈등을 섬세하게 포착해내고 있는 소설이, 작품집 『아내들의 학교』에 수록되는 않았으나 비슷한 시기에 발표된 「세실, 주희」다. 명동의 쥬쥬하우스에서 매니저로 일하는 '주희'는 가수 유노윤호가 좋아 한국으로 왔다는 일본인 직원 세실에게 한국어 과외를 해달라는 제안을 받고, 일요일 오후마다 '세실'의 한국어 능력 시험 준비를 돕게 된다. 그러나 주희는, 한국 여자들은 성형을 많이 한다는 말을 쉽게 던지고 남자인 친구가 멀리서 주희를 보고 예쁘다고 했다는 말을 아무렇지도 않게 전하는 세실을 보며 거북한 거리감을 느낀다. 그러던 중 세실의 할머니가 1945년 아시아태평양전쟁 말기에 참전한 소녀 군대 '히메유리 학도대' 출신이며 세실이 할머니가 야스쿠니 신사에 안치되어 있다는 사실을 자랑스러워한다는 것을 알게 되면서 주희는 무시할 수 없는 불편함을 느낀다. 더구나 뉴올리언스의 펍에서 남자들이 자신에게 가슴을 보여달라고 외치는 영상이 포르노 사이트에 올라왔다는 기억과, 일본이 자행한 전쟁이 겹쳐지면서 주희의 괴로움은 더욱 심해진다.

「세실, 주희」는 앞서 제시한 박민정의 소설들과 마찬가지로 과거에 있었던 폭력의 경험이 현재의 시점에서 상기되는 모습을 보여준다. 그러나 무엇보다 이 소설은, 야스쿠니 신사에 안치되어 있는 할머니를 자랑스러워하는 세실과의 만남을 통해 주희가 자신을 가로지르고 있는 국가적, 세대적, 성별적 조건을, 즉 자신이 일본에게 식민 지배를 당한 경험이 있는 한국의 평범한 가정에서 1993년에 태어난 여자라는 사실을 철저하게 인식하게 되는 모습을 그려낸다. "1945년 오키나와 전투에서 미군의 공격을 받기 전에 여학생들을 인솔해서 명예롭게 자결하신 우리 할머니, 사쿠라코 할머니의 군대 '히메유리 학도대'"(187쪽)를 자랑스럽게 기억하는 세실의 일기를 곱씹을수록 주희에게 선명해지는 것은, 자신이 그러한 말을 마음 편히 듣고 넘길 수 없는 조건, 즉 일본의 식민지 지배를 겪은 한국이라는 나라에서 태어났다는 조건에 처해 있다는 사실이다. 일본군 '위안부' 할머니들의 평화 집회를 보면서도 그 의미를 깨닫지 못한 채 자신의 할머니를 떠올리는 세실의 눈빛은 주희의 시선과 만나지 못한다. 소녀상 근처에 도착해서도 여전히 "동상의 의미"(194쪽)를 모르는 세실을 그리고 있는 이 소설의 마지막 장면은 너무나도 다른 조건을 타고난 이들의 연대가 앞으로도 쉽사리 이루어지지 못할 것임을 드러낸다.

> 주희는 주변을 둘러봤다. '이 역사 부정의 수렁에서 벗어나 진실한 화해와 치유의 길로!' '피해 당사자에게, 그리고 그 가족에게, 피해자들과 동시대를 살고 있는 우리 모두에게 필요한 해결의 길' 등 빼곡하게 문구를 적어넣은 피켓이 눈에 띄었다. 그때 세실이 주희의 팔짱을 조금 더 힘주어 꼈다. 지금 무슨 시위 중인가요? 나는 시위대의 주변에 있으면 안 되는데…… 외국인은 좀 민감해서요…… 세실은 주희의 어깨에 얼굴을 갖다댔다. 주희는 세실을 토닥이며 말했다.
>
> "괜찮아요, 세실 상. 이건 평화로운 집회예요. 전쟁 피해자들을 위한 집회예요."

세실은 눈을 빛내며 대답했다.

"아, 그래요? 나도 중학교 때부터 반전 집회에 참여했어요, 일본에서. 우리 할머니도 전화에 돌아가셨으니까요."

주희는 기분이 이상해져 세실을 돌아봤다. 세실은 멀리 있는 것을 보려는 듯 발돋움을 했다. 주변을 둘러보며 눈시울을 붉히기도 했다. 주희는 세실을 속인 것 같은 기분이 들었다. 세실, 당신의 할머니와 여기서 말하는 피해자 할머니들은 조금 달라요…… 세실의 할머니는 야스쿠니 신사에 있다면서요……

(……) 행렬은 어느덧 소녀상 근처에 도착했고 세실은 동상의 의미를 몰랐다.(「세실, 주희」, 193~194쪽)

4. 반어적인 유토피아의 세계

마지막까지 "세실을 속인 것 같은 기분"을 떨치지 못하는 주희의 이야기에서 우리는 일본에게 식민 지배를 당한 역사가 오늘날 한국과 일본의 젊은이들에게 지속되는 갈등의 한 자락을 읽는다. 그렇다면 폭력에 연루된 여성들의 단단한 연대를 끝내 그려내지 않는 박민정의 소설을 어떻게 받아들여야 할까. 일본군 '위안부' 소녀의 "동상의 의미를 몰랐"던 세실을 바라보며 "당신 할머니와 여기서 말하는 피해자 할머니들은 조금 달라요"라고 말하지 못하는 주희의 참담함은 어떻게 해석되어야 할까.

그러나 여성들의 연대가 끝내 완성되지 못했다는 사실 못지않게 중요한 것은 이를 대면하는 인물의 태도일 것이다. 이를 기준으로 박민정의 최근 소설을 셋으로 나누어보면 어떨까. 첫번째로 「세실, 주희」에서처럼 한 인물이 끝내 폭력의 구조를 '모른' 채 연대에 다다르지 못하는 경우가 있다. 세실과 주희가 마지막까지 소통하지 못하는 이유는 세실이 일본군 '위안부' 소녀상의 의미를 '몰랐고', 더 근본적으로는 야스쿠니 신사에 안치된 자신의 할머니를 자랑스럽게 여기면서도 일본이 전쟁에서 저지른 잔혹한 폭력에 대해서는 '무지했기' 때문이다. 세실이 일본군 '위안부' 소녀상 혹은 전쟁의 피해자들에 대해 모른다는 사실은, 자신을 뉴올리언스 펍에 데려간 친구 'J'가 그곳에서 찍힌 영상이 포르노 사이트에 올라가 있다는 사실을 모른다는 사실과 포개지면서 주희를 더욱 고통스럽게 만든다. 그러나 뉴올리언스의 펍에서 찍힌 영상이 포르노 사이트에 올라갈 줄은 상상도 못했을 J에게 결국 영상에 대해서 털어놓지 못하는 것과 마찬가지로, 주희는 세실에게 전쟁과 식민지 지배를 둘러싸고 한국과 일본 사이에 일어난 끔찍한 폭력에 대해 설명할 엄두를 내지 못한다. 세실과 J는 그저 아무것도 모르는 채로 남고 만다.

이와 반대되는 지점에 두번째 유형인 「행복의 과학」 「A코에게 보낸 유서」와 「당신의 나라에서」가 있다. 「행복의 과학」과 「A코에게 보낸 유서」에서 하나는 우연히 기노시타 류의 책을 편집하게 되면서 서서히 드러나는 폭력 사건의 전말을 '알고자' 한다. 그녀는 "일주일 넘게 빨지 않은 실내복을 입고, 주말 내내 빵으로 끼니를 때우면서"(72쪽)까지 기노시타 미노루의 살해 사건을 둘러싼 기록을 찾는데 열중하고, 그것을 '알아가는' 과정에서 회사의 부패를 고발했다는 이유로 격리되어 있는 수영의 고립된 처지에 한걸음 더 다가가게 된다. 한편 「당신의 나라에서」의 홍유나는 레닌그라드에서 보낸 유년시절의 희미한 상처에 마주하기 위해 당시에 찍은 사진을 이용한 작업에 착수하고, 과거 소련에서 있었던 일에 대해 '알아보려고' 한다는 답장을 윤지나에게 보낸다. 첫번째 유형의 소설에서 폭력의 구조를 '아는' 인물과 '모르는' 인물 사이의 좁힐 수 없는 간극을 다루었다면, 두번째 유형의 소설에서는 그것을 집요하게 '알고자' 하는 여성들이 부각된다.

그러나 박민정은 여기에서 한 걸음 더 나아간다. 박민정 소설의 탁월함은 폭력의 구조를 '알면서도 모르는 척'하는 인물을 포착한 세번째 유형의 소설들, 즉 「청순한 마음」과 「아내들의 학교」에서 빛난다. 「청순한 마음」에서 모교의 심리 상담센터에서 일하는 상담가 '윤수지'는 'P교수'에게 성폭행당한 피해자 학생의 신경정신과 병력을 유출했다는 의심을 받는다. 그런 그녀에게 자꾸만 떠오르는 것은 고3 시절 입시 컨설팅 아카데미의 선생님으로서 자신을 가르쳐주던, 당시 심리학과 박사과정 재학중이던 '이수지'이다. 부모님의 경제적인 지원 아래 국제고에 다니던 윤수지는 당시에 이수지가 "자신을 위해서는 학자금 외엔 한 푼도 쓰지 않는데 늘 허덕여야 하는 것에 진력난"(171쪽) 가난한 대학원생이라는 것을 알지 못한 채, 빈부 격차의 원인을 사회적 약자의 부족한 인내심으로 돌리는 논술문을 써내거나 교수가 되려는 꿈을 포기한 아버지를 선생님 앞에서 비웃곤 했다. 윤수지는 학생처장에게 성희롱당하는 등 열악한 대학 구조에서 약자의 처지에 놓인 현재 시점에 와서야 알 수 없는 서술자에 의해 '너'라는 이인칭으로 호명되면서, '청순한 마음'으로 마냥 동경하던 이수지 선생의 입장을 '알도록' 요구받는다. 그러나 소설의 마지막에 이르러 윤수지가 보여주는 것은 그러한 요구를 애써 '모른 척'하려는 순간이다.

너는 재떨이로 사용하는 화분을 일별한다. 없던 것이 보인다. 담배꽁초가 섞인 배양토를 뚫고 허연 버섯들이 자라 있다. 세면대 밑에 함부로 두었더니 습기가 찬 모양이었다. 어젯밤에는 발견하지 못했던 것이다. 가장 잘 자라 둥근 머리를 내민 버섯을 들여다본다. 표면의 결이 촘촘하다. 화분을 받친 손의 미세한 떨림 때문에 버섯대가 파르르 흔들리는 것 같다. 더러운 것이 증식하고 있다는 기분이 들어 몹시 역겨워진다. 동시에 문득 강낭콩이 자라나 떡잎 사이로 본잎을 틔우던 모양이 생각난다. 출근할 때마다 오늘은 얼마나 자랐을까 기대하며 화분을 들여다보곤 했다. 내 손에서 뭔가 자라나고 있다는 생각에 들뜨고 뿌듯했던 그때를 떠올린다. 그것과 이것이 다르지 않다는 생각이 너의 머릿속을 스친다. 너는 곧 생각하기를 그만둔다.(「청순한 마음」, 180~181쪽)

거짓 소문 때문에 불행해질지도 모른다는 불안감 앞에서 윤수지는 성폭행범이 P교수라는 것을 알았더라면 "그와 친분이 없다는 것을 증명하기 위해 노력했"(180쪽)을 것이라는 생각으로 자신의 면피에만 집중한다. 여기에서 소설의 눈길은 "재떨이로 사용하는 화분"에서 "담배꽁초가 섞인 배양토를 뚫고 허연 버섯이 자라 있"는 역겨운 모습으로 향한다. 중요한 것은 이러한 모습이 "강낭콩이 자라 떡잎 사이로 본잎을 틔우던 모양"과 다르지 않다는 윤수지의 인식이다. 이는 고등학생 시절 경제적인 기득권을 바탕으로 이수지 선생에게 상처를 주었던 '청순한 마음', 그리고 성폭행 가해자 P교수와 결탁하여 피해 학생의 신경정신과 병력을 유출했다는 의심을 받는 억울함이 복잡하게 연결되는 지점이기도 하다. 그러나 이러한 겹겹의 조건과 잘잘못에 대해서 "생각하기를 그만"두기로 한 윤수지의 태도는 재떨이에서 자란 "허연 버섯"의 이미지와 겹쳐지고, 이로써 과거를 반성적으로 성찰하면서 떠올렸던 이수지 선생과 연대할 수 있는 가능성도 마르게 된다.

윤수지가 자신을 둘러싼 폭력의 구조에 대해서 '알지' 않겠다는 태도에서 멈추었다면, 「아내들의 학교」의 '설혜'는 적극적으로 '모르고자' 한다는 점에서 그 절망이 심화된다. 동성혼이 합법화된 시점을 배경으로 삼고 있는 이 소설에서 설혜는 중학교 시절부터 "미증유의 아름다움을 가진"(218쪽) '선'을 사랑해왔고 결국 그녀와 결혼하는 데 성공한다. 그러나 소설은 동성혼이 합법화된 이후에도 여전히 레즈비언 커플에 대한 폭력이 자행되고 있으며 단지 그 차별이 더욱 미시적으로 바뀌었을 뿐인 현실을 제시함으로써, 이들에게 가해지는 혐오가 단순히 제도적인 그물로 해결될 수 없는 복잡다단한 것임을 드러낸다. 특히 「아내들의 학교」에서 부각하는 것은 자본주의 구조 속에서 동성애가 소비되는 방식이다. 〈톱 모델 서바이벌 코리아〉라는 프로그램에서 이십대 후반의 나이 많은 모델로 참가한 선은 나이 어린 모델들과의 경쟁에서 살아남기 위해 아내인 설혜와 입양한 아홉 살짜리 아들을 TV에 출연시키고자 한다. 매스컴에 레즈비언 부부로 소비되는 것을 한사코 거절하던 설혜는 "그게 사람들이 나한테 바라는 드라마라고. 이거 안 하면 나 우승 못해"(240쪽)라고 말하는 선의 절박함에 못 이겨 결국 프로그램 출연을 결심한다. 결국 이 소설의 마지막 장면이 보여주는 것은 동성애를 '파는' 자본주의의 구조에 제발로 먹혀 들어가겠다는 설혜의 섬뜩한 태도이다.

> 아마 그들은 그렇게 메이킹할 것이다. 그래도 저에게는 가장 소중한 가족이에요. 저희와 같은 가족들에게 힘이 되고 싶습니다. 부러 눈썹과 입술에 아무것도 칠하지 않은 파리한 얼굴로 선은 그렇게 말할 것이다.
>
> ENG 카메라를 본 아이가 겁을 먹으며 설혜의 뒤로 숨는다. 선은 무릎을 꿇고 앉아 아이에게 손짓한다. 이리로 와. 아저씨가 예쁘게 찍어주실 거야. 아이가 쭈뼛거리며 발걸음을 옮긴다. 설혜는 그 모습을 지켜보며 생각한다. 잊지 마. 이것이 내가 원한 유토피아였다는 걸.(「아내들의 학교」, 241쪽)

설혜가 말한 "유토피아"라는 단어는, 대학 시절 여학생회에서 "부잣집 년"(229쪽)이라는 이유로 설혜를 비난하고 설혜가 레즈비언이라는 사실을 아우팅한 회장 언니의 입에서 먼저 나왔던 말이다. 회장 언니는 동성혼이 합법화된 이후 설혜에게 "그래, 이렇게 좋아진 세상에서 너희들이 더 당당하게 살 수 있으리라고도 생각해. 꼭 결혼해라. 네가 원했던 유토피아가 왔으니까"(240~241쪽)라고 비아냥거리듯 말한다. 그러나 자본주의 사회에서 살아남기 위해 동성애를 팔아야 하는 설혜에게 현실은 "이렇게 좋아진 세상"도, "원했던 유토피아"도 아니다. 여기에서 유토피아란 끔찍한 현실에 대한 반어에 다름 아니다.

우리를 놀라게 하는 것은 이 끔찍한 유토피아를 대하는 설혜의 태도다. 설혜는 "이것이 내가 원한 유토피아"라는 반어적인 다짐을 통해 동성혼을 합법화하면서도 그것을 자본주의적으로 소비하는 사회의 모순과 기어이 한몸이 되려는 몸짓을 보여주기 때문이다. 푸코의 몸이 "이 모든 유토피아들 덕분에 사라졌다"면, 카메라 앞에서 아들과 서서 웃는 설혜의 몸은 반어적인 유토피아와 기어코 한몸이 된다. 이 반어적 형상화는 개인을 무력하게 만드는 폭력적인 세계의 민낯을 효과적으로 폭로한다. 루카치는 소설에서 반어라는 형식이 "이상이 주관적·심리적으로 제약되어 있음"[13]을 파악할 수 있다고 말한 바 있다. 그에 따르면 주관적이라는 한계를 가지는 인물이 총체적인 세계의 조각이라도 그려볼 수 있는 것은, 오직 자신이 제약되어 있다는 사실을 철저하게 깨닫는 방식으로써만 가능하다. 인물이 유토피아에 도달하지 못하는 실패를 반어적으로 형상화할수록 소설은 "총체성을 창조하는 진정한 객관성의 유일하게 가능한 선험적 조건"[14]을 가지기 때문이다. 더불어 설혜의 반어적인 다짐은 자본주의적 폭력의 심연을 드러낼 뿐만 아니라 그 앞에서 개인이 취하는 윤리적 자세라는 문제까지 깊이 건드린다. 자본주의 사회와 설혜의 기이한 결합은 독자에게 비윤리적인 세계 속으로 정말로 먹혀들어가도 괜찮겠냐는 질문을 던지고 있기 때문이다.

5. 기어이 알고자 하는 윤리적 자세

이 지점에서 우리의 눈길은 다시 두번째 유형의 소설로 돌아오게 된다. 「아내들의 학교」가 섬뜩하게 보여주는 비윤리적인 세계의 심연에 빠지지 않으려는 안간힘이 거기에 있기 때문이다. 「행복의 과학」과 「A코에게 보낸 유서」의 하나가 편집자로서의 자신의 능

13) 게오르그 루카치, 『소설의 이론』, 107쪽.

14) 같은 책, 108쪽.

력이 "어지간히 역겨운 정보도 서슴지 않고 찾아볼 수 있는 강한 비위"(57~58쪽)에 있다고 말하며 지독한 치치올리나의 포르노를 보던 기억을 회상하는 장면을 떠올려보자. 남자 선배들도 혀를 내두르며 자리를 뜨고 지나가다 영상을 본 후배가 헛구역질을 하는 동안 하나는 그것을 끝까지 지켜본다. 이는 하나가 박영희와 기노시타 미노루의 일기를 끝까지 추적해내는 원동력이기도 했다. 물론 이 소설들에서마저 하나와 수영, 그리고 박영희와 최영은이라는 여성들 간의 단단한 연대는 이루어지지 않는다. 그러나 박민정은 섣부르게 연대하는 대신 이를 신중하게 지연시키면서 그 자리에 "때론 감당하기 힘들다고 여기면서도 그것들을 똑바로 바라보는"(58쪽) 자세, 즉 기어이 알고자 하는 태도를 놓는 것이다.

이러한 태도는 폭력의 연쇄적인 구조 속에 꼼짝없이 걸려 있는 자신의 다층적인 조건들에 대해 치열하게 알고자 하는 노력이다. 자신을 이루는 수많은 조건들을 망각하지 않은 채 끝까지 쳐다보려는 안간힘이다. 박민정의 소설에서 여성들의 연대가 쉽사리 이루어지지 않는 것은 성별이라는 하나의 범주에 포섭되지 않는 국가적, 계급적, 세대적 차이를 못 본 체하고 넘어가지 않으려는 자세에서 비롯한다. "차이가 모호해질 때, 대립의 한계가 문제시될 때, 동일성이 있다고 결론 내릴 일이 아니라 차이에 대한 관심을 증폭하고 분석을 정교화"[15)]해야 한다면, 박민정의 소설에서 나타나는 것은 연대의 실패라

15) Jacques Derrida, *The Beast and the Sovereign*, Vol.1, trans. Geofferey Bennington, University of Chicago Press, 2009, p. 56, 황정아, 「동물적인 것과 인간적인 것—문학의 질문과 『엘리자베스 코스텔로』, 『창작과비평』 2016년 봄호에서 재인용.

기보다는 더욱 단단한 연결을 위한 밑바탕으로 보인다. 이것은 이론이나 담론의 그물로 길어올릴 수 없는, 그러나 문학이 훌륭하게 형상화해낼 수 있는 겹겹의 실존적 조건이기도 하다. 그 많은 겹겹의 조건들을 꼼꼼히 따진 뒤 "당신의 나라에서 있었던 일에 대해 알아보려고 합니다"라는 문장에 힘겹게 도달한 박민정은 우리에게 폭력을 대하는 하나의 윤리적 자세를 제안한다. 홍유나가 레닌그라드에서 있었던 일에 대해서 알아보려고 했듯, 우리도, 우리에게 있었던 일을 철저하게 알아보자고.

(2018)

그런 피해자는 없다
—강화길의 「오물자의 출현」

강화길의 「오물자의 출현」[1]을 읽는 사람이라면 다음과 같은 질문을 하게 될 것이다. '김미진'은 누구지? 도대체 어떤 사람이지? 김미진에게 무슨 일이 있었던 거지? 이러한 질문들이 「오물자의 출현」의 독서를 추동한다. 우선 김미진은 여성이다. 김미진은 이 년 전에 죽었다. 김미진은 지방에서 상경한 소설가 지망생이었다. 김미진은 가상 연애 프로그램에 출연한 뒤 연예인이 되었고 드라마와 시트콤에서 연기를 하면서 배우로 발돋움했으나 위치는 좀 애매했다. 김미진은 스물네 살에 데뷔해 서른 살에 결혼했으며 그사이에 열일곱 명의 남자와 스캔들을 냈다. 김미진은 가상 연애 프로그램에 함께 출연했던 서울대 미학과 출신의 훤칠한 신인 남배우 '이진오'의 구애를 숱하게 거절했지만 결국 그와 결혼했다. 김미진은 결혼한 지 육 개월 만에 이

1) 강화길, 「오물자의 출현」, 『릿터』 2018년 12/2019년 1월호. 이하 인용시 본문에 쪽수만 밝힌다.

혼했으며 결혼 기간에 썼던 소설 「지옥」으로 한 공모전의 최종 심사까지 올랐다. 김미진은 집안에서 장녀이자 유일하게 돈벌이를 책임지는 구성원이었던 동시에 불면증에 시달리는 알코올의존증자였다. 이상은 김미진에 관한 대략의 신상 정보들이다. 여기까지 들었을 때 당신은 김미진에 대해서 어떻게 생각하는가? 이러한 여성이 익숙한가, 아니면 낯선가? 이러한 여성에게 호감을 느끼는가, 아니면 거부감을 느끼는가? 흥미로운가, 아니면 조금은 불편한가? 이러한 질문들을 쥔 채로 이 소설에 대해서 계속 이야기해보자.

그런데 「오물자의 출현」에서 김미진의 목소리가 직접 들리는 경우는 거의 없다.[2] 우리는 이 년 전에 죽은 그녀의 목소리를 겹겹의 액자 구조를 통해서 간접적으로 들을 수 있을 따름이다. 먼저 이 소설을 감싸고 있는 가장 큰 액자로 ① 이 글을 소개하는 익명의 서술자가 있다. 서술자에 따르면 이 글은 ② 김미진의 일기를 편집한 책 『오물자의 출현』 광고를 위한 서평으로서 김미진을 바라보는 여러 인물들의 관점을 담고 있다. ③ 김미진이 허세로 가득하다고 비난한 여배우 'K', ④ 김미진이 죽은 뒤 그녀의 전기를 쓴 '이마리', ⑤ 인간과 사회의 병리적 상태를 주제로 쓴 박사논문에서 김미진의 일화를 다룬 '김지우', ⑥ 결혼한 지 사 개월이 되었을 때 김미진에게 가정폭력을 휘둘러 신고를 당한 이진오, ⑦ 그때 김미진이 의식을 거의 잃은 것을 확인한 'T 경관' 등…… 이들은 각각의 견해로 김미진에 대해 계속 말을 얹는다. 김미진을 논평하는 이 많은 목소리들은 깔끔하게

2) 인터뷰나 기자회견에서 "저는 이 직업이 좋아요. 모두 저에게 관심을 갖잖아요?"(108쪽)나 "아, 글쎄요? 재미가 없네요."(109, 111쪽) "별일 아니라는데 왜들 그러시는지 모르겠네요."(117쪽)와 같은 짧은 발언이 제시될 뿐이다.

정렬되어 있는 것이 아니라 복잡하게 뒤섞여 있으며 그 과정에서 서로 충돌하고 번복하고 뒤집힌다. 이마리의 글이 "김미진이라는 사람의 진짜 모습을 밝혀냈다"(117쪽)고 제시되었다가도, 김미진 소설에 나타나는 공포에 떠는 여성이 자전적이라는 김지우의 글로 이내 반박되고, 김미진의 유고작 『천국』의 마지막 챕터가 요약된 대목에 이르러서는 "우리가 누군가를 안다고 말하는 것이 얼마나 무색한 일인지"(119쪽)를 깨닫게 된다. 누구나 김미진에 대해서 말을 얹어 가십이 되고 소문은 불어나지만, 그녀를 둘러싼 목소리들이 쌓이면 쌓일수록 그 해석은 모호하고 공허해진다. 그러는 동안 김미진이라는 인물은 진실 저 너머로 희미해진다. 강화길이 만들어놓은 몇 겹의 메타적인 층위들은 한 사람을 둘러싼 논평과 해석이 얼마나 가볍고 파편적이며 피상적인지를 드러내는 것이다.

더구나 그 대상이 남편에게 폭력을 당한 여성 피해자라면 어떨까. 김미진에 대한 수많은 관심과 코멘트가 쌓여가는 동안 정작 가정폭력의 가해자인 이진오에 대한 주목은 주변으로 밀려난다. 남성 가해자가 아니라 여성 피해자에 대한 호기심과 구설만 증폭되고 있는 현상은 "피해자에게 궁금한 것이 너무 많고, 뭐든지 질문해도 된다는 권리 의식"[3]을 가진 우리 사회의 한 단면을 노골적으로 보여준다. 왜

3) "권력관계에서 발생한 폭력과 관련한 질문 내용은 그 자체로 가해자의 시각에서 구성한 것이다. 위력의 행사가 자연스럽다고 믿는 사회에서는 가해자의 행동이 궁금하지 않다. 대신 피해자의 대응이 의문시될 뿐이다."(정희진, 「가해자에게 궁금한 것은 없습니까」, 경향신문, 2018. 9. 18) 이와 더불어 피해자가 남성일 때는 "일방적 권력 행위의 피해자"가 되지만, 여성일 때는 쟁점이 피해의 정도가 아니라 "동의/비동의(합의)"의 문제가 된다는 정희진의 다른 지적도 '성적 자기결정권'이라는 개념의 문제성과 함께 고려해야 할 문제다(정희진, 「여성에 대한 폭력과 미투 운동」, 정희진 외,

아내를 때렸느냐고, 처음에는 손끝 하나 대지 않았다고 말했으면서 왜 중간에 말을 바꿨느냐고, T 경관이 왔을 때 김미진은 온몸에 자개 조각이 흩뿌려진 채 바닥에 쓰러져 있었는데 왜 자고 있었다고 거짓말했느냐고, 사람들은 이진오에게 묻지 않는다. 대신 김미진이 어떤 사람인지, 무슨 이력을 거쳐왔는지, 평소에 어떤 성격을 가졌었는지, 폭력을 당할 만한 여지는 없었는지 강박적인 호기심을 가지고 하나라도 더 알아내려 한다. 요컨대 「오물자의 출현」은 김미진 당사자의 목소리가 아니라 그녀를 둘러싼 타인들의 목소리를 층층이 쌓은 메타적인 형식을 통해서, 젠더 권력관계에서 가해자가 폭력을 저지른 이유가 아니라 피해자가 폭력을 당한(혹은 예방하거나 피하지 못한) 이유를 집요하게 궁금해하고 심문하는 사회의 악질적인 관습을 폭로한다.[4)]

하지만 이 소설의 형식에 대한 해석을 거친 후에도 우리에게는 여전히 김미진이라는 인물의 형상화 방식에 물음이 남는다. 그러니까 이 소설에서 김미진이라는 인물의 성격은 어떤 역할을 하고 있는가? 다시 말해 강화길은 김미진을 왜 '이런 여성'으로 그렸는가? 이 질문에 답하기 위해 강화길의 전작 「화이트 호스」[5)]를 잠시 떠올려보자.

『미투의 정치학』, 교양인, 2019, 22~23쪽).

4) 그러한 점에서 「오물자의 출현」에서 가정폭력 피해자인 김미진에게 달려드는 사람들의 호기심은 최근 가수 정준영의 성관계 불법 촬영과 관련하여 피해자에 대한 관심을 끊어야 한다는 운동과도 연결되며 많은 시사점을 남긴다. SNS를 중심으로 확산되고 있는 "우리는 피해자가 궁금하지 않습니다"라는 문구는 성폭력 피해자를 추측하고 동영상을 유포하는 행위가 2차 가해에 해당한다는 지극히 당연하고 합리적인 사실을 전달하고 있다.

5) 강화길, 「화이트 호스」, 『창작과비평』 2018년 가을호. 이하 인용시 본문에 쪽수만

이 소설의 화자인 소설가 '나'는 실종된 작가 '이선아'가 머물렀던 레지던스에 입주한다. 그런데 그녀가 그곳에 입주한 진짜 이유는 지난 일 년간 단 한 줄도 쓰지 못했다는 사실을 숨기기 위해서다. 결국 '나'는 자유로운 글을 쓰고 싶다는 욕망을 되찾게 되는데, 그 과정에서 눈에 띄는 것은 소설을 향한 타인들의 시선과 '나'가 작가로서 갖는 자의식이다. '나'가 슬럼프라는 사실을 공개하지 않으려는 이유도 "오만하다, 거짓말하지 마라, 허세 부리지 마라"(169쪽)라는 말을 들을 것 같아서였으며 "사람들은 내 소설을 지나치게 좋아했다"(같은 쪽)는 사실이나 "죽음을 다루는 태도가 지나치게 낭만적"(같은 쪽)이라는 평가에 크게 휘청거리는 모습을 보인다. 이렇게 「화이트 호스」에서 얼핏 드러내었던 타인들의 시선과 논평을 「오물자의 출현」에서는 더 밀고 나가면서, 아니, 바깥으로 뒤집어 펼쳐 보이며 가지고 놀면서, 강화길은 작가로서의 어떤 자기검열을 내파하는 지점에 도달한 것 같다.[6)]

밝힌다.

6) 이러한 자기검열은 친족 성폭력을 다룬 소설 「눈으로 만든 사람」(『자음과모음』 2016년 봄호)에서 여성 피해자가 "도덕적으로 책잡힐 여지"는 없는지, 그녀의 "욕망이 일반적으로 받아들여질 만한지"(359쪽) 검열했다고 고백한 최은미, 혹은 "여성 창작자들만 살얼음판을 걷듯 윤리에 대해 고민"하는 것은 아닌지 소설 형식을 빌려 자문한 정세랑, 그리고 근작인 「나의 사촌 리사」(『창작과비평』 2018년 겨울호)와 「서독이모」(『현대문학』 2019년 3월호)에서 타인, 특히 여성의 삶을 소설로 재현하는 일의 윤리적 문제를 연달아 다루고 있는 박민정을 비롯한 동시대 여성 작가들의 고민과 맞닿아 있다(최은미, 「여성 화자가 있다」, 『문학동네』 2018년 겨울호; 정세랑, 「아라의 소설」, 『릿터』 2018년 12/2019년 1월호 참고). 여성 인물에 대한 소설적 재현과 관련하여 제출되고 있는 이러한 동시다발적인 고민은, 특히 여성 서사를 쓰는 여성 작가들의 글쓰기에 자기검열이 거대한 압력으로 드리우고 있는 것은 아닌지, 이것은 꼭 필요한 자기검열인지 아니면 극복해야 할 압력인지 더 논의해야 할 필요성을 제기한다.

이러한 자기검열의 내파가 무엇보다 중요한 까닭은 단지 타인들의 논평을 직접적으로 드러내며 소설의 구성요소로 활용해냈기 때문만이 아니라, 김미진이라는 인물이 우리에게 익숙한 여성 피해자의 정체성 문제를 질문하게 만들기 때문이다. 그간 데이트 폭력을 비롯한 젠더 폭력에 고통받는 여성의 공포를 형상화하는 데 탁월한 재능을 보여준 강화길은 「오물자의 출현」에서 이전 소설에 등장했던 여성 인물들에 비해서 훨씬 다면적이고 복잡하고 생생한 여성 피해자를 그려냈다. 김미진의 직업이 배우라는 점은 의미심장한데, 여성 연예인이라는 특성상 많은 사람들의 관심과 사랑을 받는 동시에 손쉬운 비난과 혐오의 대상이 되기 때문이다. 이러한 취약한 위치에 노출되어 있는 여배우 김미진은 사회에서 여성에 대한 혐오와 기대가 작동하는 방식을 보여준다.[7] 김미진은 허영심이 많은 여배우이지만 가족의 생계를 책임져온 안쓰러운 장녀이고, 열일곱 명의 남자와 열애설이 날 만큼 남성편력과 욕망이 강한 여성이면서 남편에 의한 가정폭력의 희생자이고, 대중과 언론의 비난과 가십에 시달리면서도 끊임없이 사람들의 주목과 관심을 갈구하는 모순적인 인물이며, 이러한 모순성 때문에 쉽사리 여성 혐오의 표적이 될 수 있는 대상이다. "사람들이 김미진을 싫어하기"(111쪽)란 너무나도 쉬운 일인 것이다. 뿐만 아니라 「오물자의 출현」에서 상당한 비중을 차지하고 있는 김미진의 유작 『천국』에서 여성 화자 '나'는 자신을 폭력적으로 대하는 "나쁜 새끼"(같은 쪽)인 남성을 말 그대로 미친 사람처럼 사랑하고 집착한

7) 여성 연예인과의 성관계를 불법 촬영하여 협박하는 범죄나, 여성 연예인에게 성매매와 성접대를 강요하여 죽음에 이르게 한 남성 카르텔, 여성 아이돌이라는 이유로 SNS나 댓글로 무차별하게 가해지는 성희롱 등을 떠올려보라.

다. 그가 연락을 안 하건 화를 내건 다른 여자를 만나건 "예스! 예스! 예스!"(122쪽)라고 외칠 준비가 되어 있으며, 그에게 이별을 고한 뒤 욕설을 듣고도 영원히 사랑할 것이라고 말하는 이 여성은 김미진의 어둡고 모순적이며 심지어는 공격적인 내면을 그대로 반영한다.[8)]

남성에게 폭력을 당하는 이 여성 피해자들은 무해하지도, 윤리적이지도, 순수하지도 않다. 오히려 남자에 미쳐 있고, 끊임없는 불안과 의심에 시달리고 있으며, 변덕스러워서 그 말을 그대로 신뢰하기도 어렵다. 그러나 이 여성 인물들은 피해자에게 요구되는 과도하고 불합리한 기대를 멋지게 배반한다. "너 같은 피해자를 본 적이 없다"[9)]는 등의 '피해자다움'이라는 폭력적인 신화와 억압에 대항한다. 이러한 신화가 얼마나 억압적인지 드러내기 위해서 다시 말해 사회가 기대하고 심지어는 요구하는 순정한 피해자상을 깨뜨리기 위해서 문학이 할 수 있는 일을, 이 소설은 한다. 무해하지도, 윤리적이지도, 순수하지도 않은 피해자 여성을 어떻게 해석하겠느냐고 소설로서 물음에 부치고 그 생생한 질감을 상상하게 한다. 여성의 광기, 불안, 의심, 변덕을 금기시하거나 삭제하면서 주조되어온 피해자 정체성의 정체

8) 신샛별은 강화길에 대한 작가론에서 『다른 사람』을 분석하며 "소위 '여성-문학'에 등장하는 공격성은, 여성이 공격성을 갖는 것을 금지하는 성차별적 사회구조와 관련해, 좀더 정치적인 소재, 설정, 장면으로 해석될 필요가 있어 보인다"고 말한 바 있다(신샛별, 「지방-여성 서사의 문학사적 반격—강화길론」, 『문학과사회 하이픈』 2018년 가을호, 131쪽).

9) 허민숙, 「너 같은 피해자를 본 적이 없다—성폭력 피해자 무고적 기소를 통해 본 수사과정의 비합리성과 피해자다움의 신화」, 『한국여성학』 제33권 3호, 2017 참조. 이 논문에서 허민숙은 수사관으로부터 "너 같은 피해자를 본 적이 없다"는 발언을 들은 성폭력 피해자가 무고죄의 피의자로 기소된 사건을 다루면서, 성폭력 피해자에 대한 편견과 '피해자다움'이라는 신화를 비판한다.

란 무엇인지 탐구하게 한다. 지금까지 우리가 여성 피해자를 무의식적이고 관습적으로 재현해왔던 방식에 대해서 질문하게 만든다. 어쩌면 우리는 여성 피해자를, 어리고 순수하며 연약하고 착한 여성의 이미지로 재현해온 관습을 가지고 있지는 않은가?[10] 그것이 '안전한' 재현 방식이라고 여기면서 피해자를 피해자로부터 소외시켜온 것은 아닌가? 창작자들이 소설로서 피해자 여성을 재현해내는 일 못지않게 중요한 것은, 작품을 독해하고 비평하는 과정에서 이 여성 인물들이 '피해자다움'에 균열을 내는 장면을 더 포착해내는 일이다. 우리에게는 더 많은 김미진의 재현이 필요하다. 그리고 김미진들의 '피해자답지 않음'을 읽어내는 더 많은 독해가 필요하다.

(2019)

10) 강화길 작가 자신도 "여성을 착하게 그리는 게 더 여성 혐오적인 것 아니겠느냐"는 길리언 플린의 말을 인용하며, 여성 피해자를 재현하는 방식에 대한 고민을 내비친 바 있다(강화길, 「홈랜드의 사각지대」, 『크릿터』 창간호, 2018, 239쪽).

미남 번식 대작전
—이희주의 「천사와 황새」

이희주의 소설이 언제나 그래왔듯 「천사와 황새」[1]는 성 정치학(섹슈얼리티), 미학(아름다움), 도덕학(올바름)이라는 세 개의 지반이 치열하게 맞부딪쳐 생성된 작품이다. 이 소설에는 출생률이 무척 낮은 초고령화 사회에서 임신과 출산을 하게 된 남성이 등장한다. 이 설정만으로도 뭇 독자들은 BL의 오메가버스 서사를 떠올릴 것이다. 임신 가능 여부가 남성/여성이라는 성이 아니라 알파/오메가라는 계급으로 정해지는 그 세계관에서 오메가 남성은 낮은 계급이자 재생산의 도구로서 출산을 담당하기 때문이다. 이러한 서사적 장치는 여성에게 한정된 임신에 대한 대안적 상상력을 가동하고 재생산 노동에 얽힌 착취와 권력관계를 재배치한다는 점에서 기존의 젠더 규범을 전복한다고 해석되곤 한다.[2] 그런데 어쩐지 이희주 소설의 임신부 남

1) 이희주, 「천사와 황새」, 한국현대소설학회 엮음, 『2023 올해의 문제소설』, 푸른사상, 2023. 이하 인용시 본문에 쪽수만 밝힌다.

2) 장민지, 「BL 장르 세계관 분석을 통한 가상적 섹슈얼리티 생산 가능성 연구—알

성 '유리'는 그리 만만치가 않아 보인다.

유리는 누구인가? 한마디로 그는 "최고의 수컷"(308쪽)이다. 이년 전부터 남성의 임신이 가능해진 근미래에 한국 최초로 임신에 성공한 남성 유리는 어느 모로 보나 우월한 종자다. 군인의 아들로 태어나 미국에서 의대를 졸업했지만 부모님의 반대를 꺾고 국가공무원이 된, 이 남부러울 것 없어 보이는 남자가 임신하기로 결정한 이유 중 하나는 신념이다. 65세 이상 노인의 안락사를 주장하는 시위가 벌어지고 임신 가능성을 판별하는 신체검진의무법이 시행될 만큼 낮은 출생률과 높은 평균연령으로 골머리를 앓고 있는 이곳에서 남자가 아이를 낳는 일은 본능적인 유전자 번식이 아니라 위대한 사상적 실천이기 때문이다.[3] 저출생과 노인 혐오로 얼룩진 시대에 미래를 만들기 위해서는 인간이 있어야 하고, 인간이 있기 위해서는 아이들이 있어야 한다고 말하는 이 남자의 임신은 인구 균형과 사회 안정을 위해 기꺼이 사상을 행동으로 옮긴 도덕적인 실천인 셈이다.[4] 게다가 이

파/오메가 섹슈얼리티의 페미니즘적 해석을 중심으로」, 『미디어, 젠더 & 문화』 35권 1호, 2020.

3) 언제부터인가 하늘에 떠 있는 거대한 천사의 얼굴이 섹스, 임신, 출산까지 재생산을 관장하는 생명 권력의 상징처럼 인구 구성원들을 옥죄는 상황에서는 더욱 그렇다. 이 소설에서 하늘에 떠 있는 천사의 얼굴에 관해 임신과 출산 등을 관할하는 재생산미래주의를 체화한 생명 권력의 형상으로 이해하는 시각은 김보경의 「남성 임신 사회에 대한 상상」(『문학동네』 2022년 가을호, 522~523쪽) 참조.

4) 유리는 자신이 임신을 결정한 이유가 어쩌면 신념 때문이 아니라 그저 아이를 낳아보고 싶기 때문("실은 사상이니 뭐니 그런 건 겉치레고 그냥 아이를 갖고 싶었던 게 아닐까 그런 생각이 들어", 308쪽)이라거나 어린 시절 개구리 다리를 먹다가 발견한 무수한 알들 때문("생각해봐. 인간이 얼마나 알을 많이 먹는지", 298쪽)일지 모른다는 가능성을 짐짓 남기지만, 이를 말하는 무심한 태도마저 어떤 우월함의 표증처럼 읽힌다.

남자는 (이희주의 소설을 한 편이라도 읽어본 독자라면 어렵지 않게 짐작할 수 있듯 어김없이) 아름다운 용모까지 지녔다. 그러니까 이 소설에서는 임신하는 몸을 비천한 계급적 조건으로 지정하는 오메가버스의 서사적인 문법 혹은 남성과 여성에게 부과된 젠더 권력을 반대로 뒤집는 미러링 전략은 좀체 성립하지 않는다. 유리는 계급적으로나 도덕적으로나 미적으로나, 완벽한 남자니까. 이 소설을 더 자세히 이해하기 위해서는 이 알파메일과 "정반대의 인간"(295쪽)인 여자 '우미'에게 눈을 돌려야 한다.

우미는 누구인가? 그녀는 열다섯 살 때부터 동급생이었던 유리를 짝사랑해왔고 병원에서 자궁 검진을 받다가 유리와 우연히 재회한 이후 그의 가정부가 된 여자다. 비천한 계급이 있다면 오히려 이쪽이다. 어린 시절에는 곰팡이와 구더기가 꽃 핀 집안에서 병든 할머니와 가난하게 살다가 할머니의 목을 졸라 죽였고, 그뒤로 재개발지구의 반지하방에 살면서 시급 팔천원짜리 설거지 아르바이트를 하다가, 지금은 그저 유리의 가정부로 일하면서, 알지도 못하는 남자들의 정자를 받아 네 번의 임신과 출산을 거친 후, 이제는 "마른걸레처럼 쥐어짜도 아무것도 낳지 못하게 된"(308쪽) 우미. 임신을 했는데도 깡마르고 영양으로 빛나는 유리의 아름다운 몸과 달리, 임신할 때마다 고통스럽게 살이 트고 젖이 불어 너덜너덜한 신체가 되는 우미는 문득 박탈감과 질시를 느끼기도 한다. "유리가 하면 모든 것이 쉬워 보였다."(299쪽) 남성들이 물리적으로 매끄럽고 도덕적으로 올바른 임신을 하는 동안 생명을 잉태하고 세상 밖으로 내보내는 일의 구질구질한 고역은 여전히 여자의 몫이다. 그렇다면 이 소설은 여성과 남성이 재생산 노동을 함께 나눠 맡더라도 젠더 권력의 저울은 변함없이 기울어져 있는 끔찍한 근미래를 비틀어 보여주는 것일까? 아니면 남성 임신을 상상하며 재생산주의를 비판하는 공허한 담론과 실제 여성의 몸에서 일어나는 끈적하고 질퍽이는 변화 사이의 간극을 보여주는 것일까?

모두 가능한 해석이다. 그런데 어떤 대가도 없이 유리의 가정부 노릇을 하고 있는 우미의 욕망을 조금 더 들여다보자. 우미는 여전히 유리를 열렬히 사랑하고 있는 것처럼 보인다. 중학교 시절 유리가 전학을 간 이후에도 사진 한 장 없이 그 얼굴을 선명하게 기억하고 있던 우미. 그녀는 오랜만에 유리에 재회했을 때는 난데없이 유리의 뺨을 붙잡고 키스하고 싶다는 욕망에 휩싸이고, 그의 가정부가 된 지금도 요리하고 있는 동안 뒤에서 불쑥 다가온 유리의 기척에 숨이 묘하게 거칠어지며, 아이를 낳는 일에 두려움을 느끼는 유리에게 있는 힘을 다해 진심을 전한다.

> "있지, 유리. 너는 최고의 수컷이야. 그런 너의 아이가 아름다울 건 지금 눈 앞에 내 손이 보이는 것만큼이나 분명한 일이야. 너의 아이는 늙지도 죽지도 않을 거야. 너처럼, 네가 꿈꾸는 미래처럼 영원할 거야."(308쪽)

유리를 향한 우미의 사랑은 그저 한 남자에 대한 수줍은 설렘이나 섹슈얼한 욕구에 그치는 것이 아니다. 그것은 오히려 아름다움 자체에 대한 충성에 가깝다. '아름다운 유리를 닮아야 좋은 아이가 태어나고 그래야 세상이 더 살기 좋은 곳이 된다'는 우미의 논리는 단지 유리를 위로해주기 위한 감언도 휴머니즘을 설파하는 도덕적인 명제도 아니며, 좋음과 동의어인 아름다움에 대한 열렬한 찬미이자 집요한 고백이다. 아무런 대가 없이 가정부로서 유리에게 요리, 청소, 돌봄을 제공하고 있는 것 역시 단지 사랑하는 남성에게 애정을 베푸는 행위에 그치지 않는다. 이희주의 소설에서 아름다운 남성을 돌보는 행위는 "자신이 욕망하는 남성의 아름다움이 잘 보존될 수 있도록 관리하여 시각적인 쾌락을 향유하려는 정교한 테크닉"으로서, 남성의 요구에 봉사하거나 모성 이데올로기에 기여하는 것이 아니라 오히려 돌보는 여성의 성적 쾌락과 판타지 실현에 복무하는 또다른 권력 행위이기 때문이다.[5] 아름다움을 번식하고자 하는 우미의 욕망은 모성을 자연화하는 신화적인 이데올로기와 국가 주도의 재생산주의를 동시에 격파하는 것이다.

소설의 결말에서 유리는 예정된 대로 수술실로 들어가서 아이를 낳고 우미는 바깥에서 깜빡 잠이 든다. 꿈속에서 유리와 부부가 된 우미는 곧 태어날 아기를 위해 케이크를 사러 갔다가 돌아오는 길에 유리가 위험에 빠졌다는 사실을 알게 된다. 그러나 집에 도착했을 때 유리는 폭탄을 맞은 듯 몸이 터져 있었고, 우미는 "피와 내장의 정글"(311쪽)을 헤쳐 빨간 수정 구슬 안에 들어 있는 아기만을 구해낸다. 꿈속이지만 아이러니하게도 마지막까지 우미 곁에 남은 것은 '아름다운 유리'가 아니라 '아름답지 않으면 죽일 수도 있을 것 같은 아기'다. 완전한 아름다움을 끈질기게 욕망하지만 그로부터 번번이 상처받고 엉망이 되는 여자에게 결국 남겨진 것이 불확실한 가능성인

5) 이희주의 장편소설 『성소년』(문학동네, 2021)에서 아름다운 남성을 돌보는 행위는 돌봄에 깃든 여성들의 권력과 섹슈얼리티의 관계를 새롭게 발견하는 정치적 효과를 지닌다(이 책에 수록된 「Healers, carers, and lovers」 참조).

까닭은 무엇일까. 이에 대한 해석은 열려 있지만,[6] 우리는 이 소설을 읽고 알 수 있다. 언제나 아름다운 것과 추한 것, 끔찍한 것과 황홀한 것, 비천한 것과 성스러운 것, 유능한 것과 무능한 것이 분리 불가능하게 뒤엉켜 있는 이희주의 소설에서 더러운 진창이 되는 한이 있더라도 끈질기게 아름다움을 욕망하는 여자들의 집념이 그간 본 적 없이 새롭고 또 귀하다는 것을 말이다.

(2023)

---

6) 비슷한 시기에 발표된 「러브 오브 마이 라이프」(『문학인』 2022년 겨울호)에서는 아름다운 남자와 결혼한 여자와 그 사이에서 태어난 아름답지 않은 딸의 관계가 다루어지는데 이 모녀 서사는 어쩌면 이 결말에서 파생된 한 가지 가능성일 수 있다.

센스의 혁명
—장류진의 『일의 기쁨과 슬픔』[1]

1

장류진의 소설은 말한다. “가르쳐주려고 그러는 거야. 세상이 어떻게 어떤 원리로 돌아가는지. 오만원을 내야 오만원을 돌려받는 거고, 만이천원을 내면 만이천원짜리 축하를 받는 거라고. 아직도 모르나 본데, 여기는 원래 그런 곳이라고 말이야.”(「잘 살겠습니다」, 28쪽) 이 세계는 정확히 움직인다. 주는 만큼 돌려받는 곳. 딱 한 만큼 대가를 치르는 곳. 플러스와 마이너스가 에누리 없이 계산되는 곳. 합리적인 인간을 상정하고 이윤 추구를 목적으로 삼아 작동하는 자본주의 사회가 장류진의 소설에 기본적으로 구축되어 있는 세계다. 이 철저한 시스템 안에서 생존해야 하는 개인은 일, 사랑, 돈, 취미, 인간관계, 젠더 폭력을 고민하면서 울고 웃으며 살아간다. 이를테면 성차별적인 회사 구조에서 입사 동기와 결혼한 여성 직장인(「잘 살겠습니다」),

1) 장류진, 『일의 기쁨과 슬픔』, 창비, 2019. 이하 인용시 본문에 쪽수만 밝힌다.

스타트업 회사에 다니며 '워라밸(워크-라이프 밸런스)'을 찾는 서른셋의 사원(「일의 기쁨과 슬픔」), 백화점 매니저로 일하며 처음으로 집을 마련한 무자녀 기혼 여성(「도움의 손길」)이 그런 이들이다. 이 작고 평범한 개인들은 자본주의 시스템의 복잡한 그물망 안에서 어떻게 살아가는가? 이 물음에서 장류진의 첫번째 소설집이 시작된다.

그런데 여기에는 한국문학이 오랫동안 수호해왔던 내면의 진정성이나 비대한 자아가 없다. 깊은 우울과 서정이 있었던 자리에는 대신 정확하고 객관적인 자기 인식, 신속하고 경쾌한 실천, 삶의 작은 행복을 소중히 여길 줄 아는 마음이 있다. 감정에 침잠해 있기보다는 가볍고 기민하게 움직이는 이 개인들은 특별하게 빼어나지도 눈에 띄게 뒤처지지도 않는다. 이들은 대단한 환상을 품게 하는 커리어우먼이나 거대한 구조와 싸우는 정의로운 투사도 아니고, 그렇다고 이 사회에 적응하지 못하거나 극단적인 고통에 시달리는 인물도 아니다. 다만 노동과 일상의 경계를 명민하게 알고, 일의 기쁨과 슬픔을 조화롭게 이해하는, 이 시대 가장 보통의 우리들이다. 자본주의 시스템에 대한 정확한 이해, 생존과 생활에 대한 탁월한 감각, 삶의 질과 행복을 지키는 센스를 겸비한 장류진 소설의 산뜻하고 담백한 개인이야말로 오늘날 한국문학의 새로운 얼굴이다.

2

장류진의 첫번째 소설집에서 기본값으로 등장하는 인물은 한국사회를 살아가는 평범한 이삼십대 직장인이다. 일, 사랑, 여가로 삶의 밸런스를 맞추어나가는 이 보통의 직장인들은 한국 청년으로서의 생애 주기를 치열하고 성실하게 통과해나간다. 여러 소설에 등장하는 이 청년들을 하나로 이어, 장애물을 뛰어넘으며 한 단계씩 레벨업하는 젊은 직장인의 성장 서사로 읽어본다면 어떨까.

「탐페레 공항」에서 취직을 준비하는 대학생이 출발점이 될 수 있겠다. 졸업 학기를 앞두고 여름방학 삼 개월 동안 더블린에서 워킹홀리데이를 하러 가는 다큐멘터리 피디 지망생이 그 주인공이다. 스펙, 학벌, 학점 모두 평범한 '나'는 취업 시장에서 매겨지는 자신의 조건과 가치를 정확하게 아는 사람이다. 학자금 대출 때문에 해외 연수 대신 선택한 워킹홀리데이가 자신에게는 대단한 도전이지만 취업 경쟁에서는 시시한 준비운동에 지나지 않는다는 차가운 현실도 말이다. 하지만 더블린으로 가기 위해 경유한 탐페레공항에서 우연히 만난 핀란드 노인 덕분에 '나'는 이 차가운 현실을 잠시 잊게 된다. 젊은 시절에는 사진작가로 일했지만 지금은 시력을 거의 잃어가고 있는, 백 살쯤의 노인과 대화하면서, '나'는 "마치 조명이 환히 켜진 세트장"(196쪽) 안에 있는 듯한 비현실적인 감각과 감동을 느낀다. 노인과 대화하는 동안만큼은 스펙으로 환산되는 희망 직종도 중학생 시절 다큐멘터리를 보며 처음 "사랑"에 빠졌던 순간으로, 핀란드의 오로라처럼 빛깔이 바뀔 수 있기 때문이다.

그러나 소설은 낯선 이방인과의 낭만적인 조우에서 끝맺지 않는다. 한국으로 돌아온 '나'는 다시 현실에 직면하고, 방송국 신입 피디 공채에 줄줄이 낙방한 끝에 외주 제작사와 식품회사 회계팀에 차례로 입사한다. 대학 졸업 육 년 만에 다시 신입 피디 공개 채용에 도전할까 하다가 결국 포기한 날, '나'는 핀란드에서 만난 노인이 오래전 보내준 사진과 편지를 다시 발견하고 눈물을 흘린다. 그리고 바쁘고 냉혹한 생존을 핑계로 미루고 미루어왔던 답장을 쓰기 시작한다.

"Dear." 이 마지막 문장에서 핀란드 노인의 정성과 한때의 꿈이 교차되지만, 소설은 엄청난 회한이나 아쉬움으로 젖어들지 않는다. 백 살쯤의 핀란드 노인과의 비현실적인 만남을 추억하면서도, "4대 보험이 어쩌고 하는 말들과 퇴직금, 특근수당, 연차와 실비보험 같은 단어들"(207쪽)이 주는 푹신함을 냉정하게 자각하고 있기 때문이다. 타인이 건네는 따뜻한 온도를 잊지 않으면서도 4대 보험의 푹신한 촉감도 무시하지 않는 현실 인식. 이것이 장류진의 소설을 지탱하는 고유한 균형 감각이다.

「백한번째 이력서와 첫번째 출근길」(이하 「백한번째 이력서」)에서 그 균형 감각은 젊은 직장인의 첫 출근길 장면으로 짧게 스케치된다. 대학 졸업 후 인턴과 계약직으로 일하면서 수많은 이력서와 자기소개서를 써온 '중고 신입' 새내기 직장인에게 첫 정규직 직장으로 향하는 출근길은 설렘과 두려움의 연속이다. 이 주인공도 치열한 취업 시장을 거쳐본 청년 세대답게 자신의 조건을 수많은 숫자들로 환산하는 계산법으로 살아간다.

연봉도 많이 올랐다. 2,663만원. 그러면 이제 세후 월 201만원. 월세 50, 관리비 7, 공과금 10, 인터넷 1, 핸드폰 요금이랑 할부금 7, 남친은 없지만 혹시 모를 언젠가를 대비한 결혼자금용 적금 55, 그리고 이번에 취직 축하 겸 오래만에 만난 학교 선배를 통해 가입한 환급형 보험과 실비보험이 12, 새 블라우스랑 구두, 치마, 바지 하나씩 해서 17, 마트에서 식재료랑 생활용품 이것저것 장 보면 7, 이렇게 쓰고 나면 남는 게 35. 앞으로 교통비 포함 하루 만천원씩 쓰는 게 목표였다.(「백한번째 이력서」, 159쪽)

이제 막 입사한 1인 가구 직장인 미혼 여성에게 연봉과 생활비를 더하고 빼는 계산법은 삶의 기본적인 조건이고, 장류진 소설의 인물들은 정확히 그 안에서 움직인다. 그런 그녀에게 출근길에 테이크아웃 이천원짜리 아메리카노를 마실까, 말까, 하는 고민은 마치 첫 정규직 직장생활의 운명이 걸린 듯한 실존적인 고민처럼 보인다. 최고기온 39도의 폭염 속에 뜨거운 아메리카노가 이천원이고 아이스는 사천오백원이라는 어이없는 상술을 알고서도 그냥 아이스로 구매하는 결단을 내린 그녀에게 출근길은 이 회사를 오래 다닐 수 있을지, 추합이라고 나이 많다고 무시당하지 않을지, 동료들과 친해질 수 있을지에 대한 고민으로 점철되어 있다. 그러나 잘생긴 이탈리아 대사관 직원을 보고 십만원짜리 적금을 부어서 이탈리아 여행에 갈 계획으로 부푼 그녀에게는 가볍게 튀어오르는 운동성이 있다. "숄더백을 한번 추켜올리고, 한 손에는 아이스 아메리카노를 든 채로. 새로 산 구두굽 소리가 경쾌했다"(164쪽)고 산뜻하게 말하는 그녀는, 한편으로 마치 새로운 욕망과 소비 주체로 의미화되었던 2000년대 칙릿 소설 속 젊은 직장인 여성의 귀환처럼 보인다. 정확한 현실감각과 객관적인 자기 인식을 증강하고서 말이다.

「일의 기쁨과 슬픔」에서는 바야흐로 본격적인 직장생활이 펼쳐진다. 판교 테크노밸리의 소규모 스타트업 회사에서 일하는 평범한 직장인의 애환을 담은 이 소설은 한국문학사에서 '회사 소설' 장르를 새로운 버전으로 업그레이드해놓았다. 이 소설이 날카롭게 파악하고 있는 자본주의 회사 시스템은 기본적으로 부조리한 구조적 모순을 내재하고 있다. 효율적인 작업 진행을 공유하기 위한 스크럼 프로젝트가 회사 대표의 중언부언으로 매일의 시간 허비가 되고, 수평적인 업무 환경을 조성하기 위한 영어 이름 체계가 오히려 위계 있는 직급 체계를 새로운 방식으로 재생산하는 식이다. 무엇보다 두드러지는 문제는 갑질이다. 자신의 인스타그램에서 클래식 공연 공지를 가장 먼저 선점하려는 회장의 심기를 건드렸다는 이유로 월급 대신 카드 포인트를 받게 된 카드회사 직원의 이야기가 그 핵심이다. 평등하고 세련된 동시대 감각을 따라가겠다는 실속 없는 의지를 비웃듯, 가장 권위적이고 폐쇄적인 위계 구조는 굳건히 잔존하고 있다. 이 시차의 여파를 감당해야 하는 것은 자본주의 시스템에서 '을'의 역할을 벗어날 수 없는 노동자 개인의 몫인 것이다.

그러나 장류진의 소설은 현실의 부조리를 고발하는 데서 그치지 않고, 시스템 속에서 생존해야 하는 개인의 구체적인 삶을 질문하며 한 걸음 더 나아간다. 그런 점에서 중고거래 앱 서비스를 통해 포인트를 돈으로 바꾸는 카드회사 직원의 대응은 자못 신선하다. 그녀는 어쩔 수 없는 '을'로 살아가야 하는 모멸감에 울다가, "돈도 결국 이 세계, 우리가 살아가는 시스템의 포인트"(52쪽)라고 생각을 고쳐먹고는, 직거래로 포인트를 돈으로 바꾸는 방식으로 곤경을 극복한다. 이것은 삭막한 자본주의 사회에서 플러스와 마이너스를 정확하게 계산하고 최선의 밸런스를 찾을 줄 아는 개인의 기민한 응전이자 생존을 위한 센스다. "회사에서 울어본 적 있어요?"(51쪽)라는 그녀의 질문에 아니라고 거짓말을 했던 주인공 역시 시스템에 맞서 싸우면서 바위에 부서지는 계란이 되지 않는다. 이 소설의 마지막은 회사생활의 스트레스를 조성진 리사이틀 티켓과 홍콩행 비행기 티켓으로 바꾸며 "조금 비싼가 싶었지만 오늘은 월급날이니까 괜찮아"(63쪽)라는

'나'의 즐거운 마음으로 장식된다. 이것은 월급의 소중함을 모른 척 하지 않고 여가의 행복을 지킬 줄 아는 산뜻하고 담백한 마음이다. 그러니까 장류진의 소설은 4대 보험과 퇴직금의 푹신함도, 적금으로 떠날 이탈리아 휴가의 기쁨도, 조성진 홍콩 리사이틀의 황홀함을 도외시하지 않는다. 일의 기쁨과 슬픔을 고루 품는 이 소설은 시스템 안에서 살아가고 있는 가장 보통의 삶에 대한 긍정이자, "회사에서 울어본 적 있어요?"라는 질문에 남몰래 고개를 끄덕일 이 시대의 독자들을 향한 위로다.

3

그런데 이들이 체득한 자본주의의 교환 논리가 완벽하게 작동하지 않을 때가 있다. 각자의 욕망과 이해를 가진 사람들이 사는 이 복잡한 세계에는 언제나 예상치 못한 변수가 끼어들기 때문이다. 나름대로 안정적인 직장인으로 성장한 이들의 삶에 특히 여성과 결혼이라는 조건이 깊숙이 개입되면서 빚어지는 인간관계를 밀착하여 들여다보는 소설들이 있다.

「잘 살겠습니다」에는 입사 동기 남자친구와의 결혼을 앞둔 스물아홉 여성이자 오 년 차 회사원인 '나'와 동료 '빛나 언니'의 이야기가 그려진다. 빛나 언니는 결혼 준비에 대한 정보를 얻어내려 '나'의 결혼식 사흘 전에 따로 청첩 약속을 잡고, 그러면서도 정작 결혼식에는 오지도 않으며, 본인 결혼식 때는 청첩장만 키보드 밑에 두고 가는 '만행'을 저지른다. '나'에게는 "축의금 오만원 정도의 사이"(23쪽)일 뿐인 빛나 언니는 '기브 앤드 테이크'로 이루어지는 청첩 문화의 기본 공식을 무참히 깨뜨리지만, 그녀에게 특별한 악의가 있어서가 아니다. 그녀에게는 삼십대 초반의 직장인이라면 응당 학습하고 체화해야 했을 눈치와 센스가 놀랄 만큼 부족하기 때문이다. 마케팅팀에 지원해도 되냐는 메일을 눈치 없이 전체 메일로 전송하여 '전체회신녀'라는 별명을 얻고, 확정 일자라는 단어도 모르고 자취방 구하려다 이중 계약 사기를 당할 정도로 경제 관념이 없으며, 회사 동료에게 신세를 지고도 커피 한잔 살 줄 모르는 것도 마찬가지다. 그런데 '나'는 빛나 언니에게 번번이 당한 억울함에 서로에게 준 것과 받은 것을 꼼꼼히 따지면서도, 결국은 그녀를 응원한다. 소설의 마지막에서 '나'가 답례떡으로 받은 경단을 먹으며 하는 생각은 "빛나 언니는 잘 살 수 있을까. 부디 잘 살 수 있으면 좋겠는데"(33쪽)라는 바람이다.

'나'는 왜 갑자기 빛나 언니를 응원하는 걸까? 빛나 언니를 바라보며 '나'가 자주 하는 생각은 "나라면 그러지 않을 텐데"(25쪽)다. '나'는 빛나 언니와는 정반대로 결혼 준비도 야무지게 엑셀 파일로 정리하고, 고수의 눈치와 센스로 무장하여 사회생활을 잘할 수밖에 없는 똑 부러지는 사람이기 때문이다. 이런 '나'가 절대로 모를 수 없는 사실은 젊은 '여성' 사원으로서 직장 내에서 차지하는 자신의 위치다. 여자들만 백오피스에 배치되는 상황에서 "너 잘한다는 소리가 여기까지 들려"(20쪽)라는 말을 들을 정도로 일해야 원하던 팀으로 갈 수 있었지만, 그럼에도 불구하고 입사 동기인 남편보다 천삼십만원 적은 연봉을 받아야 하는 위치. 이 불공정하고 차별적인 사회에서 살아온 '나'의 동물적인 눈치와 센스도 어떻게든 보다 나은 조건으로 생존하기 위해 젊은 여성으로서 습득하고 훈련해온 감각이다. 결혼식 전날에도 야근하고, 결혼 휴가를 쓰는 것도 녹록지 않으며, 십 년 뒤에도 회사에 있을지 알 수 없는 빛나 언니의 조건도 '나'의 것과 다르지 않다. "부디 잘 살 수 있으면 좋겠는데"라는 소설의 마지막 문장은 빛나 언니뿐만 아니라 '나' 자신에게도 향해 있는 바람인 것이다.

「잘 살겠습니다」가 청첩 문화에 깃든 자본주의의 교환 논리와 거기서 파생되는 여성 직장 동료 간의 유대를 그렸다면, 「도움의 손길」은 자본주의 사회에 필연적으로 존재할 수밖에 없는 고용자와 피고용자 관계의 미묘하고 복잡한 거리 감각을 직장인인 젊은 기혼 여성의 입장에서 포착한다. 이 소설의 주인공은 결혼 칠 년 만에 신도시 28평짜리 아파트를 자기 명의의 첫번째 집으로 가지게 된 무자녀 기혼 여성이다. 정유사 남편과 살아가는 백화점 매니저 '나'는 대출을 끼고 마련한 이 "집도 내 것이고, 집 안에 있는 모든 것들이 다 내가 고른 내 것인데, 그런 집에서 내가 살고 있다는 사실만 내 것 같지 않았다"(130쪽)는 불안한 소유 감각을 가지고 있다. 문제는 이 불안감이 맞벌이 부부로서 어렵사리 가사 도우미를 고용하면서 더욱 증폭된다는 사실이다. 자본주의의 위계적인 구조 속에서 언제나 피고용자로 살아온 '나'는 "누군가를 부리는 위치에 있다는 느낌이 불편하고 싫을 것 같"(131쪽)으면서도 불가피하게 처음으로 노동력을 구매하게 된다. 그런데 가사 도우미 아주머니는 이 시스템 안에서 생존하기 위해서 확실하고 쾌적한 자기 소유의 무언가를 필사적으로 마련해보려는 '나'의 경계를 자꾸만 침범해 들어온다.

은근한 반말과 가사 일에 관한 불필요한 조언은 물론이고 불쑥 "애는 왜 아직 없어?"(136쪽) 같은 사적인 질문을 해오는 아주머니는 '나'의 불안한 소유 감각과 더불어 현대 도시인이 가지고 있는 쾌적함/불편함의 감각을 건드린다. 젊은 무자녀 기혼 여성이 절박하게 계획하고 마련해보려는 안정적인 일상과 결부되었을 때 그 불편함은 더 심화된다. 이는 물론 간단치 않아서, 그녀는 아주머니가 버는 돈이 아들 계좌로 들어간다는 생각에 속이 상하기도 하고 찬송가를 부르는 등 종교에 헌신하는 모습에 형언할 수 없는 심정을 느끼기도 한다. 그러나 결정적으로 불거지는 것은 작업 시간 약속과 사적인 거리는 지키지 않으면서도, 창틀 청소에 따르는 추가 비용에 있어서만 교환경제의 원칙을 철저히 적용하는 아주머니의 모순적인 낙차다. 그럼에도 "어떻게, 계속하시겠어요?"(128, 135쪽)라고 거듭 묻는 가사도우미 아주머니의 질문은 이 낙차가 개인적인 차원에서 처리해야 하는 '선택'의 문제로 남겨진다는 사실을 시사한다. 이는 젠더, 계급, 세대, 심지어는 종교의 문제까지 복잡하게 교차하는 조건 속에서 노동자들 간의 관계는 친구와 적, 연대와 갈등이라는 이분법으로 말끔하게 처리될 수 없음을 서늘하게 보여준다.

4

동시대 한국사회를 살아가는 청년이라는 조건은 여성을 둘러싼 폭력이나 몰이해와 맞물렸을 때 조금 더 복잡해진다. 장류진의 소설은 그 복잡한 지형을 때로는 영리하게 때로는 유쾌하게 비틀면서, 여성에 대한 폭력과 몰이해의 밑바닥에 어떤 그림이 그려져 있는지 선명하게 보여준다. 그 밑바닥에는 물론 여성 신체를 대상화하는 천잡한 욕망과 한국사회의 젠더 권력 문제가 뒤얽혀 있다.

「새벽의 방문자들」에는 포털 사이트 관계사에 근무하면서 댓글 모니터링 업무를 맡은 이십대 후반의 여자가 주인공으로 등장한다. 여자가 매일 대면해야 하는 것은 주로 "100% 여대생 만남 보장. 상상 그 이상의 섹*스! 만족하실 때까지 책임지겠습니다. 집이나 모/텔로 직접 보내드립니다"(167쪽)와 같은 노골적인 음란 광고다. 이 게시물들은 아무리 찾아내고 지워내도 싱크대 밑, 신발장 아래, 옷장 뒤 어디에든 숨죽이며 번식하고 있는 바퀴벌레와 마찬가지로 그 어마어마한 규모가 파악되지도 척결되지도 않는다. 여자는 오피스텔에 혼자 살면서 택배가 오는 알림 소리에도 불안감에 떨어야 하며, 그녀의 시선은 작고 안전한 오피스텔 안에서 현관문 렌즈를 통해 내다보이는 좁은 공간에 닿을 수 있을 뿐이다.

하지만 소설은 이 시선의 권력을 전복하며 미러링의 상상력으로 나아간다. 새벽 세시마다 처음 보는 평범한 남자들이 초인종을 누르는 일이 매일 반복되자 여자는 소름 끼치는 두려움을 느낀다. 하지만 그들이 오피스텔 성매매를 하러 왔으나 목적지를 잘못 찾은 남자들이라는 사실을 알게 된 이후 메스꺼움을 느끼면서도, 현관 비디오폰의 모니터 카메라에 잡히는 그들의 얼굴을 촬영하고 프린트하기 시작한다. 한 번도 가시화된 적 없는 성매매 남성들의 얼굴은 "별일 아니라고 주문을 거는 듯한 태연함, 남에게 들키기 싫은 일을 할 때의 부끄러움, 돌연 술이 확 깨면서 자기 자신을 돌아보는 순간의 주저함, 그러면서도 어쨌든 곧 벌어지게 될 눈먼 섹스에 대한 설렘 등이 복합적으로 섞여 있는"(182~183쪽) 모습으로 박제된다. 이 과정에서 여자가 잠시나마 "묘한 우월감"(182쪽)을 느낄 수 있는 까닭은 시선이 곧 권력이자 정치이기 때문이다. 시선의 권력은 대상을 볼 수 있는 동시에 그 자신은 보이지 않아도 되는 이에게 귀속된다. 보는 자와 보이는 자의 위계적인 구조가 전복되면서, 오직 성적인 대상으로 물화되고 교환되는 여성의 신체 대신 새벽에 남몰래 성매매를 하러 온 남성들의 초조한 얼굴이 대상화된다. 이 소설은 여자가 자신의 집과 혼동되는 B동의 성매매 오피스텔로 찾아가지만, 그곳 역시 평범한 여자 혼자 살고 있는 장소라는 것을 확인하게 되면서 마무리된다. 이러한 결말은 여자가 혼자 사는 거주지가 성매매 현장과 얼마든지 포개질 수 있다는 찝찝함을 손쉽게 해소하지 않고, 성매매와 여성 신체의 대상화 문제가 개인의 사적인 처벌만으로는 시원하게 해결될 수 없는 구조임을 암시한다.

「나의 후쿠오카 가이드」는 여성을 향한 시선의 문제를 남성 화자의 입장에서 재치 있게 비튼다. 이 소설의 주인공 '지훈'은 외모, 스펙, 자신감 어느 하나 빠질 것 없는 서른셋의 직장인 남성이다. 같은 회사의 법무팀 변호사로 일했던 '지유씨'가 배우자 상을 당하고 퇴사한 뒤 후쿠오카에 혼자 지내고 있다는 소식을 들은 지훈은 그녀를 만나러 일본으로 여행을 떠나기로 한다. 당시 여자친구가 있었음에도 남몰래 지유씨를 좋아하며 성적 긴장감을 즐겼던 지훈은 이번 여행을 통해 지유씨를 가질 수 있을 것이란 기대에 부푼다. 지유씨에게 청첩장을 받고서도 짝사랑했다는 사실을 인정하지 못해 자신이 지나치게 여유를 부린 탓이었다고 자위하고, "어디에나 있고 마음만 먹으면 언제든 만날 수 있"(74쪽)는 예쁜 여자들에 비해 지유씨는 눈에 띄는 축도 아니라고 생각하는 지훈에게, 지유씨의 사소한 친절과 배려는 매번 암시적인 호감과 성적인 코드로 변환되어 해석된다. 지훈은 함께 유후인과 후쿠오카를 여행하는 동안 혼탕에서 지유씨의 알몸을 가까이서 느끼면서도 짐짓 태연한 척하며 "스물셋이 아닌 서른셋이었으므로, 가장 적절한 시기를 기다릴 줄"(83쪽) 아는 세련된 남자의 역할을 자임한다.

그러나 나름의 치밀한 계산과 전략으로 틈틈이 그녀와 잘 기회를 노리다가 여행의 마지막 밤에 지유씨에게 거절을 당하자, 지훈의 자신감을 굴러가게 했던 기제가 폭로되기 시작한다. 처음에는 지유씨와 한번 자보려고 하는 게 아니라는 사실을 "모든 진정성을 끌어모아"(95쪽) 설득하고, "여태까지 이렇게, 진짜, 뭔가, 통한다는 느낌이 드는 여자"(같은 쪽)는 한 번도 없었다며 답답해하다가, 통화를 끊지 않으려 울면서 질척이던 중 분노에 못 이겨 휴대폰을 내던지는 단계를 점진적으로 거치면서 드러나는 것은 지훈의 적나라한 내면이다. 그는 지유씨를 좋아하는 마음이 '진짜'라고 고백하지만, 오히려 지훈의 진정성은 지유씨를 "한 번 결혼했던 여자"(96쪽)라고 낮추어 보고 "이 씨발년이"(97쪽)라고 욕하는 위선에서 그 실체가 드러난다. 여기에서 지훈이 가진 자신감의 원천이 실은 자의식에 유리한 방향으로 현실을 받아들이는 자족적인 해석 방식이었음이 밝혀진다. 지훈의 눈에 보인 것은 여자 경험도 많고 직장도 잘났고 외모도 괜찮아 아쉬울 것 없는 삼십대 남성을 비추는 거울이었지, 일 년 전에 남편을 잃고 일본에서 혼자 살아가는 지유씨라는 사람 자체는 아니었던 셈이다. 그러나 상대방에게 잘 맞춰주는 지유씨의 다정한 센스가 빠져나간 자리에 있는 것은, 실은 여자로부터 매력과 애정을 확인받는 방식으로만 근근이 자신감을 지탱할 수 있었던 남성의 초라한 내면이다. 소설의 마지막에서 지훈이 한 할머니를 거지로 오해하여 종이컵에 엔화를 쏟아붓는 까닭도 그의 자기중심적인 시야가 세계의 모습을 가리고 있기 때문일 것이다. 이렇게 이 소설은 그간 한국문학에서 재현되어왔던 여성을 향한 사랑과 욕망이, 주체의 진정성을 전시하는 자족적인 거울이었을 수 있음을 남성 화자의 시선으로 통쾌하게 되돌려주고 있다.

한편 「다소 낮음」에서 진정성의 세계는 앞의 소설들과 달리 예술 시장 안에서 조금 다른 각도로 조명된다. 백열램프라는 밴드에서 앨범까지 냈지만 아무도 주목하지 않았던 가수 '장우'는 어느 날 "냉장고 장고 장고 장고 장고 고장은 아닐거야"(100쪽)라는 장난스러운 가사의 곡을 만들어 유튜브에 올린다. 그런데 댓글이 만 개가 넘어가고 조회 수가 삼십만을 찍을 만큼 사람들의 인기를 얻자 중견 기획사로부터 계약 제안도 받게 된다. 하지만 장우는 음악보다는 수익에 관심이 많아 얼른 디지털 싱글 음원부터 내려고 하는 기획사 대표와 타협점을 찾지 못한다. 여전히 음악을 앨범 단위로 듣는 장우는 현실적인 가치나 시대적인 변화에 기민하게 반응하지 못할 뿐만 아니라 성공에 대한 감각도 갖추지 못하고 있기 때문이다. 결국 "내가 추구하는 음악"과 "진짜 제대로 된 곡"(112쪽)으로 앨범을 만들어보겠다고 다짐하지만 두 달 치 연체된 전기요금도 제대로 내지 못하는 장우는 기획사의 러브콜, 여자친구 '유미'의 사랑, 사람들의 관심을 차례로 잃어간다. 돌아가신 아버지가 사주신, 부피와 전력만 차지하고 효율성은 낮은 냉장고 소리만이 "그제야 자신이 있어야 할 곳으로 무사히 돌아온 것 같"(126쪽)은 편안한 마음으로 위로해줄 뿐이다. 소설에서 내내 두드러지는 숫자 감각, 이를테면 장우의 인기와 함께 정체되어가는 조회수, 좋아요, 싫어요의 수치, 1집 음원이 27,149번 재생되었지만 음악저작권협회로부터는 삼만원 남짓한 돈만 입금될 뿐인 상황은 이 시대에 예술이 생산, 유통, 소비되는 방식의 변화를 정확하게 반영한다. 그러나 소설은 그 변화에 발맞추지 못하고 진정성의 세계에 잠겨 있는 장우의 마음을 비웃지 않으며 대신 연민과 안타까움이 뒤섞인 마음으로 조용히 바라본다. 그리고 "장우가 연주하고 부르는 음악이 더 높은 밀도로 한 사람에게 가닿는 모습"(107쪽)의 뭉클함을 잊지 않고 간직한다. 「탐페레 공항」이 핀란드 노인과의 낭만적인 만남과 4대 보험이 주는 안정감 어느 한쪽에 기울어지지 않았듯, 「다소 낮음」 역시 정확하게 현실을 인식하는 유미의 세계와 다소 낮은 곳에 있는 장우의 세계를 고루 품는다.

5

장류진의 소설은 말한다. "잘 살 수 있을까. 부디 잘 살 수 있으면 좋겠는데." 빛나 언니와 '나'에게 동시에 향했던 「잘 살겠습니다」의 마지막 문장은 이 세계를 살아가는 우리 모두에게 보내는 이 소설집의 바람이다. 그러니까 아무리 삭막하고 냉혹한 세계일지라도 우리 부서지지도 먹히지도 말자고, 잘 살아보자고. 장류진 소설의 개인들은 시스템에 무비판적으로 순응하지도, 그렇다고 무모하게 달려들지도 않으며, 일하고 사랑하며 살아가는 작은 슬픔과 행복을 긍정한다.

어쩌면 그간 한국문학은 사회의 구조적인 모순이나 내면의 거대한 심연을 드러내는 개인에 유난한 값어치를 부여해왔는지도 모른다. 외부 세계와의 불화를 기꺼이 감당하면서 무언가를 추구하는 개인에 소설의 본질적인 기능과 역할을 기대해오면서 말이다. 그러나 장류진의 소설에 등장하는 산뜻하고 담백한 인물들은 자본주의 시스템 안에서 살아가야 하는 개인들의 작고 평범한 기쁨을 포착해낸다. 그렇다면 장류진의 소설과 더불어 우리는 이제 한국문학의 개인에 대해 이렇게도 사유해볼 수 있겠다. 이 사회에서 을이자 약자인 여성, 청년, 노동자들이 특유의 생존 감각으로 시스템을 체화하고 탄력적으로 구부려, 가장 빠르고 정확하게 앞으로 나아가고 있다고 말이다.

이 개인들은 시스템 안에서 노동자로서의 위치를 정확하게 자각하고 작은 행복을 소중히 여기며 그것을 지키기 위해 예민한 센스를 발휘할 줄 안다. 이 센스는 타협이라기보다 응전이다. 삭막하고 불공평한 세상에서 쉽사리 생계를 포기할 수 없는 개인이 시스템을 버텨내게 하는 근력이다. 별이 총총한 하늘이 인간에게 더이상 길을 알려주지 않는 시대를 넘어, 별빛이 보이지 않는 깜깜한 하늘 아래 각자 길을 헤쳐 나가야 하는 시대에 봉착한 우리에게 주어진 가능성이다. 지금 한국문학에 새롭게 요구되고 갱신되는 것은 감수성이 아니라 센스의 혁명이다. 그리하여 우리는 장류진의 소설과 더불어 새로운 한국문학 앞에서 이렇게 말해볼 수 있게 되었다.

네, 잘 살겠습니다. 잘 살아보겠습니다.

(2019)

여성 청년들의 민족지 혹은 생존기
—정세랑의 『옥상에서 만나요』

정세랑. 2010년부터 작품활동을 시작했고 여섯 권의 장편소설을 발표했으며 문단 안팎에서 많은 독자들의 지지를 받아온 이 소설가의 이름 석 자를 불러보는 것은 그간 한국문학 비평에서 드문 일이었다. 그 이유가 현실세계를 가볍게 점프해버리는 판타지성에서 기인하든, 아니면 어떤 독자들에게 익숙하지 않은 장르적인 문법에서 기인하든, 그것도 아니면 한국문학 비평의 독법과 좀처럼 맞물리지 않는 행복한 분위기에서 기인하든, 이제는 오늘의 한국문학에서 빼놓을 수 없는 이 이름을 더 많이 부를 필요가 있을 것 같다. 정세랑 소설의 특징이라면 현실과 환상의 경계를 넘나드는 발랄함으로 여겨지곤 한다. 데뷔 팔 년 만에 처음으로 낸 소설집 『옥상에서 만나요』[1)]에서도 톡톡 튀는 명랑함은 여전하다.

하지만 정세랑의 눈은 그 누구보다 현실적이다. 정세랑의 세계에

1) 정세랑, 『옥상에서 만나요』, 창비, 2018. 이하 인용시 본문에 쪽수만 밝힌다.

는 “의외로 재난이 잦”으며 결코 가볍다 할 수 없는 사회적 문제들이 곳곳에 포진해 있다는 사실은 『옥상에서 만나요』가 출간되기 직전에 제출된 평론에서도 이미 지적된 바 있다.[2] 『옥상에서 만나요』의 세계도 알 수 없는 적의로 차 있다. 「웨딩드레스 44」에는 스물세 살이라는 어린 나이에 소위 ‘알아주는 집안’의 남자와 결혼하는 과정에서 “어리고 깨끗하지”(13쪽)라는 말을 견뎌야 하는 여성이 등장하고, 「효진」의 ‘나’는 일본에서 아르바이트로 생계를 유지하는 유학생으로서 “금방 떠나버릴 외국인, 무책임한 외국인, 질 나쁜 외국인”(42쪽)이라는 취급을 받기 일쑤이며, 「옥상에서 만나요」의 ‘나’는 여자가 스포츠머리보다 조금 길게 깎았다는 이유로 “왜 잘랐느냐고 거슬린다며 시비 거는 인간들”(96쪽)을 상대해야 한다. 이 적대와 비하가 여성, 청년, 외국인을 비롯한 약자 및 소수자에게 겨냥되어 있다는 것을 정세랑의 소설을 읽는 독자라면 모르려야 모를 수 없다. 그렇다. 첨예한 젠더 정치와 세대 갈등이 교차하는 가운데 약자 및 소수자에게 적대적인 세계. 이것이 정세랑 소설의 기본적인 세팅이다.

그런데 이 살벌한 세계가 정세랑의 렌즈를 거치면 해피엔딩으로 가뿐히 끌어올려진다는 사실은 어떻게 설명될 수 있을까? 비극에 가까운 세계와 가벼운 해피엔딩 사이에는, 히어로물에 비하면 약소하지만 늘 선량하게 발휘되는 초능력,[3] 또는 일상에서 작동하는 젠더권력을 전복하는 ‘슈퍼파워’가 놓인다. 이를테면 데이트 폭력의 가해자 남성에게 복수하기 위한 뱀파이어 능력(「영원히 77 사이즈」), 전근대

2) 오은교, 「정세랑의 많은 사람들」, 문장웹진 2018년 12월호.

3) 같은 글.

여성들의 책 『규중조녀비서』를 통해 '절망을 빨아들이는 존재'를 소환하는 능력(「옥상에서 만나요」)이 약자와 소수자들에게 '갑자기' 부여되는 식이다. 이러한 능력은 대개 신체 변형과 같은 물리적인 비약을 수반하지만, 그렇지 않더라도 정세랑은 각 인물에게 '포기하기'와 같은 능력을 장착해주기도 한다. 여자라는 이유로 대학 진학을 반대하는 부모나 미래가 보이지 않는 대학원 때문에 괴로워하는 인물에게는 가족과 학업으로부터 "도망치는 능력"을 수여해주고(「효진」, 62쪽), 독을 뿜는 결혼으로부터 해방되려는 여성 인물에게는 기꺼이 이혼을 선택할 수 있게 해주는 재력과 용기뿐만 아니라 이혼을 응원해주는 친구들을 선사해주는 식이다(「이혼 세일」). 이 크고 작은 능력 덕분에 갈등은 깊어지는 대신 공중으로 날아가버리고, 적대와 비하의 화살을 맞는 이들은 현실을 견뎌낼 힘을 얻는다. 물론 이를 뒤집으면 '포기하는 능력'처럼 아무리 사소해 보일지라도[4] 현실을 벗어나거나 초월할 수 있는 능력을 보유해야만 겨우 살아남을 수 있는 현실의 절망이 역설적으로 선명해진다. 그러니 정세랑식 해피엔딩은 '영원히 행복하게 살았답니다happily ever after'가 아니라 '그럼에도 잘 살아남았습니다'라는 의미에 더 가깝다. 행복은 곧 생존, 생존은 곧 행복이 되어버린 시대의 해피엔딩인 셈이다.

그러나 이 설명만으로는 충분하지 않다. 절망적인 세계가 정세랑식 해피엔딩으로 점프하는 여정에 자주 개입되는 다른 요소가 더 있기 때문이다. 먼저 정세랑 소설에서 수많은 약자와 소수자들을 관찰하거나 경유하거나 통과하는 외부의 시선이 빈번하게 등장한다는 점을 떠

4) 물론 실제로는 대단한 용기를 요하는 능력이다.

올려보자. 이 시선은 「해피 쿠키 이어」의 화자인 '이스마일'처럼 한국에 잠시 머무는 외국인 남성일 때도 있고,[5] 「알다시피, 은열」의 '나'가 석사논문 연구 대상으로 삼으려 했던 남장 도적 '은열'처럼 조선의 여성 영웅일 때도 있는데, 이들은 주로 '지금 여기'를 살아가는 한국 여성 청년들의 삶을 날카롭게 비춘다. 이스마일은 다니던 신문-방송사의 비리를 고발했다는 이유로 해직당해 '대기 상태'가 되어버린 여자친구의 삶을, 은열은 고단한 대학원 생활을 하면서도 취미로 밴드 생활을 멈추지 못하는 '나'의 상황을 투사하는 인물인 것이다. 심지어는 사람이 아니라 사물 혹은 시스템일 때도 있다. 「웨딩드레스 44」에서 밴쿠버에서 수입된 웨딩드레스는 결혼식을 치르는 44명의 여성들의 몸을 거쳐가면서 이들의 각양각색의 삶을 들여다보게 하고, 「보니」의 '돌연사.net'이라는 디지털 맵은 야근하다가 32세의 젊은 나이에 과로사한 언니를 비롯하여 돌연사한 수많은 동시대 한국인들의 사연을 두루 수집하고 정리한다.

---

5) 『옥상에서 만나요』에 유독 외국인 남성과의 연애가 빈번하게 나타나며 매번 긍정적인 관계로 묘사되고 있다는 점은 특기할 만하다. 「웨딩드레스 44」에서 한국인 여성과 국제결혼한 외국인은 여자를 '무섭게 하지 않는' 남성으로, 「효진」에서 '나'의 중국인 남자친구는 언제라도 함께 도망칠 수 있는 잘 맞는 파트너로, 「해피 쿠키 이어」의 이스마일은 힘들어하는 여자친구의 건강을 위해 살뜰히 요리를 해줄 뿐만 아니라 귀에서 자라는 과자로 그녀를 만족시키는 이타적인 애인으로 그려진다. 이와 더불어 백수린의 「시간의 궤적」(『자음과모음』 2018년 겨울호)이나 최은영의 「아치디에서」(『21세기문학』 2018년 봄호)에서도 나타나는 한국인 여성과 외국인 남성이 맺는 '무해한' 관계는 최근 한국문학에서 폭력적이고 권위적인 남성성을 반성하려는 움직임과 겹쳐 증상적으로 읽힌다. 이와 관련하여 해설에서 「해피 쿠키 이어」의 이스마일이 "오늘날 요구되는 바람직한 남성성-인간성의 규준"이라고 본 허희의 흥미로운 분석은 다각적으로 검토될 필요가 있다(허희, 「소소한 것들의 커다란 속삭임」, 『옥상에서 만나요』 해설, 창비, 2018, 260~261쪽 참조).

마치 한국의 여성 청년이라는 집단을 참여 관찰하는 인류학자와 같은 이 존재들이 성실히 움직인 덕분에 자동적으로 그려지는 지도가 있다. 그것을 양적인 방법론으로 스크랩된 한국 여성 청년들의 민족지라고 불러보면 어떨까? 정세랑 소설들이 구성해낸 민족지는 개인의 '내면'을 깊이 파고들기보다는 이들이 처한 외부적 '조건'을 넓게 포착한다. 이 소설집에 등장하는 다종다양한 직업군의 이름이 일일이 나열되는 까닭도 '내면'보다는 '조건'에 집중함으로써 한국사회의 광범위한 단면을 그려내려는 정세랑 특유의 지형적인 감각에서 비롯했을 것이다.[6] 장편소설 『피프티 피플』(창비, 2016)에서 대학병원을 중심으로 50명의 50가지 인생이 풍성하게 펼쳐졌던 것처럼 『옥상에서 만나요』에서도 세상 다양한 사람의 작은 삶들이 꼼꼼하게 조명된다. 다만 이 소설집에서는 여성 청년들이 뿔뿔이 흩어진 점으로 존재하는 것이 아니라 적극적으로 계보화되고 있다는 것은 더욱 주목되어야 한다. 이 계보는 「알다시피, 은열」에서처럼 조선의 여성 영웅으로부터 유유히 흘러오거나 「옥상에서 만나요」에서처럼 여성 직

6) 이를테면 「옥상에서 만나요」에서 '나'가 절망에 빠진 사람들을 납치하면서 언급하는 숱한 직업들("임용이 안 된 만년 강사, 만년 아이돌 연습생, 도박 중독자, 텔레마케터, 환경운동가, 부인과 사별한 교감 선생님, 수해를 맞닥뜨린 농민, 혹사당하는 청년 인턴, 아토피가 심한 헤어 디자이너, 이민에 실패해 돌아온 이민자, 대필 작가, 교도관(……)", 111쪽)이나 「보늬」에서 나열되는 돌연사한 사람들의 간단한 신상 정보("미술감독(정창민, 39), 모델(전다인, 24), 제빵사(윤희숙, 40), 기자(백형민, 48), 출판편집자(신미혜, 32), 프로듀서(김정운, 56), 조각가(천기진, 49), 시나리오 작가(박경은, 37)……", 129쪽)가 일일이 서술되는 장면이 그 예에 해당한다. 정세랑 소설에 개인의 이름 석 자와 함께 구체적인 직업명이 일일이 언급되는 까닭은, 다양한 인간 군상에 대한 관심뿐만 아니라 이들 삶의 구체적인 모양을 결정하는 경제적인 조건에 대한 통찰에서 비롯한다. 정세랑 소설의 인물들이 움직이는 동력 혹은 움직이지 못하게 하는 장애물의 가운데에는 언제나 '돈'이라는 변수가 작동하고 있다.

장인 선후배 사이로 알음알음 이어지면서, 심지어는 「보늬」에서처럼 산 자와 죽은 자의 경계를 넘나들면서, 비슷한 조건에 있는 '시스터'들의 강력한 유대를 형성한다. 작은 점으로 존재하는 개인을 "모으고 모아서 연결해보면 뭔가 답이 보이지 않을까 해서"(124쪽) 만들어진 '돌연사.net'의 방법론은 "나와 내 언니들의 이야기"(116쪽)가 무수하게 이어지고 맺어지는 정세랑 소설이 작동하는 원리이기도 하다.[7]

마지막으로 정세랑의 소설에는 언니들의 이야기가 사려 깊은 목소리로 전해지면서도 그것을 듣는 수신자의 모습은 구체적으로 형상화되지 않곤 한다는 점을 생각해보자. "우린 어째서 이렇게 슬프도록 스트레이트일까"(44쪽) 싶을 만큼 잘 맞는 동성 친구에게 전화해 일본 유학 생활을 미주알고주알 털어놓는 수다로 이루어져 있는 「효진」에서 정작 그 목소리를 전해듣는 '너'에 대해서는 별다른 정보가 제공되지 않는다. 「옥상에서 만나요」에서도 '나'가 직장 선배 언니들에게 전해 받은 전근대 여성들의 책을 물려줄 "내 후임으로 왔다는 너"(115쪽)가 어떤 사람인지 우리는 알 수 없다. 이 비워진 수신자의 자리는 어쩌면 정세랑 소설을 읽는 독자들의 공간이 아닐까? "이상한 책임감"(같은 쪽)으로 각자의 이야기를 나눠주는 시스터들의 유대를 읽는 동안 독자 또한 '너'로 호명되며 이 유대에 연루된다. 힘들 땐 옥상에서 만나자며 나를 부르는 이 언니들의 존재야말로 적대적인 현실을 가뿐히 살아남을 수 있는 판타지의 세계로 도약하게 해준다.

---

7) 양적인 방법론을 사용하는 빅 데이터로 무수한 개인들을 연결하는 '돌연사.net'이 정세랑 소설의 작동 원리이기도 하다면, 통계자료와 신문 기사를 통해 오늘날을 살아가는 수많은 한국 여성들의 평균치를 보여주었던 조남주의 『82년생 김지영』의 감각과 맞닿아 있다고 볼 수도 있을 것이다.

정세랑식 해피엔딩은 '그럼에도 잘 살아남았습니다'라는 완료된 선언이 아니라 '그럼에도 잘 살아남읍시다'라는 다정한 제안인 것이다.

(2019)

항상 나의 곁에 있어줘
—박상영의 「재희」

우정은 때로 연애보다 어렵다. 연애에 관해서라면, 보편적으로 받아들여지거나 자연스럽게 상상되는 관계의 모양이 있다. 두 사람은 배타적인 일대일의 관계 안에서 다른 누구보다 서로를 아끼고 소중히 여기도록 기대된다. 심지어는 (적절한 연락 빈도수에서 잘 헤어지는 방법에 이르는) 연애의 각 단계에 따른 여러 공식과 지침까지! 그러나 우정에 관해서라면? 어쩌면 우정의 무늬는 연애보다 어지럽고 복잡하며 제각각이다. 각자 인간관계에서의 우선순위부터 친구 사이에 가져야 할 거리까지, 적당한 선을 찾는 것은 쉽지 않은 일이다. 수많은 사랑 이야기처럼 참조할 모델이 풍부하거나 합의된 기준이 있는 것도 아니다. 그러니 우정이란 연애에 비할 바 없이 까다롭고 난해한 관계일지도 모른다. 게이와 헤테로 여성의 우정이라면 어떨까? 최근 한국문학이라면 퀴어 서사와 페미니즘 서사가 이끌어가고 있지만 정작 두 서사가 섞이거나 맞부딪치는 광경은 좀처럼 드문 상황에서, 박상영의 「재희」[1]는 그 보기 드문 접점을 탁월한 솜씨로 훌륭하게 빚어냈다. 박상영이 그간 보여주었던 절절한 퀴어 옆에 온갖 억압적 편견의 대상이 되는 '여사친'을 등장시키면서 말이다. 요컨대 「재희」는 게이인 '나'와 헤테로 여성인 '재희'의 우정 이야기. 스무 살에 대학교 동기로 처음 만난 이들이 삼십대가 된 현재까지 이어온, 연애보다 질기고 사랑보다 끈끈한 관계에 관한 이야기다.

대학교 1학년 학과 동기로 만난 '나'와 재희가 친해진 것은 어쩌면 당연한 일이었다. 두 사람은 성별만 다를 뿐 마치 영혼의 쌍둥이처럼 꼭 닮아 있었기 때문이다. 정조관념이 희박하다못해 아예 없고, 얼굴이 반반하지는 않아도 박색까지는 아닌데다가, 무엇보다 언제든 아무 남자나 만나서 술 마시고 섹스할 준비가 되어 있는, 뜨거운 스무 살의 젊은 게이 '나'와 헤테로 여성 재희. 남자 동기와 선배들이 허구한 날 자취방에 모여 학과 여자애들에 대한 성적인 농담을 하는 것을 혐오했던 '나'와, 학과 생활이나 공부는 뒷전에 두고 끝도 없이 술을 마시고 계속 새로운 남자를 만나곤 했던 재희. 티격태격하면서도 두 사람은 지루한 대학 생활의 빈 곳을 채워줄 수 있어 "서로에게 서로가 좀 절실한"(84쪽) 동반자이자, 누구에게 쉽사리 털어놓거나 공감을 얻기 힘든 남성 편력을 공유하는 수다 파트너였다. 가진 것은 없지만 그만큼 거칠 것도 없었던 '나'와 재희는 서로의 존재에 기대어 남들의 시선이나 뒷담화는 우습게 날려버리고 이십대 초반이라는 불안정하고 자유롭고 외로운 시기를 함께 뒤엉긴 채로 통과한다. 둘 중 한 명의 자취방에서 팩을 붙이고는 각자가 만나는 남자들을 평가하다가 잠들곤 하면서, 재희의 자취방에 접근하는 남자를 함께 잡은 사건 이

1) 박상영, 「재희」, 『자음과모음』 2018년 가을호. 이하 인용시 본문에 쪽수만 밝힌다.

후에는 동거까지 하게 되면서 말이다. 그러는 동안 이들이 나눈 건 아이브로 펜슬, 헤라 팩트, 면도기 같은 서로의 물건뿐만이 아니라, 남자들과의 숱한 섹스로도 채워지지 않았던 젊은 나날의 깊은 공허였을 것이다.

남자와 섹스라면 환장하는 젊은 게이와 미혼 여성으로서, 이들이 겪어내야 하는 사회적인 시선도 두 사람의 영혼만큼이나 비슷할 수밖에 없다. 임신 테스트기의 두 줄을 확인하고도 (디제이와 문신쟁이 중) 누구와의 섹스로 인한 임신인지 몰라 난처해하는 재희에게 '나'는 수술비를 빌려주고 함께 산부인과로 향하는데, 이 대목에서 젊은 게이와 미혼 여성이 겪어야 하는 편견의 지옥이 압축적으로 펼쳐진다. 애 아빠가 누군지 모른다는 재희에게 산부인과의사는 여자의 몸은 "숭고한 성전"(98쪽)이고 여자의 몸에 제일 해로운 것은 "안전하지 않은 성생활"(97쪽)이라며 걱정의 외피를 쓴 성차별적 비난을 쏟아낸다. 한편 재희의 진료를 기다리던 '나'는, 몇 달 전에 요도가 대장균에 감염되어 찾았던 비뇨기과에서 남자 간호사들이 "똥꼬충들"(95쪽) "씨발, 존나 더러워"(같은 쪽)라고 속삭이는 말을 들었던 기억을 떠올린다. 젊은 여성이라는 이유로 재희가 들어야 했던 훈계와, 남자와 섹스하는 게이라는 이유로 '나'가 받아야 했던 욕설은, 사회의 약자와 소수자에게 일방적으로 겨눠지는 차별적인 혐오 발화라는 점에서 다르지 않다. 혼외 임신에 대한 책임과 비난이 '숭고'한 몸을 지켜야 할 미혼 여성의 몫으로 부과된다면, 남자와 남자의 섹스는 그 존재만으로도 욕설 섞인 경멸과 조롱의 대상이 되며, 그로 인해 발생하는 경제적, 의료적 책임을 제값으로 지고도 이들의 섹스는 비가시화되거나 터부시되어야 한다. 그래서 '나'는 이렇게 말한다. "재희는 나를 통해서 게이로 사는 건 때론 참으로 좆같다는 것을 배웠고, 나는 재희를 통해 여자로 사는 것도 만만찮게 거지같다는 것을 알게 되었다"(102쪽)고. 이러한 체험을 나란히 몸으로 삼키면서 이들은 전우애로 더욱 끈끈해진다. 자신들을 '낙태녀'와 '똥꼬충'이라고 손가락질하는 '좆같고' '거지같은' 세상에서, 존재를 동일시할 수 있다는 이유만으로도 위안이 되는 한 사람이 바로 서로였으니까.

하지만 '나'에게 재희가 특별했던 이유는 단지 서로를 동일시할 수 있었기 때문만은 아니다. 소설에는 '나'가 재희와 함께 있을 때 웃는 장면이 유독 자주 등장한다. 이태원 호텔의 주차장에서 남자와 키스하고 있는 '나'를 발견한 재희는 "아예 먹어라"(83쪽)라는 말로 웃음을 터뜨리게 하고, 여자 혼자 사는 자신의 자취방에 몰래 침입한 남자를 발견하고는 얼굴을 걷어차버려 참을 수 없이 자꾸만 웃음 나게 한다. 또한 '나'는 자신이 "재희를 내내 웃겨 해왔다는 것"(109쪽)을 잘 알고 있다. 어쩌면 '나'는 재희가 주곤 했던 그 웃음을 누구보다 절박하게 필요로 하는 사람일지 모른다. 겉으로는 유쾌해 보이지만 '나'는 실은 "자존감이 낮고, 주기적으로 자살 충동을 느끼며, 학창 시절에 따돌림을 당해본 경험"(103쪽)이 있는 게이이기 때문이다. 커밍아웃에 개의치 않는 것 같으면서도 재희 남자친구에게 게이라는 사실이 알려지는 일에 예민하며, 남자들과 섹스는 거리낌없이 하면서도 깊고 진지한 관계는 두려워하는 것처럼 보이기도 한다. 그러니까 '나'는 상처에 민감한 사람. 게이라는 이유로 혐오 발화를 들어 화를 내야 할 상황에 누구보다 크게 웃어버리고 마는 사람. 존재의 근간을 흔드는 비참 앞에서 실없는 농담 속으로 도망가곤 하는 사람.

그런 '나'에 비해서 재희는 말 그대로 쿨하다. 자신에게 언어폭력에 가까운 일장 연설을 늘어놓은 꼰대 산부인과 원장에게 복수하기 위해 자궁 모형을 들고 튀어버릴 만큼 과감하기도 하다. “인생의 중요한 문제들을 아무렇게나 넘겨버리”(94쪽)는 재희 옆에서 ‘나’의 심각한 문제도 옅어지곤 한다. 남자와 키스하고 있는 장면을 목격하고 놀라지 않았냐는 ‘나’의 물음에는 “전혀”(83쪽), 언제부터 알았냐는 질문에는 “처음 본 순간”(같은 쪽)이라고 대수롭지 않게 말하는 재희의 쿨함이 ‘나’에게는 적지 않은 위로로 다가왔을지도 모른다. 이 웃기고 쿨한 여자애 앞에서는 언제든 혐오 범죄를 당할 각오를 해야 할 게이의 애정 행각도 아무렇지도 않은 일이 되기 때문이다. ‘나’가 구려지고 초라해지고 심각해질 때마다 재희는 그런 ‘나’를 웃겨줌으로써 “구세주”(102쪽)처럼 비참의 구렁텅이에서 끌어올려준다. 그러니까 재희는 ‘나’를 웃게 하는 친구. 겉으론 대범한 척해도 실은 예민하고 소심한 ‘나’의 걱정을 시원하게 날려주는 친구. 세상의 편견과 억압이라는 무게를 가볍게 띄워주며 언제든 입버릇처럼 ‘아님 말고’라고 말해주는 친구.

재희와 ‘나’가 함께 만들어간 관계는 어느 연인 못지않게 공고하고 배타적인 세계였다. 서로가 만나는 남자들의 외모, 직업, 성격, 심지어는 성기 크기까지 살뜰하게 따지고 참견하면서, 각각 “다섯번째인가 여섯번째 남자”(90쪽)와 “여덟번째 혹은 아홉번째 남자”(91쪽)를 거칠 때까지 두 사람의 관계가 여전했던 것은 그래서다. 재희가 자신의 새로운 남자친구에게 ‘나’와의 동거 사실을 설명하다가, ‘나’가 게이라고 털어놓는 바람에 생긴 갈등도, 이 배타적인 세계에서 빚어지는 집착 어린 애정에서 비롯한다. ‘나’는 단지 아우팅당했기 때문에 목소리가 떨릴 만큼 배신감을 느끼고 진심으로 화낸 것이 아닐 것이다. 다른 사람도 아닌 재희니까. "재희와 내가 공유하고 있던 것들이, 둘만의 이야기들이, 다른 사람에게 알려지는 게 싫었"(106쪽)으니까. "우리 둘의 관계는 전적으로 우리 둘만의 것이라고 믿었"(같은 쪽)으니까. '나'는 둘만의 관계가 고유하고 특별하며 무엇으로도 대체할 수 없는 것으로 남길 바란다. 여기에 아무리 연인 관계가 우선이라고 해도 둘만의 관계는 그것에 먹히지도 속하지도 않기를. 그저 그대로 존재하기를.

그러나 사회인으로 성장하면서 두 사람의 인생이 걷는 길은 정상 사회 생애 각본에 따라 점차 넓은 각도로 벌어지기 시작한다. '나'가 군 입대와 제대를 거친 뒤 작가가 되는 동안 재희는 4학년 1학기에 "인문계열 여성이라는 핸디캡을 딛고"(103쪽) 대형 전자 회사에 취직한다. 남자와 섹스를 너무 많이 좋아한다는 공통점만으로 둘의 무수한 차이점을 가뿐히 무시할 수 있었던 시기는 점점 지나가고, 네 것 내 것 할 것 없이 뒤엉겨 있던 관계도 서서히 다른 결로 갈라지기 시작하는 것이다.

두 사람의 차이가 결정적으로 깊어지는 국면은 재희가 결혼을 하면서 빚어진다. 결혼이라는 강력한 사회제도가 동성애자인 '나'와 이성애자인 재희가 딛고 선 자리를 선명하게 벌려놓기 때문이다. "한국 사회에서 남녀가 한 가족으로 합치는 것이 얼마나 좆같은지"(109쪽) 안다고 해도, 사랑하는 파트너와 함께 제도라는 울타리가 주는 혜택을 받을지 여부를 선택할 수 있는 재희와 "신 포도 같은 마음"(같은 쪽)으로 결혼 제도를 바라볼 수밖에 없는 '나'는 엄연히 다른 위치에 있다. 이에 더해 평범한 중산층 가정에서 자랐다고 여겼던 재희가 생각보다 부유한 집안에서 자랐을지도 모른다는 사실을 어렴풋

이 느끼면서, '나'는 둘의 차이, 그리고 둘의 우정이 가지는 한계를 비로소 알아챈다. 이때 '나'가 느끼는 감정은 제도 밖에 홀로 남겨진 자의 외로움이다. 언제까지나 뒤엉겨 있을 줄 알았던 친구와 더이상 같은 단계로 묶이지 못하는 자의 쓸쓸함이다. "객관적인 자기 판단 능력"(85쪽)이 특장인 작가답게 '나'는 남겨진 자신의 자리를 정확히 알고 있다. 더불어 '나'의 세계에서 재희가 차지했던 비중에 비해 재희의 세계에서 자신이 차지하는 비중은 그리 크지 않다는 사실도 말이다. 서로에 대한 애정과 절실함이 한쪽으로 기울어져 있다는 데서 오는 질투심을 느끼면서도, '나'는 결혼을 앞둔 재희에게 그 서운함을 말할 수도 티낼 수도 없다. 그저 힘껏 결혼 준비를 도우며 섭섭함을 달랠 수 있을 뿐이다. 그러니 「재희」는 사랑하는 오랜 친구를 안정적인 세계로 떠나보내는 애도의 서사. 동시에 관계에 대한 절실함이 서로 다르다는 것을 알아가는 자의 외로운 고백.

바야흐로 다가온 재희의 결혼식 날. '나'는 축가로 핑클의 〈영원한 사랑〉을 부르다가 "항상 나의 곁에 있어줘. 꼭 네게만 내 품을 맡기고 싶어"(113쪽)라는 대목에서 눈물이 나올 뻔한다. 그러나 드레스를 끌며 달려와 같이 노래를 불러준 재희 덕분에 여느 때처럼 눈물을 삼키고 가까스로 진정하여 "오늘의 옥주현은 나다"(같은 쪽)라는 마음으로 끝까지 노래를 부른다. 결혼식이 끝나고 집에 돌아온 '나'는 속옷까지 벗고 침대에 누워 영원할 줄 알았던 재희와의 시절이 영영 끝났다고 느낀다.

하지만 소설의 여운은 재희의 부재 속에 홀로 남겨진 쓸쓸함만으로 정리되지는 않는다. 두 사람의 특별하고 배타적인 관계는 철모르던 시절에 게이와 미혼 여성이 동거했었다는 사실에서 비롯하는 것만은 아니기 때문이다. 두 사람이 만들어내는 특별한 케미스트리는 "재희는 어쩔 수 없이 재희"(같은 쪽)고 '나'는 불가피하게 '나'라는 고유성에서 비롯하며, 소설이 내내 설득력 있게 그려낸 두 인물의 생생함은 그것을 증명한다. 결혼식장에서 울려고 하는 '나'에게 달려와 함께 핑클 노래를 부르고야 마는 재희의 성미, 그리고 임신 중절한 재희에게 미역국을 끓여주었던 '나'의 애정어린 진심은 한 시절이 끝난 뒤에도 여전할 것이다. 더이상 한쪽은 블루베리를 사다 냉동실에 넣어놓고 다른 쪽은 말보로 레드를 사와 그 옆에 올려두는 일은 없겠지만, 여전히 각자의 결핍과 서로에게 줄 수 있는 웃음은 존재할 테니까. (결혼 제도에 편입되지 못한 게이로 살아가는 것과 마찬가지로 한국사회에서 기혼 여성임을 수행해나가는 것 또한 만만찮게 '좆같고' '거지같다'는 사실을 우리 모두 알고 있지 않은가.) "영원할 줄 알았던 재희와 나의 시절이 영영 끝나버렸다는 것을 깨달아버렸다"(115쪽)는 '나'의 혼잣말을 듣는다면 재희는 여느 때처럼 웃으며 이렇게 말할지도 모른다. 핑클의 노래대로 항상 너의 곁에 있어줄 수는 없어도, 네가 눈물이 나올 것 같을 때면 드레스를 끌고서라도 어디서든 달려오겠다고.

(2019)

어째서 네가 그것까지 가지려는 걸까
—김봉곤의 「여름, 스피드」

김봉곤의 「여름, 스피드」[1]는 기존의 퀴어 소설과 조금 달라 보인다. 최근 눈에 띄게 급증한 퀴어 소설들이 매번 맞닥뜨려야 했던 두 갈래의 긴장에서 너무나 수월하게 한쪽의 손을 들고 있기 때문이다. 문학작품에서 재현된 동성애를 보편적인 사랑으로 받아들여야 하느냐, 아니면 특수한 사랑으로 읽어야 하느냐 하는 질문[2]은 김봉곤에게 별로 어려운 문제가 아닌 것처럼 보인다. 그러니까 「여름, 스피드」는 누가 봐도 게이로서의 '특수한 사랑' 이야기다. 손쉽게 이성애로 치

---

1) 김봉곤, 「여름, 스피드」, 『Axt』 2017년 7/8월호. 이하 인용시 본문에 쪽수만 밝힌다.

2) 오혜진은 윤이형의 「루카」를 두고, 동성애 서사를 '보편적인 사랑'으로 회수하는 독법을 비판한 바 있다. "이 소설을 옹호하기 위해서는, 동성애(자)이기 때문에 경험하는 사랑과 이별의 방식, 그 난관과 딜레마를 섬세하게 포착했다는 것이야말로 이 작품의 오리지널리티라고 말해야 한다. 누가 봐도 엄연히 동성애 서사를 써놨는데 그게 동성애 서사로 읽히지 않아서 좋다니, 그게 무슨 미덕이고 칭찬이겠는가."(오혜진, 「'순정한' 퀴어서사를 읽는 방법—윤이형의 「루카」」, 『제6회 젊은작가상 수상작품집』, 문학동네, 2015, 158~159쪽)

환되는 '보편적인 사랑'으로는 끌어올려지지 않겠다는 듯, 그는 소설 곳곳에 '특수한' 게이로서의 정체성을 촘촘하게 짜 넣는다.

때는 2016년 여름. 영화감독이자 게이인 '나'는 어느 날 페이스북으로 친구 신청을 받는다. 친구 신청을 한 사람은 '강영우'. '나'가 영상원 학부생이었던 육 년 전 겨울, 2010년 12월 11일에서 2011년 1월 1일까지, 삼 주 동안 만났던 남자다. '나'와 비슷하게 살진 체형에 디자인 공부를 하던 영우에게 '나'는 인생 처음으로 충동적이고 능동적으로 대시했다. 그러나 2011년 1월 2일부터 영우가 잠수를 탔고, '나'는 "인생에서 누군가를 기다려야 하는 시간이 할당되어 있다면 그 총량의 90퍼센트"(162쪽)를 영우에게 써버릴 만큼 그를 기다린다. 그런 영우가 육 년이 지나 연락을 해온 것이다, 밥 한번 대접하고 싶다며. 전날에도 영우의 페이스북에 들어갔다 나올 정도로 그를 잊지 못하고 있던 '나'는 마치 아무렇지 않은 척 자연스럽게 답장을 보내고 영우를 만나기로 한다.

장소는 종로3가역 3번 출구. 더 자세히는, "수많은 게이들과 직장인이 섞여 웃고 떠들고 욕하고 품평하는 그 거리의 사거리".(166쪽) 이곳에서 재회한 영우는 보험회사 디자인 부서에 취직해서 옷차림이 캐주얼한 회사원처럼 변한 것 말고는 그대로다. 아닌 척해도 영우에게 미련이 가득 남은 '나'는 "처음 만나 키스했던 곳을 은근하게 환기하기 위해 디타워의 막걸릿집"(167쪽)으로, "'이반들의 통행 및 음란 행위 금지' 같은 입간판이 서 있던 어둡고 좁은 골목"(169쪽)과 익선동 바로 영우를 이끈다. 결국 그들은 새벽 네시가 넘어 한강 둔치에 이르고, 베이비립 차림으로 강물에 뛰어든 영우는 이렇게 말한다. "형. 사실은 친구가 되어달라고 말하고 싶었어요."(173쪽) 섹스할 사람은 많지만 친구할 사람은 없는 영우와 달리, 친구할 사람은 많지만 섹스할 사람은 없는 '나'는 깊은 비참함을 느끼고, 영우와 시간을 보내느라 독립 장편영화에 캐스팅하려는 배우와의 미팅 시간을 지나쳐 버렸음을 깨닫고는, 물속에서 흔들리는 영우를 가만히 지켜본다.

줄거리만으로도 쉽게 알 수 있는 것은 「여름, 스피드」가 게이 소설이라는 사실뿐만이 아니라, 게이 소설임을 노골적으로 드러낸다는 사실이다. 이 소설은 게이에 관한 독립장편을 찍으려는 게이 영화감독이 과거에 만났던 게이와 재회하여 게이들이 가는 바에 가서 게이들의 사랑에 대해 말한다는 것을 분명히 해둔다. 그뿐인가. GMPD, 조크스트랩, 하얀 베이비립과 같이 취향에 대한 노골적인 묘사도 서슴지 않는다. 「여름, 스피드」는 게이들의 성생활과 사랑에 누군가가 불편해하거나 불쾌해할 수도 있다는 사실은 염두에도 없다는 듯, 게이 문화에 친숙하지 않은 이들에게는 낯설 용어와 취향을 개의치 않고 쏟아낸다. 이 자신만만한 소설은 게이 문화가 '특수'한 하위문화라는 것을 정확히 안다. 근데, 그래서, 뭐, 어때, 하며.

'나'가 겪는 곤경도 '나'가 게이라는 사실과 떨어뜨려놓고 생각할 수 없다. 먼저 '나'가 영우와의 관계에서 '을'이라는 점을 짚어야 한다. '나'는 잠수 이별을 당한 지 육 년이 지나고도 영우의 페이스북 페이지를 들락거리고, 영우와의 재회에서도 계속 성적으로 어필하려고 안달내며, 조금만 더 있자는 영우 때문에 배우와의 중요한 미팅도 포기한다. '나'는 이렇게 절박한 반면 영우는 그렇지 않은데, 기본적으로 이러한 관계는 친구이길 원하는 영우와 애인이길 바라는 '나' 사이의 기울기에서 기인한다. 더 사랑하는 쪽이 더 절박해지고 결국은 지므로. 그러나 '을'의 위치가 사랑에 절박하다는 이유에서 오는 것이라면 그것은 영우와의 관계뿐만 아니라 '나'가 세상과 맺고 있는 관계에서도 별반 다르지 않다. "오직 한 사람이 날 거부했지만 나는 세상 모든 사람으로부터 거절당한 기분"(175쪽)을 느끼는 것도, '나'가 그 한 사람으로부터 사랑받을 확률이 이성애자들보다 비할 바 없이 낮은 동성애자라는 사실로 한층 증폭된 것이다. 따라서 "나는 좋은 걸 가지면 안 되는 사람이라고, 그건 내 것이 아니라"(159쪽)고 여기는 '나'의 자의식은 단지 상업 입봉의 길을 거절했다는 데서 생긴 것만은 아니다. 세상에 대한 이 턱없이 낮은 기대는 게이이기 때문에 쉽사리 사랑받을 기대를 가질 수 없다는 맥락과 겹쳐 읽힌다. '나'는 영우에게도, 사랑에도, 그리고 세상에도 진다.

그래서 '나'는 '을'의 입장과 그로부터 생기는 찌질함에서 벗어나고 싶어하는 것처럼 보인다. 영우의 페이스북 친구 신청이라는 사건을 친구 B에게 깜빡하고 이야기하지 않은 일이 '나'에게는 기쁜 변화다. "예전 같았으면 일주일은 앓았을 사건"(160쪽)이었으나 이제는 그 일 자체를 잊기도 하다니! '나'는 소심하게 사랑에 질척이고 싶지 않으며 이제는 쿨해지고 싶은 것이다. 늘상 자기만 안달냈던 예전과 달리 이제는 영우가 "더 살갑게 더 많은 화제로 더 많은 이모티콘을 사용"(164쪽)한다는 것도 '나'에게 기분좋은 일이다. 하지만 아무리 이 찌질함에서 벗어나려고 노력해도 결국 만나서 한번 자보려고 애쓰는 것은 영우가 아닌 '나'다. 여전히 사랑에 가장 절박하고 그래서 늘 지는 '나'는, 스스로도 인정할 만큼 "색정에 돌아버린 똥오줌 못 가리는 등신"(174쪽)이다.

그러나 결말에 이르러 이 비참함이 미세한 각도로 방향을 튼다는 데 이 소설의 특별함이 있다. 아침에 동이 트면서 푸른빛, 노란빛, 주황빛으로 시시각각 변해가는 물결의 색채, 그리고 강물에 둥둥 떠 있는 영우를 바라보는 이 서정적인 장면에서, '나'는 서른일곱 통의 부재중 전화를 걸었던 박 피디를 떠올리며 이렇게 혼잣말한다.

> 그런데 박피야, 이것이 영화가 될 수도 있지 않을까? 너는 아니라고 하겠지만 그럴 수도 있지 않을까? 나는 이 여정餘情의 정체를 알아야 한다고. 아이러니도 슬픔도 그애한테 빼앗기고 싶지 않다고, 그애에게 줄 수 없다고. 나는 이게 내 배역이란 생각이 드는데 이거 착각이냐고, 혹시 이런 내가 미친 거냐고.(175쪽)

이 장면에서 우리가 발견하는 것은 기묘한 자기 긍정이다. 육 년 전에 만났던 남자를 못 잊고 쪽지 한 통에 한걸음에 달려오는 자신을, 자기를 친구 이상으로 생각하지 않는 옛 남자와 잘지도 모른다는 기대로 중요한 미팅을 포기한 자신을, 그러면서도 조금만 더 있어달라며 헷갈리게 하는 그를 끝내 받아주는 자신을, 그 비참한 "배역"을 제 것으로 긍정하는 모습이다. 이 자기 긍정은 남자를 사랑한다는 정체성을 만족스럽게, 혹은 선택적으로 받아들인다는 의미는 아니다. 대신 손쉽게 사랑을 쥐어볼 수 없는 자의 서글픔, 찌질함, 더러운 기분, 그리고 그것들이 빚어내는 묘한 쾌감만큼은 빼앗기지 않겠다는 소유욕에 가깝다. 친구가 되어달라고 말하는 영우의 슬픈 눈을 보며 '나'는 이렇게 말한다. "어째서 네가 그 표정까지 짓는 걸까. 그 표정까지 가지려는 걸까."(174쪽)

스스로 "좋은 걸 가지면 안 되는 사람이라고, 그건 내 것이 아니라고" 생각하는 '나'는 가질 수 없는 것과 가질 수 있는 것의 경계를 매우 예민하게 감각한다. 그것은 욕망하는 바로부터 번번이 소외되고 박탈당해온 자의 내면에 불가피하게 형성된 소유욕일 것이다. 사랑하는 남자로부터 안정적으로 사랑받을 수 없다는 서글픔, 그리고 그것이 주는 묘한 쾌감만은 그가 완전하게 가져볼 수 있는 감정이었기에, 그것만큼은 누구에게도 빼앗기지 않으려 한다. 관심 있는 남자에게 메시지를 미친 듯 보내고 기다리는 조바심마저 "어쩌면 조금 서글픈 감정이었지만 내가 가장 좋아하는 감정"(164쪽)으로 긍정되는 것은 그래서다. 번듯한 보험회사에 다니는 영우에게 "예술학교에 다닌 사람들 사이의 자조 섞인 감탄"(167쪽)을 느끼면서도 영화 만드는 사람으로서의 자의식을 긍정하고 있는 것도 크게 다르지 않다. 슬픈 눈과 표정을, "순수"를, 스토킹이라는 특기를, 예술가로서의 정체성을, 자기가 솔직하게 느낀 감정을, 그리고 무엇보다 자기 자신을, 그는 제 역할로 가지려고 한다.

여기에서 김봉곤 소설이 이전의 퀴어 소설들이 촉발했던 질문, 그러니까 문학작품에서 재현된 동성애를 보편으로 읽어야 하느냐, 아니면 특수로 읽어야 하느냐 하는 논쟁적 질문에서 명료하게 후자의 손을 들고 있는 것으로 보인다는 앞선 언급을 떠올려보자. 그러나 「여름, 스피드」에는 여타 퀴어 소설과 달리 동성애를 바라보는 외부의 폭력적인 시선이 없다. 이성애 중심적인 사회도, 동성애는 사탄이라고 부르짖는 기독교도, 자식의 커밍아웃에 충격받는 부모도, 성적 지향성으로 인한 혼란스러운 고민도 없다. 여기에 있는 것은 사회의 폭력적인 규정에 대항하는 한 개인의 사투가 아니라, 사랑받고 섹스하고 싶어하는 한 게이의 내면에 관한 이야기다. 이 복잡하면서도 단순한, 자기를 부정하면서도 끝내는 긍정할 수밖에 없는 내면이야말로 '특수한' 게이의 실존일 것이다. 그러나 동시에 이것은 여느 사람들과 마찬가지로 사랑을 받고 싶을 뿐인 '보편적인' 인간의 욕망이기도 하다. 어쩌면 「여름, 스피드」는 게이이자 예술가로서의 특수한 실존과 사랑받고 싶다는 보편적인 욕망이 '나'와 영우의 이야기 속에서 특수하게 만나는 지점에 있는 것 아닐까. 김봉곤은 앞으로도 보편적이든 특수하든 그저 자기의 것을, 자기의 이야기를 가지려 할 것이다. 여름의 속도로, 밤의 맥박으로.

(2018)

휠체어 탄 레즈비언
—오정희의 「완구점 여인」

1968년, 오정희가 스물두 살에 발표한 첫 소설 「완구점 여인」의 한 장면이다.

> 도와줘요, 여인이 나에게 손을 내밀었다. 나는 여인이 휠체어에서 내리는 것을, 다시 자리에 눕는 것을 도와주었다. 그리고 여인이 시키는 대로 그녀의 곁에 나란히 누웠다. 여인이 갑자기 내 쪽으로 돌아누웠다. 그러곤 자기의 팔을 나의 목에 둘렀다. 어느새 여인과 나는 서로를 부둥켜안은 채 팔의 힘을 바짝바짝 조이고 있었다. 그러곤 누가 먼저랄 것도 없이 입술을 맞대었다.[1)]

한 여학생이 있다. 그녀는 틈만 나면 두 다리를 잃은 여인이 운영하는 장난감 가게에 들른다. 어느 날 집을 떠난 새어머니를 골목에서

---

1) 오정희, 「완구점 여인」, 『불의 강』(오정희 컬렉션), 문학과지성사, 2017, 314~315쪽.

우연히 본 후, 그녀는 밤늦게 장난감 가게에 찾아간다. 그리고 여인이 휠체어에서 내리는 것을 돕다가 하룻밤을 같이 보낸다. 소설은 두 사람의 성관계를 암시하며 내내 우울하면서도 관능적인 분위기를 묘사한다. 그런데 지난 오십여 년 동안 수없이 읽혀온 「완구점 여인」에 등장하는 두 여성의 관계는 충분히 독해되어왔던 것일까? 이 소설이 실린 오정희의 첫 소설집 『불의 강』(문학과지성사, 1977) 해설에서 김현은 화자인 여학생이 휠체어를 탄 완구점 여인과 맺는 동성애 관계를 그 자체로 의미화하기보다는 범속한 세계 속에서 "터부를 깨뜨려 버리겠다는 욕망" "결혼-가족이라는 일상적 울타리에서 벗어나려는 욕망"[2]으로 독해한다. 그러나 두 여성의 관계를 무언가를 대리하거나 상징하는 대상으로 파악하지 않고, 보이는 그대로 퀴어/장애/여성이라는 범주를 가로지르는 서사로 본다면 어떨까? 휠체어를 타고 있으며 여학생과 성적인 관계를 맺는 완구점 여인은 누구인가? 우리는 이들의 관계를 어떤 인식론적 틀 안에서 바라보고 있는가?

이 질문을 생각하면서, 전혜은, 루인, 도균이 쓴 『퀴어 페미니스트, 교차성을 사유하다』[3]를 같이 읽자. 비사이드 포럼[4]의 강연 일부를 모은 이 선집에 실린 다섯 편의 글은 퀴어, 페미니즘, 트랜스, 에이섹슈얼, 장애와 같은 다양한 범주들을 적대적인 정치학으로 구성하려는

2) 김현, 「살의의 섬뜩한 아름다움」, 오정희, 『불의 강』 해설, 문학과지성사, 1977, 250쪽.

3) 전혜은·루인·도균, 『퀴어 페미니스트, 교차성을 사유하다』, 여이연, 2018. 이하 인용시 본문에 쪽수만 밝힌다.

4) 성 노동, 트랜스 페미니즘, 에이섹슈얼, 논모노 지향, 퀴어 페미니즘, 장애학 등을 공부하는 연구자와 활동가가 모여 만든 포럼이다. 2016년에 솔여심 포럼으로 시작하였고 2017년에는 비사이드 포럼으로 이름을 바꾸어 매년 열리고 있다.

움직임에 대항하려는 문제의식 아래 쓰였다. 이를테면 트랜스젠더를 배제하는 TERF 페미니즘이나 게이 문화 내 여성 혐오와 같이 이러한 범주들이 서로를 경계하고 비난하는 최근의 상황을 우리는 어떻게 이해해야 할까? 배타적인 정체성 정치에 함몰되어 서로에게 각을 세우는 난국을 어떻게 생산적인 논의로 바꿀 수 있을까? 이 책은 우선 이 다양한 범주들이 서로 긴밀하고 복잡한 관계를 맺고 있음을 충분히 사유해야 한다고 말한다. 그리고 이를 위해 교차성 개념을 제시한다. 책에 직접 소개되지는 않았지만, 교차성intersectionality은 인종차별과 성차별을 '동시에' 겪는 흑인 여성의 복합적인 경험을 설명하기 위해 1989년에 킴벌리 크렌쇼Kimberlé Crenshaw가 고안한 개념이다. 다소 포괄적인 개념이나, 교차성은 젠더, 계급, 섹슈얼리티, 민족성과 같은 분석 범주들이 상호적으로 간섭하고 수정하는 현실을 이해할 수 있게 해주는 개념적 도구다.[5] 저자들은 이러한 교차성 개념을 통해 각기 다른 범주들의 차이를 섬세하게 살펴보고 모순을 정교하게 만듦으로써 관계의 구조 자체를 파악해보고자 한다. 그로써 배척과 연대 중 택일하여 성급한 결론을 내리는 것이 아니라, 이 범주들을 수용하는 우리의 인식론적 틀을 꼼꼼히 사유해보려는 것이다. 그러나 책의 제목대로 퀴어와 페미니즘만을 중심으로 다루는 것은 아니다. 필자에 따라 전혜은이 장애와 퀴어의 교차를 사유한다면, 루인은 트랜스와 페미니즘 및 퀴어의 교차를 짚어보고, 도균은 퀴어와 트랜스 및 성 노동의 교차를 고민한다.

5) Wendy Sigle-Rushton · Elin Lindstrom, "intersectionality", Mary Evans and C.H.Williams ed, *Gender: The Key Concepts*, Routledge, 2013, pp. 129~130.

먼저 전혜은은 묻는다. '장애는 퀴어다'라는 말이 전복적이고 저항적인 선언으로 들린다면, 그 반대인 '퀴어는 장애다'는 어떻게 들리는가? 이 말이 부정적으로 들린다면, 그 까닭은 퀴어와 장애가 반목해온 오랜 역사와 관련이 깊다. 그동안 장애 운동은 이성애자 남성 중심으로 이루어져온 반면, 퀴어 운동은 비장애인 중심으로 형성되어오면서 서로를 배척해왔기 때문이다. 장애/비장애, 동성애/이성애라는 차이를 병으로 환원하는 병리화 담론으로 인해, 소수자들 사이에서도 정상성을 인정받으려는 투쟁 아래 서로를 소외시키려는 움직임이 있었던 것이다. 이러한 역사는 장애인을 성적인 주체로 상상하지 못하는 오랜 관습과도 연결된다. 흔히 장애인은 순박하고 깨끗한 이미지의 무성애자로 재현되거나, 유성애자더라도 정상성 규범에 순응하는 이성애자로 기대되며, 그 섹슈얼리티는 시스젠더 이성애자 남성의 삽입 섹스를 중심으로 이해된다. 따라서 퀴어/장애/여성의 섹슈얼리티는 세 겹의 억압 아래 이성애자 남성의 변태적인 욕망에 의한 수동적인 피해 입장으로만 상상되는 것이다. 이에 전혜은은 이성애 중심주의와 비장애 중심주의가 서로 공조하는 방식으로 구축되어왔음을 이해해야 하며, 장애와 섹슈얼리티의 관계가 더욱 다양한 방식으로 상상되어야 한다고 주장한다. 이를테면 장애인과 구분되는 '아픈 사람' 정체성[6]은 본질주의 혹은 경직된 이분법적 구조 속에서

6) 전혜은은 "진단명으로 설명할 순 없지만 만성적으로 아픈 사람, 그래서 (……) 이 아픔과 동떨어져서는 삶을 설명할 수도 설계할 수도 없는 사람"(118쪽)을 '아픈 사람'으로 명명한다. 또한 '아픈 사람'의 실존이 가시성, 일관성, 안정성만을 기준으로 삼는 장애인 범주에 충분히 포섭될 수 없기 때문에 이들을 인정하고 설명할 수 있는 새로운 정체성이 필요하다고 역설한다.

배제되어온 바이섹슈얼 정체성이 처한 위치와 교차되며 풍부하게 설명된다. 둘 모두 이분법적 구조에 제3항의 범주로 추가되는 것이 아니라 그러한 구조 자체가 역사적으로 형성되어온 구성적 허구라는 것을 입증하기 때문이다.

한편 루인은 트랜스가 페미니즘 및 퀴어 연구와 맺어온 복잡한 역사적 관계를 살펴본다. 루인은 젠더를 수행성으로 재개념화한 주디스 버틀러의 『젠더 트러블』이 페미니즘보다는 퀴어 이론으로 더 많이 독해되어왔으며 그로 인해 '진짜' 여성의 범주를 흩뜨렸다는 비판을 받아왔음에 주목한다. 그러나 1960년대 제2물결 이후 섹스와 젠더를 구분하여 여성의 성역할이 사회적으로 구성된다는 이론을 성립하는 과정에서 트랜스젠더퀴어는 이미 여성 범주에서 누락되었으며, 1987년 제인 플랙스를 비롯하여 버틀러 이전에도 젠더 개념을 여성이나 남성으로 환원하지 않으려는 시도가 많았다. 또한 루인은 퀴어 연구가 젠더가 아닌 섹스 및 섹슈얼리티 연구에 집중되면서 흔히 젠더 정체성 범주로 이해되는 트랜스 연구가 배제되어왔으며 트랜스 욕망이 기존 질서에 동화하는 실천으로 절하되어왔다는 사실을 지적한다. 따라서 퀴어/트랜스, 섹슈얼리티/젠더가 별개의 영역인지를 물음에 부치고, 이것들을 명확하게 구분하는 LGBT라는 용어도 재사유할 필요가 있다고 말한다. 이러한 논의를 통해서 루인이 강조하려는 바는 페미니즘에서 여성 범주를 사유하는 과정에서 트랜스젠더퀴어가 상상적인 경계이자 외부로서 그 구축과 맞물려 있었다는 사실이다. 요컨대 장애, 퀴어, 트랜스, 페미니즘 등의 범주가 서로 경합하고 교차하면서 형성되어왔음을 밝힘으로써 이러한 관계를 사유하는 인식 틀을 재사유해야 한다는 것이다.

그런데 이를 재사유하는 일은 어떤 방법론을 통해 가능한가? 다시 말해, 이러한 범주들이 고정되고 단일한 정체성으로 상상되고 있으며 그 때문에 배타적인 정체성 정치가 작동하게 된다면, 그 단단한 올을 풀어내는 일은 어떠한 방식으로 이루어질 수 있는가? 흥미롭게도 전혜은, 루인, 도균 세 필자 모두 공통적인 결론으로 소수자들에 대한 구체적이고 새로운 서사를 요청한다. (이때 서사는 일차적으로 질적 방법론으로 포착할 수 있는 당사자들의 발화를 의미하겠지만, 문학적 재현으로도 확장될 수 있을 것이다.) 전혜은은 퀴어/장애/여성의 섹슈얼리티가 더 다채롭게 상상되기 위해서는 "당사자들의 더 많은 목소리와 더 많은 서사가 필요"(57쪽)하며, 장애 개념으로 충분히 포섭되지 않는 '아픈 사람'의 정체성을 성립하는 일은 선언이나 윤리의 문제가 아니라 "오히려 "서사"에 관한 질문"(143쪽)이라고 말한다. 루인은 트랜스젠더퀴어가 죽음, 혐오 범죄, 사회 차별을 통해서만 비로소 가시성을 얻게 되며 지배 규범의 상상에 걸맞은 폭력의 피해자 형상으로만 유통, 재생산된다는 점을 지적하면서, "현재 규범적으로 유통되고 있는 트랜스 자기 서사 자체를 다시 고민하고 지금과는 다른 방식의 서사를 구성하도록 요청"(189쪽)한다. 도균 역시 크루징이나 성 노동을 하는 '이쪽 사람들'과 성소수자 인권 운동을 하는 게이 그룹이 온전히 일치하지 않으며, 그렇기 때문에 "우리의 구체적인 삶"(222쪽)을 충분히 들여다보는 일이 선행해야 한다고 말한다. 물론 교차성 개념이 능사는 아니다. 이러한 전략은 집단을 개인으로 무한히 용해한다는 비판을 받을 수도 있으며,[7] 방법론이라기보다는 하

7) Wendy Sigle-Rushton · Elin Lindstrom, op.cit. p. 133.

나의 패러다임에 가까울지도 모른다. 다만 이들이 모두 구체적인 서사가 더 많아져야 한다고 주장하는 이유야 어렵지 않게 이해할 수 있다. 여성, 퀴어, 에이섹슈얼, 트랜스, 장애, 아픈 사람과 같은 정체성이 고정적이거나 단일하거나 일관되지 않은 만큼, 이 범주들이 복잡하고 다양하게 교차하는 방식을 파악하기 위해서는 필연적으로 개별적이고 구체적인 서사가 요청될 수밖에 없기 때문이다.

여기에서 다시 오정희의 「완구점 여인」을 생각해보자. 소수자들에 대한 다양한 서사가 더 많이 재현되어야 한다는 타당한 결론과 더불어 그러한 재현을 '어떻게' 해석해야 하는지의 문제는, 최근 들어 여성, 퀴어 등 소수자 서사가 크게 다양해진 한국문학의 경우에도 여전히 산적해 있다. 무언가에 대한 보충이나 대리물로 상상하지 않는 방식으로 이들의 존재를 어떻게 가시화할 수 있을까? 전혜은이 장애와 퀴어의 교차를 점검하면서 "섹슈얼리티를, 손상에도 불구하고가 아니라, 그리고 손상 때문에 페티시즘적인 것이 아니라, 손상과의 관계 속에서"(56쪽) 상상되어야 한다고 말했던 바를 떠올려보자. 교차성이 '불구하고'나 '때문에'가 아니라 '관계 속에서'라는 부사를 통해 사유되는 것이라면, 퀴어, 페미니즘, 트랜스, 에이섹슈얼, 장애와 같은 범주들은 서로 간의 복잡한 '관계 속에서' 더욱 두텁고 풍성하게 해석되어야 한다. '나'와 완구점 여인의 동성애 관계가 가족이라는 일상적 규범을 전복하려는 욕망 '때문에' 혹은 동생을 잃은 상실감과 동일시된 그녀의 신체 장애에도 '불구하고' 이루어진다고 독해를 축소하지 않는다면, '나'가 휠체어 탄 완구점 여인과 성적인 관계를 맺으며 느끼는 관능과 혐오, 그리고 퀴어/장애/여성이라는 범주와 일상적 규범, 억압, 욕망의 관계에 대해서 더욱 섬세하고 다채로운 결을 읽어낼 수 있다. 그리고 눈앞에 뻔히 있는데도 이들의 존재를 보지 못하고 무언가를 대리하거나 상징하는 존재로 비가시화해온 오랜 비평적 관습에도 비판적인 입각점을 세울 수 있다. 이러한 해석을 요청하는 텍스트들은 이미 우리 앞에 놓여 있고, 앞으로 더 많아져야 하며, 『퀴어 페미니스트, 교차성을 사유하다』는 그 해석의 길을 밝게 해줄 것이다.

(2019)

우리는 더 많은 사랑과 아름다움을
—한정현의 『소녀 연예인 이보나』

1

한정현의 첫번째 소설집 『소녀 연예인 이보나』[1]는 일제 강점기부터 시작해 해방, 분단, 군부 독재, 민주화운동, 그리고 오늘날에 이르는 한국 근현대사를 배경으로 잊히거나 누락된 이들의 계보를 다시 쓰는 책이다. 시간적으로는 한 세기가 넘는 기간을, 공간적으로는 한반도, 일본, 미국을 중심으로 한 동아시아 및 제국을 가로지르는 이 소설들은 국가 폭력과 젠더 규범의 억압 속에서 제대로 명명되지 못한 이들에게는 제 목소리를 부여하고, 머무를 곳을 찾지 못한 이들에게는 제자리를 마련해준다. 이로써 한정현의 전작인 장편소설 『줄리아나 도쿄』(스위밍꿀, 2019)에서 빛났던 여성과 퀴어의 우연하고 아름다운 만남은 방대한 역사적 맥락을 종횡하는 문화사적 기획으로 확장되었다.

1) 한정현, 『소녀 연예인 이보나』, 민음사, 2020. 이하 인용시 본문에 쪽수만 밝힌다.

이 소설집에서 「소녀 연예인 이보나」 「우리의 소원은 과학 소년」 「생물학적 제인」 「과학 하는 마음—관광하는 모던 걸에 대하여」 「오늘의 일기예보」 「조만간 다시 태어날 작정이라면」이라는 여섯 편의 소설은 서로 긴밀하거나 느슨하게 연결되면서, 혈연, 우정, 연애로 관계 맺고 있는 인물들이 교차하는 연작소설의 성격을 띤다. 이 연작에 등장하는 인물들을 소개하자면 크게 두 축으로 나뉜다. 한 축에는 4대로 이어지는 한국 근현대사의 여성/퀴어 예술 노동자/지식인 집안과 그 이웃이 있다. 혈연으로 이어지는 유순옥(1대 만신)–희(2대 만신이자 대무녀)–주희(여성 국극 배우)–제인(주희의 조카)이라는 예술 노동자/지식인, 그리고 이들과 긴밀한 사랑과 우정을 나누는 해녀 이씨(주희와 함께 활동한 제주 출신 여성 국극 배우), 한서(제인과 함께 자란 이웃, 시 연구자), 이보나(고전 번역원을 다니는 한서의 조카)가 그들이다. 다른 한 축에는 한반도 너머 일본, 미국 안팎에서 이들의 역사와 연루되는 사람들이 있다. 이들에게 관심을 보이며 한서에게 연락한 메리(국가 폭력에 관한 다큐멘터리를 찍는 미국인)를 중심으로 제니(다큐멘터리의 주인공, 주한 미군 흑인 아버지와 한국인 기지촌 어머니 사이에서 태어난 혼혈), 제시카(메리의 연인), 로지 이모(제시카의 어머니, 과거 여공), 윤선영/영선(메리를 기른 어머니, 미국 이민자), 경아(다큐멘터리의 조력자, 기지촌 및 과학사 연구자)와 그녀의 초중고 동창들(영애, 지윤, 수연), 하마구치 사츠케(경아의 연인, 재일 조선인 연구자)가 그들이다. 이들은 여섯 편의 소설에서 때로는 중심적으로 때로는 주변적으로 등장하면서, 서로 이어졌을 때라야 비로소 온전한 존재로 구성되는 입체적인 이야기를 축조해낸다.

함께 수록된 작품 중 「괴수 아키코」와 「대만호텔」에 등장하는 인물들은 앞서 연작으로 보이는 소설들과 직접적으로 연결되지는 않는다. 그러나 이 책에 등장하는 수많은 인물들은 국가와 민족, 젠더와 이념의 경계 위에 있는 소수자들이라는 공통점을 가지고 있다. 『소녀 연예인 이보나』는 언뜻 서로 연결되지 않을 것 같던 소수자들을 이어 이들이 하나의 점에서 만나 반짝일 수 있는 공간을 마련해준다. 이 수많은 이들은 때로는 우연히 때로는 필연적으로 만나 서로의 강인함과 아름다움을 발견한다. 이들이 서로를 비추고 읽어내면서 그어지는 무수한 연결선들은 단지 비가시화된 존재들을 가시화하는 것이 아니라, 혹은 이분법적인 경계를 무화하거나 교란하는 것이 아니라, 그간 한국 근현대사에서 경직된 방식으로 상상되어온 몸과 마음의 역사를 재배치하고 그로부터 갱신되는 아름다움을 만들어낸다.

2

「소녀 연예인 이보나」는 이 방대한 이야기의 기원이자 밑그림이 되는 소설이다. 여기에는 식민지 조선에서 출발하여 4대째 이어지는 퀴어/여성 예술 노동자의 계보가 흐른다. ① 경성 최고 권번을 졸업하고 동경 유학 후 귀국하여 1대 만신이 된 '유순옥'. ② 집안의 유일한 남성으로 태어나 어머니 유순옥을 이어 2대 만신이자 대무녀가 되었지만 해방 후 빨치산들이 내려오자 산 채로 땅에 묻힌 트랜스젠더 '희'. ③ 해방 후 일본 대학에서 공부하던 중 순사에 의해 강제로 조선으로 추방되어 크로스드레싱 여성 국극 배우가 된 '주희'. ④ 주희의 조카로 서울대학교 시위중 총에 맞아 사망한 트랜스젠더 대학생 '제인'. 이들을 통해 소설은 1900년대부터 오늘날에 이르기까지 쉽사리 혐오의 대상이 되어온 퀴어/여성 예술 노동자들이 이념, 젠더, 편견으로 폭력과 차별을 겪어온 정황을 성실히 짚어낸다. 그리고 한국 근현대사에서 당연한 뼈대로 전제되어온 이성애 정상 가족의 계보 바깥에서, 트랜스젠더와 동성애자를 비롯한 성소수자들이 생물학적 번식에 얽매이지 않고도 '대'를 이어 얼마나 풍성한 문화적 유산을 생산하고 수호해온 주체였는지 보여준다.

무엇보다 이 소설은 무속, 예술, 문화의 영역에서 두 사람이 우연히 만나 국가, 민족, 젠더라는 경직된 경계를 넘어서는 순간에 생성되는 아름다움을 포착해낸다. 주희가 동경에서 경성으로 가는 배 안에서 만난 해녀 '이씨'와 옷을 바꿔 입고 자유를 느끼거나, 여성 국극단에서 주희는 선화공주 역으로 이씨는 장군 역으로 젠더를 교차하여 무대에 서는 크로스드레싱의 장면은, 경계 위에서 새로운 아름다움을 창안해내는 수행적인 실천의 순간이다. 이러한 실천은 선험적으로 부여받거나 사회적 규범이 강제하는 곳이 아니라 자신이 발 딛고 선 제자리에서 이루어졌을 때 비로소 빛난다. 지금껏 그저 넷째라고 불려왔던 해녀 이씨가 주희로부터 '이보나'라는 이름을 선물받고 난 후 "사람이 된 기분"(55쪽)을 느끼고, 남자의 몸으로 태어났지만 여성으로 정체화한 제인이 스스로 이름을 만들어 호명하는 것도 그 때문이다. 이 겹겹의 이야기는 제인과 함께 자란 이웃이자 훗날 시 연구자가 된 '한서'의 목소리로 전달된다. 트랜스젠더인 제인을 사랑하면서도 그 사랑이 이상한 것인지 혼란스러워했던 한서는, 그러나 이태원의 미군 클럽에서 드레스를 입은 아름다운 제인이 "노래는 다 듣고 가지. 소리는 경계가 없잖아"(76쪽)라고 말했던 순간을 기억한다. 소리와 음악에 경계가 없듯, 사랑에도 경계가 없으니까, 이상해도 아름답고 이상해서 아름다운 사랑도 있음을 깨달은 순간을.

한편 「우리의 소원은 과학 소년」은 식민지 경성을 배경으로 레즈비언 연인인 간호원 '안나 서'와 연애소설가 '윤경준'의 사랑 이야기를 그린다. 이화학당 졸업생이자 제중원 간호원인 안나는 자신을 낳자마자 과다출혈로 사망한 어머니가 남긴 마지막 말 "이 아이에게 이름을 주세요. 이름을 불러 주세요"(247쪽)를 인생으로 받아안듯, 누구의 딸이라고 자신을 소개하지 않고 스스로 지은 이름 '안나'로 살아간다. 동경발 '과학'과 남성 중심적 탐정소설이 인기를 끌던 당시, 소설에 과학 소녀를 등장시키고 여학생들끼리 사랑하는 이야기를 썼다고 비난받던 연애소설가 경준 역시 태어날 때 부여받은 이름 '경아'와 여성이라는 성별을 버리고 삶을 개척해나간다. 남장 여자, 여장 남자, 동성애자가 변태성욕자로 명명되어 제국의 경찰에게 잡혀가고 동성 연인들의 자살 소식이 끊기지 않던 1920년대 경성에서 두 사람은 이번 생에 주어진 젠더 규범으로부터 자유로워져 "현생 친구, 전생 연인 말고 전생 친구, 현생 연인이 되고 싶다"(259쪽)고 간절하게 바란다. 안나는 수양아버지의 주선으로 결혼과 이혼을, 경준은 일본군 '위안부'로 끌려간 이후 임신과 출산을 겪지만, 결국 안나의 게이 친구 '수성'의 도움으로 두 사람은 대서양 건너 미국으로 떠나는 배에 올라탄다. 여성이자 퀴어로서 식민지 제국에서 온당한 시민권을 부여받지 못하고 바다라는 또다른 경계 위에 서게 된 이들은 끝내 담담하고 단단한 목소리로 말한다. "낙관하자."(266쪽) 이 낙관은 눈에 보이는 세상이 전부라고 믿지 않고 갖고 싶은 이름을 스스로에게 지어주는 사람의 의지로부터 시작되어 다음 세대로 흐른다.

한국 근현대사의 퀴어적인 계보를 읽어내는 동시에 여성 예술 노동자들의 문화적 생산을 발굴해내는 이 두 소설에 해방적이고 전복적인 가능성이 있다면, 젠더, 계급으로 인해 억압과 차별을 받았음에도 예술의 영역에서만큼은 자유로운 꿈과 사랑을 가까스로 희망했던 이들의 욕망까지 읽어냈기 때문일 것이다. 그러나 그 욕망의 목소리는 동시대 인물인 한서, 선영, 메리의 목소리로 전달되면서, "케이팝과 한국문학은 이제 한국에서 일본으로 그 경계를 넘어서고"(79~80쪽) 있음에도 여전히 여성 연예인들을 혐오와 폭력으로부터 지켜낼 안전망이 취약할 뿐만 아니라 "동성혼이 불법"(277쪽)이고 "군대가 성전환한 군인의 복무를 거부"(285쪽)하고 있는 현재의 한국사회에서 낙관이 얼마나 더 가능해졌는지 묻는다. 이것은 한국의 옛날이야기가 아니라 "혹시" "어쩌면" "지금 여기" "우리의 이야기"(286쪽)이니까.

3

국가 폭력과 성적 억압으로 얼룩진 현대사에서 누락된 소수자들을 그려내는 작업은 이들의 목소리를 소설이라는 양식에서 어떻게 재현할 수 있을까? 한정현은 다큐멘터리 인터뷰와 논문이라는 형식을 차용하여 겹겹의 구조를 만들고 그 안에서 여러 목소리들을 교차하고 배치함으로써 역사에서 누락된 이들의 맨얼굴을 입체적으로 조명한다.

「생물학적 제인」은 1980년대 용산과 이태원을 출발점 삼아 흑인 주한 미군과 기지촌 여성, 그리고 그들 사이에서 태어난 혼혈인 2세의 목소리와 복합적인 정체성을 담아낸다. 이 소설은 두 부분으로 나뉘어 있다. 전반부에는 국가 폭력에 관한 다큐멘터리를 찍는 미국인 여성 '메리'가 그 과정을 도와준 한서와 조카 '보나'에게 보내는 편지 형식이다. 메리의 감사 인사에 그녀의 레즈비언 파트너의 어머니이자 2차세계대전의 여공이었던 '로지 이모', 평택의 기지촌 여성인 '캔디'의 목소리와 교차되면서, 소수자인 타인을 응시하고 재현하는 작업에 대한 고민이 스며든다. 후반부에는 메리가 편지와 함께 동봉한 다큐멘터리 〈생물학적 제인〉의 인터뷰들이 활자화되어 전개된다. 이 다큐멘터리의 주인공이자 인터뷰이인 제니는 뉴욕에서 자란 여성으로서 흑인 장교인 아버지와 백인 변호사인 어머니 아래에서 양육되었지만, 용산의 기지촌 여성인 친어머니 제인을 찾기 위해 아버지와의 갈등을 뒤로하고 스무 살 무렵 한국으로 떠난다. 제인이 생물학을 공부하고 싶어했으나 끝내 기지촌에서 자살하고 말았다는 사실을 알게 된, 제니는 "나를 기억해 주는 사람도 있을까"(169쪽)라고 적었던 그녀의 유서를 곱씹는다.

"기지촌 여성, 성 노동자, 위안부 이런 거 말고……"(145쪽) "그냥 이모에 대해서" "그냥 캔디"(146쪽)에 대해서 이야기해보자는 메리의 제안은, '생물학적 어머니'를 그저 나름의 욕심과 희망과 슬픔을 가지고 있었던 한 명의 '생물학적 제인'으로 기억하려는 제니의 시선으로 옮겨온다. 이는 국가 폭력과 성적 억압으로 얼룩진 한국 현대사의 피해자인 이들에게 천편일률적인 '피해자 정체성'과 '올바름'을 덧씌우는 대신, 따뜻하고 다정한 동시에 편견과 적의에 가득차 있을 수도 있는 평범한 "그냥. 나 같은 여자들"(143쪽) 앞으로 조심스럽게, 그러나 가까이 다가가본다.

「과학 하는 마음—관광하는 모던걸에 대하여」는 논문 메모의 형식을 빌려, 한국에서 전후 일본의 과학기술사를 연구하는 '경아'와 재일 조선인 연구자 '하마구치 사츠케'가 도쿄와 서울을 오가며 십 년째 이어나간 연애를 다룬 소설이다. 십 년 전, 경아는 영화 〈극사적 로맨스〉에 관한 글을 트위터에 올린 일을 계기로 열한 살 연상의 재일 조선인 사츠케를 알게 되고 친절하고 예의바른 그와 사랑에 빠진다. 처음 만난 순간부터 사츠케가 좋았던 경아는 둘 사이에 가로놓인 장벽들을 생각하며 차마 사귀자는 말을 섣불리 꺼내지 못한다. "내가 노력하면 된다는 생각은 곧, 그런데 무엇을 노력한단 말인가, 사랑을? 국적을? 재일을? 한국을?"(188쪽) 그러면서도 경아는 오로지 사츠케를 계속 보고 싶다는 마음만으로 불확실성을 감당하면서, 한국에 올 수 없는 사츠케 대신 십 년 동안 비행기로 도쿄와 서울을 오간다. 우연히 사츠케의 본가에 가게 된 날, 사츠케와 결혼한다면 국적은 어떻게 할 것이냐는 그의 어머니의 물음에 경아는 십 년간 금기어였던 "우리, 미래, 사랑, 결혼, 국적"(193쪽)이라는 단어를 떠올리며 어떤 '마음'의 문제에 도달하고야 만다. "나 관광객 맞는데"(194쪽)라고 말하는 경아와 "내가 집이 어딨어"(198쪽)라고 말하는 사츠케에게는 국적과 민족이 단단한 소속감을 주지 못하며, 사랑과 결혼이 안정적인 영토가 되어주지도 못하는 것이다.

그러나 경계 위에 서 있는 경아의 불안은 2019년 일본 히츠토바시 대학교의 발표장에서 만난 한주의 이야기와 겹쳐지면서 다른 맥락을 얻는다. (한정현의 전작『줄리아나 도쿄』의 주인공이기도 한) 한주는 재외 한인 여성, 특히 조선적 재일 여성을 '관광'이라는 개념으로 설명하는 글을 발표한다. "시선에서 가장 자유로우면서도 속박되어 있고 권력의 위치의 최하위에 있으면서도 최상위에 있"(178쪽)다는 관광자의 이중적인 속성을 인식하면서, 이제 경아는 정말 많이 좋아하는 것을 위해서는 어디든 갈 수 있을 거라는 믿음으로 '마음'에 더 충실해지기로 한다. 이 믿음은 자신의 취약하고 불안정한 조건을 긍정하면서도 자신의 선택에 따라 움직이는, 사랑하는 사람으로 향하는 마음 그 자체이므로.

4

한편 1980년 광주민주화운동과 1996년 연세대학교 여총학생회 사건이라는 한국 현대사의 질곡이 지금 우리가 살아가고 있는 일상과 얼마나 불가분하게 연결되어 있으며 지속적으로 영향을 끼치고 있는지 살펴보는 소설들도 있다.

「오늘의 일기예보」는 날씨 좋은 토요일 점심에 세탁과 청소를 끝낸 보나가 종로와 광화문 쪽으로 외출했다가 귀가하는 하루를 그린다. 고전번역원에 다니는 평범한 직장인으로 지방에 계시는 부모님이 아닌 고모와 이십칠 년 동안 같이 살아온 보나의 한낮은 일견 평온하고 건조해 보인다. 그러나 보나의 이야기는 1996년 연세대학교 여총학생회 사건으로 온갖 추행과 고문을 당하면서 '그 9일 동안의 일'을 겪은 고모 한서의 과거, 그리고 한서가 오랫동안 사랑해온 사람이자 서울대학교 시위중 총에 맞아 사망한 트랜스젠더인 제인의 죽음과 교차되면서, 복잡하게 얽혀 있는 학생운동의 역사에서 짓이겨진 피해자들의 자리를 묻는다. '그 일' 이후 집으로 돌아온 한서를 방문한 학교 친구는 1990년대 학생운동에서 모두가 이야기했던 혁명의 성격을 다시 생각한다. "한서는 한 사람을 사랑해보았으니까. 그래서 모두를 위한 혁명도 말할 수 있었던 것 같아요."(112쪽) 제인을 온 마음으로 사랑해본 한서는, 사랑이냐 혁명이냐는 질문 앞에서 갈등하는 사람이 아니라, 사랑과 혁명을 동시에 상상하는 사람이었을지도 모른다고 말이다. 사랑 없는 혁명, 일상과 분리된 정치, 개인이 누락된 대의가 애초에 한 번도 가능한 적 없었다는 진실은 날씨 좋은 주말 오후 753번 버스를 타고 시위하는 사람들이 대거 나온 광화문을 천천히 지나가는 보나의 동선 안에 이미 스며 있다.

「조만간 다시 태어날 작정이라면」은 1985년에 항구를 낀 지방의 소도시에서 태어난 동갑내기 초중고 동창인 삼십대 중반 여성 네 명이 함께 여수로 떠난 기차 여행길의 한 자락을 담고 있다. 삼포 세대이자 아이엠에프 키즈로 불렸던 이들은 저마다의 다양한 내력, 직업, 가족관계를 가지고 있다. 남자에게 친자 포기 각서를 받고 혼자서 딸을 기르는 비혼모 변호사 '영애', 대학 동기와 결혼과 이혼을 거친 이후 보건행정 무기직으로 일하며 관사에 혼자 살고 있는 '지윤', 대학 시절 총여학생회 회장을 맡기도 했지만 지금은 종갓집 아들과 결혼해 아들 둘 낳아 살고 있는 '수연', 그리고 국문학을 전공하고 과학사를 연구하고 있는 연구소 계약직 '경아'. 그중에서 경아는 얼마 전 할머니가 폐암으로 돌아가셔서 고향에 내려와 있는 상태로, 할머니-고모-자신에게 3대째로 이어지는 집안 여성들의 역사를 곱씹는다. 어린 나이에 공장에 취직하기 위해 상경한 뒤 결혼 전까지 온갖 고생을 했던 서울 생활을 돌아가시기 직전까지 그리워했던 할머니. 그리고 1980년 봄 광주민주화 항쟁 때 젊은 나이에 실종된 고모 '화련'. 가부장제에 속박되기 이전의 주체적인 삶을 해쳤거나 비극적인 한국 현대사에 희생된 위 세대 여성들의 삶은 친구들과 떠난 기차 여행길의 일상적인 대화 곳곳에 스며들면서, 문득 경아에게 "다시 태어나면"(220쪽)이라는 상상을 하게 한다. 죽음 이후에도 우리가 어느 지점에서 겹쳐지고 포개질지도 모른다는 가정은 느슨하게 연결된 여성들의 작고 사소한 역사들이 여러 세대를 건너서도 흩어지거나 잊히지 않을 것이라고 믿게 한다.

5

「괴수 아키코」는 '나'가 소설을 쓰기 위해 1970~80년대를 전공하는 연구자 '그'를 인터뷰한 내용으로 이루어져 있다. '나'가 얼마간 각색한 줄거리에서 '그'는 대중문화 비평가로서 1970년대 미디어 문화사 비평집을 준비하는 과정에서 어린 시절 즐겨 보았던 〈후뢰시맨〉을 다시 보게 된다. 언제나 고무바닥으로 된 신발을 신었던 청소부 아버지가 극장에서 〈후뢰시맨〉을 보고 눈물을 흘리는 장면을 목격한 기억에서 출발하여, '그'는 1991년 개구리 소년 실종 사건, 김추자, 신중현, 투코리언스 등 온갖 대중가요 엘피판, 고정희, 조은, 김혜순, 최승자와 같은 시인, 『자유문학』『우리 시대의 문학』을 비롯한 문학잡지, 극장을 가야만 먹을 수 있던 과자들과 같은 사건 사물을 풍성한 문화사로 재생해낸다. 어린 시절의 '그'가 영화감독을 꿈꾸다가 군 제대 후 비평가로 성장하는 동안, 이모라고 불리는 친구들과 가방에 엘피판을 숨기고 음악을 듣곤 했던 어머니와 숙소에 화재가 발생해 고무바닥 신발 한 짝만 남겨놓고 사라진 아버지가 차례로 실종된다. 그 과정에서 드러나는 것은 비극적인 가족사라기보다는 노동권을 보장하라는 여성 조합원들의 나체 시위, 1970년 오키나와 주둔 미군 부대 방화 사건을 비롯하여 일상사에 깊이 스며든 정치적 억압의 현장이다.

한편 「대만호텔」은 무더운 기후의 일본 남쪽에 있는 작은 섬의 빗물연구소에서 파견된 연구원 '그'가 최악의 건기 상황을 맞이하면서 일어나는 이야기다. 한국에서 박사과정에 진학한 이후 일본의 섬에 오게 된 '그'는 빗물에 대한 다큐멘터리를 만드는 방송국 사람인 '아키코'를 만나게 된다. 갑자기 사라진 가수 김추자가 좋아서 '아키코' 라고 이름을 지었다는 그는 주기적으로 호르몬 주사를 맞아야 하는 트랜스젠더이다. 개인적인 이야기를 나누게 되면서 아키코에게 점점 끌리지만, 학부 시절부터 내내 사귀고 있는 연인과 헤어질 마음을 먹지도 못하는 '그'는 결국 한국으로 돌아와 정부 기관 연구소에 취직한다. 하지만 한국에서 우연히 아키코가 곧 오키나와로 떠난다는 말을 듣고는 오랜만에 그 섬으로 떠나고, 한때 일본군 '위안부'로 끌려갔었던 노인 '유키노'가 아키코를 예쁜 사람이라고 말하며 그 섬에서 가장 오래된 숙소인 대만호텔에서 아름다운 결혼식을 보았다고 말한 장면을 떠올린다.

두 소설뿐만 아니라 이 책에 실린 거의 모든 소설에서 연구자라는 정체성은 두드러지게 발견된다. 문화사, 문학, 과학기술을 탐구하는 연구자, 평론가, 소설가, 그리고 국가 폭력을 다루는 다큐멘터리 감독이라는 직업은 이 책에 등장하는 수많은 인물들이 서로를 메타적인 시선으로 바라보게 하는 장치로 기능한다. 한국 근현대사에서 국가와 민족, 젠더와 이념의 경계에 있었던 소수자들의 정체성은 서로를 발견하고 읽고 해석하는 느리고 복잡한 과정 속에서, 시간과 노력을 들여 상대의 이야기를 듣고 곱씹고 기억하는 연구자의 시선 속에서, 비로소 새로운 역사로 재구할 수 있는 가능성을 갖게 되는지도 모른다. 한정현의 첫 소설집 『소녀 연예인 이보나』가 이렇게 넓은 시간과 공간, 국경과 젠더, 정치와 일상을 복잡하게 가로지르는 이유는 서로를 이해하려 애쓰는 몇 겹의 메타적인 시선을 통과하고 나서야 비로소 보이는 사랑과 아름다움이 있기 때문일지도 모른다. "어쩌면 국경을 넘는 가장 빠르고 안전한 방법은 소녀 연예인들의 춤과 노래, 그리고 그들을 사랑하는 또 다른 소녀들의 숨길 수 없는 사랑"(51쪽)이라면, 우리는 그저 사랑과 아름다움에 대해서 말하기 위해서 이 수많은 사람들의 역사를 통과해야 했던 것일지도 모른다. 더 많이 말해야 하니까, 아무리 말해도 충분하지 않으니까, 다시 한번 더. 우리는 더 많은 사랑과 아름다움을.

(2020)

소녀는 자라지 않는다

―최은미의 「운내」와 손보미의 「밤이 지나면」

1

그러고 보면 소녀들은 늘 알고 있었다.

너 몇 살이냐?

열두 살요.

거짓말하면 못쓴다. 아주 성숙해 뵈는데? (……)

얼굴은 나이가 들어보이는데. 몸을 보라구, 아직 어린애잖아? 그런데 왜 이렇게 얼굴이 늙었니?

자꾸 어린애 어린애 하지 말아요. 애 큰 게 어른이지 첨부터 어른인 사람은 없다구요.

나는 깔깔 웃으며 대꾸했다. 누군가 간지럼이라도 태우는 것처럼 까닭 모르게 자꾸 웃음이 나왔다.

―오정희, 『새』[1)]

나는 삶을 너무 빨리 완성했다. '절대 믿어서는 안 되는 것들'이라는 목록을 다 지워버린 그때, 열두 살 이후 나는 성장할 필요가 없었다.

누구의 가슴속에서나 유년은 결코 끝나지 않는 법이지만 어쨌든 내 삶은 유년에 이미 결정되었다. 그리고 그 순수한 시절에 내 인생을 결정하도록 해준 것은 애초부터 선의라고는 갖지 않은 삶의 그나마의 호의일 것이다.

—은희경, 『새의 선물』[2]

오정희와 은희경 소설의 열두 살 소녀들은 알고 있다. 『새』의 '우미'는 어머니가 집을 나가고 아버지가 멀리 일을 하러 떠나간 뒤, 남동생 '우일이'와 함께 친척들의 집에 짐짝처럼 옮겨다니며 고아 아닌 고아로 살아간다. 그러는 동안 수모와 창피를 배우고 세상살이의 법칙을 학습한다. 우미는 말한다. "소리 내지 않는 것이 우리를 지키는 한 방편이 된다는 것을 알고 있었다"[3]고. 우미는 절대 어린아이처럼 울거나 떼쓰지 않는다. 다만 아무렇지도 않은 듯, 왜 이렇게 조숙해 보이냐고 묻는 세상을 두고 깔깔 웃는다. 『새의 선물』의 '진희'가 아는 세계도 다르지 않다. 진희는 어머니가 실성하여 자신을 나무에 묶어둔 채 버린 적이 있으며 결국은 자살로 생을 마감했다는 사실을 알고 있다. 진희는 자신을 '보여지는 나'와 '바라보는 나'로 분리시키면서 집요하게 자신의 감정, 욕망과 거리를 두려고 하며 그로부터 객관

1) 오정희, 『새』(개정2판), 문학과지성사, 2017, 142~144쪽.

2) 은희경, 『새의 선물』, 문학동네, 1996, 13쪽.

3) 오정희, 같은 책, 62쪽.

적인 인식을 확보할 수 있을 것이라고 생각한다. 우미와 진희가 알고 있는 것은 세상으로부터 이미 버려졌으며 매우 밑져 있는 상태로 삶을 시작했다는 사실. 그리고 아무도 자신을 충분히 사랑해주지 않을 것이며 자신은 이 세상에 온전히 속할 수 없다는 사실이다. "아주 성숙해 뵈는", 그리고 "삶을 너무 빨리 완성"해버린 이 소녀들은 나이를 먹어가며 자라고 있는 중이 아니다. 이들은 이미 자라 있다.

십대 초반의 여자아이. 사춘기, 혹은 초조初潮 직전의 여자아이. 이들을 성장이나 반反성장 서사로 읽는 독법은 낯설지 않다. 성장 서사는 보통 주인공이 유년기나 청소년기에서 성인의 세계로 입사하는 과정에서 여러 정신적인 갈등을 겪거나 사회적인 깨달음을 얻어 다른 차원의 성숙한 삶으로 도약하게 되는 이야기를 일컫는다. 그런데 한국문학에서 성장 서사는 (특히 산업화라는 성장 신화와 맞물리면서) "'잡초'처럼 자라난 남자아이가 결국은 다분히 세속적인 성인 남성의 세계로 '입사'해가는 반면, '화초'처럼 자라난 여자아이는 기껏해야 이런 식의 성장을 거부하거나 미쳐버리는 식으로 '반反성장'의 궤도에 오른다는 도식적인 구도"[4]라는 전형적인 문법으로 독해되어온 경향이 있었다. 한국문학사에서 계몽되는 소년이 근대화를 견인하는 주체로서의 신화적인 특권을 누려왔다고 했을 때,[5] 이러한 성장/반성장 서사의 독법은 그러한 특권을 누리지 못한 이들의 유년 시절에 담긴 복잡한 관계망(특히 여성들 사이의 복잡한 관계)을 누락하거나 이들이 겪는 미시적인 폭력의 맥락을 충분히 담아내지 못할 수 있

---

4) 손유경, 「유년의 기억과 각성의 순간—산업화 시대 '성장' '서사'의 무의식에 관한 일고찰」, 『한국현대문학연구』 37, 2012, 346쪽.

5) 같은 글, 328쪽.

다. 특히 (좀처럼 건강한 성장 서사로 재현되거나 해석되기 어려워 많은 경우 반성장 서사로 독해되곤 했던) 여자아이의 서사는 세속적이거나 성숙한 사회로 진입하는 입사 과업의 반대편에서 순수, 광기, 비이성, 섹슈얼리티 등 여성에게 쉽사리 덧붙기 쉬운 단순한 프레임으로 환원되어 해석될 여지가 있다. 그런데 앞서 살펴보았듯이, 오정희와 은희경 소설의 십대 초반 소녀는 자아와 기성 사회의 변증법을 통해 성숙한 인성을 얻는 것과도 거리가 멀고, 반反성장소설처럼 기존의 규범과 질서를 반발하면서 성장을 거부하거나 미쳐버리는 것도 아니다. 이 소녀들이 소설에서 움직이는 방식은 시간의 흐름에 따른 발전, 중지, 퇴보가 아니며, 선형적인 성장/반성장 서사를 넘어선 다른 가능성을 품고 있다. 이들은 유년 시절에 이미 다 자라버렸으며, 성인이 된 이후에 떠올리는 유년의 기억은 세상을 너무 일찍 알아버린 과거 시간에 대한 본능적이고 무의식적인 회귀에 가깝다. 그리고 유년의 '나'와 성인인 '나'가 서로 맺는 관계는 일방적인 회고나 불화가 아니라 더 복잡한 맥락을 가지고 있다.

2

한국문학의 십대 초반 소녀들에게는 무슨 일이 일어나는 걸까? 오정희와 은희경 소설의 소녀들의 세계는 최근 손보미와 최은미의 소설로 이어져 유유히 흐르고 있는 것 같다. 손보미의 「밤이 지나면」[6]은 부모님이 이혼하면서 외삼촌 부부네 집에 맡겨진 열 살 소

6) 손보미, 「밤이 지나면」, 『문학동네』 2019년 여름호. 이하 인용시 본문에 쪽수만 밝힌다.

녀가 어느 여름에 ‘정신 나간 여자’ ‘미친 여자’라고 불리는 이웃 여자와 가까워지면서 생겨나는 이야기다. 외삼촌 부부네 집에 가게 되면서 ‘나’는 말하기를 거부하고 입을 열지 않는다. 하지만 이혼을 했고 자식이 죽었으며 지금은 혼자 식료품점을 운영하며 예지몽을 꾼다는, 그러니까 소위 ‘정상’적인 규범에 전혀 걸맞지 않은 이 미친 여자 앞에서만큼은 말을 하기 시작하고, 두 사람은 훗날 ‘납치 사건’이라고 명명되는 사건의 주인공이 된다. 한편 최은미의 「운내」[7]는 열세 살의 ‘나’가 ‘ㅌ웃’과 같이 “딸국질처럼 소리로 오는 것”(163쪽)이라고 설명되는, 발작과도 비슷한 신체적인 증상 때문에 먼 친척인 ‘산주님’이 운내에서 운영하는 수련원에 머물게 되면서 일어나는 이야기다. ‘나’는 운내에서 이 년 전 끔찍한 일을 겪었으리라 추정되는 동갑내기 먼 친척 ‘승미’와 가까워지고, 수련원에서 암암리에 이루어지고 있었던 (피를 빼내버림으로써 몸이 좋아지거나 새로 태어난다는) ‘사혈’ 치료를 승미와 시도해보다가 비극적인 결말에 이르게 된다.

흥미로운 것은 두 소설에서 십대 초반의 소녀가 ‘비정상적’이거나 ‘비일상적’이거나 ‘오염’되었다고 여겨지는 어떤 세계로 진입했다가 다시 기존의 세계로 돌아오는 서사의 골격을 갖추고 있다는 것이다. 이 과정은 대개 ‘정상’ 가족이나 부모와의 관계에서 탈피해(서사 내에서는 부모에게서 버림받는 것에 가깝다) 유사 고아 상태가 되는 것으로부터 시작되어 기존의 규범 체계와는 다른 질서가 작동하는 세계를 만나는 것으로 이어진다. 그런데 이 소설들에서 그 세계를 정상/비정상, 일상/비일상, 순수/오염이라는 이분법적인 구도로 그리고

7) 최은미, 「운내」, 『릿터』 2019년 6/7월호. 이하 인용시 본문에 쪽수만 밝힌다.

있는 것은 아니며, 오히려 한쪽으로 쏟아지지 않은 채 그러한 경계를 미세하게 넘나들고 흔들고 흐린다. 「밤이 지나면」에서 '나'는 부모님의 이혼 이후 외삼촌 부부네 집에 맡겨지지만, 사실상 '미친 여자'와의 긴밀한 관계라는 새로운 세계로 들어가게 된다. '미친 여자'는 이혼을 했고 자식이 죽어 혼자 사는 여자이기에 이성애 정상 가족 규범에 걸맞지 않고, 예지몽을 꾼다는 이유로 비과학적이고 비이성적인 세계의 화신처럼 여겨지지만, 기실 그녀에 대한 소문과 뒷담화를 늘어놓는 동네 사람들(이를테면 외삼촌 부부) 역시 불법 시술자이거나 '정상' 가족으로부터 이탈해 있으며 남몰래 예지몽에 의존하는 모습을 보임으로써 그러한 고정된 경계를 묻게 한다. 또한 이 여자는 오랫동안 여러 서사에서 피, 땀, 육체, 비명 등 비체abjection로 환원되거나 "아주 마르고 약간 신경질적인 아름다움을 품고 있을 거"(202쪽)라고 대상화되곤 했던 '미친년' '광녀'의 일반적인 이미지와 달리, "약간 통통한 체형에 머리카락은 남자아이처럼 아주 짧았으며 신경질적으로 보이지도 않"(같은 쪽)는 외모로 묘사되며, 매우 정교한 언어를 통해 (다른 이들에게는 불쌍하고 어린 고아로 취급되었던) '나'와 거의 대등하고 미묘한 관계를 맺는다. 「밤이 지나면」에서 어둠, 밤, 광기로 나타났던 세계가 「운내」에서는 욕망, 질병, 죽음으로 칠해져 있다. '나'는 자신을 두려워하는 엄마에 의해 거의 버려지다시피 운내로 오게 되고, 그것은 먼 친척인 승미의 경우도 다르지 않다. 정상 가족과 부모의 안전하고 따뜻한 보호 대신 이들이 맞닥뜨려야 하는 운내는 죽음충동과 욕망으로 들끓고 있다. 산주님이 운영하는 수련원의 사혈방에서는 불법 사혈로 인해 패혈증, 빈혈 등으로 사람들이 죽어나가고, 이 년 전에 끔찍한 일을 겪어 열한 살에 멈추어 있는 승미는 자기 몸에 더러운 피가 돌기 때문에 "긁는다고 맑아지고 그런 피가 아니"(173쪽)라고 말하는 정화 불가능의 상태로 자신을 인지하며, '나'는 'ㅌ읏'과 같은 소리가 쏟아져나오는 발작이 시작되면 "그냥 딱 죽고 싶어"(174쪽)라고 말한다.

이 세계 속에서 소녀들은 혼란스러워하거나 절망스러워하면서도 새로 태어나고 싶어한다. 기실 이 '비정상적'이고 '비일상적'이고 '오염된' 세계는 소녀들이 기존의 억압으로부터 벗어나거나 그것을 씻어내 정화될 수 있는, 혹은 적어도 그런 가능성을 품고 있는 기회의 공간이기도 하다. 「운내」에서 '나'와 승미가 남몰래 사혈을 시도하면서 몸에 새 피를 채우고 싶어하고 새로 태어나고 싶어하는 것처럼, 「밤이 지나면」의 '나'는 "제발 나를 데리고 어디론가 떠나달라고, 사라지게 해달라고, 외삼촌과 외숙모와 담임 선생과 영예은으로부터 멀어지게 해달라고 애걸복걸"(208쪽)한다. 이 세계는 그 바깥 세계와 달리 애써 친척, 선생님, 친구들로부터 자신의 가족사나 내밀한 내면을 보호하거나 금언禁言으로 감추지 않아도 되는 세계이고(「밤이 지나면」), 발작과도 같은 신체적인 증상이나 트라우마를 모르는 척해주거나 유독 별스러운 것으로 여기지 않는 세계이지만(「운내」), 동시에 그만큼의 위험과 불안정이 도사리고 있는 세계이기도 하다는 점에서, 일반적인 이분법적인 구도로 해석하기 어려운 양면적인 공간이다. 서사가 마무리되면서 결국 소녀들이 기존의 세계로 회귀하고 성인이 된 이후에 이 시기와 공간을 다시 회상한다고 하더라도, 이러한 양면성은 소녀들의 서사를 일반적인 의미에서 성장/반성장이라는 선형적인 구도로 읽기 어렵게 만든다. 여기에는 정상/비정상, 일상/비일상, 순수/오염이라는 이분법적인 구도가 적용되기 어렵고, 온갖 무의식, 욕망, 충동, 죽음의 차원이 그 반대의 것들과 복잡하게 뒤엉겨 있으며, 성인이 된 이후에도 이러한 세계는 흐릿하게 명백하게 유지되기 때문이다.

그런 점에서 소설이 끝나면서 두 소설의 소녀들이 각각 납치 사건과 사혈로 인한 비극을 겪은 이후에 병원이라는 공간을 거치거나(「밤이 지나면」의 '나') 병원을 거쳐서 정상 세계로 복귀했으리라고 믿어진다(「운내」의 승미)는 점은 의미심장하다. 병원은 국민의 보건과 건강을 위해 질병 치료를 목적으로 운영되는 시스템으로서, 정상/비정상, 청결/오염, 깨끗함/더러움, 건강/질병이라는 이분법을 기반으로 작동되며 오히려 그러한 구도를 강화하고 재생산하는 공간이기 때문이다. 마치 통과의례처럼 병원을 경유하면서 기존의 세계로 돌아오게 되지만(혹은 된다고 믿어지지만), 그리고 「밤이 지나면」에서는 납치 사건 이후 '미친 여자'가 동네를 떠나게 되고 「운내」에서는 결국 '나'가 운내라는 공간을 황급하게 떠남으로써 비정상, 비일상, 오염으로 여겨졌던 것들의 추방이 수반되지만, 이러한 분리와 결별은 말끔하게 정리되지 않으며 오히려 어떤 여지를 남겨두고 있다는 점에서도 성장/반성장이라는 선형적인 구도 너머의 서사로 독해하게 한다.

3

그 과정은 언어라는 차원에서 이루어진다. 비이성, 밤, 어둠, 비정상, 오염 그리고 특히 '미친 여자'라는 이미지는 종종 피, 땀, 육체, 비명 등 비체나 비언어의 영역으로 환원되면서 이분법적인 구도 안에서 맴도는 경향이 있었지만, 두 소설에서는 오히려 그 반대로 이성과 논리를 상징하거나 담보하는 영역으로 여겨져 온 언어가 광기, 어둠, 비정상, 오염이라는 이미지와 매우 긴밀하게 맞물려 재현되면서 그러한 구도의 정당성을 묻는다. 두 소설은 모두 소녀들이 이성애 정상 가족에서 이탈하면서 시작되는데, 여기에 실어失語의 과정이 동반된다. 소녀들이 새로운 세계에 진입하면서 말을 잃는 과정은 역설적으로 새롭고 풍부한 언어를 획득하게 되는 것으로 귀결된다.

「밤이 지나면」에서 외삼촌네에 머물게 되면서 말하기를 거부했던 '나'는 '미친 여자' 앞에서야 비로소 입을 열어 자신을 드러내 보이기 시작하는데, 이것은 '미친 여자'의 화법과 무관하지 않아 보인다. 두 사람이 주고받는 대화는 매우 정교한 언어로 이루어지는데, '미친 여자'는 '나'에게 (다른 사람들이 하는 것처럼) 부모에게 버림받은 불쌍한 아이나 세상 물정 모르고 순진한 어린아이에게 하듯 이가 아니라, 동등한 인간 대 인간의 입장으로 말을 건넨다. 거기에는 "무신경한 단어 선택과 이죽거리는 말투"(207쪽), 그리고 가끔은 "심지어 약간 애원하는 듯한 느낌"(같은 쪽)이 있으며, 기본적으로 두 사람은 서로를 조금씩 파악해가는 대화를 통해 애정, 신뢰, 의심, 상처, 모욕을 주고받는 언어적인 관계이다. 두 사람이 자동차를 타고 몰래 떠나려는 여정에서 '나'는 '미친 여자'에게 상처를 주고 싶다는 마음으로 외숙모의 비난을 전달하자, 그녀가 무너지는 과정도 점점 발화 속도가 느려지고 가속도가 붙듯 발음이 뭉개지는 언어적인 현상으로 드러난다. 신체가 통제를 벗어나면서 나온 "애…… 너느은…… 아아프로…… 상상도오…… 하지이…… 못하한…… 그러언…… 삶으을…… 살…… 게…… 될 거어야…… 그으러니까……"(216쪽)라는 '미친 여자'의 마지막 말을 '나'가 자신의 언어로 소화해서 병문

안을 온 친구 '영예은'에게 "너는 앞으로 상상도 하지 못한 그런 삶을 살게 될 거야"(221쪽)라는 말로 되돌려주는 장면은 의미심장하다. 비정상이자 오염된 세계로 여겨진 '미친 여자'의 무너지는 말을 다시 매끄럽게 정돈하여 발화하면서 '나'는 '미친 여자'이자 예지몽을 꾸는 예언자의 자리에 서게 되는 것이다. 이것은 이분법적으로 구분되었던 두 세계가 새로운 방식으로 만나는 장면이자, '나'가 광기와 비정상의 세계를 극복하거나 이탈하거나 지나온 것이 아니라 오히려 그것이 이후의 세계와 어떻게 연속적으로 이어지는지를 드러내기도 한다.

한편 「운내」의 '나'는 애초에 'ㅌ읒'과 같은 소리를 쏟아내는 신체적인 반응 때문에 운내로 오게 된다. 그런 점에서 '나'에게 운내는 일반적이고 정상적인 언어 체계와 그 규범이 작동하는 공간이 아니며 오히려 그러한 규범 바깥에서 새롭고 풍부한 세계가 엿보이는데, 그것은 승미와 주고받는 대화에서 선명하게 드러난다. 산주님의 수련원이 있는 운내라는 지명은 그곳에서 나는 "맵고 화하며 쌉쌀하고 단 냄새에 뭐 하나가 더 얹어진, 그런 냄새"가 되어 "아, 운내 나"(157쪽)라는 문장으로 활용되고, 승미는 "돼하다" "쓰리쓰리하다"라는 사전에 없는 단어를 만들어내며, 이러한 언어 사용은 '나'와 승미가 즐겨하는 놀이인 끝말잇기, 그리고 텍스트의 층위로 옮겨졌을 때 이들이 가지고 노는(알아맞히기 놀이가 되는) 자음들와 결합되기도 한다.

> "ㅌ읒은 어떨 ㄸ 와?" "……그냥 좀, ……돼할 ㄸ?" "ㅌ읒은 ㅇㄸ ㄱㅂㅇㅇ?" "ㄱㄴ ㅈ, 쓰리리쓰리해." "꼬ㅈ어 줄ㄲ?" "ㅅㄷ고." "고수" 그러면 어쩔 수 없이 말을 이어야 한다. "수박" "박수" "수육" "육수"

> "수저" "저수, 지" "지갑" "갑빠" "……" "……" "……빠-더" 그러곤 침묵. 승미는 거기서 침묵한다.(164쪽)

이들의 언어유희는 단지 시간을 보내거나 쾌락을 위한 놀이로서 기능하는 것뿐만이 아니라 기존의 언어 체계와 의미망으로 설명되지는 않으나 그들에게 분명하게 존재하는 어떤 감정과 느낌을 정확하게 포착한다. 이들이 나름의 언어를 만들고 섞고 붙이면서 만들어내는 세계에는 그들을 비정상이자 질병으로 구획하고 격리시키는 정상적인 언어 체계와 규범이 닿지 못하는 소녀들의 욕망과 충동을 담고 있다. 이 비정상, 비일상, 오염된 공간에는 세이렌의 노래도, 육체로 남는 비체도 없고, 대신 풍부한 언어의 세계가 있으며, 정교한 언어로 축조된 이미지는 성인이 된 이후의 '나'에게 강렬한 원형으로 남아 다시 한번 이 유년의 공간이 가지고 있는 복합성을 선형적인 (반)성장 서사로 해석하기 정리하기 어렵게 만든다.

4

이러한 복합적이고 모순적인 유년의 세계가 소녀들이 성인이 된 이후에 회상을 통해서 기억되고 있다는 것은 소녀들의 서사를 (반)성장 서사로 환원할 수 없도록 만드는 요인이다. 두 소설에서 화자는 성인이 되어 유년 시절을 돌이켜보는데, 무언가 알 수 없는 충동에 의해 무의식적으로, 혹은 본능적으로 당시의 기억으로 회귀하는 것처럼 보인다. 「밤이 지나면」의 '나'는 '미친 여자'와의 추억을 되살리는 동안 "그리고 무슨 일이 있었더라?"(210쪽)라는 말을 반복하며, 유년의 서사에 성인이 된 '나'가 지속적으로 개입하면서 모종의 상호작용을 만들고 있음을 드러낸다. 「운내」의 성인이 된 '나' 역시 "그때로 시간을 되감고 또 되감는 것을 멈출 수가 없다"(156쪽)면서 당시에 썼던 일기를 바탕으로 현재의 기억을 다시 쓴다.

유독 어둠을 무서워하여 이곳은 밤이더라도 지구 반대편에는 사람들이 깨어 있는 낮이라는 엄마의 말로 위안을 삼곤 했던 '나'에게 '미친 여자'가 "근데 그게 무슨 소용이니. 너는 거기가 아니라 여기에 있는데"라고 말하는 「밤이 지나면」의 인상적인 장면과 이를 연결해서 생각해볼 수도 있다. 그녀의 말에 따르면 밤과 어둠으로부터 우리는 벗어날 수 없다. 인생은 거기에 있지 않고 여기에 있으며, 유년의 기억은 거기에서 끝나는 것이 아니라 여기에서 이어진다. 그 세계는 극복되거나 이탈해야 할 대상이 아니라 어쩌면 이로부터 영원히 벗어날 수 없다는 사실을 암시하는 것 같기도 하다. 「운내」의 '나' 역시 성인이 된 이후에도 물리적으로는 운내를 떠났어도 마음으로는 그곳과 산주님을 벗어나지 못하고, ㅌ웃을 물리치지 못했으며, 마음연마원의 정식 분원에서 승미를 기다리듯 열다섯 방 중 하나에 늘 불을 켜둔다. 이는 연속되어 이어져오고 있으면서도 오히려 잊혀온 것들이 많을지도 모른다는 생각을 하게 한다. 그곳으로 자꾸 회귀하게 되면서 유년의 '나'와 성인인 '나'는 성장/반성장의 신화에 갇히지 않고 서로 침투한다. 남성 중심적인 사회에 변증법적으로 입사하는 성장은 불가능하고, 그렇다고 비이성, 광기, 부적응이라는 반성장으로 환원될 수도 없는 십대 초반 소녀들의 세계가 여전히 여기에 남아 있다. 충분히 발굴되거나 해석되지 않은 채, 여전히 많이 남아 있다.[8)]

---

8) 이 글에서는 다루지 못했지만 이 발굴되거나 해석되지 않은 십대 초반 소녀들의 세

(2020)

계에서 섹슈얼리티가 매우 중요하게 작동하고 있다. 「밤이 지나면」과 「운내」에서 유년의 세계에는 거의 남자가 등장하지 않으며 여자들만의 관계로 충만해 있다. 남자를 경유하지 않은 동성 간 섹슈얼리티의 기운이 팽만한 이 세계는 정상으로 여겨지는 이성애와 섹슈얼리티 규범이 소녀들의 삶에 억압적으로 작용하기 이전의 어떤 세계를 드러내며, 여성을 미친 여자, 노처녀, 이혼녀, 과부 등 정상/비정상으로 나누어 식별해 온 사회의 이분법적인 기준에 대한 질문과 같은 맥락을 공유한다.

4
부

개와 나무와 양말과 시

개와 나무와 양말과 시
—2020년대 시에 나타난 '타자'와 비인간 물질의 정치생태학

1. 가능성에서 조건으로

자신이 인간이라는 당연한 사실이 기억났다.
—임솔아, 「초파리 돌보기」[1)]

인간이라는 종의 재발견. 지금 한국문학의 가장 굵은 흐름이라면 이것이 아닐까. 그러나 관념적이고 심리적인 차원이 아니라 물질적이고 생물학적인 차원에서 그렇다. 심오하고 알 수 없는 내면을 지닌 유일하고 절대적인 존재가 아니라 생태학적인 관계망 속에 꼼짝없이 연루되어 있는 만연하고 상대적인 존재. 이것이 지금 문학이 그려내고 있는 인간의 얼굴이다.

1) 임솔아, 「초파리 돌보기」, 『아무것도 아니라고 잘라 말하기』, 문학과지성사, 2021, 40쪽.

그리고 그 인간이 동물, 식물, 자연 등 비인간에 감응하는 촉수는 전에 없이 예민하다. 과거 과학기술원 아르바이트로 돌보았던 초파리의 아름다움에 매료된 힘으로 이제껏 살아온 인생을 해피엔딩으로 구술하는 임솔아 소설의 오십대 비정규직 여성 노동자, 사위의 부탁으로 우연히 함께 지내게 된 앵무새로 인해 글쓰기를 위한 마음을 들여다보는 무섭고도 어려운 일을 연습해보는 백수린 소설의 일인 가구 여성, 자신을 버린 남자친구가 두고 간 탓에 기르기 시작했지만 결국 수영해서 멕시코로 떠나는 이구아나와의 우정을 통해 이별의 상처를 극복하는 이유리 소설의 수영 강사, 변이 바이러스의 감염으로 인간이 새가 되고 가금류 대거 살처분이 이루어지는 서이제 소설의 디스토피아는 다양한 동물과 맺는 낯설면서도 다정한, 따뜻하면서도 끔찍한 관계의 복잡성을 보여준다. 식물들과 맺는 관계도 유례없이 다채롭다. 재난 이후의 대안 공동체와 재건된 세계를 배경으로 무성하게 증식하는 생명력과 파괴력 충만한 김초엽 소설의 식물들, 사랑하는 남자에게 선물받은 대파가 말을 하기 시작하고 급기야 그에 관한 치명적인 비밀을 알려주는 김화진 소설의 귀여운 연애 이야기, 인간의 핏물로 자라나는 식물과 나누는 사랑을 통해 젖이 아닌 생리혈로 기르는 모성성을 다시 쓰는 현호정 소설의 새로운 창조 신화는 그간 정적이고 수동적인 생태계의 배경으로 여겨져온 식물 신체의 역동성을 주목하는 동시에 그것과 연루된 인간의 위치를 질문하는 뜨거운 현장이다.[2] 더이상은 이 세계를 인간의 존재만으로는 충분히 설

2) 언급된 소설들은 차례로 다음과 같다. 임솔아, 「초파리 돌보기」, 같은 책; 백수린, 「아주 환한 날들」, 『릿터』 2021년 8/9월호; 이유리, 「이구아나와 나」, 『문학동네』 2021년 가을호; 서이제, 「두개골의 안과 밖」, 『자음과모음』 2021년 여름호; 김초엽,

명할 수 없게 된 사정은 2020년대 문학이 공유하고 있는 시대적 공통 감각으로 보인다. 물론 십 년 주기의 구획을 꺼내기는 이른 시기이지만, 2020년이 시작되자마자 코로나19 바이러스로 인한 전 지구적 팬데믹이 기후 위기와 겹치면서 세계를 돌이킬 수 없이 바꾸었다는 점을 고려한다면, 이러한 구획은 동시대 문학에 대한 정치한 분석을 위해 얼마간은 필요해 보인다.[3)]

이러한 생태학적 사유에서 중요한 것은 단지 미래에 닥칠 위험을 경고하는 종말론적인 상상력이나 지구환경을 보존해야 한다는 도덕적인 당위만은 아니다(설령 문학 텍스트가 거기에 그치는 것처럼 보인다 하더라도 그것을 읽는 비평이 그러한 해석에서 멈출 이유는 없다). 무엇보다 이는 문학의 오랜 테마인 '타자'라는 개념을 근본적으로 묻게 한다. 인간 주체에게 오랜 타자로서 관찰과 응시의 대상이었던 동물, 식물, 자연 등 비인간은 문학 속에서 인간과 구체적으로 어떤 관계를 맺고 있는가? 활기 있게 움직이는 동적인 생명체뿐만이 아니라 무력하고 정적인 것으로 여겨지는 사물도 타자의 범주로 확장될 수 있는가? 꽉 맞물려 닫혀 있는 메타포의 세계가 아니라 풍요롭게 열려 있는 해석의 장으로서 우리는 문학 텍스트에 나타난 타자의 양상을 어떻게 읽어내야 하는가?

『지구 끝의 온실』, 자이언트북스, 2021; 김화진, 「새 이야기」, 문장 웹진 2021년 7월호; 현호정, 「라즈베리 부루」, 웹진 비유 2022년 1월호.

3) 코로나 팬데믹과 기후 위기라는 전 지구적 재난 상황이 아니더라도, 이는 2010년대 중후반 이후 페미니즘적 전회를 거친 한국문학이 생태학적인 사유로 확장된 자연스러운 귀결로도 볼 수 있다. 자신이 놓인 위치적인 조건과 권력의 토대를 사유하는 것이 페미니즘 이론의 바탕이라면, 여성에서 동물, 식물, 자연, 사물 등 비인간 물질의 신체에 관심을 기울이는 것은 그 연장선상에서 파악될 수 있다.

비인간 타자를 다룬 문학을 단순히 새로운 소재 차원에서 반기는 것에 그치지 않고 담론적으로 날카롭게 개입하는 비판적인 독법으로 근래에 다음과 같은 비평들이 있었다. ① 비인간 존재의 가시화를 인간중심주의의 극복으로 의미화하는 해석에 대한 비판: 강지희는 비인간을 다룬 최근 문학이 유독 유토피아적으로 읽히는 경향을 지적하면서, 장애인, 퀴어, 외계인, 사이보그 등 타자로 여겨지는 존재가 인간 남성 중심의 근대적 세계관을 전복하여 해방에 이른다는 해석이 인간/비인간의 경계를 너무 말끔하게 해체하는 탈역사적 독법은 아닌지 묻는다. 이에 따르면 오히려 지금 문학장에서 필요한 것은 이러한 타자들의 신체가 이분법적 경계를 쉽게 전복하지 못하고 남은 불편한 잔여를 더 세심하게 들여다보는 일이다.[4] ② 비인간 동물을 단순히 인간적인 감정이 투사된 존재로 재현하는 서사에 대한 비판: 김보경은 최근 문학에서 인간이 동물을 돌보는 서사가 늘어나는 경향에 주목하면서, 인간과 동물이 순수하게 기쁨을 나누는 관계일 뿐만 아니라 불쾌한 모욕의 관계로 이어져온 인간 역사의 이중적인 맥락을 더 고려해야 한다고 말한다.[5] 이러한 지적은 인간과 비인간 타자의 관계를 한순간의 신비롭고 아름다운 조우로 재현하는 경우 발생하는 도구화에 대한 비판으로 연장될 수 있다. ③ 인간이라는 종을 독립적인 개체로 분리하여 인간에게만 책임을 배당하는 구도에 대한 비판: 김미정은 위와 같은 구도가 인간의 행위성에 특권적인 지위를 부여하면서 인간과 비인간 타자가 복잡하게 연루되어 있는 양상

4) 강지희, 「극복되지 않는 몸—퀴어링과 크리핑이 교차하는 자리에서」, 『문학동네』 2021년 여름호, 203~204쪽 참조.

5) 김보경, 「'동물화'의 모욕을 넘어」, 웹진 비유 2022년 3월호.

을 간과하게 만든다고 지적한다. 이는 "인간, 기계, 식물, 동물, 자연 등 같은 범주의 확정은 되도록 유보"하면서도 이러한 범주들을 동등하지 않게 만드는 위계 구조를 주시해야 한다는 주장으로 나아간다.[6] 강지희의 신중한 입장, 김보경의 날카로운 지적, 김미정의 근본적인 성찰은 미세하게 다르지만 공통적인 인식을 기반에 두고 있다. 바로 비인간을 사유하는 인간이 쉽게 인간중심주의에서 벗어날 수 없다는 인식이다. 이는 인간이 읽고 쓰는 문학이 인간 주체의 중력으로부터 자유로워질 수 없다는 한계를 극복, 화해, 동등성이라는 결론으로 둔각화하는 논리에 대한 경계로도 읽힌다. 이 타당한 비판들은 타자에 대한 사유가 결국 '나'라는 주체의 문제로 회귀될 수밖에 없는 현시점의 비평적인 장력을 민감하게 드러내고 있다.

한국문학에서 주체와 타자라는 개념은 2000년대 이후 시 비평의 주요한 독해 틀이기도 했다. 잘 알려져 있듯 2000년대 시의 새로운 미학을 설명하는 중요한 비평적 입각점은 서정시와의 변별이었다. 이전 시대의 서정시가 세계와 일치하는 일인칭 자아가 자신의 내면을 고백하는 독백 형식을 구축했다면, 2000년대 시는 그러한 서정적 자아를 해체하고 무엇이든 될 수 있는 유동적인 주체를 통해 새로운 미학을 창출한다는 견해였다. 세대, 성별, 계급, 이념과 같은 정체성을 탈각할 뿐만 아니라 타자와의 경계도 무람없이 허물어버리는 시적 주체의 메커니즘은 '미래파'(권혁웅), '다른 서정'(이장욱), '뉴웨이브'(신형철)라는 명명과 함께 서정시의 전통적 권위를 전복하는 급진

---

6) 김미정, 「인간의 조건, 존재의 재구성」, 『뉴래디컬리뷰』 2021년 가을호, 43~45쪽 참조.

적인 실천으로 받아들여졌다.[7] 한편 2010년대 중반까지의 시 비평은 시적 주체가 왜소해지거나 무력해지는 양상에 주목하는 경향이 있었다. '최소-인간'(함돈균), '중간계급'(박상수), '마이너스 벡터 주체들'(박성준)이라는 명명에서 단적으로 드러나듯 2000년대와 구분되는 새로운 시적 주체의 특징을 '주체의 최소화'에서 발견한 것이다. 그런데 이렇게 선명하게 변별되는 것처럼 보이는 2000년대와 2010년대 시 비평이 "'시적 주체'라는 요소야말로 핵심적인 것이라는 전제를 공유"한다는 지적[8]을 경유한다면, 2000년대 이후의 시 비평은 주체의 인칭, 규모, 양태, 변화 가능성을 시의 주요한 분석틀로 사용한다는 점에서 동일한 흐름을 보인다.[9] 물론 이것은 다소 단순화한 도식이지만, 1990년대 후반부터 2010년대 중반까지도 정신분석학이 문학비평에서 가장 빈번하게 참조된 이론이었음을 고려한다면,[10] 시적 주체를 밀착하여 해부하는 방법론이 같은 시기 내내 유효한 분석틀로 정교하게 발달해왔음은 당연해 보인다.[11]

---

7) 조연정은 2000년대 시 비평이 무성적 주체를 정치화하는 과정에서 시에 나타난 성차에 따른 억압을 간과하거나 여성과 어린이가 겪는 문제를 추상화한 경향을 김민정, 이민하, 김행숙의 시를 통해 분석한다. 조연정, 「2000년대 한국시의 '여자-아이'들」, 『여성문학연구』 53호, 2021 참조.

8) 장은정, 「지켜내는 반복—2010년대 시를 향한 하나의 각도」, 『현대문학』 2016년 3월호, 257쪽.

9) 박동억은 2020년대 시에서 주체가 타자를 만지고 받아들이고 상처 입는 새로운 주체의 방법론이 나타나고 있다고 분석하며 이소연, 채길우, 이다희의 시를 2000년대 시의 연장선상에서 파악한다는 점에서 비교할 만한 참조가 된다. 박동억, 「피부로서의 자아」, 『문학동네』 2020년 가을호.

10) 『문학동네』 2019년 여름호의 특집 '라캉주의 정신분석 수용의 작은 역사(들)' 참조.

11) 2010년대 중후반부터 최근까지의 시 비평에서도 '나'라는 주체에 관한 논의가 아예 없었던 것은 아니다. 다만 그것이 소설 비평에 비해 소략한 편이었던 사정에 관해

타자와의 관계에 대해서도 비슷한 맥락에서 생각해볼 수 있다. 2000년대의 시적 주체가 타자와 기꺼이 몸을 섞어 한없이 가까워지는 것처럼 보이고, 2010년대의 시적 주체가 자신의 몸을 줄이고 줄여 타자를 유연하게 받아들이는 것처럼 보일지라도, 시적 주체의 양상을 비평적 입구로 삼는 한 타자는 영원히 '주체가 화해할 수 있거나 없는 (불)가능성의 영역'으로 남을 수밖에 없다. 문제는 이것이 사실상 주체의 (불)가능성이라는 점이다. 즉 여전히 결정적인 권한은 주체의 것으로 귀결되는 것이다. (불)가능성으로서의 타자는 문학의 윤리가 시작되거나 기거하는 장소로서 해석되어온 경향이 있다. 그러나 타자를 조금 더 섬세하게 사유하기 위한 윤리가 그 타당성과는 별개로 다시 주체라는 덩어리로 회귀한다는 근본적인 난관은 어떻게 다루어야 할까? 타자를 수용하고 이해하는 과정에서 주체 중심적인 사고로부터 완전하게 벗어날 수 없다면, 타자와의 화해 불가능성을 윤리의 결정적인 준거가 아니라 하나의 불가피한 조건으로 받아들일 수는 없을까? 타자에 대한 이해 가능성을 집요하게 묻고 좀처럼 답할 수 없는 미지의 구멍에서 어렵사리 문학의 윤리를 발견하는 대신, 그 불가능성을 당연한 조건으로 전제하고 '주체'가 아닌 '관계'를 분석의 최소 단위이자 비평적 입구로 삼는다면 어떨까? 시적 주체의 인칭, 규모, 양태, 변화 가능성에 집중하는 대신, 주체가 타자로 이루어

조대한은 "시는 상대적으로 '나'에 가까운 장르적 특성을 지닌 까닭에, 오히려 일인칭의 새로움과 관련한 논의를 생산해내지 못하고 있는 것일까"라고 자문한 적이 있다. 조대한, 「1인칭의 역습, 그리고 시」, 『문학과사회 하이픈』 2019년 가을호, 91~92쪽. 그러나 일련의 논의들이 시 텍스트에서 무언가를 포착하는 시선으로부터 출발하여 담론을 형성하는 방향이 아니라, 장르적 작동 방식이 다른 소설 비평 담론의 흐름을 시 텍스트에 이입하는 방향으로 이루어져왔던 것은 아닌지 묻게 된다.

진 복잡한 환경의 작은 일부로서 참여하는 관계의 양상에 주목한다면 문학의 윤리는 어떻게 달라질 수 있을까?

시적 주체를 중심축에 놓는 비평적 시각으로부터 거리를 두어보려는 까닭은, 기존의 시 분석이 의도와 달리 타자를 도구화할 위험이 있기 때문이기도 하고, 시대가 변화해도 주체의 정체성만 바뀐 채 동일한 분석을 되풀이하게 될 우려가 있기 때문이기도 하지만,[12] 무엇보다 동물, 식물, 자연 등 비인간 타자에 예민하게 감응하고 있는 동시대 문학이 창발해내는 사유와 상상력을 포착하기 위함이다. 앞서는 주로 소설 텍스트를 언급했지만, 이 글은 2020년대 시 텍스트에서 동물, 식물, 자연에 더해 사물이라는 비인간 물질에 내재된 생기와 에너지에 주목하고 있는 양상을 살펴보려 한다. 어쩌면 시라는 장르 자체가 비인간 물질이라는 타자와의 관계를 사유하기에 더 적합한 바탕을 지니고 있는 것은 아닐까? 주체와 타자라는 독해의 틀이 그동안 시 비평에서 더욱 첨예하고 정교하게 문제화되었던 것은, 주체가 동사 형태의 서술 및 서사적인 구조와 필연적인 관계를 맺어 자연스럽게 행위성을 획득하는 소설과 달리 시에서는 주체의 행위성과 타자라는 대상 사이의 담론적 여백이 풍부하다는 장르적인 차이가 작용했기 때문일지도 모른다.

제인 베넷은 세계를 '활력 없는 사물'과 '생동하는 생명'으로 분할하는 철학적 이원론을 재고하고 물질의 정치성에 주의를 기울여야 한다고 말한다. 세계에 영향을 미치는 주된 원천을 인간의 행위로 여

12) 강경석, 「진실의 습격—민주주의와 문학 그리고 자본주의」, 『창작과비평』 2021년 겨울호, 55~57쪽.

기는 시각에서 벗어나 비인간 물질에서 발견되는 활력과 배치를 하나의 행위소로 간주하는 것이다.[13] 인간중심주의에서 비켜난 이러한 유물론적 사유에 기대어, 이 글은 2장에서는 동물, 3장에서는 자연, 4장에서는 사물이라는 비인간 물질을 주의깊게 다루는 근래의 '감응하는 시'들을 읽어보려 한다.

2. 개와 인간의 일원론

'개에 대한 사랑을 거부하는 사람들은 잘못을 범하는 것입니다'라고 롤랑 바르트는 말했다.[14] 개는 흔히 사랑이라는 정동과 연결된다. 인간의 가장 오래된 가축이자 인간에게 꼬리를 흔들며 안기는 반려동물. 조건 없이 순수한 애정을 표현하며 생김새만으로도 귀여움을 유발하는 존재. 그런데 롤랑 바르트는 인간이 개에게 사랑받을 때 그 대상은 인간의 정신이라기보다 인간의 위치라고 말한다. 인간이 개에게 즉자적으로 사랑받는 것이 아님에도 불구하고 그 사랑을 당연하게 전제하는 까닭은 인간이 동물과 맺는 관계의 구조에 "아주 집요한 나르시시즘"이 있기 때문이라는 것이다.[15] 그러므로 앞에 적은 바르트의 능청스러운 문장을 그 진의에 맞게 바꾸면 다음과 같을 것이다: '개가 주는 사랑을 당연시하는 사람들은 잘못을 범하는 것입니다.'

---

13) 제인 베넷, 『생동하는 물질』, 문성재 옮김, 현실문화, 2020. 이 책에서 베넷은 벌레, 나무, 알루미늄을 비롯한 사물이 생태계의 민주주의에 참여하는 정치적 주체임을 이야기한다. 이 글은 그 지점까지 논하지는 않지만, 비인간 물질들로 이루어진 생태계가 인간의 정치성과 긴밀하게 맞물린다고 보는 의미에서 베넷의 정치생태학적 관점에 동의한다.

14) 롤랑 바르트, 『롤랑 바르트, 마지막 강의』, 변광배 옮김, 민음사, 2015, 122쪽.

15) 같은 쪽.

도나 해러웨이는 개가 인간에게 무조건적인 사랑을 베푼다고 여겨온 관습을 한층 강하게 비판한다. 그에 따르면 개에게 이러한 능력이 있다고 가정하는 것은 "그 자체로 개와 인간 모두에게 가학적"이다. 인간을 무조건적으로 사랑한다는 환상을 충족하지 않는 순간 개는 인간으로부터 버려질 위험에 처하기 때문이다. 해러웨이는 개의 가치가 "애정의 경제"에 따라 좌우되거나 사랑받는다는 인간의 느낌에 의해 판단되는 것이 아니라, 그것과 관계없이 존재 자체로 인정받아야 한다고 말한다.[16] 이러한 비판은 인간과 개가 나누는 정동 자체를 부정한다기보다, 인간에게 타자인 동물의 감정을 짐작하여 인간에게 익숙한 언어로 개념화하거나 재현하는 일에 동물 착취와 종 차별주의의 위험이 도사리고 있음을 경고하는 것에 가깝다.[17] 그렇다면 애정 경제의 메커니즘 바깥에 있으면서도 신비화된 조우나 모욕적인 비하로 환원되지 않는 개와 인간의 관계를 재현하는 일은 어떻게 가능한가? 어쩌면 유계영의 최근 시에 작은 단서가 있을지도 모른다.

유계영의 시는 인간 화자 '나'라는 주체의 확고한 개별성을 물음

---

16) 도나 해러웨이, 「반려종 선언—개, 사람 그리고 소중한 타자성」, 『해러웨이 선언문』, 황희선 옮김, 책세상, 2019, 158~164쪽. 그러나 훈련을 통해 개가 인간과 맺는 상호 학습을 강조하는 해러웨이의 동물론이 학대에 기반을 둔 인간의 지배를 정당화하는 여지를 남긴다는 비판에도 주목할 필요가 있다. Zipporah Weisberg, "The Broken Promises of Monsters: Haraway, Animals and the Humanist Legacy", *Journal for Critical Animals Studies*, vol. 7, no. 2, 2009.

17) 더구나 열등하다고 여겨지는 존재를 욕설이나 모욕의 의미를 담아 동물로 비유해온 인간의 유구한 역사를 고려한다면, 개에게 무조건적인 사랑의 능력을 투사, 기대하는 일은 모순적인 종 차별주의라는 복잡한 혐의를 지니게 된다. 수나우라 테일러, 『짐을 끄는 짐승들—동물해방과 장애해방』, 이마즈 유리·장한길 옮김, 오월의봄, 2020, 188~200쪽 참조.

에 부쳐왔다.[18) 『지금부터는 나의 입장』(아침달, 2021)에서 "나는 나에게만 나라는 생각으로는/더 이상 잘 되지가 않네"('시인의 말')라는 인식에 이른 유계영의 시는 이제 '나'라는 주체를 더 유연하게 열어두고 있는 것 같다. 아니나다를까 이번 시집에서 일인칭 화자 '나'는 인간 종에 속한 하나의 존재로 고정되어 있지 않다. '나'는 대뜸 나무, 새, 개와 같은 비인간의 신체가 되어 비스듬한 시선으로 세상을 바라본다. '나'는 나무가 되어서 "작은 새가 사람들을 낚아 소중히 물고 다니는 광경"(「울로 만든 모자」)을 보기도 하고, 하늘을 날아가는 눈딱부리 새의 시선으로 어떤 두 사람이 전화로 약속을 잡고 만나는 모습을 보고 "먼 곳의 두 점이 조금씩 가까워져 마침내 한 점으로 포개"(「눈딱부리 새의 관점」)진다고 생각하며 재미있어하기도 한다. 유계영의 시는 무엇을 위해 비인간의 신체를 빌리고 있는 것일까.

> 엎드린 개가 지나가는 사람들을 본다
> 어떤 다리는 드러나 있고 어떤 다리는 감추어져 있는데 왜일까
> 개는 그런 생각에 심취한 듯하다
>
> 나는 멀리 저수지가 보이는 카페에 앉아 물을 본다
> 물을 보며 물 생각은 하지 않는다

---

18) "보여주겠다/내가 어떻게 길을 잃는지"(「잘 도착」, 『이제는 순수를 말할 수 있을 것 같다』, 현대문학, 2018)라는 산뜻한 선언과 "오늘의 나를 목격했다는 사람이 있었는데/그것이 진짜라고 말하는 사람은 없었다"(「미래일기」, 『이런 얘기는 좀 어지러운가』, 문학동네, 2019)라는 담백한 의문에는 '나'를 단일하고 독립적인 자아로 구축하려는 장력이 없다. 오히려 반대로 '나'의 경계를 느슨하게 풀어두는 방향으로 어떤 힘이 작용하고 있는 것처럼 보인다.

저기 두고 온 것이 있다는 생각에 도취되어 있을 뿐

저수지 안에
물잔 안에
어떤 생각이 드러나지 않고 사라지고 있을 뿐

다리는 무슨 말을 하려는 것 같고
다리는 다리와 연결되고 싶어 하는 것 같다고
개는 그런 생각에 심각한 듯하다

—유계영, 「두고 왔다는 생각」 부분

유계영의 시에서 재밌는 점은 생각하는 존재가 종종 인간이 아니라 동물이라는 것이다. 이 시에는 인간과 개가 번갈아 나온다. 인간으로 보이는 '나'는 카페에 앉아 저수지를 바라보면서 그 안에 두고 온 것이 있다는 생각에 잠겨 있다. 골똘하게 생각하는 존재는 '나'만이 아니다. 오히려 엎드린 채로 사람들을 구경하고 있는 개의 생각이 더 깊어 보인다. 개가 지나가는 사람들을 보며 드러나 있는 다리와 감추어져 있는 다리의 차이를 궁금해하는 까닭은 바닥과 가까운 낮은 시선에서 반바지를 입은 사람과 긴바지를 입은 사람을 차례로 목격했기 때문일까? 인간인 '나'가 화자로 설정되어 있기 때문에 개의 생각은 구체적으로 표현되지 않고 '듯하다'라는 단어로 조심스럽게 짐작될 뿐이지만, 개는 마치 표면과 이면이라는 차이에 몰입된 채로 사색에 빠져 있는 철학자 같다. 개의 생각은 저수지, 물잔, 사람의 배의 형상에서 드러나는 것과 사라지는 것의 차이를 고심하는 '나'의 생각과 유비를 이룬다.

인간을 제외한 동물을 인간보다 열등한 생물로 분류하는 종 차별주의의 핵심적인 기준이 이성적인 사고 능력이라는 점을 떠올렸을 때, 유계영의 시에 등장하는 골똘히 생각하는 개의 형상은 그 자체로 인간과 동물의 경계를 헝크는 데가 있다. 여기에서 주체인 '나'와 타자인 개의 세계는 평행을 이룬다. '나'와 개는 애정의 경제로 묶여 있지 않으며, 섣부른 접촉으로 서로의 세계를 침범하지도 않는다. 그저 각자의 생각에 잠겨 있을 뿐이다. 그러나 같은 장소에서 표면과 이면에 대한 사유에 잠겨 있다는 층위에서, 그리고 서로의 세계를 방해하지 않고 고요하게 지켜주고 있다는 차원에서, '나'와 개는 구별될 이유가 없으며 인간과 동물이라는 대립항은 긴장을 잃는다. 이 시에서 '나'와 개는 상이한 질료로 구성되어 각각의 분류 체계에 속하는 서로 다른 종이 아니다. 그렇다고 어떤 경계도 없이 완벽한 통일을 이루고 있는 것도 아니다.

발현된 형태는 다르지만 존재론적으로 동일한 질료로 구성되어 있다는 일원론적인 사유가 이 시를 뒷받침하고 있다고 본다면 어떨까. 그렇다면 유계영의 시에서 '나'가 나무, 새, 개의 신체가 되어 세상을 바라보는 것은 단순히 인간에서 비인간으로 시선의 위치를 이동하는 것이 아니라, 인간과 비인간이 공통된 질료로서 일원론적으로 구성되어 있다는 인식을 드러내는 장치라고 말해야 할 것이다. 그러고 보면 시종 '나'라는 일인칭 화자를 앞면에 내세우는 것 같은 유계영의 시에서 문제는 주체가 아닐지 모른다. "나의 내부에는 이름을 부르면 부리나케 달려오는 개들 몇 마리 있"다고, 그런데도 "나의 내부에는 내가 없고 이 사실은 결정적이지 않다"(「파이프」)고 딱 잘라 말하는 목소리에서 주체는 딱히 벅찬 가능성을 지닌 존재도, 안타까운 불가능성을 지닌 존재도 아니다. 해러웨이의 말대로 인간과 개는 감염을 통해 공생 발생이 이루어진 생물학적 종으로서 유전학적인 차원에서 구분될 수 없으며, "반려종에게 분석의 최소 단위는 관계"라면,[19] 유계영의 시에서 주체는 수많은 타자와 동등하게 이 세계를 나누어 쓰고 있는 우연하고 일시적인 요소에 가까운 것이다.

3. 비동일성으로서의 자연

자연을 타자화하지 않으면서 인식하거나 재현하는 일은 가능한가? 아도르노라면 아마 불가능하다고 말했을 것이다. 그는 실재와 개념 사이의 간극은 절대로 극복될 수 없으며, 사물을 개념으로 포획하거나 지식으로 언어화하는 일은 언제나 실패할 수밖에 없다고 보았다. 인간의 개념과 지식에 결코 귀속되지 않는 것, 그렇다고 아예 느껴지지 않거나 경험되지 않는 것은 아닌 것, 그래서 인간에게 끊임없이 불편한 영향을 미치며 잔존하는 무언가를 아도르노는 '비동일성nonidentity'이라고 부른다. 인간의 통제를 초월하고 미지의 힘으로 인간을 압도하는 비동일성은 인간을 분노하게 만들고 고통스럽게 한다.[20] 자연이라는 타자도 이에 포함된다. 자연은 인간의 힘에 의해 지배되거나 인간이 자신의 감정을 대입할 수 있는 대상으로 여겨지곤 하지만, 근래의 팬데믹 상황에서 적나라하게 드러났듯 자연은 무엇보다 인간을 벌하고 좌절시키고 공포에 떨게 하는 대상이기도 하다.

---

19) 도나 해러웨이, 같은 글, 140쪽.

20) 테오도르 아도르노, 『부정변증법』, 홍승용 옮김, 한길사, 1999.

멀리서 응시할 때는 익숙하고 아름답지만 가까워질수록 낯설고 무서워지는 것. 인간에게 무시무시한 영향을 미치지만 결코 인간의 마음대로 되지 않는 것. 이해하고 파악하려는 시도를 번번이 무산시키는 것. 영원히 알 수 없는 것. 왜 그런 일이 벌어지는지 설명할 수도 통제할 수도 없다는 분노와 고통을 일으키는 것. 인간이 아무것도 아니라는 인식을 강제하는 것. 그것이 자연이라는 이름의 비동일성이다.

네가 뒤따라온다

나는 허리께까지 자란 들풀을 헤쳐 길을 만든다 소매에 풀물이 든다 나의 발끝에선 풀이 꺾이고, 꽃잎이 터지고, 언덕이 미끄러진다 너의 발끝에선 풀이 자라고, 꽃이 피고, 언덕이 일어선다

나는 그것이 불편하다

널 버리겠다 널 버리겠다는 마음을 품었다는 이유만으로 나무는 순식간에 벌목되었다가 다시 자라 내가 걷는 모든 걸음을 지켜본다 혹독한 증인처럼 뒤를 돌면 어느새 너는 내 발밑에서 죽어버린 것을 죄다 그러모아 품에 안고 있다 숨을 불어 넣고 있다 (……)

나는 오늘 반드시 너를 잊을 것이고 결코 네가 날 앞서게 하지 않을 것이다 이끌리지 않을 것이다 노을이 지고 있다 나는 혼자 돌아갈 것이다 어둠이 내려앉은 도로를 플래시로 비추고 비추면서, 네가 뒤따라오는지 확인하고 또 확인하면서 (……)

걸음을 멈추면 멈출 때마다

나는 널 버리는 데 얼마만큼의 시간과 장소가 필요한지 새까맣게 잊어버리고

다시 걸으면

여기니 여기까지니 묻는 너의 목소리가 자꾸 날 앞지른다

—정다연, 「유기」 부분

정다연 시의 자연 역시 그렇다. 「유기」(『서로에게 기대서 끝까지』, 창비, 2021)에서 '나'는 '너'를 버리려고 한다. 자세한 정황은 알 수 없지만 '너'를 유기하려는 '나'의 노력은 꽤나 필사적인데 그에 반해 결과는 그리 성공적이지 않다. 뒤도 돌아보지 않고 빨리 걸을수록 뒤따라오는 '너'의 걸음 역시 빨라진다. 오늘은 반드시 '너'를 잊을 것이라는 결연한 다짐을 비웃듯, '너'의 목소리는 심지어 '나'를 이끌고 앞지른다. '너'는 결코 사라지거나 실종되지 않으며 '나'의 시도는 번번이 실패한다. 의미심장한 점은 '너'를 떼어내려는 '나'의 의지를 끈질기게 방해하는 데에 자연이 연루되어 있다는 것이다. "널 버리겠다 널 버리겠다는 마음을 품었다는 이유만으로 나무는 순식간에 벌목되었다가 다시 자라 내가 걷는 모든 걸음을 지켜본다". '너'로부터 도망가는 길을 만들기 위해 '나'는 풀을 꺾고 꽃잎을 터뜨리지만, '너'는 풀을 자라게 하고 꽃을 피운다. '나'가 벌목해버린 나무를 '너'는 그러

모아 품에 안고 숨을 불어넣는다. '나'는 생명을 죽이지만 '너'는 다시 살린다. 그 사실이 '나'를 못 견디게 불편하게 한다.

이 시에서 인간과 자연이 맺는 관계는 바라보는 주체/보여지는 객체 그리고 능동적으로 행위하는 주체/수동적으로 움직여지는 대상이라는 이분법을 무너뜨린다. 대신 이분법이 무너진 자리에 '너'라는 항이 개입되어 '나-자연-너'라는 삼각 구도가 형성된다. '너'는 자연과 연동되어 있는 어떤 불가사의한 힘이다. '나'가 '너'를 유기하려는 의지가 곧바로 자연을 죽이는 행위로 이어질 만큼 둘은 굳게 연동되어 있다. 그 의지는 어쩌면 비동일성의 불쾌함을 견디지 못하고 자연을 인간의 언어로 복속시키려는 개념적 살해일까. 그러나 자연이 지닌 '사물-권력thing-power'[21]으로 인해 '너'를 버리려는 '나'의 의지는 무효해진다. 여기에서 자연은 인간을 부드럽게 감싸주거나 인간이 관조하는 미적인 대상이 아니라 인간을 집요하게 따라다니면서 인간의 의지를 무산시키는 대상에 가깝다. 이 시에서 주체의 행위성에 방점을 찍으면 대상을 통제하려는 욕망이 좌절된 무기력이 읽히겠지만, 자연의 행위성에 주의를 기울이면 그 자체로 역동하는 생기를 지닌 자연의 생명력이 읽힌다. 자꾸만 다시 살아나는 자연과 결코 유기되지 않는 '너'는 인간의 행위를 세계를 작동시키는 단일한 원천으로 보는 시각을 폐기하고 인간과 불가분하게 연루되어 있는 비인간 물질이다.

---

21) 제인 베넷은 고유한 생기를 가지고 있는 비인간 물질의 능동성을 강조하기 위해 '사물-권력'이라는 용어를 사용한다. 이는 사물의 부정적인 권력이나 저항뿐 아니라 긍정적이고 생산적인 권력을 모두 포함한다. 제인 베넷, 같은 책, 36쪽 참조.

눈을 뜨니

풀밭이 펼쳐졌다. 펼쳐지는 풀밭의 속도를 따라잡으려다가 멈춘 것처럼 꽃이 있었다. 예쁘다고 말하면 뭐가 더 있을 것처럼 예뻤다.

뒤로 물러나면 더 많이 보이고 많이 봐서 끝이 보일 때

뭐가 있어?

이불을 끌어다 덮으며 네가 물었고 뭐가 있다고 하면 끝이 안 나는 풀밭이었다. 눈을 감으면

눈꺼풀 안쪽까지 따라오는 풀밭이었다. 빛이 부족해지면 풍경은 생기다 말았다는 듯 풀이 죽었고

그만해

그런 말은 풀을 뜯어내고 남은 말에 가까웠다.

—임승유, 「문법」 전문

임승유의 「문법」(『나는 겨울로 왔고 너는 여름에 있었다』, 문학과지성사, 2020)도 '나'-자연-'너'의 삼각 구도로 이루어져 있다. 이 구도는 1차원의 직선이 아닌 2차원의 평면을 만들어내고, 이 평면은 관계 안에서 사유할 수밖에 없는 면적을 마련한다. 다만 정다연의 「유기」

와 달리 이 시에서는 화자가 '너'보다 자연과 더 가까이 있다. 화자가 눈을 뜨는 순간 풀밭의 풍경이 펼쳐지기 시작하고, '너'는 화자의 눈꺼풀 안쪽에 있는 그 풍경을 전해듣는다. 그런데 이 풀밭은 그 실체를 본 누군가의 경험이 있는 그대로 재현되거나 이쪽에서 저쪽으로 전달되는 것이 아니라, "문장이 씌어지고 또 읽히는 속도에 맞춰 펼쳐진다".[22] 다시 말해 특정한 장소에 붙박인 결과로서의 자연이 아니라, 인간이 눈감고 느끼는 대로 생겨나는 과정으로서의 자연인 것이다. 그래서 풀밭 가운데 있는 꽃은 "예쁘다고 말하면 뭐가 더 있을 것처럼 예뻤다"고 말해지는 조건적인 아름다움을 갖는다. 김태선이 정확하게 짚었듯 임승유의 시가 사물을 개념화하여 살해하기에 앞서 사물과 "감응의 긴장성"을 유지하는 장소에서 쓰이기 때문에 가능한 일일 것이다.[23] 여기에서 자연은 인간의 개념에 포획되는 무기력한 객체가 아니라, 인간의 감각과 조응하는 살아 있는 물질이다. 그래서 생동하는 자연은 제목처럼 그 자체로 시의 '문법'이 된다.

그렇다면 '너'는 화자와 자연 사이에서 무슨 역할을 하는 것일까? '너'는 화자가 풀밭을 하도 많이 봐서 그 조응이 끝나려고 할 무렵 "뭐가 있어?"라는 질문을 던진다. 이 질문으로 인해 풍경은 다시 펼쳐지기 시작하고 조응의 끝은 미루어진다. 정다연의 「유기」의 '너'가 죽어가는 자연을 끊임없이 되살리면서 자연에 화자를 연루시켰다면, 임승유의 「문법」의 '너'는 외부에서 '나'와 자연의 관계에 침투하면서 둘 사이의 감응을 지속시킨다. '나 - 자연 - 너'라는 삼각 구도의 평면

22) 김태선, 「이행하는 말들과 지속적인 삶」, 『나는 겨울로 왔고 너는 여름에 있었다』 해설, 103쪽.

23) 같은 글, 100쪽.

을 보유한 정다연, 임승유의 시에서 자연은 인간과 불가분하게 연루되어 서로에게 침투하고 서로를 조건 짓는 공구성적인 관계를 맺는 것이다.

4. 사물이라는 행위소

아도르노는 사물이 절대로 개념에 의해 완전히 포획될 수 없다고 단언했다. 그러나 우리가 이 한계를 극복할 수는 없어도 적어도 비판할 수는 있다는 데서 윤리적 실천의 단초를 마련했다. 그 구체적인 방법으로 우선 사물의 개념화를 비판적으로 반성하는 '이성적인 작업'이 있다. 하지만 개념을 통해 개념화가 은폐하는 사각지대를 반성한다는 점에서 이는 자기 동일적인 모순으로 보이기도 한다. 문학에서 조금 더 흥미로운 쪽은 개념화로는 도저히 잡히지 않는 비동일성의 존재를 미세하게 감각해보는 '미학적인 작업'이다.[24] 상상력을 통해 무기력한 것처럼 보이는 사물에서 생생한 힘을 느끼는 능력. 사물에 내재된 에너지에 열린 채로 사로잡힐 수 있는 능력. 객체로서의 사물에 감응하는 순간에 물드는 능력. 사물의 역량을 알아차리고 식별할 수 있는 이 능력은 인간중심적인 개념화의 반복에서 각도를 틀어볼 수 있는 실천적 계기가 된다.

산책길에 조약돌을 주워 왔다(……)

특별할 것 없는 그 돌은

---

24) 테오도르 아도르노, 같은 책.

나에게로 와서 비로소 돌이 되었다
이름을 붙이거나 부르는 일 따위는 하지 않았다

돌은 나의 바깥, 차고 단단한
돌은 주머니 속에서 조금씩 미지근해졌다

얼마 전 바닷가에서 그 조약돌을 손에 들고 있었을 때 느꼈던 것이 더욱 선명하게 떠올랐다. 그것은 어떤 들쩍지근하고 메슥거리는 기분이었다. 얼마나 불쾌한 기분이던지! 그것은 그 조약돌 때문이었다. 틀림없다. 그 불쾌함은 조약돌에서 내 손으로 옮겨온 것이다. 그래, 그거다, 바로 그거야. 손안에서 느끼는 어떠한 구토증.

조약돌은 그곳에서 이곳으로 왔고
그곳의 냄새와 습기 또한 이곳으로 옮겨왔다
—나희덕, 「그 조약돌을 손에 들고 있었을 때」 부분

나희덕의 시에서 생명은 언제나 핵심적인 자리에 있었지만 이번 시집 『가능주의자』(문학동네, 2021)에서 그 감응의 폭은 비인간 사물의 신체로 넓어지고 감응의 양상은 한층 다면적으로 깊어진 것 같다. 풋속에 사는 거미들(「붉은 거미줄」), 숲에 묻힌 수십억 마리의 매미(「매미에 대한 예의」), "혼돈의 풀과 나무"(「숙과 홀」)와 같은 생명체와 더불어, "발효와 부패 사이를 오가"(「거대한 빵」)는 빵과 산책길에 주운 조약돌(「그 조약돌을 손에 들고 있었을 때」)과 같은 무생물까지, 시가 세계를 바라보는 시야는 물질 전반을 아우른다.

인용한 시에서 화자는 산책길에 조약돌을 주워 주머니에 넣지만 정작 자신이 왜 그런 행동을 했는지는 잘 알지 못한다. 자신이 돌을 보는 것이 아니라 마치 돌이 자신을 보고 있는 것 같은 느낌에 사로잡혀 그 시선을 피하기 위해 자신도 모르게 집어들었을지도 모른다며 얼핏 짐작만 해볼 뿐이다. 차가웠던 돌이 주머니 안에서 조금씩 미지근해질 만큼 돌과 화자는 가까워지지만, 이 다정해 보이는 관계는 시의 중반부에서 산문적인 호흡과 함께 전환된다. 화자는 문득 바닷가에서 조약돌을 손에 들고 있었을 때 "메슥거리는 기분"과 "불쾌한 기분"을 느꼈던 기억을 쏟아내듯 읊는다. 심지어 이 기억은 "손안에서 느끼는 어떠한 구토증"이라는 말에서 가장 정확히 묘사되는 것처럼 보인다.

조약돌은 화자에게 왜 이런 영향을 미치고 있는 것일까. 물을 것도 없이 이것은 다른 "냄새와 습기"에 스며 있었던 낯선 타자와 마주한 지극히 자연스럽고 당연한 반응일지 모른다. 최진석이 적실하게 표현했듯 "이 구토보다도 더 확실하게 내가 타자와 마주쳤음을 보여주는 증거가 또 있을까?"[25] 이 조약돌은 손안에 쥐어질 만큼 작고, 인간의 체온에 미지근해지기도 하지만, 인간의 경험이라는 규격에 딱 맞아떨어지는 소유물이 되지 않는다. 조약돌은 인간의 세계를 초월해 불쾌감을 줄 뿐만 아니라 구토까지 유발한다. 어떤 의미에서 '타자 됨'이란 "너덜너덜해지는 것"[26]이기 때문이다. 이는 "이름을 붙이거나 부르는 일 따위"의 명명이나 개념화 여부와도 무관하다. 비인간

25) 최진석, 「가능주의자, 불가능한 미-래의 시학」, 『가능주의자』 해설, 166쪽.

26) 도나 해러웨이, 「사이보그 선언—20세기 후반의 과학, 기술 그리고 페미니즘」, 같은 책, 77쪽.

타자의 존재는 그 자체로서 인간에게 영원히 불가해한 공백을 남기는 이물적인 생명력을 가진다. 이 시의 조약돌은 생명이나 활기가 없다고 여겨지는 무생물이라기보다, 스스로 행위하고 타자에게 권력을 행사하는 행위소에 가까워 보인다. 그런 점에서 이 "구토증"은 차라리 인간과 조약돌이라는 두 행위소가 만나 서로의 신체에 깃드는 조응의 결과이다.

앞서 다룬 임승유의 시집에서 비인간 사물, 특히 옷의 물성과 조응하는 시들도 더불어 읽어보고 싶다.[27] 임승유의 시에서 옷은 경제적 가치를 지닌 제품 혹은 신체를 꾸미는 미적 대상이기 이전에 고유한 에너지를 가지고 있는 물질이다. 옷은 인간의 신체와 밀착해 있지만 그렇다고 완전히 하나가 되지는 않으며 차라리 이질적인 에너지로 인체를 다른 무언가로 바꾸어놓는 물질이다. 이를테면 「여기」에서 따뜻한 성질을 가진 카디건은 그 "알맞게 높은 온도"로 사람의 마음을 놓이게 하고 무언가를 달라지게 만든다. 「붉은 벽돌로 지은 단층 건물」에서 화자는 옷을 입고서야 비로소 계절을 감각한다. "털 부츠의 따뜻함과 묵직함" "털모자의 높이" "기모 들어간 스커트의 깊이"를 통해 그제서야 "겨울의 감각에 어울리는 사고"를 하기 시작한다. 여기에서 옷은 특유의 온도, 무게, 부피를 가지고 있는 비인간 신체로서 인체의 감각과 사고를 일깨운다. 추워서 옷을 입는 것이 아니라 옷을 입어서 추워진다는 감각의 전도가 일어난다. 옷이 지닌 에너지가 인체와 함께 배치되어 겨울이라는 계절을 생성해내는 것이다.

27) 한편 최근 시에 나타나는 사물의 물성에 주목한 비평으로 강혜빈의 시에 등장하는 드라이아이스, 물방울, 셀로판, 홀로그램을 분석한 박혜진의 「잃어버리기 위한 시—강혜빈론」(『문학과사회 하이픈』 2021년 봄호)이 흥미로운 참조가 된다.

양말이 가득했다. 부드럽고 따뜻해서 잘 때 신으면 좋은 그런 양말 말이다. 이젠 거의 안 남았는데 나도 왜 그렇게 됐는지 모르겠다. 문 열고 나가면 와 있는 계절처럼 (……)

얼른 집에 가고 싶었다. 그건 양말의 비밀이다. 발가락 사이에 하얗게 거품이 일도록 씻은 후 양말을 신어보는 것. 양손으로 두 발을 쥐고 코가 닿을 것처럼 양말을 보는 것. 나한테 양말은 그 정도였고 (……)

양말 하나는 손에 들고 집에 오는 것. 그렇게 양말이 많아져서 그 정도의 양말이면 뭐든 해볼 수 있겠다 싶을 때까지

해보는 것 말이다.

—임승유, 「그 정도의 양말」 부분

「그 정도의 양말」의 양말도 부드럽고 따뜻한 성질을 지닌 사물이다. 그래서 "그 정도의 양말이면 뭐든 해볼 수 있겠다 싶을" 만큼 '나'에게 자신감을 주기도 한다. 이 시에서 '정도'라는 단어는 양말을 세는 양적인 의미인 동시에 발을 씻고 신은 양말을 가까이서 보고 싶을 만큼 좋아한다는 질적인 의미를 가진다. 양과 질이라는 이 두 가지 '정도'를 가진 양말의 의미를 예민하게 식별하고 그 물질적 세계에 기꺼이 참여하는 것. 그것이 바로 사물에 대한 개념화를 무비판적으로 답습하지 않고 대상에 깃든 생기에 함께 머무는 미적인 실천이다.

5. 시와 정치

2020년대 시에는 동물, 식물, 자연, 사물 등 비인간 물질과의 조응이 주요하게 나타나고 있다. 이는 코로나19 이후 인간이 생태 환경과 관계 맺는 구조 및 인간이라는 생물학적 종을 인식하는 방식이 달라진 세태와 무관하지 않다. 이러한 시들은 문학의 오랜 테마인 타자에 관해 중요한 물음을 던진다. '나'라는 주체의 인칭, 규모, 양태, 변화 가능성 등에 주목하거나, 타자와의 화해 불가능성을 중요한 분석틀로 삼는 2000~2010년대의 비평적 독법과는 다소 다른 독해를 요하기 때문이다. 주체가 온통 타자로 이루어진 물질적인 환경의 극히 작은 일부이자 그것과 공통된 질료로 구성된 존재로서 환경에 참여하고 있다는 인식을 전제하는 2020년대 시들을 제대로 읽기 위해서는 '주체'가 아닌 '관계'를 최소한의 분석틀이자 비평적 입구로 삼는 방법론이 요긴하다. 타자와의 화해 불가능성을 윤리의 결정적인 준거가 아니라 하나의 불가피한 조건으로 삼고, 이러한 시들이 비인간 물질에 내재된 생기, 에너지, 권력에 열린 채로 감응하는 양상을 적극적으로 읽어낼 필요가 있다.

물론 인간의 응시나 의인화를 경유하곤 하는 이러한 시들이 인간중심주의를 완전히 탈피했다고 보기는 어렵다. 비인간 물질을 포착하는 시선과 이를 언어로 재현하는 행위는 결국 인간의 것이 아닐 수 없기 때문이다. '나'와 타자, 주체와 객체, 화자와 대상의 간극은 아마 영원히 메워질 수 없을 것이다. 하지만 비인간중심주의에 도달할 수 없다는 점이 인간의 극복할 수 없는 한계일지는 모르나 그렇다고 시의 결정적인 방점이어야 하는 것은 아니다. 시에서 대상을 응시하는 인간의 시선을 완전히 폐기해버릴 수는 없다. 오히려 이러한 인간의 위치성을 망각하는 것 자체가 인간이 꼼짝없이 연루되어 있는 관계적 조건을 무시하는 오만일 수 있다.

중요한 것은 타자와의 화해 불가능성에 근거하는 윤리가 아니라, 그러한 화해 불가능성 앞에 노출된 주체의 의지가 예기치 못하게 배반당했을 때, 대상을 이해하거나 통제하려는 열망이 끝내 거절당했을 때, 가까이 다가가고자 하는 세계로부터 형편없이 추방당했을 때, 주체가 속한 세계의 배열이 엉클어지고 불가역적으로 변경된다는 점일지 모른다. 그 변경된 세계의 작은 일부이자 공통된 질료로서 자신의 우연하고 일시적인 위치를 인정하는 '알 수 없음'은 대상과 화해하지 못하고 거절당한 분노에 휩싸이는 '알 수 없음', 혹은 주체의 윤리적 준거로서 작동하여 다시 주체로 회귀하는 '알 수 없음'과 같을 수가 없다. 비평사의 오랜 고민인 시의 정치성이 개념적으로 정해진 답으로서 우리의 손에 응당 쥐어지는 것이 아니라면, 그보다는 우리를 배태하는 동시대적인 환경 속에서 끊임없이 움직이는 것이라면, 그래서 매 순간 새롭게 쓰이는 문학 텍스트와 또 매 순간 새롭게 그것을 읽는 비평적 해석에 의해 첨예하게 생성되는 것이라면, 오늘날 시의 정치성은 바로 이 지점에서 갱신되고 있을 것이다.

(2022)

젠더로 SF하기

상상을 이해하는 것은 더이상 취미가 아니라 필수다.
왜냐하면 상상이 가능해질수록,
우리는 그것을 할 수 있게 되기 때문이다.
—마거릿 애트우드[1)]

어쩌면 그간 SF라는 장르는 남성 중심적이라는 불필요한 오해를 받아왔었는지도 모르겠다. 이를테면 서구 백인 비장애인 남성을 주인공으로 삼는 서사가 지배적이라거나, 혹은 여성과 소수자를 도구화하거나 배제하는 경우가 많았다는 식으로 말이다. 그러나 SF와 페미니즘의 상호적인 영향은 오랫동안 축적되어왔으며, 특히 영미권에

1) "Understanding the imagination is no longer a pastime, but a necessity; because increasingly, if we can imagine it, we'll be able to do it." Margaret Atwood, "Aliens have taken the place of angels: Margaret Atwood on why we need science fiction," *The Guardian*, June 17, 2005.

서는 1960~70년대 페미니즘 제2물결 이후부터 어슐러 K. 르 귄, 옥타비아 버틀러를 비롯한 여성 작가들이 사회적으로 구성된 고정적인 성역할에 대한 비판적인 의식을 첨예하고 풍성하게 다루어왔다. SF는 오히려 현실적인 기준과 제약에 얽매이지 않고 전복적이고 진보적인 상상을 가능케 하는 장르로서, 페미니즘과 젠더에 대한 날카로운 문제의식과 다채로운 상상력을 담당해왔다는 사실이 더 논의되어야 할 필요가 있다.

전복의 상상력, 미러링이라는 사고실험

SF가 지금 여기, 동시대 한국사회의 젠더에 대한 사고실험을 가능케 한다면, 가장 기본적으로 펼쳐볼 수 있는 상상력은 우리에게 익숙한 젠더를 거꾸로 뒤집어보는 일일 것이다. 아주 오랫동안 남성이라는 젠더가 지배적인 권력으로 작동하고 있는 사회에서 젠더 권력의 기울기를 정반대로 상상해볼 수 있다면 그 사회는 어떤 모습일까?

구병모의 「미러리즘」[2]은 생물학적인 성차를 전복하는 상상력을 통해 차별과 혐오를 그대로 되비추는 미러링의 전략을 수행한다. 남성인 '나'는 응급실에서 누워 있는 동안 간호사로 변장하여 침입한 미지의 범인에 의해 주사기 테러를 당한다. 그 테러인즉슨 독극물 수준의 호르몬제 화합물로 남성의 몸을 여성의 몸으로 바꾸어버리는 것이었고, 이로 인해 '나'는 갑자기 여자로 살아가게 된다. '나' 이전에도 여러 남성들에게 가해진 주사기 연쇄 테러리즘은 남성들을 증오하는 여성 집단에 의한 범죄인지, 아니면 군사력 감소를 겨냥한 외국

2) 구병모, 『단 하나의 문장』, 문학동네, 2018. 이하 인용시 본문에 쪽수만 밝힌다.

발 비밀 실험에 의한 범죄인지 밝혀진 바는 없다. 다만 이제 여성이라는 표지를 두르게 된 '나'가 사회에서 겪어야 할 일들만은 분명하다. '나'는 회사에서 상사에게 온갖 끔찍한 성추행을 당해야 하고 성차별적인 근무 환경을 견뎌야 한다. 여성 차별적인 언행을 일삼는 주변 남자들에 비하면 괜찮은 남자에 속할 자신이 "나도 모르게 잘못한 게 뭐가 있지?"(153쪽)라고 회상해보아도 해답은 얻을 수 없다. 결국 '나'가 '변이체'가 되어 겪어야 하는 온갖 차별과 혐오의 뭇매는 한국 사회에서 여성의 몸으로 살아간다는 것이 말 그래도 "테러리즘"이자 "생물학적 응징"임을, 반대로 남성의 몸으로 살아간다는 것은 "그 자체로 모종의 안전장치로 기능하고 있음"[3)]을 효과적으로 고발한다.

구병모의 「미러리즘」뿐만 아니라, 감정을 물리적으로 분석하여 제조한 호르몬 주사를 통해 남성에게 모성을 주입하는 상상력을 보여준 김하율의 「마더 메이킹」(『우리가 먼저 가볼게요—SF 허스토리 앤솔러지』, 에디토리얼, 2019), 보호받아야 할 연약한 남성들의 돌연사를 유발한 여성들을 격리하여 교육한다는 이야기를 담은 박소현의 「기사증후군」(『여성작가 SF 단편모음집』, 온우주, 2018), 그리고 남성들이 실종되기 시작한 소도시에서 여성들끼리 맺는 다양한 관계와 그 안의 복잡한 감정들을 짚어낸 박문영의 『지상의 여자들』(그래비티북스, 2018)과 같은 소설들은 기본적으로 여성들이 약자로서 사회에서 소외당하고 차별받는 구조를 전복하여, 남성들이 그러한 배제의 자리에 놓이게 되는 서사를 창출해낸다. 단지 생물학적인 성차를 도치했을 뿐인데도 이러한 서사적인 효과를 발생시킨다는 것은, 그만큼 지

3) 신샛별, 「고뇌하는 키마이라의 명함」, 『단 하나의 문장』 해설, 289쪽.

금 우리 사회에 내재된 젠더 격차가 확연하다는 사실을 의미함은 물론이다. 동시에 젠더라는 하나의 조건에 얼마나 많은 차별과 혐오가 달라붙어 있는지, 그래서 그 항을 단지 거꾸로 뒤집는 것만으로도 얼마나 심각한 폭력적인 사태가 딸려 나오게 되는지 알려준다. 다만 이러한 미러링 서사들이 필연적으로 젠더 이분법에 기초할 수밖에 없으며 젠더 권력이라는 위계적인 구조 안에서 작동하고 있는 것이라면, SF의 상상력으로 그 구조를 더 거시적으로 상상해볼 수도 있겠다.

인간/비인간의 경계와 이성애 규범성을 묻는 레즈비언 사이보그

그래서 어떤 SF들은 젠더적인 위계 속에서 남성, 여성과 더불어 하나의 항을 더 배치한다. 바로 로봇이라는 항이다. 인간처럼 사고하고 학습하고 판단하는 인공지능 AI에게 젠더가 선천적으로 부여되어 있을 리 없지만, 인간은 AI를 어떤 방식으로건 젠더화된 존재로 상상한다. 로봇의 젠더화를 다루는 SF들은 우리가 고정적으로 구획해온 젠더 이분법에 대해서 질문할 뿐만 아니라, 이성애 규범성 및 인간/비인간이라는 경계에 대한 질문을 적극적으로 밀어붙이고 확장한다.

윤이형의 「수아」[4]는 가정용 로봇이 상용화되어 있는 어느 미래 사회를 배경으로 삼는다. 수아-3726 혹은 수아-28329 등의 일련번호를 가지고 있는 로봇 '수아'는 두 다리 대신 세 개의 바퀴를 지니고 있는 기계이지만, 허리 위쪽은 인간 여자와 똑같은 생김새를 하고 있다. 그나마 하반신이 없기에 수아의 "몸을 개조해 24시간 내내 자신

---

4) 윤이형, 『작은마음동호회』, 문학동네, 2019. 이하 인용시 본문에 쪽수만 밝힌다.

들의 음탕한 욕구를 채우는 데"(309쪽) 쓰일지도 모르는 위험에 직접 노출되지는 않지만, 수아는 그 이름에서부터 알 수 있듯 이미 당연하게 여성으로 상정되어 있다. 도서관에서 사서로 일하는 또다른 로봇 '유진'도 남자인지 여자인지 알 수 없는 얼굴에 젠더리스 AI로 설정되어 있으나, 치마처럼 생긴 하의를 입고 있는데다가 내부에 설계된 검색창에는 "너 여자니" "가슴 보여줘" "유진 섹스 동영상" "먹고 싶게 생겼네"(324~325쪽)와 같이 성애화하는 검색어들이 저장되어 있다. 로봇은 인간에게 상냥하고 알맞은 맞춤 서비스를 제공하도록 활용되고 있다는 이유만으로 이미 젠더리스genderless일 수 없으며, 이 같은 상황은 사회 내에서 이미 여성이라는 젠더가 구획되고 착취되어온 노동 방식과 무관할 수 없다.

이 소설에서 더욱 흥미로운 것은 인간이 되고 싶어하는 '여자' 수아들이 폭력적인 쿠데타를 일으키는 과정이다. 남편과 호텔에서 휴가를 보내고 있었던 중년의 여성 교수인 '나'는 로봇 차별주의자인 남편이 이미 죽어 있으며 그것이 총으로 무장한 수아들의 소행이라는 것을 발견한다. 수아는 "네가 사람이라는 것을 증명해봐"(332쪽)라며 '나'의 옷을 벗겨 알몸으로 만들고 자신과 무엇이 다르냐고, 왜 우리는 같은 존재일 수 없냐고, 우리를 조금이라도 사랑해줄 순 없냐고 묻는다. 로봇 차별주의자인 남성들에 대한 복수는 가볍고 깔끔하게 처리되어 있고, 수아들에게 중요한 것은 오히려 자신들을 인간'처럼' 대우하고 마음을 썼던 여성 '나'와의 관계인 것이다. 이러한 서사는 인간 사회에서 차별받는 여성과 로봇을 포개놓으면서, 로봇이라는 비인간을 시혜적인 태도로 대하는 여성 역시 그와 다르지 않은 구조적인 위치에 놓여 있을지 모른다는 서늘한 감각을 준다.

한편 김보영의 중편소설 「얼마나 닮았는가」[5]는 토성에서 가장 큰 위성인 타이탄을 배경으로 인간의 신체를 가진 AI의 젠더화뿐만 아니라 인간과 비인간의 경계를 첨예하게 묻는다. 목성의 위성인 유로파에 있는 인간들을 구조하기 위해 떠나는 중형 보급선에 타고 있는 화자 '훈'은 인간적인 대우를 요구한 파업 끝에 인간 신체를 가지게 된 AI 컴퓨터다. 알 수 없는 데이터 손실로 무언가를 놓치고 있지만, 보급선에 있는 구조인단이 제한된 시공간에서 서로에게 폭력과 위협을 휘두르는 상황을 목도하면서, 인간이라는 생물에 대한 매뉴얼을 이성적이고 논리적으로 학습해나간다. 그 학습 과정에서 조금씩 밝혀지는 것은 마찬가지로 로봇이 여성으로 젠더화되어 남성 선원들에게 상시적인 강간 위협을 받게 된다는 사실, 그리고 더 나아가서는 비인간인 로봇을 하대하는 인간의 폭력성이 뿌리깊은 위계 의식 및 다른 존재에 대한 공포에서 비롯한다는 사실이다. 자아가 없을 것이라고 예측되는 로봇에게 자신과 비슷한 자아가 있을지도 모른다는 사실은 깊은 공포로 다가오고, 이는 결국 자신은 아니면서 자신과 비슷한 존재, 즉 타자에 대한 윤리 문제를 건드린다.

"실상 인간이 타인에게 자아가 있다고 추측하는 방법은 하나밖에 없어. '자신과 얼마나 닮았는가'. (……) 인간과 벌레의 유전정보는 99% 일치해. 하지만 인간은 벌레에게 자아가 있다고 믿지 않지. 이 배의 선원들은 다 제각각으로 생겼지만 너는 네 선원들에게 자아가

5) 듀나·김보영·배명훈·장강명, 『아직 우리에겐 시간이 있으니까』, 한겨레출판, 2017. 이하 인용시 본문에 쪽수만 밝힌다.

있나 없나 의심하지 않을 거야. 하지만 결국, 인간이 누구에게 자아가 있다고 생각하는가는 단순한 습관일 뿐이야. **'인간이 아닌' 인간은 역사상 얼마든지 있었어. 노예라든가, 식민지 주민이라든가, 다른 인종이라든가.** 하지만 볼 수 있는 게 자신의 자아뿐이라면 그게 정말 자아인지도 증명할 도리는 없어."(「얼마나 닮았는가」, 209쪽, 강조는 인용자)

SF가 제시하는 로봇이라는 존재는 그 자체로 '인간이란 무엇인가'라는 정의의 질문을 던지지만, 더 중요한 것은 그 질문 안에서 기능하고 있는 정치적, 윤리적 문제다. 인간/비인간을 가르는 구분은 인간이라는 존재가 자연적으로 타고나는 대로 정해지는 것이 아니라 인간이 되어가는 정치화 과정 안에서 이루어진다. 아감벤의 논의를 잠시 빌리자면 이 인간화를 작동시키는 인간학적 기계anthropological machine는 인간에 이미 내재되어 있어 분리 불가능한 '비인간', 즉 타자의 영역을 배제하는 방식으로 이루어지며 인간 사회 내에 특정한 위계 관계 및 폭력과 억압의 구조를 만들어낸다.[6] '인간이란 무엇인가'라는 질문에 이미 인간/비인간이라는 위계 관계가 포함되어 있는 것이다. 위에서 인용한 「얼마나 닮았는가」의 대목에서 비슷하게 언급하듯, 이는 동물, 노예, 피식민자, 장애인, 외국인, 여성 등을 비인간으로 구분하면서 인간을 정의해온 서구 백인 비장애인 지식인 남성 중심의 배타적인 역사와 무관하지 않다.

---

6) Giorgio Agamben, *The Open: Man and Animal*, trans. Kevin Attell, Stanford: Stanford UP, 2004.

김보영의 이 과학소설이 로봇의 형상화를 통해 정확하게 묻고 있는 것 역시, '인간이란 무엇인가' 또는 '로봇도 인간인가'와 같은 단순하고 위계적인 질문이 아니라, 그러한 질문 자체가 전제하고 있는 인간 중심적인 사고다. 이 소설에서 중요한 것은 훈이라는 AI가 인간인지 아닌지 여부가 아니라, 인간의 생물학적 신체 안에 삽입된 기계 인격이 인간/비인간의 경계를 가로지르며 폭로하고 있는 인간의 폭력성과 젠더 위계, 그리고 그 안에서 작동하고 있는 복잡한 욕망이기 때문이다. 더불어 훈이 데이터 손실로 잃었던 정보가 '성별'이라는 영역이었다는 사실이 밝혀지면서, 남성 선원들이 반란을 도모하고 '이진서' 선장을 무시했던 이유가 선장이 여성이기 때문이라는 반전까지 제시된다. 결국 보급선 내의 폭력적인 상황들이 젠더의 문제였다는 것을 깨닫게 되면서 모든 문제적인 상황들이 보정, 재조정되어 인식되는 것이다. 로봇이 당연히 인간이 되고 싶어할 것이라고 판단하고 거기에서 두려움과 위협을 느끼는 인간의 오만함은 남성인 "인간이 한 줌의 노력도 없이 즐길 수 있는 우월의식"과 겹쳐지면서 다시 한번 인간/비인간이라는 경계가 누구에 의해, 그리고 무엇을 위해 끊임없이 양산되고 있는지 성찰하게 한다.

더불어 살펴보아야 할 것은 결국 남성 선원들의 쿠데타를 제압하고 유로파로 떠나는 여정에서 AI로봇 훈과 이진서 선장 사이에 흐르는 퀴어적인 상상력이다. 훈이 과거에 인간이 되려고 했던 까닭이 선원들과 갈등을 빚은 이진서를 보호하고 자신에게 비난을 돌리는 위기관리 AI 매뉴얼 때문이었다는 사실이 알려지면서, 두 사람은 애틋한 분위기 속에서 키스를 하게 된다. 키스를 처음으로 감각하게 된 훈은 "그제야 처음으로 내 성별이 궁금해졌지만 여전히 중요한 문제는 아니"(265쪽)라고 말한다. 선천적인 성별이 부착되어 있지는 않지만 여성 인간의 몸을 갖게 된 AI 훈이 여성인 이진서 선장과 나누는 섹슈얼한 신체 접촉은 이성애 규범성을 새로운 방식으로 극복하는 레즈비언 사이보그를 상상하게 한다.[7)]

젠더 정체성의 실천과 신체 변형이라는 미학적 기획

이종산의 장편소설 『커스터머』[8)]는 역시 이성애 규범성을 물음에 부치는 동시에 젠더 정체성의 형성 과정을 신체에 대한 자유로운 상상력과 결부하여 보여주는 판타지 SF다. 지금으로부터 약 백오십 년 후 유전자 변형과 돌연변이가 가능해진 시기를 배경으로 삼는 『커스터머』의 세계는 모래 폭풍이 휩쓸고 지나간 재난 이후에 새롭게 재건된 세계다. 황량한 모래사막에서 낮은 계급의 여자아이로 자라난 주인공 '수니'는 대도시인 태양시에 있는 학교에 들어가게 되면서 일종의 성장 서사를 펼쳐 보인다. 수니의 성장 서사에서 중요한 것은 신체를 자유롭게 변형할 수 있는 '커스텀' 기술이다. 머리색이나 손톱 색을 바꾸는 것부터 시작해 눈의 모양을 아몬드 형태로 바꾸거나 어깻죽지에 지느러미를 달거나 몸의 특정 부위를 빛나게 하는 등의 자유로운 변형이 가능하다. 오래전부터 커스터머가 되고 싶었던 수니는 태양시에 있는 학교에 입학함과 동시에 커스텀 가게를 자주 방문하

---

7) 김보영의 「얼마나 닮았는가」를 경유해서 다시 생각해본다면, 윤이형의 「수아」에서 '여성' 로봇인 수아가 로봇 차별주의자인 남성은 간단하게 살해하여 처리해버리고 중년 여성 교수인 '나'에게 사직서를 쓰도록 강요하고 옷을 모두 벗겨 사랑해달라고 요구하는 상황 역시 퀴어적인 상상력으로, 이를테면 헤테로 여성을 공격하는 레즈비언 사이보그의 서사로 더 다채롭게 독해해볼 여지가 있다.

8) 이종산, 『커스터머』, 문학동네, 2017. 이하 인용시 본문에 쪽수만 밝힌다.

며 날개를 다는 꿈을 키워나간다.

흥미로운 것은 신체를 자유롭게 변형할 수 있는 커스텀 기술이 '정체성'이라는 문제와 맞물려 있다는 것이다. 이 소설에서 커스터머는 단지 신체의 일부를 바꾸는 것이 아니라 신체를 바꿈으로써 다른 존재가 된 사람, 즉 "자신이 어떤 존재가 될지 스스로 선택한 사람"(29쪽)이다. 따라서 커스텀은 일시적인 행위나 실천에 그치는 것이 아니라 정체성 형성의 과정이기도 한 것이다. 이때의 정체성 형성 과정은 한 개인이 돌연변이, 신체장애, 젠더를 다양하게 상상하고 실천해나가는 여정과도 맞물린다. 자신의 미적 취향과 기호에 맞추어 어떤 커스텀으로 몸을 가꾸어나갈지 선택하는 일은, 그것이 장애든 성별이든 생물학적으로 부과된 선천적인 제약 안에 갇히지 않고 자기와 몸이 맺는 관계를 능동적으로 설정해나가는 과정이자 "신체라는 장치를 다시 배치하는 향유"[9]가 된다. 이는 유전자 실험으로 인한 돌연변이를 끔찍한 부작용이나 저주라고 단정하지 않은 돌연변이의 외양을 위계적이지 않은 다양한 방식으로 상상하는 일이기도 하고, 스스로 마음에 들지 않는 신체적인 특징을 긍정함으로써 혐오와 차별을 극복하고 자기 자신을 새롭게 받아들이는 일이기도 하며, 사회에서 강제적이고 획일적인 방식으로 부과되는 젠더 규범에서 벗어나 타자를 더욱 자유롭게 받아들이고 사랑하는 일이기도 하다.

> 그 세계 속에서는 모두가 다른 몸을 가지고 있다. 다른 몸을 가진 사람들이 마음껏 먹고 마신다. 그 세계에서는 누가 누구를 사랑하든

---

9) 김건형, 「포스트 한남 문학의 기점과 상상력의 젠더」, 『모티프』 3호, 2019, 58쪽.

지 아무도 비난하지 않는다. 남자든 여자든 성이 여러 개거나 심지어 성이 없어도 사랑하거나 사랑받을 수 있다. 나는 그 세계 속에서 자유롭다. 그 세계 속에서 나는 뭐든지 될 수 있고 뭐든지 할 수 있을 것만 같다.(『커스터머』, 232쪽)

수니가 태양시에 있는 학교에 입학한 이후, 원하는 날개를 가진 커스터머가 되기 위한 성장 서사는 룸메이트인 중성인 '안'과의 로맨스 서사와 중첩된다. 남성과 여성의 성기를 모두 가지고 있는 안은 중성인이라는 이유로 사회에서 혐오 범죄의 표적이 되는데, 이는 돌연변이와 커스터머를 혐오하는 커스터비아들이 저지르는 폭력과도 연동되어 인간의 몸에 부여하는 정상성이라는 억압을 상징한다. 수니는 그토록 바라왔던 날개를 단 자신의 거울에 비친 모습을 보고 "내 모습이 그렇게 마음에 들었던 적이 없다"(339쪽)라고 말한다. 수니가 이렇게 자신을 긍정하기까지 숱하게 커스터머 가게를 드나들며 스스로를 탐구하는 과정은, 남자이면서도 여자인, 자기와는 다른 중성인인 안의 아름다운 신체를 이해하고 받아들이는 과정과 포개지면서 인간의 '다른' 몸에 부과되는 혐오라는 정동과 정상성이라는 억압을 무력화한다. 『커스터머』가 보여주고 있는 것은 이성애 규범성과 '정상적'인 젠더 배치를 교란하는 퀴어적인 상상력, 그리고 유전자 변형을 통한 신체 개조라는 SF의 미학적 기획 간의 해방적인 만남이다.

새로운 히어로, 여성 우주인의 실패라는 성공

한편 어떤 과학소설들은 그 해방적인 가능성의 길을 매우 신중하고 꼼꼼하게 걸어본다. SF라면 우리는 으레 유토피아적인 상상력과 미래의 과학기술에 대한 막연한 희망을 기대하게 되는지도 모른다. 하지만 오히려 그 가능성을 쉽사리 실현시키지 않고 성공의 순간을 지연하면서 감동적인 서사를 만들어내는 아름다운 과학소설들이 있다. 이 소설들은 섣부른 기대나 화해 대신에 불가능이라는 조건을 섬세하게 짚어보고 그로써 거꾸로 가능성을 이야기한다. 과학계, 더 넓게는 역사 속에서 소외되거나 배제되어왔던 여성 과학자, 혹은 우주비행사라는 존재를 조명하고 그 사라지거나 잊힌 흔적을 천천히 되짚어보는 정소연과 김초엽의 소설들이다.

정소연의 「우주류」(『옆집의 영희 씨』, 창비, 2015)는 어린 시절부터 언제나 우주를 꿈꿔온 한 여성이 그 꿈을 향해 조금씩 나아가는 여정을 그린다. 우주비행사든 지질학자든 천문학자든 지구에서 벗어나 우주를 보리라는 갈망을 품었던 열 살 남짓한 시기부터, 달 기지 건설이 시작되어 우주선이 출발하는 모습을 보기 시작한 열일곱, 천문학과가 유명한 대학에 입학해 광물학을 부전공, 생물학을 복수 전공으로 택하며 공부에 매진한 이십대 초반, 석사학위를 받고 우주비행사가 되기 위해 면접을 보러 중국 간쑤성에 갔다가 한국에 돌아오자마자 교통사고를 당해 휠체어를 타게 된 스물여덟. 생물학을 전공하여 대기업 유전공학 연구실에서 일하는 어머니와 가끔 조용히 바둑을 두는 서사가 교차되면서, '나'가 우주비행사가 되려는 매일의 크고 작은 노력들은 우주를 품은 반상 앞에서 매번 새롭게 착점을 하는 루틴과 맞물린다. 결국 채점과 번역 아르바이트로 생계를 이어나가며 별다른 희망 없이 살아가던 '나'는, 우주왕복선 직원들의 건강 문제가 불거지며 NASA/ESA가 장애인을 채용하기 시작하자 서른아홉이 되던 해 간쑤성에서 다시 면접을 본다.

결국 우주왕복선을 탑승하게 된 '나'는 우주로 떠나기 며칠 전 숙소에서 사막을 바라보며 상념에 잠기는데, 이 짧고 아름다운 소설은 의외로 여기서 멈춘다. 결국 '나'가 마흔에 가까운 비혼 장애인 여성이라는 불리한 조건을 딛고 결국 우주비행사로 떠나는 데 성공했는지 실패했는지 우리는 알 수 없다. 어쩌면 우주왕복선 직원들의 골다공증이나 피부암 증세를 해결하는 방안이 마련되거나 성별, 국적, 인종 비율에 따른 쿼터제의 변경으로 장애인 채용이 번복되었을지도 모른다. 그러나 이 소설의 관심사는 '나'의 성공이나 실패 여부라기보다는 그 쉽지 않은 도정을 천천히 짚어보는 것일 테기에, 여러 겹의 소수자로서 실패를 넘고 넘어 또다른 실패로 이어지더라도 그것은 매번 새롭게 진행중인 착점의 순간들이라는 것을 소설은 담담하게 보여준다.

한편 김초엽의 「나의 우주 영웅에 관하여」[10]에도 마찬가지로 여러 겹의 소수자 정체성을 가진 여성 우주비행사가 등장한다. 마흔여덟 살의 나이, 마르고 작은 체형에 만성 전정기관 이상인데다 임신과 출산을 겪은 동양인 여성인 우주비행사 '최재경'이다. 인류 최초의 터널 우주비행사로 선발된 그녀는 함께 최종 선발된 다른 비행사들이 항공우주국 본부 출신의 백인 남성들이라는 이유로, 쿼터제의 수혜자라고 비난받는 동시에 정신력 승리 서사의 영웅으로 스포트라이트를 받게 된다. 우주 터널 통과라는 극한 상황을 기준으로 신체를 개조하는 사이보그 그라인딩 프로젝트를 통해 최재경은 터널 내 중력

10) 김초엽, 『우리가 빛의 속도로 갈 수 없다면』, 허블, 2019. 이하 인용시 본문에 쪽수만 밝힌다.

가속도와 압력을 버티는 강력한 신체를 갖게 된다. 그런데 정소연의 「우주류」와 마찬가지로 이 소설에서도 매번 힘겨운 고비를 넘기는 여성 우주인은 결국 소수자라는 역경을 딛고 성공하는 영웅 서사를 보여주지 않는다. 아니, 영웅 서사에 위로받고 싶어하는 다른 사람들의 기대를 적극적으로 반한다. 최재경은 오직 자기 신체의 물리적인 한계를 넘어서는 사이보그 그라인딩 자체를 지향하여 우주가 아닌 심해로 떠났기 때문이다. 이 소설의 히어로는 다른 사람들의 기대를 충족하고 위로를 건네주는 1등이 아니라, 실패하는, 그러나 자신이 원하는 방향으로 핸들을 꺾어 실패하는 히어로인 것이다.

같은 소설집에 실린 김초엽의 「우리가 빛의 속도로 갈 수 없다면」은 또다른 아름다운 실패 서사를 우주라는 아득한 시공간 안에서 그려낸다. 주인공인 '안나'는 우주 행성 간 이동이 가능해진 시대에 슬렌포니아 행성에 가기 위해 백 년이 넘도록 우주정류장에서 우주선을 기다리고 있는 170세 노인이다. 한때 딥프리징을 연구하는 과학자였던 안나는 남편과 아이를 먼저 슬렌포니아 행성으로 떠나보냈지만, 빛보다 빠르게 이동할 수 있는 워프 항법이 개발되고 웜홀 통로의 존재가 밝혀지자 경제적인 효율을 따지는 우주 연방의 방침에 따라 슬렌포니아 행성으로 갈 수 없게 된다. 안나가 가지고 있는 구식 셔틀로는 아무리 빛의 속도로 가더라도 슬렌포니아 행성까지 수만 년이 걸리므로, 결국 안나는 그곳에 도착하지 못할 것이다.

> 남자는 커다란 위성들 사이에서 초라한 안나의 셔틀이 파편들을 피해 움직이는 것을 보았다. 실수로 부딪히기라도 하면 금세 산산조각 나버릴 것 같은 작은 몸집이었다. 낡은 셔틀에는 아주 오래된 가

속 장치와 작은 연료통 외에는 붙어 있는 게 없었다. 아무리 가속하더라도, 빛의 속도에는 미치지 못할 것이다. 한참을 가도 그녀가 가고자 했던 곳에는 닿지 못할 것이다. (……)

문득 남자는 그녀가 했던 말을 떠올렸다.

'나는 내가 가야 할 곳을 정확히 알고 있어.'

먼 곳의 별들은 마치 정지한 것처럼 보였다. 그 사이에서 작고 오래된 셔틀 하나만이 멈춘 공간을 가로질러 가고 있었다.

그녀는 언젠가 정말로 슬렌포니아에 도착할지도 모른다.

어쩌면, 아주 오랜 시간이 흐른 끝에.

남자는 노인이 마지막 여정을 떠나는 모습을 지켜보았다.(「우리가 빛의 속도로 갈 수 없다면」, 187쪽)

그렇다. 안나는 슬렌포니아 행성에 닿지 못할 것이다. 안나의 셔틀은 점점 속도를 높여 지구로부터 멀어져 우주를 향해 가고 있지만 우리는 빛의 속도로도 갈 수 없기에, 결국 슬렌포니아 행성에 갈 수 없을 것이다. 그것은 불가능하다. 안나는 명백한 실패가 예정된 여정을 떠난 것이다. 하지만 소설은 안나에게 "나는 내가 가야 할 곳을 정확히 알고 있어"라는 단단한 목소리를 부여해주면서, 그녀가 언젠가는, 어쩌면 아주 오랜 시간이 흐른 끝에 슬렌포니아에 도착할지도 모른다고 말해본다. 광속으로 수만 년 떨어진 성간 거리를 건널 수 있을지도 모른다고, 그렇게 믿어보는 것이다.

그것은 영원히 실현될 수 없는 약속에 불과할 것이다. 하지만 데리다가 말했듯, 약속은 아무것도 아닌 것이 아니다.[11] 빛의 속도처럼 우리가 아무리 노력해도 닿을 수 없는 것이 있고, 그렇기에 어떤 일들은 오직 약속으로만 겨우 말해질 수 있지만, 그것은 단지 결핍이나 미달태가 아니다. 불가능한 조건을 따져보고, 실패가 예정된 이야기를 말해보는 것으로, 우리는 역설적으로 그 이야기 안에 있는 어떤 가능성을 상상해볼 수 있다. 슬렌포니아로 떠나는 안나의 뒷모습을 생각하며 '빛의 속도로 갈 수 없다'는 현상이 아니라, '빛의 속도로 갈 수 없다면'이라는 가정법 이후를 상상해볼 수 있는 것이다. 그렇기에 그 약속은 이미 하나의 사건이다.

어쩌면 SF가 우리에게 보여주는 가능세계는 할 수 있는 것보다 할 수 없는 것에 대해서 더 잘 말해주는지도 모른다. 가능성보다 불가능성을, 성공보다 실패를, 비전보다 한계를 더 잘 보여줄 수 있는 장르인지도 모른다. 과학적으로 가정된 법칙에 따라 우리가 어디에서 부딪치는지, 걸리는지, 멈추게 되는지 알려주는 장르인지도 모른다. 그러나 할 수 있는 것보다 할 수 없는 것이 때로는 우리가 누구인지, 원하는 것이 무엇인지, 어떤 현실적인 조건 속에 있는지 더 잘 이해할 수 있게 해준다. 현실을 새롭게 이해하기 위해 익숙하고 친근하고 쉬운 방식으로는 불충분하기 때문이다. 이 글을 시작하며 제사題詞로 쓴 마거릿 애트우드의 말을 다시 꺼내어본다. "상상이 가능해질수록, 우리는 그것을 할 수 있게" 된다는 것은 무슨 뜻일까. SF를 읽으며 우리는 상상을 할 수 있게 되고, 우리에게 무엇이 가능하거나 불가능한지

---

11) "There is something untouchable, and in this sense the reconciliation is only promised. But a promise is not nothing. It is not simply marked by what it lacks to be fulfilled. As a promise, translation is already an event, and the decisive signature of a contract." Jacques Derrida, "7 Des Tours de Babel", *Difference in Translation*, Joseph F. Graham ed., Cornell Univ. Press, 1985, p. 191.

이해할 수 있게 되며, 종내에는 무언가를 할 수 있게 된다. SF적인 상상력은 단지 텍스트를 읽고 쓰는 행위에 그치는 것이 아니라 현실을 새롭게 이해하고 결국은 어떤 가능한 변화를 만들어내기 때문이다. 그래서 우리는 SF를 한다. 읽고, 쓰고, 그리고 한다.

(2019)

아름다운 존재들의 제자리를 찾아서
—김초엽의 『우리가 빛의 속도로 갈 수 없다면』[1)]

김초엽의 SF가 우리에게 보여주는 것은 미래다. 동시대 현실에서는 아직 가능하지 않은 미래의 과학기술이 우리를 다채롭고 신비로운 세계로 데려간다. 그 세계 안에서 우리는 인간 배아도 디자인할 수 있고, 외계에 사는 지성 생명체와도 교류할 수 있으며, 데이터 시뮬레이션으로 죽은 가족과도 만날 수 있다. 그 안에서 우리는 언젠가는 닿을지도 모를 유토피아를 꿈꿀 수 있다. 하지만 그렇게 먼 미래는 아니다. 김초엽이 그려내는 소설세계는 지금 여기의 사회문제들을 예리하게 가로지르고 있기 때문이다. 여전히 여성, 장애인, 이주민, 비혼모를 비롯한 약자와 소수자들에 대한 차별은 선명하고, 성과 위주의 시스템 속에서 비경제적인 가치는 배제되며, 정상성이라는 기준에 부합하지 않은 존재들은 역사의 기록에서 배제된다. 첨단 과학기술

1) 김초엽, 『우리가 빛의 속도로 갈 수 없다면』, 2019, 허블. 이하 인용시 본문에 쪽수만 밝힌다.

로 인류가 도달한 세계는 정말로 더 살기 좋은 세상이 되었을까? 지금 여기에서 우리가 겪고 있는 차별, 억압, 소외, 고통은 더 나은 방향으로 바뀔 수 있을까?

과학기술 자체가 더 좋은 세상을 담보하는 것이 아니라면, 우리에게 필요한 것은 과학기술 발전의 귀결이 유토피아인지 디스토피아인지를 따져 묻는 이분법적인 질문은 아닐 것이다. 중요한 것은 우리가 사는 세계와 복잡하게 연루되어 있는 유토피아 혹은 디스토피아를 구체적으로 상상해보는 과정 자체일지 모른다. 그 과정에서 우리는 비정상으로 규정되어 오랫동안 잊혔던 존재를 떠올려볼 수도 있고, 각기 다른 모양을 가진 존재들에게 각기 마땅한 가치를 부여해볼 수도 있으며, 과학기술이 누군가를 배제하는 것이 아니라 더불어 사는 법을 알려주는 세상을 꿈꿔볼 수도 있다. 그 아름다운 모험의 길을 김초엽의 소설은 우리에게 마련해주었다.

잊혀간 이들을 위한 항해

김초엽의 소설에서 진실은 주어지는 것이 아니라 찾아가는 과정이다. 그래서 누군가가 사라지거나 실종된 상황에서 출발하여 그의 궤적을 따라가며 서서히 진실을 깨닫는 서사가 등장하곤 한다. 그런데 그것은 어떤 진실일까?

「관내분실」에는 죽은 사람들의 생애 정보를 데이터로 이식한 '마인드'를 수집하는 도서관이 나온다. 마인드와 접속하면 망자의 영혼과 조우할 수 있기에 사람들은 망자를 추모하거나 만나기 위해 도서관을 찾는다. '지민'은 삼 년 전에 엄마의 영혼이 담긴 마인드의 인덱스가 도서관 내에서 분실되었다는 것을 알게 되면서 엄마의 흔적을 찾아 나서기 시작한다. 생전에 우울증으로 자신에게 너무나 많은 상처를 준 엄마를 그리워하지 않던 지민은, 죽은 후에 분실되어 이중으로 자리가 지워진 엄마의 진실을 궁금해하기 시작한다. 그 과정에서 지민이 알게 되는 것은 단지 엄마가 디자이너로 일하다가 임신으로 인해 일을 중단하면서 산후우울증을 겪기 시작했다는 사실뿐만이 아니라, 인덱스가 지워지기 전에도 이미 엄마의 삶은 세계에서 분리되어 있었다는 깨달음이다. 이 깨달음은 마침 임신 팔 주 차로서 아이에게 모성을 느끼지 못하는 자신의 처지와 맞물리면서, 결혼과 임신을 거치며 여성들이 세상과 단절되는 상황에 대한 이해로 확장된다. 결국 다시 엄마의 영혼과 조우한 지민은 엄마를 정면으로 바라보며 어렵게 말을 꺼낸다. 무슨 말로도 엄마의 지난 삶을 위로할 수는 없겠지만, 이제 엄마를 이해한다고. 지민이 용기 내어 건넨 이 말은, 불화를 겪었던 엄마에게 보내는 화해의 메시지를 넘어 세상과 단절된 여성들을 세상과 연결된 끈을 찾아주고 싶은 마음일 것이다.

이 마음은 「우리가 빛의 속도로 갈 수 없다면」에 등장하는 여성 과학자에게로 이어진다. 우주 행성 간 이동이 가능해진 시대에 슬렌포니아라는 제3행성에 가기 위해 백 년 넘게 우주정류장에서 혼자 우주선을 기다리고 있는 170세 노인 '안나'의 이야기다. 우주 데브리를 폐기하고 회수하기 위해 안나를 찾아온 직원에 의해 조금씩 밝혀지는 바에 따르면, 안나는 우주 개척 시대의 서막이 열리던 시대에 인체를 냉동 수면시키는 딥프리징 기술을 연구하는 과학자였다. 그러나 우주공간을 왜곡해 빛보다 빠르게 이동할 수 있는 워프 항법이 개발된 이후에 그보다 훨씬 능률적인 웜홀 통로의 존재가 밝혀지자, 경제적인 효율을 따지는 우주 연방의 일방적인 통보로 안나는 먼저 남편과 아이를 떠나보낸 먼 슬렌포니아 행성으로 갈 수 없게 된다. 그러나 안나는 여전히 우주 한복판에 홀로 남아 딥프리징 기술로 생명을 어렵게 연장하며 슬렌포니아로 가는 꿈을 버리지 않는다. 안나가 가진 구식 셔틀로는 빛의 속도로 가더라도 수만 년이 걸리는 슬렌포니아 행성에 도달하는 것이 불가능하지만, 결국 "나는 내가 가야 할 곳을 정확히 알고 있어"(187쪽)라는 말과 함께 유유히 정거장을 떠난다.

경제적인 효율만을 계산하는 우주 연방의 기획에 의해 꿈이 가로막힌 여성 과학자가 이미 죽었을 가족에게 품고 있는 백 년의 그리움은, 광속으로 수만 년 떨어진 성간 거리와 더불어 더욱 슬프고 아득하다. 안나의 마지막 항해는 결국 죽음을 향하겠지만, 실패가 예견된 이 여정은 결코 무의미하지 않다. 시간이 흐르며 저물어가는 것들의 결을 섬세하게 쓸어보면서 잊히고 사라진 누군가의 흔적은 다시 의미가 되어 떠오르기 때문이다. 빛의 속도로도 갈 수도 없고, 죽은 사람도 되돌릴 수 없으며, 우주를 개척하는 것도 아니지만, 불가능이라는 조건 속에서도 망각의 힘을 거슬러, 안나와 이 소설은 움직여본다. 잊혀간 사람들이 간직한 마음의 진실을 기억하기 위해서.

정상성을 묻는 사이보그

「나의 우주 영웅에 관하여」에도 역사에서 배제된 여성 과학자가 등장한다. 그러나 출산을 겪은 48세의 동양인 비혼모로서 우주비행사에 선발된 '최재경'은 역사가 자신에게 부여한 역할을 찢고 나간 주체적인 인물이다. 만성 전정기관 이상이라는 부적격 건강 상태를 가진데다가 항공우주국 본부 출신의 백인 남성들과 함께 선발되었다는 사실 때문에, 재경은 소수자의 성공 서사 모델로서 전 세계의 주목을 받는다. 그러나 우주 너머보다는 인간 몸의 한계를 뛰어넘는 일에 관심 있는 재경은 십팔 개월의 신체 개조 장기프로젝트로 다져진 사이보그의 몸으로 우주 대신 깊은 바다로 홀연히 떠난다. 이기적인 이유로 우주비행사의 의무를 다하지 않고 사라졌다는 세간의 비판은 소수자에 대한 편견과 더해져 부풀려진다. 하지만 이모 재경을 동경하여 우주비행사가 된 '가윤'은 사라진 재경의 자리를 몸소 체험해보면서, 성공 서사라는 미명 아래 소수자에게 가해지는 과도한 기대를 자유롭게 벗어던진 재경의 선택에서 어떤 해방을 본다. 시스템의 요구나 세간의 기대에 함몰되지 않고 신체의 물리적인 한계를 넘어서는 데 집중한 중년의 비혼모 우주비행사의 선택은 아래 세대인 여성 우주비행사 가윤에게로 이어진다. 가윤 역시 소수자를 대표하면서도 별다른 압박감 없이 우주비행사로서 성공적인 출발을 할 수 있었던 것은, 재경이 온갖 편견과 기대를 헤쳐내고 만들어놓은 길 덕분이기 때문이다. 비혼모 온라인 커뮤니티에서 만난 인연으로 형성된 대안가족 안에서 이러한 세대 감각이 이어진다는 점 또한 중년의 동양인 비혼모 우주비행사가 받아야 하는 차별적 시선과 더불어 무엇이 '정상적'인지 묻게 한다.

「순례자들은 왜 돌아오지 않는가」에 등장하는 '릴리 다우드나' 역시 사회에서 제시하는 정상성 개념을 물음에 부친다. 이 소설에서 2035년에 콜롬비아 보고타에서 태어나 미국 보스턴으로 이주해 성공적으로 커리어를 쌓던 엘리트 과학자 릴리는 이십대 중반의 나이에 갑자기 사라진다. 그러나 인간 배아를 완벽하게 디자인하는 바이오해커 '디엔'으로 다시 세상에 나타나 아름답고 유능하며 질병이 없고 수명도 긴 '신인류'를 만들어내기 시작한다. 유전병으로 얼굴에 흉측

한 흉터가 있어 스스로를 괴물 같다고 생각했던 릴리는 아름답고 완전한 몸을 가진 인간들만 존재하는 유토피아를 건설하고 싶었을 것이다. 그러나 아이러니하게도 인간 배아 디자인으로 인해 완벽한 개조인과 그렇지 않은 비개조인 사이의 위계 서열이 심해지는 디스토피아가 도래하자, 릴리는 결함이 있는 아이들로만 구성되어 차별과 배제가 없는 지구 밖 '마을'을 건설한다. 그렇다면 이 마을은 행복으로 가득한 유토피아가 되었을까?

마을에서 나고 자란 화자 '데이지'의 목소리를 직접 들려주면서, 소설은 쉬운 답을 거부하고 이 질문을 더 밀고 나간다. 마을의 아이들은 성년이 되면 지구로 순례를 떠나게 되는데 매번 귀환하지 않는 순례자들이 있다는 사실을 데이지는 문득 깨닫게 된다. 결국 마을의 탄생 비밀을 알게 된 데이지는 이렇게 묻는다. 마을이 유토피아라면, 순례자들은 왜 돌아오지 않는가? 이 물음은 장애를 비장애로, 디스토피아를 유토피아로, 불완전함을 완전함으로 간편하게 뒤집는 대신 오히려 그 이분법적인 항들의 관계를 사유하게 한다. 마을의 아이들이 서로 사랑에 빠지지 않고 낭만적 감정도 성애도 없는 이유를 고민하며 지구로 떠나는 데이지는 어쩌면 이렇게 생각했을 것이다. 진정한 유토피아란 신체적인 결함이 말끔하게 소거된 세상도, 그렇다고 장애를 가진 사람들만을 격리해놓은 세상도 아닐지 모른다고. 오히려 장애와 더불어 차별을, 사랑과 더불어 배제를, 완벽함과 더불어 고통을 함께 붙잡고 고민하는 세상일지 모른다고. 어쩌면 폐기해야 할 것은 소수자들의 신체적 결함이나 질병이 아니라 그것을 극복해야 할 것으로 규정하는 정상성 개념 그 자체일지도 모른다고 말이다.

외계 지성 생명체와의 기나긴 만남

그렇다면 여성, 장애인, 이주민, 비혼모를 비롯한 약자와 소수자들이 더불어 사는 세상은 어떻게 꿈꿔볼 수 있을까? 정상성이라는 개념이 다른 조건을 가진 존재들을 분리하여 위계적으로 구획하는 원리라면, 나와 다른 타자들을 우리는 어떻게 받아들여야 할까? 우리는 타자를 어떻게 이해하고 그들과 공존할 수 있을까? 김초엽의 소설은 인간의 오랜 타자였던 외계 생명체를 불러들여와 그 가능성에 대한 사고실험을 해본다.

「스펙트럼」은 우주 탐사를 떠났다가 실종된 사십여 년 동안 태양계 바깥의 행성에서 외계 지성 생명체와 조우한 여성 생물학자 '희진'의 이야기다. 우주항공 연구소의 촉망받는 연구원으로서 35세에 우주로 떠났다가 조난당한 희진은 한 외계 행성에서 외계 지성 생명체과 마주친다. 인간에 비해 훨씬 키가 크고 회색의 피부를 가졌으며 이족보행을 하는 외계 생명체 '루이'. 누군가의 공격으로부터 자신을 구해준 루이의 동굴에서 함께 살게 되면서 희진은 루이와 우정을 나누기 시작한다. 루이는 수명이 3~5년에 불과하고, 죽은 후에는 영혼이 다른 루이로 이어지며, 색채를 단위로 삼는 언어 체계를 가지고 있어서 인간과 소통할 수 없다는 사실을 조금씩 알아가면서, 희진은 나름의 감각과 이해 방식으로 루이의 영혼을 연구하며 받아들이게 된다. 시간이 흘러 극적으로 셔틀 신호를 수신하여 사십 년 만에 지구로 돌아온 희진은 외계 지성 생명체를 최초로 발견했다고 주장하지만, 정작 그 행성에 대한 정보는 발설하지 않아 허언증 환자로 몰린다. 하지만 손녀 '나'에게만큼은 소중하게 간직해온 루이의 이야기를 자세하게 들려준다. 죽은 루이가 다른 개체로 이어지듯 할머니의 이야기를 전해듣는 '나'는, 인간의 감각으로는 도저히 이해할 수 없는 타자 곁에 머물며 그 불가능성을 껴안아보는 법을 배우게 된다. 그리고 인간이라는 작고 연약한 생명체를 이해하지 못했을 루이가 할머니 희진을 관찰하며 색채로 이루어진 흔적으로 남겼다는 이 잊지 못할 문장을 듣게 된다. "그는 놀랍도록 아름다운 생물이다."(96쪽) 타자를 온전하게 이해할 수 없다는 불가능 속에서도, 우리는 서로를 놀라워하고 또 아름다워할 수 있다. 타자에게 느끼는 놀라움과 아름다움을 기록하는 루이에게서, 그것을 나름의 언어로 번역하여 손녀에게 들려주는 희진에게서, 그리고 그 문장을 잊지 않고 오래 기억하는 '나'에게서, 이해 불가능성이 만들어내는 어떤 이해 가능성을 우리는 본다.

「공생 가설」은 미지의 타자인 외계 생명체를 인간의 몸속으로 더 깊숙이 끌어들여온다. 모스크바의 한 보육원에서 자란 '류드밀라 마르코프'는 다섯 살 때부터 색연필로 몽환적이고 아름다운 행성을 그려내면서 전 세계 사람들에게 인정받는 예술가가 된다. 류드밀라가 자신의 고향이라고 주장하며 일관되게 그려온 행성의 풍경을 사람들은 기이할 정도로 사랑한다. 그러던 어느 날 천문대의 오퍼레이터들에게 새롭게 관측된 행성의 데이터가 류드밀라의 행성과 놀라울 만큼 일치하는 것으로 알려지자, 류드밀라 행성에 대한 논의는 증폭된다. 같은 시각 서울 광진구의 뇌 해석 연구소에서 일하는 '수빈'과 '한나'가 뉴런 활성화 패턴을 분석하는 이미징 기술을 통해 '사고언어'라고 불리는 순수한 생각 형태를 분석하면서 새로운 사실이 밝혀진다. 바로 신생아의 뇌 속에 류드밀라 행성에서 왔다고 추정되는 외계 생명체들이 물리적인 형태 없이 공생하고 있었다는 사실이 그것이다. 이 외계 생명체들은 수만 년 전부터 신생아의 몸속에 깃들어 사랑, 윤리, 이타심과 같은 가치를 가르쳤고 그렇기 때문에 류드밀라의 그림이 그토록 사람들에게 그리움과 감동을 주었던 것이다.

루이와 마찬가지로 이 외계의 존재들이 지적인 사고 체계와 소통 능력을 가진 '지성' 생명체라는 설정은 중요하다. 이 소설의 사고실험은 단지 외계의 존재에 대한 호기심에 의해 추동되고 있지 않으며 그보다는 이들과 맺는 관계에 관심이 있기 때문이다. 희진과 루이, 류드밀라 행성의 외계 생명체와 인간의 만남은 어느 한순간에 맞닥뜨리는 잠깐의 접촉이 아니다. 이 소설들에서 그 시간은 짧게는 십 년, 길게는 수만 년으로 이어지며, 이 기나긴 시간은 외계 생명체라는 타자와 오래 뒤얽히며 공존하는 감각을 구체적으로 상상하게 한다. 가장 인간적이라고 여겨져왔던 가치가 실은 외부 생명체에 의해 유입된 것이며 애초에 인간 지성의 진화와 문명이 그들과의 공생에서 촉발되었다면, 인간에게 그보다 더 깊고 내밀한 관계 맺음이 어디 있겠는가. 이토록 깊고 내밀한 외계 생명체와의 관계에서 우리는 이해할 수도 소통할 수도 없는 타자와 공생하는 꿈을 꾸게 된다.

어쩌면, 아주 오랜 시간이 흐른 끝에

이 책에서 가장 귀여운 소설인 「감정의 물성」에 대해 말할 차례다. 잡지기자인 '정하'는 어느 날 행복, 침착, 공포, 우울과 같은 감정을 조형화한 제품인 '감정의 물성'이 인기를 끄는 현상에 관심을 갖게 된다. 하지만 정하는 침착의 비누를 만지작거리면 마음이 차분해지고, 설렘 초콜릿을 한 조각 먹으면 마음이 두근거리는 효과가 그저 유사과학이나 상술에 불과한 것이라고 의심한다. 게다가 평소에 사소한 소품들을 수집하는 취미를 가진 연인 '보현'이 우울체 제품들에 빠져 있자, 사람들이 굳이 우울, 분노, 공포와 같은 부정적인 감정을 사는 이유를 납득하지 못하겠다며 보현과 다투게 된다. 우울이라는 감정을 손으로 쓰다듬고 만지는 방식으로 감각하고 싶다며 언쟁 끝에 방을 박차고 나간 보현이 떠난 자리에서 정하는 곰곰이 생각해본다. 아니, 느끼려 해본다. 보현이 빠져나간 빈자리에 남은 감각, 그러니까 보현의 향수 냄새, 탁자의 뒤틀린 나뭇결, 현관의 차가운 질감, 그리고 고요한 공기를.

이 소설에서 생생하게 감각되는 감정의 물성은 어쩌면 김초엽의 첫 소설집인 이 책의 질감과 맞닿아 있다. 동시대 현실에서 가능하지 않은 미래의 추상적인 과학기술은 김초엽이 섬세하게 축조해놓은 소설세계 안에서 구체적으로 감각되기 때문이다. 삼 년 전에 죽은 엄마의 영혼은 생애 정보를 데이터로 이식하여 언제든 꺼내볼 수 있는 마인드로, 소수자가 겪는 억압으로부터의 해방은 깊은 바다로 떠나는 사이보그의 몸으로, 이해할 수 없는 타자와의 관계는 외계 생명체 루이의 색채 그림으로, 우리에게 전해져온다.

글을 시작하며 던졌던 물음을 다시 꺼내본다. 첨단 과학기술로 인류가 도달한 세계는 정말로 더 살기 좋은 세상이 되었을까? 지금 여기에서 우리가 겪고 있는 차별, 억압, 소외, 고통은 더 나은 방향으로 바뀔 수 있을까? 정답을 알 수는 없지만, 김초엽의 소설세계 안에서 우리는 그간 역사 속에서 잊혀왔던 여성, 장애인, 이주민, 비혼모를 비롯한 소수자들이 이 구체적인 감각들을 경유하며 서서히 제자리를 찾는 아름다운 광경을 본다. 빛의 속도로 가더라도 수만 년이 걸리는 슬렌포니아 행성을 향해 작고 오래된 셔틀만을 가지고 출발했던 안나의 모습처럼. 그녀는 실패가 예견된 항해를 떠나면서 자신이 가야 할 곳을 정확히 알고 있었다. 마치 정지한 것처럼 보이는 머나먼 별들 사이를 가로지르는 안나의 작은 셔틀은 언젠가 정말로 슬렌포니아에 도착할지도 모른다. 그렇게 믿어본다. "어쩌면, 아주 오랜 시간이 흐른 끝에."(188쪽)

(2019)

킬러가 된 유교걸과 유토피아의 K-좀비들
—조예은의 『칵테일, 러브, 좀비』

왓챠플레이에 공개되었던 미국 드라마 〈와이 우먼 킬〉(CBS, 2019)에서 내세우는 질문은 제목 그대로 '여자들은 왜 살인을 하는가'다. 살인 범죄라는 소재를 다루면서도 발랄하고 코믹한 톤으로 흘러가는 이 스릴러는 미국의 어느 대저택에서 각각의 시대에 살았던 1960년대의 전업주부 '베스 앤', 1980년대의 사교계 인사 '시몬', 2010년대의 변호사 '테일러'라는 세 명의 여성과 그 남편을 중심으로 벌어지는 살인사건을 옴니버스 형식으로 보여준다. 살아가는 시대도 직업도 성격도 다른 이 세 명의 여성은 남편을 죽였으리라는 공통적인 의혹을 경쾌하게 보이면서 드라마가 진행된다.

그러나 정작 제목과는 다르게 이 드라마에서 '여자들은 왜 살인을 하는가'라는 질문은 서사 내적으로 그다지 긴장감을 유발하지 않는다. 그 이유야 어렵지 않게 유추할 수 있다. 이 남편들은 아내 몰래 바람을 피우거나 정신적·물리적 폭력을 행사하는 등 뻔한 '죽을 짓'을 했을 것이 분명하고 회가 거듭될수록 실제로 남편들이 저지르는 각종

만행들이 거듭 증명되기 때문이다. '여자들은 왜 살인을 하는가'라는 질문이 그다지 유효하지 않은 것은 소위 '죽을 짓'을 하는 남편을 죽이고 싶어하는 여성들의 욕망 자체가 그다지 놀라울 것도 새로울 것도 없으며 역사에서 유구하게 축적, 반복되어왔다는 점에서 기인한다. 그럼에도 불구하고 '남자 죽이는 여자'를 내세우는 스릴러 서사는 국내외와 장르를 막론하고 최근 몇 년간 서사 예술에서 변용되며 가장 주요한 흐름 중 하나로 자리 잡고 있는데,[1] 이러한 작품들에서 중요한 질문은 더이상 스릴러 서사의 문법에서 중요한 추동력인 '누가 이 범죄를 저질렀나?Who has done it?'도 '여자들은 왜 살인을 하는가?Why women kill?'도 아닌 것 같다.

조예은의 소설집 『칵테일, 러브, 좀비』[2]는 '남자 죽이는 여자'라는 모티프를 다양하게 변주하면서 다분히 '한국적인' 스릴러 서사의 문법을 확장하고 있다. 「초대」에서는 여자 대학생 '채원'이 가스라이팅, 친구들을 동원한 거짓말, 외모 지적을 비롯한 언어폭력을 일삼고 바람을 피우는 정황이 포착되는 남자친구를 회칼로 살해하고, 「습지의 사랑」에서는 알 수 없는 이유로 하천에 빠져 죽은 뒤 물귀신이 된 '물'이 유일하게 자신에게 다가와준 '숲'이라는 존재와 가까워지려는 와중에 골프장 설립을 위해 산을 깎아 그 만남을 방해한 '남자'를 물속으로 끌어들여 죽인다. 「칵테일, 러브, 좀비」에서는 학원 강사 '주

1) 비슷한 시기에 제작, 공개되었던 미국 드라마 〈빅 리틀 라이즈〉(HBO, 2017~2019)에서도 시즌 1의 첫 화부터 피해자 남성에 관한 수사 장면이 길게 이어지면서 시청자의 호기심을 유발한다. 그러나 결국 드라마에서 중요한 것은 '누가 누구를 왜 죽였느냐'가 아니라, 그 죽음을 둘러싼 여성 인물들의 연대와 복잡한 관계망으로 나타난다.

2) 조예은, 『칵테일, 러브, 좀비』, 안전가옥, 2020. 이하 인용시 본문에 쪽수만 밝힌다.

연'이 바이러스 감염으로 좀비가 된 아버지가 처치 곤란하게 되자 어머니와 함께 고심 끝에 긴 총으로 쏘아 '진짜 시체'로 만들고, 「오버랩 나이프, 나이프」에서는 초밥을 사러 나갔다온 사이 아버지가 어머니를 과도로 죽였다는 사실을 알게 된 '나'가 똑같은 과도로 아버지를 찔러 죽인다.

이 소설들에서 흥미로운 것은 '유교걸'로서의 여성 킬러들의 캐릭터다. 이 스릴러 서사에서 살인의 주체가 되는 이들은 한국의 젊은 여성 킬러로서 가부장제라는 체계 안에서 움직인다. 유튜브 웹 예능 〈문명특급〉에서 고안된 별칭으로 이제는 일반명사처럼 쓰이고 있는 '유교걸'이라는 명명의 핵심은, 한국 여성들이 유교라는 사상에 근간을 두고 있는 가부장제의 보수적인 억압 체계 안에 속박되어 있다는 사실 자체가 아니라, 그러한 보수성을 뿌리 깊이 내면화하고 있다는 사실이다. 이 내면화된 보수성은 한국사회에서 작동하는 기제인 동시에 장녀로서의 만성적인 죄책감, 남성 가족 구성원들을 향한 습관화된 양보를 유발하는 '유교걸' 개개인의 마음속에 있는 속박이기도 하다.

조예은의 소설에 등장하는 여성 킬러들 역시 남자친구를 살해하지만 이성애 연애에서 관습적으로 되풀이되는 폭력적인 패턴 안에 있거나(「초대」), 아버지를 죽이는 친족 살해의 범죄자인 동시에 아버지에게 애정어린 측은함을 느끼고 어머니의 존재를 끔찍이 아끼는 효녀로 등장한다(「칵테일, 러브, 좀비」). 즉, 가족을 사랑하고 아버지를 향한 애증에 고민하며 때로는 자신의 판단에 소심한 이들은 이성애 혹은 가부장제라는 구조에 대한 저항을 보이면서도 그 안에서 벗어나지 못한다는 모순을 겪어내고 있는 인물들로 등장한다.

그럼에도 불구하고 이들이 물리적·정신적 폭력을 저질러온 남성들을 살해하게 되는 과정은 논리적이고 차분하다. 살인사건의 우연성이나 급작스러움에 비하여 마치 애초에 그들을 죽이기로 계획했었던 것처럼 상당히 자연스럽고 덤덤하게 처리된다. 〈와이 우먼 킬〉과 마찬가지로 '누가 이 범죄를 저질렀나?' 혹은 '여자들은 왜 남자를 죽이는가?' 식의 질문은 조예은의 소설에서 그다지 유효하지 않다. 오히려 중요한 것은 '유교걸은 왜 킬러가 되었을까?'라는 물음이 그다지 궁금하지 않다는 사실, 그만큼 이들이 킬러가 되는 사실이 자연스럽게 느껴진다는 사실, 다시 말해 '유교걸'이 언제든 아무렇지도 않게 킬러가 될 수 있는 잠재태로서 '은은하게 돌아 있다'는 사실 자체다.

조예은의 소설은 최근 한국문학에서 뚜렷한 흐름을 보이고 있는 '여성 스릴러'라는 장르에서 납치, 살인, 유기 등의 중범죄들을 저지르는 여성 인물들의 이야기의 연속선상에서 독해될 수 있으면서도,[3] 가학성, 충동, 광기를 보이지 않으며 원한 감정, 복수 심리, 각종 욕망에 불타오르지도 않는다는 점에서 주목을 요한다. 하드보일드 범죄소설이나 가정 스릴러에서 살해를 저질렀던 여성 킬러들과 달리 조예은 소설의 유교걸 킬러들이 저지르는 살인 행위는 일상생활의 번다한 일과나 패턴들과 더불어 가뿐하고 상쾌하게 처리된다. 물론 살해당하는 남자들이 꽤나 명백한 잘못을 한 것은 맞고, 여성 인물들이 치명적인 피해나 손해를 받은 것도 사실이지만 이들의 살의나 분노는 서사 내에서 강조되지 않는다.

표제작인 「칵테일, 러브, 좀비」에 나타나는 좀비 모티프를 더 자세

3) 강지희, 「투명한 밤과 미친 여자들의 그림자」, 『문학동네』 2020년 봄호 참조.

하게 들여다볼 필요가 있다. 이 소설의 주인공 주연은 하루아침에 아빠가 좀비가 되어 있는 현장을 목격한다. 국밥집에서 제공하는 뱀술에 들어 있던 기생충으로 인해 발생한 좀비 사태가 터진 지 얼마 지나지 않아 "가정 밖에서는 건실한 사회인인 반면 가정 안에서는 제왕처럼 군림하는 전형적인 오십대 중후반의 경상도 출신 제약회사 직원"(84쪽)인 아버지가 집에서 좀비로 발견된다. 서울 곳곳에 출몰하는 좀비들은 발견되는 즉시 사살되기 때문에 어머니와 상의한 주연은 당분간 좀비로 변한 아버지를 집에 두기로 한다. 죽은 것도 아니고 죽지 않은 것도 아닌 이 좀비 아버지가 언제 달려와 자신과 어머니를 좀비로 전염시킬지 모르므로 주연은 슬퍼하는 어머니를 설득하여 아버지를 묶어두고 격리해두자고 제안한다. "안 되겠어. 묶어둬야 해. 어쨌든 저건 우리가 알던 아빠가 아니잖아, 엄마. 언제 다시 공격할지 몰라. 좀비에게 물리면 대부분 좀비가 된다고. 엄마도 〈월드 워 Z〉 봤지?"(82쪽)

좀비 서사에서 좀비들은 종종 생존주의에 매몰되어 있는 청년 세대의 파국적 불안을 드러내거나 애도받지 못한 자들의 회귀를 보여주거나,[4] 혹은 최근 방영된 한국 드라마 〈킹덤〉에서처럼 배제된 소수자이자 억압받는 자로서의 '호모사케르의 하드고어 버전'를 상징하곤 했다.[5] 좀비는 주로 신체와 신체 사이의 직간접적인 물리적 접촉에 의한 전염으로 널리 퍼지며, 어떤 대상이 저지르는 죄나 잘못의 무

---

4) 박하림, 「파국의 기원과 멜랑콜리—2000년대 한국 문화에 나타난 좀비 서사 연구」, 『비교문학』 71권, 2017 참조.

5) 이정진, 「좀비의 교훈—새로운 정치적 주체에 대한 이론적 논의에 부쳐」, 『안과밖』 34호, 2013 참조.

게와 무관하게 '죽었으면서도 죽지 않은 비인간' 상태라는 가혹한 대가를 치르게 된다. 즉 좀비의 비극은 무차별적으로, 혹은 우연에 의해서 부여되며, 이로 인해 좀비 감염이라는 재난이 이웃에 대한 사랑 혹은 연대를 가늠함으로써 이에 맞닥뜨린 주인공의 윤리성을 시험하게 하는 장치로서 작동하거나,[6] 묵시록을 시험하게 하는 장치로서 작동하는 것이다.

그런데 조예은 소설의 아버지-좀비는 무고하지 않으며 이 때문에 서사 내적으로 이러한 윤리적인 고민이 들어설 자리는 없어 보인다. 오히려 이 아버지-좀비는 전국에 확장되고 있는 재난의 원인으로 기능하는 동시에 좀비가 될 내재적인 필연성을 가진다. 이를테면 주연은 아버지가 회식에서 유흥 끝에 뱀술을 받아 마신 것이 "살다보니 겪은 어쩔 수 없는 일"(86쪽)이 아니라 평소에 방탕하거나 부도덕하게 살아왔던 습관의 연장선상에 불과했을 것이라고 덤덤하게 말한다. 그렇기에 아버지의 평소 모습은 좀비의 물리적인 형상과 외적으로 구별되지 않는 방식으로 제시된다. 사실상 시체의 몸을 가진 채 썩어가면서도 집에서 잠만 자고 밥을 축내는 방탕한 한량의 일과를 보내는 아버지가 좀비가 된 이후의 모습은 생전과 그다지 다르지 않다.

아버지-좀비가 무능하고 부도덕하지만 식탐은 많고 어머니와 딸의 노동으로 밥을 차려주어야 하는 존재라는 설정은, 좀비를 맞닥뜨린 주인공에게 '감염이라는 위험과 해악'과 더불어 그를 처단해야 하는 당위성을 한 겹 더 부여한다. 그것은 바로 경제적인 살림이라는 현

6) 서동수, 「좀비, 엑스 니힐로의 주체와 감염의 윤리」, 『대중서사연구』 51호, 2019, 184쪽 참조.

실적인 이유다. 좀비라는 설정이 그간 한국사회에서 신자유주의의 생존경쟁에서 살아남아야만 한다는 강박관념이나 불안을 드러내는 장치로 기능하곤 했다는 점을 떠올려보았을 때, 이는 독특한 전유다. 주연이 자신과 어머니를 보호하기 위해 아버지-좀비를 집안에서 격리하는 것에서 모자라 결국 자기 손으로 죽이게 되는 결정적인 원인은 좀비로서의 아버지를 먹여 살리는 데 생활비가 빠듯하기 때문으로 제시된다. 집안에 아버지를 혼자 내버려둘 수 없기에 직장에 휴가를 신청해야 하는 이들이 살기 위해서 필요한 것은 다름 아닌 "생활비"(79쪽)다. 회사에서도 아버지-좀비를 조용하게 처리하길 원하면서도 말을 바꾸어 규정상의 퇴직금 이상은 주지 않으려고 하자, 주연과 어머니는 결국 정식 업체가 아니라 예산에 맞는 개인 사업자를 불러 아버지를 직접 죽이게 된다.

'좀비라는 괴물이 무엇을 상징하는가' 못지않게 "누가 좀비를 괴물로 전유하는가"라는 질문이 중요하다는 지적을 상기해본다면,[7] 이러한 설정은 좀비를 처단해야 하는 주인공으로 하여금 윤리적인 고민으로부터 자유롭게 만들어주고 독자들에게 좀비 처단의 쾌감을 선사하는 장치로 작동한다는 점에서 중요하다. 그리고 아버지를 살해해야 하는 '유교걸' 내면의 죄책감을 상쇄하는 동시에 가부장제에 함께 얽혀 있는 다른 가족들, 특히 어머니에 대한 효를 유지할 수 있는 필연성을 부여하는 구실로 작동한다. 아버지 살해 이후 어머니와의 관

7) 애초에 좀비가 가지고 있는 기괴함이 아프리카 부두교와 아이티 노예라는 집단에 관한 인종적인 편견이 작동하여 만들어졌다는 점을 생각한다면, 좀비라는 형상을 만들어냄으로써 자신이 가지고 있는 두려움을 투영하고 이들을 '상상된 괴물'로 만든 주체가 누구인지 생각해볼 필요가 있다.(서동수, 같은 쪽 참조.)

계는 오히려 이전보다 더 돈독해지고 일상의 평화는 공고해지는데, 이는 좀비에게 종말론적 파국을 앞당기는 촉매제 역할을 하는 것 같으면서도 사실상 새로운 미래를 가능하게 하는 사태 해결의 역할을 부여하는 것이다.

> 다음날 오랜만에 차려입고서 엄마와 둘이 밖으로 나왔다. 은행에 들러 계약금을 이체하고, 확인 문자를 받고, 작업이 끝나면 건넬 잔금을 현금으로 뽑았다. 점심으로는 간만에 파스타를 먹었다. 엄마는 맛은 없지만 기분은 좋다고, 홀가분하다고 했다. 이후에 서점에 들러서 엄마가 미리 알아본 자격증 책을 샀다.
>
> "너랑 이렇게 둘이 나와본 게 얼마 만인지 모르겠다."
>
> "그러게."
>
> 주연은 어깨가 닿도록 엄마의 옆에 딱 붙었다. 엄마가 배시시 웃었다. 정말 잘살 수 있을 것 같은 근거 없는 믿음이 생겨났다. 잘살아야 했다. 아빠 하나 없다고 집이 망하면, 그건 너무 억울한 일이니까. 잘 살 것이다. 아빠 없이도.(95~96쪽)

아버지-좀비를 죽이기로 결정한 이후 주연은 "아빠 없이도" 잘 살 것이라며 희망찬 앞날을 예견하고 기존보다 더욱 평화로운 일상을 유지한다. 그리고 결국 업체를 불러 긴 총으로 아버지-좀비를 사살한 이후에 사체에서 나온 뱀의 제사를 지내고 그것이 정부의 굿판으로 연결되면서, 서사는 애도하는 것처럼 보인다. 그런데 좀비 서사와 한국 무속신앙을 결합한 이 마지막 장면에서 더 중요한 것은 이러한 애도가 아버지가 아니라 감염자가 되었다가 살아남은 주연을 향해 있는 것처럼 보인다는 사실이다. 어쩌면 이들이 제사를 지낸 대상은 생전의 형식으로서 존재해온 아버지라기보다는, '유교걸' 안의 내면화된 보수성일지도 모른다. 이 친족 살해가 상쾌하고 후련한 이별의 형식을 취할 수 있는 것은 종말론적 상상력을 대변하는 좀비 모티프가 동시대 한국문학에서 독특하게도 유토피아적인 장치로 기능하고 있는 국면을 보여준다.[8] 지금 한국사회에서 진정한 재난과 파국이란 무엇인가라는 질문을 가로지르며 전유되고 있는 전유되는 K-좀비의 출현은 한국문학의 새로운 변곡점을 건드리고 있다.

(2021)

---

8) 최근에 발표된 또다른 좀비 서사인 은모든의 「501호의 좀비」(『릿터』 2020년 10/11월호)에서 역시 좀비라는 집단은 성범죄를 저지른 남성을 깔끔하게 처단하는 복수를 위한 조력자로 등장한다는 점에서 조예은의 「칵테일, 러브, 좀비」에 나타나는 유토피아적인 상상력과 동궤에서 독해될 수 있다.

이야기에는 끝이 있지만
—게임적 죽음과 루프적 시간의 리얼리즘

1. 게임적 리얼리즘의 환생

2023년부터 칸 국제영화제에서 비디오게임 부문 시상식을 개최한다는 소식이 들려온다.[1] 영화제에서 게임 부문을 시상하는 사례가 처음은 아니지만,[2] 선도적인 문화 산업으로서뿐 아니라 복합적인 예술 창작물로서 비디오게임의 성취는 앞으로 더 적극적으로 논의되어야 할 것 같다. 이른바 '고티GOTY, Game of the year'라고 불리는 게임 시상식들 중 게임의 서사적 완성도를 평가하는 내러티브 부문을 개설한 경우는 이미 적지 않다. 그러나 주류 서사 양식이 된 영화 장르에서 열리는 이 제1회 칸 게이밍 페스티벌Cannes Gaming Festival은 게

1) "First video-game version of the Cannes Film Festival set for Fall 2023," *The Brussels Times*, 2022. 10. 14.

2) 대표적으로 영국의 가장 권위있는 시상식 중 하나인 '영국 영화 텔레비전 예술 아카데미(BAFTA, British Academy of Film and Television)'는 2003년부터 독립적인 게임 부문 시상식을 개최하고 있다.

임을 디자인, 음악, 프로그래밍의 종합 산물로서뿐 아니라 이제 하나의 서사 예술로서 이해하고 있는 듯 보인다. 국내에서도 얼마 전 '게임제너레이션'이라는 웹진이 창간되고 게임비평공모전이 열리는 등 게임을 예술비평의 대상으로서 다루는 신이 확장되고 있다.[3] 더이상 서사와 문학이 등치되지 않는 시대에 서사의 장르적 영역은 어떻게 변화하고 있는 것일까? 그리고 오늘날 소비되고 있는 이야기의 주요한 형태로서 게임 서사를 간과할 수 없게 된 시대에 게임 서사를 경유하여 문학은 어떻게 논의될 수 있을까?

시간성의 리얼리티는 문학 서사와 게임 서사의 결정적인 차이점으로 여겨져왔다. '게임 같은 소설'은 다른 소설과 달리 근본적으로 현실과의 관련성을 제대로 모색하지 못하는 한계가 있다고 지적한 사람은 오쓰카 에이지였다.[4] 게임은 서사 속 캐릭터의 죽음을 언제나 '리셋reset 가능한 것'으로 만들기 때문에 현실의 죽음을 그려낼 수 있는 문학적인 가능성이 없다는 것이다.[5] 플레이어가 죽음을 세이브하

---

3) 게임제너레이션 홈페이지(www.gamegeneration.or.kr) 참조. 게임제너레이션의 이경혁 편집장은 게임을 하는 사람들을 둘러싼 전반적인 환경에 대해 논의하기 위해 "게임을 문화예술로 선언하는 것이 아니라, 게임을 그 자체로 문화로 대우하고, 다루고, 이야기하는 작업"이 필요하다고 강조한다. 다만 사회를 구성하는 문화로서 게임을 이해하는 것과 예술비평의 대상으로서 게임을 분석하는 것은 다른 층위에서 병행될 수도 있을 것이다. 인현우, 「게임을 하는 건 10대, 지르는 건 30대… 그래서 게이머는 '과정'을 잃었다」, 한국일보, 2022. 9. 24.

4) 아즈마 히로키, 『게임적 리얼리즘의 탄생—오타쿠, 게임, 라이트노벨』, 장이지 옮김, 현실문화, 2012, 92~93쪽.

5) 물론 죽었던 자들이 되살아나는 서사는 게임 장르에 국한되는 특징은 아니다. 근대적 시간관 이전의 한국 고전소설에서 이러한 특징이 두드러지는데, '신묘한 약물' 또는 '신성한 공간'이라는 장치를 통해 인물의 환생이 이루어지곤 한다. 예컨대 「바리공주」 신화에서는 바리데기가 가지고 온 약초를 통해 죽었던 부모가 되살아나고, 「심청

고 리셋할 수 있는 한, 시각적인 화면에서 죽음이 아무리 사실적으로 묘사된다고 하더라도 게임은 시간성의 리얼리티를 획득할 수 없다. 즉, 태어난 자에게 주어진 삶의 시간은 유한하며 우리는 모두 언젠가 죽는다는 자명한 현실은 게임상에서 아무런 의미값을 지니지 못한다. 물론 오쓰카가 말하는 '게임 같은 소설'은 테이블토크 롤플레잉 게임TRPG의 원칙을 기초로 삼는 1990년대 일본의 캐릭터 소설에 대해 설명한다는 전제가 붙어 있고, 시간성의 리얼리티를 문학성의 주요한 척도로 삼을 수 있는지에 관해서도 논박의 여지가 있다. 애초에 반박되기 쉬운 주장일 수 있지만,[6] 오쓰카의 논의는 게임 서사의 문학적 가능성, 혹은 게임 서사를 경유한 문학 서사의 가능성에 관한 질문으로 전환하는 데 좋은 단초를 제공한다. 게임 서사나 게임 기법에 기초한 서사는 정말로 죽음을 '리얼'하게 다루지 못하는 것일까? 그리고 리셋 가능성이라는 요소는 리얼리즘적인 서사에 도달하지 못하도록 방해하기만 하는 것일까? 그렇지 않다면 어떤 서사에 어떤 방식으로 기능할까?

2019년 모비우스 디지털이 개발하고 안나푸르나 인터랙티브가 배급하여 2020년 수많은 상을 휩쓴 액션 어드벤처 게임 〈아우터 와일

전」에서 물에 빠진 심청은 연꽃에 실려 돌아온다. 다만 이러한 작품들에서는 환생의 장치가 서사의 현실성을 판단하는 기준으로 작동하지 않으며 게임처럼 무한하게 반복되는 것도 아니다.

6) 오쓰카의 주장에 대해서는 이미 여러차례 반박이 제출되기도 했다. 이를테면 아즈마는 오쓰카의 논의에 기대어 라이트노벨 『올 유 니드 이즈 킬』과 같은 루프물이 캐릭터의 메타 이야기적인 상상력을 통해 '게임적 리얼리즘'이라는 독특한 종류의 리얼리즘적 가능성을 열었다고 해석했다(아즈마 히로키, 같은 책, 122~140쪽). 다만 아즈마의 경우 서사가 소비, 유통되는 환경에서 그 가능성을 타진했다면, 이 글은 서사의 내적인 구조에서 그 가능성을 살펴본다.

즈Outer Wilds〉는 현시점에서 위 질문에 가장 성실하고도 치열하게 응답하고 있는 게임일지 모른다. 초보 우주비행사인 플레이어가 수십만 년 전에 멸종된 노마이족의 흔적을 찾아 우주선을 타고 태양계의 여러 행성을 탐험하는 이 게임에서도 죽음은 리셋 가능한 무엇이다. 플레이어는 초신성이 되어 폭발하는 태양에 관한 단서를 하나씩 모아 각 행성의 숨겨진 장소를 찾으면서 연쇄적인 퍼즐을 풀어야만 결말에 이를 수 있는데, 도중에 포기하지만 않는다면 플레이어의 목숨은 무한하게 제공된다. 미세한 우주선 조종에 실패해 뜨거운 태양에 빠지거나, 순식간에 차오르는 모래에 머리끝까지 파묻히거나, 우주복 탱크에 공기가 부족해 숨이 끊어지더라도, 그러니까 죽음에 이르더라도, 플레이어는 잠에서 깨어나 모닥불 앞에서 마시멜로를 구워 먹는 첫 장면으로 되돌아가 고요하고 아름다운 우주를 유영하는 모험을 다시 시작할 수 있다.

그런데 이 게임에서 무한하게 리셋되는 죽음은 독특한 면이 있다. 두가지 의미에서 필연적이기 때문이다.[7] 첫째, 플레이어는 플레이 능력과 무관하게, 죽음에 이를 만한 행동을 하지 않아도 게임이 시작된 후 이십이 분이 지나면 무조건 죽게 되어 있다. 수십만 년 전 노마이족이 어마어마한 태양 폭발 에너지를 이용하기 위해 태양을 인공적으로 폭발시킨 뒤, 이십이 분 전의 과거로 돌아가기를 끝없이 되풀이하는 시간 시스템을 구축해두었기 때문이다. 따라서 플레이어는 이십이 분마다 태양의 초신성 폭발을 강제로 목격하며 죽음을 반복적으로 경험해야 한다. 리셋 가능성이 특정한 단위의 시간 안에 갇힌 타

---

7) 이어지는 두 문단에는 〈아우터 와일즈〉의 엔딩에 대한 스포일러가 있다.

임루프인 셈이다. 이를 '루프적 죽음'이라 부르자. 둘째, 게임의 결말에서 우주는 멸망하고 플레이어는 죽게 되어 있다. 플레이어는 무엇을 해야 하는지도 모른 채 모험에 투입되지만, 서사의 경로를 따라가다보면 무한히 반복되는 태양의 초신성 폭발을 멈추고 우주의 멸망을 막으려는 방향으로 추동된다. 그러나 온갖 고생을 통과하고 마침내 결말에 이르러 알게 되는 것은 인공적인 태양 폭발이 아니더라도 우주는 본디 생명을 다해가는 시점이었다는 사실, 즉 플레이어는 단지 우주가 소멸하기 직전의 시대에 태어나는 바람에 이 모든 정황을 목격했을 뿐 어떤 역할도 할 수 없으며 남은 것은 곧 닥쳐올 죽음을 맞이하는 일뿐이라는 허망한 사실이다.[8] 이를 '결말적 죽음'이라 부르자. 루프적 죽음이 죽음의 리셋 가능성을 토대로 작동하는 게임의 일반적인 서사 양식이라면, 결말적 죽음은 게임이라는 장르와 무관하게 이야기 내적으로 설계된 엔딩이라고 할 수 있다.

이 두 가지 필연적인 죽음은 따로 놓고 보면 심상해 보이지만, 하나의 서사 안에서 결합되었을 때는 특별한 결과를 산출한다. 여타의 게임에서 루프적 죽음이 생명을 연장하는 방식으로 서사의 승리에 가까워지기 위한 도움닫기의 역할을 한다면, 〈아우터 와일즈〉에서 루프적 죽음은 결말을 예비하는 방식으로 서사의 패배를 완성하기 위한 과정으로 기능하기 때문이다. 우주의 멸망을 막기 위해 열심히 플레이했는데도 강제로 주어지는 실패 엔딩은 플레이어로서 수용하기

8) 그런 점에서 〈아우터 와일즈〉는 플레이어가 이 광대한 세계의 중심도 주인공도 아니라는 사실, 각 개체는 역사의 키를 쥐고 있는 유일무이한 주체가 아니라 언제든 대체되거나 변경될 수 있는 우연적 산물이라는 사실을 넌지시 우아하게 알려주는 게임이기도 하다.

어려울 수 있다. 하지만 태양 폭발을 알리는 음악이 흘러나오는 이십이 분마다 하던 모험을 멈추고 눈앞의 모든 것이 스러져가는 장면을 바라보며 죽음을 기다리는 체험을 수없이 되풀이하다보면, 진짜 죽음을 향한 마지막 여정을 저항 없이 받아들이게 될 뿐만 아니라 심지어는 죽음을 준비하는 과정의 아름다움을 느끼게 된다. 플레이 도중에는 알 수 없지만 '루프적 죽음'은 '결말적 죽음'을, 나아가 태어난 모든 존재는 언젠가는 죽는다는 진실을 결국 이해하고 받아들이게 만드는 반복적 연습인 것이다. 아이러니하게도 시간성의 리얼리티를 제거하는 장치인 리셋 가능성을 활용하여 오히려 죽음에 대한 리얼한 감각의 재현을 성취한 것이라고도 할 수 있다.

그렇다면 게임 서사뿐 아니라 문학을 비롯한 서사 장르는 어쩌면 루프적 시간을 통해 어떤 리얼리즘에 도달할 수 있는 가능성을 내재하고 있는 것은 아닐까? 이에 착안하여 이 글은 다음과 같은 질문을 던져보려 한다. 특정한 구간을 반복하는 루프적 시간은 하나의 결말을 가진 소설이라는 서사 장르 안에서 어떻게 죽음이라는 시간의 유한성을 더 리얼하게 인식하거나 감각하게 만드는가? 과거, 현재, 미래를 비직선적이고 비선형적으로 재현하는 서사적 장치는 어떻게 이야기의 질서를 구조화하여 의미를 생성하는가? 그리고 더 나아가 어떻게 이야기의 시간성 자체를 새롭게 사유하게 하는가? 잘 알려져 있듯 타임루프는 독자들 사이에서 일명 '회·빙·환(회귀·빙의·환생)'이라는 줄임말이 통용될 만큼 근래 판타지 장르의 웹소설에서 지배적으로 나타나는 양식이며[9] SF장르에서도 빈번하게 발견되는 장치이

---

9) 안상원은 1990년대 후반부터 웹소설, 판타지소설 등의 한국 장르소설에서 회귀·

다.[10] 그러나 이 글은 타임루프를 특정한 장르의 계보가 전유해온 하나의 '장르적 패턴'으로 간주하기보다는 특정한 구간을 되풀이하는 시간의 구조라는 의미에서 하나의 '서사적 요소'로 파악하고자 한다. 이에 따라 '타임루프'가 아닌 '루프적 시간'이라는 용어를 사용할 것이다. 구체적으로는 성수나, 정영수, 김연수의 최근 소설에서 이러한 '루프적 시간'이 다양한 방식으로 활용되는 장면에 주목한다. 물론 위 소설들을 모두 SF나 판타지 타임루프물로 분류할 수는 없을 것이다. 다만 게임 서사의 장치에서 힌트를 얻어 이 소설들, 더 나아가서는 서사 장르에서 이야기와 시간이 맺고 있는 관계에 대해 살펴보고자 한다.

2. 죽음이라는 루프 혹은 형벌

성수나의 「신께서는 아이들을」[11]은 2022년 한국과학문학상 가작을 받으며 알려졌지만, 한 심사위원이 말했듯 한편으로는 NPC Non-Player Character 같은 주인공을 내세운 "게임적 리얼리즘의 세계에서 탄생한 이야기"로도 읽히며,[12] 다른 한편으로는 신의 세계에 발을 들

빙의·환생과 같이 인물이 다른 세계로 이동해 모험을 하는 '차원이동' 요소가 주요한 모티프로 진화해왔다고 분석한다. 안상원, 「한국 장르소설의 마스터플롯 연구—모험서사의 변이로 본 '차원이동' 연구」, 『국어국문학』 184호, 2018.

10) 한편 박서련의 단편 「고-백-루-프」(박서련 외, 『그래서 우리는 사랑을 하지—YA 퀴어 로맨스 단편집』, 돌베개, 2021)는 웹소설이나 SF는 아니지만 루프적 시간관이 젠더 정체성의 탄력적인 수행으로 기능한 사례다.

11) 『제5회 한국과학문학상 수상작품집』, 허블, 2022. 이하 인용시 본문에 쪽수만 밝힌다.

12) 김성중, 「플래시포워드의 소설」, 『제5회 한국과학문학상 수상작품집』 심사평, 368쪽.

인 인간을 그려낸 신화적 이야기로도 보인다. 이 소설의 배경은 차안과 피안, 이승과 저승, 삶과 죽음의 경계에 걸쳐 있는 모호한 시공간이다. 광활한 바다와 여러 개의 섬으로 이루어진 고요하고 평온한 이 세계에는 섬마다 반려인과 반려동물이 짝지어 살고 있다. 매 계절 신이 이승을 떠난 어린아이들을 바다 너머 섬으로 보내면 반려인과 반려동물은 이들을 돌본다. 한 계절이 지나면 아이들은 다시 태어날지 태어나지 않을지 스스로 선택한 뒤 섬을 떠나야 하는데, 그때까지 아이들이 최선의 선택을 할 수 있도록 돕는 것이다. 화자인 '나'는 반려동물인 개와 함께 아이들이 바다에 빠지지 않도록 보살피며 이들이 죽음을 받아들일 수 있도록 돕는 조력자라고도 할 수 있다. 목소리가 없는 '나'는 입 모양으로 아이들에게 말한다. "너희, 바다, 들어가. 하루, 세 번. 너무, 멀리, 안 돼."(261쪽) 그런 점에서 이 소설의 화자를 플레이어가 직접 조종할 수는 없지만 게임 속에서 캐릭터를 보조하는 역할을 수행하는 NPC의 성격으로 읽어낸 것은 정확한 통찰인 셈이다.

'나'는 계절이라는 단위로 이루어진 루프적 시간에 영원히 갇혀 있는 존재다. 루프적 죽음을 반복적으로 체험해야 하는 것은 아니지만, 일인칭 관찰자의 입장에서 계절마다 타인들의 죽음을 계속 목격해야 하기 때문이다. 한 계절이 지나면 아이들은 환생하거나 바닷속으로 사라지고, '나'는 매번 그것을 목격하면서도 아무것도 하지 못한다. 그렇지만 지난 시간을 기억하지 못한 채 새로운 계절은 시작되며, 이 패턴은 영겁의 시간 동안 되풀이된다. 죽음의 가장 가까운 곳에 머물지만 끝내 죽음에 이르지 않는 존재. 언제나 타인의 죽음을 준비하지만 정작 자신은 죽지 않는 존재. '나'는 죽음의 시간 안에 갇혀 있다.

이것이 '나'에게 주어진 첫번째 형벌이다. 한편 '나'는 계절마다 정든 아이들과 이별해야 하는 끝없는 굴레에 갇힌 외로운 존재이기도 하다. 개와 짝을 지어 아이들을 돌보지만, 개가 아이들과 함께 바다에서 몸을 적시고 그 충만함으로 허기를 해결할 수 있는 것과 달리, '나'는 어쩐 일인지 바다에 들어갈 수가 없다. 그렇기에 다들 바다에서 자유롭게 헤엄치는 동안 혼자서 음식을 먹으며 묘한 부끄러움을 느끼고 계절이 바뀌면 기억을 잃고 다시 혼자가 된다. "늘 나만을 남겨두고 사라지는 그 세계"(279쪽) 안에서 '나'는 영원히 혼자 남겨진다. 이것이 '나'에게 주어진 두번째 형벌이다. 아즈마 히로키가 말했듯, 고독감은 타임루프물에서 흔하게 나타나는 증상이다.[13] 그러나 이 소설에서 루프적 죽음은 되풀이되면서도 결말적 죽음에 도달하지 않기 때문에 고독감은 끝내 해소되지 않는다.

'나'는 왜 이런 형벌을 받고 있는 것일까? '나'는 입술을 움직여 신에게 묻는다. "내가 지은 죄가 대체 무엇이에요?" "무엇이길래 나만 계속 혼자 남게 되는 거예요?"(280쪽) 사정은 명료하게 드러나지 않지만 이 소설에서 가장 애절하고 인상적인 장면에 그 단초가 있다. 아주아주 옛날에 살았던 어느 섬의 거북이 들려준 이야기. 어느 날 멀리서 거북을 향해 달려오며 알아들을 수 없는 소리로 울부짖는 말馬이 있었다. 거북이 겨우 파악한 문장은 "*무서워. 바다가 모조리 데려갔어*"(268쪽)로, 이미 제정신이 아닌 듯 보이는 그 말이 전해준 바는 이렇다. 예전에 한 반려인이 바다를 향해 걸어가는 아이들을 뭍으로 끌어오려 했다는 것. 그 행동이 신의 노여움을 샀다는 것. 결국 거대한

---

13) 아즈마 히로키, 같은 책, 125~127쪽.

파도 속으로 모두가 끌려 들어갔다는 것.

> *그때 반려인이 바다를 향해 달려가. 말이 그를 말릴 새도 없이 반려인은 바다로 뛰어들어 여섯번째 아이와 일곱번째 아이를 껴안아. 반려인은 아이들을 뭍으로 끌고 오려 하고 아이들은 계속해서 앞으로 나아가려 해. 여섯번째 아이는 이미 반절이 바닷속에서 사라졌고 반려인은 아이의 상체를 수면 위로 들어올려. 말이 바다에 뛰어들었을 때 거대한 파도가 나타났고 모두를 덮쳤지. 그리고 말이 다시 정신을 차렸을 땐 해변에 아무도 없어.*(「신께서는 아이들을」, 269쪽)

그러니까 섬에서 떠나보내야 하는 아이들을 살리려고 했던 인간, 모든 것에는 끝이 있으며 누구도 죽음을 피할 수 없다는 진실을 거스르려고 했던 인간, 신의 섭리를 의심하고 감히 영원을 꿈꾸었던 인간으로 인해 돌이킬 수 없는 재앙이 일어난 것이다. '나'는 거북의 이야기를 전해듣고 낯설어한다. 그러나 매번 기억을 잃어버리기 때문에 알아채지 못했을 뿐 어쩌면 신의 심기를 건드린 인간은 '나'인 것처럼 보이기도 한다. 여기에서 루프적 시간은 형벌로서 되풀이되는 시간이다. 시간의 유한성에 저항한 죄로 죽음의 시간을 무한히 반복하라는 형벌, 그 무섭도록 영원한 반복을 통해 시간의 유한성이 지닌 미덕을 깨달으라는 형벌, 죽음 앞에서 혼자가 되어 아무것도 할 수 없다는 깊은 무력감에 직면하라는 형벌이다. 죽음을 반복적으로 목격하는 일은 도리어 죽음에 관한 사유를 무디게 만들거나 죽음을 물화할 수도 있지만, 이 소설에서 '나'는 루프적 시간을 통해 오히려 죽음의 진상에 비로소 가까워진다.

마지막 장면에서 '나'는 루프적 시간의 커다란 한 바퀴를 돈 듯 보인다. 반려인이 아니라 이제 막 어느 섬에 도착한 아이가 되어 자신의 얼굴을 핥는 개와 머리가 아주 짧은 여자, 그러니까 또다른 반려견과 반려인 한 쌍을 만나게 되기 때문이다. '나'는 어떻게 해도 죽음의 공간으로부터 벗어나지 못하고 반려인 혹은 아이의 운명을 왕복하는 셈이다. 그런데 이 루프적 시간에 처한 운명이 꼭 형벌이기만 할까? 죽음 앞에서 무력감에 휩싸인 인간은 아무것도 할 수 없는 것일까? 그렇다면 영원을 꿈꾸는 인간은 무엇을 할 수 있을까? 여기에서 인간의 절박한 발명품인 이야기가 필요해지는지도 모른다.

3. 이야기로서의 우울

「신께서는 아이들을」에서 신이 내린 형벌, 즉 무력감의 영원한 굴레를 현대사회의 용어로 바꾸면 우울증이 아닐까? 프로이트는 사랑하는 대상을 상실했을 때 겪는 일반적인 슬픔과 달리 우울증은 외부세계에 대한 반응 능력과 함께 스스로를 사랑하는 능력을 잃어버리게 한다고 말한다.[14] 우울증에 빠진 사람은 애도의 과정을 진행하지 못해서 상실감의 책임을 자신에게 향하게 해 스스로가 쓸모없다고 여기며 깊은 무력감을 느낀다. 이를 시간의 층위에서 설명하면, 사랑하는 대상이 부재하는 현재의 순간을 사는 것이 아니라 사랑하는 대상을 상실하기 이전 혹은 상실한 특정한 구간에 머물며 언제나 그 시

---

14) 지그문트 프로이트, 「슬픔과 우울증」, 『정신분석학의 근본 개념』, 윤희기·박찬부 옮김, 열린책들, 2020 참조.

간만을 반복하고 있다고도 말할 수 있다. 우울증에 빠진 사람은 상실로부터 벗어나지 못하고 그것을 무한히 반복하는 루프적 시간 안에 갇혀 있다.

정영수의 「일몰을 걷는 일」[15]의 주인공 '그'도 그런 사람이다. 회사원이자 소설가인 그는 "사람이 아니라 걸어다니는 눈물주머니라고 불러야"(147쪽) 할 정도로 시도 때도 없이 왈칵 눈물을 쏟아내는 남자다. 회의 도중에, 점심 메뉴를 고르다가, 달리기를 하다가, 느닷없이 터지는 울음을 그치지 못한다. 오죽하면 퇴근하는 길에 서너 정거장 먼저 내려 한참을 울면서 걷는 루틴이 생겼을 지경이다. 문제는 그가 눈물을 쏟는 데 특별한 이유가 없다는 것이다. "그는 그냥 울었다."(147쪽) 심리 상담 선생님은 그에게 부모에 대한 질문을 던져 우울증처럼 보이는 현상의 근원을 알아내려 하지만, 그가 자신과 꼭 닮은 어머니와의 관계에 지쳐 있다는 정보 말고는 별다른 소득은 없어 보인다. 그는 그저 자신이 이런 생각으로부터 빠져나갈 수 없다는 사실만을 아는 것 같다. "모든 것이 다 부질없다, 시간이 흐르면 흔적도 없이, 단 한 톨의 의미도 남기지 못한 채 사라져버릴 것들."(158쪽) 해가 저물고 사방이 어두워져 모든 것이 죽음에 가까워지는 듯 보이는 '일몰'의 시간만을, 그는 영원히 되풀이해 걷고 있는 것 같다.

그가 정말 우울증에 빠져 있다면 프로이트의 말대로 사랑하는 대상을 상실했기 때문일까? 그렇다면 그가 상실한 대상은 무엇일까? 과거, 현재, 미래가 매끄럽게 연결되어 흘러가는 직선적인 시간관?

15) 정영수, 「일몰을 걷는 일」, 『릿터』 2022년 4/5월호. 이하 인용시 본문에 쪽수만 밝힌다.

혹은 미래에 무언가 유의미한 일이 일어날 것이라는 기대감? 아니면 미래 그 자체? 모두 얼마간 타당해 보이지만, 그에 못지않게 중요해 보이는 상실의 대상은 이야기, 더 정확히 말하자면 이야기에 대한 믿음이다.

그는 마지막으로 책을 낸 뒤 일 년이 넘도록 아무것도 쓰지 못하는 상태다. 이 역시 특별한 계기가 있는 것 같지는 않지만, 그가 더이상 자신의 소설을 견디지 못한다는 사실만은 분명해 보인다. 소설가인 그에게 소설은 곧 삶의 재현이다. 즉 그는 삶을 실재와 동일하게 모방하는 소설만이 유의미하다는 문학관을 가지고 있는데, 어느 순간 자신의 소설이 그러한 종류의 진실을 담고 있다는 믿음을 잃어버린 것이다. 이것은 꼭 자신이 쓴 소설에만 해당하는 회의만은 아니어서, 모종의 필연성, 상징, 개연성이 없는 소설 자체가 가치 있는 이야기라고 할 수 있는지에 대한 의문을 떨치지 못한다. 자신이 쓰는 한 문장 한 문장을 믿을 수 없게 된 그에게 이야기를 짓는 일이 마치 지구 반대편에 있는 것처럼 아득하게 느껴지게 된 것이다. 영영 소설을 쓸 수 없게 되었다는 절망에 빠진 소설가는 이제 무엇을 해야 할까.

다행히도 소설이라는 장르에서 막힌 이야기는 다른 출구를 찾는다. 그에게는 연락이 닿지 않은 지 십수 년이 지난 친구들에게 문득 편지를 보내는 습관이 있었는데, 글쓰기에 자신을 잃은 뒤 한동안 손을 놓고 있다가 다시 편지를 쓰기 시작한 것이다. 그는 자신이 "언제나 미래보다는 과거로 향하는 사람이"(151쪽)기에 멀어진 친구들에게 편지를 쓰는 것처럼 보이겠지만, 어쩌면 소설을 쓰지 못하게 되면서 억눌린 이야기의 에너지를 편지 쓰기로 분출해야 했는지도 모른다. '이야기에 대한 믿음'은 잃었지만 '이야기'는 잃지 못한 것이다.

특별히 전달하려는 내용이 있거나 풀어야 할 오해가 있는 것은 아니어서 편지는 혼잣말로 주절거리는 "그리움을 담은 애절한 연애 편지처럼 되"(152~153쪽)기도 하고, 상대를 위로하러 간 자리에서 자신의 무기력을 털어놓다가 엉엉 울어버려 상대를 도리어 곤혹스럽게 만들기도 하지만, 그는 거의 본능적으로, 불가피하게, 그리고 끊임없이 친구들에게 말을 걸고 이야기하기를 멈추지 못한다. 그러니까 그가 반복하고 있는 것은 일몰의 시간을 영원히 걷는 일만이 아니라, 깊은 공허로부터 그를 잠시나마 끌어올려주는 이야기하는 일 자체이기도 한 것이다.

이 시도는 얼마간 성공한 것처럼 보인다. 결말에 이르러 그는 돌연 "부질없는 실존적 고뇌에 점령되었던 삶을 수복"(162쪽)하는 쪽으로 방향을 튼다. 더이상 알 수 없는 이유로 울음을 터뜨리지도 않고, 어머니나 친구들과 원만한 관계를 유지하며, 무엇보다 글을 다시 쓰기 시작하게 된 것이다. 이제 그는 우울의 루프에서 벗어나 다른 시간으로 진입한 것일까? 아무리 이야기가 주는 치유의 힘이 강하다고 해도 이것은 너무 느닷없는 회복은 아닐까? 무엇보다 그가 겪은 깊은 무력감이 "그리 길지 않은 잠시의 방황"이자 "누추한 자기연민에서 크게 벗어나지 못했던 울음"(162쪽)으로 간단하게 정리되어도 괜찮은 것일까? 그러니까 그는 정말로 치유되었을까?

이 결말은 너무 갑작스러운 탓에 어딘가 미덥지 않고 심지어는 허황되게 느껴지기까지 한다. 이 미덥지 않고 허황된 느낌은 '그'의 이야기를 감싸고 있는 바깥 액자의 화자로 인해 가중된다. 그러니까 이 소설의 첫 문장("이건 들은 얘긴데, 내가 아는 어떤 사람이 언젠가부터 시도 때도 없이 울음이 터져나와 곤란을 겪게 되었다고 한다.", 147쪽)

과 마지막 문장("그렇다, 그는 정말로 그렇게 되었다. 나의 바람이 아니라.", 162쪽) 정도에만 등장하여 '그'의 이야기를 소개하고 있는 '나'라는 서술자 말이다. '나'가 누구인지, 혹시 '그' 자신은 아닌지, 진실을 말하고 있기는 한지 아무런 정보도 정황도 제시되지 않는다. 이 서술자는 왜 필요한 것일까? 그런데 이 서술자의 역할은 단지 내부 이야기를 감싸는 것만이 아니다. 서술자로 인해 소설은 일인칭 '나'의 진실한 고백이 아니라 삼인칭 '그'의 핍진한 이야기가 되기 때문이다. 이 소설이 고백의 진정성으로부터 멀어져 허구일지도 모르는 이야기가 됨으로써, 초점은 소설가인 '그'를 집요하게 괴롭혔던 문제, 즉 소설이 진실을 담을 수 있는지 여부가 아니라, 본질적으로 허구에 불과한 이야기가 어떻게 삶을 구해낼 수 있느냐 하는 문제가 된다. '그'가 회복에 이르렀는지는 여전히 불분명하나, 분명한 것은 어떤 이야기는 죽음을 받아들이게 하지만 어떤 이야기는 삶을 구해낼 수 있다는 것, 정말로 그런 내용의 이야기가 '쓰였다'는 사실이 되는 것이다.

4. 모든 이야기의 결말은 삶이다

김연수의 「난주의 바다 앞에서」[16]의 '정현'도 「일몰을 걷는 일」의 '그'와 비슷한 조건에 처해 있는 것처럼 보인다. 소설가인 정현은 남해의 작은 섬에 있는 중학교로 강연을 가는데, 이틀 먼저 도착하는 바람에 밤새 방안에서 세찬 눈보라 소리와 함께 내면의 소리를 듣는다. 칠흑 같은 밤과 흩날리는 눈보라에 무서움을 느낀다면 그것은 다름

16) 김연수, 『이토록 평범한 미래』, 문학동네, 2022. 이하 인용시 본문에 쪽수만 밝힌다.

아닌 자신의 마음 때문일 것이라고, 자신이 정말 두려워하는 것이 있다면 바로 "의미 없는 것들의 무자비함"(44쪽)일 것이라고 말이다. 소설가인 자신이 평생 몰두해온 일의 진상은 "아무런 의미가 없어 무자비할 수밖에 없는 자연에 맞서기 위해 상징을 부여하고 이야기를 만드는 것"(같은 쪽)이었음을 그는 새삼 깨닫는다. 무력감에 시달리는 상태는 아닐지 몰라도, 삶의 무의미에 대한 두려움과 고요하게 싸우고 있는 그는 서사의 전개상 훌쩍 떠나온 이 섬에서 누군가를 반드시 만나야 했을지도 모른다.

그 사람은 대학교 시절 문학 동아리 친구였던 '손은정'. 어린 아들이 악성종양으로 세상을 떠나자 깊은 슬픔에 빠진 그녀는 여기저기를 떠돌다가 이 섬에 정착한다. 평범하게 살고 싶다던 이십대 초반의 계획은 폐기되었지만 이곳에 정착한 이후 마을 돌봄센터에서 일하면서 새로운 삶을 살게 된 그녀는 오랜만에 정현과 재회한다. 여기까지는 김연수 작가의 오랜 문학적 테마인 타인에 대한 이해, 더 구체적으로는 죽음 가까이에서 고통이나 슬픔에 빠진 여성의 진실에 다가가기 위해 애쓰는 글쓰는 남성의 노력이라는 익숙한 서사적 틀에 따르고 있지만, 이 소설에는 무언가 다른 점이 있는 것 같다. 남성이 이해하려 애쓰는 여성이 죽었거나 사라진 사람이 아니라 살아남아 무언가를 계속 이야기하고 있는 사람이기 때문이다.

「난주의 바다 앞에서」에서 그녀는 아예 소설가다. 손은정은 아들이 죽은 후에 소설을 쓰기 시작해 이제는 손유미라는 이름으로 추리소설 작가가 되었다. 그런데 이 소설이 주목하는 그녀의 이야기 짓기는 따로 있다. 바로 조선시대 정약용의 조카로, 천주교 박해 이후 남편이 반역자로 몰려 사지가 찢기는 극형을 당하자 두 살배기 아들과 함께 제주도로 유배를 가야 했던 정난주의 삶에 관한 이야기. 정난주에 대한 설명이 적힌 섬의 안내판에 따르면 정난주는 아들이 노비가 되지 않고 새로운 인생을 살 수 있도록 아들을 추자도 갯바위에 내려두고 떠났다고 한다. 하지만 손유미가 정현에게 들려준 이야기는 그와 달랐다. 정난주는 아들과 함께 바다로 뛰어든 것처럼 위장하고 자신만 바다로 뛰어든다. 아들을 잘 보살펴달라는 마지막 기도를 하느님께 남긴 채.

> 그렇게 모든 것이 끝나는가 싶었는데, 하느님이 그런 그녀를 건져 올렸지. (……) 그녀는 곧 마음을 고쳐먹고 기도해. '저를 죽여주십시오, 하느님. 저는 죽어야만 합니다. 제가 죽어야 제 아들이 살 수 있습니다.' 그러자 하느님은 그녀에게 올바르게 기도하는 법을 가르쳐. 따라 해보라시며, '제가 살아야 제 아들이 살 수 있습니다'라고 말해보라시며. 정난주가 머뭇거리며 그래도 되느냐고 묻자, 하느님은 그래야 된다고 말씀하셔. 그녀는 이제 막 말을 배우는 아이처럼 더듬더듬 그 말을 따라 해. '제가 살아야 제 아들이 살 수 있습니다'라고. 그 모습을 보고 하느님은 흡족해하셨지.(65~66쪽)

이 아름다운 장면에서 정난주는 바다로 뛰어들기 직전 자신이 올린 기도에 대한 하느님의 응답을 듣는다. 아들을 살리기 위해서는 자신이 죽어야 한다는 정난주의 단호한 다짐을 들은 하느님은 부드러운 경어로 그녀를 가르친다. 당신이 살아야만 아들이 살 수 있다고, 그래도 되는 것이 아니라 그래야 한다고. 손유미가 손수 다시 지은 이야기에서 정난주는 모성을 위해 스스로의 목숨을 희생한 어머니가 아니라 자신의 존재를 끝까지 쥐고 아들까지 살려낸 여자, 비록 관비가 되었지만 삼십칠 년을 더 산 여자다. 정현이 찾아본 어느 기록에도 없는 결말, 스스로를 희생하지 않고 끝까지 살아남은 자의 결말을 손유미는 만들어낸 것이다. 난주라는 이름을 자신의 소설 속 주인공에게 붙이면서 그 이야기에 기대어 살아왔을 손유미에게, 이야기는 짓는 자들의 것이며 결말은 만드는 자들의 것이다.

같은 책에 수록된 「진주의 결말」의 '유진주'도 이야기를 짓는 여자다. 치매에 걸린 아버지를 죽인데다가 둘이서 살던 집까지 방화했다는 혐의를 받고 있는 비혼 여성 유진주. 유진주에 대해 분석하는 내용의 방송을 한 범죄심리학자 '나'가 그녀에게 메일을 받는 것으로 시작하는 첫 장면에서부터 그녀는 이미 이야기를 짓고 있다. 이야기 속의 그녀는 스스로를 점점 과거로 돌아가는 시간 여행자라고 여기며 어떤 일의 결말은 바뀌지 않을지언정 거기에 이르는 중간 과정을 달리하면 자신의 미래를 바꿀 수 있다고 믿는다. 소설가는 아니지만 피의자의 심리를 분석하여 범죄 서사를 구성하는 '나'도 일종의 이야기를 짓는 사람이다. '나'는 이야기가 모든 인간이 죽을 수밖에 없다는 사실을 부정하기 위해 고안해낸 헛된 발명품이라고 생각하면서도, 끊임없이 유진주가 아버지를 죽였다는 결말에 맞아떨어지는 그럴듯한 서사를 만들기 위해 애쓴다.

결국 유진주 아버지의 출혈이 간암에 의한 것임이 밝혀지면서 그녀는 존속상해치사죄 무혐의에 방화죄 집행유예를 선고받고, 유진주가 아버지와의 고립된 삶을 견디지 못하고 살해를 저지른 수동적 희생자일 것이라는 '나'의 서사는 틀렸음이 증명된다. 그러나 여전히 풀리지 않는 의문을 가지고 있었던 '나'는 그녀를 만나기 위해 제주도로 떠나는데, 그녀의 방화 행위가 '억압의 표출'이자 '심리적 정화'일 것이라는 '나'의 정신분석학적 서사와 달리 그녀로부터 뜻밖의 이야기를 듣게 된다. 죽는 것도 죽지 않는 것도 걸맞지 않은 아버지의 이야기에 결말을 짓고 싶었다는 것, 그래서 마치 치매에 걸린 아버지의 마음을 이해한 사람처럼 불을 질렀다는 것, 그 순간 온전한 이해 속에서 "모든 이야기로부터 자유로워"(97쪽)졌다는 것. 언뜻 해방적이고 아름다운 결말처럼 보인다. 그러나 "아빠를 제가 만든 이야기로 바라보고 (……) 그래놓고서 아빠를 이해했다고 말하고 싶지 않았"다면서, 불을 지름으로써 이해에 도달했다고 믿는 것은 모순이 아닌가? 자신에 관해서 어떤 생각을 지우거나 남김으로써 "그럴싸한 이야기"(87쪽)를 지을 수밖에 없다면서, 모든 이야기로부터 자유로워졌다는 것은 비약이 아닌가? 그러니까 이 이야기는 정말 이렇게 끝나도 되는 것일까? 무엇보다 타인을 이해한다는 것이, 이해한다고 믿으면서 자기 혼자 자유로워지는 것이어도 괜찮은 걸까? 이것은 그저 이해와 이야기 둘 모두를 포기하는 것 아닐까?

그럴 수도 있다. 다만 그녀가 돈각하듯 일순간에 타인에 대한 절대적인 깨달음을 얻은 것이 아니라면, 이 결말에서 중요한 것은 아버지에 대한 온전한 이해 여부가 아니라 차라리 유진주가 이야기 속으로 직접 걸어들어가 스스로 마무리를 지었다는 사실일지 모른다. 아버지에게만은 이해받는다고 느꼈던 유진주는 학창시절 아버지가 했던 말을 고이 기억한다. "마음껏 생각하고 그중에서 가장 좋은 생각을 선택하면 되는 거야. 그리고 그게 너의 미래가 될 거야."(86쪽) 유진주는 아버지로부터 모든 이야기는 혼돈 속에서 채택되며 저마다의 개연성을 가지고 경합한다는 사실을 배웠다. 세상에 완벽하고도 매끄러운 서사는 없으며 모든 서사는 온통 울퉁불퉁하고 여기저기 튀어나오고 서로 부딪친다는 사실을. 그럼에도 불구하고 인간이 이야기에 기대지 않을 수 없다면 그것은 자신이 직접 짓고 지우고 남긴 이야기여야 한다는 사실을. 그러니 유진주는 "우리가 달까지 갈 수는 없지만 갈 수 있다는 듯이 걸어갈 수는 있다"(97쪽)는 '나'의 말을 이렇게 이해한 것이 아닐까? 타인을 온전히 이해할 수는 없지만 그 불가능한 경지에 도달하기 위해 노력할 수는 있다는 의미가 아니라, 하나의 완전한 서사를 만들어낼 수는 없지만 자신의 힘으로 서사의 결말을 지어냄으로써 미래를 만들어나갈 수는 있다고.

다시 소설의 첫 장면으로 돌아가보면, 유진주가 자신이 만들어낸 이야기 속에서 스스로를 과거로 돌아가 미래를 바꿀 수 있는 시간 여행자라고 여기는 이유를 이제 이해할 수 있다. 김연수의 같은 책에 실린 표제작 「이토록 평범한 미래」에는 한 소설 속에서 사랑의 종말을 앞둔 연인이 시간 여행을 하는 대목이 나온다. 현재에서 미래로 흘러가는 원래의 삶을 살다가, 과거의 첫 만남을 향해 되돌아가는 삶을 경험하고, 다시 첫 만남부터 미래를 향해 시작되는 삶을 상상하는 것까지. 이 세 번의 삶을 살면서 연인은 가장 좋은 미래를 꿈꾸고 만들어나간다. 특정한 구간을 무한히 반복하는 것은 아니지만, 비선형적으로 흘러가는 과거 또는 미래의 이야기를 당겨와 현재의 이야기를 재구성하는 루프적 시간은 이 책을 관통하는 테마 중 하나다. 정난주의 이야기는 그 결말을 새로 짓는 손유미의 이야기로 영원히 반복되고, 유진주의 아버지 이야기는 그 결말을 만들어나가는 유진주의 이야기를 통해 새롭게 태어난다. 모든 이야기의 결말은 삶이라는 것. 이것이 바로 지금 소설이 말하고 있는 시간성의 리얼리티일지 모른다.

(2022)

| **코다** |

부서진 조각들

당신이 연기를 하는 이유는 무엇입니까? 할리우드 배우들이 커다란 원탁에 둘러앉아 이야기를 나누는 어느 좌담에서 진행자가 물었다. 연기를 너무 사랑하기 때문입니다. 연기에는 한계가 없으니까요. 연기 말고 할 줄 아는 게 없어서요. 연기가 아니었다면 체포되었을 만한 행동을 해볼 수 있거든요…… 솔직하고 재치 있지만 익숙한 답변이 이어지는 와중에 가만히 순서를 기다리던 짐 캐리의 대답은 현장의 공기를 단숨에 바꾼다. 저는 부서진 사람이기 때문입니다. 더 정확히 말하자면 이렇다. "저는 수많은 조각들로 부서진 사람이고 연기는 그 수많은 조각들을 천 개의 다른 모양으로 재구성할 수 있도록 해주기 때문입니다(I act because I'm broken in a lot of pieces and acting gives me a chance to reconfigure those pieces into a thousand different things)."

짐 캐리가 자신이 유난히 상처가 많은 사람이라고 말하려던 것은 아니었을 것이다. 그래서 인간을 깊이 이해하여 다른 존재가 되어야 하는 연기라는 분야에서만큼은 자신이 유리하다고 말하려던 것은 아니었을 것이다. 그보다는 이런 생각을 나누고 싶었던 것이 아닐까?: 인간이란 원래 부서지고 깨어지고 어긋난 조각들에 불과할지 모른다. 그리고, 혹은 그러나, 그 조건은 삶을 살아가는 데 좋은 재료가 될 수 있다.

러시아 작가 니콜라이 고골도 비슷한 생각을 했을지 모른다. 아니, 더 정확히 말하자면, 고골의 소설을 읽은 미국 작가 조지 손더스가 말이다. 손더스는 『작가는 어떻게 읽는가』[1]에서 체호프, 투르게네프, 톨스토이와 같은 19세기 러시아 대작가의 단편들을 조목조목 분석해 나가다가 고골에 이르러 그의 소설이 너무 괴상하다고 평가한다. 이를테면 「코」라는 소설은 어떤가. 이발사인 이반 야코블레치가 아침에 일어나 먹는 빵에 손님의 잘린 코가 들어가 있었다는 말도 안 되는 이야기가 아닌가. 게다가 그 코를 발견한 이반의 아내는 놀라지도 않고 왜 손님의 코를 잘랐냐며 화를 내고, 이반은 아무 잘못도 하지 않았으면서 책임을 피하기 위해 몰래 코를 갖다버릴 계획을 짜지 않는가. 사건도, 인물도, 결말도 앞뒤가 맞지 않고 어딘가 어긋나 있지 않은가. 손더스는 말한다. 「코」는 바닥에 펼쳐져 있는 깨진 조각들이며 그 조각들을 다시 짜맞추려고 하면 들어맞지도 않는 소설이다.

이것은 비난일까? 누군가에게는 그럴 것이다. 하지만 손더스는 덧붙인다. 이 소설은 애초에 하나의 매끄러운 꽃병이었던 적이 없다고. (문학비평가 클린 브룩스의 유명한 비유를 빌린다면 '잘 빚어진 항아리'였던 적이 없다고.) 완벽한 꽃병을 실수로 깨뜨린 것이 아니라 처음부

---

1) 조지 손더스, 『작가는 어떻게 읽는가』, 정영목 옮김, 어크로스, 2023.

터 갖가지 조각들을 만들어서 펼쳐놓은 것이라고. 말도 안 되는 이유로 이상한 행동을 하고 납득할 수 없는 결과에 이르는 것은 논리적인 오류나 무작위의 배치가 아니라 실제로 세상이 작동하는 방식이라고. 그리고 무엇보다, 그런 것이야말로 바로 삶이라고. "알다시피 어느 누가 어긋나 있지 않겠는가?"[2] 그러므로 고골의 소설은 이 세상에 마치 정확한 서술이라는 것이 존재하는 척하지 않고, 여기저기 뒤죽박죽이고 엉망진창이며 이상한 것들과 그 사이로 뚫고 나오는 언어야말로 우리가 실제로 살아가는 삶과 가장 닮아 있음을 알려주는 위대한 소설이라고. 그러니 '당신이 연기를 하는 이유는 무엇입니까?'라는 질문에서 '연기'를 '글쓰기'로, 더 나아가 '삶'으로 바꾸어도 짐 캐리의 통찰을 빌리는 일은 조금도 어색하지 않다. 이 짧은 글에서조차 "더 정확히 말하자면"이라는 말을 거듭 쓰며 불확실성을 통제하고 싶어하는 나 같은 사람에게도 말이다.

나의 글쓰기에 대한 의심이 몰려올 때 한동안 최승자 시인의 말을 품었다. "시를 뭐하러 쓰냐고? 글쎄 그럼 시를 뭐하러 안 쓰지?"[3] 마음이 촘촘한 면도날에 둘러싸여 있어서 조금만 움직여도 베이는 것 같던 때였다. 개선하려 애쓰고 복구하려 나아가는 딱 그 거리만큼 더 깊이 베이는 날들. 그러나 내게 쥐여진 선택지가 쓰는 것과 안 쓰는 것 둘 중 하나라면 까짓거 뭐하러 안 쓰겠냐고, 위대한 시인의 입을 빌려 짐짓 말해보곤 했다. 이런저런 수치와 굴욕과 슬픔에도 불구하고 까짓거 안 쓸 이유까지는 못 된다면, 혹은 어쩔 수 없다는 듯 계속

2) 같은 책, 441쪽.

3) 최승자, 「시를 뭐하러 쓰냐고?」, 『한 게으른 시인의 이야기』, 난다, 2021, 24쪽.

무언가를 쓰게 된다면, 그것은 아마도 내가 이미 무수한 조각으로 깨져 있는 상태이기 때문이다. 그리고 영원히 그런 상태일 것이기 때문이다. 조금도 깨끗하거나 매끄럽지 않은 채로, 뒤죽박죽이고 엉망진창이며 어긋난 채로, 누더기 같은 잘못과 집착과 우스움을 덕지덕지 붙인 채로. 삶이란 완전무결한 꽃병의 깨어진 조각들을 다시 말끔하게 이어붙이는 과정이 아니라, 애초에 부서져 있는 수많은 조각들을 가지고 그 조합만큼의 가능성을 살아보는 과정이며, 바로 그것을 위해 우리는 글을 쓰고 또 삶을 살아가기 때문이다.

(2023)

| 발표 지면 |

1부 사랑의 형식

괴로움의 기술—백은선론 『문학동네』 2021년 가을호

healers, carers, and lovers 『뉴래디컬리뷰』 2022년 가을호(발표 당시 제목은 'healers, carers, and lovers—돌봄은 문학에서 어떻게 정치적 공간을 만드는가?')

메토니미, 사랑—김멜라론 『문학동네』 2022년 겨울호

퀴어-되기를 위한 주제와 변주—김봉곤론 『문학과사회 하이픈』 2018년 가을호

너무 아름다운 꿈—최은미의 『어제는 봄』 『크릿터』 2호(민음사, 2020)

가장 작은 맛—현호정의 「연필 샌드위치」 『2023 제14회 젊은작가상 수상작품집』(이미상 외, 문학동네, 2023)

2부 다가오는 것들

문학은 억압한다 『문학동네』 2019년 봄호

눈물, 진정성, 윤리—한국문학의 착한 남자들 『문학동네』 2019년 겨울호

시차時差와 시차parallax—2010년대의 문학성을 돌아보며 『문학과사회 하이픈』 2019년 가을호

답을 주는 소설과 질문하는 소설 문장웹진 2018년 9월호

다가오는 것들—비평사의 반복과 '역사 쓰기'로서의 비평 『문학동네』 2020년 겨울호(발표 당시 제목은 '다가오는 것들—비평사의 반복과 빗나간 질문들')

진창과 별 『문학동네』 2021년 여름호

3부 없지 않고 있다

반지성주의 시대의 문학 『문학동네』 2022년 여름호

여기 있다—황정은의 『디디의 우산』과 한정현의 『줄리아나 도쿄』 『릿터』 2019년 4/5월호

무해하지 않은 여자들—린이한의 『팡쓰치의 첫사랑 낙원』과 최은영의 『내게 무해한 사람』 『릿터』 2018년 8/9월호(「움직이는 기혼 여성들」(『현대문학』 2019년 6월호)에 더하여 개고, 발표 당시 제목은 '무해할 수 없다는 것')

유토피아에서 있었던 일에 대해 알아보려고 합니다—박민정론 2018년 경향신문 신춘문예 당선작

그런 피해자는 없다—강화길의 「오물자의 출현」 『현대문학』 2019년 4월호(발표 당시 제목은 '여배우와 할머니—최근 여성 서사에 나타난 정체성의 탐사들')

미남 번식 대작전—이희주의 「천사와 황새」 『2023 올해의 문제소설』(한국현대소설학회 엮음, 푸른사상, 2023)

센스의 혁명—장류진의 『일의 기쁨과 슬픔』 장류진 소설 『일의 기쁨과 슬픔』(창비, 2019)

여성 청년들의 민족지 혹은 생존기—정세랑의 『옥상에서 만나요』 『문학과사회』 2019년 봄호

항상 나의 곁에 있어줘—박상영의 「재희」 『2019 올해의 문제소설』(한국현대소설학회 엮음, 푸른사상, 2019)

어째서 네가 그것까지 가지려는 걸까—김봉곤의 「여름, 스피드」 『2018 올해의 문제소설』(한국현대소설학회 엮음, 푸른사상, 2018)

휠체어 탄 레즈비언—오정희의 「완구점 여인」 『자음과모음』 2019년 여름호

우리는 더 많은 사랑과 아름다움을—한정현의 『소녀 연예인 이보나』 한정현 소설 『소녀 연예인 이보나』(민음사, 2020)

소녀는 자라지 않는다—최은미의 「운내」와 손보미의 「밤이 지나면」 『학산문학』 2020년 봄호

4부 개와 나무와 양말과 시

개와 나무와 양말과 시—2020년대 시에 나타난 '타자'와 비인간 물질의 정치생태학 『문학동네』 2022년 봄호

젠더로 SF하기 『자음과모음』 2019년 가을호

아름다운 존재들의 제자리를 찾아서—김초엽의 『우리가 빛의 속도로 갈 수 없다면』 김초엽 소설 『우리가 빛의 속도로 갈 수 없다면』(허블, 2019)

킬러가 된 유교걸과 유토피아의 K-좀비들—조예은의 『칵테일, 러브, 좀비』 『크릿터』 3호(민음사, 2021)

이야기에는 끝이 있지만—게임적 죽음과 루프적 시간의 리얼리즘 『창작과비평』 2022년 겨울호(발표 당시 제목은 '이야기에는 끝이 있지만—서사 속 죽음과 루프적 시간의 리얼리즘')

코다

부서진 조각들 경향신문 2023. 6. 22.(발표 당시 제목은 '당신이 연기를 하는 이유는 무엇입니까?')

문학동네 평론집
진창과 별
ⓒ인아영 2023

초판 인쇄 2023년 11월 20일
초판 발행 2023년 12월 4일

지은이 인아영
책임편집 김봉곤 | 편집 이민희
디자인 김하얀 최미영 | 저작권 박지영 형소진 최은진 서연주 오서영
마케팅 정민호 서지화 한민아 이민경 안남영 왕지경 황승현 김혜원 김하연 김예진
브랜딩 함유지 함근아 고보미 박민재 김희숙 박다솔 조다현 정승민 배진성
제작 강신은 김동욱 이순호 | 제작처 영신사

펴낸곳 (주)문학동네 | 펴낸이 김소영
출판등록 1993년 10월 22일 제2003-000045호
주소 10881 경기도 파주시 회동길 210
전자우편 editor@munhak.com
대표전화 031) 955-8888 | 팩스 031) 955-8855
문의전화 031) 955-3579(마케팅) 031) 955-2660(편집)
문학동네카페 http://cafe.naver.com/mhdn
인스타그램 @munhakdongne | 트위터 @munhakdongne
북클럽문학동네 http://bookclubmunhak.com

ISBN 978-89-546-9526-8 03810

이 책의 판권은 지은이와 문학동네에 있습니다.
이 책 내용의 전부 또는 일부를 재사용하려면 반드시 양측의 서면 동의를 받아야 합니다.

잘못된 책은 구입하신 서점에서 교환해드립니다.
기타 교환 문의: 031-955-2661, 3580

www.munhak.com